식민지
문학 읽기

일본 15년 전쟁기

지은이

이행선(李炳宣, Lee, Haeng-seon)_ 전남대학교 졸업(경제학, 국문학), 국민대학교 교육대학원 석사
(국어교육), 성균관대학교 국문학 석사, 국민대학교 국문학 박사. 동국대학교 서사문화연구소에서 박
사후국내연수와 연구원을 했으며, 현재 고려대학교 글로벌일본연구원 연구교수로 재직하고 있다. 지
은 책으로 『해방기 문학과 주권인민의 정치성』, 『식민지 문학 읽기-일본 15년 전쟁기』가 있다. 최근
에는 비교문학, 번역문학, 냉전문화, 독서사, 지식문화, 구술, 재난 등에 관심이 있다.

식민지 문학 읽기 일본 15년 전쟁기

초판인쇄 2019년 2월 26일 **초판발행** 2019년 3월 5일
지은이 이행선 **펴낸이** 박성모 **펴낸곳** 소명출판 **출판등록** 제13-522호
주소 06643 서울시 서초구 서초중앙로6길 15, 1층
전화 02-585-7840 **팩스** 02-585-7848 **전자우편** somyungbooks@daum.net **홈페이지** www.somyong.co.kr

값 31,000원 ⓒ 이행선, 2019
ISBN 979-11-5905-387-0 93810

식민지 문학 / 읽기

일본 15년 전쟁기

이행선 지음

Reading Colonial Literature Fifteen Years War in Japan

소명출판

이 책은 『해방기 문학과 주권인민의 정치성』에 이은 나의 두 번째 연구서다. 박사논문을 교정하면서 그전에 부고한 소논문을 더 늦기 전에 수정해야 할 시점이라고 생각했다. 다수 논문이 박사논문 이전에 발표된 글이어서 일부 교정 작업은 다시 쓰는 기분이었다. 내가 석사 과정에 입학했을 때 학교에는 아감벤의 『호모 사케르』가 유행하고 있었다. 이 영향으로 김항 선생님이 다중지성, 문예아카데미에서 진행한 아감벤 강의에 쫓아다녔다. 이때 김항 선생님이 번역한 책 제목인 『예외상태』는 학계에 널리 퍼졌다. 아감벤의 이론은 당시 세상을 읽는 유력한 창이었다. 이 무렵 나는 조그만 시집을 들고 다니면서 버스나 지하철을 타면 틈틈이 읽곤 했었다. 다음은 그때 내 눈에 들어왔던 시다.

대화

검은 인부 : 왜 우리한테로 기어드는 거지? 무슨 볼 일이 있어? 자넨 우리
　　　　　편이 아니야 …… 저리 나가 줘!

흰 손의 사나이 : 나도 자네 편일세, 형제들!

검은 인부 : 아니, 무슨 말을 하는 거야! 우리 편이라고! 웃기지 말어! 내 손
　　　　　을 좀 보게. 자, 얼마나 더러우냐 말야. 게다가 거름과 타르 냄새까

지 풍기는데 — 자네 손은 새하얗지 뭔가. 그래, 그 손에서는 무슨 냄새가 나지?

흰 손의 사나이 : (두 손을 내밀며) 자, 냄새를 맡아보게.

검은 인부 : (냄새를 맡는다) 그거 참 묘하군, 쇠붙이 냄새가 나는 것 같군 그래.

흰 손의 사나이 : 쇠붙이 냄새에 틀림없어. 만 6년 간 쇠고랑을 차고 있었으니 말야.

검은 인부 : 그건 또 무엇 때문이었지?

흰 손의 사나이 : 자네들의 복지를 위해 애썼기 때문이지. 자네들같이 무지몽매한 사람들을 자유롭게 해주기 위해서 자네들의 압제자를 반대하여 일어선 거야, 폭동을 일으켰단 말일세……. 그래서 감옥에 갇히게 된 거지.

검은 인부 : 감옥에 갇혔다고? 도대체 무엇 때문에 폭동 같은 걸 일으킨담!

2년 후

동일한 검은 인부 : (다른 인부에게) 이봐, 표트르! 2년 전 여름, 손이 새하얀 녀석이 찾아와서 우리하고 이야기했던 일을 기억하고 있나?

제2의 인부 : 기억하다마다…… 그게 어쨌다는 거야?

제1의 인부 : 그 녀석이 드디어 오늘 교수형을 받는다는 거야. 포고문이 내렸어.

제2의 인부 : 역시 폭동을 일으킨 게로군?

제1의 인부 : 역시 그런 가봐.

제2의 인부 : 흐음…… 그건 그렇고, 이 봐, 미트랴이, **그 녀석의 목을 맬**

밧줄조각을 어떻게 손에 넣을 수가 없을까…… 굉장히 큰 복이 굴러
들어온다는 거야!

제1의 인부: 그것 참 옳은 말이야. 표트르 어떻게 손을 써보도록 하세.

1878년 4월

　이 시는 투르게네프의 「검은 人夫와 흰 손의 사나이」다. 시의 제목이
노동자와 지식엘리트를 환기한다. '지식인'이 노동자를 무지몽매한 존
재로 치부하고 노동자는 '지식인'을 자신의 편으로 긴주하지 않는 대목
이 인상적이었다. 이들의 간극은 '지식인'의 대중호소력의 문제를 넘어
서는 것이었다. 당시 아감벤을 통해 배운 행정부의 (초)법적 힘과 중앙
권력은 이 시가 내게 불러일으킨 의문을 해결해주지 못했다. 이러한 사
정에서 나를 사로잡은 책은 푸코의 『사회를 보호해야 한다』였다. 이 책
은 다른 학교 세미나에서 『감시와 처벌』을 읽게 되어 광화문을 찾았을
때 나에게 다가왔다. 알려진 대로 『감시와 처벌』은 푸코가 생정치로 나
아가기 이전의 규율권력론의 대표저술이었고 『사회를 보호해야 한
다』는 『성의 역사』 1, 『생명관리정치의 탄생』 등의 생정치론의 첫 지점
에 있다. 푸코의 의도와 별개로 이 책의 제목은 나에게 부패한 지배권력
집단의 목소리를 연상시키는 한편으로 '검은 인부'에 다가가는 '흰 손의
사나이'의 외침으로도 이해되었다. 푸코는 인종차별을 합리화하는 인종
주의자의 말을 비꼬는 의미로 이런 제목을 인용했다고 하는데, 나는 변
혁과 연대를 외치지만 사회차별을 합리화하는 지식엘리트가 떠올랐다.
'검은 인부'와 '흰 손의 사나이'의 간극은 심리적 거리를 넘어 계급·계
층적 격차에 기인한다. 나는 국가 및 중앙권력의 치안의 작동 방식보다

는 '검은 인부'와 '흰 손의 사나이'로 대별되는 (민주)사회 안의 고착된 권력관계와 규율, 예속 등 '지식인'의 '통치'에 시선이 쏠렸다. '지식인'의 '통치'는 국가의 치안과 어떤 점이 다른가.

'흰 손의 사나이'가 무지몽매한 이를 위해 압제자에 항거하고 죽음을 바치며 외친 '사회를 보호해야 한다'는 '구원'과 결부될 수 있었다. 또한 당시 난 '검은 인부'와 '흰 손의 사나이'의 간극을 '거리'란 말 외에는 적절한 대안을 찾지 못했다. 즉 식민지 문학을 공부하던 나에게 「검은 人夫와 흰 손의 사나이」란 투르게네프의 시는 그 무렵 개인과 개인(사회)의 거리 및 구원의 문제를 환기했다. 이는 일종의 '구원의 문학'인가. 구원이란 관념이 발산하는 '순결하고 정신적'인 표상이 문학에도 투사되는 것일까. 그러나 현실의 일면만을 다루는 소설은 현실보다 단순했고 계몽을 자처하며 현실을 포착하는 작가의 시선을 고려하면 그것은 '지식계급의 구원의 문학'이었다. 사정이 이러하니 나는 작가의 앎, 자의식, 위선 등 내면에 천착할 수밖에 없었다. '흰 손의 사나이'와 '인부' 간의 좁혀지지 않는 '거리', 그리고 '흰 손의 사나이'의 구원의 성격, 구원을 행하는 지식인의 지적 기반 등이 고민이었다.

이를테면 이 책에서 다루고 있는 1930년대 김동리와 이광수는 '흰 손의 사나이'의 위치에 있다. 인부를 계몽시키기 위한 지식이 무너져가는 상황에서 새로운 지식이 요구되었다. 이들은 기존 이념이나 문예사조와는 성격이 다른 불교와 접속하게 된다. '거리'는 불교의 중도中道와 관련되며, 구원은 탐진치의 극복 간단히 말해 자기애·욕심의 탈각으로 해석될 수 있었다. '구원의 거리'에는 자기애와 위선이 개입하기 때문이다. 이 모순적인 구원은 개인 영역에 한정되지 않고 사회 영역으로 확장된다. 1930년대 중후반 불교는 문인의 정치적 상상력으로 이용되었다. 지식인이 꿈꾸는 유토피아적 세계에 대한 역사적 전망은 매우 중요하다. 역사적 전망을 국가와 사회의 발전 가능성과 방법론에 대한 고민이라고 했을 때, 이것은 불교의 인과응보론과 연결된다. 이광수와 김동리는 인과응보를 중요하게 받아들이면서도 이광수는 '필연', 김동리는 '우연'으로 세계를 설명하려 한다. '필연'과 '우연'은 구원자와 그 타자(구원의 대상) 간의 거리에 영향을 미친다. 필연적인 발전관은 민중에서 지식인으로 진화해야 한다는 '필연'을 동반한다. 따라서 이광수 문학에서는 절대적 위치의 지식인과 어리석은 민중이라는 구도가 전형적인 소설 문법이다. '우연'을 강조한 김동리는 지식인과 민중 간의 거리가 좁혀지며 다양한 층위의 인물을 형상화한다. 앞에서 언급한 자기애와 위선의 복잡다단한 양상이 전개되는 것이다.

주지하듯 본질적으로 구원이란 사회가 병든 상태라는 인식을 전제로 하는 것이다. '병든 사회'의 개선을 위한 개입이란 유기체적 사유 전통 안에서 이해될 수 있다. 이런 전통에서 구원(폭력의 변형)의 개입은 정당화될 수 있다. 그러나 '구원의 폭력'이 아닌 '구원의 거부'가 사유될 때 구원은 '폭력'(자기애의 발현 내지 유기체적 사유의 병폐)에서 벗어날 수 있다. 계몽과 자기애, 위선을 담지한 구원의 속성은 식민지 현실과 가부장적 자본주의 사회의 강고한 구조를 드러내는 것이다. 따라서 당시 이러한 접근은 소설 속 구원자의 실존적 존재 조건과 구원의 실천 과정을 통해 지식인과 사회의 전도된 이면, 부정성뿐만 아니라 예속된 인간의 해방의 몸부림과 인간성을 포착하는 의의가 있다.

이 책의 다른 문인에 관한 고민도 이러한 흐름에서 크게 벗어나지 않는다. 사회주의운동에 투신했던 작가, 식민지 근대의 현실을 환멸하는 모더니스트, 불교 지식과 접점을 모색하는 계몽주의자, 불교인의 혁명, 전쟁과 황국신민화 등은 '식자층의 운동, 구원, 좌절, 전향, 위안'의 흐름 안에 있다. 이러한 맥락에서 박사과정에 진학한 후에는 '검은 인부'가 스스로 자신의 삶을 구원하기 위해 나서고 '흰 손의 사나이'와의 권력관계가 재편되는 해방기 문학으로 연구 분야가 확대되었던 것이다.

이 연구가 이루어지고 출간되는 데는 많은 분들의 도움이 있었다. 대부분의 글이 정선태・박광현・윤대석 선생님과 함께 한 시간에 나왔다. 감사한 마음을 전하고 싶지만 이는 2개월 전에 낸 책의 머리말로 갈음하고자 한다. 언제나 힘이 되어 주시는 부모님과 양아람에게 이 책을 바친다. 소명출판과의 인연은 정선태・한수영 선생님 덕분에 맺어졌다. 이러한 소회를 전할 수 있게 해주신 선생님과 소명출판의 박성모 대표님, 정필모 편집자께 깊은 감사의 말씀을 드린다.

2019년 겨울

이행선 씀

차례

제4부 ─────────────── **전쟁과 전향, 위안**

제1부

1930년대 초
사회주의자의 현실과
관동대진재(1923)

제1장

북풍회원北風會員 정우홍과 관동대진재關東大震災

정우홍의 「진재전후震災前後」(1931.5.6~8.27)

1. 사회주의운동가의 문단 등단과
서사화되는 지진의 경험

관동대진재(1923.9.1. 오전 11시 58분)는 근대 일본사회의 변모를 설명하는 하나의 변곡점으로 주목받아 왔다. 일례로 파괴된 도쿄의 재건은 현대 도쿄의 기원이 되었으며,[1] 1920년대 (기본적으로 상업주의와 관련된) 에로·그로·넌센스의 형성에 영향을 미친 것으로 조명받기도 했다.[2] 또한 대진

---

[1]   도쿄를 근대적인 거리로 개조하는 작업은 1889년 시작되었다가 진척이 없자 1903년 대폭 축소하여 1914년 완성되었다. 이후 1920년 도쿄시장으로 취임한 고토 신페이는 1921년 하수, 항만, 공원, 개천 등을 포괄한 8억 엔 규모의 '도쿄시정쇄신요강'을 발표했으며 이것이 관동대진재 이후 도쿄 부흥 비전의 토대가 되었다. 그리고 1930년 3월 26일 도쿄부흥사업이 완성되었다. 武村雅之, 『關東大震災を步く』, 吉川弘文館, 2012, pp.197~208.

재는 340여만 명의 이재민과 함께 재일조선인과 일본인 간의 불화를 낳은 것으로 익히 알려져 있다. 진재 발생 이후 조선인 7천여 명의 목숨을 앗아간 일본 당국의 조치는 일본판 홀로코스트 내지 학살이기도 했다. 그동안 대진재와 식민지 조선인 그리고 한국문학의 관계를 구명究明하려는 노력들이 있어 왔다. 식민지기를 구명하는 중요한 잣대 중 하나인 사회주의(者)가 대진재와 관련해 가장 큰 피해자로 표명되었고, 무엇보다 조·일 사회주의자의 교섭이 이루어지던 무렵이었기 때문에 사회주의 운동사의 관점에서 특히 이목을 끌었다.

  강덕상은 이러한 식민지 조선의 해방운동의 문제에서 더 나아가 "지배 -피지배라는 식민지주의의 섭리가 일본 본토에서 전쟁의 형태로 나타난"[3] 사건이라 평가했다. 그래서 그는 당시 대표적 피해사례인 3대 백색 테러 사건의 '오스기大杉榮 사건과[4] 사회주의자 사건 그리고 수많은 조선인의 학살 사건'을 동일한 층위에서 다룰 수 없다고 지적했다. 그렇다면 당대를 살았던 조선인은 대진재를 어떻게 인식하고 있었는가 하는 점이 부각될 수밖에 없다. 현재『조선일보』,『동아일보』를 통해 접할 수 있는

---

2   Silverberg, Miriam, *Erotic Grotesque Nonsense : The Mass Culture of Japanese Modern Times*, University of California Press, 2009, pp.28~35. 진재전후 일본의 카페문화와 긴자, 에로의 상관성에 대해서는 엘리스 K.팁튼, 이상우 외역, 「카페」,『제국의 수도, 모더니티를 만나다』, 소명출판, 2012, 199~230쪽 참조.
3   강덕상, 김동수·박수철 역,『학살의 기억, 관동대지진』, 역사비평사, 2005, 8쪽.
4   오스기 사카에(大杉榮)는 1923년 파리에 가서 국제적 아나키스트들과 접촉했으며 5월 1일 파리 교외에서 일린 메이데이 행사에 참가해 일본의 노동운동에 관한 연설을 한다. 이때 경찰에 검거되어 불법입국자인 것이 밝혀지면서 추방 명령을 받고 7월 일본으로 돌아온다. 그리고 두 달 후인 9월 관동대진재 때 헌병 아마까스(甘粕)에 의해 살해당한다. 오스기 사카에 살해 사건은 일본인 노동가와 조선인 학살 사건과 함께 관동대진재의 3대 사건으로 불렸다. 오스기 사카에, 김응교·윤영수 역,『오스기 사카에 자서전』, 실천문학사, 2005, 540~541쪽.

진재기사는 대체로 구호금 모집과 관련되어 있지만, 당시 몇몇 보도기사와 검열로 압수된 관련 기사를 통해 조선에서도 일본에서 있었던 학살 사건의 풍설을 확인할 수 있다. 그리고 문학계에서는 언론을 통제한 당국의 조치 때문에 당시에는 문학적 형상화가 이루어지지 않았다. 극히 드물게 직간접적으로 진재를 경험한 이상화, 김동환 등의 시나 이기영의 「두만강」 등에서만 진재의 흔적을 찾을 수 있을 뿐이다.[5] 하지만 해방 이후 각종 회고록이 쓰였고, 강덕상, 마쓰오 다카요시 등의 연구에 의해 그 전모가 밝혀지고 있는 실정이다.[6]

필자가 발굴한 「진재전후震災前後」는 (당황스럽게도) 『동아일보』에 실려 있었다. 그것도 1931년 5월 6일에서 8월 27일까지 총 51회에 걸쳐 연재돼 그 분량이 적지 않다. 1920년대 말 이후 검열이 서서히 강화되는 시점에서 검열을 의식한 글쓰기였을 거라는 짐작을 할 수 있겠다. 이 소설의 작가는 명인鳴人이고, 삽화는 청전靑田 이상범이[7] 그렸다. 명인은 마명馬鳴 정우홍鄭宇洪(1897.8.22~1949.10.4)을 지칭한다. 정우홍은[8] 1897년 8월 22

5　압수된 기사는 다음과 같다. 「불바다에서 탈출하여 무사귀국까지」(『동아일보』, 1923.9.9), 「군경의 보호로 생명은 보전하나」(『동아일보』, 1923.9.19), 「일본 있던 조선인의 송환」(『동아일보』, 1923.9.21), 「사령탑(辭令塔)」(『조선일보』, 1923.9.23), 「급격한 암류」(『동아일보』, 1923.9.29), 「교일 동포에게」(『조선일보』, 1923.10.4), 「횡설수설」(『동아일보』, 1923.10.22), 「천재(天災)와 조선의 참상」(『동아일보』, 1925.7.22) 등. 정진석 편, 『日帝時代 民族紙 押收기사모음』I·II, LG상남언론재단, 1998.

6　관동대진재와 조선문학의 관련성을 잘 정리한 저작으로 김흥식, 「관동대진재와 한국문학」(『한국현대문학연구』 29, 한국현대문학회, 2009)이 있다. 다만 이 글은 제목처럼 '재일조선인'을 논의로 하고 있으며 시를 중심으로 전개하고 있다.

7　산수화가 이상범은 1927년 10월 4일 염상섭의 「사랑과 죄」를 시작으로 『동아일보』에서 많은 신문 삽화를 그렸다. 그에 대한 연구의 빈곤함이 소설 「진재전후」의 뒤늦은 발굴로 이어진 것이다. 문봉선, 「청전 이상범의 생애와 작품세계」, 『황해문화』 5-2, 새얼문화재단, 1997, 278쪽 참조.

8　마명 정우홍은 작품 발표 전년도인 1930년에 다음과 같이 소개되고 있다. "馬鳴氏의 「朝鮮人當面의 農村政策問題」와 洪性夏氏의 「朝鮮工業의 現段階」 두 논문은 파멸에 瀕한

일 전북 신태인에서 출생해 1907년 4월 전주 육영학교에 입학해 1911년 3월 졸업했고 1914년 3월 순창 구암사에서 석전대사로부터 『대승기신론』을 청강한 후 마명이란 호를 지었다.[9] 그는 1916년 4월 고종황제의 조칙을 받은 승지 김성극과 함께 만주 왕청현에 가서 독립운동에 참여했으며 1917년 7월 활동무대를 조선으로 옮겼다. 1919년 4월 일본으로 건너간 정우홍은 관동대진재 발발 이후인 1923년 10월 조선으로 귀국할 때까지 체류하면서 재일유학생과 독립운동을 모색했다. 이 과정에서 진재 무렵 40여 일간 투옥되어 취조를 받은 적이 있다.

또한 진재 이후 정우홍은 1924년 7월 김약수, 신철, 김종범 등과 함께 경성 재동齋洞에 해방운동사를 창설하고 기관지 『해방운동』을 발행했다.[10] 그는 1924년 10월 창설된 북풍회北風會의 일원이었으며, 대구 노동친목회 창립총회석상에서 불온한 축사를 했다는 이유로 체포되기도 했다.[11] 1928년 학생맹휴 사건과 관련돼 치안유지법 위반으로 체포됐다가

조선농공업의 현상과 及 그 구제책을 痛論絶叫한 장편의 논문으로서 우리 조선을 걱정하는 이로서 누구가 꼭 한번 읽어야 될 것 갓다." (「편집낙서(編輯落書)」, 『별건곤』 34, 1930, 178쪽) 또한 「전재전후」 이후인 1932년에는 「조선농촌(朝鮮農村)의 진흥책(振興策)」(『혜성』 2-1, 1932)을 썼다. 그가 조선노농총동맹 중앙상무위원으로서 농촌문제에 관심이 많았다는 것을 짐작할 수 있다. 마명 정우홍은 1925년 조선공산당 사건 혐의로 신의주 경찰서에 검거되었다가 도주하기도 했다. 대략적인 약력은 정우홍, 『강력주의 · 완전 변증법』(월간원광사, 1998)의 연보를 추가 참조.

9 　삼천리에는 경상도 출신으로 소개되어 있다. "只今으로부터 8, 9年前 其當時 서울에는 崔八鏞, 金若水, 宋奉瑀, 馬鳴, 鄭雲海, 申澈, 李憲 등 錚錚한 社會主義者가 다가치 慶尚道 사람인 까닭에 갓혼 慶尚道胎生으로 接觸할 機會가 만엇습니다. 그래서 그는 가튼 故郷의 親友이면서도 新進思想의 運動家, 思想家, 主義者인 그들 言行에 그 潑剌한 行動에 同感이 되고 共鳴이 되고 協議者가 되야 가치 일을 하게 되엿습니다." 「전위선상(前衛線上)의 인물평(人物評)」, 『삼천리』 14, 1931, 30쪽.

10 　「解放運動史」, 『동아일보』, 1924.7.22, 3면; 「解放運動 續刊」, 『동아일보』, 1926.5.20, 2면.

11 　「大邱舌禍 言渡. 대구 로동 친목회 창립총회석상에서 불온한 축사를 하여 잡힌 禹海龍

무혐의로 석방될 때 정우홍은 "조선노농총동맹朝鮮勞農總同盟 중앙상무위원, 북풍회 집행위원, 태인노농회泰仁勞農會 간부"[12]로 조사됐다.

정리하면 마명 정우홍은 불교에 공명한 사회주의자였고, 일본 내 북성회北星會를 알고 있었을 것이며, 관동대진재 당시 도쿄에서 직접 체험했다는 것을 알 수 있다. 지금까지 관동대진재를 본격적으로 다룬 소설은 이기영의 『두만강』 3부가 유일했고 그것도 해방 이후인 1961년에야 서사화됐다. 따라서 「진재전후」는 사실상 식민지 시대에 쓰인 유일한 소설이라 할 수 있다. 1929년 『동아일보』 신춘당선을 한 정우홍의 소설은 사회주의 체험자의 기록의 한 형식으로서 사료적 가치를 일정 부분 확보하고 있는 것이다.

소설 내용 구성

1. 전반부
   1) 도쿄 진입 전 ─ 노동노동현장의 참상 (1923.1)
   2) 도쿄 진입 후 ─ 17회 연재분부터, 노동운동과 조직화

2. 후반부
   3) 대진재 발발 ─ 33회 연재분부터 (1923.9)
   4) 경찰서 유치장 수감과 출옥 (1923.10)

「진재전후」는 1923년 1월에서 10월까지 일본이 배경이며, 그 내용은 크게 두 부분, 더 세분화하면 네 부분으로 나뉜다.[13] 전반부는 재일조선인 노동자의 노동실태와, 노동운동 및 조직화, 후반부는 관동대진재

馬鳴 氏 등」, 『조선일보』, 1925.12.3. 조간, 2면.

12 「朝鮮共産黨員 馬鳴에 관한 件」, 『京鍾警高秘 제7534호』, 일제경성지방법원 편철자료, 1928.6.29.

13 진재전후 13회분이 1931년 5월 21일에 쓰이고, 14회분은 동년 7월 14일에 계속된다. 공백 기간이 확인된다.

가 일어난 도쿄, 요코하마橫濱와[14] 경찰서 유치장의 상황을 서사화하고 있다. 전반부의 내용을 일별하면, 소설은 도쿄 근처 산악지대에서 수전 공사를 하던 조선인 '리'가 사고로 바위에 깔려 심하게 다치자 그 동료 인 '홍',[15] '송', '김'이 K시의 현립병원으로 '리'를 옮겨 치료하는 내용 으로 시작한다. 병원비와 그를 간호할 '송'의 식비를 충당하기 위해 '홍' 과 '김'이 열심히 일하지만 역부족이다. 결국 이들은 병원에서 퇴원조치 를 당하고 도쿄로 향한다. 일행은 도쿄 첫날 조선 동무들에게 잡지, 서 적을 판매하는 P사에 들려 그들과 함께 메이데이를 준비한다. 이후 셋 방을 구한 조선인들은 그곳에 L사라는 간판을 내걸고 노동투쟁을 위한 근거지로 삼았다. 이 그룹은 각종 노동 현장에서 일을 해 생계를 유지하 는 한편 조선인 노동자들을 감화하여 셋방을 그들의 소굴로 만들었다. 또한 도쿄 조선운동자들은 강연단을 조직해 조선 각지를 순회하는 사업 을 하기도 했다. P의 주인이 조선으로 돌아가게 되면서 '홍'이 P사에 가 서 잡지 발행 등을 대신하고, '리'와 '김'은 L사에서 철도판 동맹파업 추 진, 조선의 수해구제[16] 원조, 도쿄 근처 지방순회를 통한 조선노동자의 상황조사를 계획한다.

그 다음 후반부는 「진재전후」 33회(1931.8.6) 연재분부터라 할 수 있 다. 9월 1일 아침 홍이 잠에서 깨 밥을 하려는 12시 즈음 진재가 발생 하는 장면이다. 사람들이 놀라 길거리로 뛰어 나오고 화재가 발생해 가 옥이 불타 아수라장이었다. 다음날의 피해는 더욱 심각했고 여진도 계

---

14   당시 횡빈은 일본 무역항 중 1위의 규모를 자랑하고 있었다.
15   '홍'은 정우홍으로 여겨지는데 이 작품에서 사실상의 주인공이다.
16   실제로 1923년 여름, 평양 등 서도(西道) 일대가 혹심한 수해를 입었다.

속된 상황에서 계엄령이 발포되자 군인들은 만세를 외치며 시가 경비를 위해 도쿄 시내로 향했다. '홍'과 '송' 역시 피란을 모색하려 할 때 자경단과 형사가 나타나 경찰서로 끌고 간다. 경찰서 입구에서 적개심에 불타오른 일본 민중들이 욕설을 하고 몽둥이로 때리며 돌을 던지는 모습에 '홍'과 '송'은 당황한다. 진재를 이용해 불을 지르려 하지 않았느냐는 사법계 주임의 추궁에 '홍'은 완강히 부정을 하다 유치장에 갇힌다. 이들은 그곳에서 다른 L사 동지와 조선노동자들을 만나고 불안과 공포 속에서도 메이데이를 본 뗀 "이야기데이"를 민들이 재미를 찾는 등 함께 수감 생활을 견디다 10월 15일 경 감옥에서 풀려난다.

대략적인 줄거리는 이상과 같다. 정우홍이라는 사회주의운동가는 당시 일본에서 무엇을 경험하고 봤던 것일까. 재현되는 것들이 시사하는 바를 살펴보고자 한다. 이 작품이 소설이기에 그의 전기와 온전히 일치하지는 않지만 당대 프롤레타리아소설과 달리 르포르타주 수법으로 쓰여 사실성을 높여 주고 있다. 그는 무엇을 전달하고자 했던 것일까. 아니 작품에서 어떻게, 왜 재현했는지 그리고 그것이 1931년에 왜 쓰이게 됐는지 풀어야 할 과제가 놓여있다. 정우홍의 작품을 중심에 두고, 그와 마찬가지로 당시 도쿄에서 관동대진재를 직간접적으로 경험하고 경찰서에서 있었던 (이후 신문기자로 알려진) 김을한의 회고를 일부 참고하여 「진재전후」 속 관동대진재를 더듬어 가보려 한다.

2. 지진 이전, 처참한 노동현장과 노동투쟁

전반부에서 이목을 끄는 점은 ① 재일조선인 노동자들이 겪는 노동현장 재현의 핍진성, ② 일본인의 조선관에 대한 조선인의 대응, ③ 조선인과 일본인 노동자의 관계, ④ 북성회로 여겨지는 조직의 형성과정에 대한 구체적 묘사가 빼어난 강점 – 조선노동자들의 연대와 투쟁, 메이데이를 둘러싼 일본 당국과 조선인의 움직임, P사의 잡지 발간, 조선순회강연단 조직, ⑤ 홍, 송 등의 노동계급의식 각성의 과정, ⑥ 기타 – 도쿄 내 조선사람의 반동단체 출현[17] 등이다. 이것을 중심으로 작품을 살펴보겠다.

일은 정말 여간 고되지 않었다. 다른 사람보다 더 잘하기는 고사하고 도리어 그들을 따라다니기만도 어떻게 숨이 차는지 몰랐엇다. 그 우에 오야가다의 잔소리는 쉴새업이 귀에 물결을 첫다. 흙을 파서 싫으면 흙이 적게 실렷다고 야단을 첫다. 흙을 조금 더 파서 실로라면 어찌하야 그렇게 흙만 파고 섯느냐고 재촉이 성화 같엇다. 힘에 보채는 무거운 짐을 간신히 밀고 가노라면

---

17   시기상 약간의 차이는 있지만 사실상 상애회(相愛會)로 추정된다. 상애회는 1921년 12월 조선인 박춘금(朴春琴)이 설립한 동경의 조선인 사회사업 단체였다. 이 단체는 동경에 있는 조선인 단체 가운데 최대 규모를 자랑하는 일선융화조직이었다. 관동대진재 때는 조선인 시체 처리와 복구 작업에 가담하여 많은 이득을 챙겼다. 설립자 박춘금은 일본 내 조선인 반동단체의 대표로, 이 단체를 설립하려고 1920년에 이미 조선총독부 경무국장 마루야마 쓰루키치와 사이토 마코토(齊藤實) 총독을 만났으며, 마루야마 쓰루키치의 지원을 얻어 이 회를 정식 사회사업 단체로 설립했다. 정미량, 『1920년대 재일조선유학생의 문화운동』, 지식산업사, 2012, 65~66쪽.

이번에는 다시 걸음이 빨르지 못하다고 호령이 나리엇다. 쇠를 따리는 듯하는 오야가다의 날카로운 소리가 뒤를 따를 때마다 <u>모든 일꾼은 마치 전긔에 치인 사람모양으로 신경이 찌릿찌릿 하게 아픔을 느끼엇다.</u> 몇 일을 죽도록 앓고 일어난 그들 세사람은 거의 정신을 차릴 수도 없이 허둥거리기만 할 뿐이엇다. 등골에서는 식은 땀이 좔좔 흘럿다. <u>그것은 **로동**이 아니라 **정말 몹쓸 염병**을 치르는 것이엇다.</u> (22회)[18]

징우홍은 1919년 4월 도일하여 1923년 10월 진재 후 귀환했다.[19] 1920년 재일조선인의 총수는 3만 1,598명이었고, 1922년 12월 조선인의 자유도항제가 실시된 이후인 진재 직전에는 10여만 명, 1925년에는 약 13만 6,700명이었다. 관동대진재로 도일渡日이 잠시 주춤했다가 부흥 토목사업 등으로 다시 급증한 것이다. 진재 당시 관동 일대 재일조선인은 약 2만여 명이었는데, 그 무렵 도일 조선인은 숙련 단순 노동직인 '각종 인부'가 대다수였고 직공과 광부 등이 그 뒤를 이었다.[20]

이들 재일조선인을 재현하는 「진재전후」 초반부가 갖는 **빼어난** 점은 조선인 노동자가 일본에서 겪는 노동의 실태를 핍진하게 서사화하고 있다. 열악한 노동현장과 거기에서 쓰는 용어뿐만 아니라, 정거장 1원 20전, 도로공사장 1원 10전, 과자 공장 1원 40전 등 당시 재일조선인의 하루 임금을 가늠할 수 있다. 이들은 아침 5시에서 저녁 7시에 이르는 13~14시간 노동에 시달려야 했다. 작품 속 '홍'과 '송' 등은 단순

---

18 작품 인용은 회수를 알면 쓰인 날짜를 쉽게 알 수 있기 때문에 연재 회수만을 명기하겠다. 또한 이하 모든 밑줄과 강조는 모두 인용자가 표시한 것이다.
19 정우홍, 앞의 책, 228쪽.
20 김광열, 『한인의 일본이주사 연구―1910~1940년대』, 논형, 2000, 220~229쪽.

한 노동자가 아니라 지식인이기도 했다. 그들이 '노가다'를 하는 것은 "생활을 위하여서 뿐만 아니라 한편으로는 다시 일본에서 (사상 관련―인용자) 일을 할 지식과 경험을 엇기 위한 계획" 때문이다. 그러나 어디가나 12시간에서 14시간에 이르는 '사기적 과도 노동'은[21] 그것이 공장노동이든 자유노동이든 결코 만만하지 않았다. 일행은 충분히 노동경험을 쌓았다고 생각하며 도쿄에 입성했지만 앞의 인용문이 보여주듯 일은 노동이 아니라 "몹쓸 염병" 즉 병을 앓는 것과 비견될 정도다. 이러한 사례는 워낙 많이 제시되어 있어 더 열거가 필요 없을 정도다.

이뿐만 아니라 작가는 가혹한 노동현장에 생명을 위협하는 사건·사고를 추가하여 그 강도를 높이고 있다. 작품 첫 장면이 산악지대에서 수전공사水電工事를 하다가 '리'가 바위에 짓눌리는 내용이다.[22] '망꾸마'라 불리우는 일본인노동자는 기관차에 치여 형체를 알아보기 힘들게 뭉개져 버렸다. 그로테스크한 설정이 노동현장의 열악함을 극대화하고 있다. 노동자는 영양이 불량한 처지에 가혹한 노동으로 병이 나는게 일상이라 번갈아 가면서 몸져눕는다. 이런 상황에서 노동투쟁을 계획하고 진행하려다 보면 일을 줄일 수밖에 없고 그러면 생활이 어려워지는 악순환이 계속됐다. 그래서 '홍' 일행은 "아즘에 일을 하러 갈 때

---

21 '과도 노동'은 하루에 합법적으로 허용되는 노동 시간 이상 젊은 사람들에게 일을 시키는 것을 의미한다. 칼 맑스, 김태호 외역, 『칼 맑스/프리드리히 엥겔스 저작 선집』 2, 박종철 출판사, 1992, 434쪽.

22 작품에서는 공사 중 사고로 노동자가 자주 죽는 것으로 설정되어 있다. 역사적으로는 "1922년 7월 니가타현 나카쓰가와에서 조선인 노동자 학살 사건이 있었다. 수력발전소 건설 공사장에 취로하던 조선인 노동자 가운데 도주하다가 살해당한 자와 병으로 죽은 자가 100명에 이르렀다고 한다. 이를 계기로 1922년 11월 동경과 오사카에 조선인노동동맹회가 결성됐다". 한일민족문제학회 편, 『재일조선인 그들은 누구인가』, 삼인, 2003, 94쪽.

에 지어놓은 밥을 잡혀서 전차 싹을 하여 가지고 나갔다가, 저녁에 돈을 벌어가지고 돌아와서 다시 그 밥을 찾아다 먹는다는 이야기가, 이제야 거짓이 아님을 알게 되엇다". 여기서 자본주의 비판과 노동투쟁의 필연성이 확보된다. 하지만 그 투쟁의 결과물이 긍정적인 것만도 아니었다. 소설 속 사회주의운동가들은 "로동운동을 하는 투사의 손으로써 (외국을 침략할-인용자) 군함을 만들어내고 대포와 탄환을 만들어 내"야 하는 노동투사들의 아픈 마음을 이해하게 된다. 즉 이 작품은 생계를 위해 일본으로 도항하는 소선인이 급증하는 당내 조선사회에 일본 노동현장의 정보를 제공한다. 동시에 노동투쟁에 일시적으로 성공한다고 하더라도 종국으로는 자본주의국가의 전쟁에 일조할 수밖에 없다는 사회주의운동가의 고심이 엿보인다.

이러한 처지의 조선인 노동자가 소설에서 만나는 사람은 병원의 간호사나 셋방 주인, 쌀집주인, 그리고 일본인 노동자 등이 주가 된다.[23] 이때 일본인의 조선인관이 드러나는데 '리'가 다쳐서 K시의 현립병원에 가자 "조선사람 병자가 왔다는 소문에 간호부들은 고개를 개웃거리면서 이상한 표정으로써 일행을 구경"한다. '리'가 건강을 조금씩 회복하고 이야기를 나누게 되면서 "처음에는 간호부들도 다만 식민지 백성의 로동자로만 여겨 오다가 이야기 속에서 차차 그의 식견과 참뜻을 알

---

23 동경 일본인 중산층이 접할 수 있는 조선인이란, 토목공사의 일꾼, 카페 종업원, 엿이나 붓을 파는 행상인 정도에 불과했다. 강덕상, 김동수·박수철 역, 앞의 책, 92~93쪽. 정우홍에게 이 작품 속 일본은 운동의 거점이자 피해지, 일본인은 서민이라 할 수 있다. 이 1930년 무렵 염상섭의 작품과 견주어 볼 수도 있겠다. 시라카와 유타카(白川豊)는 염상섭에게 일본은 유학지, 문화중심지, 안전지대, 운동의 거점이었으며, 일본인은 식민지형 악당 일본인, 내지의 서민적인 일본인, 식민지형 정체불명의 일본인이었다고 지적한 바 있다. 시라카와 유타카, 『한국근대 知日작가와 그 문학연구』, 깊은샘, 2010, 145~200쪽.

게 됨으로부터는 '리선생, 리선생' 하면서 얼마큼 경의를 표하게까지"
된다. 셋방 주인의 경우는 조선인 노동자라면 무조건 외면을 하고 방을
내주지 않는 태도를 보인다. 그리고 쌀장사꾼은 '홍' 일행이 외상값을
갚지 않고 나타나지 않자 다른 곳에서 거래를 하는 걸로 오해했다. 그
러자 '리'는 "쌀값 몇푼을 떼먹으랴고 그런 간엷은 짓을 할 줄 아우. 우
리는 그래두 당당한 조선사람이야. 비록 감자는 씹고 잇을 망정 우리는
당신네 섬나라 사람과 같이 절대로 그런 짓은 않우. 날만 좋으면 당장
에 벌어서 갚을 테니 가만 잇수" 하며 외려 핀잔을 준다. 이는 당시 거
짓말 잘하는 조선인이라는 일본인의 부정적 인식을 뒤엎고 긍정적인
조선인상을 창출하고 있다. 오히려 일본인이 섬나라 근성을 지녔다며
비판하고 있다.

　　이 향연이 끝난 뒤에 그들은 문 앞에 ××사(社)라는 간판을 내어걸엇다.
이만하면 동경에서의 그들의 일은 시작하게 된 것이엇다.
　　××사는 L짜로써 그 캐피탈을 표하얏다.
　　메이데이가 닥처왓다. 그들에게는 처음 맞는 메이데이이엇다.
　　아츰을 먹은 뒤에 그들은 집합장소인 S공원으로 갓다. 몇 만의 군중이 꽉
들어차게 보이엇다. 여기저기의 높은 연단에서는 벌서 피가 끓는 연설이 시
작되엇다.
　　그들은 뛰는 가슴을 부둥켜 안고 그 속으로 달려갓다. 그러나 입구에는
몇 십명의 순사와 형사가 막고 서서 조선사람은 절대로 들이지 않엇다.
　　"조선사람은 안 돼"하면서 형사들은 용하게도 들어가는 이들 중에서 조
선사람만을 추려내엇다. 그들도 또한 밀려냄이 되엇다. 형사를 차 던지고 들

어가려 하얏스나 그것은 한갓 헛일이엇다. 로동자가 흥행하는 연극에 경관이 입장권을 파는 셈이엇다.

　　홍은 다른 데로라도 들어가랴고 공원의 주위를 한번 빙돌앗다. 그러나 그것도 또한 쓸 데 없는 일이엇다. 가는 곧 마다 네ㅅ걸음에 한 사람씩 다리에 행전을 치고 모자끈으로 턱을 졸라 맨 순사가 마치 전장에나 나온 듯한 긴장한 자세로써 지키지 아니한 곧이 없엇다. 그것이야말로 정말 순사로써 성을 싼 것이엇다. (19회)

　　이와 같은 일본인과 식민지 조선인의 상호인식은 이 시기 일본인과 조선인 사회주의자의 연대를 상기시키는데, 일본인과 조선인의 만남 중에서도 '조선인노동자와 일본인노동자'의 만남과 연대 관계가 중요할 수밖에 없다. 하지만 작품 초반 '리'가 다쳐서 K시에 머물 때 도와준 일본인 아나키스트 호사까를 제외하고는 조력해주는 일본인 운동가는 등장하지 않는다. 노동현장에서는 오히려 일본인 노동자들이 조선인들을 배척하여 '홍' 일행은 다른 일터로 옮겨 다녀야 했다. 일본인 운동가들과 직접적인 연대는 드러나지 않는데 이 때문에 이 작품이 검열을 통과해 신문에 실릴 수 있었던 것 같다.

　　그럼에도 이 작품은 일본인 사회주의자의 동태와,[24] 무엇보다도 재

24　이 작품 속에서 1923년 5~6월경 일본인 사회주의자에 대한 다음과 같은 탄압이 이루어진다. "뜻밖에 호외가 돌앗다. 사람들은 다투어 그것을 주어 보앗다. ×××의 대검거가 시작되엇다. 일본에서도 처음 보는 일이엇다. 서슬 푸른 경시청의 자동차가 이리로 저리로 내달리엇다. 이렇다는 인물들이 속속히 채여갓다. 수색의 바람이 곧곧에 몬지를 날렷다. 그 바람은 마츰내 어느 대학의 연구실까지도 휩쓸고 지나갓다. 더위가는 여름 기운과 함께 일본의 운동은 물 끓듯이 시끄러웟다. 형사의 눈은 골목골목이 빛나지 않은 곧이 없다. L사에서는 이런 중에서도 조선로동자의 조직을 꾀하엿다." (24회) 이것은 일본

일조선인의 결집과정을 상세하게 가시화하고 있어 주목을 요한다. 도쿄에 도착한 홍 일행이 찾아간 곳은 잡지와 서적을 취급해 조선동무들에게 제공하는 P사였고, 자신들 역시 L사를 만들어 조선노동자의 연대를 모색했다. 실제로 정우홍이 일본 체류 당시 서점 평문사平文社를 위장으로 경영했는데,[25] 그곳이 L사의 모델일 가능성도 있다. 어쨌든 확실하게 어느 것을 가리킨 것인지 단언하기 어려우나 운동 조직의 초기 모습을 신문소설에 공공연히 드러내고 있다. 여기서 중요한 것은 연대와 각성의 과정이다. 12~14시간을 일해야 했던 이들에게 8시간 노동을 표어로 내건 메이데이는 중요한 사업이었다. 그러나 순사의 엄격한 통제와 조선인 노동자의 시위 참여 자격 박탈로 메이데이는 비참하게 끝나고 만다. 그럼에도 이들의 노력은 멈추지 않고 계속되었고 일판을 쫓아 조선인 노동자를 만나 설득하는 과정이 재현되고 있다.

그들은 모든 일판을 쫓아 다니엇다. 많은 조선사람 로동자와 알게 되엇다. 그들과 점점 련락을 갖게 되엇다.

그들은 다시 로동자 이외의 다른 조선사람들과도 사괴이게 되엇다. 여러 곧의 운동 단체에도 발을 들여 놓게 되엇다. 모임이 잇는 때에는 자조 쫓아다니기도 하얏다.

그리하야 L사에는 차차 많은 사람이 드나들게 되엇다. 그중에는 로동자

당국이 당시 와세다대학 강사였던 좌야 학(佐野 學)이 관리하던 공산당 관계 서류를 발각하여 검거에 들어간 사건을 말하는 듯하다. 立花 隆, 朴忠錫 者, 『日本共産黨史』, 高麗苑, 1985, pp.50~51 참조.

25   정우홍, 앞의 책, 228쪽. 근대 일본 서점은 출판·유통·판매를 함께 하는 출판사의 일종이었다. 그 대표적 예가 이와나미서점이다.

도 잇엇다. 학생도 잇잇다. 그러고 또 많은 운동자도 잇엇다.

뿐만 아니라 나종에는 다시 식구까지가 불기 시작하얏다. 고향에서는 몇 사람의 친구가 새로 오고 드나드는 이들 중에서도 아조 식구로 되어 버린 사람도 잇엇다. 처음의 세 식구가 얼마 아니하야 네 사람이 되고 네 사람이 고닥에 다시 여섯 사람, 여듧 사람하고 자꾸 자꾸 증가되어 갓다.

이리하야 식구가 가장 많을 때에는 마츰내 열 사람을 돌파하게까지 되엇다. 넓지 못한 두 방이 어지간이 들어찻다. 그들이 한창 떠들고 야단을 칠 때에는 조고마한 집은 금방 그들의 긔운 속에 떠나 갈 듯이 시끄러웟다. L사는 마츰내 동경 조선사람 로동운동자의 조고마한 한 소굴이 된 것이엇다. (23회)

그런데 작품에서 L사의 식구가 많이 늘었다고 강조하지만 실상은 그 수가 십여 명에 그치고 있다. 그리고 뒤이어 1923년 6월에는 조선노동자단체 결성이 서사화되고 있다. 당시 1923년 1월경 공산주의자들이 김약수金若水를 중심으로 북성회를 조직한 바 있는데 비교적 규모가 작아 L사와 북성회의 관련을 유추할 수 있게 하는 대목이다. 또한 작품에서는 1923년 7월 도쿄의 조선운동자들이 강연단을 조직해 조선순회를 떠난다. 여기서 당시 실제로 있었던 조선인유학생 사상단체 북성회의 하계순회강연과,[26] 이후 북풍회(1924.12)의 연관성을 짐작할 수 있다. 당

---

[26] 조선인 변호로 널리 알려진 일본인 변호사 후세 다츠지(布施辰治, 자유법조단 소속 온건사회주의자)는 1927년 7월에서 8월에 걸쳐 조선을 방문했다. 여기에는 조선인 유학생 사상단체인 북성회가 조선에서 개최한 하계 순회 강연의 변사를 맡기 위한 목적도 포함되어 있다. 오이시 스스무 외,『후세 다츠지』, 지식여행, 2010, 34쪽. 토월회(土月會) 역시 1923년 여름 방학에 고국방문 공연을 위해 식민지 조선의 서울로 나갔다. 金乙漢,『實錄 東京留學生』, 탐구당, 1986, 81쪽.

시 김종범, 배덕수 등과 함께 일본에서 투옥된 정우홍은 이후 조선에서 이들과 함께 북풍회의 일원이 된다.[27]

고생과 병에 시달리면서 하는 이러한 투쟁이 순조로울 수만은 없다. 노동자의 계급의식이 성립해가는 과정이기에 더욱 그러하다. 그 내면이 사실상 유일하게 드러나는 인물이 '홍'이다. 그는 자신을 아껴주던 조선의 조모의 죽음과, 순회강연을 위해 조선으로 갔던 '정'의 죽음, 지진에 의한 의형제 '진'의 죽음을 접한다. 하루에도 수십 번 급변하는 마음을 되돌아본 '홍'은 그때마다 주위 사람의 죽음을 상기하고 삶의 가혹함에 어이가 없어 절로 나오는 "웃음"으로 승화하려 한다. 이러한 삶의 태도는 관동대진재를 맞닥뜨렸을 때 위력을 발휘한다. "이런 속에 죽으면 어때", "지금 오다가 호외를 본즉 진재는 아즉도 멀었다우" "아즉도 멀었스면 사람들은 아조 다 죽으라구", "죽으면 대사유 언제 죽어도 한번은 죽을 걸", "따는 죽어도 혼자 죽지는 않을 테니깐" 등 죽어도 동료와 함께 한다는 신념이 공포를 "웃음"으로 바꾸는 힘이 된다. 그래서 이 작품은 대진재의 참상에도 불구하고 공포가 강하게 표출되지 않고 상쇄되고 있다. 사회주의운동가의 심성이 대진재를 견디는 심성과 연결되는 점이 이 소설의 또 하나의 특이성이다.

---

27   스칼라피노·이정식, 한홍구 역, 『한국 공산주의운동사』 1 — 식민지시대, 돌베개, 1986, 114~119쪽 참조.

3. 관동대진재의 발발과 수감되는 조선인

후반부에서 주목되는 점은 ① 대진재 장면과 일본인들의 흥분-조선인의 '방화예비행위'죄, ② 경찰서 연무장과 유지창 속 조선인의 처지-나라시노 수용소와 경찰서 유치장으로 분리되는 조선인, ③ 경찰서 유치장 벽면의 낙서-서브컬처로서의 성문화와 사회주의자의 감성, ④ 기타-감방에 있는 아나키즘의 거두 '박열'의 존재다.[28]

바로 네댓걸음 밖에서 노랑수염의 형사가 몃 사람의 자경단원(自警團員)과 함께 팔을 내밀고 그에게로 헴척왓다.

"잠깐 경찰서까지"

"무슨 일로"

"몰라! 가면 알지"

하고 형사는 얼굴에 위엄을 띤다. 한 사람의 자경단원이 홍의 팔을 움켜 쥐엇다. 홍은 더 말할 필요가 없음을 개달엇다. 가자는 대로 오즉 끌려 갈 뿐이엇다. 그의 뒤에서는 송이 또한 끌려왓다.

그들이 Y서의 앞에 다달은 때이엇다. 홍은 문득 살기가 가득한 수만의 군중을 보앗다. 손에 곤봉 대창 돌멍이 같은 것을 들고 분노가 타오르는 눈으로써 마치 미친 개와 같이 사방을 살피고 잇든 군중은 어개를 잪여 오는 홍과

28　당시 박열은 1923년 10월 2일에서 1924년 6월 4일까지 구류되어 있었다. 이 작품 결말에서 홍 일행이 1923년 10월 15일경에 출옥하는 것으로 되어 있고, 홍이 "아나의 거두인 박(열) 씨"와 같은 방을 쓴 것으로 서술되고 있다. 박열과 후미코에 대해서는 야마다 쇼지, 정선태 역, 『가네코 후미코』, 산처럼, 2003 참조.

송을 보자

"으악!"

하는 함성을 치면서 달려 들엇다. 얼굴, 머리, 텔미, 어깨, 허리 같은 데는 주덕과 몽동이와 돌멩이가 수없이 나려졋다. 홍은 맞는 중에서도 너무나 어이가 없어서

"천지개벽을 하는 이 란리통에 이건 또 무슨 작란일가"

하고 생각하면서 오즉 어깨를 끄는 대로 경찰서의 뒷문으로 발을 들여 놓을 뿐이엇다. 문이 쾅하고 다치자 군중은 다시 몽동이와 돌멩이를 던저서 판자담을 부셔저라 하고 따리엇다. 그들은 마치 이번에 진재를 일으킨 책임이 홍과 송의 두사람에게 잇는 듯이 생각하는 모양이엇다. 홍은 도모지 웬일인지를 몰랫엇다. (37회)

1923년 9월 1일 관동대진재가 발생하고 도쿄의 거리는 하루가 다르게 참담해져 갔다.[29] 주지하듯 계엄령이 선포되었고,[30] 조선인이 우물

---

29 큰 거리는 정말 말할 수 없어 더 참담하얏다. 산덤이 같은 집이 너머적서 길의 한 도막을 가로 막엇다. 땅바닥이 기다랗게 쩍쩍 갈라졋다. 그 속은 깊어서도 모지 굽어다 볼 수도 없다. 길의 량편에는 피란하는 사람들이 가득히 모이어서 정신을 잃은 눈으로 사방을 휘둘러 보앗다. 으사이를 다시 정신을 잃은 사람들이 밭게 오고 갓다. 전차도 끊어졋다. 인력거도 끊어졋다. 이따금 한 두대의 자동차만이 사람들을 바누질하면서 다러낫다. 상점의 문짝에 어떤 신문사의 먹으로 쓴 호외가 나붙엇다. 그 아래에는 사람이 개미떼 같이 모여서 고개를 처들엇다.

이번 진재는 실로 칠십 년래에 처음 보는 진재이다. 그것은 아즉도 더 계속 될 듯하다. 십여처에서 화재가 일어나서 방금 성히 타는 중에 잇으나 물이 없어서 끌 수가 없다. 사람들은 서로 조심하고 경계하야 전고에 없는 이 큰 재난(災難)을 잘 지내지 않으면 아니 된다. (…중략…)

멀리 바라보면서 시내에서는 하늘을 덮는 불길이 바람을 따라서 혼들거리엇다. 수십리나 뻗히어서 붉고 히고 검은 연기가 서로 휩싸면서 물결을 치는 그 광경은 과연 무엇으로써도 형용할 수 없을 만큼 처장(淒壯)을 다하얏다. 공포에 떠는 가슴에서도 때로는 "네로"

독약을 타고 진재를 틈타 불을 지른다는 유언비어가 당국에 의해 유포되자 자경단 등에 의한 조선인 학살이 자행되었다.[31] 앞의 인용문은 이 작품에서 유일하게 일본인 민중의 대응을 확인할 수 있는 대목이다. 대창과 몽둥이, 돌 등이 등장하고 일본인이 분노를 표출하고 있지만 검열을 의식한 때문인지 학살이 재현되어 있지는 않는다. 이전 절에서 일본인 사회주의자와의 직접적인 연대가 형상화되지 않았던 것처럼 조선인 학살을 생략했기 때문에 이 작품이 서술 가능했던 것이다.

이것은 이후 경찰서의 연무장에 있는 조선인의 처지가 명확히 드러나지 않는 것과 동일한 맥락이다. '홍'과 '송'이 형사에 이끌려 경찰서 뒤의 연무장으로 갔을 때 조선인의 수는 점점 늘어나 이백여 명을 넘기고 있다고만 서술되고 있다. 그러나 실제로 당시 검속된 사람들은 군대 병영이나 경찰서에서 전시 포로보다 더 가혹한 취급을 받았다. "다수는 뒤로 손

식의 시(詩)가 속아 낫다. 이따금 무슨 위험물이 폭발되는지 굉장한 폭음이 들려왔다. 밤에도 혼들임은 걸잡을 새 없이 왔다. "우르르" 하는 소리만 하고 지나가는 때도 많엇다. 그러나
"우르르, 덜덜덜, 떨떨떨"하는 큰 놈도 잊어버리지 않을 만큼 한번 씩은 찾어왔다. (34회)

30 강덕상은 관동대진재 당시 일본권력의 중추에 있었던 관료와 군인 중 과거 1918~1920년 사이 식민지전쟁 때 제일선에 있었던 자가 의외로 많았고, 따라서 이들이 진재로 권력이 와해되는 것을 틈타 조선인이 폭동을 일으키지 않을까 하는 예단으로 계엄령을 발동했다고 지적했다. 강덕상, 김동수·박수철 역, 앞의 책, 10쪽.

31 야마다 쇼지에 따르면 자경단은 지역유력자가 주도하여 네 가지 유형으로 결성되었다. 먼저 경찰의 보증까지 붙은 유언비어를 듣고 자발적으로 자경단을 조직했다. 두 번째는 도적이나 방화를 누구나 예상해서 야경단을 조직했다가 그후 조선인 폭동 소문을 듣고 자경단으로 바뀌어간 예. 다음으로 대진재 수년 전 1918년 쌀소동 등을 겪고 '경찰의 민중화'를 표방해 마을 단위로 만든 '안전조합 및 안보조합'이 자경단화 된 경우가 있다. 마지막으로는 '내무성-현-군-각 마을'의 경로 또는 경찰서의 지령에 의한 자경단이 결성됐다. 야마다 쇼지, 이진희 역, 『관동대지진 조선인 학살에 대한 일본국가와 민중의 책임』, 논형, 2008, 134~138쪽; 재일조선인과 관련된 유언비어의 유포와 자경단 조직의 배후에는 내무성과 내무관료의 강한 동의가 있었다. 副田義也, 『內務省の社會史』, 東京大學出版會, 2007, p.481.

이 묶여 연병장이나 경찰서 마당에서 나뒹굴거나 유치장, 연무장鍊武場에 감자처럼 쟁여"[32]지기도 했다. 이들과 다르게 '홍'은 불을 내려고 도화선까지 만들었다("방화예비행위" – 작품에서 쓰인 용어)는 사법계 주임의 일방적인 추궁을 부인하고 유치장에 갇힌다. 이후 작품에서 경찰서 내 조선인 중 '홍' 일행 등 일부가 유치장에 남겨지고 연무장에 있던 나머지는 나라시노習志野로 끌려간다. 여기서 나라시노라는 장소가 이목을 끈다.

나라시노 수용소는 '조선인 폭동'이 사실 무근이라고 입장을 정리한 일본 정부가 조선인에게 가해지는 박해를 시정 · 방지하고, 이들을 자경단을 포함한 각종의 폭력과 학살로부터 격리하기 위한 시설이었다고 알려져 있었다. 당시 압수된 조선의 신문에도 "유학생들이 소관경찰에 수용하였던 사람들은 대부분 나라시노에 옮겨 지금 군대의 보호를 받고 있으므로 생명에는 별반의 위험이 없으나 고국으로 돌아오려 하는 사람이 많아도 아직은 내보내지 아니하여 그대로 주먹밥을 얻어먹고 간신히 연명을 하는 중"[33]이라고 쓰고 있다. 유언비어 유포 이후 사태가 심각해지자 일본 당국의 조선인 보호조치가 이루어졌다. 실제로 당시 도쿄에서 직간접으로 관동대진재를 경험한 김을한에 따르면 재일조선인의 피해가 커지자 처음에는 학살에 참여했던 헌병도 나중에는 눈이 뒤집힌 군중들로부터 보호를 한다고 조선사람만 보면 강제로 경찰서로 데려다가 수용했는데 자신도 요도바시淀橋경찰서 유치장에 보호를 받았다고 한다.

---

32   강덕상, 김동수 · 박수철 역, 앞의 책, 249쪽.
33   「군경의 보호로 생명은 보전하나」,『동아일보』, 1923.9.19: 정진석 편,『日帝시대 民族紙 押收기사모음』I, LG상남언론재단, 1998, 159쪽.

김을한의 회고에서 더 주목되는 점은 경찰서 안에 있을 때 수많은 일본 군중이 모여들어 조선인을 내놓으라고 소리를 지르는 바람에 어떻게 될지 불안했다는 대목이다.[34] 왜냐하면 진실을 구명究明하려는 연구자들의 노력이 계속되면서 일본 당국이 계엄령을 풀고 조선인을 '격리' 시키기 위해 나라시노에 수용했지만 이를 기회로 불온사상을 가진 자를 색출하여 죽였다는 사실이 밝혀진 바 있기 때문이다.[35] 일본 당국이 수용소 근처에서 조선인을 내놓으라는 일본인들의 요구를 일부 들어줘 학살이 확대되고 또 은폐되었던 것이다.

　이 소설의 의문점은 소설에서 형사가 홍 일행이 폭탄을 제조하지는 않았지만 이미 그전부터 사회주의운동자임을 인지하고 있었는데도 나라시노에 보내지 않은 이유이다. 유치장을 경험한 작가의 서술상의 필요이자 '홍' 일행을 범죄자로 간주한 때문일 테지만 보냈다고 하더라도 풀리지 않은 문제가 있다. 시인 김동환이 당시 나라시노에 있었듯이[36] 나라시노 안에서 학살당한 이와 그렇지 않은 이가 어떤 기준에서 분류되었는지 연구가 더 필요한 대목이다. 또한 나라시노 외에도 아오야마青山, 이리야마즈不入斗, 메구로, 가잔마루華山丸 등 수용소가 다양했는데 정우홍이 왜 하필이면 나라시노를 선택했는가 하는 점이다. 그가 나라시노 내 학살을 알고 있지 못했더라도 그곳이 일본에서 가장 많은 조선인을 수용한 시설이라는 점에서 나라시노를 가장 대표적인 수용소로 인식했을 가능성이 있다.

34　金乙漢, 앞의 책, 82쪽.
35　여기에 대한 구체적인 내용은 강덕상, 「1923년 관동대진재(大震災) 대학살의 진상」, 『역사비평』 45, 역사비평사, 1998; 강덕상, 김동수·박수철 역, 앞의 책을 참조할 것.
36　김홍식, 앞의 글 참조.

그럼에도 작가가 소설의 주인공을 수용소가 아닌 유치장에 두고 계속해서 서술을 전개한 것은 이 작품이 자신의 체험을 반영한 자전적 소설임을 드러낸다. 특이한 점은 유치장에 갇힌 상태에서 여진이 계속 이어져 불안하고 무서울 텐데, 수감 생활이 나름 재미있게 그려지고 있다. 경찰서 유치장 벽면의 야한 낙서와, 경찰을 속이는 빼어난 배탈연기로 화장실을 통해 다른 방 사람들과 신문을 나눠보고, 유치장 견학을 온 외부경찰을 조롱하는 장면, 자체적으로 "이야기데이"를 만들어 성적인 얘기를 나누는 일 등이 연속된다. 이런 내용은 당시 엄혹했던 수감 생활 속에 존재한 수인囚人의 문화를 반영하고 있다.

또한 정우홍이 당국을 의식한 형상화일 수도 있다. '편한' 수감 생활은 일본 당국이 대진재하 조선인이 학살되는 것으로부터 보호하고 있다는 논리를 그대로 승인하는 효과가 있기 때문에 검열을 걱정하지 않아도 되기 때문이다. 소설 내 인물들은 죄수라기보다 오히려 보호받는 조선인에 가깝다. 이들에게는 하루에 세 번의 주먹밥이 제공되고 있지만, 연구에 따르면 "하루에 한 개의 주먹밥이 제공되기도 했다고 한다. 그래서 배고픔 때문에 화장실에 기어가는 사람도 있었고 물조차 제대로 마실 수 없었다".[37] 그런데 작품에서는 주먹밥도 제공되고 화장실에 기어가기는커녕 다른 방과 신문을 돌려보기조차 하고 있다. 공포스럽지만 나름 편하고 재미있는 수감 생활 묘사는 검열당국의 시선을 의식했다고 볼 수밖에 없다. 하지만 수감된 조선인의 처지가 이미 알려진 상황에서 독자들이 이 내용을 온전히 믿으면서 읽었다고 하기도 어렵다.

---

37 강덕상, 김동수·박수철 역, 앞의 책, 250쪽.

이 감방 안에서도 질거움과 취미는 얼마든지 발견할 수 잇는 것이엇다. 홍은 우선 판자벽에 삭여 잇는 글을 주어 읽는 데서도 정말 백%의 취미를 끼치지 않을 수 없엇다. 그는 먼저 이편 벽에서

"술 먹어라 百藥의 長, 게집 사랑해라 無上의 快樂"

이라는 거칠은 글씨를 나려 읽엇다. 물을 것도 없이 그것은

어떤 에로당(黨)의 작란인 것이엇다. 그러나 문 옆 벽에는 그보다도 더욱 로골적으로

"現代 一의 色魔, 矢野虎雄"이라는 문구가 커다렇게 가로 누어 잇다. 이미도 어느 녀자를 강간하고 들어온 자의 숨김 없는 광고가 아닌가 하고 생각되엇다. 그러나 수없이 쓰여 잇는 이러한 에로식의 것이 아니고라도,

"우리에게 職業을 다고"한 어느 실업자의 불으지즘인 듯한 것 따위도 또한 잇섯다. 직업을 잃고 배가 곯바 무엇을 훔척 먹다가 들어온 사람의 자최가 아닌지도 알 수 없는 것이엇다.

"四谷不良少年天野龍行"은, 도적질이 天才"라고 한 것 같은 것은 그것을 그렇게 크게 써놓고 나간 것만으로 보아도 그가 정말 어떻게 큰 불량소년인가를 짐작할 수 잇엇다. 그밖에도 다시

"秘密結社 피스톨團長香坂"이라든가

"櫻血團員松一"이라든가 하는 것 따위는 벽이 추저븐 하도록 얼마든지 쓰여 잇으며 그리고 또 저편에는 녀자의 라체화(裸體畵)가 눈에 선뜻 뜨일만치 묘하게도 그려적 잇음을 볼 수 잇엇다.

이런 작란의 자최를 말큼 주어 세이자면 그것은 몇 백가지가 될는지 모르게 많엇다. (44회)

그럼에도 소설의 인물들은 비록 경찰서 안이지만 나름 '적응'해 가면서 사회주의자의 심성을 드러내고 있다. 그래서 유치장 내 웃음을 유발하는 요소들이 오히려 엄숙한 당국을 조롱하는 듯한 효과를 갖는다. 경찰서 유치장 내 벽면 낙서는 흥미롭다. 이 작품이 쓰일 무렵 에로·그로·넌센스가 유행하긴 했다. 정우홍이 이 작품을 쓰면서 당대에 유행한 코드를 작품에 반영한 것인지 아니면 관동대진재 당시 실존했던 것을 재현한 것인지 명확히 분별할 수는 없다. 그러나 르포르타주 수법이라는 점에서 낙서는 하위문화의 표현이거나 혹은 직설적인 항변이 어려운 상황에서 사회적 불만을 표출하는 한 방식으로 생각된다. 일례로 일본 프롤레타리아작가 고바야시 다키지의 「1928년 3월 15일」에도 유치장 낙서가 묘사되는데 성애화된 희극적 낙서가 정우홍의 것과 매우 닮아있다.[38]

이것이 더욱 의미를 갖는 것은 사회주의운동가의 내면성 때문이다. 식민지기에 '신성한' 아지트 키퍼가 실재하긴 했지만, 보통 사회주의 소설가에게 연애서사는 권장되지 않았다. 「진재전후」 역시 운동가의 연인이 등장하지 않지만, '성애 본능'을 부정하지는 않는다. 옥외음악회가 열리고 아름다운 여성이 왔을 때 자연스럽게 수감자의 시선이 향하고 작업은 늦춰진다. 수감자들은 감방에서 재미있게 지내자는 이유로 이론투쟁이 아니라 "이야기데이"를 만들어 각자의 연애담 등으로 소일한다. 이것은 인간이 가지는 보편오락의 일종으로 긍정되고 있다. 그러면서도 노동 운동가가 삶의 본능과 사회주의 이론 사이에서 겪는

---

38 고바야시 다키지, 황홍모·박진수 역, 「1928년 3월 15일」, 『고바야시 다키지 선집』 1, 이론과실천, 2012, 337~339·387쪽 참조.

갈등은 (다른 프롤레타리아문학이 그렇듯) 변증법적 모순으로 인식된다.[39] 이는 노동투쟁의 의식화 과정에서 나타나는 프롤레타리아소설의 전형적 경향이기도 하다. 하지만 이 작품의 특징은 '홍'과 같은 인물들이 지식인이면서도 인텔리가 지니는 노동자 멸시의식이나 특권의식, 운동가로서 이론의 기계적 체득·실천 등이 부재하다. 따라서 사회주의에 종속된 기계적 운동가의 모습은 찾아보기 어렵다. 다만 이 점이 사회주의운동가인 정우홍의 내면성인지는 확언하기 어렵다.

이처럼 이 작품은 관동대진재의 반박과 사회주의자의 내면성을 드러내는데, 이들의 향후 행보의 특이점은 이들이 경찰서에서 나왔을 때 도쿄가 다시 평온해진 결론이 환기하고 있다. 검열 때문일 것이라 추측이 되는데, 역사적으로 당시 구사일생으로 살아난 유학생들은 '진상조사반'을 조직했으나 당국의 압력으로 '이재동포罹災同胞위문반'이라는 이름을 걸기도 했다. 위문반은 돌아다니며 희생자를 확인하고 YMCA 회관에 모여 추도식을 가졌다. 10여개의 교포 학생단체들은 '嗚呼! 被

---

39   마침 일요인 이 날을 리용하야 옥외음악회가 열린 것이엇다.
그 곳에는 행복을 자랑하는 몇 천인지 모르는 신사숙녀가 가벼운 차림 차림에 서로 아름다움과 고음을 다투면서 모여 잇엇다. 한 음악이 그치고 새로운 음악이 다시 시작될 때마다 그들로부터는 환호와 박수가 연거퍼 일어낫다. 그들의 세상에는 정말 한가함과 질거움 밖에는 아무것도 없는 모양이엇다. 방금 그 옆에서 땀과 몬지와 야단과 피로 속에서 염병을 치르고 잇는 로동자들은 그들의 눈에 보일 턱도 없는 것이엇다.
"이건 너무도 심한 첨단적 대립(尖端的 對立)이군"
하고 홍은 흙을 파면서 혼자 말하엿다. 그것은 염병을 치르는 자의 옆에서 환락의 모임이 벌어진 것을 가르치는 것만이 아니엇다. 우선 홍 자신으로서도 손으로는 더러운 흙을 파면서 귀로는 아름다운 음악을 듣게 되는 것이, 또한 한 대립이라 아니할 수 없는 것이엇다.
"변증법은 내의 손과 귀에서도 활동하는군"
하고 그는 모순적 활동을 하고 잇는 자긔의 감관을 다시 한번 웃엇다.
그러나 생각하면 오즉 손과 귀만이 모순적 대립을 하고 잇는 것이 아니엇다. 그의 마음은 몹시 괴로웟다. (22회)

虐殺同胞'라는 만장輓章을 일제히 보내 단상에 내걸었는데 일본 경찰이 '虐'자를 지워버리고 '被殺'만을 남겨주기도 했다.[40] 그럼에도 재동경 조선기독교와 천도교 두 청년회 간부의 발기로 '조선인 학살 사건 조사회'도 만들어졌다. 즉 실제 길거리는 그리 평온하지 않았다. 당대 현실과 문학 속 현실의 극단적인 대비는 오히려 이들의 앞날이 평온하지 않았을 거라는 점과, 말해지지 못한 당대의 지난한 현실을 극명하게 드러내는 효과가 있다.

4. 1923년의 『동아일보』, 그리고 8년이 지난 1931년

정우홍이 1931년 『동아일보』에 소설을 기고한 이유는 무엇일까. 이를 구명究明하기 위해 먼저 관동대진재 당시 『동아일보』의 활동과 사회적 맥락을 살펴볼 필요가 있다. 1923년 『동아일보』는 9월 2일 도쿄에 특파원을 파견하여 일각이라도 속히 조선인들의 안부를 전하고자했다. 『동아일보』는 일본을 탈출한 메이지대학생 한승인韓昇寅과 접촉하여 관동대진재와 조선인 학살을 국내에서 처음으로 보도한 언론사이기도 하다. 9월 3일부터 진재 관련 사진이 하나씩 실리다가, 도쿄에서 탈출한 유학생 한승인, 이주성李周盛의 사진이 1면에 실리는 9월 7일[41] 그리고

---

40 金乙漢, 앞의 책, 91~92쪽.
41 이주성은 동양대학생(東洋大學生)이다. "이들은 당시 가장 위험한 경교구에 있어 참혹

다음 날인 8일 양일에 걸쳐 동경의 상황을 드러내는 사진이 대대적으로 보도됐다. 하지만 조선총독부는 「유언비어 취체령」(1923.9.7)을 발표하고 9월 1일부터 11월 11일까지 『동아일보』와 『조선일보』의 학살 사건 관련 기사 게재 금지 602건, 차압조치 18회가 이루어진다. 일본에서는 1923년 9월 20일 진재 관련 '신문기사 게재 금지'를 해제하지만 내무성이 조선총독부 경무국장에게 조선인 학살 사건에 관해서는 관청에서 단순히 발표하는 것으로 한정하고 이외에는 단호히 게재를 금지토록 요정했다.[42]

그렇다면 그때 조선인은 진재를 어떻게 알고 있었을까. 이상협이 『동아일보』 특파원이자 재외동포위문파견위원으로서 다량의 식량품을 구비하여 오사카부청의 허락을 받고 도쿄로 들어가 활동을 시작했다.[43] 특히 그는 나라시노 수용소를 직접 방문하여 3,024명의 조선인과 중국인 노동자 1,691명, 조선인과 결혼한 일본인 여자 등이 포로와 같은 생활을 하고 있다고 전했다.[44] 『동아일보』는 생존자인 한승인, 이주성을 통해 대진재 소식을 전했으며, 조선극장과 계약을 맺고 도쿄진재 영화를 제3보까지 상영했다. 『동아일보』 독자는 우대권 혜택을 줘 조선극장은 계속해서 대만원이었다.[45] 연이은 참상 소식으로 "동경이 바다 속으로 쑥 들어가고 하늘에서 불이 내려왔다"[46]고 알고 있는 조선

한 광경을 목도했으며 조선사람으로서 처음 귀국한 사람이다." 「구사일생으로 동경을 탈출한 二學生 생지옥의 실황을 목도한 최신소식」, 『동아일보』, 1923.9.7, 1면.

42 김흥식, 앞의 글, 181쪽.
43 「在外同胞慰問會 派遣員의 必死…」, 『동아일보』, 1923.9.7, 1면.
44 「收容中의 三千同胞를 차저 一日을 눈물을 習志野에」, 『동아일보』, 1923.9.30, 3면.
45 「일본대진재영화를」, 『동아일보』, 1923.9.9, 3면; 「東京震災映畵 第三報가」, 『동아일보』, 1923.9.11, 3면.
46 한승인, 『東京이 불탈 때』, 대성문화사, 1973, 67쪽; 조선 내 기독교 단체에서는 이를

인도 있었다. 도쿄 인구가 백여만 명 줄어드는 등 피해가 심각하자 경도대판京都大阪 천도설 논의까지 있었다.[47]

상황이 이렇게 되자 대내외적인 지원이 이루어졌다. 구주대전에 참가한 연합국연합총회에서는 구주대전의 전우인 '일본제국'을 위한 원조를 결정했고,[48] 21개조를 주장한 일본과 경제단교를 선언했던 중국이 구제와 배일운동과는 별개라고 표명하며 지원을 했다.[49] 일본의 진재 충격은 식민지 조선의 경제에도 영향을 미쳤기 때문에 상공회의소에서는 경성의 재목상조합 등 각종 상공업조합에 미친 영향과 대책을 강구했다.[50] 조선총독부는 조선의 경제적 혼란보다 치안을 우려했다. 일본 천황의 '치안유지·지불유예·폭리취체 긴급칙령'이 보도되었으며,[51] 기병일대가 서대문에서 동대문까지 시위를 하는 등 경성을 준계

말세의 징조로 간주하고 警醒과 悔改를 통해 하나님의 영접을 준비해야 한다고 설파했다. 「東京大地震에 鑑하야 우리의 警醒」, 『活泉』, 기독교대한성결교회 활천사, 1923, 542~545쪽.

47 「東京人口 百餘萬名이 減少」, 『동아일보』, 1923.9.12, 3면; 「遷都問題大會議」, 『동아일보』, 1923.9.12, 2면. 천도론은 진재 당시 논의된 공동성·평등성 강조론의 하나의 귀결이었다. 사치가 극에 달해 인간 개개인이 부르주아 사회를 쇄신할 수 없을 때, '자연'이 그것을 대신해 준 것이라 합리화하기도 했다. 근대산업문명에 대한 비판과 자연회귀를 향한 찬가라 할 수 있다. 하지만 실제 서민들의 세계와는 유리된 일면도 있었으며,(筒井清忠, 『帝都復興の時代—關東大震災以後』, 中公選書, 2011, pp.114~120) 진재 이후 동경 시장에서 내무대신이 된 고토 신페이는 9월 12일 천도는 없다는 조서를 발표했다. 武村雅之, 앞의 책, p.198.

48 「震災와 列國의 同情」, 『동아일보』, 1923.9.8, 2면.

49 「斷交抛棄는 誤解 救濟와 排日은 별개 문제」, 『동아일보』, 1923.10.4, 2면. 진재로 일본의 국력이 중대한 치명상을 받아 세계열강으로부터 동양을 변호할 능력이 줄어든 것은 동양 전체의 불행이기 때문에 중국이 지원한다는 견해도 있다. 「日本震災와 東洋의 政局」, 『동아일보』, 1923.9.20, 1면.

50 「震災와 各種組合」, 『동아일보』, 1923.9.28, 2면.

51 「治安維持緊急勅令」, 『동아일보』, 1923.9.8, 2면; 「緊急勅令又發布」, 『동아일보』, 1923.9.9, 2면.

엄령 상태로 만들었다.[52] 한편으로는 조선인을 학살한 사실을 은폐하고 민심을 안정시키기 위해 거짓 시찰보고를 공개적으로 하기도 했다.[53] 또한 "부산에서는 귀향하는 조선인 피난민의 감정을 무마하기 위해 조선총독부 고관 부인들로 구성된 봉사단까지 동원해 회유"[54]에 힘썼다. 도쿄에서는 진재의 충격으로 130여 명의 정신병자가 발생하기도 했지만,[55] 그곳 재일조선인은 빠르게 재건되어가는 도쿄의 모습도 목도했다. 11월 초순 도쿄 각 대학에서 소실되지 않은 다른 건물 등을 빌려 개학을 했고, 공지에는 임시응변으로 목조건물인 바라크假建物가 하룻밤 사이에 급격히 늘어가는 것이 이 당시 건설의 템포였다.[56]

관동대진재 이후 발생한 여타의 지진 관련 기사는 식민지 조선에 계속해서 매년 보도됐지만 보도 정도가 강하다 싶으면 압수되기도 했다. 예를 들면 1928년 9월 15일 자 신문에 "최근 재변災變속출의 일본에서는 열차 매몰 5명, 열차 충돌 5명 사상, 공장 전소 사상 3명, 공장 도괴 2명 중상, 자동차 추락 승객 중경상, 눈사태로 3호 매몰 9명 사상, 사원 도괴 5명 즉사, 1호 매몰 5명 생매, 1호 도괴 3명 참사"했다는 기사가 검열을 통과하지 못하기도 했다.[57] 그런 점에서 조선인학살을 드러내

---

52 「東京災變과 人心」, 『동아일보』, 1923.9.8, 1면.
53 「朝鮮人暴動은 虛說」, 『동아일보』, 1923.9.17, 3면.
54 류교열, 「부관연락선과 도항증명서제도」, 최영호 외, 『부관연락선과 부산』, 논형, 2007, 97쪽.
55 「진재정신병자」, 『동아일보』, 1923.10.7, 3면
56 한승인, 앞의 책, 95~96쪽.
57 정진석, 『극비 조선총독부의 언론검열과 탄압』, 커뮤니케이션북스, 2008, 229쪽. 일반 검열 표준-안녕질서(치안) 방해의 사항 (8) 공산주의 무정부주의의 이론 내지 전략전술을 지원 선전하거나 또는 그 운동의 실행을 선동하는 사항 (23) 조선의 독립을 선동하거나 또는 그 운동을 시사하고 혹은 이를 상양(賞揚)하는 것 같은 사항 (27) 조선민족의 경우를 곡설하고 이를 모욕하여 기타 조선 통치상 유해하다고 인정되는 사항 정진석,

지 않았다고 하더라도 진재를 재현하는 소설을 쓰도록 허가해준 것은 주목을 요한다.

정우홍이 작품을 쓴 1931년의 상황은 어떠했는가. 일본은 대진재 이후 부흥사업의 일환으로 모더니즘풍의 민간아파트를 세웠다. 또한 1924년 5월 설립된 도쥰카이同潤会가 주로 중산층을 대상으로 지진에 약한 목조주택 대신 콘크리트 아파트를 건립했다. 미츠코시三越백화점은 세계경제공황의 불황에도 성장하는 등 대중소비사회로 진일보하고 있었다. 하지만 1929년부터 시작된 세계공황의 여파는 심대했다. 이노우에 재정하의 일본경제는 1931년에 이르자 주가는 1929년 대비 3할이 하락하고 농가소득은 반감했으며 계층 간 소득격차가 심화되었다. 그 여파로 대학생 등 젊은 층의 취직난이 확산되면서 향락을 추구하며 도시를 방황하는 이들이 증가하고 있는 상황이었다.[58]

국외로 시선을 돌리면 만주사변 발발 직전이었고, 식민지 조선은 신간회가 해체될 무렵이었다. 또한 「진재전후」를 내준 『동아일보』는 당국의 검열강화에 따라 1920년대 후반 좌익성향의 기자를 퇴사시키고 1929년 문화면을 증면했으며 상업성을 지향하면서 민간신문기업화를 진행하던 무렵이었다.[59] 『동아일보』는 정우홍의 「진재전후」 이전에는 이태준의 「고향」(1931.4.21~29)을 실었고, 비슷한 시기에는 이광수의 「이순신」(1931.6.26~1932.4.3)을, 진재소설 이후에는 조용만의 「방황」(1931.8.28~9.2)을 연재했다.

위의 책, 262~263쪽.
58 井上壽一, 『戰前 昭和の社會』, 講談社, 2011, pp.27~107.
59 한만수, 「만주침공 이후의 검열과 민간신문의 문예면 증면, 1929~1936」, 『한국문학연구』 37, 동국대 한국문학연구소, 2009, 259~265쪽.

그렇다면 1931년 5월 사회주의자 정우홍은 왜『동아일보』에 소설을 연재했을까. 첫째 신간회 해소 등 당대 사회주의자들의 움직임, 둘째 관동대진재 무렵『동아일보』와의 관계, 셋째 일본 내 또 다른 진재 등을 고려할 수 있다. 정우홍이 작품을 쓰기 시작한 열흘 후 신간회가 해소되었다.[60] 비/해소의 논쟁을 떠나 해체가 아닌 해소인 만큼 이는 초기 사회주의 조직 형성시기를 상기하게 했고, 남겨진 과제를 위한 사회주의자의 초심과 결속력을 촉구하고 있다. 두 번째로 대진재 무렵『동아일보』와 북성회의 관계는 다음의 압수 기사를 참조할 수 있다.

사회주의 사상단체로 일본 동경에 본부를 두고 무산계급 해방운동의 '전위대'인 '북성회'는 그 회원들의 학술적 근거와 단련한 경험에 의지하여 일본주의자와 서로 손을 잡고 파란 많은 전선에 서서 싸우던 바 금번 진재사무소를 '동경 무하중야 정소하 28번지'에 이전하고 북성회에서 운전하여 오던 재일본 조선노동자 상항조사회와 또는 동경 조선노동동맹회와 같이 **일본 노동총동맹회 응원**하에서 이재동포의 조사와 위문에 분주중이며 여론을 환기하기 위하여 지난달 하순에 동회원 '이혼' 씨와 노동동맹회원 두 사람과 대판과 신호에 가서 대판신호 조선노동동맹회와 기타 여러 단체와 연락을 맺었다 하며 금번에 아래와 같은 결의가 있었다더라.

1. 진재시(震災時)의 조선인 학살 사건에 대하여 일본정부에 그 진상의 발표를 요구할 것.

---

60 주지하듯 신간회 해소는 세계공황과 일본 전쟁의 여파로 식민지 조선에 대한 착취가 한 원인이었다. 또한 농민운동에 관심이 많았던 정우홍의 기대와 달리 신간회는 농민·노동운동에 조직적인 대응을 하지 못해 비판받았다. 이균영,『신간회연구』, 역사비평사, 1993, 548~554쪽.

2. 학살에 대한 항의를 제출하며 피해자 유족의 생활권보장을 요구할 것.

3. 사회의 여론을 환기키 위하여 조선과 일본 주요도시에서 연설회를 개최하고 격문을 반포할 것.

4. 진재시 구호서(龜戶署)에서 살해를 당한 일본동지 9명의 유족의 위조금을 모집할 것.

5. 기관지 척후대를 금년대로 속간할 것.[61]

오늘날 북성회는 활동이 미약했던 것으로 알려져 있지만, 기사를 살펴보면 북성회는 1923년 말 오사카와 동경에 각각 결성된 조선노동동맹회 그리고 재일본 조선노동자 상항조사회와 함께 진재를 수습하기 위해 활발한 활동을 했다. 또한 북성회가 1923년 하계 순회강연을 했을 때 후원한 곳이 『동아일보』였다.[62] 1923년 9월 19일에는 『동아일보』 주관으로 동경이재동포구제회東京罹災同胞救濟會가 결성되었는데 주요 도시마다 각 지부가 생겨났으며, 2천여 원을 이재자들에게 기증하기도 했다.[63] 이러한 인연 등으로 정우홍이 작품을 쓰도록 지원했을 것이다.

또한 정우홍이 소설을 쓰기 전년도인 1930년 3월 24일 관동지방에 강진이 일어나 일대의 인심이 불안한 상황이었다. 특히 그가 알고 있었는지 모르지만 1930년 11월 일본의 순즈駿豆지방 지진 때 또 다시 조선

---

61 「북성회(北星會)의 최근 활동—5개조를 결의 후 실행에 노력, 각 노동단체와 일본노동단체의 응원 아래에서 대활동을 하는 중」, 『조선일보』, 1923.12.11; 정진석 편, 앞의 책, 165~166쪽.
62 오이시 스스무 외, 앞의 책, 34쪽.
63 정미량, 앞의 책, 43~45쪽.

인에 관한 유어비어가 돌고 폭행이 가해지고 있었다.[64] 정우홍이 소설을 쓰고 있을 때에도 관동과 도쿄에는 지진이 일어나 피해를 입었다는 소식이 경성에 전해지고 있었다.[65] 또 하나의 진재학살 사건이 (소규모라도) 벌어졌거나 혹은 벌어지지 않을까, 그래서 언제라도 학살을 당할 수 있는 식민지 재일조선인에 대한 염려가 심중에 있었을지도 모른다.

그런데 주목을 요하는 것은 정우홍이 5월 소설을 쓰기 시작할 때 일어난 일은 아니지만, 그가 13회분을 1931년 5월 21일에 쓰고 14회분은 동년 7월 14일에 썼는데, 그 사이 7월 2일 중국 장준의 만보산 사건이 발생하고 조선에 보도되었다. 일본인의 조선인 학살 문제를 논해야 할 때, 경성에서 중국인을 향한 조선인의 분노와 폭행·충돌 등 '반중국인 폭동'[66]이 발생했다. 정우홍이 만보산 사건에 대한 조선인의 대응을 목도했을 때 일본인과 조선인이 과연 얼마나 차이가 있는지 고민하지 않았을까. 그러나 이러한 정황은 짐작일 뿐 작품에서 확인하기는 어렵다. 소설에는 '가해자로서의 조선인'이라는 무/의식이 아니라 '피해자로서의 무/의식'만이 드러나 있을 뿐이다.

정우홍 소설의 내용 전개와 식민지 무의식의 관계는 플롯의 차원에서도 고려해 볼 수 있겠다. '도쿄 진입 전, 후, 진재기, 유치장기'로 전개된 이 작품은 사회주의운동가의 입장에서는 '운동준비기(방랑기), 거점 조직 및 운동기, 탄압기, 수감기'로 환원할 수 있다. 소설의 사회주

---

64 강덕상, 김동수·박수철 역, 앞의 책, 385쪽.

65 「復興祭 앞두고 관동지방 강진」, 『동아일보』, 1930.3.24, 2면; 「관동에 지진」, 『동아일보』, 1931.6.11, 2면; 「동경지방에 대지진 습래」, 『동아일보』, 1931.6.19, 2면.

66 '반중국인 폭동'에 대해서는 정병욱, 「신설리 패, 중국인 숙소에 불을 지르다―1931년 반중국인 폭동에 대한 재해석」(『역사비평』 101, 역사문제연구소, 2012, 338~372쪽)을 참조할 것.

의운동가들이 격한 투쟁을 하다가 수감된 것은 아니긴 하지만 관동대진재를 계기로 암묵적인 탄압을 받았다는 점에서 진재 이전의 노동운동이 그와 같은 결과를 초래하는 동인이었던 것만은 틀림없다. 이동성과 활동성의 요소로 작품을 재해석해보면 점점 사회주의자의 이동성과 활동성이 줄어들고 일본경찰이 출몰하며 중국에는 감옥으로 협소화되면서 작품 말미에는 정치색이 거의 사라지고 사적 요설의 범람으로 내용이 채워져 있다. 관동대진재를 다룬 이기영의 『두만강』 3부에서도 장소와 내용은 좀 다르지만, 구도는 '노동시장(오사카→도쿄→오사카→조선)-도쿄 대진재-옥내투쟁(중국)'으로 구성되어 있다.[67]

5. 나오며－피해자 대 차별

마명 정우홍의 「진재전후」는 진재 전 재일조선인 사회주의 노동자의 운동과, 대진재 당시를 서술하고 있다. 이 소설은 진재 무렵 사회주의자의 투쟁사이면서 수난사이기도 하다. 그럼에도 당국에서는 사회주의를 선전 고취하거나 찬양한 수준으로 보지 않았다. 이 소설은 재일조선인 노동자의 임금 등 노동자의 고된 삶을 핍진하게 그리고 있었다. 또한 노동투쟁의 일면에서는 L사가 삐라를 만드는 것을 형사가 뻔히 알면서도

---

67 이기영, 『두만강』 「제3부」 상, 사계절출판사, 1989, 106~153쪽.

회수만 하고 체포하지 않아 당시 사상의 자율성의 정도를 궁금하게 한다.

진재는 무엇을 남겼는가. 관동대진재로 인해 조선인뿐만 아니라 오스기 사카에大杉栄 등 일본 지식인과 탁음을 서툴게 발음하는 일본 민중,[68] 그리고 재일중국인 노동자 등 다수의 피해자가 발생했다. 또한 일본공산당 주요 간부 전원이 이치타니市谷 형무소에 있을 때 관동대진재가 일어났다. 대진재의 충격으로 제1차 공산당의 피고들이 '자백'을 하고 공산당 해체를 결의하고 만다.[69] 그리고 칙령 제403호 유언비어 단속령은 후일 치안유시법의 선신이었다. 진재 이후 조선인과 일본인의 연대도 효과적이었던 것만은 아니다. 1924년 1월 일본노동총동맹은 일본인 노동운동가의 살해에 대해 규탄 성명을 발표하지만 조선인 학살 문제는 외면하고 말았다.[70] 계급보다 민족이 우선시되었고 '일치협력 부흥보국'이라는 표어 아래 관민이 협력하는 보국정신이 강하게 드러났다. 그것을 보는 조선인은 일본인의 근면성과 단결, 자발성에 탄복하는 경험을 하게 된다.[71] 재건 과정은 조선을 지배하는 식민 모국의 국민성이 지닌 '건강성'을 드러낸 계기이기도 했던 것이다.[72]

---

68 일본인이 조선인으로 오인되어 많이 죽게 되자 '일본인은 머리띠를 매라'고 지시하고 다시 머리띠 매는 방법에 의해 조선인과 일본인을 구별하기도 했으며 일본사람에 비해 유난히 납작한 조선인의 뒤통수로 변별하기도 했다(金乙漢, 앞의 책, 90·94쪽). 또한 '주고엔 고주고센(十五円 五十五錢)'을 발음할 수 없는 조선인도 살해당했다.

69 立花 隆, 朴忠錫 譯, 앞의 책, pp.62~65.

70 한일민족문제학회 편, 앞의 책, 126쪽. 하지만 관동대진재 당시 미진했던 조일 사회주의 연대는 그 이후 1925년 8월 북풍회·화요회·조선노동당·무산자동맹이 나카니시 이노스케를 초청하여 환영좌담회를 하는 등 활발해지기도 했다. 8월 17일 나카니시 이노스케 환영좌담회 이후 23일 염군사와 파스큐라가 통합했다. 「일제시대 '카프' 준비모임 송영·박영희 등 한자리에」, 『한겨레』, 1991.12.24, 9면.

71 한승인, 앞의 책, 96쪽.

72 관동대진재와 같이 "커다란 천재(天災)조차도 단지 일본국민의 분기를 촉구하는 한 계기에 지나지 않았다. 그 기력이야 말로 (비 부족의 피해를 입은-인용자) 南鮮 사람들에

이러한 상황에서 일본 정부는 내선융화內鮮融和를 더욱 내세웠다. 내
선협회가 1924년 오사카, 1925년 가나가와현과 효고현에서 결성되었
다.[73] 그러면서 다른 한편에서는 9월 1일을 방재防災의 날로 지정해 대
규모 방재훈련을 실시하기 시작했다. 일본인 자신들이 관동대진재의
'피해자'라는 아이덴티티를 확립하려는 일환이다.[74]

그러나 그들은 가해자이기도 했다. 대진재를 전후해 노동현장에서
조선인 학살이 이미 자행됐다. 1922년 7월 니가타현 나카쓰가와 수력
발전건설공사에서 조선인 노동자 학살 사건이 있었다. 진재 2년 후에
는 "일본 삼중현三重縣 탄광에서 조선인 광부 삼백 명 이상을 작업 중 탈
출 계획이라는 명목하에 또 학살한 일이 있었다."[75] 관동대진재는 그러

게 바라고 싶은 것이다." 이광수, 이경훈 외역, 「旱害의 교훈」(1939.8.13), 『동포에 고
함』, 철학과현실사, 1997, 164쪽.

73 강재언·김동훈, 하우봉·홍성덕 역, 『재일 한국·조선인 ─ 역사와 전망』, 소화, 2005,
50쪽.

74 일본인에게 관동대진재는 큰 재난이었기 때문에 그 시기를 이겨내고 성공한 장년의 사업
가에게는 젊은 시절의 가장 중요한 역경사로서 소환될 수 있었다. 일례로, 유명잡지 주부
지우(1917년 창간)의 사장 이시카와 다케미(石川武美)는 진재가 18여 년이 지난 1941
년 '입신출세담'·'생활교훈서'류의 책을 냈는데, 자신의 사업수완과 삶의 태도를 정당
화하는 핵심 근거로 관동대진재를 든다. 관동대진재 당시 동경의 사옥이 다 불타버린
상황에서도 다시 재건을 할 수 있었던 여러 이유를 자신이 고수해온 삶의 신조에서 찾고
있다. (石川武美, 『내가 사랑하는 생활』, 主婦之友社, 1941, 67·110·116쪽 등 참조)
이시카와 다케미는 구체적으로 언급하지 않지만 관동대진재로 동경의 인쇄와 출판기구
들이 파괴되면서 문학의 사회적 성립·전파·보급의 조건과 기관에 대한 성찰이 촉진되
었으며, '수양주의 해체', '독자론' 등 사회현상으로서 문학을 고찰해야 한다는 논의가
부각되었다. 대정 후기 직업여성 등 여성독자층의 급증과 문단길드의 해체로 문학의 독
자 문제가 문학비평의 현실적인 주제의 하나로 거론되기 시작했던 것이다. 마에다 아이
(前田愛), 유은경·이원희 역, 『근대 독자의 성립』, 이룸, 2003, 248~291쪽, 이시카와
다케미와 관한 추가 논의는 이행선, 『총력전기 베스트셀러 서적, 총후적 삶의 선전물
혹은 위로의 교양서 ─ '위안'을 중심으로』, 『한국민족문화』 48, 부산대 한국민족문화연
구소, 2013 참조. 추가적으로 진재 당시 일본 문인의 반응은 미요시 유키오(三好行雄),
정선태 역, 『일본문학의 근대와 반근대』, 소명출판, 2002, 48~57쪽 참조.

75 정지용, 「東京大震災 餘話」, 『국제신문』, 1949.9.2; 정지용, 『정지용전집』 산문, 민음사,

한 학살을 '역사'로 돌출한 사건이었다. 그 이후 관동대진재는 재일조선인 '차별'의 표징이 되었다. 가령 재일조선인 2세인 서경식은 자신이 겪은 차별의 경험을 역사에 투사하여 관동대진재를 사실상 차별의 대표적 사례이자 기원으로 설명하고 있다. 자신의 저서 초두를 관동대진재 이야기로 채운 적도 있다.[76] 그를 비롯해 많은 재일조선인이 조선인 학살에 관한 진상규명과 피해보상, 사죄 등을 역설해 온 것이다. 이렇듯 대진재는 직접 겪지 않은 세대의 무의식에까지 영향을 미치고 있다.

그러면 해방 후 한국 사회는 어떠했는가. 『신천지』에서 교화국 죄승만, 부녀동맹 유영준의 체험을 바탕으로 학살의 진상을 세상에 알려 민족감정을 자극하는 글을 싣기도 했지만,[77] 정부수립 후 한일회담에 이르기까지 사실상 망실의 역사가 되어버렸다. 그 과정을 구명하는 것은 중요한 과제라 할 수 있다.

2003, 525쪽. 정종현은 미야현 탄광 사건이 1년 후에 일어났다는 정지용의 기억과 달리, 관동대지진 두 해 뒤에 일어났다고 지적한 바 있다. 정종현, 『제국의 기억과 전유』, 어문학사, 2012, 347쪽.

76 서경식, 『역사의 증인 재일조선인』, 반비, 2012, 24~29쪽.

77 김일환(金日煥), 「관동진재 당시 조선인 학살 사건의 진상」, 『신천지』 1-8, 1946.9, 152~157쪽.

제2장

식민지 조선의 형무소와 사회주의자의 감옥

정우홍, 하야마 요시키葉山嘉樹, 고바야시 다키지小林多喜二

1. 1920년대 후반 사상범의 증가와 정우홍

이 글은 사회주의자의 감옥 경험을 형상화한 정우홍의 두 소설 「그와 감방監房」(『동아일보』, 1929.10.22～11.16)과 「진재전후震災前後」(『동아일보』, 1931.5.6～8.27)를 살펴보고자 한다. 정우홍은 관동대진재 소설인 「진재전후」를 쓴 인물이다. 정우홍에 대해서는 필자가 해당 소설을 발굴해 학계에 보고하면서 알려지기 시작했다. 아직까지는 「진재전후」가 관동대진재를 다룬 식민지기 소설로 유일하다.[1] 발견 당시 신문 연재소설이

---

1   이전까지 관동대진재를 본격적으로 다룬 소설은 이기영의 『두만강』 3부가 유일했다. 이 소설은 해방 이후인 1961년에야 서사화됐다. 「진재전후」는 사실상 식민지 시대에 쓰인 유일한 작품이라 할 수 있다.

라는 사실이 충격적이었기 때문에 필자는 검열을 의식하며 작품 해석에 몰두했다. 또한 이 소설 한 편에 집중했기 때문에 정우홍이 그보다 먼저 쓴 작품을 고려하지 못했다. 「그와 감방」은 그의 『동아일보』 신춘 당선작이다. 필자는 이러한 오류를 바로잡으며 정우홍의 문학을 재조명하고자 한다.

이 글은 독자의 이해를 돕기 위해 정우홍을 간단히 재소개 한다. "마명馬鳴 정우홍鄭宇洪(1897.8.22~1949.10.4)은[2] 1897년 8월 22일 전북 신태인에서 출생해 1907년 4월 진주 육영학교에 입학해 1911년 3월 졸업했고 1914년 3월 순창 구암사에서 석전대사로부터 『대승기신론』을 청강한 후 마명이란 호를 지었다. 마명은 1916년 4월 고종황제의 조칙을 받은 승지 김성극과 함께 만주 왕청현에 가서 독립운동에 참여했으며 1917년 7월 활동무대를 조선으로 옮겼다. 1919년 4월 일본으로 건너간 그는 관동대진재 발발 이후인 1923년 10월 조선으로 귀국할 때까지 체류하면서 재일유학생과 독립운동을 모색했다. 이 과정에서 진재무렵 40여 일간 투옥되어 취조를 받은 적이 있다.

진재 직후인 1923년 10월 귀환한 정우홍은, 1924년 7월 김약수, 신철, 김종범 등과 함께 경성 재동齋洞에 해방운동사를 창설하고 기관지

---

2   마명 정우홍은 1930년에 다음과 같이 소개되고 있다. "馬鳴 氏의 『朝鮮人當面의 農村政策問題』와 洪性夏氏의 『朝鮮工業의 現段階』 두 논문은 파멸에 瀕한 조선농공업의 현상과 及 그 구제책을 痛論絶叫한 장편의 논문으로서 우리 조선을 걱정하는 이로서 누구가 꼭 한번 읽어야 될 것 갓다."(「編輯落書」, 『별건곤』 34, 1930.11.1, 178쪽) 또한 「전재전후」 이후인 1932년에는 「朝鮮農村의 振興策」(『혜성』 2-1, 1932.1.15)을 썼다. 그가 조선노농총동맹 중앙상무위원으로서 농촌문제에 관심이 많았다는 것을 짐작할 수 있다. 정우홍의 농민운동론과 시 작품 등을 검토한 연구로는 이은지, 「마명 정우홍 연구를 위한 시론」, 『민족문학사연구』 62, 민족문학사학회, 2016.12, 189~222쪽이 있다.

『해방운동』을 발행했다.[3] 그는 1924년 10월 창설된 북풍회北風會의 일원이었으며 대구 노동친목회 창립총회석상에서 불온한 축사를 했다는 이유로 체포되었다.[4] 1925년에는 조선공산당 사건 혐의로 신의주 경찰서에 검거되었다가 도주하기도 했다. 1928년 학생맹휴 사건과 관련돼 치안유지법 위반으로 체포됐다가 무혐의로 석방될 때 정우홍은 "조선노농총동맹朝鮮勞農總同盟 중앙상무위원, 북풍회 집행위원, 태인노농회泰仁勞農會 간부"[5]로 조사됐다".[6] 그는 "1927~1928년 일제의 무조건적 '집회금지령'으로 조선의 각종 단체 및 지도자를 강제 연행한 일명 '제1차 공산당 사건'을 피해 망명 생활을 하다 1928년 7월 4일 종로경찰서에 검거되어 경성 지방법원 검사국에 송치되어 거듭 취조를 받았으나 무혐의 판명되어 방면되었다. 그 후 정우홍은 조선총독부의 지독한 통감정치를 반대(일명 반제운동)하여 무저항주의를 표방하고 스스로 경찰서에 자수, 수개월간 옥고를 치렀다".[7]

---

3 「解放運動史」, 『동아일보』, 1924.7.22, 3면; 「解放運動 續刊」, 『동아일보』, 1926.5.20, 2면. 1919년 4월부터 1923년 10월까지 일본에 있을 때 정우홍은 김약수와 활동했다는 것을 짐작할 수 있다. "1920년 박열, 김약수, 백무 등에 의해 조선인 고학생과 노동자 간의 상호부조를 목적으로 하는 동우회가 도쿄에 창립되었다. 회원은 200명 이상에 달했다. 1921년 11월에는 박열, 백무 등 조선인 무정부주의자, 사회주의자 열 몇 명이 흑도회를 창립했다. 그러나 이 모임은 분열되어 1922년 11월에 김약수, 백무 등의 사회주의자들은 북성회를, 박열과 홍진유 등 무정부주의자들은 흑우회를 조직하게 된다." 야마다 소지, 이진희 역, 『관동대지진 조선인 학살에 대한 일본 국가와 민중의 책임』, 논형, 2008, 86쪽.
4 「大邱舌禍 言渡. 대구 로동 친목회 창립총회석상에서 불온한 축사를 하여 잡힌 禹海龍 馬鳴 氏 등」, 『조선일보』, 1925.12.3. 조간, 2면.
5 「朝鮮共産黨員 馬鳴에 관한 件」, 『京鍾警高秘 제7534호』, 일제경성지방법원 편철자료, 1928.6.29.
6 이행선, 「북풍회원(北風會員)이 바라본 관동대진재(關東大震災)─정우홍의 『震災前後』를 중심으로」, 『민족문학사연구』 52, 민족문학사연구소, 2013.8, 231~263쪽.
7 정우홍, 『강력주의・완전 변증법』, 월간원광사, 1998, 231쪽.

정리하면 불교에 공명한 사회주의자 정우홍은 1920년대 초반 재일 조선인운동에 참여하여 김약수 등과 인연을 맺었으며 관동대진재 당시 도쿄에서 직접 체험했다. 진재 이후에는 공산당 활동을 지속하면서 그는 여러 번 유치장에 갇혔다. 그러던 그가 1929년 후반 『동아일보』 신춘당선이 되면서 문학 활동을 시작하게 된다.[8] 정우홍이 남긴 「그와 감방」,(당선작), 「진재전후」는 1920년대 사회주의운동가의 내면을 고찰할 수 있는 유의미한 작품이라 할 수 있다.

1920년대 후반, 당대 문인은 급증해가는 수감자(사상범)의 현실을 형상화하는 문제에 직면했다.[9] 정우홍의 「그와 감방」은 그에 대한 응답이었다. 「진재전후」의 관동대진재 역시 재일조선인 '차별'의 표징이자 대표적인 조선인 학살 사건이라는 점에서 1920년대 중후반 식민지 조선의 사회주의자 및 독립운동가 탄압과 맥이 닿는다.

요컨대 이 글은 논의된 바 없는 정우홍의 작품을 소개하고 두 소설의 관계를 고찰하며 동시대 일본의 사회주의 작가 하야마 요시키葉山嘉樹 (1894~1945), 고바야시 다키지小林多喜二(1903~1933) 등을 참조하여 사회주의자 정우홍의 문학이 갖는 의미를 고찰하고자 했다. 필자가 과거 「진재전후」를 고찰한 작업이 관동대진재의 재현과 검열에 집중됐다면, 이번 작업에서는 정우홍의 다른 작품과 동시대 일본의 사회주의 작가 하야마 요시키, 고바야시 다키지를 고려하여 정우홍의 문학적 성격을 파악하고자 했다. 하야마 요시키 역시 정우홍처럼 관동대진재를 직접 겪은 사회주의 작가로서 관동대진재를 다룬 「감옥에서의 반나절牢獄の半日」을 남겼

8 　김팔봉, 「一年間 創作界(一)」, 『동아일보』 1929.12.27, 4면.
9 　「文學朝鮮은 어대로(八) 文藝運動에 對한 管見」, 『동아일보』, 1930.1.8, 4면.

다.[10] 『게잡이 공선蟹工船』으로 널리 알려진 고바야시 다키지는 하야마 요시키의 영향을 받은 인물로 1920년대 중후반 일본을 대표하는 사회주의 작가다.

따라서 사회주의자의 감옥 경험을 다룬 두 작품의 연구는 1920년대 감방과 지진을 다룬 소설을 조명하여 당대 사회주의자의 현실과 자의식을 구명究明하고 종국적으로 정우홍 소설의 문학사적 의의를 명확히 하고자 하는 기획이다. 이 과정에서 관동대진재의 기억이 8년여 만에 소환되어 소설화된 맥락도 구명될 수 있을 것이다.[11]

2. 체제의 잔혹성과 강고함의 표징, 형무소
─정우홍의 「그와 감방監房」(1929.10.22~11.16)

정우홍은 '라일羅―'이란 필명으로 『동아일보』 신춘당선작 「그와 감방」을 24회에 걸쳐 기고했다. 이 작품은 제목이 암시하듯 '감방'을 다룬 소설이다. 식민지 시대 감방을 다룬 소설을 상기하면 김동인의 「태형」, 김남천의 「물」, 이광수의 「무명」, 김사량의 「유치장에서 만난 사

---

10 하야마 요시키는 흔히 막심 고리키의 영향을 받은 작가로 알려져 있다.
11 한국에서 관동대진재와 관련해 시 분야의 연구는 김흥식, 「관동대진재와 한국문학」, 『한국현대문학연구』 29, 한국현대문학회, 2009.12, 175~220쪽; 황호덕, 「재난과 이웃, 관동대지진에서 후쿠시마까지─식민지와 수용소, 김동환의 서사시 「국경의 밤」과 「승천하는 청춘」을 단서로」, 『일본비평』 7, 서울대 일본연구소, 2012, 46~79쪽 등을 참조할 것.

나이」 등이 대표적으로 운위된다. 이에 견주어 정우홍 소설이 갖는 특이성이 궁금해진다. 무엇보다 1929년 정우홍이 감방을 소재로 소설을 쓰게 된 배경은 무엇일까.

형무소 관련 이력을 살펴보면 그는 관동대진재 당시 일본에서 40여일을 수감된 바 있고 1925년 제령 위반으로 구속되어 취조를 받고 무혐의 석방되었으며 일본 당국의 치안유지법 강화로 조선공산당 사건 혐의를 받아 신의주 경찰서에 검거되었다가 도주했다. 동년 8월 정우홍은 대구노동친목회 창립총회 때 반일본제국주의 축사를 했다는 이유로 박광세, 우해룡 등과 '불온설화舌禍' 건(보안법위반)으로 검속된 후 3개월 간 예심, 동년 10월 22일, 대구지방법원 김천金川 재판장으로부터 징역 6개월을 언도 받아 대구 형무소에서 복역했다. 그는 1928년에는 '제1차 공산당 사건'을 피해 망명 생활을 하다 7월 4일 종로경찰서에 검거되어 경성 지방법원 검사국에 송치되어 거듭 취조를 받았으나 무혐의 판명되어 방면되었다. 그 후 그는 조선총독부의 통감정치를 반대(일명 반제운동)하여 무저항주의를 표방하고 스스로 경찰서에 자수, 수개월간 옥고를 치렀다. 1930년 3월에는 대구경찰서 소속 형사 안 모 씨가 강도혐의자 윤경원을 체포하는 과정에서 가혹행위를 서슴지 않자 정우홍이 이를 방해하여 범인을 도주케 했다하여 '공무집행 방해죄'로 연행되기도 했다.[12]

이처럼 정우홍은 1920년대 중후반 사회주의운동가로서 여러 차례 수감되었다. 그는 자신의 경험을 바탕으로 당시 감방에 대한 소설화를 시

---

12   정우홍, 앞의 책, 228~231쪽.

도한 셈이다. 이는 카프1차 검거 사건의 유일한 문인기소자인 김남천이 감방생활을 하고 소설 「물」을 쓴 것과 비견된다. 차이가 있다면 1920년대 중후반은 감방의 현대화 문제를 둘러싼 논의가 급증해지던 시기였다. 경성감옥이 서대문감옥(1912~1922)으로 바뀌고 서대문형무소(1923~1949)로 바뀐 것에서 알 수 있듯[13] 정우홍이 갇힐 때 일본과 식민지 조선의 감옥은 '형무소'로 불리고 있었다. 형무소란 이름이 함의하듯 "민권 존중"의 시대적 요구가 수감제도에도 반영되고 있었다.

식민지 조선에서는 1925년 즈음 감옥제도의 개량에 관한 사회적 요구가 비등해졌다. 그 무렵 일본에서는 죄수의 인격 대우를 높이고 복역 중 가능한 자유를 줘 실사회와 접근케 하며 우수 수감자에게는 외출을 허용하고 넓은 방을 마련하는 등의 개선책을 2~3년 전부터 진행해 오고 있었다. 하지만 감옥제도의 개선에는 막대한 경비가 소요되었다. 조선에서는 진보된 계획이 아직 마련되지 않은 형편이었다.[14] 김동인의 소설 「태형」에서 무더운 6월, 5평도 안되는 감방에 갇힌 41명의 수인囚人들이 70대 고령의 영원 영감을 죽음(태형 90대)으로 내몬 것처럼[15] 조선의 감방 사정은 매우 열악했다.

게다가 1920년대 후반으로 갈수록 수감자가 폭증하고 있었다. 공산

---

13   일본에서는 명치32년 불평등조약 개정과 함께 국제적 수준의 감옥인 스가모(巢鴨)가 탄생되었고, 대정기의 준비기를 거쳐 소화기에 접어들면서 행형쇄신이 본격화되기 시작했다. 소화기에 형사정책의 행형 인식이 일신하여 검찰, 재판, 행형의 법조3위 일체화가 이루어지고 행형관리의 승진과 질적 수준이 향상되었다. 또한 소화 3년 6월에는 「형무소 건축준칙」이 수립되어 이후 형무소 건축과 개축 등에 관한 전국적 기준이 마련되었다. 소화 초기의 대표적 형무소로는 장기 중죄인 감옥의 대명사로 통용되는 小菅(코스게)형무소가 있다. 重松一義, 『日本の監獄史』, 雄山閣出版, 1985, pp.250~251.
14   「監獄制度의 改良」, 『동아일보』, 1925.1.20, 2면.
15   김동인, 「笞刑」, 『김동인문학전집』 7, 1983, 大衆書館, 232~246쪽.

당 사건, 출판법 위반, 치안유지법 및 취체규칙 위반,[16] 우편법 위반 등
시국범 사건과, 강도 사건 등 민생 및 강력 사건이 빈번했다. 사상범이
급증하면서 1927년부터 독방 부족이 크게 지적됐다. 1928년에는 사상
범 취체가 더욱 엄중해지지만 전국 26개 형무소에 독방은 600실에 불
과해 한 평에 3명씩 있었다. 이로 인해 형무소 안에서 사상범 간의 교
화 선전, 여러 음모와 계획이 난무했다. 1929년에는 400명 정원의 개
성, 김천의 소년형무소에 1,100명이 수용돼 있었고 1만 1천명을 수용
하는 전국의 형무소와 지소에는 1만 6천 명이 긴히 1평에 8명이 있는
곳이 많았다.[17] 이 때문에 총독부 법무국 행형과장은 재감인의 고통을
경감하고, 형사피고인을 죄수와 동일하게 대우하는 폐단을 시정하기
위해 감방의 협착 문제를 개선하겠다고 얘기한다. 당국의 입장에서는
사상범의 확산을 막기 위해서도 감방 증축이 필요했다. 실제로 1929년
부터 각 형무소에 천여 실을 배분·증축하기로 결정됐고, 서대문형무
소는 100여 평 정도 감방 증축을 하기 시작했다.[18] 또한 김남천의 소설
「물」에서 주인공이 영하 16도의 한겨울에 감방생활을 했듯,[19] 겨울에
동상을 입거나 추위에 사망하는 경우가 빈번하였다. 1930년 총독부는
감방 내 난방장치 설비를 계획하지만 예산 부족으로 신의주를 제외하
고 진행하지 못했다.[20] 형무소는 좁은 데 들어갈 사람이 많은 현상이 심

---

16 수감자는 신문, 책 등을 볼 수 있는 권리가 있다. 일본에서 명치41년 3월에 감옥법이
   제정된 이래, 수감자의 '독서권'은 흔히 대정14년 4월에 치안유지법의 제정 전후로 나뉜
   다. 치안유지법의 제정으로 사상범이 증가하게 되면서 형무소의 도서검열이 강화되는
   것이다. 中根 憲一, 『刑務所図書館』, 出版ニュース社, 2010, pp.75~95.
17 「四百定員에 千餘名 收容」, 『동아일보』, 1929.12.28, 2면.
18 「백만圓 巨額으로 思想犯 獨房 擴張」, 『동아일보』, 1928.7.1, 2면.
19 김남천, 「물」(『대중』, 1933.6), 『맥』, 문학과지성사, 2006, 58쪽.
20 「刑務所의 改善 精神的 態度와 物質的 施設」, 『동아일보』, 1930.12.5, 1면.

화되자, 결국 1931년 법무국은 가능하면 가출옥을 많이 시키는 신방침을 수립했다.[21]

이와 같이 1920년대 중후반은 운동이 비등하던 시기였고 경제공황을 맞으면서 사기죄 및 생활형 범죄도 빈번해지는 상황이었다. 이러한 현실에 직면하여 당대 문인 역시 조선의 생활을 고민했다. 예를 들어 김성근은 "모든 음험한 곳에 번득이고 잇는 자살자의 눈, 감방의 무수한 청춘을 등진 청년의 신음, 그리고 가두의 기아군, 항구의 유리流離군 ─이 모든 사회비극을 우리의 작가는 어떠케 수납할 것인"[22]지 고민했다. 이봉수李鳳洙는 15회에 걸쳐 「옥중생활」 수기를 신문에 연재하기도 했다.[23] 이봉수의 수기는 "옥중에서는 무엇을 먹으며 무엇을 하고 잇섯나"하는 여러 친구들의 물음에 대한 대답이었다. 감옥의 재현은 일반인뿐만 아니라 운동가의 호기심의 대상이기도 했다.

이러한 당대적 맥락을 고려하면 1928년 조선공산당 사건에 연루되어 판결을 받은 정우홍이 쓴 작품은 자전적인 소설이다. 열악한 수감시설을 감안하면 소설의 내용은 독자가 고통을 대리 체험하는 옥중체험기이기 마련이지만 투쟁에 나선 운동가의 글쓰기는 주위 운동가의 내면 깊이 자리한 형무소의 공포를 일정 부분 해소하는 시도이기도 했다.

그렇다면 사회주의자이자 작가인 정우홍이 쓴 「그와 감방」의 '감방'은 무엇일까. 문학 연구자라면 소설 「물」을 둘러싼 김남천과 임화의 논쟁을 익히 알고 있기 때문에 그보다 이전시기의 사회주의운동가 정우

---

21 「휴지통」, 『동아일보』, 1931.8.18, 2면.
22 金聲近, 「文學朝鮮은 어대로(八) 文藝運動에 對한 管見」, 『동아일보』, 1930.1.8, 4면.
23 李鳳洙, 「獄中生活」(1~15), 『동아일보』, 1930.10.1~22, 4면.

홍의 소설이 갖는 성격이 더욱 궁금해진다. 이 작품은 특이하게 '유치장의 하루'와 '유치장에서 형무소까지의 하루'를 설명한다. 정우홍도 자신의 동지와 이봉수의 친구들과 같은 일반인에게 정보를 제공해주기 위해 감방의 일상을 서사화했다는 것을 짐작할 수 있다.

유치장의 하루

아침	기상 → 아침 방 청소 → 대소변 싸기 → 아침밥(벤도) 식후 바깥 구경(서의 뒤뜰 −순사 교련=체포동작 훈련, 이틀에 한 번) → 몸의 이 수색, 판자벽 틈의 빈대 청소(날카로운 나무저=젓가락) → 낙서 읽기(동지 이름 발견 4면, 반가움) → 이야기(수다)
점심	(여름 낮의 더위) → 적적함의 고통 → 졸음(길게 잘 수 없다) → 햇빛 맞이하기(기운, 힘 찾기) → 새로 잡혀온 죄인 입소(새동무, 형사가 잡은 사냥감) → 동료 친절한 안내(저녁밥 남겨주라는 뜻)
저녁	어두워지면 간수가 감방을 들여다보지 않으니 발 뻗고 기지개 펴고 누워볼 수도 있다. 하루 종일 강제정좌의 고통 해소 → 8시 취침시간

유치장에서 형무소까지의 하루

유치장(5~6평) → 재판소 검사국(구치감, 4~5평) → 형무소(1.5~2평, '입성' 첫날)

정우홍의 「그와 감방」은 시간의 경과에 따른 유치장의 하루 일상과, 미결수가 아침부터 저녁까지 유치장에서 재판소 구치감을 거쳐 형무소로 들어가 첫 날을 맞이하는 하루를 재현하고 있다. 이 소설은 일종의 옥중기라 할 수 있다. 김동인이나 김남천의 소설이 그러하듯 계절적 배경인 여름의 감방은 무척이나 덥다. 식사시간, 새입소자의 등장 외에 지루한 시간이 지속된다. 밤에는 불편한 바닥과 무더운 더위, 빈대와 이의 공격으로 잠을 이룰 수가 없다. 게다가 적적함에서 오는 고통이 극심하다. 이로 인해 유치장에 구류된 수감자는 하루빨리 형무소로 이관되기를 바란다.[24] 그 과정에서 잠깐이지만 바깥 구경이 가능하기 때문이다. 이처럼 유치장의 하루를 설명한 사회주의자 '나'는 몇 차례의 취조와 10일의 구류를 마치고 재판소 검사국으로 이송된다. 그곳에서 검사와 서기의 입회하에 취조가 진행된 후 그는 형무소로 이동한다. 사상범 혐의자인 '나'는 독방에 갇히게 되는데 그곳은 최대 2평에 불과하지만 "고등하숙"이라 할 만큼 환경이 나쁘지 않다. '나'가 "베개 위에서 고요히 조촐하고 상쾌한 고등하숙의 첫잠에 들"면서 이 작품은 끝을 맺는다.[25]

「그와 감방」은 체포된 후 미결수의 삶과 감방의 괴로움, 형무소 가기를 기다리는 죄수의 심리, 유치장에서 형무소에 이르는 형사 절차를 구체적으로 형상화하고 있다. 그중에서도 수감자의 처지와 내면과 관련하여 특히 이목을 끄는 대목은 다음과 같다. ① 재판소 검사국 검사의 태도, ② 형무소의 구조, ③ "고등하숙"이 함의하듯, 사회주의자의 명랑성(빈정거림, 조롱, 골계미, 유머), ④ 작품 말미 독방에서 발견된 빈혈증의 새

---

24 참고로 정우홍과 다른 유치장 경험도 있다. 식민지 조선에서 군 제대 후 사회주의운동에 투신했던 이소가야 스에지에 따르면, 유치장은 지옥과 다름없지만 학습 장소이기도 했다. 1933년 흥남경찰서 유치장에 있던 그는 조선혁명의 성격규정, 혁명을 위한 정세분석 등과 관련해 동료들과 열심히 공부했다. 이소가야 스에지(磯谷季次), 김계일 역, 『우리 청춘의 조선』, 사계절출판사, 1988.2, 112~117쪽.
25 정우홍은 형무소 독방을 "고등하숙", 고바야시 다키지는 "별장"이라고 칭한다. 그 배경에는 형무소 독방 설비가 유치장이나 일부 운동가의 집보다 낫기 때문이지만, 바깥 세상에서 체포의 공포에 휩싸이느니 차라리 잡혀서 수감되는 게 마음이 편한 이유도 있다. 소설 속 사회주의자들은 공통적으로 '체포되던 순간의 고통과 공포' 보다는 수감된 상태가 차라리 낫다는 심리를 드러내기도 했다.

끼 빈대와 파리 세 마리와 '자아' 및 사회의 문제. 여기에 대해서는 동시대 일본의 대표적 사회주의 작가 고바야시 다키지의 「독방」(『중앙공론』, 1931.7)을 참조할 수 있다.[26] 두 작품의 차이가 식민지 조선의 현실과 사회주의자의 인식을 가시화하는 것이기 때문이다.

고바야시 다키지의 「독방」도 사회주의자인 엘리트 지식인 '나'가 경찰서 유치장에서 검사국을 거쳐 T형무소로 이감되는 내용이다. 정우홍과 차이가 있다면 고바야시는 유치장의 하루가 아니라 형무소의 하루를 상세하게 묘사하고 있다. 두 작품을 비교해 보면 ① '재판소 검사국 검사의 태도'가 확연히 다르다. 고바야시의 「독방」에서 검사, 특별고등경찰은 모두 '나'를 존중하고 존대하며 따뜻하게 대해준다. 이에 반해 「그와 감방」에서 검사는 지식인 '나'의 혐의 부정을 전혀 수용하지 않고 반말로 윽박지른다. 고바야시 다키지의 다른 소설 「1928년 3월 15일」(『전기戰旗』, 1928.11~12)에 그 해답이 나와 있다. 이 작품에서 경찰은 노동자 출신 운동가에게는 막대하며 대학 출신의 엘리트지식인에게는 존대하는 태도를 취한다. 이와 달리 식민지 조선의 검사는 학력과 상관없이 '무죄추정의 원칙'을 지키지 않는다. 피의자의 범죄 사실이 사실상 확정되는 셈이다.[27]

다시 집속 골목을 것는다. 사무실을 도루 지내고, 입울과 침대가 죽 늘어

---

26 고바야시 다키지(小林多喜二), 「獨房」(『중앙공론』, 1931.7), 『고바야시 다키지 선집』 II, 이론과실천, 2014, 555~589쪽.

27 조사 및 수감 과정에서 일본 당국의 민족차별적 대우는 익히 알려진 사실이다. 가령 1933년 일본에서 치안유지법 위반으로 유치장에 갇힌 마루야마 마사오는 조선인에 대한 취조 시 자행된 혹독한 폭력을 목격했다. 가루베 다다시, 박홍규 역, 『마루야마 마사오』, 논형, 2011, 57쪽 참조.

노힌 숙직실을 언듯 스치고, 철책으로된 문을 두어개 꿰어 넘어서, 바른길로 쏘는 둔각적(鈍角的)으로 몃번이나 썩기기를 거듭한 뒤에, 그들은 문득, 먹줄로 튀긴 듯이 고든 여러 개의 골목이 부채ㅅ살과 가티 방사상(放射狀)으로 열린 어느 초점(焦點)에 싹 멈추게 되엇다. 이곳에 서서 보면, 모든 부채ㅅ살은 고개 한번 돌릴 것이 업시 단 번에 한눈으로써 거더볼 수가 잇섯다. 부채ㅅ살마다 그 좌우량편으로는 감방이 일자로 죽 늘어붓고, 그들 머리에는 다시 천근이나 될 듯이 무거워보이는 쇠살창문이, 사람의 눈을 어른거리면서 막아서 잇다. 시선(視線)을 한번 노흐면, 싯이 아득하게 멀리 쑬린 모든 부채ㅅ살이 일제이 눈을 향하고 집중되어 오는 전망(前望)이야말로, 돌이어 훌륭히 한 미관(美觀)이 된다 할 수 잇는 것이엇다. 한털억의 어그러짐도 업는 이 정제(整齊)와 통일(統一)을 다한 설비에 현실(現實)을 지탱하랴는 그들의 고심과 노력이 얼마나 강렬한가를 짐작할 수가 잇섯다. 더퍼 노코, 다만 굉장하게만 생각되는 처음과는 반대로 이번에는 다시 한번 감탄하야 마지 아니 하얏다. 이만한 설비가 잇스니까 그들이 그러케 호긔를 쎠는 것이로구나 하고 곳 늣겨젓다.[28]

'피고인'의 종착지는 형무소다. 「그와 감방」, 「독방」 두 작품 모두 형무소 구내가 묘사된다. 즉 '② 형무소의 구조'에 대한 한·일 사회주의자의 인식 차※는 어떠할까. 범죄자의 종착지가 고바야시의 「독방」에서 사상범이 향한 곳에는 "긴 복도 양쪽으로 자물쇠가 달린 수십 개의 독방이 늘어서 있었다." 그래서 사회주의자 '나'는 독방의 삶을 "아파

---

28 羅一, 「그와 監房(19)」, 『동아일보』, 1929.11.10, 5면.

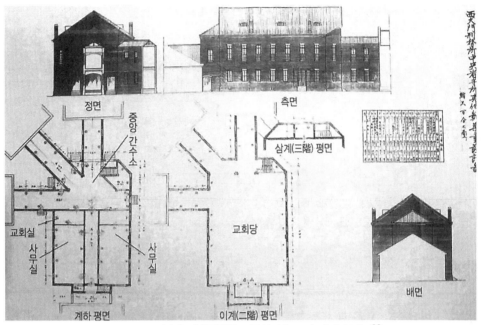

〈그림 1〉 1920년대 서대문형무소 중앙간수소 및 기타 설계도[28]

트 생활"이라고 표현한다. 수감시설에 대한 문명사적 인식은 미약하다. 이와 달리 정우홍의 「그와 감방」에서 "호기심"을 갖고 형무소 내부를 살펴본 주인공은 놀란다. 그것은 일종의 판옵티콘Panopticon의 형상이었다. 형무소는 수감자의 일거수일투족을 감시하고 통제할 수 있도록 설계되어 있었다. 사회주의운동가 인 '나'는 "이만한 설비가 있으니까 당국이 호기를 떠는 것"이라고 체감했다. '일본 제국'의 문명적 강고함이 형무소의 건축술을 통해 당대 조선인에게 나타났던 것이다.

---

29   리영희, 나영순(글): 김동현, 민경원(사진), 「1920년대 서대문형무소 중앙간수소 및 기타 설계도」, 『서대문 형무소』, 열화당, 2008, 124쪽. 1930년대 서대문 형무소의 구조는 논문 뒤 '부록'을 참조.

이처럼 식민지 모국의 법 적용의 남용과, 문명 및 체제의 힘을 상징하는 것이 형무소였다. 여기에 저항하는 몸부림이 ③ "고등하숙"이란 단어가 함의하듯 작품 전반에 흐르는 사회주의자의 명랑성(빈정거림, 조롱, 골계미, 유머), ④ 작품 말미 독방에서 발견된 빈혈증의 새끼 빈대와 파리 세 마리를 친구로 삼아 작은 사회를 만든 '자아'에 해당한다. 고바야시의 「독방」에서 사회주의운동가는 "형무소 가는 것을 별장행이라고 부른다. 어떤 경우에도 결코 굴하지 않는 프롤레타리아의 강직함에서 오는 쾌활함이 그 말 속에 포함되어 있다". 그러나 '나'는 "부르주아적인 '휴식'이라는 의미에서도 별장을 발견했다. 때문에 형무소에서 나갈 때까지 새로운 마음가짐과 강한 신체를 만들어 두어야 하는 것이다".[30] 밖에 있을 때 갖은 고생을 한 사회주의자에게 형무소는 오히려 건강을 회복하고 출옥 후 재투쟁을 위한 기반이라는 '명랑'한 해석이, 나프 계열의 고바야시의 입장이자 프롤레타리아문학이었다. 정우홍도 형무소는 "경찰서 류치장보다는 몇 곱절이나 나을 쌘 아니라 그의 씨그러지고 허술한 오막살이집보다도 오희려 얼마나 더 나은지 몰랐다".[31] 이 고등하숙에서 '나'는 빈혈증에 걸린 새끼빈대와 파리와 함께 사회조직을 만들어나가기로 결정한다. 이들의 존재로 인해 '나'는 "삶을 부지"하고 "자아를 움직"일 수 있다는 것이다. 이는 이웃 독방의 수감자들이 '벽통신'을 하지 못하는 상황에서 고독감을 일소하고 의식의 각성을 유지하기 위한 방책이자 사회의식의 궤멸을 추구하는 행형行刑정책에 대한 저항이다.

---

30   고바야시 다키지, 앞의 글, 573쪽.
31   羅一, 「그와 監房(20)」, 『동아일보』, 1929.11.12, 5면.

두려워 혹시라도 운동에 뛰어드는 것을 주저할 것이라 생각하는 사람이 있다면 우리는 신(신이라고 말하는 것도 우습지만) 앞에 맹세한다.

진정 근심걱정 없는 곳이라고.

무엇보다 나는 예전에 본 기억이 있는 봉오도리 춤을 추며 이따금 독방 안에서 노래를 부르곤 했다.

독방은 멋진 곳이라네,

아무나 들어오시게,

이영차[32]

두 작가가 작품 말미에 고등하숙·별장을 설정한 것은 모두 동지의 운동을 촉구하고 투쟁의식을 강화하며 탄압과 수감의 공포를 완화하기 위한 의도였다.[33] 이 점이 형무소의 실상을 '명랑'하게 포착한 이들 소설의 집필 목적이다.

지금까지 살펴본 것처럼 1920년대 중후반 식민지 조선에서는 공산당 사건 등 사상범이 급증하고 있었고 일본에서도 1928년 3·15사건과 1929년 4·16사건 등으로 일본공산당원 1,125명이 검거되어 조직과 운동이 크게 약화되고 있었다. 시국이 엄중한 상황에서 이들 사회주의 작가는 동지의 잠재적 행선지인 형무소에 관한 정보를 공유하고 투쟁심을 굳건히 하기 위해 '감방소설'을 썼다. 1930년경 감옥은 '더 이상 형벌이나 사회적 복수의 수단으로 인식되지 않고 사회적 병인의 치

---

32   고바야시 다키지, 앞의 글, 589쪽.

33   참고로 이봉수는 감옥을 "돈 없이 살 수 있는 (실험적) 사회"로 볼 수 도 있다는 평가를 하기도 했다. 李鳳洙, 「獄中生活(15)」, 『동아일보』, 1930.10.22, 4면.

료소인 병원으로 간주되어야 한다'는 행형行刑이론이 퍼져가고 있었다. 때문에 사회주의 작가들이 고등하숙, 별장 등을 운운하는 것은 형무소가 "전시대의 뇌옥보다는 낫다거나, 감방시설이 조선인의 생활 정도와 비교해 낫다"는 이야기와 같았다.[34] 이는 감방의 개량을 가로막는 무책임한 발언으로 간주될 수도 있다.

이러한 역효과에도 불구하고 '감방소설'은 동지 및 일반 독자에게 형무소의 정보를 주고 공포심을 낮추며 투쟁심을 독려하여 당국의 무분별한 수감 및 구속 조치에 저항하는 의미가 있다. 정우홍의 「그와 감방」은 작가 자신의 수감 이력과 1920년대 중후반 강화된 검속의 시대적 분위기 속에서 산출되었다. 이 과정에서 형무소의 건축과 구조가 환기하는 식민체제의 강고함을 지적한 점은 사회주의운동 작가의 빼어난 인식을 드러낸다.

3. 관동대진재와 학살, 재난

사회주의자 정우홍은 「그와 감방」에 뒤이어 사회주의자의 감옥 경험을 다룬 또 하나의 작품을 썼다. 그가 명인이란 필명으로 『동아일보』에 51회에 걸쳐 연재한 소설 「진재전후」(1931.5.6~8.27)가 그것이다.

---

34 「刑務所의 改善 精神的 態度와 物質的 施設」, 『동아일보』, 1930.12.5, 1면.

이 작품의 시간적 배경은 1923년 1월부터 10월이며 '도쿄 진입 전, 후, 진재기, 유치장기'로 전개된다. 노동자이자 사회주의운동가인 등장인물의 입장에서는 '운동준비기(도쿄 진입 전), 거점 조직 및 운동기(진입 후), 탄압기(진재기), 수감기(유치장기)'로 환원할 수 있다.[35]

관동대진재의 학살이 사회주의자 및 독립운동가, 무정부주의자 등에 대한 탄압의 정점으로 이해되는 것처럼[36] 정우홍은 1920년대 중후

---

[35] 독자의 이해를 돕기 위해 줄거리를 소개한다. "전반부는 재일조선인 노동자의 노동실태와, 노동운동 및 조직화, 후반부는 관동대진재가 일어난 동경, 요코하마(橫濱)와 경찰서 유치장의 상황을 서사화하고 있다. 전반부의 내용을 일별하면, 동경 근처 산악지대에서 수전공사를 하던 조선인 '리'가 사고로 바위에 깔려 심하게 다치자 그 동료인 '홍', '송', '김'이 K시의 현립병원으로 '리'를 옮겨 치료하는 내용으로 시작한다. 병원비와 그를 간호할 '송'의 식비를 충당하기 위해 '홍'과 '김'이 열심히 일하지만 역부족이다. 결국 병원에서 퇴원조치를 당하고 동경으로 향한다. 동경 첫날 조선 동무들에게 잡지, 서적을 판매하는 P사에 들려 그들과 함께 메이데이를 준비한다. 이후 셋방을 구해 그곳에 L사라는 간판을 내걸고 노동투쟁을 위한 근거지로 삼는다. 각종 노동 현장에서 일을 해 생계를 유지하는 한편 조선인 노동자들을 감화하여 그들의 소굴로 만든다. 또한 동경 조선운동자들은 강연단을 조직해 조선 각지를 순회하는 사업을 하기도 했다. P의 주인이 조선으로 돌아가게 되면서 '홍'이 P사에 가서 잡지 발행 등을 대신하고, '리'와 '김'은 L사에서 철도판 동맹파업 추진, 조선의 수해구제 원조, 동경 근처 지방순회를 통한 조선노동자의 상황 조사를 계획한다.
그 다음 후반부는 「진재전후」 33회(1931.8.6) 연재분부터라 할 수 있다. 9월 1일 아침 홍이 잠에서 깨 밥을 하려는 12시 즈음 진재가 발생하는 장면으로 시작한다. 사람들이 놀라 길거리로 뛰어 나오고 화재가 발생해 가옥이 불타 아수라장이었다. 다음날의 피해는 더욱 심각했고 여진도 계속된 상황에서 계엄령이 발포되자 군인들은 만세를 외치며 시가 경비를 위해 동경 시내로 향했다. '홍'과 '송' 역시 피란을 모색하려 할 때 자경단과 형사가 나타나 경찰서로 끌고 간다. 경찰서 입구에서 적개심에 불타오른 일본 민중들이 욕설을 하고 몽둥이로 때리며 돌을 던지는 모습에 이들은 당황한다. 진재를 이용해 불을 지르려 하지 않았느냐는 사법계 주임의 추궁에 '홍'은 완강히 부정을 하다 유치장에 갇힌다. 그곳에서 다른 L사 동지와 조선노동자들을 만나고 불안과 공포 속에서도 메이데이를 본 딴 '이야기데이'를 만들어 재미를 찾는 등 함께 수감 생활을 견디다 10월 15일경 감옥에서 풀려난다." 이행선, 앞의 글, 235~236쪽.

[36] 강덕상은 관동대진재 때 발생한 학살을 지배-피지배라는 식민지주의의 섭리가 일본 본토에서 전쟁의 형태로 나타난 사건이라고 평가했다. 강덕상, 김동수·박수철 역, 『학살의 기억, 관동대지진』, 역사비평사, 2005, 8쪽.

반 사상범이 격증하는 식민지 조선의 현실을 목도하면서 과거 자신이 경험했던 관동대진재의 기억을 8년여 만에 소환했다. 시기적으로 보면 「그와 감방」에 비해 「진재전후」는 그 이전의 과거를 다루고 있지만 당국의 탄압은 「그와 감방」보다 「진재전후」가 훨씬 심하다는 점에서 그 폭력의 상징성은 '형무소 수감'(「그와 감방」)에서 '진재 당시의 감방과 학살'(「진재전후」)로 확대되고 있다. 요컨대 정우홍이 사회주의자가 겪은 '감방과 관동대진재'를 통해 식민모국의 폭력을 환기하고자 했던 것이 그의 소설 작업의 핵심이다.

관동대진재(1923.9.1. 오전 11시 58분, 매그니튜드 7.9)는 340여만 명의 이재민, 190만 명의 피해자와 10만 5천여 명의 사망 및 행방불명을 초래했으며 7천여 명에 달하는 조선인 학살 피해자를 야기했다.[37] 1차 피해는 지진이었고, 2차는 화재 피해였으며, 3차는 학살의 참사였다. 관동대진재를 다룬 작품은 일본에서 재해문학으로 포괄되고 있지만 식민지 조선인의 작가가 쓴 소설은 일본작가와 다를 수밖에 없다. 일본인에게 진재는 자연재해였지만 학살피해자에게는 민족 및 인종 갈등이 분출한 법적 예외상태의 '재난'[38]이기 때문이다.

---

37 학살된 조선인의 수에 대해 당대 일본 사법성에서는 233명, 조선총독부는 832명, 정치학자 吉野作造는 2,711명, 조선인유학생들은 6,415명으로 파악했다. (水野直樹・文京洙, 『在日朝鮮人 歷史と現在』, 岩波書店, 2015, pp.18~19) 이에 대한 재일조선인의 인식이 통일되지는 않았다. 가령 김희명은 2천여 명의 조선인이 학살당한 것으로 파악했다. 金熙明, 김계자・이민희 역, 「朝鮮社會思想運動管見」(『전진』, 1925.12), 『일본 프로문학지의 식민지 조선인 자료선집』, 문, 2012, 51쪽. 또한 성주현의 연구에 따르면 식민지 조선에서 관동대진재는 1924년이 되면서 사실상 잊힌 기억이 된다. 성주현, 「식민지 조선에서 관동대지진의 기억과 전승」, 『東北亞歷史論叢』 48, 동북아역사재단, 2015, 159쪽.
38 일본에서 지진은 기본적으로 (자연)재해로 분류된다. 일본에서는 동일본대지진(2011) 이후 재해에 대한 문학적 대응이 활발해지면서 '진재(震災)문학', '원전(原發)문학' 등의 용어가 문단비평용어로 성립되고 재해문학 창작과 연구가 이루어지고 있다. 최근 한국

이제 탄압의 확장인 학살을 함의한 '재난'으로서 정우홍의 「진재전후」를 조명해 보자. 먼저 지진 이전 재일조선인이 결집하는 국면을 살펴보면, 등장인물은 도쿄 진입 이전에 다양한 노동체험을 통해 '노동계급으로 살기'를 수행한 후 노동운동에 자신이 붙자 도쿄로 향한다. 이들의 활동은 크게 네 가지였다. 첫째 자신들만의 기관을 만들고 노동투쟁과 재일조선인 노동자 및 학생, 사회주의자의 인적 네트워크를 구축한다. 둘째 재일조선인에게 잡지, 서적을 판매하는 P사를 거점으로 계몽활동을 전개한다. 셋째 일본 내 철도 동맹 파업 논의 및 조선인 노동자의 실태 파악에 주력한다. 넷째 조선에 순회강연단을 파견하고 수해구제금 모집 등의 활동을 한다.

이 과정에서 일본 경찰의 감시와 구류 등이 강화된다. 실제로 1922년경부터 재일조선인에 대한 일본 당국의 경계가 노골화되었고 요시찰인 갑호와 을호에게는 각각 5명, 3명의 미행이 붙었다.[39] 그 결과 1923년 5월 메이데이에 조선인 주의자 검거,[40] 6월 제1회 공산당원 체포가 있었고 9월 1일 대지진과 함께 증오와 살인이 극단적으로 표출되었다.

홍과 그들의 사이에는 이런 짧은 이야기가 교환되엇다. "혼자 죽지는 않을 테니간"하는 한 마듸 말에서 홍은 묘하게도 움즉이는 사람의 마음을 엿볼 수가 잇엇다. 오데로부터선지 비둘기 두어 마리가 소란한 거리의 공중에 날

에서는 세월호 이후 인재(人災)를 더 강조하는 뜻에서 재해가 아닌 재난문학의 용어를 많이 사용하고 있다. 여기서는 국가・민간의 국가・사회적 폭력과 학살이 행해진 관동대진재가, 당대 일본 거주 조선인에게 '재난'이었다고 상정하고자 한다.

39 강덕상, 김동수・박수철 역, 앞의 책, 103쪽.
40 1923년 5월 1일 메이데이 때, 일본인 사회주의자 70명, 일본인 노동자 150명, 조선인 노동자 50명 등 모두 300여 명이 검거되었다. 야마다 소지, 이진희 역, 앞의 책, 90쪽.

개를 치면서 날러갓다. 그 날개 소리는 마치

"교활하고도 포학한 사람들이어 너이들도 이젠 좀 당해 봐라"

하고 땅 우에서 떨고 잇는 모든 사람을 조롱하는 듯 하얏다.[41]

　　이러한 억압의 반복 때문에 지진 이후 조선인 사회주의자의 심리 경과를 살펴보면 초기에는 동정심보다는 복수심이 비등했다. 1923년 9월 1일 오후 3시 지진이 잠시 잠잠해졌다가 다시 여진이 닥쳤을 때[42] '홍'[43]은 "함몰! 천지개벽!"을 떠올렸는데, 그는 보통의 일본인까지 '교활하고도 포학한 사람들'로 지칭하며 '당해보라'는 마음이었다. 민족감정이 투사된 심리상태가 홍에게서 확연히 드러난다. 즉 이 단계에서 지진은 재일조선인의 지진이 아니라 일본인의 자연재해였다.

　　그러나 9월 2일 새벽 2시 요코하마에서 돌아온 '송'에 의해 '홍'의 고향 의형제인 '진'의 죽음이 알려지면서 사태가 급변한다. '진'은 9월 1일 아침 첫 지진에 사망했다. 소식을 접한 "홍의 눈은 갑작이 캄캄해졌다. 가슴이 막히고 정신이 얼떨떨했다. 다시는 두말도 못하고 그대로 자리 위에 쓰러졌다. 눈물이 줄줄 흘렀다. 옆에서 위로하고 말리는 말은 귀에 들리지도 않"았다. 이제 관동대진재가 재일조선인에게도 더 이상 '남의 재해'가 아니라 '나의 재해'가 되는 순간이다. 그리고 이런 인식은 9월 2일 아침 피난하는 사람으로 가득 찬 길을 보면서 더욱 굳어진다. "무서운 인간홍수"의 행렬이 준 충격은 재일조선인의 적대적 민

41　鳴人, 「진재전후(34)」, 『동아일보』, 1931.8.7, 40쪽.
42　지진 발생 이후 2일까지 여진이 5회 더 있었다.
43　'홍'은 정우홍으로 여겨진다. 이 작품에서 사실상의 주인공이다.

족감정을 완화했다.

그러나 사회주의자 '홍' 일행의 대일감정은 경찰서 앞의 성난 군중을 목도하면서 또 일변하기 시작했다. 9월 2일 이들이 점심을 겸한 아침을 먹고 길거리에 나섰을 때 형사와 자경단원이 나타나 경찰서로 끌려갔는데[44] Y서 앞에서 "살기가 가득 찬 수 만의 군중"을 대면하게 된다. "손에 곤봉 대창 돌멩이 같은 것을 들고 분노가 타오르는 눈으로써 마치 미친개와 같이 사방을 살피고 잇든 군중은 어개를 잡여 오는 홍과 송을 보자 "으악!" 하는 힘성을 치면서 달려들잇다. 얼굴, 머리, 델미, 어깨, 허리 같은 데는 주먹과 몽동이와 돌멩이가 수없이 나려것다." 조선인 유언비어를 미처 알지 못했던 홍과 송은 유치장에 들어간 이후에야 내막을 알게 된다. 이들은 이미 '남의 재해→나의 재해('진'의 죽음)→처참한 피난 행렬(동정)'을 경험했기 때문에 어이가 없긴 했지만 일본의 일반 군중에게 별다른 감정을 품지는 않았다.

그 대신 적개심은 경찰서의 일본 경찰에게 향했다. 그 원인은 크게 취조와, 감방의 공포로 대별된다. 먼저 일본 순사부장은 조선인 화재와 폭발 기도 등을 조사했다. 이는 당시 확산된 조선인 방화, 독약 살포, 강도, 집단습격 관련 유언비어에 대한 소설적 반영이다. 이러한 취조를 거치면서 경찰서 뒤뜰 연무장에 잡혀온 백여 명의 조선인은 유치장과 나라시노 수용소習志野 등으로 분리 이감되었다. 유치장에 갇힌 후에도 취조는 계속되어 '불령선인'[45]이 색출되었다. 예를 들면 '박'은 "이 세

---

44 관동대진재 당시 9월 2일 오전 10시경을 넘어서면서 일본 군대 및 당국의 검속, 학살이 시작된다고 알려져있다. 여기에 합류한 자경단의 도구는 죽창, 곤봉, 쇠갈고리, 일본도, 수창, 엽총 외에 가래, 목재, 나무막대기, 낫, 철사, 수많은 돌, 목도, 빗장, 철봉 등이었다. 조선인에 대한 유언비어는 1일 저녁부터 시작돼 2일 확산되었다.

상에서는 아마 다시 만나기가 어려울는지도 모르겠다는 말을 남기고 끌려갔다." 경찰의 '불령선인' 제거 작업이 행해지고 심지어 성난 군중이 습격하여 조선인을 학살하는 경찰서 유치장과 나라시노 수용소 등의 감방은 재일조선인에게 안전한 공간이 아니었다.

여기에 여진餘震이 지속되었기 때문에 감방이 무너져 죽을 수 있다는 공포가 더해졌다. "조금 잇다가 다시 무서웁게 떨떨 거리는 소리가 오면서 감방은 여지없이 한번 쩔쩔 흔들리엇다. 모도는 꼼작도 못하고 앉어 잇으면서 얼굴이 금방 놀앟게 질리엇다." 그래서 수감된 조선인들은 "조금만 흔들려도 문을 차고 튀어나"가고 싶은 욕망이 솟구쳤다. 일본 당국은 조선인의 구금을 '보호'라고 내세웠지만 상당수 당사자에게 감옥은 그 자체가 위험지대였다. 요컨대 「진재전후」의 재일조선인은 '남의 재해(지진) → 나의 재해('진'의 죽음) → 처참한 피난 행렬(동정) → 성난 군중의 폭력(학살) → 경찰서 유치장 구금 및 취조(학살, 공포)'을 경험했다. 이는 자연재해를 넘어서 학살을 함의한 '재난'이다.

이와 같은 「진재전후」의 성격은 일본 사회주의자의 관동대진재 관련 소설을 참고하면 더욱 명확해지겠다. 사회주의자 하야마 요시키葉山嘉樹(1894~1945)는 지진과 관련해 소설 「감옥에서의 반나절牢獄の半日」(『문예전선』, 1924.10.1)을 썼다. 하야마 요시키는 20대 초반 선원 생활을 한 후 1921년 나고야 신문사에 입사해 사회부 기자, 노동자협회 노동 담당 기자로 활동하다 동년 10월 쟁의에 휩쓸려 구금된다. 이후 1922년 금

45　'不逞鮮人'에 대한 민족적 편견과 공포심에 대해서는 나카니시 이노스케, 이한정·미즈노 다쓰로 편역, 「불령선인」(『개조』, 1922.9), 『일본작가들이 본 근대조선』, 소명출판, 2009, 167~205쪽을 참조.

고 2개월의 판결이 내려져 그는 나고야 감옥에서 복역했다. 하야마 요시키는 출옥 후 1923년 6월 제1차 공산당 사건으로 문전서門前署에 검거되었다. 이때 그는 나고야 치구사千種형무소의 미결감에서, 붓과 먹을 사용할 수 있는 허가를 받아 매일 검열을 받긴 했지만 『매춘부』, 「바다에 사는 사람」 등의 원고를 완성했다. 보석으로 나온 후에는 가족과 함께 나가노長野현 키소스하라에 가서 토목출장소의 장부담당을 하고 있던 중, 1924년 4월, 징역 7개월의 판결이 나와 대법원에서의 상고가 기각된 1924년 10월부터 도쿄의 스가모형부소에 들어가 1925년 3월까지 복역했다.[46] 따라서 「감옥에서의 반나절」은 작가가 관동대진재 당시 치구사형무소에서 쓴 것으로 추정된다.[47] 이 작품은 사회주의자가 수감 상태에서 관동대진재를 겪었다는 점에서 일본인 사회주의자에게 감옥과 지진이 갖는 의미를 알 수 있는 가치가 있다.

소설 「감옥에서의 반나절」은 1923년 9월 1일 아침 나고야형무소의 장면으로 시작된다. 이 글에서 다룬 정우홍이나 고바야시 다키지의 소설처럼 이 작품은 기상 후 아침 식사와 이른 점심까지 감방의 일과를 보여준 후 곧바로 강진强震의 순간을 다룬다. 그리고 정우홍의 「진재전후」에서 오후 3시 지진이 잠시 멈췄다가 다시 재개된 것처럼 하야마 요시키의 소설도 오후 3시까지 지진이 진행된다. 그래서 이 작품은 오전 11시 58분부터 오후 3시까지 형무소 안의 상황과, 이날 오후에 면회가 진행된 것을 소설의 내용으로 한다.

---

46 하야마 요시키 외, 이진후 역, 『일본 프롤레타리아문학 걸작선』, 보고사, 1999, 185~188쪽.

47 다음의 책에서도 「牢獄の半日」이 옥중에서 쓰인 것으로 소개하고 있다. Nichigai Associates, 『(讀書案內.傳記編)日本の作家』, 日外アソシエーツ, 1993, pp.233~234.

일본인이 자연재해에 어떻게 대처하고 인식했는지 살펴보자. 강진이 발생하자 "모든 피고인은 눈물을 흘리며 목소리를 모아 문을 열어달라고 부탁했지만 평소 자주 (감옥을) 순회하던 간수의 모습이 오늘은 도무지 보이지 않는다. 나는 문을 쳤다. 또한 나는 내 몸이 하나의 망치인 것처럼 가까운 방의 경계인 널빤지 벽을 쳤다. 나는 죽고 싶지 않았다."[48] 한편에서는 일부 옥사가 부서져 몇 명의 피고를 덮쳤다. 당시 나고야의 진도는 3~4 정도여서 흔들림은 있었지만 피해는 거의 없었다. 하지만 감방에 갇힌 사람이 '현재－미래'의 지진의 강도와 지속 여부를 예측할 수는 없다. 「진재전후」 속 인물들처럼, 이 작품에서 문을 박차고 밖으로 탈출하려는 수감자의 시도는 당연한 생존본능이다. 특히 사상범인 '나'는 양발을 모아 널빤지 벽을 치다가 방과 방 사이의 천장과 널빤지 사이에 끼워진 전구를 차단하기 위해 설치된 판유리가 떨어져 왼쪽 발에 선혈이 뿜어져 나오는 부상을 입었다. 이는 자연재해에 의한 피해의 발생이다.

그러나 '나'의 부상은 피할 수도 있는 사건이었다. 이 작품의 핵심은 지진이 발생했을 때 형무소 간수들이 모두 도망가 버린 사실이다. 주지하듯 수감자도 국민이며 인권이 있다. 국가는 재난에 직면한 모든 국민을 '보호'해야만 한다. 이 의무를 방기한 행형기관에 대한 사상범의 비판과 고발이 이 소설의 주제이다. 간수 없는 형무소에서 사상범 미결수들은 감옥 사무소를 향해 다음과 같이 "탄핵연설을 시작"했다.

---

48   葉山嘉樹, 「牢獄の半日」, 『葉山嘉樹 短編小說選集』, 松本 : 鄉土, 1997, p.30.

"우리들은 피고인이지만 사형수는 아니다. 우리들이 받는 최고형은 2년이다. 그것도 아직 결정된 것이 아니다. <u>만약 사형일지도 모르는 범죄라고 하더라도 결판이 내려지기 전까지는 천재(지변)를 구실로 사형하는 것은 너무 괘씸하다</u>"라고 화내자 담벼락에서 맞아! 맞아!라며 되받아쳤다.[49]

연설은 지진이 일어난 후 3시간 동안 지속되다가 진동이 멈춘 오후 3시경에야 멈춘다. 그제야 간수들이 형무소로 되돌아왔다. '나'는 도망간 간수를 비난하면서 그냥 "잊으라고 해서 잊을 수 있는 거냐고" 외친다. 재해가 발생했을 때 구조 책임을 방기한 책임자는 피해자에게 잊으라고 할 뿐이다. 심지어 간수장은 "지진이 아무 일 없이 끝날 줄 미리 알았다"고 말해 비난을 받았다. 앞의 인용문이 보여주듯 작가는 소설 기고 전에 사회주의자와 무정부주의자, 조선인 등 학살 소식을 알고 있었다.[50] '나'는 "감옥에서 우리들을 보호하는 것은 우리를 아무렇게나 넣는 것"에 불과하다고 주장했다. 그에게 "감옥은 마음껏 먹을 수 있는 좋은 곳도 아니"고, "사회라는 감옥 속의 '형무소라는 작은 감옥'"이었다. '나'가 감방에 있는 동안 한 사람이 목을 매어 죽는 일도 있었다. 그래서 그는 사회운동을 하여 감옥에 들어가는 것은 좋은 일이 아니라고 판단하고, "매단천장(달아매어 놓았다가 떨어트려 밑에 있는 사람을 죽게 한 천장)의 아래에 누군가 빠져나갈 놈이 있을까. 너희들은 도망가지 않나. 사형 선고받지 않는 이상, 어떻게 해서라도 우리는 들어가지 않"[51]겠다고 다

---

49 위의 책, p.32.
50 나고야(名古屋)신문에는 조선인에 대한 유언비어를 경계하는 목소리가 9월 5일과 6일 실렸다. 조경숙, 「아쿠타가와 류노스케와 관동대지진」, 『일본학보』 77, 한국일본학회, 2008, 103쪽.

짐한다.

　이처럼 하야마 요시키의 「감옥에서의 반나절」은 일본인이 지진을 위험 상황으로 인식하고 대처하는 양태를 드러낸다. 위험한 자연재해가 발생하자 간수와 간수장이 자신의 안위를 위해 피신을 하는 것은 이해가 된다. 하지만 이들이 피난을 가기 전에 자신이 '보호'하는 사람들의 신변을 보살피지 않은 것은 직무유기의 문제다. 지진의 강도가 더 강했다면 많은 피해자가 발생했을 것이다. 수감자의 입장에서 간수의 행동은 정부책임론으로 확장될 수 있는 잘못이다. 그래서 이 소설의 후반부에는 '지진으로 인한 사상범의 죽음'을 의도한 당국자들을 부르주아로 환원하여 관념적으로 비판하는 대목이 상당 부분 서술되어 있다.[52]

　여기에 비춰 볼 때 정우홍의 「진재전후」 속 재일조선인은 일본 당국의 책임론이나 비판을 직접적으로 표출하지 못한다. 이들에게는 발언권이 애초에 없다. 조선인은 자신이 원하지 않았지만 '보호' 명목으로 감금됐

51　葉山嘉樹, 「牢獄の半日」, 『葉山嘉樹 短編小說選集』, 松本 : 鄕土, 1997, p.45; 매단천장은 고문기구를 연상케 한다. 고바야시 다키지의 소설에는 경찰의 각종 고문도구와 기술이 소개되는 데 매단천장과 흡사한 고문기구가 다음과 같이 등장한다. "취조실 천장을 가로지르는 들보에 도르래가 붙어 있고 그 양쪽에 로프가 매달려 있었다. 류키치는 그 한쪽 끝에 두 발을 묶여서 거꾸로 들어올려졌다. 그러고는 '절구질'하듯이 바닥에 머리를 꽝꽝 찧었다. 그럴 때마다 봇물이 터지듯 피가 머리에서 폭포처럼 가득 넘치게 흐르는 느낌이 엇다. 그의 머리와 얼굴은 문자 그대로 불덩어리처럼 시뻘겋게 되었다. 눈은 새빨갛게 부풀어 올라 튀어나왔다. "살려 줘!"그가 소리쳤다." 고바야시 다키지(小林多喜二), 「1928년 3월 15일」(『전기』, 1928.11~12), 『고바야시 다키지 선집』 I, 이론과실천, 2012, 371쪽.

52　하야마 요시키는 「매춘부」 등을 통해 재능을 인정받기 시작했다. (하야마 요시키, 이진후 역, 「매춘부」(『문예전선』, 1925.11), 『일본 프롤레타리아문학 걸작선』, 보고사, 1999, 7~26쪽) 「감옥에서의 반나절」은 상대적으로 좋은 평가를 얻지 못했다. 왜냐하면 작품 말미에 관념적으로 부르주아지를 비판하는 내용을 나열하여 작품의 예술성이 낮았다. 또한 소설의 배경이 지진의 중심지인 도쿄, 요코하마가 아니라 나고야이기 때문에 그 반향이 낮았을 것이다.

고 많은 사람이 살해당했다. 이들은 성난 자경단과 일본인으로부터 '보호' 됐지만 경찰의 '불령선인' 색출에 의해 축출되었다. 조선인은 '보호' 주체인 당국에 주체적 요구와 불만을 표출하기 어려운 법적 예외상태의 식민지민이었던 것이다. 그래서 일본인은 자연재해에 의해 피해를 입었지만 조선인은 민족·계급 및 인종 갈등에 의한 증오살해를 당했다. 이 점이 사회주의자를 주인공으로 한 두 한·일 소설의 간극이다.

이러한 맥락에서 앞서 언급한 점을 다시 환기해보면, 관동대진재의 학살이 사회주의자 및 독립운동가, 무정부주의자 등에 대한 탄압의 정점으로 이해되는 것처럼 정우홍은 1920년대 중후반 사상범이 격증하는 식민지 조선의 현실을 목도하면서 과거 자신이 경험했던 관동대진재의 기억을 8년여 만에 소환했다. 시기적으로 보면 「그와 감방」에 비해 「진재전후」는 그 이전의 과거를 다루고 있지만 당국의 탄압은 「그와 감방」보다 「진재전후」가 훨씬 심하다는 점에서 그 폭력의 상징성은 '형무소 수감'(「그와 감방」)에서 '진재 당시의 감방과 학살'(「진재전후」)로 확대되고 있다. 정우홍은 두 작품에서 사회주의자가 겪은 '감방과 관동대진재'를 통해 식민모국의 폭력을 환기하고자 했던 것이 그의 소설 작업의 핵심이다.

4. 나가며 – 별장 대 감옥

　지금까지 정우홍이 사회주의자의 감옥 경험을 형상화한 두 작품 「그와 감방」과 「진재전후」를 살펴봤다. 여기서 도출된 핵심 키워드는 사회주의자, 형무소, 지진, 학살 등이었다. 지진 이전의 이데올로기·민족운동 탄압이 지진을 계기로 민족학대로 나타나고 이데올로기 말살책으로 확대되는 게 관동대진재의 역사적 의미라면, 정우홍이 형무소를 다룬 「그와 감방」을 먼저 쓰고 지진의 「진재전후」를 집필한 문학적 상상력의 근저에는 사회주의운동가의 억압의 체험과 그 심화가 있다. 이는 1920년대 중후반 사상범과 생활형 범죄가 급증했던 당대의 사회적 분위기와 궁금증에 잘 호응한 문학적 대응이었다. 특히 소설은 사회주의운동가의 내면을 엿볼 수 있는 유의미한 작품이었다.

　고바야시 다키지는 「1928년 3월 15일」을 기고한 후 자신이 "대중에게 공포심만 불러일으킨" 소설을 썼다는 아쉬움을 토로한 바 있다.[53] 해당 작품은 당국의 고문에 분노하여 독자에게 "계급적 증오"를 심어주기 위해 쓰였는데 경찰의 고문이 너무 잔혹하고 리얼하게 묘사됐기 때문이다. 이 한계를 깨들은 후 「독방」에서 고바야시는 고문 장면을 등장시키지 않고 감방의 일과를 보여주며 독방을 "별장"으로 설명하고 누구든 감방을 두려워하지 말고 들어오라는 '명랑'한 권유를 한다. 이러한 명랑성은 정우홍의 「그와 감방」에서도 일정 부분 공유되는 지점이다.

53　고바야시 다키지, 「1928년 3월 15일의 경험」(『프롤레타리아문학』, 1932.3), 『고바야시 다키지 선집』 I, 이론과실천, 2012, 399쪽.

하지만 일본과 식민지 조선의 형무소의 설비와 수감자 대우 수준이 달랐듯이 식민지 조선인에게 형무소는 "별장"이 되기 어려웠다. 수감 시설의 이름은 형무소로 바뀌었지만 그 실상은 여전히 '감옥'이었던 게 당대 현실이었다.[54] 김동인의 「태형」에서 70대 노인이 매를 맞고 죽어 갔듯이 정우홍의 「진재전후」에서도 '불령선인'으로 의심되는 조선인은 취조를 통해 색출되어 생사를 짐작할 수 없는 조치에 처해졌다. 죄 없는 조선인이 길거리에서 무참하게 학살당한 당대를 상기하면 「진재전후」에서 재현되는 조선인은 오히려 사정이 나은 편이다.

이러한 상황에서 수감자의 권리 역시 큰 차이가 있었다. 하야마 요시키의 「감옥에서의 반나절」의 형무소에서 지진으로 부상을 당한 '나'는 행형당국자에게 분노하고 국민으로서 보호 받을 헌법적 권리를 주장할 수 있다. 하지만 정우홍의 「진재전후」에서 조선인은 그러한 발언권을 가지고 있지 않다. 식민지 조선인의 정치적 목소리는 표출되기도 어렵고 식민모국에게는 미처 들리지도 않는다. 게다가 지진이 발생했지만 일본인과 조선인의 연대와 상호부조도 힘들었다.

「진재전후」의 재일조선인은 '남의 재해(지진) → 나의 재해('진'의 죽음) → 처참한 피난 행렬(동정) → 성난 군중의 폭력(학살) → 경찰서 유치장 구금 및 취조(학살, 공포)'를 경험했다. 다시 말해 조선인이 재해를 '남'이 아닌 '나'의 문제로 인지하고 점차 '우리'의 재해로 인식변화를 하려할 때, 일본 당국자와 자경단 및 시민 심지어 일부 문인까지도[55] 조선인을 '우

---

54 감옥의 협착 문제는 당대만의 문제에 한정되지 않는다. 이 문제는 현재에도 지속되고 있다. 최근 좁은 구치소 수용실의 과밀수용행위는 인간의 존엄성을 침해하고 가치를 박탈한다는 이유에서 '위헌'이라는 판결이 내려지기도 했다. 「헌재 "비좁은 구치소에 여러 명 수용 '위헌'…재소자 인격권 침해"」, 『뉴시스』, 2016.12.29.

리'가 아니라 '적'으로 대하면서 학살이라는 '재난'이 발생했다.[56]

요컨대 관동대진재가 일본인에게는 기본적으로 자연재해에 의한 재난이지만 식민지민에게는 자연재해와 사상·민족·인종·계급 갈등

---

55 대표적으로 당시 자경단으로 활동한 아쿠타가와 류노스케는 선량한 시민이자 용감한 자경단원으로서 소문을 믿거나 믿는 표정을 해야 한다며 기쿠치 칸(菊池寛)을 비판했다. 芥川龍之介, 「大震雜記」(『중앙공론』, 1923.10), 『天變動く大震災と作家たち』, 東京：インパクト出版會, 2011, p.105) 그외 일본 문인들의 진재 인식은 다양했다. 요코미츠 리이치는 고생해서 쌓아올린 모든 것이 지진으로 일순간에 무너지는 것을 목도하며 깊은 '무상감'을 느꼈고(강소영, 「요코미츠 리이치와 관동대지진이라는 역사적 기억」, 『일본연구』 63, 韓國外國語大學校 外國學綜合研究센터 日本研究所, 2015, 177~196쪽) 다니자키 준이치로는 일본인은 재난에 익숙하다며 도쿄의 재건과 국제적 도시화를 꿈꿨다(다니자키 준이치로, 류순미 역, 『도쿄 생각』, 글항아리, 2016, 25~69쪽). 가와바타 야스나리는 소설 「허공에 떠도는 불빛」에서 진재 이후 이재민 수용소에서 생명을 이어가는 사람들과 여성 오하나를 통해 여성의 생존 방식과 구질서·구도덕이 붕괴되는 국면을 서사화했다(권해주, 「가와바타 야스나리(川端康成)의 『허공에 떠도는 불빛』의 주제와 그 사생관」, 『일본문화연구』 1, 동아시아일본학회, 1999, 69~96쪽). 또한 재일조선인을 형상화하거나 학살을 비판하는 문학도 있었다. 시마자키 도손은 「아들에게 보내는 편지」에서 조선인을 직접적으로 언급하지 않았지만 조선인을 등장시켜 우회적이고 완곡한 방식으로 학살을 비판했다(이지형, 「관동대지진과 시마자키 도손(島崎藤村)―『아들에게 보내는 편지』를 중심으로」, 『일본문화연구』 13, 동아시아일본학회, 2005, 91~114쪽). 나카니시 이노스케는 조선은 4천년 역사를 가진 군자의 나라로서 조선인은 평화의 민족이라고 설명한다. 그러면서 그는 언론이 조선을 산적이 사는 나라, 조선인을 맹호의 일종으로 보도하는 행태를 비판하고 아름다운 반도의 사람들을 이해해야 한다고 주장한다. 따라서 그는 진재 당시 조선인 폭동의 유언비어는 일본인이 어두운 환영(공포심, 편견)으로 조선인을 인식하는 데서 기인한 것으로 평가했다(中西伊之助, 「朝鮮人のために弁ず」(부인공론, 1923.12), 『天變動く大震災と作家たち』, 東京：インパクト出版會, 2011, pp.181~188). 소설가이자 극작가인 아키타 우쟈쿠(秋田雨雀)는 국민의 경솔함에 놀라며 국민의 무지에 공포심을 느낀다(石井正己, 『文豪たちの關東大震災體驗記』, 小學館, 2013, pp.169~175). 이러한 문인들의 비판을 통해 조선인은 미약하나마 위안을 받았다. 가령 당시 관동대진재를 겪은 김소운은 츠보이 시게지(壺井繁治)의 시 「十五圓 五十錢」와 에구치 칸(江口渙)의 수기 「관동대진재회상기」를 들어 당대의 상황을 설명하기도 했다. 金素雲, 『하늘 끝에 살아도』, 동화출판공사, 1968.11.20, 71~84쪽.

56 관동대진재 재일조선인 학살 관련 공판에서 실형률과 판결기준이 엄해지는 순서는 '조선인학살 < 경찰서 습격에 의한 조선인학살 < 일본인학살'이었다. 길거리에서 조선인을 참살한 일본인은 애국심을 주장했고 대부분 집행유예로 풀려났다. 강효숙, 「관동대진재 당시 피학살 조선인과 가해자에 대한 일고찰」, 강덕상 외, 『관동대지진과 조선인 학살』, 동북아역사재단, 2013, 113쪽.

과 혐오·멸시가 복합적으로 결부돼 발생한 학살의 '재난'이었다. 이 글의 한·일 사회주의자의 문학은 이 차이를 극명하게 보여준다. 따라서 정우홍의 관동대진재와 수감 경험은 식민본국의 탄압과 사회주의자의 저항이 강하게 충돌하는 지점에서 소환되어 소설화되었던 것이다.

결과적으로 정우홍은 사회주의자가 감방과 지진을 겪은 두 소설을 남겼다. 그런데 전자의 작품은 사회주의자가 '유치장의 하루'와 '유치장에서 형무소까지의 하루'의 과정에서 겪는 경험과 형무소의 구조, 수사·재판과정 등을 재현하고 있다. 이는 당내 다른 사회주의 작가뿐만 아니라 여타 계열의 작가도 제대로 시도하지 못한 작업으로서 '행형제도를 통해 본 식민모국'이다. 또한 후자의 작품은 그가 관동대진재를 겪고 당대를 재현한 식민지기 유일의 소설이라는 점에서 큰 의미를 갖는다. 이것이 정우홍이 1930년대 전후 사회주의 작가로서 가지는 문학사적 의의와 위상이다.

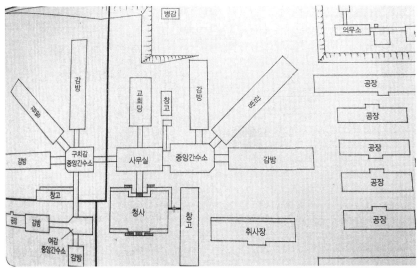

〈부록1〉 1930년대 중반 서대문 형무소 배치도

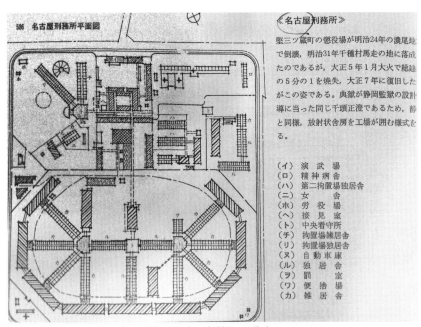

〈부록2〉 나고야 형무소 배치도

제1장

1930년대 초중반
김기림의 공간과 전체시론의 형성

프로문학과 모더니즘의 관계를 중심으로

1. 모더니스트 김기림의 산문적 글쓰기와 근대 인식

'총력전기'에 절필한 작가에게는 '저항작가'라는 '신화'적 수사가 은 연중에 붙는다. 작가의 목소리가 당대 주요 담론이었던 근대초극론과 결부될 때는 일약 '사상가'인 양 대접받는다. 김기림은 사회주의 철학 자 서인식이나 박치우처럼 근대초극 담론의 주요 생산자는 아니었지만 서구적 근대를 보편으로 삼았던 모더니스트라는 점에서 주목을 받았 다. 그래서 김기림 하면 흔히 지성, 서구적 보편으로서의 근대를 지향 한 모더니스트, 과학적 정신 등을 떠올린다. 이처럼 '서구적 근대'의 지 향을 지나치게 강조하다 보니 그가 고투한 흔적들이 모두 그것으로만 수렴되어 버리기도 했다. 그에게 '동양은 있지만 조선은 없다'는 통념도 그 하나의 예일 것이다. 하지만 진정성을 근저로 한다는 모더니스트의 고통을 깊이 들여다본 연구가 축적되면서 김기림의 모더니즘이 서구추수적이고 피상적이었다는 비판은 극복되어 왔다.

그럼에도 아직 그가 식민지를 어떻게 인식하고 자각했는지 명확히 드러나지 않았다. 결과적으로 김기림의 인식이 자신의 예술 활동에서 어떠한 위상을 차지하며 어떠한 방법을 통해 구현되었는지 명확히 구명究明되지 않았다는 뜻이다. 따라서 김기림의 근대 인식을 구체화하는 작업은 그의 절필뿐만 아니라 문학론을 이해하기 위한 시도이기도 하다. 그의 절필이란 잠재되어 있을지 모를 민족애, 체제의 억압, 민족어의 소멸, 근대의 몰락, 새로운 탈출구인 동양 및 조선적인 것의 불가능성, 예술의 존립기반이 상실하게 된 현실 등등 복잡한 원인이 착종하여 비롯된 결단일 것이다.

그중에서도 문학이 본질적으로 현실을 파악하고 반영하는 도구라면 현실의 재현이 불가능하게 된 이유가 구명究明되어야 한다. 이는 역으로 그가 재현하고자 했던 것은 무엇인가에 대한 물음이다. 김기림의 문학적 고투는 (모호하고 추상적인 근대가 아니라) 그가 딛고 서 있는 식민지 조선의 근대성을 다뤄야 하는 본원적 문제와 관련된다. 따라서 김기림의 근대 인식을 밝히기 위해서는 그의 문학론의 성격을 밝혀야 한다. 아직까지 그가 식민지를 어떻게 인식하고 자각했는지 명확히 드러나지 않았다고 평가되는 것은 '영문학을 공부한 모더니스트 김기림과 근대초극론'이라는 이미지에 갇혀 버렸기 때문일지도 모른다.

김기림의 문학적 입장은 식민지 조선의 문학사에서 자신의 예술적 위치를 규정한 「모더니즘의 역사적 위치」(『인문평론』, 1939.10)에서 명확히 확인할 수 있다. 이 글은 두 달여 전 임화가 김기림을 1930년 초에서 중반까지 문단을 주도했던 모더니즘 작가로 평가한 「시단의 신세대」(『조선일보』, 1939.8.18~26)를 보고 쓴 글이다. 여기서 임화는 김기림을 "구 카프시인과 제너레이션은 다르지만 근본적으로 같은 시대의 한 환경의 시인"이었다고 평가했다. 이는 1930년대 중후반의 신세대와 명확히 구분하는 세대론적 감각이다.

김기림은 임화의 견해에 동의하면서도 사회주의 평론가의 '문학사'적 인 글에서 모더니즘이 제대로 평가되지 않은 점에 주목했다. 그래서 김 기림은 문학사를 보완하는 의도에서 '모더니즘의 역사적 위치'란 글을 쓰게 된다. 여기서 모더니즘 작가들은 전대의 "센티멘탈 로맨티시즘과 사회주의의 편내용주의 경향을 극복하는 소명의식"을 가졌으며, "언어 의 자각과 문명에 대한 감수를 기초로 일정한 가치를 의식하고" 문학 작 업을 했다고 서술된다.

이 두 글은 김기림의 문학론을 해명하는 단초를 제공한다. 구카프시 인들이 1930년대 후반 자기 나름의 작품 활동을 해도 이미 그들을 위 한 시대가 종언했다는 임화의 세대론적 감각에 김기림 역시 공감했다. 그러면서 1930년대 말 모더니스트 작가들 역시 모더니즘을 잃어버렸 다는 김기림의 지적은, 그의 문학적 정수가 1930년대 초중반에 있다는 중요한 고백이다. 그 문학적 정수란 앞에서 밝혔듯 내용과 형식, 두 차 원에서 모더니스트의 혁신적인 노력들이었다.

이것은 과거 1936년 임화가 김기림 자신에게 했던 공격적 비평의 때 늦은 변론이기도 했다. 임화는 김기림의 「오전의 시론」(1935)에서 "생에 서 출발한 인간적 감격"이란 대목을 지적하며 '현실로부터 초월하여 계급적 존재의 위기를 은폐'한다는 점에서 "김기림은 현실의 인식자가 아니라 감격자"[1]라고 폄하한 바 있었다. 그러나 김기림은 "문학이 내용에 관심을 가지는 것은 소년기, 형식에 관심을 가지는 것은 중년기"라고 항변했다. 그러면서 이태준을 예로 든 김기림은 이태준이 "대상을 지적으로 이해하려고 하기 전에 그의 투명하고 섬세한 감정에 의해 파악한다"[2]고 고평했다. 이런 맥락에서 '감격'이란 수사는 대상 묘사와 감성의 관련성을 강조하는 한편, 감성이 내용뿐만 아니라 언어의 선택과 조탁, 문장의 수준을 좌우한다는 주장을 함의했다. 이처럼 김기림은 「모더니즘의 역사적 위치」에서 '사회주의 극복과 문장의 세련'을 위해 분투한 모더니스트 작가의 문학사적 가치를 분명히 하고 있다.

그렇다면 김기림은 자신의 문학에서 사회주의의 편내용주의 경향을 어떻게 극복하고 식민지 조선의 현실을 형상화했는가. 김기림의 시학은 '명랑한 오전의 시론'이 대표하듯 현실과의 괴리에서 오는 내면적 고통이 부재하고 명랑하다고 평가되어 왔다. 그래서 한때 김기림의 모더니즘은 서구추수적이고 피상적이라는 비판을 받았고[3] 이런 인식은 앞서 말했듯 이후 수정·극복되어 왔다. 하지만 임화 말대로 구카프 문인과 동시대에 공존했던 김기림이 사회주의 문학을 어떻게 극복했는지 아직 온전한 해답이 나오지 않았다. 이는 모더니스트 김기림의 문학적 실천과 그가 바라본 식민지와 근대의 성격에 대한 구명이 미진하다는 것을 시사한다.

---

1   임화, 「조선문학의 신정세와 현대적 諸相」, 『조선중앙일보』, 1936.1.26~2.13.
2   김기림, 「'스타일리스트' 이태준씨를 논함」, 『조선일보』, 1933.6.25~27.
3   김예리, 『이미지의 정치학과 모더니즘』, 소명출판, 2013, 3~27쪽 참조.

주목할 점은 시인이자 시이론가인 그가 1930년대 초중반 소설3편과 희곡5편을 남겼다. 김기림의 문학의 정수가 1930년대 초중반에 있다면 이 시기 시론이나 시뿐만 아니라 작품성도 확보하고 있는 소설과 희곡에도 주목해야 한다.[4] 2000년대 이후 김기림 논문만 해도 백여 편이 넘지만 모두 시와 평론만을 통해 그를 조명하고 있다. 이는 서사물의 창작과 실험이 1930년대 중반 김기림의 주요 시론 형성의 토대가 됐을 수 있다는 사실을 간과하고 서사물을 통한 김기림의 당대 인식과 문학적 대응 역시 파악하지 못하는 결과를 초래했다.

　요컨대 모더니즘 시인이 1930년대 초중반 시도한 산문적 글쓰기의 성격을 해명할 수 있다면 시론에 치중된 연구를 상대화할 수 있을 뿐만 아니라 프로문학과의 관계, 전체시론의 형성, 근대 인식, 창작방법론 등을 이해하는 데 하나의 실마리가 될 수 있겠다.

4　소설, 희곡 연구는 다음과 같다. 박상천, 「김기림의 소설 연구」, 『동아시아문화연구』 8, 한양대 동아시아문화연구소, 1985; 최시한, 「김기림의 희곡과 소설에 대하여」, 『배달말』 13, 배달학회, 1988; 홍경표, 「지형적 변동과 모더니즘 정신 – 편석촌 김기림의 소설」, 『어문학』 62, 한국어문학회, 1998. 박상천은 인물, 부인물, 문체 분석에 집중했고 김기림의 소설사적 위치는 파악하지 않았다. 희곡과 소설을 함께 논한 최시한은 김기림이 일제의 것이라도 근대화는 긍정할 수밖에 없다는 입장이었기 때문에 역사의식이 결여되었다고 지적한다. 또한 그가 서구문명을 숭배하여 서구현실을 우리 문제로 오인했으며 결과적으로 조선적인 희곡 역시 쓰지 못했다고 주장한다. 그러나 최시한은 작품의 장소성과 작품 간 연관성을 고려하지 않고 있으며 모더니스트는 서구 신봉자라는 도식에서 벗어나지 못하고 있다. 홍경표는 희곡, 시에 대한 고려 없이 소설 세 편만을 대상으로 내용과 문체를 분석하면서 사회문화적 변동에 대한 김기림의 인식을 드러내고 있다.

2. 식민권력과 자본의 침투, 공간의 차별화 – 소설

1934년 김기림은 "식민지 조선문학의 미래가 민족 혹은 전통주의 문학이냐 아니면 세계적인 문학이냐고 묻고 조선문학은 새로운 출발이 있어야 한다"고 했다.[5] 김기림과 임화에 따르면 1934년 무렵은 모더니즘문학이 위기를 맞고 그 사명을 다할 때였다.[6] 모더니즘 작가하면 식민지 말기 파리함락 즈음의 전향을 떠올리기 쉽지만, 근대의 위기는 이미 그 전에 1928년 세계경제공황, 1933년 나치 집권 등으로 나타나고 있었다.

이런 국면에서 새로운 조선문학의 미래를 염두에 둔 김기림의 글쓰기는 조선문학의 가능성을 타진하는 일종의 실험이기도 했다. 이 실험이란 경향파와 모더니즘의 종합이었다. 그것은 식민지 조선의 "민족생활을 시간적으로, 공간적으로 파 들어가 깊이 음미하고 이해하"[7]는 방법으로 가능했다. 이는 김기림이 이미 그전부터 주장해 왔었다. 주지하듯 프로문학은 내용은 국제적이고 형식은 민족적인데, 실제로는 민족의 사회생활과 전망을 반영해야 했다. 김기림 역시 세계문학의 발전사속에서 조선의 문학을 비추어 본다는 전제하에서 식민지 조선의 삶을 재현하는 문제를 고민한다.

---

5   김기림, 「將來할 조선문학은」, 『조선일보』, 1934.11.14~15.
6   이러한 입장은 임화와 김기림이 문학사조와 문명사를 연동하여 사유하고 있다는 것을 보여준다. 그러나 이런 문명사적 사유는 이 무렵 꽃피기 시작하는 구인회와, 1930년대 후반에 활동한 박태원, 이상 등의 작품이 가진 문학적 가치를 도외시하는 결과를 낳는다.
7   김기림, 「신민족주의 문학운동」, 『동아일보』, 1932.1.10.

이 주장을 한 「신민족주의 문학운동」의 제목이 상기하듯, 김기림의 견해가 1930년대 부르주아 민족문학자들의 복고주의와 이순신 등 '민족의 발견'의 범주에서 발화된 것은 아닌지 의심이 가기도 하지만 그의 문학에 대한 관점은 상당히 일관적이다. 그는 세계문학의 보편성과 우월성을 인정하면서도 시간과 공간을 버무려 작품화할 때 "공간적인 특성을 제외하고 시간적으로 초시대성과 세계적 영속성을 갖춘 이상적인 세계문학"[8]을 지향하는 것은 아니라고 말했다. 그래서 "조선문학도 세계에 줄 우리의 특성이 무엇인가 찾아낼 수 있을 것"이라고 주장했다. 이처럼 식민지 조선이라는 공간적인 특성의 강조는 '장소의 근대성'에 대한 탐색을 수반할 수밖에 없다.

그렇다면 식민지 조선을 어떤 내용과 작법으로 묘파해 갈 것인지가 관건이다. 당시 김기림은 "사실에 충실하기를 힘쓰면서 자신의 가치론이 가미될 수 있는 권리는 보류"[9]한다는 입장이었다. 사실적 '공간'(소설배경)이란 인물의 현실적 생활 조건이며, '가치론'은 식민지 조선이라는 공간을 구성하는 작가의 주관의 영역이자 이념과도 결부되어 있다. 그렇다면 김기림은 그가 주장한 대로 그가 동시대를 영유했던 카프작가와 시대를 풍미한 사회주의의 영향으로부터 자유로웠을까.

생활에서 '빵'의 중요성을 강조한 그는 빵과 역사적, 객관적 상호작용에 대한 자각을 해야 한다고 하면서 유심론에서 벗어나야 한다는 주장을 한 바 있다.[10] 이와 같이 사회주의 문학의 공식성을 경계하면서도

---

8   김기림, 「將來할 조선문학은」, 앞의 책.
9   위의 글.
10   김기림, 「食前의 말, 우리의 문학」, 『조선일보』, 1931.4.7~9.

삶을 영위하기 위한 물질적 조건을 강조한 그는, "조선적인 향내 나는 희곡을 많이 써보겠다"[11]고 다짐하기도 했다. 여기서는 희곡만 언급되고 있지만 비슷한 시기에 쓰인 소설 역시 같은 맥락에서 논의할 수 있겠다.

'조선적인 것(향내)'의 세계문학화 가능성을 가늠한다는 것은 식민지 조선과 서구의 근대화의 간극이 조선인에게 초래한 문제에 대한 고심의 표현이었다. 근대를 지향한 문학자가 바라보고 형상화해야 할 조선이란 식민지였으며 그 정도야 어찌됐든 '식민제국'에 의해 문명화 단계를 밟고 있었다. 식민제국의 권력과 자본이 식민지 조선에 들어오면서 야기한 변화상은 식민지 일상의 사회상을 재현하는 것과 같다. 그렇다면 김기림이 작품화하기 위해 염두에 둔 식민지 조선의 근대화의 시점은 언제였을까. 그가 본 "봉건도시 경성은 1928년 이후 차츰 근대도시의 면모를 갖추기 시작했고, 1931년 도시에 근대적 백화점"[12]이 출현하면서 본격화하기 시작했다. 더욱이 이 시기는 세계경제공황 무렵이었다. 모더니스트라면 근대의 양가성을 체감하지 않을 수 없었을 것이다.

이러한 맥락에서 쓰인 서사물로 소설에는 「어떤 인생人生」(『신동아』, 1934.2), 「번영기繁榮記」(『조선일보』, 1935.11.2~11.13), 「철도연선鐵道沿線」(『조광』, 1935.12~1936.2)이 있고, 희곡에는 「천국天國에서 왔다는 사나이」(『조선일보』, 1931.3.3~21), 「미스터 불독」(『신동아』, 1933.7), 「바닷가의 하룻밤」(『신가정』, 1933.12)이 있다.[13] 그런데 도시문명을 지향한 모더니스트라는 기대와

11   김기림, 「신민족주의 문학운동」, 앞의 책, 1932.1.10.
12   김기림, 「도시풍경 1·2」, 『조선일보』, 1931.2.21~22·24.
13   김기림의 희곡 「떠나가는 風船」은 조선이 아닌 북해의 孤島를, 「어머니를 울리는 자는 누구냐」역시 국외인 불란서 북방 국경지대를 배경으로 하기 때문에 이 글의 논의에서

달리 그의 소설은 경성이 아니라 농촌, 어촌, 산촌을 배경으로 하고 있다. 희곡에서는 「천국에서 왔다는 사나이」가 서울 시외를 '공간'(소설 배경)으로 하며, 다른 작품은 지명을 알 수 없는 도시로 설정돼 있다. 소설과 희곡의 차이는, 생활을 있는 그대로 재현하겠다는 그의 문학론과 소설은 부합하지만, 희곡은 작가 자신의 모랄(의도)을 반영하고 있다. 그렇다면 '조선적인 것(향내)'를 그리겠다는 김기림의 '조선'이란 소설과 희곡의 내용적 비교를 통해 발견할 수 있을까. 이 물음의 답은 각각의 분석 이후에야 가능하겠지만 유의해야 할 점은 김기림이 공간적 특성을 고려한 문학을 추구하겠다고 한 점이다. 따라서 이 절에서는 '조선적인 향내'와 소설의 공간, 내용의 관계에 주목하면서 소설 작품을 먼저 분석하고자 한다.

소설 「어떤 인생」은 농촌, 「번영기」는 어촌, 「철도연선」은 산촌이다. 농촌에 틈입하는 일상적 권력은 학교의 월사금이다. 남의집살이를 한 늙은 참봉은 아들 일남이의 학교 월사금을 못내 학교에서 독촉장을 받는데 거기서 끝나지 않고 군에서 집행을 하겠다는 연락을 해온다. 그 집행이란 일종의 경매를 의미했다. 세금은 식민권력이 규칙적이고 효율적으로 징수할 수 있는 수단이다. 식민 이전에는 농촌공동체라는 '도덕경제' 하에서 인심 및 상호부조로 생활이 가능했지만,[14] 근대의 세금은 지불능력을 그다지 고려하지 않는다. 세금을 내고 빚을 갚기 위해서는 추가적인 노동이 필요하다. 특히 세금 징수나 빚은 현물이 아닌 돈을 주로 요구한다. 농민은 돈을 마련하기 위해 토지를 이탈하여 노동력을 시장에 팔아야 했다.

제외했다.

14   제임스 스콧, 김춘동 역, 『농민의 도덕경제』, 아카넷, 2004 참조.

이미 60여 년에 걸쳐 남의집살이를 하고 있는 참봉에게 더 이상의 노동은 무리다. 마을의 극빈층인 그는 사실상 고용노동자와 다름없다. 빈민의 자식은 최소한의 기본적 교육도 받을 수 없는 게 조선의 현실이었다. 이러한 조선에 식민권력은 학교라는 입신출세의 작은 통로를 열어 놓고 세금과, 군의 경매집행과 같은 법제도를 통해 학업비용을 합법적이지만 폭력적으로 징수했다. 교육은 민족 발전과 개인적 성공을 위한 통로로 인식됐지만 오히려 소외된 계층의 경제적 종속을 강화하는 역효과를 낳았다.

빚을 짊어진 참봉에게 기다린 것은 자살 즉 죽음밖에 없다. 이 죽음을 더욱 재촉하는 것은 병든 아내를 치료하기 위해 동원한 무당의 굿, 한약, 의원, 양의사의 진료비와 장례빚이었다. 1930년대 조선이 "중세와 근대의 틈바구니에 끼여 있"[15]다고 본 김기림에게 식민지 조선의 농촌은 미신이 난무하고, 의료수준은 한참 낮았으며, 마을 구성원을 보호해줄 공동체도 미약했다. 이 소설은 학교와 세금, 법제도와 채무노예가 된 빈농, 미신 등을 통해 식민지배관계와 경제적 종속성, 조선사회의 봉건성을 드러내고 있다. 즉 조선의 봉건성과 식민주의의 산물이 조선 농촌사회의 모습이었다.

근대 식민지 역사의 근대화 과정이란 보통 노동력 (강제)동원과 토지 접근성을 상실하게 하는 자본 권력의 침투로 대별되는데, 경우에 따라 두 가지가 혼효되어 나타나기도 하며 법적 강제를 동반하기도 했다.[16] 조선 농촌은 자본의 침투가 본격화할 만한 산업생산기반이 충분하지

---

15   김기림, 「朝鮮文學에의 反省」, 『인문평론』, 1940.10, 38~46쪽.
16   위르겐 오스터함멜, 박은영・이유재 역, 『식민주의』, 역사비평사, 2006, 115~130쪽 참조.

않았고 농기구의 공업화도 늦었기 때문에 「어떤 인생」에서는 학교, 세금, 법제도를 중심으로 소설이 구성되어 있다. 이와 달리 어촌을 배경으로 한 「번영기」는 자본과 식민권력, 이 양자의 침투를 서사화하고 있다. 제목이 보여주듯 어촌의 중요한 사업인 축항과 저목장 사업 유치·준공으로 땅값이 오르고 번영을 누리는 듯하지만, 가난한 지역민들은 오히려 삶의 안정성을 잃어버리는 상황을 맞게 된다. 대규모 개발 사업이 시작되자 기자재를 공급하기 위해 목재공장 6개, 시멘트공장 1개, 철공장 1개 등이 어촌 근처에 들어선다. 살림을 맡은 아내들은 남편이 바다와 달리 일정한 월급을 고정적으로 받을 수 있는 공장취업을 원했다.[17] 이에 따라 어부들은 바다를 떠나 노동자가 되어 자본의 노동력 동원화의 대상이 되었다.

또한 사업 개발과 인구 증가로 인해 토지는 중요한 투자처였다. 그 덕에 그동안 사용하지 않고 버려두었던 많은 땅의 주인들은 부자가 되기도 했다. 여기서 토지 소유권의 문제가 발생한다. 소설에는 식민 초기 당국이 토지조사령을 실시했을 때 법률적인 서류 작성에 익숙하지 않았던 사람들을 위해 만들어진 대서소가 등장한다. 조선사법대서인령 (1925)은 이 작품이 쓰인 1935년 사법서사령司法書司令으로 개정되었는데,[18] 그것을 같은 해 소설에 반영한 김기림은 이 제도를 식민지 근대성의 한 전형으로 여긴 듯하다.

---

17 식민지 조선의 어촌에서 직접 고기를 잡거나 일을 하는 어부가 천시 받았다는 것은 이미 널리 알려진 사실이다.

18 식민 초기만이 아니라 그 이후에도 상당 기간 신고 관련 토지분쟁이 있었다는 것을 알 수 있다. 비근한 예로 1930년 조선 북관의 한 촌락에서 10년 넘게 농토를 신고하지 않았다가 다른 이에게 빼앗기는 일이 있었다. 韓國鍾(辯護士), 「B村事件과 六人」, 『삼천리』 10, 1930.11, 54~55쪽.

소설 속 주인공 창호는 버려졌던 땅들이 비싸게 거래되는 것을 보면서 돌아가신 아버지의 배추밭 천 평을 떠올린다. 이 땅은 읍사무소에 신고를 하지 않고 이십여 년 가깝게 방치해뒀기 때문에 세금도 내지 않았고 자신도 모르게 이미 읍소유지로 편입되고만 상태였다. 문맹이고 근대행정과 근대법에 익숙하지 않은 조선인이 스스로 신고를 하지 않으면 땅을 빼앗기는 구조는 토지 접근성을 상실하게 하는 식민권력의 자산획득 과정이다. 창호가 낙담해 술로 마음을 달랠 즈음 어촌의 근방에는 규모가 상당한 북청문화주식회사가 출현해 영세한 인쇄소를 운영하던 친구가 일을 그만 두게 된다. 거대자본의 유입은 해운업뿐만 아니라 지역의 영세 자영업자의 존립기반을 흔들고 종국에는 이들을 공장에서 일하도록 강제했다.

산촌을 다룬 「철도연선」에서는 근대화의 국면이 더욱 복잡하게 다루어진다. 주인공 박존이 영감은 아들 명식, 며느리, 손자인 재수와 함께 살았다. 철도개발이 시작하면서[19] 명식은 밭을 떠나 공사장에서 일하다 사고로 죽게 되고, 며느리는 공사장 십장과 눈이 맞아 결국 마을을 떠나고 만다. 박존이 영감은 형편이 넉넉하지도 않지만 공사를 한다고 해서 땅을 당국에 기부했었다. 구장은 철길에 자식까지 바친 박 영감을 마을의 제일 큰 공로자라고 치켜세웠다. 그런데 정작 철도 개통식에 초대받지 못하자 그는 큰 충격을 받게 된다. 「번영기」에서 개발 사업을 추진하던 이는 도평의원과[20] 목촌상공회장이었으나 개발과정에

---

19 실제로 함경도에서는 1931년 5월부터 1937년 11월 1일까지 '혜산선' 철도 공사가 이루어지고 있었다. 혜산선은 함경북도 길주와 함경남도 혜산 사이에 부설된 철도였다. 『한국민족문화대백과』(http://encykorea.aks.ac.kr) 참조.
20 도평의회 도회의원에 대해서는 동선희, 『식민권력과 조선인 지역 유력자』, 선인, 2011;

서 주민의 협조를 구하는 내용은 전혀 없었다. 이와 달리 「철도연선」에서는 구장이 나서서 땅을 기부 받고 마을에 들어온 남성들을 위한 색주가를 용인해 수입을 기대했다. 구장은 "마을 유일의 진보사상가"로 평가 받는 인물이었지만 자신의 영달과 마을의 물질적 발전만을 추구할 뿐 도덕적인 미풍양속의 혼란은 괘념치 않았다. 개통식에서 군수대리 서무주임과 함께 연설을 한 지역유력자의 존재는, 식민권력이 식민지민의 협력 없이는 실질적인 영향력을 발휘하기 어렵다는 점을 시사하고 있다.[21]

이렇듯 조선의 농어촌사회는 식민권력과 자본이 공간의 지배력을 확장해가는 과정에서 재편되어 갔다. 이것이 김기림의 현실 인식이자 소설의 내용이었다면 해명해야 할 남은 과제는 내용과 형식의 결합 방식이다. 이 지점에서 모더니스트 작가의 문학적 특이성이 가치를 확보할 수 있기 때문이다. 그런데 특이하게도 그의 소설에서 모더니즘하면 흔히 얘기하는 언어적 실험, 의식의 흐름, 내면으로의 침잠 등을 찾아볼 수 없다. 사실상 리얼리즘적 소설과 다름없다. 그렇다면 김기림의 소설은 모더니즘소설이 아닌 리얼리즘소설이라고 명명해야 할까.

그러나 앞서 언급한 모더니즘문학의 특성은 이제 설득력을 잃어가고 있다. 프레드릭 제임슨은 그러한 특성을 구식 모더니스트 이데올로기로 간주하고 모더니즘적 재현이란 형식적·문화적 변화와 그 변화의 사회적 결정요인 간의 관계를 서사화하는 데 형식적 딜레마를 겪으면

이행선, '선거, 대의제도와 (비)국민의 체념 그리고 자살', 「해방기 문학과 주권인민의 정치성」, 국민대 박사논문, 2014를 참조.

21 구체적인 구장의 존재 양태와 그 의미에 대해서는 김영미, 『그들의 새마을운동』(푸른역사, 2009)이 좋은 참조가 된다.

서 이루어진다고 규정했다. 이 재현을 통해 식민체제의 구조, 작동방식을 의식하고 어렵지만 포착할 수 있어야 하는 것이다. 그리고 이것은 근본적으로 식민화된 공간에 대한 공간적 재현과 지각에 대한 해석을 통해 가능했다.[22]

이 점에 비추어 김기림은 「모더니즘의 역사적 위치」에서 자신을 '도회의 아들, 문명의 아들'로 칭했듯 모더니티에 대한 열망을 숨기지 않았으면서도 정작 소설의 배경은 도시가 아니었다. 그것도 '도시—시골'의 단일한 구도가 아니라 농촌, 어촌, 산촌이라는 지역적 차이와 경계를 분명히 했다. 그는 모든 공간을 지배하고 분류하며 차별화하는 자본주의 침투와 식민지적 근대화 과정을 공간의 배치와 그 불균등한 변천을 통해 정확히 포착하고 있는 것이다.

이상 역시 「건축무한육각면체」 등에서 공간성을 고민한 바 있지만 김기림은 조선시가지계획령(1934) 등 발전하는 경성의 의미와 이면에 사라져가는 기억을 경성 그 외의 지역을 통해 상대화하고 다시 들추는 작업을 수행했다. 그는 도시와 대별되는 공간의 배치와 그 재현을 통해 경제문화적 권력관계에서 배제된 존재를 가시화하고 재편되는 조선의 위계화된 공간구조에서 자본과 식민권력의 작동방식과 효과를 파악했다. 그뿐만 아니라 소설 속 사건과 물질적 환경은 당대의 것이면서도 훨씬 이전인 식민지 초기의 모습을 환기하는 이중적 효과가 있다. 이는 공간이 기억, 시간과 연동되어 있다는 것을 시사한다. 경성의 시공간의 변화는 김기림의 고향에 대한 기억, 유학체험과 맞물려 공간과 기억을

---

22 프레드릭 제임슨, 「모더니즘과 제국주의」, 테리 이글턴 외, 김준환 역, 『민족주의, 식민주의, 문학』, 인간사랑, 2011, 73~112쪽.

무·의식적으로 자각하게 했다. 그리고 그 재현 방식은 작가의 주관을 배제하고 현실의 사실적 반영이었다. 이상이 김기림의 소설이 갖는 모더니즘적 특성이다.

이처럼 김기림은 언어가 갖는 형식적 실험이 아니라 공간적 배치에 내용을 결합하여 소설을 구성했다. 그 내용을 조금만 더 살펴보고 이 절을 마무리 하겠다. 김기림이 재현한 소설 속 지역 공동체에서 작동하는 자본 및 문명의 성격은 투기유동자금처럼 일시적이다. 산촌이 배경인 「철도연선」에서 식민자본은 돈과 땅, 노동력을 사취한 후 마을을 떠나버리고, 그렇게 자본이 휩쓸고 간 지역의 농민은 노동자가 되어 지역을 떠나는 형국이다.[23] 개발공사장의 빛이 꺼지는 것처럼 마을은 다시 어둡고 적막한 봉건적 공간이 되어 버린다. 철도 개통이 문명의 발전을 상징하긴 하지만 그것이 '봉건적인 지역사회'의 '자본주의 공업사회'로의 전환을 의미하는 것은 아니기 때문이다. 오히려 자급자족이 불가능해져 가는 지방의 소농식 경제체제의 한계만이 드러났다. 일본은 오랫동안 서구 다른 제국주의국가와 달리 계획적인 산업육성정책을 펼쳤고 그것이 해방 후 조선의 발전에도 이바지 했다고 주장해 왔다. 하지만 김기림의 소설은 식민지 조선의 일상적 삶에서 자본과 법제도의 실

---

23 식민지 조선에서 공장은 1920년대 말까지 영세한 규모였다. 하지만 1930년대 접어들면서 공업이 발전하기 시작하고 철도건설, 공업도시 건설 등 각종 공사가 활발해지면서 임금노동자의 수가 급증하기 시작한다. 농촌에서도 토지를 상실한 농민이 소작농이 되어 겨우 연명해갔으나 1930년대 들어 농민의 국외 이주, 광공업 발전에 따른 비농업부문의 노동수요 증가로 농촌의 과잉인구가 해소되기 시작한다. 1930년대 중반까지 당국의 노동정책은 노동수요가 많은 북선지역으로 인구를 이동시키는 노무수급정책이 핵심이었다. 허수열, 『개발 없는 개발―일제하 조선경제 개발의 현상과 본질』, 은행나무, 2011, 131~165쪽.

질적 효과란 가족과 지역공동체를 해체하는 자본주의적 경제질서의 구축이었다. 다시 말해 인간관계의 불모화와 조선사회의 자본축적의 지난함을 함의한 '폭력적인 성격의 식민주의'였다는 것을 효과적으로 드러내고 있다.

또한 구성원의 심성에 새겨진 자본의 침투는 촌락민을 도시와 공장으로 이끌었다. 그 자본은 구장, 도평의원, 상공회장 등 식민권력, 지역유력자와 연동되어 있었다. 이들은 당대 1930년대 농진운동에서 지역민을 위했던 구장이나, 마을 내 자율적이고 자치적인 공동체문화를 통한 빈농구제와 무관하게 그려졌다. 김기림이 재현한 지역유력자는 당대에 실제로 '마을 부흥 사업'에 투신했던 지도자의 존재를 기억에서 지워버리는 결과를 가져올 수 있었다. 그럼에도 그가 식민지 조선의 초기 근대화 경로를 재현한 것은 식민지 조선의 문명과 자본의 성격을 의식화하는 효과가 있다. 이것이 김기림이 식민지 경험을 일반화하는 관점이기도 했다.

3. 공간적 실험의 전사에서
전체시론으로의 이행 – 희곡

소설에서 김기림은 근대 체험을 위계화된 공간의 배치를 통해 체현했다. 작품의 '조선적인 것(향내)' 역시 조선 현실의 배경이 된 공간의 의미가 더 부각이 된 셈이다. 이러한 맥락에서 희곡의 내용과 모더니즘적 특성을 파악할 필요가 있겠다. 김기림은 "조선적인 희곡"을 쓰고 싶다고 했는데 필자는 그 작품에 현실의 사실적 재현뿐 아니라 작가의 모랄(의도)이 들어가 있다고 지적한 바 있다. 다시 말해 그의 희곡은 현실의 소설적 반영보다 더 강하게 작가의 주관에 의해 재구성되었다. 이는 희곡 내 현실 비판의 목소리 혹은 '조선적인 것(향내)'를 포착하여 작가의 의도를 파악할 수 있는 가능성을 뜻한다. 그렇다면 소설과 마찬가지로 희곡의 공간은 어떠한가.

희곡 「천국에서 왔다는 사나이」는 서울 시외를 배경으로 한 가정의 경제적인 문제를, 「미스터 불독」은 어느 도회의 결혼 문제를 다루며, 「바닷가의 하룻밤」은 함경도의 어항漁港에서 이혼한 부부의 재결합 문제를 배경으로 한다. 경제 문제는 소설에서 다룬 것의 연장선상에서 해석할 수 있는데 근대 비판적 관점이 작품에 직접적으로 드러나고 가정 경제와 관련되는 게 차이점이다. 특히 여자의 정조 문제를 거론하고 있어서 소설 「철도연선」에서 말한 여성의 사랑 문제를 희곡에서 더 심도 있게 다룬 셈이다.

김기림의 작품에서 '조선적인 것(향내)'이란 조선의 원형적인 발견, 창조라기보다는 식민권력과 자본의 침투 하에 놓인 식민지 조선의 가정의 현실과 그 양상을 가리킨다. 이는 구체적으로 가정 경제와 여성의 지조에 초점을 맞추고 있다. 다시 말해 김기림의 희곡에서 나타난 '조선적인 것(향내)'란 기층민중의 피폐한 경제상황에서 비롯된 가정 붕괴, 이와 반대로 부를 만끽하는 부르주아 가정의 인간성 붕괴를 근대 비판적 관점에서 다루고 있다. 이는 조선의 봉건성과 자본화의 폐해, 이 양면성과 그 중첩이라 할 수 있다.

소설에서 그가 재현한 식민지 조선은 낙후된 공간이었다. 식민주의를 도외시한 채 근대성을 탈봉건으로만 본다면 촌락의 전근대적 풍속 등 봉건유제와 무지는 타파해야 할 조선 혹은 동양의 후진성에 불과하다. 그러나 식민자본 권력하에 있는 조선이라면 자본의 침투와 흐름을 다시 살펴봐야 한다. 식민권력의 세금이나 토지수탈, 자본권력의 노동 강제동원 등은 남자에게 자살 혹은 농어민의 노동자화로 작용했다. 또한 여성에게는 가정에서 벗어나 다른 남자와 눈이 맞아 달아나는 예로 나타나기도 했다. 김기림의 소설 「철도연선」이 그 적절한 예이다. 산촌에 철도개발이 이루어지면서 지역남성의 노동력이 동원되고 타지의 젊은 남성이 유입하면서 색주가가 증가하고 이들 남성이 머무르는 곳에서 부녀자와의 치정관계가 생긴다. 염상섭 소설의 경우 연구자들은 사회주의를 강조하기 위해 치정관계를 당국의 검열을 우회하기 위한 전략이라고 간주하는 경향이 있다. 그러나 사랑을 위한 여자의 자기선택권은 단순히 불륜으로만 취급될 문제가 아니라, 개인 욕망의 발견이자 실천의 문제로서 여성해방과 밀접한 관련을 맺는 중요한 사안이다.

주지하듯 근대화는 문명화이면서 개인화 과정이기도 하다. 근대사회로의 이행은 욕망의 발견·확장과 함께 진전하였다. 때문에 여성의 '불륜'은 버려야 할 저열한 습속으로 해석되거나, 그와 반대로 (조혼한 아내를 버리고 사랑을 선택하는 남자의 예처럼) 여성해방의 차원에서 평가할 수 있는 여지도 있었다. 김기림이 식민지 말기에 동양 및 조선의 문화를 강조할 때 식민지 조선의 봉건풍속은 여전히 타기해야 할 것으로 간주했지만, 그의 '조선적인 것(鄕內)'에서 당대 여성의 사회적 위치는 경제와의 상관성하에서 해석될 필요성이 있는 것이다.

실제로 희곡 세 작품의 특징은 '행복'이란 키워드하에서 경제와 여성을 다룬다.[24] 식민지 조선에서 행복한 삶이란 근대적 가치와 어떤 점에서 타협하고 불화하는가. 먼저 여성해방의 문제를 계속해서 보면 「미스터 불독」에서 은행가 P씨의 딸인 명숙이와 약혼한 모회사의 지배인이자 은행의 두취인 박경남의 외도가 발각된다. P씨는 자신의 은행을 유지하기 위해 딸에게 용서를 강요하는데 오히려 딸이 아버지보다 더 속물적이다. 그녀는 배우자를 자신의 호화로운 "환락생활을 위한 자금의 출처를 장기간 보증하는" 존재로만 여긴다. 남편이 불륜을 하든 어쩌든 그녀는 자신의 사적욕망을 따로 누리면 된다는 인생관이다. 그 예로 제시된 것은 집 앞을 지키는 '개'와의 스캔들이다.

무슨 말인고 하니, 풍자극인[25] 이 작품에는 P씨의 집을 지키는 개가

---

24 참고로 근대의 신조어로서의 '행복'에 관한 논의는 권보드래, 「"행복"의 개념, "행복"의 감성—1900~10년대 『대한매일신보』와 『매일신보』를 중심으로」(『감성연구』 1, 전남대 호남학연구원, 2010)를 참조할 것.

25 풍자는 김기림의 시론에서도 나타난다. 이미순은 1933년부터 김기림이 풍자에 관심을 가지기 시작했고 그것은 문명에 대한 비판과 '조소'를 강조한 호라테우스식 풍자였다고 지적했다. 이미순, 「김기림의 시론과 풍자」, 『한국현대문학연구』 21, 한국현대문학회,

등장한다. 이 개는 대학을 나온 고등유민보다 더 좋은 음식을 먹으며 살고 있다. 우연히 이 광경을 목격한 엘리트 청년 '똥쇠'가[26] 개를 없애 버리고 자신이 '개'인 척 하면서 집을 지킨다. 명숙은 이 사실을 알고 그를 '똥쇠'가 아닌 '미스터 불독'이라 부르는 한편 미래의 남편으로 가지고 싶다고 어머니에게 요구한다. 대외적으로는 은행가 박경남을 남편으로 삼고, 뒤에서는 몰래 불륜을 저지르겠다는 의도이다. 소설의 인물은 모두 개인적이고 이기적인 행복만을 추구한다.

이와 같은 '성적 방종과 개인주의' 비판은, 「바닷가의 하룻밤」의 1931년 어촌에서 홀로 아이를 키우는 영희의 예와 극명히 비견된다. 아이의 월사금이 석 달 밀려 학교와 군청에서 돈을 받으러 찾아오는 실존적 환경은 소설과 동일하다. 영희는 조혼을 했지만 또 다른 사랑을 찾아 떠난 남편을 미워하면서도 그리워하며 힘든 삶을 살아간다. 그녀는 헤어질 때 이미 이혼한 상태였지만 재혼을 권유하는 주위도 뿌리친다. 그러던 어느 날 밤 전남편이 찾아와 여자가 자신의 돈을 갖고 도망갔다는 사정을 얘기하며 영희에게 재결합을 이야기 한다. 평소 전남편이 다시 돌아오면 받아주겠다고 마음먹었던 영희는, 그 말을 듣고 "사내만 버리고 계집이 버림을 당하는 것이 아니며, 그 여자가 사랑하고 싶은 사내를 사랑하는데 무슨 잘못이 있느냐"고 반문한다. 이어서 과거 자신과 남편이 이혼한 것도 "누가 버리고 버리운 것도 아니고 서로 똑같이 사랑할 수 없으니까 갈라진 것"이라고 말한다.

앞으로 누구에게도 의지하지 않고 구속이나 간섭 없이 살아가겠다

2007, 146~170쪽.
26 모던보이의 이름을 '똥쇠'로 설정한 것 자체가 회화적이다.

는 그녀의 말에서 자립정신과 정조 관념에 대한 김기림의 입장을 확인할 수 있다. 근대의 문란한 성풍토를 경계하고 인신구속적 봉건남녀관계를 지양하는 김기림의 바람이 투사되어 있다. 따라서 여성해방의 문제 역시 근대 지향과, 근대 비판적 요소가 중첩되어 있다는 것을 알 수 있다.

또한 영희의 전남편이 돈이 없어지자 나타난 것처럼, 가정의 유지·지속은 가정경제와 밀접하다. 이 가정경제는 사회의 현상태을 가늠하는 척도이기도 하다. 이는 「전々에서 왔다는 사나이」에서 가상 극명하게 나타난다. 서울 시외에 사는 부부에게 쌀가게, 반찬가게, 나무장사, 고리대금업자, 신문배달부가 밀린 빚을 수금하기 위해 연달아 찾아온다. 그중 나무장사는 우연히 고리대금업자를 만나게 되는데, 그 역시 업자에게 빚이 있다. 김기림이 다른 작품에서 계속해서 언급했듯 식민지 조선에서 살아간다는 것은 빚을 짊어진다는 의미였다.

이러한 근대를 벗어나는 방법은 실업자가 되는 길이다. 김기림은 그 이전에 경성의 모습을 관찰하면서 "피착취의 안전지대에 있는 실업자들"[27]이라고 지적하기도 했었다. 그렇지만 이 방법은 오래 지속할 수 없다. 근대인이 실업자로 살 수 있는 경우는 재산이 많거나, 속세를 떠나는 길밖에 없다. 그래서 소설 속 남자는 신문을 보면서 과학, 문명은 모두 거짓말이고 세상은 밤낮 절도에 실업, 자살뿐이라고 자조한다. 그러면서 근대가 주변인에게 강제하는 자살 행위조차도 부정하는 비판적 언설을 한다. "자살을 하고 싶으나 자살을 하면, 세상놈은 우리가 죽고

---

27   김기림, 「찡그린 都市風景」, 『조선일보』, 1930.11.11.

싶어서 죽은 것이 아니라 빚쟁이와 효박한 세상에 몰려서 죽었다고 여긴다"는 것이다. 자신들은 죽고 싶어서 죽는 것인데 그것이 동정과 멸시의 대상이 되는 것을 거부하겠다는 게 그의 입장이다. 그러면서 그는 쌀을 주는 전도사의 도움조차 거절하고 아내와 함께 '의사擬似 죽음 놀이'를 한다. 그것은 아침에 일어날 때까지 밤새 죽은 척 하는 놀이였다.

그래서 '현실―꿈―현실'의 몽유록 형식을 채택한 이 희곡은 부부가 죽은 척 하자 꿈의 세계로 들어가는데 그곳은 하느님이 있는 천국이다. 주인공 남자는 하늘에서 목 없는 사나이로 등장해 천국의 문지기와 이야기를 나눈다. 문지기는 천국도 이들 부부처럼 찾아오는 이가 너무 많아 이미 만원 상태라 받아줄 수 없다고 말했다. 이는 가난 때문에 부부와 가족이 자살을 하거나 타지로 떠나는 일이 비일비재 한 현실을 방증한다. 천국도 도피처가 될 수 없는 것일까.

그때 천국에서도 데모가 일어난다. 데모 주도자는 "하느님은 자기가 천국에서 절 받고 호사하기 위해 세상에 우리를 예비한 것"이며, 천국에서도 약속했던 '영원한 행복' 대신 고생밖에 없다고 연설했다. 그는 지금의 천국보다도 더 행복스러운 천국을 만들겠다고 역설한다. 이들은 "지상의 하느님인 기계의 세례를 받은 자들로 기계는 사람의 역사를 짓밟고 천국까지 공장으로 몰아넣을지 모를" 존재였다. 지상에서는 빚독촉에 생계형 자살이 증가하고 천국에서는 하느님에 항거한다. 이만하면 근대 비판이 극에 달한 셈이다.

'현실'로 돌아온 남자는 "하느님이 세상에서 권세 있는 놈하구 어깨를 걸지 않으면 혼자서는 아무 일도 못한다"고 폭로한다. 이것은 이전 절에서 식민자가 식민지민의 협력 없이는 미시적인 곳까지 식민권력을 행사할 수 없는 식민지배체제의 현실을 지적한 것과 적실하게 대응한다. 이 점에서 '현실', 근대 비판은 식민지 비판과 맥이 닿아 있다. 가령 남자는 하느님이 사람의 눈에 전혀 나타나지 않는 까닭을 무능함에서 찾으면서 "하느님은 우리 세상에 사자를 보내 사람의 무리가 자기에게 반항할까 마음에서 힘을 거세한다"고 비판한다. 식민권력이란 그들이 보내는 순사나 그에 협조하는 지역유력자에 의해 현상하거나, 법제도나, 철도 문명 같은 것으로 식민지민의 시선을 유도하며 열등감을 양산하여 저항의 의식을 거세하는 것으로 해석될 수 있는 것이다.[28]

이렇듯 식민지 비판으로 나아간 김기림의 근대관은 이 희곡의 형식에서 궁극의 가치를 발한다. '현실－꿈－현실'의 구도에서 빚쟁이들은 양 현실의 시공간에 있다. 그런데 주인공 남자가 꿈(천국)에서 돌아왔을 때 빚쟁이는 물론 순사를 포함해 아무도 그를 알아보지 못한다. 심지어 대화를 나누는 데도 남자의 정체를 알지 못한다. 이는 무슨 뜻인가. 프레드릭 제임슨이 옛날 방식의 이야기 형식을 사용하면 모더니즘문학이 아닌지 반문했듯, 김기림이 고전소설의 형식으로 근대 비판을 한다는 얘기가 아니다. 작가는 전쟁 끝나고 다시 고향으로 돌아가는 오디세우스 신화류에서 고향사람들이 얼굴을 봐도 자신을 알아보지 못하는 서사시의 상황과 흡사한 설정해 놓고 철저하게 근대 비판담론을 펼친 것이다.[29] 지속적인 변증법적 역사발전을 지지한 김기림이 이 정도의 근

---

28 그런데 이 작품은 있는 그대로 기독교 비판, 자살 비판으로 해석될 여지도 있다. 지난한 현실을 벗어나기 위해 종교를 찾지만, 기독교가 말하는 천국과 위안이란 존재하지 않는다는 것을 세족적인 천국을 통해 드러내고 있다. 죽는다고 사태가 해결되지 않는다는 것을 명확히 하고 있다. 이처럼 해석한다고 해도 이 역시 엄혹한 현실에 대한 부정을 함의하고 있다.

29 이러한 예는 16세기 프랑스 농촌사회의 생활을 다룬 나탈리 제먼 데이비스, 양희영 역,

대관을 가진 것은 상당히 긍정할 만하다.

지금까지 논의를 정리하면 소설과 희곡을 통해 김기림은 1930년대 초중반 식민지 조선의 기층 민중에 침투하는 식민권력과 자본의 메커니즘을 적실하게 묘사하고 있다. 그는 자신이 추종한 근대의 명암을 누구보다 잘 파악하고 있었다. 그가 현실의 모순을 외면한 채 기교에 치중하거나 근대 세계를 무조건 긍정한 것도 아니다. 김기림의 작품에서 '조선적인 향내'는 식민지 경제하 조선인의 현실이었다. 그는 이 일상의 실존적 경험을 근대 비판, 더 나아가 식민지배 비판으로 확장하였다.[30]

『마르탱 게르의 귀향』(지식의풍경, 2000)에서도 찾아볼 수 있다. 아버지와 관계가 좋지 않았던 마르탱 게르는 집에서 나가 12년이 넘도록 되돌아가지 않는다. 그 기간 중 마르탱은 전장에서도 있었는데 그곳에서 아르노 뒤 틸을 만나게 된다(전장의 주변 지역이나 다른 곳을 떠돌아다니다가 만났을 수도 있다). 아르노는 마르탱의 사연을 듣고 기억해 두었다가 마르탱 아내를 찾아가 마르탱인 것처럼 행세한다. 하지만 마르탱 아내 베르트랑드는 그가 진짜 남편인지 분별하지 못한다. 이 무렵 농민의 가정에는 거울이 없었다. 이들은 거울을 통해 자신들의 얼굴의 형상을 만들어 본 경험이 부재했다. 이들에게는 초상화, 신분증, 출생증명서도 없었다.

30 고봉준은 1925년부터 1939년까지 김기림이 조선에 머문 기간이 5~6년에 불과하다면서 김기림의 근대 인식이 식민지 조선의 특수성보다는 일본에 의해 수입된 서구적 보편으로서의 근대였을 거라고 말한다. 김기림의 '식민지'에 대한 자각이 높지 않았을 거라는 지적이다. 이러한 인식은 이제 조금 수정될 필요가 있다. (고봉준, 「모더니즘의 초극과 동양 인식 – 김기림의 30년대 중반 이후 비평을 중심으로」, 『한국시학연구』 13, 한국시학회, 2005, 131쪽) 또한 정명호는 1930~1934년에 김기림이 쓴 시를 분석하여 그가 서구 문명의 실체를 제대로 파악하지 못했고 서구의 모더니즘을 관념적이고 피상적으로 수용했다고 한다. 이런 인식 역시 수정을 요한다. (정명호, 「속물적 세계의 확장과 예술적 응전 – 김기림의 『태양의 풍속』」, 『새국어교육』 64, 한국국어교육학회, 2002, 334쪽) 김기림이 1935년 전후에야 파시즘과 나치즘, 서구제국주의의 발흥을 목도하게 되면서 초기 모더니즘에서 추구하던 이성과 진보의 근대에서 벗어나 근대를 파국으로 인식했다는 인식도(김진희, 「김기림 문학론에 나타난 타자의 지형과 근대문학론의 역사성」, 『우리어문연구』 32, 우리어문학회, 2008, 383~388쪽) 수정되어야 한다. 다시 말해 초기 모더니즘에서 전체시로의 이행과정을 상정하는 접근법이 수정되어야 한다는 의미이다. 김예리 역시 시학과 시 검토를 통해 이러한 입장을 취하고 있다. (김예리, 『이미지의 정치학과 모더니즘』, 소명출판, 2013, 19쪽) 1930년대 중반 '오전의 시론'의 명랑성은 이미 그 이전에 근대의 양가성을 목도한 김기림의 대응인 것이다. 김기림의 소설, 희곡과 '오전

그런데 유의해야 할 것은 이 글에서는 소설을 먼저 다루었지만 희곡이 그 이전에 쓰였다. 희곡은 모두 1934년 이전 작품이고 소설은 1934~1935년에 나왔다. 즉 장르는 다르지만 독자는 희곡에서 소설로의 변화에 주목해야 한다. 희곡에서는 감정의 분출, 빈번한 언어적 유희와 고전소설의 형식 차용, 김기림이 강조한 시론 중 하나인 새타이어론 등을 확인할 수 있다. 모더니즘 시가 프로문학과 달리 기교주의 경향으로 향하고 있을 때 김기림 역시 형식적 실험을 감행했다는 것을 알 수 있다. 그리고 그 내용은 식민지 경제하의 가정을 통해 여성의 심성 변화와, 독립, 사회적 빈곤 문제를 다루고 있었다. 그러던 김기림이 1930년대 중반에는 언어적 실험 대신 공간의 배치를 통해 모더니즘의 내적 형식과 그 구조를 표현하려고 했다. 소설의 내용은 희곡에서 여성의 윤리를 신랄하게 비판하던 것과 달리 주관을 배제하고 자본의 침투와 분화되는 공간의 실태를 사실적으로 재현하는 데 집중됐다.

이러한 변화를 김기림의 문학론과의 결부지어 생각해보면 전체시론을 곧바로 상기할 수 있다. 1935년경 임화와 김기림 간에 기교주의 논쟁이 있었고, 김기림의 전체시론이 논의된 바 있다. 여기서 김기림은 언어 소리, 형태만 부각하는 기교주의를 비판하고 시인이 현실에 적극적인 관심을 가져야 한다고 주장했다. 시가 프로문학(내용)과 모더니즘 문학(형식)의 결합을 통해 현실을 끌어안아야 한다는 전체시론은 구인회의 문학관의 발전적 형태일 수도 있다.[31] 하지만 그 이전에 김기림이 서사 장르에서 실험한 글쓰기, 즉 희곡과 소설이 시 의식과 이론화에

의 시론'의 명랑성의 관계에 대한 구명(究明)은 후속연구로 보완하겠다.

31 玄順英, 「구인회 연구」, 고려대 박사논문, 2010, 162~171쪽.

영향을 미쳤다는 것을 알 수 있다. 1930년대 초반 김기림은 프로시가 쇠퇴해 시작詩作을 할 때 사고의 압박을 받지 않았다고 주장했지만, 그의 서사물은 '형식의 실험'에서 '공간적 배치와 주관을 배제한 객관적 재현'으로 변화해 갔다. 1930년대 초반과 달리 프로문학이 실제로 힘을 잃어간 1930년대 중반 그의 문학적 실험이 사실상 리얼리즘 경향의 소설과 가까워진 것이다. 이는 한계상황에 도달해간 모더니티와 모더니즘문학의 자기갱신을 위한 작가의 노력의 한 단면이었다.

4. 나가며 – 김기림과 식민지 조선의 근대성

이 글은 김기림의 희곡, 소설을 중심으로 김기림의 모더니즘이 갖는 내적 형식과 구조의 변화와 내용을 분석했다. 이 과정에서 김기림 문학에서 프로문학과 모더니즘문학의 거리, 서사물과 시론의 상관성, 전체 시론의 발생 배경에 관한 실마리도 함께 찾을 수 있었다. 그런데 김기림의 소설에서 농촌, 어촌, 산촌의 근대화 국면은 과거를 회상하는 듯한 효과를 준다고 지적한 바 있다. 이것이 갖는 의미는 작가의 생애, 당대 문학적 경향 등과 관련지어도 생각해 볼 여지가 있다.

김기림은 1925년 일본으로 가서 입교立敎중학과 일본대학에서 공부한 후 1929년 귀국했다. 그는 그해 조선일보사에 입사해서 사회부 기자로 1년여 근무하다 고향인 성진으로 돌아갔다. 이후 1932년 김기림은 다시 경성으로 올라왔다. 이러한 그의 이력이 소설과 희곡의 질료가 되었을 것이다. 비슷한 시기 이효석 역시 북국北國을 배경으로 산골에 근대 문물이 들어오는 국면을 서사화했었다.[32] 아름다운 능금꽃이 피던 함경북도 회령에 신작로가 생기고 철공장, 철도 등이 들어선다. 이효석은 「북국점경」의 초반에 마을의 풍경 변화를 '말하기' 형식으로 서술하여 독자에게 간략하고 압축적으로 설명하고 있다. 시베리아와 인접한 국경지역의 문명화 과정은 김기림의 것과 별반 다르지 않다. 즉 당시 철도와 공장 같은 시설의 건설은 일본이 식민지배력을 확보하고 자본을 축적해가는 방식이었다는 공통인식이 형성되어 갔던 것이다. 하지만 이효석과 달리 김기림은 '보여주기' 형식으로 본격적으로 소설화했을 뿐만 아니라 중심인 경성이 아닌 농촌, 산촌, 어촌을 집중적으로 조명했다는 점에서 특징적이다.

그렇다면 김기림이 1930년경 촌락의 풍경이 근대적으로 변모하는 소설을 쓰게 된 맥락은 무엇일까. 『삼천리』의 초기에 회고조의 글이 많다는 것은 주지의 사실이다. 과거 활약했던 문화·독립운동가 및 여타 지식계급이 1930년경 사회의 중견이 되었다. 지사의 생애를 정리하는

---

32 해가 흘으고 달이 흘으고 북두칠성의 위치 변하니 아름다운 이 풍경도 이즈러저 버리고 고요하든 북국도 스스로 움즉엿다. 산이 움즉이고 언덕밋물줄기 도라버리니 목먹튼 능금밧 점점 말너갓다. 산모롱이에 남포소래 어지럽드니 논깍거 신작로 뻗치고 밧파고 뎐보대섯다. 집신이 '골로신(고무신)'로 변하고 관솔불이 뎐긔불로 변하고 풀무간이 철공장으로 변하고 물레방아가 정미소로 변하얏다. 꽃피고 열매맷든 향긔로운 능금밧! 그것을 까뭉귀고 그 우에 뎡거장이 섯다. 능금수레 굴느든 석양의 마을길 그 우에는 두 줄기의 철로가 낫서른 꿈을 실고 한 업시 뻐첫다. 그리고 창고와 회관의 모난집이 언덕을 넘어 웃둑웃둑 섯다. 싯컴은 연긔 아름다운 이약이를 뺏고 펭키냄새 꽃향긔를 집어삼켰다. 철도는 만주속을 실어오고 이사꾼을 실어갓다. 처녀는 청루로 실어날으고 청년은 감옥으로 실어날넛다. 이효석, 「北國點景」, 『삼천리』 3, 1929.11, 36쪽.

것은 민족(수난)사 및 민족지도자 구축과도 관련되어 있다. 이와 같은 회고가 일종의 독립운동사의 역사화 과정이라면, 조선문명화의 출발점을 재현하는 것은 봉건사회에서 자본주의 산업사회로의 이행 과정을 설명한 문명사다. 조선의 물적 토대가 바뀌어 온 맥락이 소설의 재현을 통해 '공통기억'화 된 것이다. 이는 조선사회의 근대성에 대한 당대 인식이라 할 수 있다. 서울의 확장과 문명화가 가속화되기 시작할 무렵 작가가 조선의 초기 문명화 과정을 회고하고 정리하고 있는 셈이다.

그러나 김기림의 작품이 식민지 초기의 조선을 재현한 것만은 아니다. 1930년대 초반부터 북선 지역을 중심으로 농어촌의 공업화가 본격화되었기 때문에 당대의 반영이기도 했다. 이는 주변부 모더니즘소설이 분열적 위치와 그에 따른 혼종화의 과정을 기억하는 방식으로 모더니티와 대면할 수 있었다는 인식과 상당히 가깝다.[33] 하지만 김기림은 그것을 언어의 형식적 실험에 그치지 않고 공간의 배치에 천착했다는 데 특징이 있다. 김기림이 소설에서 공간적 배치를 의식했다는 것은 그가 어촌, 산촌, 농촌을 다룬 작품 이외 더 이상의 소설을 쓰지 않은 데서도 확인할 수 있다. 이러한 김기림의 문학적 변모를 두고 모더니즘문학의 성숙화 과정이라고 이해할 수 있을까.

또한 작품에서 김기림의 근대 인식이 신랄하긴 하지만 김기림이 근대를 전면적으로 부정한 반근대주의자는 아니었다.[34] 그는 사회인식뿐만 아니라 시작詩作에서도 정형시를 강하게 비판하고 자유시를 지향한 것은

---

33 신형기, 「주변부 모더니즘과 분열적 위치의 기억」, 『로컬리티 인문학』 2, 부산대 한국민족문화연구소, 2009, 69~72쪽.
34 김기림은 해방 이후에도 "승강기 하나 에스컬레이터 하나 구경할 수 없는 서울을 딱한 도시"로 여겼다. 김기림, 「나의 서울 설계도」, 『민성』, 1949.4, 78쪽.

익히 알려져 있다. 우리는 흔히 근대의 부정적인 면을 말하면 조선이 근대에 미달됐다거나 반근대를 연상하기 쉽지만 김기림은 근대의 병리현상을 주목했다.[35] 여기서 김기림이 조선의 소설화 과정에서 조선을 동양의 후진성이 아니라 식민성으로 얼마나 자각했는지가 중요하다.

보통 식민자본과 권력상을 묘파하면 작가가 자각하고 있다고 평가하는 게 일반적이긴 하다. 1930년대 초 김기림과 마찬가지로 사회주의에 나름 공명하고 있었던 염상섭을 참조해 보면, 그는 『삼대』에 이어 「무화과」에서 식민지 조선의 최상층의 자산가에 속하는 이가 신문사를 운영하는 자본가로 전신하는 과정에서 몰락하는 것을 서사화한 바 있다. 지금-여기에서는 리얼리즘의 전통에서 사회주의 이념/지식을 기반으로 당대 민족운동과 자본의 흐름, 실상을 포착하고 조망하는 염상섭의 소설을 고평한다.

그에 비추어 본다면 김기림은 거대 자산·자본가를 직접적인 대상으로 다루지 않지만 영세한 기층민중의 돈 마저 수탈해가는 '자본과 식민당국, 법제도', 이 세 가지를 초점화했다. 최상층을 다룬 염상섭이 제대로 다루지 못한 영역을 재현해낸 문학사적 가치가 있다. 김기림은

---

35 이처럼 1930년대 중반 김기림의 고민과 문학적 실험은 이후 절필로 이어지게 된다. 총력전기에 접어들면서 그 역시 서양 대 동양이라는 이분법적 사유에서 자유롭지 못했지만 그 외에는 일본의 탈근대적 담론과 얽히지는 않았다. 1940년 절필할 즈음 그는 동양주의를 맹신하지 않았고 조선의 특수성을 고수하는 입장에서 일본의 신체제론에 동조할 수 없었다. 서구의 몰락이라는 파리 함락이 있었지만 미국은 여전히 건재했다. 근대의 한계는 확연해졌지만 그렇다고 조선이 수준 높은 근대화를 이룬 상태도 아니었다. 이러한 모순적 상황에서 그가 절필한 것은 조선문학의 세계문학화의 불가능성을 인정한 셈이기도 하다. 김유중은 김기림의 절필의 원인을 언어에서 찾았다. 김기림이 민족어의 상실을 민족문화의 소멸로 인식했다는 설명이다. 김유중, 「김기림의 역사관, 문학관과 일본 근대 사상의 관련성 – '근대의 초극'론의 극복을 위한 사상적 모색 과정에 대한 검토」, 『한국현대문학연구』 26, 한국현대문학회, 2008, 270쪽.

1930년대 초중반 식민지 조선의 자본화 과정에서 상실되어 가고 결여되거나 보충될 수 없는 가치에 대해 고민하고 기억하고자 했던 것이다.

제2장

책을 '학살'하는 사회

최명익의 「비 오는 길」(1936.4~5)

1. '路傍의 人'과 주이상스

1935년 무렵 안함광은 최재서의 '(자기)풍자문학론'을 비판했다. 그 핵심은 최재서가 "풍자문학론의 지향을 사회적 계급적 방향에서 논구하지 않고 낭만적 이로니의 성격과 결부시"켜 "문학적 위기에 대한 사회적 인식이 실질에 있어서는 전연 결여되어 있다는" 평가다.[1] 여기서 든 의문은 (모든 모더니스트를 일반화할 수 없지만) 자본주의 체제에 비판적이기도 한 모더니스트가 정말 '계급성'을 외면하고 있는가 하는 점이다. 그리고 (외면하지 않지만) 이런 지적이 모더니스트의 '계급성' 때문은 아닌가 하는 의구심을 불러일으킨다. 여기서 발자크류의 리얼리즘에서 미학적

---

[1]   안함광, 「'풍자문학론' 비판」(『조선중앙일보』, 1935.8.7~11), 김재용 편, 『인간과 문학』, 박이정, 1998, 123쪽.

모범을 찾은 루카치의 고착성을 비판하고 모더니즘의 전형적 기법인 소외 효과와 사회정치적 의미를 강조한 브레히트를 상기할 필요가 있는 것이다.[2] 결국 이는 '지식인—민중' 간의 관계에서 지식인의 위상 문제와 관련된다.

그 위상은 당대적 상황과 밀접한 관련을 맺는데, 당시 1930년대 중반은 파시즘이 대두하면서 비합리주의와 지성의 대립이 격화되고 있었다. 국외에서는 세계적으로 불안사조가 확산되었고 셰스토프의 영향을 받은 일본에서는 불안을 둘러싼 논쟁이 있었다. 국내에서는 카프 해체라는 상징적 사건이 있었고 전형기로 접어드는 무렵이었다. 이러한 문학계의 정황과 달리 영화와 같은 첨단 문화산업은 대중의 높은 호응과 함께 성장하고 있었다. 상대적으로 문학의 계몽성과 예술성에 대한 반성이 확산될 수밖에 없었고, 그 문학의 주체인 문학자의 소명 내지 위상, 문학행위의 진정성 등에 대한 고민이 요구되었다.

이 고민의 결을 엿보기 위해서는 지식인의 내면을 살펴야 하는데, 지식인의 분열이나 갈등을 드러내는 제유적 표상이라 할 수 있는 '책과 독서의 모티프'로 소설을 쓴 최명익이 적절한 연구대상이다. 현재 일반적으로 심리소설을 쓴 모더니스트 작가로 평가받는 최명익은 그 생전에는 모더니즘뿐만 아니라, 리얼리즘문학을 지향하는 진영에서도 기대를 받았던 인물이다. 일례로 김남천은 그가 "數三年來의 尤甚한 轉換期를 經驗하고 있는 知識人 小市民의 精神的 一面을 가장 重心的인 問題 위에서 反映하고 있을 뿐 아니라, 이러한 複雜한 世界의 抉剔에서 반드시 必要한

---

2   유진 런, 김병익 역, 『마르크시즘과 모더니즘』, 문학과지성사, 1986, 362쪽.

心理主義手法의 一端을 씨의 表現法으로 導入하고 있다"고 했다. 다만 김남천은 "知識人의 思想問題의 取扱이 어딘가 若干 焦點이 맞지 않는 것 같"아 아쉽다고 평했다.[3] 이렇듯 심리소설적 경향의 소설을 쓴 최명익의 「비 오는 길」(『조광』, 1936.4~5)[4]에는 (1935년에 쓰인 이상의 「산촌여정」과 마찬가지로) "路傍의 人"이란 단어가 등장한다. 여기서 작가가 타자와의 '거리' 내지 관계의 윤리를 무/의식하고 있다고 볼 수 있다.

그렇다면 이 '무/의식'이 단지 내면으로 침잠하는 지식인을 형상화하는 당대 문단의 유행풍토에 편승한 연극적 페르소나인지 아니면 진실한 성찰의 산물인지 구분해야 연구 텍스트로서 가치를 확보할 수 있다. 이를 위해 소설 주체의 현실적 조건을 점검해야 하는데, 「비 오는 길」은 경성에 이어 제2의 도시라 할 수 있는 평양의 외곽 지역을 배경으로 하고 있다. 작가는 주인공 병일이 '행정 구역도에도 없는 골목길, 이어서 이와 대비되는 신작로, 그리고 시가지가 들여다보이는 성문을 지나 근무처인 공장'에 이르도록 했다. 이 길의 궤적이, 소설의 구체적인 배경이자 자본주의의 모습이며 병일의 현실적 조건이다.

최명익은 이 공간에 신원 보증인도 없는 근로자이면서 각기병에 걸려있는 병약한 소시민적 지식인 병일을 주인공으로 설정했다. 여기서 각기병이란 영양실조의 일종으로 충분한 영양 섭취가 필요하지만 아이러니하게도 '식욕저하'라는 증상을 보인다. 식욕저하는 무기력증과 기운의 소진을 동반하고 결국 그를 정신적·육체적으로 혼돈의 세계로

---

3   김남천, 「신진소설가의 작품세계」, 『인문평론』, 1940.2, 60쪽.
4   이 글에서는 최명익, 『비 오는 길』(문학과지성사, 2004)을 텍스트로 삼는다. 인용시 인용 끝부분에 쪽수만 밝히겠다.

이끈다. 따라서 작가는 발전하는 도시 문명 속에서 소외된 가난한 지식인의 정치적·계급적 환경을 조성하여 그 삶의 무게가 결코 가볍지 않도록 해 진정성 있는 주체를 조형해냈다.

그리고 최명익은 이 주체를 지탱하는 사상적·윤리적 준칙으로 '책과 독서, 진정한 삶의 전형을 모색하던 과거(투쟁)의 경험'을 내세운다. 하숙방에서 책을 베고 누워 자는 주인공은 책을 통해서 세계와 만나고 인간의 진정한 삶을 더듬어가던 인물이다. 그런데 주인공은 책이 있는 하숙방에서도 심리적으로 안주하지 못한다. 오히려 소진해가는 몸을 이끌고 좁은 골목길을 지나 신작로, 공장에 이르는 길이 '유일한' 사색의 공간이다. 이것은 병일에게 지금까지 희망과 목표를 제시해주던 책의 존재의미가 상실해가고 있는 상황을 방증한다. 책의 '쇠락', 그러나 언어만이 세계를 만나는 통로가 되듯 책이라는 기표는 여전히 강한 힘으로 병일을 사로잡고 있다. 기존 책의 세계는 불만족스럽지만 그 세계에서 벗어나지 않고 불만족(고통) 속에서 쾌락을 향유한다는 점에서 이 심리상태를 주이상스jouissance[5]라 할 수 있다.

---

5 심리치료를 받는 환자에 대해 라캉은 그들에게 증상이 나타나고 그 증상에 빠져있다면, 그것은 증상 속에 많은 양의 에너지가 축적되어 있기 때문인데 환자는 그 증상에서 일종의 '대리만족'을 얻으며 궁극적으로 환자는 증상을 포기하기를 원치 않는다. 그들은 불만족과 불평으로부터 만족감을 얻는 것이다. 그들은 자신을 불만족스럽게 만드는 타인들을 비난하면서 만족감을 얻는다. 자신을 고통 속에 몰아넣으면서도 엄청난 쾌락을 느끼는 것이다. 프랑스어에는 이러한 '고통 속의 쾌락'을, '불만족 속의 만족감'을 지칭할 만한 적절한 단어가 있는 데 그것이 '주이상스(jouissance)'이다. 그런데 이 주체가 분석을 원하는 순간은 그가 주이상스를 얻기 위해 사용했던 방법에 문제가 생겨 욕망이 소멸해가는 경우이다. 이것이 바로 '주이상스의 위기'이다. 주이상스의 위기를 겪고 의사(분석가)를 찾아오는 환자들은, 분석가가 그 주이상스를 제대로 작동시켜 주길, 다시 말해서 증상이 예전대로 원만히 작동하기를 기대한다. 브루스 핑크, 맹정현 역, 『라캉과 정신의학』, 민음사, 2002, 18~28쪽 참조.

병일은 '불안', '문학의 위기' 시대에 선 지식인의 실존적 고민을 대변한 존재였다. 최명익은 '불만족의 만족'을 추구하는 주체를 내세워 책의 기의가 소진해가는 상황에서 일반적으로 민중을 계몽한다는 지식인이, 자신을 계몽하기(주체재정립) 위해 스스로 해답을 찾아 나서도록 했다. 이 (비 오는)길은 타자와의 만남을 수반하며 그 과정에서 민중을 대하는 당대 지식인의 의식과 민중과의 심리적 거리, '(민중)계몽'의 진의를 일부분 드러낸다. 또한 이러한 자의식을 지닌 주체의 (파편화된) 시선을 통해 평양의 근대화 과정의 모순을 예각화한다는 점에서 최명익이 심리소설의 모더니스트란 기존 평가에 동의하게 된다.

이런 맥락에서 이 글은 「비 오는 길」을 통해 1930년대 중반 '문학의 위기'에 선 지식인의 (계급적) 위치와 존재 의미, 문학적 의의를 재론하고자 한다. 그래서 필자는 지식인이 타인과 만나면서 그 위상을 '어떻게' (재)조정하는지 살펴보려 한다.[6] 이것은 최명익의 지식인과 민중 간의 (계급적)'거리' 인식 문제를 포함한 모더니즘문학의 성격과 의미를 가늠하게 해 줄 것이다. 또한 1930년대 중반 책과 지식인의 위상 문제는 그동안 사진사(일상의 욕망)만을 비판적으로 해석하고 그 죽음을 당연시했던 기존 논의 구도에서 벗어나, (소설에서 죽지 않지만) 병일 역시 '죽음'과 관련지어 재독할 수 있는 여지를 갖게 한다. 이것은 1930년대 중후반 '책'을 선택한 자의 존재 의미를 묻는 것이며, 근대 비판이 사진사가

---

6 신형기는 음울한 만보객(병일)에게 흥미로운 관찰거리는 없다고 말한다. 또한 병일이 사진사의 생각을 전면적으로 거부하는 것으로 해석한다. 노방의 타인에 불과하다는 것이다. 그러나 이 글은 이와 생각이 다르다. 노방의 타인일지언정 그들은 병일의 관심을 (극도로 내지 신경질적으로)유발하는 존재들이며 병일은 그들의 '세계'와 만나고 싶어한다. 신형기, 「최명익과 쇄신의 꿈」, 『현대문학의 연구』 24, 한국문학연구학회, 2004, 345쪽 참조.

보여주는 일상의 욕망을 지나치게 재단(내지 재판)하는 도식으로 흐르는 것을 지양하려는 접근이다.

이를 위해 병일의 실존적 조건인 평양을 살펴보고, 그곳에서 분열하는 병일의 주이상스적 내면을 분석하고자 한다. 또한 텍스트에서 병일 그리고 그와 대화를 나누는 사진사의 관계는 정신과 환자와 의사의 구도로 형상화되고 있는데, 이 글은 이 두 인물의 만남에서 서로의 응시와 심리 양상의 전개과정에 주목했다. 이 구도 속에 책의 위상과 존재 의의가 드러날 것이다.

2. 평양이라는 공간의 양가성

(평양) 二十六일 평양부회 석상에서 **도로산수(道路撒水)**를 신구시가에 차별적으로 행한다하야 문제가 되엇다.

요는 경상비로 게상되는 산수비 一만一천三백九十九원은 부민전체의 공평한 부담임에 불구하고 그 산수하는 방식을 보면 신시가에 후하고 구시가에 박하야 **신시가는 길이 질다싶이 물을 뿌리면서 구시가는 뿌리는둥 마는둥하야** 도리어 산수차 지나가는 통에 자든 몬지까지 일으킬 뿐이라는 것으로서 이러케 적은 일에 들여다보이는 처사를 하는 당국자의 좁은 금도(襟度)를 논난하엿다.

당국은 그런것이 아니라고 변명하엿으나 구구스스러움을 면하지 못했다.

그리고 **오물소제(汚物掃除)**에 잇서서 연, 경상비 九만三백七十七원이란 적

지안흔 돈으로 들임에 불구하고 **구시가에는 곳곳이 넓은터만 잇스면 여기다가**

오물을 모아두고 二三일 내지 一주일식 방치(放置)하야 비위생적 악결과를 효

과적으로 발생시키고 잇는 당국의 태만을 공격 하엿다.[7]

앞의 1935년 3월 28일 자 기사를 보면 평양부회 석상에서 도로 살

수撒水를 신구시가에 차별적으로 행한다는 점이 문제가 되고 있다. 구

체적으로는 부민 전제가 공평하게 살수비를 부담하고 있는데도 신시가

에만 살수가 후하고 구시가의 오물 소제는 등한시한다는 지적이다. 최

명익은 이러한 현실을 반영하여 소설을 구성하는 데 '성안의 성능 좋은

카메라'(정상인≒사진사)가 아닌 '흔들리는 시선'(병일)으로 평양을 재현해

낸다.

"부府 행정 구역도에 없는 좁은 비탈길"은 자신처럼 "영양불성인 아

이들의 똥"[8]을 통해 소외된 이들의 암울한 삶을 보여준다. 이와 달리 신

작로는 '도시의 발전이 옛 성벽을 깨트리고' 튀어나오기 시작한 결과물

이다.[9] 그러나 병일의 시선에 포착된 도시의 발전은 인간의 삶을 풍요

---

7   「撒水의 新舊市差別과 汚物處置怠慢 攻擊」, 『동아일보』, 1935.3.28, 5면.
8   "집을 나서면 부(府) 행정 구역도에 없는 좁은 비탈길을 10여 분간 걸어야 한다 (…중
      략…) 비록 대낮에라도 비행기 소리에 눈이 팔리거나 머리를 수그렸더라도 무슨 생각에
      정신이 팔리면 **반드시 영양 불량성인 아이들의 똥을 밟을 것이다.** (…중략…) 도시의 발전
      은 옛 성벽을 깨트리고 아직도 초평(草坪)이 남아 있는 이 성 밖으로 꾀여나오기 시작한
      것이었다. 그리하여 아직도 자리 잡지 않은 **이 거리의 누렇던 길이 매연과 발걸음에 나날
      이 짙어서 꺼멓게 멍들기 시작한 이 거리를 지나면** 얼마 안 가서 옛 성문이 있었다." 「비
      오는 길」, 44~47쪽.
9   이 당시 도로 확장 공사로 해당 주민들의 피해도 발생하는 데, 일례로 정해문선 도로
      확장 때문에 그 부근 신앙리 주민들은 가옥을 신축하거나 잡터를 매립할 수밖에 없어
      경제적 부담이 큰데 당국이 과중한 수익세까지 물리고 있다는 주민들의 탄원서가 제출되

롭게 하지만은 않는다. 거리는 '매연으로 인해 누렇던 길이 꺼멓게 멍들어 가고' 있었다. 성벽을 뚫고 나오는 신작로가 탐욕스러운 인간의 욕망을 상징한다면, 새로운 문명의 길은 인간과 자연이 지닌 균형의 붕괴를 예견하고 있다. 작품 말미에 등장하는 "장질부사"처럼 전염병의 창궐은 이를 적절히 예증한다.

최명익은 근대 도시문명의 양가성을 지적하면서 동시에 그 문명에 침윤되어가는 개인에 주목한다. 가속화하는 산업화는 도시 풍경뿐만 아니라 사람들의 정신도 바꿔가고 있었다. 그 전형적 인물이 병일이 다니는 공장의 주인이다. 병일이 공장에서 근무한 지 2년이 지났는데도 공장의 주인은 신원 보증인이 없다는 이유로 여전히 감시의 눈초리를 거두지 않는다. 심지어 자신의 아내조차 믿지 않는 사장은 근대의 물신성을 철저히 내면화한 존재다. 또한 신원 보증인을 요구하는 식민지 현

기도 한다. (「靜海門線 道路擴張의 收益稅 減免을 主張」, 『동아일보』, 1935.3.30) 이외 각 주요 도로의 파손된 부분이 대대적으로 개수되는 공사도 이루어진다. 도로 개발이 군사·경제적 목적으로 이루어지기도 하지만 식민지 공공성에 대한 논의가 이루어지듯 도시 문명의 확장을 무조건 부정적인 시각으로 접근하는 태도는 조심해야 한다.(「三等道路 大大的 改修」, 『동아일보』, 1935.10.12) 그것을 다음 기사가 일부분 보여주고 있다. **"(평양)인구 30만을 목표로 행정구역 확장 등의 제반 계획을 세우는 大平壤 건설에 잇어서 근대도시를 형성함에 먼저 완성을 요구하는 것은** 街頭整備이거니와 평양부에서는 금년도에 12만원 경비로 좌각각처 13개소 도로의 포장공사를 행하야 수일전에 완성하였는 바 남은 2개처는 금년내에 마저 포장할 것이고 명년도부터는 제2긔도로 포장을 실시할 모양으로 계획중에 있다고 한다. 그런데 좌긔의 포장도로 15線이 보이는 바와 같이 지금까지의 도로포장은 대개 일본 내지인들이 집중하여 잇는 시가에만 주력하고 있는 터로 늦 엇으나 제2긔 도로 포장공사는 조선인시가를 중심으로 행할 것이라 한다. (「鋪裝路 十三線完成코 朝鮮人街는 明年着工」, 『동아일보』, 1935.12.3) 그리고 **1936년에는 평양을 경성 다음 가는 도시로 명명하면서 40만을 목표로 한** (금년은 15만-인용자) 府勢**확장안이 발표**된다. 도시계획위원회는 주택, 상점, 전차, 도로, 공장, 수도, 공원, 전기, 편입할 지세·인구·산업·풍속·재정 등 세밀한 조사를 하고 있으며 늦어도 4월까지는 평양부의 '도시계획안'을 작성하여 총독부에 제출할 것이라 한다. (「평양편 대도시의 부세확장안 사십만인구 목표 육면십일리 편입」, 『동아일보』, 1936.1.1, 3면)

실은 삶을 영위하기 위한 최소한의 경제적 토대를 관리한다. 이것은 병일과 같이 식민지의 일상에 충분히 귀속되지 않은 인물을 배제하고 그 배제를 통해 세상과 불화하는 책의 세계를 조금씩 잠식해 들어간다. 작가는 이러한 조건 속에 병일을 위치시키고 그 내면을 드러내 보인다.

> 박쥐들은 캄캄한 누각 속에서 나타났다가 다시 누각 속으로 사라지는 것이었다. 그것은 마치 옛 성문 누각이 지니고 있는 <u>오랜 역사의 혼이 아직 살아서</u> 밤을 타서 떠도는 듯이 생각되었다. (50)

최명익은 역사의 혼이 서려있는 "옛 성문"을 긍정적으로 평가하여 병일이 지향하고 있는 정신세계의 기반을 일부 가시화한다. 기실 고풍스런 역사도시로서 평양은 문명화된 경성과 대비 속에서 이미지화되었다. 중국의 '(문명)상하이－(전통)북경', 일본의 '도쿄－교토'의 표상처럼 '경성－평양' 역시 이 구도 속에 호명되었던 것이다. 일례로 후쿠다 기요토는 평양을 경성보다 고풍스런 역사도시로 평가했다.[10] 이런 맥락에서 옛 성문은 공업화하는 식민지 도시에서 병일이 유일하게 '민족혼'을 느낄 수 있는 역사의 잔여물이자 사색의 힘을 주는 토대였다. 그런

---

10 모던일본사, 홍선영 외역, 『모던일본과 조선 1940』, 한일비교문화연구센터, 2009, 99~101쪽 참조. "대동강 岸의 풍경이면 보기 전부터 머릿속에 뚜렷이 새겨져 있습니다. 그 위에다 畵舫과 기생만 '더블'시키면 그뿐입니다. 그것만으로는, 그러나 평양의 개념조차 못 될 것입니다. 사람들의 생활은 차라리 박물관 진열품 속에 혹은 거리의 陋巷속에 있습니다." 정인택, 「낙랑고분군・기타」(『삼천리』, 1941.11), 『정인택 작품집』, 현대문학, 2010, 399쪽. 이외, 일제 말기 '평양'은 민족사를 넘어서는 제국의 새로운 중심으로 제시된다. 이에 대해서는 정종현, 「한국 근대소설과 '평양'이라는 로컬리티」(『사이』 4, 국제한국문학문화학회, 2008)을 참조.

데 성문은 기존의 책의 세계가 지향하는 오랜 역사를 떠올리게 하지만, 성문의 낡은 누각은 그 세계의 '몰락'을 의미하기도 했다. 최명익은 도로에 의해 살해되는 '역사'(붕괴되는 성곽)를 통해 고풍스런 평양의 이미지를 전복하고 더 나아가 성문안의 삶을 적대시 했던 병일의 신념을 전복하려 한다. 가령 병일은 성문 안에서 "열심히 살아가는 10, 20만 명의 모습"을 떠올리고 자신의 정체성이 흔들리는 것을 느낀다. 평양의 양가성은 단순히 그 명암을 드러내는 데 그치지 않고 일상의 욕망을 추동하며 성문안의 휘황찬란한 빛으로 병일을 서서히 포획한다.

최명익은 이제 역사의 혼을 간직하던 병일의 '불만족의 만족'을 즐기는 심리상태에 심각한 균열이 일으켜 그 신경증을 예각화한다. 타자의 욕망이었던 성안의 욕망이 자신의 정체성을 재규정하려 할 때 병일은 자신의 기존 정체성의 가치를 재평가하고 그 존립 여부를 결정해야 했다. '성안의 욕망'이든 '옛 성문의 혼'이든 이 주체에게는 자신을 어느 방향으로든 재정립해야 하는 과제가 주어졌다. 어떻게 살아야 하는가의 고민은 자연스럽게 기존의 삶과 다른 세계에의 호기심과 지향을 낳는다. 이 순간에 다른 모더니스트 이상은 (「산촌여정」에서 '路傍'의) 타인이 아닌 '영화'와 만났다면, 최명익은 병일을 내세워 (路傍의) 타인과 대면했다. 타인과의 접촉에서 길항하는 모방욕망은 책이 펼쳐 보이는 세계의 위상을 재정립하는 계기가 된다. 이런 맥락에서 다음 절은 '불안'에 휩싸인 지식인이 어떻게 자신을 찾아가는지 그 고민을 들여다본다.

3. 신경증의 분출과 사회의 감시

병일의 주이상스적 내면이 시작되는 초기 심경을 살펴보자. 작가는 병일과 다르면서도 성안의 사람과 유사한 삶을 살아가고 있는 사람 즉 풍족한 "路傍의 타인"과, 병일을 만나게 하기 위해 적절한 상대를 고르기 시작한다. 그래서 택한 장소는, 좁은 길(빈민굴)에서는 어린 기생이 사는 집이며 신작로에서는 과일가게와 사진관이다. 주지하듯 좁은 길은 '성 밖의 삶'을, 신작로는 '성 안의 삶'을 상징한다. 그리고 시간적 배경은 작품 전반에 걸쳐 거의 어두운 시간대(밤, 이른 새벽)로 설정된다. 이제 다른 세계의 "路傍의 타인"에게 다가가기 쑥스러워하는 '고집쟁이', 병일은 비를 피하기 위해 사진관 처마 아래에 선다.

이렇게 밤에 사진관의 켜진 문등 아래에서 본격화된 소설의 첫 장면은 쇼윈도의 사진이다. 병일은 고무 공장이나 정미소의 여공인 듯한 소녀들의 사진을 보게 되는데, 인물들은 모두 "먹칠이나 한 듯이 시커먼 콧구멍"을 내보이고 있다. 이것은 '누런 길을 멍들게 만들었던 매연'을 호흡하는 소녀들의 안쓰러운 삶과 자본주의의 폐해를 동시에 나타낸다. 또한 책의 세계가 바라보는 자본주의 사회를 향한 냉정한 평가이기도 하다.[11] 그러나 책이 현실에서 제목소리를 낼 수 없는 시점에서 병일

---

11 병일의 시선은 사진에 투사된 후 여공과 매연의 길거리로 향하는 데 그렇다면 그는 이 사진에서 당대의 현실적 조건 다시 말해 근대성을 발견한 것일까. 여공을 형상화하는 대목에서 최소한 모더니스트 최명익의 계급성이 투사되어 있다는 것은 알 수 있다. 또한 사진관의 사진뿐 아니라 병일의 꿈 등 「비 오는 길」에는 죽음의 직관·이미지가 산재하고 있으며, 병일은 (사진·꿈같은)상대를 보고 괴로워한다. 이것은 병일이 (사진·꿈같은) 대상에서 교양적으로 정보·재현·놀라움·부러움의 감정을 일으킨 것(스투디움

은 이 현상을 "압정으로 사진의 웃머리에만 눌러놓"(51)은 탓으로 돌리며 스스로에게 (농담 아닌) 농담을 던진다. 이제 그는 그동안 일삼던 비판적인 시선에 피로를 느끼고 자신과 '다른' 삶을 향해 욕망을 드러내기 시작한다. 요컨대 병일은 타자와 만나기 위해 현실의 '사실'들이 주는 충격을 이런 식으로 완화시키고 있다. 이 연후에 그가 바라본 곳이 과일가게 안이다.

> 옆집 유리창 안에는 닦아놓은 **푸른 능금알**들이 불빛에 기름이나 바른 듯이 윤나 보였다. 그 가운데 주인 노파가 장죽을 물고 앉아 있었다. **피어오르는 담배 연기**를 바라보며 졸고 있는 것이었다. 노파의 손에 들린 샷부채가 그 한 면에 깃든 검은 그림자를 이편저편 뒤칠 때마다 가는 **연기줄은 흩어져서 능금알의 반질반질한 뺨으로 스며 사라졌다.**
> 그때마다 병일은 **강철 바늘 같은 모기 소리**를 느끼고 몸서리를 쳤다. (51~52)

이 인용문은 작품의 전개와 결말을 예고하는 매우 중요한 부분이다. 병든 자신의 몸처럼 쇠락해가는 책의 세계와 '자신의 신념과 삶'이 "연기"라면, 윤기 나는 "능금알"은 이와 반대의 것을 상징한다. "路傍의 타인"과 만나기로 결심한 그는 "피어오르는 담배연기"가 되어 "능금알의 반질반질한 뺨"으로 다가선다. 그러나 만나자마자 연기는 흩어져 사라

(studium))만을 의미하지 않는다. 일례로 사진관의 사진은 병일의 흥미를 끄는 데 그치지 않고 더 나아가 '찌른다'. 찌르는 것은 그 시커먼 여공의 코, 죽음의 꿈의 형상이다. 죽은 사람의 사진은 어떤 별로부터 지연되어 온 광선처럼 접촉하러(찌르러) 온다는 바르트의 지적처럼, 이들 대상은 나를 정신적으로 찌르고 상처를 주며 타박상을 입힌다(푼크툼(punctum)고 할 수 있다. 롤랑 바르트, 김웅권 역, 『밝은 방』, 동문선, 2006, 103~104쪽 참조.

져버린다. 그리고 이 만남에서 발생하는 "모기 소리"에 병일은 몸서리 친다. 이 "모기 소리"와 연기가 흩어지는 현상은 어떻게 이해해야 할까.

벼룩은 피를 빨아먹는다. 이 점이 가증스럽기는 하다. 그러나 아무 소리 없이 단도직입적으로 빨아먹는 점은, 솔직하고 시원시원하다. 그런데 모기 는 그렇지 않다. 단번에 피부를 쿡 찌르는 면에서는 어느 정도 철저하다고 할 수 있지만, **찌르기 전에 웽웽거리며 일장연설을 늘어놓는 것이 딱 질색이다.** 만일 그 웽웽거림이, <u>사람의 피는 자신의 주린 배를 채우기 위해 존재하는 거라는 이유</u>를 설명하는 것이라면, 더더욱 질색이다. 차라리 <u>알아듣지 못하는 게 천만 다행</u>이다.[12]

이 모기 소리는 다른 두 주체(담배연기와 능금알)의 길항관계에서 빚어진 음향이라 할 수 있는데 타인과의 '소통'의 윤리 측면에서 생각한다면 노신鲁迅의 글을 참조할 수 있다. 노신은 모기가 피를 뽑으려고 살을 "찌르기 전에 웽웽거리며 일장연설을 늘어놓는 것"이 질색이라고 말한다. 다만 노신은 그 연설이 자신의 행위를 변호하기 위한 장광설이라면 외치는 소리를 "알아듣지 못한 게 천만다행이"라고 첨언했다. 이것은 "路方의 타인"과 만나게 될 병일의 미래를 보여준다. 각자 자신의 가치관을 중시하며 살아가는 인간은 자신과 다른 타인을 만나면 (상대를 배려치 않고) 자기 생

---

12 노신, 이욱연 편역, 『아침꽃을 저녁에 줍다』, 窓, 1991, 25~26쪽 참조. 노신은 1936년 세상을 떠나지만 최명익이 노신을 접했는지는 확인할 수 없다. 따라서 최명익이 노신의 글을 읽고 소설에 반영했다는 의미가 아니다. 다만 소설을 이해하기 위한 하나의 참조틀로 삼은 것이다. 참고로, 안함광은 "인간이 환경과 맞부딪칠 때 일어나는 '음향'을 서술로서 표현해 나가는 것이 소설이라고" 지적한 바 있다. 안함광, 「이용악 시집 "낡은집"평」 (『조선일보』, 1938.12.28), 『인간과 문학』, 박이정, 1998, 273쪽.

각대로 교화하려 달려든다. 이를 염두에 둔다면 (병일의) 모기소리는 '소통의 단절과, 갈등'을 의미하는 알레고리이다. 이 의미가 중요한 것은 병일이 타인과 대화하면서 상대의 말을 모기 소리로만 받아들인다면 그것은 '소통의 단절'과 함께 타인을 모방하는 욕망의 억압 그리고 기존의 세계인 책으로의 환원을 예견하기 때문이다.

따라서 "路傍의 타인"과의 만남이 빚어낸 모기 소리가, 앞으로 전개될 사진사와 병일의 관계 속에서 어떤 형태로 이어질지 염두에 둘 필요가 있다. 그리고 이 모기 소리의 환청은 '불만족의 만족'을 즐기던 병일이 고독을 견디지 못하고 표출한 신경증상이다. 이 시점에서 모기 소리를 통해 그의 신경증을 느낄 수는 있지만 그것은 의식의 검열에 의해 아직 무의식의 영역에 있다. 의식이 지배하는 시점은 '불만족의 만족'을 즐기는 상황이다. 이는 피어나는 욕망에 대한 은폐, 다시 말해 '무지에 대한 의지'를 드러낸다. 이 상황에서는 신경증에 시달리긴 하지만 "路傍의 타인"을 만나도 자신의 기존 입장을 유지하려는 경향을 가지게 된다.

이런 심적 상황에서 사진사는 병일에게 문을 열고 들어오라고 말을 건넨다. 병일의 눈에 비친 사진사의 모습은 '사진'과 같다. 하이 앵글로 비추는 사진관의 문등은 사진사의 인중에 커다란 그림자를 드리워 남자의 이미지를 부정적으로 왜곡시킨다. 동시에 이 모습은 시커먼 코가 들여다보이는 소녀의 사진을 환기하게 한다. 사진이 평면이듯 병일은 사진사의 얼굴을 평면 "백지판에 모필로 한 획씩 먹물을 칠한 것 같이"(52) 이미지화한다. 이런 부정적인 외양 그리고 사진사의 (속물스런) "충혈된 눈"(53)에 반감을 느낀 병일은 적대적인 눈초리를 숨기지 않는다. 그러면서도 다른 두 세계의 만남이 시작하면서 병일은 억눌러왔던 자신의 또 다른 욕망들과 대면하게 된다.

이렇듯 이 소설은 1930년대 중반 산업화하는 도시 문명 속에서 과거 한때 뜨거운 열정으로 세상에 도전했고 지금은 심각한 '불안'을 겪는 한 인물을 통해 당시 지식인의 정신적 분열을 가시화했다. 이것은 「산촌여정」에서 이상이 국책영화를 보고 돌아온 후 방에서 달빛이 비치는 창을 보고 무도회를 (영화적) 상상하고 불안해하는 장면과 비견된다.[13] 그런데 지라르에 따르면, 욕망하는 대상과의 기리가 욕망의 '밀도'를 결정한다. 현실에서 직접 대면하는 타인과의 거리는 그만큼 가깝다. 따라서 상대에게 모방욕망을 느낀다면 이 역시 크게 확대될 가능성이 높다. 그렇다면 정작 병일의 욕망의 실체는 어떠했을까?

---

13 "구름이 걷히고 달이 나왔습니다. 버레가 舞踏會의 窓문을 열어놓은 것처럼 와짝 요란스럽습니다. 아지 못하는 路傍의 人을 思慕하는 都會人的인 鄕愁가 있읍니다. 新刊雜誌의 表紙와 같이 新鮮한 여인들−'넥타이'와 同甲인 紳士들 그리고 蒼白한 여러 동무들−나를 기다리지 않는 故鄕−都會에 내 裸體의 말씀을 讒案하여 보내주고 싶읍니다." (이상, 김윤식 편, 「산촌여정」(1935), 『李霜 문학전집 隨筆』 3, 문학사상사, 1989, 112쪽) **영화를 보고 돌아온 이상이 방안에서 고독을 느끼자 억눌러왔던 내면의 욕망이 스스로 '영화'를 만들어 모방하고 열망하기 시작한다.** "燈盞"은 등사기가 되고, 밝은 달이 뜬 "窓"은 스크린이 되자, 이상의 "都會的인 향수"가 주조한 '무도회'가 방영하기 시작한다. 그리고 "버레" 소리는 요란스러운 음향효과를 내면서 무도회를 향한 이상의 욕망을 증폭하는 기능을 한다. 영화에는 "新刊雜誌의 表紙와 같이 新鮮한 여인들과 紳士"가 등장하고 있는데, 그 신사는 李霜 자신과 "同甲"이며 신사 옆에는 자신처럼 "蒼白한 얼굴의 동무들"이 서 있다. 이 동무는 이상 자신이기도 하다. 이 시기 금홍과 권순옥을 떠나보내고, 폐결핵으로 건강이 좋지 않았던 그의 욕망이 이러한 환상을 만들어낸 것이다.
참고로 이상의 「산촌여정」, 최명익의 「비 오는 길」 모두 영화 기법이 소설 형식에 영향을 미쳤다는 것을 알 수 있다. 「비 오는 길」은 시간대가 모두 어두운 밤이다. (영화관을 떠올려 보라) 사진관 앞의 조명으로 영화는 (소설)시작되고, 사진사가 죽고 나서 그 가족들이 이사를 갈 때 그 조명을 빼가면서 영화(소설)는 끝이 난다.

"설비라야 별것 없지요. 이것이 제일 값가는 것인데 지금 살라면 삼백오
륙십 원은 줘야 할 겝니다. 그때도 월부로 샀으니깐 그 돈은 다 준 셈이지만."
하고 자기가 소사로부터 조수가 되기까지 십여 년간이나 섬긴 **주인이 고맙게
도 보증을 해주어서** 그 사진기를 월부로 살 수가 있었다는 것과, 지난봄까지
대금을 다 치렀으므로, 이제는 완전히 자기 것이 되었다는 것을 가장 만족한
듯이 설명하였다. (58)

청개구리의 뱃가죽 같은 놈! 문득 이런 말이 나오며 병일이는 자기도 모를
사진사에게 대한 경멸감이 떠올랐다. (60)

"아씨 같이 잘 불리면 삼사 년이면 그것쯤이야—"
하고 기생을 위로하듯이 아까 하던 말을 이었다. 그러나 호로 안에서는 잠깐
잠잠하였다가,
 "수다 식구가 먹고, 입고, 사는 것만 해두 여간이 아닌데"
하는 기생의 말소리는 더욱 호적하였다. 인력거꾼도 말을 끊었다. 초롱불에
희미하게 비치는 진흙물에 떼어놓는 발걸음 소리만이 무겁게 들리었다. (62)

병일이는 늙은 인력거꾼이 잡고 선 초롱불에 기생의 작은 손등을 반쯤 가
린 남길솜과 동그란 허리에 감싸 올린 옥색 치마 위에 늘어진 붉은 저고리
고름을 보았다. 그것이 **어린애와 같이 웃는 기생의 흰 얼굴과 어울려서 더욱
어리게 보이었다.**
 그러나 이제 인력거꾼과 하던 말과 그 짧은 대화의 끝을 콤비한 생활고의 독백으
로 마치던 그 호적한 말씨는 **결코 어린애의 말이라고 들을 수는 없었다.** (63)

평소 물질만을 추구하는 삶을 외면하고 멸시했던 병일은 사진사의 배를 보고 "청개구리의 뱃가죽" 같다고 여긴다. 그러나 사진사는 자신이 가지고 있지 못하는 일상의 많은 것을 가지고 있다. 사진사는 따뜻한 가정, 자신만의 일터, 확실한 삶의 목표가 있고 무엇보다 병일은 받지 못한 신원보증을 받은 어엿한 사회의 일원이다. 병일이 좁은 길에 접어들며 바라본 기생 역시 어린 나이에도 가족을 책임지며 굳세게 삶을 개척하고 있다. 그러나 정작 이를 지켜보는 병일에게는 "청개구리의 뱃가죽만한 탄력도 없고, 의액이 풀잎 같은 청기도 닐카로움도 없"다. 그는 사진사 이칠성의 삶을 아무리 부정하려 해도 사회에서 인정받지 못하는 처지에 있었다. "이러한 반성이 머릿속에 가득 찬 병일이는 용이히 올 것 같지 않은 잠을 청하려고 눈을 감"는다. 그리고 "우울한 장마는 계속"된다. 이 장마는 그의 내밀한 고민의 밀도를 정확히 상징한다. '불만족의 만족'을 즐기고 있지만 사진사가 꿈꾸는 '(일상의)행복'과 만났을 때 병일은 어떻게 살아야 할 것인지 다시 묻지 않을 수 없게 된다.

4. 모방 욕망과 책의 죽음, 내면화된 학살

병일과 사진사는 지식인과 민중이라는 점에서 통념적으로 그 만남은 '계몽자와 피계몽자'의 구도일 것이라 생각하기 쉽다. 그러나 최명익은 이 구도를 전복한다. 그는 지식, 지식인의 위상을 뒤틀어버린다.

텍스트는 사진사가 자신이 지향하는 일상적 세계의 가치를 병일에게 설득하고 전파하는 식으로 전개된다. 사진사는 병일이 현실과 교섭하기 위한 단순한 매개체가 아닌 것이다. 따라서 사진사의 발화가 전면에 내세워지고 다수를 차지하는 비해 병일은 별다른 말없이 설득당하는 입장에 있다. 그래서 사진사는 병일의 세계를 인정하지 않지만, 병일은 사진사의 세계와 길항하거나 일부 인정하는 등의 포즈를 취하게 된다. 또한 이 대면이 이루어지는 소설적 배경이 사진관(병원)으로 '고정'되어 있고 병일이 찾아가도록 설정되어 있다. 때문에 텍스트에서 병일과 사진사의 만남은 '정신과 환자(병일)와 의사(사진사)'의 관계로 형상화되어 있다. 이 구도가 양산하는 병일의 길항하는 내면을 살펴보자.

타인과 만나기 전 길거리를 걷는 병일의 의식은 영화 세트(관찰 대상)를 고르는 모습에서 알 수 있듯이 "자기는 보고 있지만 다른 사람은 자기를 보지 못할 것이라는 기만적인 상황에 사로잡"[14]혀 있다. 병일은 세상을 관찰하고 있지만, 오히려 사회는 자신이 기획한 삶의 모습을 그 앞에 펼쳐 보이고 있다. 그리고 사회의 조용한 감시와 통제는 사회의 이데올로기에 내면화된 개인에 의해서 전개된다. 사실 사회의 대변자이기도 한 사진사는 "늘 사진관 앞을 지나다니는 병일을 보고 있"었다. 그가 병일을 가게 안으로 이끌었을 때 병일은 배우가 되어 자신의 내면을 다 토해내기 시작한다. 그리고 사진사와 독자는 관객이 되어 그의 마음을 구석구석 들여다보게 된다. 그러나 이를 자각하지 못한 병일은 "윤기나는 능금알"로 표상되는 사진사와 거리를 둔다. 그는 능금알을

---

14 자크 라캉, 민승기·이미선·권택영 역, 『욕망이론』, 문예출판사, 1994, 121쪽.

소유하고 싶은 내면을 은폐하고 모른 척하며 이러한 '무지에 대한 의지'를 유지·강화하려고 했다.

그러나 그를 지켜봐온 사진사는 자신의 세계로 손을 내밀면서 그 숨겨진 욕망을 이끌어낸다. 이는 정신 질환자와 정신과 의사의 구도와 동일하다. 환자는 정신치료를 목적으로 병원을 찾는 게 아니다. 하지만 욕망의 분석가인 의사는 "환자가 요구하지 않는 무엇인가를 지향하도록 만든다".[15] 환자인 병일이 만나길 두려워하는 것도, 자신을 지탱하는 책이 만든 모든 의미 체계를 즉각적인 무로 빠뜨려버리려는 (사진사의)'욕망'[16]이다. 때문에 병일(환자)이 저항하는 것은 당연하다. 사진사(의사)의 노련한 대응이 이 상담을 지속하는 중요한 요소가 된다. 이제 병일과 사회(사진사)의 '교섭'이 시작된다.

사진사는 공통적인 화제가 될 수 있는 "비"로 이야기를 시작하고 병일의 감정을 무너뜨리기 위해 술을 권한다. 이어서 사진사는 이전에 본 적이 있어서 당신이 낯설지 않다는 점을 병일에게 알려 친숙함을 표현하고 호칭도 "긴상"(57)으로 바꾼다. 의사는 환자가 욕망할 수 있기 위해 먼저 치료 초기 단계에서 의사가 자기 욕망을 표현해 환자가 욕망의 문을 여는 역할을 충실히 수행한다.[17] 사진사가 슬슬 자신의 성장과정을 얘기했다. 이런 준비 작업 후에 사진사는 사업을 하라는 말을 시작으로 가족, 사진관, 침실내막 등 자신의 내력을 소개하면서 병일의 모방욕망을 자극하기 시작한다. 푸코의 말대로, 사회는 유순한 감시와 달

---

15 브루스 핑크, 맹정현 역, 앞의 책, 29쪽.
16 자크 라캉, 민승기·이미선·권택영 역, 앞의 책, 282쪽.
17 브루스 핑크, 맹정현 역, 앞의 책, 21쪽 참조.

콤한 설득을 병행하는 것이다.

그러나 병일은 현재의 자신을 유지하기 위해 많은 에너지를 투자해왔다. 책을 지침서 삼아 인생을 고민하고 "책을 베게 삼아"(63) 잠을 청하며 "월급의 상당 부분을 책에 투자"(68)하면서도 정작 자신은 영양실조에 걸려 힘없는 발걸음을 내딛으며 살고 있다. 이 모든 것을 부정하는 것은 정체성의 붕괴로 이어질 수밖에 없다. 이제 그에게 그 세계를 지키는 것은 '자존심'의 문제가 된다. 그래서 그는 "글쎄요"(59)만 반복하다 가게를 뛰쳐나오게 된다. 귓갓길에 병일의 눈에 들어오는 좁은 길(빈민굴)의 지난한 삶은 "윤기 나는 능금알"이 주는 행복과 괴리가 있다. 그러나 정작 자신은 능금알의 삶을 유지할 힘도 가족의 생계를 부양하는 어린 기생의 기개도 없다. 이들의 삶의 의지와 일상의 행복을 일부 인정하지 않을 수 없는 병일은 이제 내면화된 모방욕망이 작동하기 시작했다. 그리고 그것은 모방욕망에서 그치지 않고 죽음과 관련된 꿈 등 그 '불안'을 동반한다. 지젝에 따르면 '두려움'은 대상을 모호하게 하는 반면 '불안'은 정확한 대상을 지닌다. 불안은 이 대상이 상실될 때 나타나는 것이 아니라 그것에 너무 가까이 접근할 때 나타나는 것이다.[18] 자신이 지향하는 '사상'이 사진사의 세계보다 더 고차원적인 사명이라는 믿음은 이제 그에게 부담스러운 '공포'였으며 이 믿음을 위협하는 사진사의 존재 역시 그를 '불안'으로 이끌었다.

욕구를 분출하기 시작한 병일은 스스로를 반성하고 분석하기 시작한다. 이것은 "분석 작업을 수행하는 사람은 의사(분석가)가 아닌 환자

---

18   슬라보예 지젝, 『시차적 관점』, 마티, 2009, 396쪽.

자신"[19]이라는 말과 동일하다. 우울한 장마는 이어지고 책이 그의 마음을 잡아주지 못하자 신경은 점점 날카로워지고 그는 그토록 싫어하던 사진사를 스스로 찾아가고 마시지 않던 술까지 사간다. 사회의 교화가 그 효과를 보이기 시작했다. 그리고 종국에는 니체가 자살하는 망상을 하게 된다.[20] 억압의 끈이 한번 풀리기 시작하자 능금알을 향한 병일의 소망은 도스토예프스키가 혈담을 맺는 꿈으로 나타난다. 병일이 알고 있는 것과 다르게 "수염에 맺는 혈담"(65)을 그는, "아버지의 주검의 연상"(65)으로 해석한다. 아버지의 죽음에 대한 꿈 그리고 거기에는 아무런 감정의 표출이 없다. 이렇게 소중한 사람의 죽음에 아무런 감정을 표출하지 않는 꿈을 프로이트는 다시 만나고 싶은 소원이 은폐된 현상이라고 한다.[21] 능금알과 가정을 소망하는 병일의 마음이 오랜 시절 잊어왔던 아버지를 떠올리게 한 것이다. 그렇다면 이 꿈은 도스토예프스키가 보고 싶다는 병일의 내면을 드러내기도 했다.

지금부터는 마음대로 할 수 있는 '나의 시간'이라고 생각하며 돌아가는 길에 언제나 발을 멈추고 바라보는 **성문을 요즈음에는 우산 속에 숨어서 그저 지나치는 때가 많았다.** 혹시 생각나서 돌아볼 때에는 수없는 빗발에 씻기우며 서 있는 누각을 박쥐조차 나들지 않았다. 전날 큰 구렁이가 기왓장을 떨어치었다는 말이 병일이에게는 **육친의 시체를 보는 듯한 침울한 인상을 주는 것**

---

19 위의 책, 29쪽.
20 감정과 관념은 서로 협력관계에 있다는 사실이다. 환자가 억압된 생각을 표현할 수 있으려면 먼저, 꿈, 환상, 백일몽을 연상해야 한다. 그리고 그렇게 해서 그 생각이 외부로 표현되면, 자연스레 이와 관련된 감정이 되돌아 올 것이다. 자크 라캉, 민승기・이미선・권택영 역, 앞의 책, 199쪽.
21 프로이트, 김인순 역, 『꿈의 해석』, 열린책들, 2003, 303쪽 참조.

이었다.

모기 소리에 빈대 냄새와 반들거리다가 새촘히 뛰어오르는 벼룩이 기다릴 뿐인 바람 한 점 없는 하숙방에서 **활자로 시꺼멓게 메인 책과 마주 앉을 용기가 없어진** 병일이는 어떤 유혹에 끌린 듯이 **사진관으로 찾아가게 되었다.** (66)

사진사가 수다스럽게 주워섬기는 얘기를 듣고 있는 동안에 병일이는 **문득 자기를 기다릴 듯한 어젯밤 펴놓은 대로 있을 책을 생각하고 시계를 쳐다보기도 하였으나** 문 밖의 빗소리를 듣고는 누구에게 대한 것인지도 모른 **송구한 마음을 가라앉히는 것**이었다.

그럴 때마다 그는 얘기에 신이 나서 잊고 있는 사진사의 잔을 집어서 거푸 마시었다. (66)

그런데 그것은 역으로 병일이 도스토예프스키가 죽기를 꿈꾸었고(원했고) 또 도스토예프스키를 정신적으로 죽였다는 의미이기도 하다.[22] 망상과 꿈속이지만 그는 자신이 의지해왔던 책의 세계를 스스로 부정했다는 죄책감에 사로잡힌 것이다. 여기서 널리 알려져 있는 아버지에 대한 도스토예프스키의 깊은 애증을 떠올릴 수 있다. 도스토예프스키를 정서적 간질을 갖고 있는 신경증 환자로 간주한 프로이트는, 그 히스테리 발작(죄의식)을 미워했던 아버지의 죽음을 원했던 것에 대한 자기 응

---

22   신형기는 '혈담을 뱉는 도스토예프스키'를 고뇌하는 모더니스트의 자화상으로 본다. 또한 결말에서 독서에 다시 매진하는 병일이가 진부한 일상으로부터 자신의 정신적 주권을 지킨 것으로 해석하고 있다. 책으로부터 '구원'을 받는다는 말이다. 그러나 이것이 가능한가. 이 글은 이 견해에 동의하지 않는다. 신형기, 「한 모더니스트의 행로─최명익의 소설세계」, 최명익, 『비 오는 길』, 문학과지성사, 2004 참조.

징으로 규정한 바 있다.[23] 이 내면화된 '학살'로 그는 그동안 정신적 힘이 되었던 "성문"조차 바로 보지 못하고 "우산 속에 숨어서 그저 지나치는 때가 많았"고, '사진사와 한담을 주고받을' 때는 집에서 기다리고 있을 책에 "송구한 마음"을 느낀다. 따라서 이 단계는 주이상스적인 내면이 무너지고 (이후 그것이 잠시 동안이었다는 것이 밝혀지지만) 그가 사진사의 세계에 한 발을 내딛었다고 할 수 있다.

> "삽삽하니까 그서 책이나 보시요." 하고 남배 언기를 평세로 찡_그린 얼굴을 돌리었다. 사진사는 서슴지 않고 여전히 병일이를 바라보며,
> **"책? 법률 공부 하시우?** 책이나 보시기야 무슨 돈을 그렇게…… 나를 속이시는 말인지는 모르지만 혼자서 적지 않은 돈을 저금도 안하고 다 쓴다니 말이 되오?"
> 이렇게 말하며 충혈된 눈을 더욱 크게 뜨고 병일을 마주 보는 것이었다.
> 술이 반쯤 취한 때마다 **'사람이란 것은……' 하고 흥분한 어조로 자기의 신념을 말하거나 설교를 하려 드는 것이 사진사의 버릇임**을 이미 아는 바요, 또한 그 설교를 무심중 귀를 기울이고 들은 적도 있었지만 **오늘같이 병일이의 생활을 들추어서 설교하려 드는 것은 대단히 불쾌한 것이다.** (68)

이 죄책감은 그가 아직 책에 대한 미련이 남아있다는 것을 의미한다. 이때 '의사'인 사진사의 역할이 중요하다. 그는 귀가하려는 병일과 만날 약속을 하는 등 환자에게 관심이 있다는 자신의 욕망을 충실히 전달

---

23 프로이트, 정장진 역, 「도스또예프스끼와 아버지 살해」, 『창조적인 작가와 몽상』, 열린책들, 1996, 160~163쪽.

했다. 그는 소임을 충실히 한 것이다. 그리고 그가 능금알의 내력을 펼쳐 보이자, 병일은 알아서 반성을 시작하고 사진사를 찾아와 마시지 않는다던 술을 마시고 더 늦게까지 놀다 간다.

그러나 사진사는 중요한 순간에 "병일의 생활을 들추어서 설교"하면서 병일을 불쾌하게 만들고, '성안으로 진출하고 싶은' 자신의 욕망을 병일에게 부탁하는(드러내는) '실수'를 한다. 사진관이 편하게 와서 놀다가는 곳이길 원했던 병일은 이 일로 "머리가 아프고 말할 수 없이 우울해"(74)진다. 수면(의식) 아래 잠재되어 있던 '책의 자의식'이 다시 부상했다. "사진사는 벌써 잘 것"(75)이라는 강박과, 기생집 앞에서 "도스토예프스키의 동양적 수염"과는 다른 "팔자수염"(76)을 한 즉, 성안 세계의 남자를 본 병일은 급기야 "신열"로 몸져눕는다. 그의 "신열"은 당시 지식인의 고뇌를 여실히 보여준다. 이들은 인간의 기본적인 삶의 조건인 공동체 집단(가족, 사회) 속으로 들어가는 것조차 거부하고 그 세계를 위선적인 삶이라 여겼다. 다른 이가 누리는 이 '기본적' 삶조차 영위하지 못하고 또 거부해야 하는 식민지의 비극적 현실, 작가는 이것을 지적하고 있다.

5. 학살에 대한 저항과 선택된 책의 의미

신열(번민) 속에 몸부림치던 병일은 이후 어떤 모습을 보여주게 될까. 앞에서 언급했듯이 1930년대 중반 책과 지식인의 위상 문제는 그동안 사진사(일상의 욕망)만을 비판적으로 해석하고 그 죽음을 당연시했던 기존 논의 구도에 의구심이 들게 한다. 그래서 이 글은 책의 위상 변화가 병일에게 미치는 영향을 분석하고자 했으며 종국적으로 (소설에서 죽지 않지만) 병일을 (상징적) 죽음과 관련지어 재독해 보려했다.

　신열 이후, 이제 병일은 더 이상 "사진사를 찾지 않는다". 사정이 이러할 때, 사진사는 가게 앞을 지나가는 병일에게 말을 걸어야만 했다. 그러나 그렇게 하지 않은 사진사는 병일과의 상담의 끈을 놓고 만다. 환자가 저항을 하고 상담을 그만둘 핑계를 찾는 것은 당연하기 때문에 의사는 분석에 대한 욕망을 끝까지 잃지 않아야 하며 적극적인 노력을 해야 하는 임무를 다하지 못한 것이다.[24] 그는 자신을 찾지 않는 병일에게 서운했을 것이다. 사진사는 자신의 상담기술에 크게 상심했는지 급격히 면역력이 떨어지면서 "장질부사"에 걸리고 능금알의 윤기를 잃고 만다. 그의 죽음은 자본주의의 폐해인가. 병일은 사진사의 죽음에 "지금껏 자기 앞에서 이야기를 하여 들려주던 사람이 하던 이야기를 마치지 않고 슬쩍 나가버린 듯이 허전함을 느낀"(78)다. 사망 이전, 사진사 역시 눈치를 보며 가게 앞을 지나가는 병일을 보고 비슷한 감정을 가졌을 것이다.

　더욱이 누구나 자기의 희망과 포부를 말로나 글로나 자라나고 있을 때보다 훨씬 빈약해 보이는 것이요, 대개는 정열과 매력을 잃고 마는 것인데, 이 사진사는 그 반대로 자기 말에 더욱더욱 신념과 행복감을 갖는 것을 볼 때

24　브루스 핑크, 맹정현 역, 앞의 책, 31쪽.

그는 참으로 행복스러운 사람이라고 생각할밖에 없었다.

이렇게 사진사를 행복자라고 생각하는 병일이는 <u>그러한 행복 관념 앞에 여지없이 굴복하는 듯</u>하였다. 그러나 진심으로 그 행복 관념에 복종할 수 없었다. 그러면 자기는 마바리 역하는 <u>노예와 같이 운명이 내리는 고역과 매가 자기에게는 한층 더 심할 것</u>이라고 생각되었다. (72)

어느덧 장질부사의 흉스럽던 소식도 가라앉고 말았다. 홍수도 나지않고 지리하던 장마도 이럭저럭 끝날 모양이었다. 병일이는 혹시 늦은 장마비를 맞게 되는 때가 있어도 어느 집 처마로 들어가서 비를 그으려고 하지 않았다. 노방의 타인은 언제까지나 <u>노방의 타인이기를 바랐다.</u>

그리고 <u>지금부터는 더욱 독서에 강행군</u>을 하리라고 계획하며 그 길을 걸었다. (79)

그럼에도 병일은 조문조차 하지 않았다. 그는 신열의 고통을 느끼게 해주었던 세계에서 벗어나 다시 과거에 지향했던 책의 세계로 귀환한다. 병일은 '불만족의 만족' 속으로 다시 빠져들었다. 그 이유는 상담사였던 사진사의 삶이 보여준다. 그가 스승으로 모시던 이의 "해소병"과 평양에 퍼진 "장질부사"가 상징하듯 그 세계는 '행복'한 공간이 아니었다. 사회는 분서焚書와 같은 극단적인 방식이 아니라 사람들의 시선을 '성안의 휘황찬란한 빛'으로 향하게 만들어 천천히 책을 학살한 것이다.

책이 부재한 곳에서 문화의 창출은 어렵다. 언어(책)가 부재했기에 '진정한' 인간을 꿈꾸는 병일에게 현실은 고통스럽기만 할 뿐 이미 불완전한 곳이었다. 불만족스러운 두 세계 사이에서 그는 결국 언어가 있는 책의 세계에서 느낀 만족을 다시 선택한다. 그리고 "路傍의 타인은 언제까지나 路傍의 타인이기만을 바"라는 병일의 메아리만 맴돈다. 이로서 병일은 자기 정체성 유지에 성공하게 된다.[25] 여기서 최명익 문학의 명암明暗이 드러난다. 1930년대 중반 몰락해가는 지식인의 위상을 여전히 붙들고 민중과 (위계화 된) 거리를 유지하고 있는 최명익의 자의식이 확인되는 것이다.

> 그렇다고 자기가 사진사를 피하는 진정한 심정을 **소설 중의 주인공이 아닌 자기**로서 그 역시 **소설 중의 인물이 아닌 사진사**에게 어떻다고 말할 수도 없는 것이었다. (77)

그렇다면 다시 책을 든 그는 문화(사상, 독서의 확산)를 창출 내지 유지할 수 있을까. 최명익은 특이하게도 '병일이는 소설 중의 주인공이 아니며, 사진사는 소설 중의 인물이 아니'라고 한다. 이 맥락을 이해하기 위해서는 "장질부사"로 세상을 떠난 사진사가 병일을 보고 든 생각을 알 필요가 있다. 작품 초반에 그는 왜 병일에게 가게로 들어오라고 했는가. 앞에서 언급했듯이 병일에게 처음 비친 사진사의 얼굴은 "산 자의 얼굴"이 아니었다. 그렇다면 늘 주위를 두리번거리며 가게 앞을 지나다니는 병일의 얼굴은 사진사에게 어떤 모습이었을까. 그는 병들고 비전

---

25 김현정은 병일이 책을 통해 사진사적 삶에 대한 양가성에서 탈출한다고 지적하며, 독서를 통해 근대의 이면을 보고 새로운 세계를 꿈꾸고 있다고 말한다. 그러나 이것은 병일이 사진사를 만나기 이전부터 독서를 해왔고 그것에 대한 회의에서 이 소설이 시작된 것을 간과하고 있다. 이 상황에서 또 어떤 '새로운' 것을 (지속적으로) 꿈꾼다는 말인가. 김현정, 「최명익 소설에 나타난 소통의 모색 양상」, 『비평문학』 28, 한국비평문학회, 2008, 78쪽 참조.

도 없고 가족도 없는 부성이 소멸된 몸, 아무도 "보증"하지 않듯 사회에 의해 거세된 자다. 그런 그가 자신에게 내는 목소리는 내시가 되어버린 자의 "모기 목소리", 무성無性의 모기 목소리였을 터, 내시가 된 모기가 사는 삶이 '진정한 인생의 주인공'으로 보이지는 않았을 것이다. 실례로 책을 통해 인생의 주인이 되고자 한 그도 정작 공장에 가면 의심의 화신인 사장 아래에서 노예적 삶을 산다. 이 점은 병일 스스로도 알고 있다. 다시 말해서 병일에게 책은 도피처이며 그 독서는 유토피아로서의 독서행위라 할 수 있으며 책을 통해서만 병일은 주인공이 될 수 있었다.

그렇다면 사진관에서 길거리를 지나가는 주인공의 얼굴 역시 이미 죽은 자의 형상과 별반 다르지 않다. 기존 연구는 모두 사진사의 죽음만을 얘기했으나 병일 역시 '다른' 의미로 죽은 존재다. 자신이 이미 죽은 것과 다름없다는 사실을 외면하고 있는, 병일이 이 사실을 받아들일 리 없다. 그러나 이미 죽어버린 자, 다시 부활할 수 없는 이가 든 짐을 다음 세대에게 넘기고 편하게 쉬게 하기 위해 사진사는 말을 건네지 않았을까. 이는 식민지체제에 전적으로 포섭되지 않은 사진사의 양가성일지도 모른다. 그러나 그것이 실패하고, 병일의 입에서는 책으로 침잠하겠다는 그의 공허한 메아리만 퍼져 나올 뿐이다.

요컨대 사진사를 긍정적으로 해석할 수 있는 여지가 있음에도 불구하고 최명익은 물질적 욕망을 추구하는 사진사를 소설의 인물에서 제외시켜버린다. 작가는 사진사를 포함한 그 사회가 문화를 창출하지 못하는 사실을 비판하고 있다.[26] 그러나 '다른' 의미로 죽어 있는 병일 역시 소설의 주인공이 될 수 없다.

그러나 이것이 작가/텍스트가 의도한 '모든' 것일까. 사진사는 문화를 만들지 못하고, 병일이만 가능한 것인지 다시 묻게 된다. 병일이가 "노방의 타인은 언제까지나 노방의 타인이기를 바"라는 것처럼 책의 자리는 예언자의 자리가 아니라, 소통의 단절 그리고 배제와 고독·고립을 상징한다. 이는 책의 위상을 보여주기도 했다. 책만이 진리인 듯 강요하는 세계는 그와 다른 이들과 소통하지 못한다. 사진사는 따듯하게 말을 걸 수 있었지만 병일은 경계하고 멸시했다. 정서적으로 고립된 병일이 통감하는 고독감과 자기 익명성은 책이 만드는 공동체에 자신이 속해있다는 의식으로 극복되지만, 타자와의 관계 맺기에 있어서 병일의 독서형태는 '집중적인 정독'인 것이지 결코 (타자에게) 확산되는 '다독'이 아니었다.[27] 어떤 세계에 더 계층·계급 간 교섭의 가능성이 있을까.

책을 든 병일의 미래는 최명익의 「무성격자」(『조광』, 1937.9)와 「심문」(『문장』, 1939.6)에서 유추해 볼 수도 있다. 「무성격자」에서 주인공 정일은 문화탑에 한 돌을 쌓아보겠다는 야심을 지녔던 학생 시대와 달리 책의 매력을 느끼지 못하는 존재가 된다. 자기가 만든 세상에 대한 애착을 죽는 순간까지도 버리지 못하는 아버지와 달리, 지향점을 상실한 정일은 애써 살려는 의지력이 없다. 따라서 「비 오는 길」의 병일의 또 다른

---

26 사진사의 책에 대한 외면은 책의 전이의 중단으로 초래되는 세대·계층간의 전형적인 지적 붕괴를 함의하기 때문에 사진사는 부정적으로 평가되었던 것이다. 또한 기생의 가족애기에 공감하는 '인력거꾼'이나, 어린 기생, 사진사 모두 '가족'을 위해 세상에 뛰어든 인물이다. 빌헬름 라이히의 지적대로 '가족'은 국가를 지지하는 가장 중요한 제도 중 하나에 해당한다. 소시민계층이 경제적으로 '가족'에 예속될 때 변혁은 일어나기 힘들다. 식민지자본주의 체제는 이렇듯 경제적 통제 속에 사회를 조절해 가는 것이다. 빌헬름 라이히, 황선길 역, 『파시즘의 대중심리』, 그린비, 2006, 161~176쪽 참조.
27 로제 샤르티에·굴리엘모 카발로 편, 이종삼 역, 『읽는다는 것의 역사』, 한국출판마케팅연구소, 2006, 483쪽.

모습이 정일이라면, 「심문」은 여기서 한 단계 더 나아가 병일, 정일과 같은 인물들이 종국에는 술집여자, 아편쟁이로 전락해 자학을 하는 몰락의 서사다.

그런 의미에서 앞에서 노신이 말한, 들을 수 없는 모기 소리는 본질적으로 소통하지 못하는 타자와의 '거리'를 보여준다. (최명익이 의도했든 하지않았든) 이것이 책이라는 죽은 이의 목소리만 들을 수 있는, 죽은 내시모기(병일)가 선 비극의 자리이자 책을 통해 '구원'받으려 하지만 실패할 수밖에 없는 식민지 조선에서 책을 선택한 자의 비극적 모습일지도 모른다.

제3장

식민지기 허준 문학의 '추리소설적 성격'

「탁류」(1936.2), 「야한기」(1938.9.3~11.11)

1. 들어가며 – 허준의 창작 기법

「잔등」(『대조』1~2, 1946.1~7)으로 유명한 허준은 문학사에서 1930년
대 중후반 신세대 작가이자 모더니스트 작가로 분류된다. 이 시기 모더
니즘 경향의 작품은 개인의 정신적 분열과 내면으로의 침잠, 일상의 관
찰자, 식민지 자본주의 비판과 저항 등으로 대별되어 연구돼 왔다. 허
준의 경우 권성우가 허준 문학의 모더니즘적 특성과 미학적 현대성의
문제에 천착하면서 허준의 자의식과 세계관을 구명究明하기 위한 연구
가 본격화하기 시작했다.[1] 이 과정에서 허준의 작품은 해방 이후의 것

---

1   권성우, 「허준 소설의 미학적 현대성 연구」, 『한국학보』 19-4, 일지사, 1993.

들이 더 조명되었다. 「잔등」은 일본인 재현,[2] 소비에트 인식,[3] 생명력 넘치는 소년과 민족 주체성 회복, 귀환,[4] 관조적인 관찰자의 시선과 윤리,[5] 허무주의[6] 등이 주목을 받았다. 또한 「속 습작실에서」는 해방 이전 「습작실로부터」, 「습작실에서」와 함께 작가의 창작방법과 세계관의 변화를 구명할 수 있는 질료로써 지속적으로 연구 대상이 되어 왔다.[7]

이처럼 허준 연구가 해방기 작품에 집중되면서 식민지기 작품에 대한 관심은 상대적으로 낮았다. 해방 이전 작품은 시기적으로는 총력전기의 것이, 내용에서는 주로 고독, 침묵, 자아 등이 분석 대상이었다. 또한 허준의 생애가 밝혀지면서 소설의 자전적 성격이 구명되기도 했다.[8] 그 결과 이 시기 허준 문학은 고독으로의 침잠과 식민당국에 대한 소극적 저항이 결국 암묵적 순응으로 이어졌다는 인식이 일반화되어 왔다. 하지만 이러한 인식은 네 가지 문제가 있다.

첫째, 허준이 해방 이후 작품에서 보여주는 윤리적 태도를 제대로 설

---

2 임기현, 「허준의 「잔등」 연구」, 『한국현대문학연구』 30, 한국현대문학회, 2010.
3 이양숙, 「허준의 「잔등」에 나타난 소비에트 인식과 정치의식」, 『현대문학연구』 39, 한국현대문학회, 2013.
4 이정숙, 「해방기 소설에 나타난 귀환의 양상 고찰」, 『현대소설연구』 48, 한국현대소설학회, 2011.
5 신형기, 「허준과 윤리의 문제-「잔등(殘燈)」을 중심으로」, 『상허학보』 17, 상허학회, 2006.
6 구재진, 「허준의 「잔등」에 나타난 두 개의 불빛과 허무주의」, 『한국문학의 탈식민과 디아스포라』, 푸른사상, 2011; 구재진, 「許俊 小說에 나타난 友情의 政治學과 虛無主義의 向方-「續 習作室에서」를 중심으로」, 『어문연구』 159, 한국어문교육연구회, 2013.9.
7 한성봉, 「"습작실"연작을 통해 본 허준 소설의 서사공간」, 『한국언어문학』 36, 한국언어문학회, 1989; 이계열, 「허준의 「속습작실에서」 연구」, 『현대소설연구』 9, 한국현대소설학회, 1998; 이도연, 「허준의 「속 습작실에서」(1948)론」, 『현대소설연구』 35, 한국현대소설학회, 2007; 이승윤, 「허준의 "습작실" 연작 연구」, 『한국문예비평연구』 32, 한국현대문예비평학회, 2010.
8 이건지, 「허준론」, 『조선학보』 168, 조선학회, 1998; 김종욱, 「허준 소설의 자전적 성격에 관한 연구」, 『겨레어문학』 48, 겨레어문학회, 2012.

명하지 못한다. 둘째, 허준의 식민지기 작품의 '순응', 침묵의 내포가 균일하지 않을 수 있다는 것을 간과하고 있다. 더 정확히 말해서 '총력전기'와 그 이전의 작품을 구분해서 접근할 필요가 있다. 예컨대 이은선은 「탁류」에서 '가족으로부터의 탈출'을 식민지 자본주의 체제로부터의 일탈로 해석하여 좀 더 적극적인 저항으로 의미부여한 바 있다.[9] 이는 일본 파시즘이 가정에 투사되었지만 그것으로부터 벗어나 저항한다는 논리였다. 그렇다면 이번에는 2차 세계대전 당시 독일인(학생)의 일탈 방식[10]과 「탁류」의 유사성을 들면서 저항의 밀도가 더 강하다고 역설해야 할까. 이처럼 연구자는 저항과 순응의 환원론적 해석에 빠지는 것을 가능한 경계하면서 접근할 필요가 있다. 셋째, '고독' 그 자체가 중요한 것이 아니라 고독을 조장하는 요인에 대한 재조명이 필요하다. 넷째, 모더니스트 작가인 이상과 박태원 등과 달리 허준 연구는 작품 내용에 집중되어 창작기법에 대한 논의는 부족했다.[11]

따라서 '소외'된 개인의 내면에 착목한 모더니즘문학의 특성에 집중되었던 연구 경향에서 더 나아가 (허준이 해방기의 사회상을 관찰했듯) 그가 식민지

---

9 이은선, 「모더니즘소설의 체제 비판 양상 연구」, 이화여대 석사논문, 2008. 참고로, 「탁류」에 대한 안함광의 비평은 다음과 같다. "투철한 페시미즘 빛 없는 절망은 마침내 니힐리즘으로 나타났고 철이의 이 니힐리즘적 정신은 나태의 정신으로 발현되면서 있음을 본다. 우리는 여기에서 아직까지 적지않은 기대를 가져오던 철이와 이 이상 더 친교를 맺을 필요를 느끼지 않는다. 우리가 그래도 그래도 하면서 믿고 바라던 친구가 끝끝내 자기의 길을 찾지 못하는 하잘 것 없는 존재로 전락할 때 그 이상 더 그에 대한 기대를 가지며 그를 위하여 변호할 필요가 있을까!" 안함광, 「인상에 남은 신인작품」(『조선일보』, 1936.12.11~16), 『인간과 문학』, 박이정, 1998, 261쪽.
10 데틀레프 포이케르트, 김학이 역, 『나치시대의 일상사』, 개마고원, 2003 참조.
11 이와 관련해 모더니스트 김기림에 관한 연구는 이행선, 「1930년대 초중반 김기림의 공간과 전체시론의 형성-프로문학과 모더니즘의 관계를 중심으로」, 『동아시아문화연구』 59, 한양대 동아시아문화연구소, 2014 참조.

조선의 무엇을 바라봤고 그것을 독자와 어떤 방식으로 소통하고자 했는지 구명하고자 했다. 이를 위해 필자는 첫 번째로 총력전기 이전의 작품을 연구 대상으로 설정했다. 허준이 1940년 8월 창씨개명 이후에 쓴 '습작실 시리즈'들과 그 이전의 작품이 다른 시대상황하에 있었던 것이 밝혀진 이상 「탁류」(『조광』, 1936.2)와 「야한기」(『조선일보』, 1938.9.3~11.11)에 대한 작품에 한정하여 허준의 문학세계를 재조명할 필요가 있다. 두 번째, 작가와 독자의 문학적 소통을 위해 활용된 서술기법을 파악하고자 했다. 허준은 "나만 알고 내가 구해내지 않으면 안 될 무엇이 있을 때 예술가가 된다"[12]고 했다. 그렇다면 허준에게 문학은 앎의 전달이자 표현이다. 허준은 자신의 '앎'을 독자에게 어떤 소설 형식으로 전달하려 했을까. 다음을 살펴보자

> 부득이 어느 것을 뽑아야 한다는 경우에는 나는 사는 쪽을 뽑을 것이다. 그러나 내가 쓰기도 하는 날에는 나는 단지 한 사람 내 단점 장점을 잘 알고 내 허물을 잘 아는 <u>단 한 사람 영리한 내 아내를 상대로 쓸 것이다.</u> 그에게 이야기하는 동안 속이려고 하여야 쓸데없는 노릇이다.
> <u>작자가 생각하는 독자는 항상 영리하여야 한다.</u> 그러기에 작가는 자기 몸을 나타내는 법은 아니로되 언제나 나타내는 자기를 속일 수는 없는 일이다. (508)

도스토예프스키를 높이 평가한 허준이 생각하는 문인은 "분열을 만들"어 내고 "비극을 실험"하는 자이며 "비극의 비극을 사는 자"였다. 또한 "예술가의 절대 금기로 '상식'을 낳지 않"아야 한다고 지적했다.[13]

---

12 허준, 「문예시평―비평과 비평정신」, 『허준 전집』, 현대문학, 2009, 526~527쪽. 이 글은 『허준 전집』을 텍스트로 삼고 있으며 텍스트가 소설인 경우 인용 끝에 면수를 명기했다.

이런 그가 흥미로운 말을 남기는데 "독자는 영리하여" 속지 않아야 하고, "자신이 글을 쓴다면 자신을 잘 알아 속지 않을 아내에게 쓰겠"다고 한다. 여기서 허준과 독자의 관계를 단순히 "모더니즘 작가—독자"가 아닌 "추리소설가—독자"로 상정할 수 있다. 이 지점에서 허준의 독자관을 알 수 있을 뿐만 아니라 그가 작품을 쓸 때 독자의 문학감상력과 "작가—독자"의 소통 방식에 대한 고민을 하고 있었다는 것을 포착할 수 있다. 그동안 허준 연구가 작가의 세계관을 구명하는 데 편중됐다면 이세 독자와의 소통을 위한 소설 형식에도 관심을 가져야 하는 이유기 여기에 있다.

이러한 작가의 고민, 특히 잘 속지 않을 아내에게 쓰겠다는 그의 생각은 소설에도 간접적으로 나타나 있다. 「야한기」의 서두에서 주인공 남우언이 돈을 빌려달라는 '민'에게 보내려는 편지를 아내인 춘자가 자신에게 보낸 편지(춘자와 바람난 민보걸을 향한 편지)로 착각하는 장면이 그것이다.[14] 남편의 의도와는 달리 여기서 아내는 자신의 죄 때문에 남편의 의도를 오해하는(속는) 상황이다. 아내에게 애정이 없는 남편과, 불륜을 저지르는 아내 사이에 평소 깊은 대화가 있을 리 없다. 서로의 단절과 죄는 오해와 또 다른 '사건'을 야기한다. 따라서 '추리 소설적 서사'를 가능케 한 '사건'을 중심으로 작가가 말하는 '진실'(의도)은 무엇인지 등장인물의 행적을 재조명할 필요가 있겠다.

이를 통해 이 글은 소설의 형식적인 측면에서는 허준 문학이 (추리소설이 아니라) '추리적 서사'임을 밝히고자 한다. (여기에 대한 상술은 이 장 3절 초반

---

13 위의 글, 504~507쪽.
14 "이놈의 편진지 뭔지 내가 뜯어보려니 하고 이렇게 써놓고 갔겠지."「탁류」, 94쪽.

부 참조) 또한 내용적인 측면에서는 자명한 것으로 인식되어 왔던 소설 속 인물들에 대한 평가를 재조명하고 이를 통해 은폐된 작가의 '진실' (의도)을 드러내고자 했다. 여기에 주목한 이유는 서술자의 서사 전개를 의심 없이 수용하는 독자의 습관화된 인식태도에 허준 문학(의 서사 기법)은 경종을 울린다고 생각하기 때문이다. 그동안 허준 연구는 작가의 세계관을 파악하는 데 집중됐지 허준과 독자의 대화방식에는 전혀 관심을 갖지 않았다. 그래서 최종적으로 이 논문의 목적은 작가가 '추리소설적 형식을 활용하여 침묵과 소문을 조장하는 사회를 고발'하려는 의도를 밝혀내는 데 있다. 기존 논의 방식에서 벗어나 허준 문학을 유지, 관리와 가부장성의 문제로써 재독하여 침묵의 의미 변전과 소문의 서사적 메커니즘을 구명하고자 한다. 이는 「탁류」를 단순히 식민당국에 대한 저항이나 '파시즘-가족이데올로기'로 해석하는 데 동의하지 않는 접근이다.

'추리적 서사'가 되기 위해서는 '사건'이 명백히 발생해야 한다. 따라서 허준의 작품에서 사건을 발견하고 진상을 파악하면 된다. 그런데 유의해야 할 점은 추리 소설적 서사의 사건을 파악하고 그 진실을 파헤치기 위해서는 사건을 둘러싼 사회·문화·정치적 상황을 명확히 해야 한다. 다시 말해, 현실에는 사건을 초래하도록 하는 핵심 기제들이 존재한다. 폭력 기제가 작동하는 사회적 맥락하에서 발생한 것이 사건이다. 허준의 추리적 서사는 '침묵-소문'의 구도 아래 사건이 발생한다. 이 '침묵과 소문'은 비공식적이지만 소문의 당사자에게는 치명적인 영향력을 미치는 폭력 기제이다. '추리적 서사'라고 해서 특정 사건의 의미 분석에만 매달리면 안 되는 이유가 여기에 있다. 기제 분석이 사건

규명과 연동되지 않으면, 오히려 사건이 사건으로 인식 안 되거나 사소한 일로 치부되고 만다.

그래서 먼저 2절에서는 「탁류」와 「야한기」가 '추리적 서사'가 되도록 하는 핵심적 '사건'을 중심적으로 독해하여 사건의 억울한 희생자의 누명을 제거하고자 했다. 3절에서는 '사건'이 폭력 기제와 결합하고 증폭하는 과정에서 희생자를 양산하는 사회의 이면을 파악하고자 했다. 이는 희생자를 중심으로 작품을 재해석하는 접근법이다. 이 과정에서 '추리적 서사' 기법의 성격과 작품의 메시지가 분명해질 것이다.

2. '침묵-소문'의 추리적 서사와 진실

1) 복색 사건 – 여자가 본 사내의 정체(의부증 vs 불륜) : 「탁류」

먼저 「탁류」에서 주인공 정주사(정철)의 아내이자 화류계 출신의 순이(향란이)가 '의부증'으로 낙인찍히는 과정을 논구하여 순이가 정말 그러한지 아니면 정주사의 불륜이 맞는 것인지 가늠해 보겠다. 이 소설에서 정주사 내외는 14살 채숙이와 숙이 아버지 집에서 세 들어 살다가 정주사가 숙이와 염분설이 돌자 김 씨 집으로 옮겨 가게 된다. 그러나 이사한 곳에는 여선생이 세 들어 살고 있었고 정주사는 다시 여선생과의 관계를 의심받게 된다. 어느 날 순이는 두 사람이 여관으로 들어가는 것을 목격하고 분노를 표출하지만 누구도 그 말을 믿지 않았다. 결국 순이는 의부증으로 간주되고 정주사는 집을 떠난다는 내용이다.

A: 그러나 그는 초당으로 갈 생각은 없이 숙자 어머니를 쫓아서 건넌방으로 대섰다.

그리고 숙자 어머니가 자기 방문을 열어젖히고 혼잣말로 가셨군 하면서 순이를 맞아들이려 할 때 그는 이 숙자 어머니의 혼잣말에 직각적으로 집히는 것이 있는 듯이 주춤 발끝을 멈추고 어둠을 가리어 **초당 쪽을 건너다 보았다. 그리고 과연 거기에 자기 남편이 서 있는 것을 발견하였다.** 그때 남편은 구두끈을 매고 나서 막 허리를 펴는 모양이었으나, 순이는 그 다음 순간 또 남편과 앞을 서서 나가는 선생 사이에 어떠한 눈짓이 벌써 오고 간 것을 분명히 본 듯하였다. (…중략…) 그가 대문을 나서서 **경성여관 있는 윗거리를 밟아보았을 때에는 선생과 남편의 두 그림자가 희미한 가로 밑에 희뜩희뜩 앞서거니 뒤서거니 멀리 사라질 때였다.**

순이는 네거리까지 와서 이발소 모퉁이에 몸을 세우고 **경성여관으로 들어가는 철의 뒷모양**을 살피였다. 그리고 선생이 경성여관을 지나쳐 어느 가게까지 갔다가 다시 돌이켜서 **역시 그 여관에 돌아오는 것을 틀림없이 볼 수가 있었다.**

B: 철은 밤이 퍽으나 들어서야 배에서 돌아왔다. 얼큰이 술이 몸에 퍼졌든 김이라 그는 쓸쓸하니 스며드는 밤바람에 맡기어 가는 줄 모르게 낭암대까지 거닐다가 집에 돌아왔을 때에는 어느덧 자정 가까운 시각이 되었다. (65~66)

A는 순이가 김 씨네 집에서 여선생, 김 씨 부인과 방에서 이야기를 나누다 우연히 여선생의 뒤를 밟게 되는 대목이다. 그런데 그녀가 여선생을 미행하기 전 중요한 사건이 바로 '초당 쪽에 서 있는 남편'을 발견한 장면이다. 순이는 초당 근처에 있던 남편이 집을 나서고 그 뒤를 여선생이 "앞서거니 뒤서거니" 걸어가는 모습을 분명히 목도한다. 그녀는 그들이 시간 간격을 두고 "경성여관"에 들어가는 과정까지 주시한다. 불륜을 확신한 순이는 두 사람이 여관을 나와 집으로 돌아올 때까지 미행을 했다. 결국 분을 참지 못한 그녀는 집에서 소동(불륜 폭로)을 벌인다. 문제는 B를 보면 남편 철은 낚시를 하다 산책을 하고 돌아오는 것으로 그려지고 있다. 그렇다면 순이는 도대체 누구를 추적했던 것인지 의문을 자아낸다. 다음 인용문을 보자.

C : "네, 그렇겠습니다. 그럼 저도 선생을 만나 뵙지 않껏습니다. 그런데 그 선생은 이 일을 어떻게 이해하고 계시는지요?"

"그거는 저(김 씨―인용자)도 자세히는 모르겠습니다. 하지만 이 일은 대단히 공교롭게 일어난 것같이도 생각되는 겁니다. 아까도 집안 식구들끼리 이야기했습니다만 제가 배에서 선생들과 헤어지고 나서 잠깐 장터 이서방네 가게에 섰다가 돌아온 것은 자정이 넘은 시각이었습니다. 지금 제 처의 말을 합해 보면 내일 아침이 학교운동회여서 그 선생이 운동회에 입을 적삼을 경성여관 주인 방에서 박아가지고 돌아왔는데 그 뒤끝을 이어 제가 또 막 왔지요. 오늘도 저는 노 다니던 길로 온 것이지만 그 길이 선생 방 뒷문 곁을 스치어 오는 길이고 보니 선생이 돌아와 제가 돌아와 또 돌아오자 선생 방에 불이 켜져 하니까 그 방에 둘이 들어간 걸로만 보였겠지요. 그런데 정형 부인이 보시기에는 저를 잘못 보시고 정형이 들어가신 줄만 알으시지 않았나 이렇게 생각되는 겁니다. 그래서 한참 있다가 둘이서 자리만 한때 **부인이 그 복색을 하고** 선생 방엘 들어가신 것이 아닌가, 그리고 들편들편 들어가 살피자 선생이 깨여서 소리를 쳐 집안사람들이 모여들어 그리구 모두들 자기를 시야비야 하기 시작하니까 초당 쪽으로 쫓아가면서 이 길로 도망을 갔다 와 있나 보자 한 것이 아닌가 하는 겁니다. 그렇지만 그때 우리도 그의 뒤를 따라가면서도 정형이 또 그렇게 공교로이 와 계시었을 줄은 몰랐습니다." (69~70)

C는 이 글의 주인공 정주사와, 김 씨의 대화 장면이다. 두 사람은 순이의 폭로를 부인하고 오히려 순이를 '의부증'으로 낙인을 찍는 결정적 해명을 하고 있다. 기존 연구들은 이 두 사람의 대화를 의문의 여지 없이 사건의 진실로 받아들였다. 그러나 이 해명은 허점이 많다. A에서 순이는 초당 근처에서 남편을 발견했는데, C에서는 그 인물이 남편이 아닌 김 씨라고 한다. 그리고 김 씨는 자신이 집에 "돌아온 것은 자정이 넘은 시각"이고 돌아오는 과정에서 여선생과 길이 겹쳤다고 말한다. 그러나 A에서 순이가 본 남자는 초당 근처에서 신발을 묶고 여선생과 '앞서거니 뒤서거니' 했던 인물로 경성여관에도 직접 들어간 인물이다. 김 씨는 돌아오는 행적만 말하지만 순이는 직접 집에서 나가서 미행하고 돌아왔다. 또한 그가 여선생과 '앞서거니 뒤서거니' 하며 서로를 알아보지 못했다는 것도 납득하기 어렵다. 이처럼 김 씨의 진술에는 모순이 쉽게 발견된다. 「야한기」에서 사진을 조작하여 사진의 진실이 의미가 없어지듯, 순이가 목도한 장면(일종의 '사진')까지 날조되고 있다. 그 결과 순이는 또 한명의 '보지 못하는 눈'이 되고 만다.

또한 가장 중요한 핵심 쟁점은 'C'에서 김 씨가 말하듯이 소동을 벌일 때 부인이 입고 있는 "복색"의 문제다. 순이가 김 씨 부인, 여선생과 대화를 나누고 나서 여선생의 뒤를 밟을 때, 순이는 초당으로 돌아가 옷을 챙겨 나오지 않았다.[15] 그런데 집에서 난동을 부릴 때 순이의 "몸에는 철의 낡은 파나마 모자와 양복저고리[16]가 걸치어 있었고, 아랫동은 그대로 흐트러진 치마가 발끝에 친친 감기어 있었다."(66) 이 정주사의 옷이 갑자기 어디서 생겼단 말인가. 김 씨의 말대로 여관에 들어간 인물이 정주사가 아니라면 이 옷은 절대로 순이에게 있을 수 없다. 그래서 필자는 그녀의 "복색"을 정주사와 여선생의 불륜을 가리키는 핵심 증거로 간주한다. 따라서 순이를 의부증의 화신으로 여기는 것은 근거 없는 낙인이다.

그런데 사람들이 순이를 의부증 환자로 바라보기 전에, 순이는 이미 다른 소문에 둘러싸여 있었다. 여기가 '복색'사건과 소문이 결합하는 지점이다. 이로 인해 순이는 억울한 낙인을 받는 희생자가 되고 만다. 마을에는 화류계의 이름 난 기생이었던 순이의 과거가 이미 퍼져 있었다. 이 과거로 인해 사람들은 순이의 폭로를 전혀 신뢰하지 않았다. 그

15 　"나도 집이 붕서 가보아야겠어요" 하고 다시 마루로 나가버리었다. **그러나 순이는 물론 초당으로 돌아간 것은 아니었다.** 그가 대문을 나서서 경성여관 있는 윗거리를 밟아보았을 때에는 (…중략…) 「탁류」, 65쪽.

16 　고골의 「외투」에서 말단 관료 아카키예비치는 간절히 소망하던 새 외투를 얻지만 불한당에게 강탈당하고 그 충격으로 세상을 떠나고 만다. 이 작품에서 (낡은/새) '외투'는 물신성과, 독신인 고골의 성적욕망의 좌절을 의미한다. 이와 달리 허준의 「탁류」에서 관료인 철이의 '낡은 파나마 모자와 양복저고리'는 누군가에게 **빼앗긴** 것이 아니라 의도적으로 버려진 (배설물 같은) 것이기도 하다. 즉 성적 욕망의 (일시적인) 달성을 뜻하는 것이다. 니콜라이 고골, 이기주 역, 『코·외투·광인일기·감찰관』, 펭귄클래식 코리아, 2010, 99쪽 참조.

것은 작품 말미에 해당하는 C에서 두 남자가 대화할 때 최초로 김 씨의 입으로 발화된다. 소동이 벌어지기 전에 "벌써 그 이들은 (여선생, 김 씨 부인 포함) 자기네를 변명할 것조차 없을 만큼 순이에 대해"(70) 나쁜 인상을 갖고 있었다. 그런데 이 말이 작품의 결말에서야 등장한다는 점에 매우 주목해야 한다. 왜냐하면 소설에서 순이에 관한 소문은 그 이전까지 전혀 언급되지 않기 때문이다.

정작 작품 초반부터 구설수에 휘말려야 할 사람은 남편 정주사였다. 그는 14살의 채숙이와 사랑에 빠지고 이사한 후에는 여선생과 의혹을 불러일으킨다. 그러나 정주사의 소문은 전혀 돌지 않는다. 그래서 앞의 인용문이 보여주듯 순이는 정주사를 단속하고 실제 불륜인지 확인하기 위해 남편에 대한 좋지 않은 소문을 퍼뜨리려 한다. 그러나 여선생도 김 씨 부인도 오히려 정주사를 두둔하며 자리를 피한다. 이는 기생인 순이와 자신을 구분 지으려는 태도이며 "사내어른은 다 그러"하다는 말은 전근대적이고 '반혁명'적인 구습까지 드러내고 있다.[17]

순이는 누구하나 자신의 과거를 묻거나 비난하는 사람이 없지만 자

---

17 이렇게 순이는 숙자 어머니의 대꾸를 재치였으나 그는 인제는 아무 말도 없이 그대로 숙엿하고 바지에 솜을 이어가는 것을 보고 그는 갑자기 자기 어성을 낮추어 애연하게 다시 계속하였다. "허지만 지금에야 속절없이 먹는 나이를 따라갈 수가 있어야지 않아요. 그래서 그렇구 새구 살아주런만 지금은 도리어 저편에서 그러는 걸 보면 이러다간 나중 헐을 벗을 길조차 없으려니 생각되지요." "사내어른은 다 그러신 줄 알고 그저 그럭저럭 살아가는 수밖에 없지요. 어느 집이나 쎘고 보면 어디 그리 알뜰한 곳이 혼해요?" 숙자 어머니는 머리를 들려고도 하지 않고 으레껏으로 이렇게 한마디 하였다. 너무 순이가 민망할까 보아서 한 대꾸였던 것이다. (…중략…) 그리고 기지개하는 듯이 약간 몸을 뽑으며 변명하듯이, "가을이 되면 뭐니뭐니 해서 몸이 곤해 죽겠어요." 하고 생긋 웃으며 방을 나가려한다. 숙자 어머니도 일어났다. "나도 방에 가봐야지요. 숙자 년이 혼자 잘걸" 하고 그제야 생각난 듯이 하던 일을 차근차근 개어 손에 들었다. 순이는 오늘은 결말을 내려고 하던 것이 이렇게 될 줄을 뜻밖으로 생각하며 그렇지만 하는 수 없이 따라 마루로 나왔다. (63~65쪽)

신을 멸시하는 '시선'을 감지하고 있었다. 그리고 그 누적된 스트레스는 불륜을 고발하는 장면에서 표출된다.[18] 「탁류」는 무엇보다 소문의 '장'인 여성들의 방(모임)에서 소문을 양산하는 주체가 되지 못하고 배제되는 순이를 통해 가부장적 사회의 소문 작동 방식을 보여주고 있다. 무·의식적으로 남성화된 여성들에 의해 소문이 퍼뜨려지고 그 소문의 폭력 속에 순이가 자리했다.

소문의 위력, 사회적 낙인은 정주사와의 관계를 의심받은 14세의 채숙이도 알고 있었다. 아내가 없는 성인과 미성년자의 만남 이것이 불러올 소문의 파괴력을 채숙은 정확히 체감하고 있었다. 그래서 채숙은 정주사에게 아주머니(순이)가 없으면 자신과의 관계도 끝이 난다고 말한다. 그리고 이 말을 들은 정주사 역시 "벼락"처럼 그 사실을 인지하게 된다. 작품 결말에서 정주사가 순이를 떠나는 마지막 순간, 그의 머리에는 과거 숙이가 낭암대에서 '끝'이라고 한 말을 다시 번개같이 떠올린다. 이처럼 정주사도 채숙이도 폭력적인 소문 속으로 뛰어들지 않고 새로운 인연을 꿈꾸며 나아가게 된다. 그 결과 정주사의 부인 순이만 버림받게 되고 이 일로 순이는 또다시 사람들의 지탄과 소문에 휩싸이게 될 것이다.

---

18 "이년놈들. 응 이놈들 남을 없수이 녁여도 분수가 있지. 너희들은 얼마나 정하고 깨끗해서 남의 서방마저 이년 저년에게 빼돌린단 말이냐 응. 그리군 그 더러운 욕을 그래 내한테 씌우려고 해? 내가 못 본 걸 이렇게 봤다 해서 이년놈들."(「탁류」, 67쪽): "말이 더 이상 침묵과의 연관을 가지지 못하게 되면 이전에 침묵이 있던 자리에는 공허와 심연이 있게 된다. 말들은 이전에 침묵 속에서 그러했듯이 이제는 그 공허 속에서 사라져버린다. 그 공허 속에서 흡수되는 것이다. 그리고 그 마지막 말마저 그 공허의 심연 속에서 사라져버릴 때, 자신이 이제 더 이상 인간이 되지 못하리라는 무서운 불안이 내부에 생긴다."(막스 피카르트, 최승자 역, 『침묵의 세계』, 까치, 2010, 53쪽) 순이는 좌절할 것을 직감하면서도 공허의 심연에서 뛰쳐나와 분노를 발한 것이다.

정리하면 「탁류」에서 순이가 본 남자가 최소한 김 씨는 아니라는 점이다. 사실상 남편일 가능성이 높고 의부증으로 매도된 순이는 억울한 희생자다. 또한 순이에 대한 사회의 낙인이 작동하는 방식이 확인되었다. 작품 말미에서 김 씨와 정주사가 사건을 정리하며 서로 '죄없음'을 상호승인하고 순이의 착각이었음을 합의하는 '남자의 방'은 가부장적 담론과 권위의 고착화를 압축적으로 보여준다. 또한 순이가 소문을 확산시키는 데 실패하고 오히려 배제되는 '여자의 방'은 가부장적 담론이 하위 주체에 수용되고 작동하는 메커니즘을 드러낸다. 소문과 사건이 결합하면서 소문이 더욱 증폭하고 '사실'로 인증되었던 것이다.

2) 의식상실 사건 – 반지의 진정한 주인 : 「야한기」

「탁류」의 복색 사건은 '침묵＋소문(가부장적 이데올로기)'하에서 일어났다. 이에 비해, 「야한기」는 '침묵＋소문＋돈(물신성)'에서 사건이 벌어진다. 「야한기」에서는 남우언(남가)과 춘자 부부, 순덕(은실어머니)과 민보걸 부부와 그 딸인 은실이(12세), 민보걸의 형인 민홍걸, 춘자의 어머니인 장삿갓과 김상시 부부가 등장한다. 그리고 춘자는 민보걸과, 민홍걸은 장삿갓과 불륜의 관계다.

이 작품의 특징은 「탁류」에서 명시적으로 알 수 없었던 소문의 진원지가 민홍걸[19]이란 인물로 실체화하여 등장한다는 점이다. 또한 「탁류」

---

19 민홍걸은 ('소문'인 동시에) 동생인 민보걸이 부정한 방법으로 부와 사회적 지위를 획득한 데 질투하고 음모를 꾸미는 인물이다. 헨리 제임스는 "등장인물은 사건의 결정체가

가 소문의 '생성 주체'에 주목했다면, 「야한기」는 소문의 '작동 메커니즘'을 드러내고 있다. 그리고 그 소문은 주인공의 '의식상실 사건'과 결합하면서 극명해지며 희생자를 만든다. 그 내막을 들여다보자.

「야한기」에서도 쉽게 파악하기 힘든 점이 있는데 '구로다이아 반지의 실제 주인'과 '의식상실 사건'이 그것이다. 구로다이아 반지의 정체를 이해해야 작품 말미에 일어난 의식상실 사건을 이해할 수 있다. 그런데 「야한기」는 인물관계가 「탁류」보다 훨씬 복잡해서 구로다이아 반지를 설명하기 전에 인물 간의 관계와 심리를 먼저 파악할 필요가 있다.

> 그러나 이때 자기 마음에 더 큰 공포를 준 것은 그런 것이 아니요 그놈의 쥐를 잡느라고 이리 덮치고 저리 덮치다가 탁 덮쳐놓고 기진하야 거기 엎어져 있을 때 들리던 안해의 발자욱 소리, 그 층계를 밟아 올라오는 발자욱 소리는 층계가 한 계단씩 줄어지는 대로 줄어들다가 두어 계단이나 남았을 때에서 딱 멈치어 무엇을 엿듣는 모양이었다.
>
> 자기도 죽은 듯이 엎드려 붙은 책 머리를 들어 그 발자욱 소리의 동정을 엿듣다가 다시 돌아서 내려가는 듯한 동정을 듣고야 일어나 앉았었다. 그리고 그것이 자기 감정 속의 처음 생기는 것은 아니였만 무엇인지 모르게 가슴이 몹시 들먹거림을 깨달았다. 그리고 부지불식간에 온 아침 조반 먹으면서 하던 안해와의 생명보험 이야기를 연상하게 한 일이었다.

아니라면 무엇인가? 사건은 등장인물이 현실화된 것이 아니라면 무엇인가"라는 유명한 말을 남겼다. 등장인물과 사건의 구별이 사실상 어렵다는 의미이다. 따라서 사건들이 나타나는 방식은 이 사람들의 성격에 의해 좌우되기 마련이다. 그러나 이 주체의 성격을 조형하는 사회의 성격 역시 사건의 방식을 주조하는 중요한 기제이다. 따라서 이 글은 허준의 소설에서 사회의 가부장적 폭력성과 돈에 대한 관료의 속물성에 주목한 것이다. H. 포터-애벗 저, 우찬제 외역, 『서사학 강의』, 문학과지성사, 2010, 248~251쪽 참조.

앞의 장면은 이 절에서 다룰 「야한기」의 서두에 해당한다. 주인공 남우언의 방을 엿듣는 아내 춘자와 그런 아내의 동정을 살피는 남우언이 있다. 이는 아내가 남편이 일어났는지 확인하는 상황이 아니다. 그것은 단순한 아내의 관음증도 아니며 아내가 방에서 침묵하고 있는 남편의 내면을 엿보고자 하는 장면이다.[20] 그렇다면 남편 몰래 불륜을 저지르고 있는 아내 춘자는 남편의 어떤 마음을 엿보고 싶었던 것일까. 인용문에서 보여주듯 죽어가는 남편에게 "생명보험"을 요구했던 춘자는 그 의사意思를 파악하고 싶었던 것일까.

순덕의 딸인 은실이가 춘자를 모시러 온 장면이 그 답을 보여준다. 춘자는 자신과 민보걸의 관계를 순덕에게 들킨 것은 아닌지 불안해한다. 그런데 그녀는 사랑하는 사람의 부인을 질투하는 것과는 또 다른 의미의 적대적 자세를 취한다. 이는 자신의 남편인 남우언과 순덕의 관계에서 기인한다. 과거 두 사람은 사랑하는 사이였고 남편이 무슨 이유인지 순덕의 마음을 받아주지 않아 결혼을 하지 못한 관계다. 그래서 춘자는 생일날 와서 식사하라는 순덕의 저의를 의심하고 싫어한다. 춘자는 자신이 불륜을 저지르는 것보다 남편과 순덕의 (정신적) 사랑을 더 신경 쓰고 있는 것이다. 말했듯이 남우언은 진폐증이 심해 죽음을 준비하는 사람이다. 하지만 아내인 자신을 찾지 않으면서 사랑했던 옛 여자의 집에 드나들고 그 여자의 자식(은실)과 친한 남편을 지켜보는 춘자의 마음은 편치 않았다.[21]

---

20 이 상황은 소문의 알레고리에 해당한다.
21 「탁류」에서도 순이가 남편(정주사)에게 "싫으면 싫다고 왜 진작 못 하느냐"고 하소연하는 장면이 나온다. 정주사는 여기서도 침묵할 뿐이다. 56쪽

이 경우와 체호프의 작품 「사랑에 대하여」는 상당히 닮아있다. 주인공 알료힌은 루가노비치의 집에 초대를 받고 그 아내인 안나와 자식들의 관심과 사랑을 받는 인물이다. 그는 안나에게 사랑을 고백하고 싶지만 "나의 사랑이 그에게 행복을 안겨 줄 수 있을까? 그렇지 않아도 힘들고 불행한 그의 삶을 더 혼란스럽게 하는 것은 아"닌지(215) 망설인다. 안나 역시 그를 사랑하지만 고백하지 못한다. 이들은 만나면 항상 '침묵' 속에 있었으며 결국 신경쇠약 때문에 치료까지 받는다. 루가노비치가 다른 지방으로 이직을 하면서 두 사람은 헤어지게 되는데 그때서야 "자신들의 사랑을 방해했던 모든 것(행복하게 해줄 수 있을까, 평범하고 지루한 삶이 되지 않을까)은 아무 의미 없는 것이었으며, 거짓된 것이"(218)[22]라는 것을 깨닫는다. 그러나 그뿐이다. 이별은 깨달음과 함께 온다.

「야한기」의 남우언이 순덕의 사랑을 받아들이지 않은 이유는 서술되어 있지 않지만 알료힌과 유사하다. 남우언이 보는 세상은 전술했듯 날조된 사진과 같은 곳이었고, "세계와의 관계가 맑게 끊어져서 세계가 나(남우언)에게 손을 뻗치는 것도 아니요 내가 세계에 무슨 영향을 주는 일도 없이 이 어찌할 수 없는 위대한 패배감을 가지고 이 무한한 이 위대하고도 비참한 공간"(182)이었다. 그런데 이것만으로는 그가 순덕을 거부한 설명이 충분히 되지 않는다.

남우언은 사랑하는 여인과 결혼하지 않고 (사랑하지 않는) 춘자와 결혼했다. 그는 질서정연하고 고독한 자신의 삶의 방식을 바꾸고 싶지 않았다. 이것은 사랑의 특성과 관련된다. 그는 욕망의 대상인 순덕이 자신

22　안톤 체호프, 김순진 역, 「사랑에 대하여」, 『체호프 단편선』, 일송북, 2008, 218쪽.

의 정체성과 삶의 일상적 구조를 뒤흔들고 삼켜 버릴까 두려웠던 셈이다. 그래서 남우언은 사랑의 대상을 '획득할 수 없는 연인'(순덕)과 '가까스로 인내 하는 아내'(춘자)로 구분하고 순수한 허무와 공허의 상태 속에서 향유를 누린다.[23] 허준이 '자아'를 대단히 중요시 해왔다는 것은 이미 잘 알려져 있다.

욕망의 거세, 상징적 결핍은 향유를 낳기 때문에 남우언의 침울함과 고독, 침묵은 향유의 한 양태라 할 수 있다.[24] 그러나 체호프의 알료힌이 보여주듯 불만족은 '침묵의 향유'의 지속을 막아 파국에 이르게 하고 다시 사랑으로 회귀하게 한다. 인간은 행복하지 않은 상태로 계속해서 강박신경증자처럼 살 수 없다. 다른 이와 말을 잘 섞지 않는 남우언이 순덕의 집을 찾고 이야기를 나누며 교감하는 것은 그런 징후이다. 그렇다면 남우언이 아니라 순덕의 남우언을 향한 마음은 어떠한지가 문제다. 공교롭게도 순덕도 남우언처럼 병(변막증)이 들어 죽음을 기다리고 있다. 이러한 관계하에서 문제의 구로다이아 반지가 등장하게 된다.

"이거 받아주세요."

남은 은근히 흥분하였던 아까의 마음이 채 식지 않았던 터이라 가슴이 털컹함을 느끼면서 자기 앞에 놓이는 그 조그마한 곽을 내려다보고 그리고는 지금 처음으로 부인의 얼굴을 살펴보았다.

"이거 선생님 부인에게 드리려고 산 반지 하나입니다. 아무 값 가는 것도

---

23 레나타 살레츨, 김소운 외역, 「사랑과 성적 차이」, 슬라보예 지젝 외, 『성관계는 없다』, 도서출판b, 2005, 275~290쪽 참조.
24 위의 책, 300~301쪽 참조.

아닌 구로다이아 반지 하나입니다."

"그것은 왜 사셨습니까." 남은 어리둥절하여 이렇게 아니 물을 수 없었다.

"값 가는 것도 아니지만 오늘 은실이 생일날 드리려고 오래 벼르다 벼르다 산 것입니다. 펴 보시고 갖다 드리세요." (…중략…)

"네" 하고만 대답하였다. 그리고 이와 동시에 오소소한 오한이 어디서 와서 번개와 같이 등골을 뻗쳐 올라가며 머리카락이 쭈뼛쭈뼛하는 것을 느끼었다. 그 오한은 오랫동안을 두고 다시 등골을 흘러내리며 스루스루 전신에 피져 드렁가는 것이다. "이것을 갖다 드려 주세요. 저는 세상이 얼마 남지 아니한 것을 압니다. 그리고 이것을 보고 기억해주십사고 여쭈어주세요. 이 검은 어두운 빛을 잊지 말아주십시사고요. 그리고 은실이 년의 구로 무테를 한 검은 안경을 잊지 말아주십시사고요."

남은 부인이 왜 이것을 자기 아내에게 부탁하는 것인지 또 어쩌면 그렇게들 잘 아는 것인지 무서운 전율이 속으로 스며드는 것을 깨달았다.

─ 어떻게 이렇게들 잘 아는가. 나는 어떻게 이렇게 되어가는가. (117~ 119)

그런데 이상한 것은 그녀가 자신의 딸 은실이의 생일날에 구로다이아 반지를 남우언의 아내인 춘자에게 전해주라며 남우언에게 준다. 이 반지의 의미가 대체 무엇인지 해명되어져야 한다. 이 반지의 주인이 순덕의 말대로 춘자인지 아니면 연정戀情의 상대인 남우언인지에 따라 소설은 완전히 다른 의미로 해석될 수 있기 때문이다.

남우언은 순덕의 부탁을 듣고 "또 어쩌면 그렇게들 잘 아는 것인지 무서운 전율이 속으로 스며드는 것을 깨"닫는다. 도대체 그는 침묵하고 있는데 순덕 그리고 춘자까지 무엇을 잘 안다는 것일까. 당황하는 남우언의 모습도 이상하다. 만일 반지의 주인이 춘자라면, 순덕은 자신과 남우언이 세상을 떠난 후에 춘자가 민보걸의 새로운 아내가 될 것이라 직감한 듯하다. 그래서 반지는 자신의 딸을 잘 보살펴 달라는 의미에서 준 것이라 할 수 있다. 그렇다면 이 얘길 듣고 있는 남우언은 아무런 잘못을 하지 않았는데 왜 "오한이 번개와 같이 등골을 뻗쳐 올라가며 머리카락이 쭈뼛쭈뼛하는 것을 느"꼈던 것일까. 쉽게 납득이 되지 않는다.

이번에는 반지의 주인이 남우언이라면 그 근거는 무엇일까. 그것은 순덕의 딸인 은실과, '의식상실 사건'을 통해 징후적으로 나타난다. 먼저 은실을 살펴보자. 「탁류」뿐 아니라 「야한기」에서도 눈 먼 이가 등장한다. 그 사람은 순덕과 민보걸의 자식인 은실(12세)이다. 순덕의 말에 따르면 은실은 원래 맹인이 아니라 세상에 태어나 영문도 모른 채 실명이 되어 가고 있다. 「탁류」의 숙이 아버지가 한쪽 눈이 멀었고 그것이 세상에 말하지 못하는 눈, 진의를 분별하지 못하는 눈이라면, 은실도 무언가 세상에 의해 실명이 되어 가고 있다.

그러나 은실의 실명에는 '또 다른' 원인이 있다. 그것은 일종의 "죄"[25]업이다. 순덕은 남우언을 붙잡고 은실의 이상한 꿈과, 눈에 대해 하소연한다. 꿈에서 깬 은실이가 한 말은 "죄가 뭐냐" 또는 "아버지 들어"왔냐는 등이다. 이 꿈은 단순히 자신을 구박하는 아버지에 대한 두려움이 아니다. 순덕이 남우언에 대한 연모의 정(정신적 불륜)을 품고 민보걸과 결혼한

---

25 너새니얼 호손의 『주홍글씨』(1850)에서 주홍글씨 'A'는 'Adultery(간통)'의 첫 글자에 해당한다. 17세기 미국 청교도 사회는 신대륙의 유토피아를 꿈꾸면서도 '삶'을 가두는 것 또한 잊지 않는다. 『주홍글씨』도, 허준의 「야한기」도 '간통'은 '감옥'과 함께 다루어진다.

결과(죄업 = 업보-남우언의 자식 '현이'는 이미 죽음)가 은실의 '눈'을 통해 드러난 것이다. 여기서 독자는 은실이 남우언의 자식이 아닐까 하는 의문을 품을 수 있게 된다.

이와 같이 순덕과 남우언, 은실과 남우언의 관계를 짐작할 수 있을 때, 「야한기」를 추리 소설적으로 만드는 '의식상실 사건'이 일어나게 된다. 작품 후반부에 일어난 의식상실 사건은 남우언이 길거리에서 술이 취해 의식을 상실할 때, 같은 시간 다른 장소에서 순덕이 낙상을 했다가 세상을 뜬 사건을 말한다. 이처럼 두 사건이 동시에 발생하는 특이한 설정은 세상 사람들이 두 사람의 관계를 확증하는 계기를 만들고 구로다이아 반지는 결정적인 물증의 기능을 했다. 이 사건으로 야기된 소문은 ('은실의 눈'과 함께) 반지의 주인이 남우언임을 강화한다. 이 지점에서 의식상실 사건이 소문과 결합하는 것이다.

여기서 중요한 역할을 하는 인물이 민홍걸이다. 「야한기」는 '소문'이 민보걸의 형인 민홍걸로 실체화되어 등장한다. 민홍걸이 소문의 알레고리인 셈이다. 그래서 민홍걸은 소설 곳곳을 돌아다니며, 소문(이야기)을 창출하고 유포하며 다른 인물들이 '침묵'하고 있는 내밀한 진상을 밝히고 있다.[26] 즉 '소문 = 민홍걸 ≒ (가짜)진실'이 성립되는 것이다.

---

26 "오늘이 그 장삿날입니까."
   "몰랐댔소. 그럼 죽었을 때 그 시체에서 제 남편이 사준 일도 없는 반지 구로 다이아 반지까지 나온 소문도 못 들었겠구려." 홍걸은 미리부터 외워두었던 듯이 이 말 한 마디를 코를 칙 풀어버리고 가듯이 남의 얼굴에 풀어 던지고는 그대로 가버리었다. 남도 이때 홍걸의 달아나는 방향으로 몇 걸음 끌려갔으나 그는 그러하는 자기 자신을 깨닫자 다시 발을 멈추고 말았다. 부르르 가슴이 떨리고 이가 와드뜩 갈리었다. 나에게는 복수할 것이 있다. 허지만 그것은 너희들에게 대한 복수는 아니다. 너희들과 내 자신 때문에 일어나는 내 자신에 대한 복수다. 만일 너희들에게 할 복수라면 나는 그 반지 그 구로 다이아 반지의 바른 이야기를 토로하는 것만으로 족히 될 것이다. 거기 얼마나 많은 희생이 나오랴.

'침묵'은 소문을 통해서 사건을 낳거나 확대하고 '진실'을 드러낸다. 하지만 그 '진실'이 '침묵'의 내용과 일치하는 것일까. 이것은 소문이 진실인지 묻는 것이다. '소문은 진실을 증명하기 어렵고 소문의 전달자(용의자)도 찾을 수 없으며 무수한 복제와 윤색을 양산하는 익명성의 미디어이다.'[27] 그만큼 소문은 통제 불가능하며 진의의 파악 역시 사실상 쉽지 않다. 거짓 소문이 진실처럼 인식되기도 하기 때문이다. 실제로 허준은 소문을 통해 진실의 힌트뿐만 아니라 작동양상을 보여준다.

사건을 더 내밀히 들여다보자. 남우언이 삼천에 가기 위해 정거장으로 향할 때 소문(민홍걸)은 그를 가만두지 않는다. 홍걸은 우언을 붙잡고 술을 마시게 한다. 결국 남우언은 길거리에서 "무엇에 걸리어 넘어지는 통에 그것한테 아주 업치우고"(164) 만다. 이 소설의 핵심 사건인 '의식상실'이 일어난 것이다. 그리고 깨어났을 때 그는 소문의 중심에 있었다. 왜냐하면 남우언이 술이 취해 길거리에 쓰러져 있을 때, 공교롭게도 순덕이 길에서 낙상하여 "아주 꼼짝도 못하고 기동을 못하시고 그대로 길가에 넘어진 채 누워"(171) 있다가 세상을 뜨고 만다. 두 사람에게 동시에 사건이 발생한 셈인데, 문제는 순덕이 죽고 나서 그녀의 몸에서 구로다이아 반지가 발견되면서[28] 풍문으로만 돌던 우언과의 연분이 기

---

(180)

27 한스 J. 노이바우어, 박동자·황승환 역, 『소문의 역사』, 세종서적, 2001, 202~203쪽 참조.

28 순덕이 부인에게 전해주라고 했을 때 남우언은 받지 않고 직접 전해주라고 한다. 그래서 순덕이 가지고 있는 것이다. 그런데 남우언이 거부할 때 그는 그녀의 얼굴에서 "모든 격렬함과 모든 혼란함이 있는 것 같으되 다 그것을 제어하는 **아름다운 단념**이 지배하"(120)는 것을 본다. 난데없이 등장한 '아름다운 단념'이란 또 무엇인가. 사랑의 절제이며, 따라서 두 사람의 관계에서 반지는 '사랑'의 정표로 밖에 설명되지 않는다.

정사실화되고 만다.

의식상실 사건, 구로다이아 반지, 순덕과 남우언 관계에 대한 세상의 의심이 집중하면서 남우언은 소문의 중심에 서게 되고 그는 반지의 주인처럼 인식 된다. 결국 남우언은 경찰서에 끌려가 조사를 받았다. 풀려나온 남우언은 복수를 다짐하고 진실을 밝힐 것을 다짐하지만 소문에게 복수란 애초에 불가능하다. 이처럼 이 소설의 핵심은 남우언의 기절, 다시 말해 의식상실 모티프[29]라 할 수 있다. 이 의식상실은 사랑하는 사람의 죽음, 소문의 유포, 반지 주인의 문제와 연동되이 이 작품을 '추리적 소설'화 한다.

요컨대 이 절에서는 핵심 사건과 침묵, 소문 등의 메커니즘의 결합에 주목하여 허준 문학이 추리적 요소를 갖고 있다는 사실을 실증해 보였다. 또한 소설 속 억울한 희생자를 발견하고 이 인물을 중심으로 작품을 재해석하여 작가의 '숨겨진 진짜' 의도를 파악하는 길이 가능해졌다.

---

29 의식상실 모티프에 대해 사에구사 도시카쓰(三枝壽勝)는 이광수의 「젊은 꿈」에서 화자 '나'가 의식을 잃는 장면은 서양 부인을 죽음에 몰아넣는 장면과 연결된다고 지적한다. 그 부인이 죽은 것은 '나' 때문이지만 '나'는 의식을 잃고 있어서 그 부인이 실제로 죽는 것을 보지 못했다. 따라서 이 작품의 의식상실은 자기의 책임 확인을 피하는 역할을 하고 있다. 또한 이상의 「날개」에서 의식상실은 아내의 정조와 관련되어 있고 책임 도피의 모티프이며 아내의 행동에 대한 판단 보류라고 지적했다. (사에구사 도시카쓰(三枝壽勝), 심원섭 역, 「질서 일탈자와 의식상실의 모티프」, 『한국문학 연구』, 베틀·북, 2000, 47~71쪽 참조) 또한 사에구사 도시카쓰는 채만식의 「민족의 죄인」에서 해방 이전 '지조'를 둘러싼 두 친구의 언쟁을 듣고 "집으로 돌아와 병난 사람처럼 오늘까지 꼬박 보름을 누워 있었다"는 대목을 '의식상실과 죄책감'의 문제로 분석한 바 있다. 그런데 이 작품과 최정희의 「風流잽히는 마을」에서 보여주는 의식상실은 다른 맥락에 있다. 최정희의 '의식상실'은 「민족의 죄인」처럼 과거 자신의 과오에 대한 자기비판의 성격이 아니라, 당대 중요한 현실 참여의 순간 그 도의적 책임을 방기한 문제이다. 여기에 대해서는 이행선, 「해방기 문학과 주권인민의 정치성」, 국민대 박사논문, 2014.2, 33~49쪽 참조.

3. 침묵을 조성하는 사회, '관리·유지−천민자본주의'와 '소문−가부장적 이데올로기'

다시 정리하면 사건이 발생하지만 그 사건이 침묵, 소문 등의 기제와 결합하면서 사건의 진상을 밝히기 어려워지고 억울한 희생자가 발생하는 허준 문학의 '추리적 서사'의 면모를 살펴봤다. 이는 희생자를 중심으로 한 작품 재해석이다. 이를 통해 허준이 소설을 쓴 두 가지 의도를 파악할 수 있었다. 첫째, 독자와 소통하기 위해 택한 창작 기법이 '추리적 서사'였다. 둘째, 희생자를 양산하는 사회현실에 대한 고발이었다. 이것이 허준 문학의 내용과 형식인 셈이다.

여기서 사건과 침묵, 소문의 메커니즘을 조장하는 사회의 이면에 대한 허준의 고발, 그 내용을 더 심도 있게 분석할 필요가 있다. 이 점이 허준이 독자에게 전하는 작품의 진의이기 때문이다. 그 전에 먼저 필자가 허준문학을 추리소설이 아닌 '추리적 서사'로 명명한 이유를 해명하고자 한다. 기법적 특성은 소설 내용과 주제 이해를 위한 필수요건이다.

흔히 추리소설에는 사건과 '범인, 탐정, 희생자'가 등장한다. 그래서 필자도 허준의 작품이 추리소설 장르에 근접하다는 것을 먼저 실증하기 위해 사건에 주목하여 '복색 사건, 의식상실 사건'을 중심으로 「탁류」와 「야한기」를 분석했다. 혹자는 이 사건들이 일반적인 소설에서 볼 수 있는 사건과 별로 다를 바 없는 것으로 생각하기 쉽다. 소설의 사건이란 정확하게 해명이 되지 않거나 반전을 내포하고 있으며, 이에 따라 시각 차이와 편견을 보여주는 효과를 의도하는 것이 보편적인 현상이기 때문이다.

그러나 허준의 두 작품은 진상을 정확하게 알 수 없는 사건에 그치지 않는다. 추리소설의 서사적 특성의 핵심은 '드러난 거짓 현실'과 '은폐된 진실' 사이의 간극을 추론을 통해 밝혀내는 것이다. 명석한 탐정의 추론을 통해 '은폐된 진실'이 밝혀지고, 탐정의 추리과정에 참여하는 독자는 추리의 묘미를 즐기게 된다. 반면에 허준의 작품에서는 거짓된 현실(침묵이나 소문)에 감추어진 은폐된 진실(불륜, 부정부패, 사회의 폭력성)을 추론을 통해 온전하게 밝혀내는 메타적인 위치의 탐정이 없다. 이뿐만 아니라 작품의 서술자가 인물과 일정한 거리를 취하지 않고 오히려 인물 뒤에 숨어 목소리를 드러내지 않는다. 이 때문에 허준의 작품은 추리소설이 아니라 '추리소설적 성격'을 갖는다. 게다가 소문이 진실을 은폐하고 진짜 진실인 듯 기능하면서 독자는 소설의 소문을 맹목적으로 믿거나 서사의 핵심적 사건을 간과하게 된다. 바로 이러한 「탁류」와 「야한기」의 서사적 특성으로 인해 독자들의 적극적인 추리적 독해가 요구된다. 이것이 허준이 의도한 '추리적 서사'의 전략인 셈이다.

또한 추리서사에서 사건은 일종의 단서이기도 하다. 탐정의 추론과정에서 단서가 차지하는 비중이 매우 크다. 단서는 드러난 현실이 거짓이고 은폐된 진실이 밝혀지는 객관적인 증거물이자 실마리가 된다. 그러나 「탁류」와 「야한기」에서는 단서가 오히려 침묵이나 소문을 조장하는 메커니즘의 증폭에 기여한다. 순이를 비롯하여 은폐된 진실을 밝히려는 인물들이 진실을 파헤칠 수 있는 중요한 단서를 제시하지만, 그 사회에 작동되는 어떤 힘(가부장제적 사고의 만연 등)에 의해 또 다른 소문의 덫(의부증)에 깊이 함몰되는 모순적인 장면이 연출된다. 이 과정에서 순이와 같은 소설의 인물이 '억울한 희생자'가 되고 만다.[30] 탐정이나 객관적인 서술자가 없는 「탁류」와 「야한기」에서는 이러한 장면에 대한 상세한 묘사를 통해 진실이 왜곡되고 거짓이 판치는 당대 현실적 모순을 고발한다. 이것이 허준 작품의 또 다른 '추리소설적 성격'이다. 이런 점에 입각하여 눈먼 자들, 바람난 여선생, 순이가 매춘부라는 소문을 퍼뜨리는 사람들은 진실을 은폐하는 힘의 정체와 그 견고성을 보여주는 상징이자 알레고리인 셈이다. 독자는 이러한 점을 포착해야만 하는 과제를 부여받았다.

요컨대 허준 소설의 독자는 소설 속 '비난받는 인물'을 비난할 것이 아니라 그가 '억울한 희생자'일 수도 있다는 것을 자각하고 희생자를 양산하는 사회적 메커니즘과 사회인식을 구명究明해야만 한다. 그래서 이전 절에서 '억울한 희생자'를 발견하고 사건의 진상을 파악하는 데 집중하였다면, 이제 중요한 것은 '억울한' 사건과 침묵, 소문 등을 조장하는 현실에 대한 폭로, 즉 심층 분석이다. 바로 이것이 허준의 당대 현실 인식이며 독자에게 전달하려는 메시지이기 때문이다. 이를 파악하기 위해서는 지금까지 살펴본 '추리적 사건'에서 더 나아가 해당 작품 속 다양한 인물의 사회적 위치와 당대 사회의 문화적 맥락 등이 폭력 기제와 함께 정치하게 논해져야 한다. 그동안 식민지기 허준 연구는 침묵에 편중되어 왔다. 필자는 소문을 통해 이를 확장한 셈이다.

---

30 우리나라 추리서사에서도 멋진 탐정보다는 억울한 희생자나 비범한 범죄자가 주인공이 되는 경우가 일반적이다. 이때 대중은 부조리한 세상에 희생당한 희생자나, 그런 세상을 향해 분노하는 범죄자에 감정적으로 동일시한다. 그런데 이 경우는 독자가 소설의 인물이 진짜로 희생자인지 의심할 필요가 없다는 점에서 허준의 소설과 차이가 있다. 대중서사장르연구회, 『대중서사장르의 모든 것』 3 - 추리물, 이론과실천, 2011, 20~21쪽 참조.

이러한 허준의 문학적 장치의 연원은 문학관,[31] 특히 그가 사숙한 문학을 참조해 볼 수 있겠다. 도스토예프스키와 제임스 조이스를 사숙한 허준은 앙드레 지드, 플로베르와 위고, 고골과 체호프, 투르게네프, 네크라소프 등 러시아와 유럽 문학을 섭렵하고 있었다.[32] 『팡세』를 쓴 파스칼의 영향도 논구된 바 있다.[33] 이러한 점을 기초하여 필자가 분석한 바에 따르면 '침묵'(「습작실에서」, 「탁류」, 「야한기」)은 체호프의 소설과, '관리 비판'(「탁류」, 「습작실에서」, 「야한기」)은 고골의 『외투』와, 그리고 '소문과 오해'(「탁류」, 「야한기」)는 고골의 『감찰관』과[34] 직접적인 영향관계는 확인할 수 없으나 주제 또는 모티프가 일부 닮아있다.

이를 바탕으로 허준의 작품을 분석했을 때, 「탁류」는 '침묵+소문(가부장적 이데올로기)'하에서 복색 사건이 일어났고, 「야한기」는 '침묵+소문

---

31 본문에서 독자인 아내와 작가의 관계를 빌어 추리서사를 언급한 바 있는데, 허준의 문학관을 추가적으로 살펴보면, 「습작실로부터」에서 '나'(안형)가 시구를 적은 수첩을 나그네(이경택)에게 보여주면서 대화하는 장면이 있다. 여기서 '나'는 '말에 협박을 당해 왔'다고 실토하는 데 이것이 단순히 창작의 고충을 토로한 것일까. 허준은 "자연을 그리려고 하지 않겠"다고 말한 바 있다. 그 이유는 "그것은 일생을 두고 어루만져도 분명한 현상이 되어 나올 것 같지 않"기 때문이다.(허준, 「유월의 감촉」,(『여성』, 1936.6), 『허준 전집』, 519쪽) 그렇다면 다른 사물을 문학의 제재로 삼는다면 그것을 분명한 현상으로 재현할 수 있을까. 허준 스스로 "탐구는 비극의 혼에 통"하며, "문학적 허무는 늘 출발하려고 도달하므로 거기에는 완성된 허무라는 것이 없"고, "다음 순간에는 도달된 체계도 없어지지 않고는 못배기는 모색과 혼탁이 있을 뿐"이라고 말한다. (허준, 「나의 문학전」,(『조선일보』, 1935.8.2~4), 『허준 전집』, 503쪽) 즉 그 대상이 무엇이든 언어로 포착하기 어려우며 언어에 '익숙해지지도 않'는 것이다. 이처럼 도달된 체계도 없어지지 않을 수 없다는 것은 소설의 미완결 요컨대 열린 결말을 상기시킨다. 따라서 허준 문학의 '추리소설적 성격'을 새롭게 조망할 여지가 있다.

32 허준, 「나의 문학전」,(『조선일보』, 1935.8.2~4); 「오월의 기록」,(『조선일보』, 1936.5.27~28·30); 「비평과 비평정신」,(『조선일보』, 1939.5.31, 6.2); 「근대 비평정신의 추이」,(『조선일보』, 1939.6.4·6) 참조.

33 김종욱, 「허준 소설의 자전적 성격에 관한 연구」, 『겨레어문학』 48, 겨레어문학회, 2012.

34 고골의 「검찰관」은 함대훈이 번역, 홍해성 연출로 극예술연구회에 의해 1932.5.4~6에 공연된 바 있다.

+돈(물신성)'하에서 사건이 벌어졌다. 이제 핵심은 허준의 문학에서 형상화되고 있는 인물의 침묵, 침묵—소문을 조장하는 사회의 성격을 구명究明하는 데 있다. 결론부터 말하면 허준은 당대 현실에서 '관리·유지 지배체제'와, 가부장적 이데올로기에 주목하고 비판과 고발을 했다. 이 점과 '침묵—소문', 사건의 상관성을 고려하면서 작품 성격을 살펴보자.

'관리·유지—천민자본주의—침묵'의 상관관계를 논하기 위해서는 먼저 '침묵'과 관련된 주체에 주목해야 한다. 「습작실에서」(『문장』, 1941.2)와 「야한기」(『조선일보』, 1938.9.3~11.11), 「탁류」(『조광』, 1936.2)에서 '침묵'의 주체는 세대와 사회적 지위가 각기 다르다. '침묵'의 의미가 균일하지 않다는 의미이며, 그것의 사회적 맥락 역시 다를 수 있다는 전제를 성립시킨다. 작품의 기획이 식민당국만을 대타항으로 하고 있지 않다는 방증이기도 하다. 「습작실에서」의 주인공 남목은 일본에서 유학중인 학생이며 일본인 학생들과 잘 어울려 지낸다. 그런데 그는 설날인데도 모국에 계시는 부모님을 뵈러 가지 않는다.[35] 이처럼 아버지를 거부하던 자가 모국

---

35 앞서 얘기했듯 창씨개명 후 총력전체제 하에 쓴 '습작실 시리즈'는 이전 작품과 성격이 다르다고 여러 논자들에 의해 지적된 바 있다. 실제로 「습작실에서」는 '소문'이 문학 의 장이 아니며, 동경 유학생 남목의 침묵은 억압의 주체가 확연히 드러나지 않는다. 그 고독은 (1920년대 낭만주의적 자아를 말하지 않더라도) 개인주의적 자아 내지 젊은이의 (남과 다른 게 있어야 한다는) 자아 정체성 지키기이다. 여기에는 침묵을 하게 하는 대상이 나타나지 않고 추리서사를 가능하게 하는 사건도 없으며, 돈, 성, 소문과도 관련되지 않으므로 분석의 대상이 되지 않는 것이다. 여기에 대해서는 이미 논자들에 의해 많이 다루어졌다. 가령 "고독은 자신과 남과는 무엇인가가 다른 것이 있으며 또 있어야만 한다는 자존의 감정이다. 이러한 고독은 타인의 존재를 부정하지도 관계를 회피하지도 않음에서 나오는 것이며, 자신의 삶에 대한 충실함이라 할 것이다." 채호석, 「許浚論」, 『한국학보』 15-3, 일지사, 1989, 136쪽. "사람에게서 일어난 그 영혼의 움직임, 아직 살아 있는 자로서 현재를 과거로부터 그리고 죽음으로부터 바라다보는 그러한 영혼의 움직임은 그 사람의 내부에 크나큰 '침묵'이 존재할 때에만 가능하다. 그럴 때에는 그 침묵이 그의

에 돌아가서 아버지의 자리에 서게 됐을 때 어떤 모습을 하고 있는지 보여주는 작품이 「탁류」와 「야한기」이다. 작가의 고향인 평안북도 용천군을 배경으로 한 이 두 작품에서는 주요 인물이 학생이 아니라 관리이자 남편(가장)으로 등장하고 있다.

「탁류」에서 주인공이자 군청 직원인 정주사는 (기존 연구에서는 결혼 문제로 분석되고 있지만) 관리로부터의 일탈을 꿈꾸는 인물이다. 관리는 권력을 가진 관료의 일종의 에피고넨인데 지방관리의 경우 해당 지역에서는 영향력을 발휘하는 존재이기도 하다. 이러한 풍토로부터의 거리두기를 정주사가 일정 부분 징후적으로 보여주고 있다. 또한 「야한기」에서 금융조합장, 면협 의원, 학교 평의원[36]인 민보걸은 지역유력자의 지위를 활용해 돈과 성을 탐닉하는 인물이며 주인공 남우언을 침묵하게 하는 인물 중 한 명이다. 1930년대 들어 총독부가 육성한 '중견인물'이 지역의 '중심인물'로 성장해 총독부의 정책을 지지하는 동시에 자신의 이권을 획책하는 예라 할 수 있다.

이러한 인물로 인해 식민지 조선의 촌락은 '관리·유지 지배체제가 공고화되고 그로인한 천민자본주의가 제도화되어 갔다.[37] 지방관리, 중견인물이 지주를 배제 / 포섭하고 당국과 연결되어 해당 지역의 지배를 구

'영혼'을 현재로부터 멀리 '죽음'으로까지 데리고 간다." 막스 피카르트, 최승자 역, 『침묵의 세계』, 까치, 2010, 253~254쪽.

36 농촌사회에서의 자산·소득 불평등 문제는 농촌 주민들에게 폭넓게 공유되고 있었다. 불안전한 경작권뿐 아니라 평의회 (피)선거권과도 관련되었다. 면평의회, 군농회, 학교 평의회 위원은 직접세 납세액을 기준으로 한 제한선거로 선출되어 있었다. 이 평의회들은 '유명무실한 형식 기관'으로 전락해, 학식과 명망을 갖춘 적재를 선정하라는 투고가 들어오기도 한다. 마쓰모토 다케노리, 윤해동 역, 『조선농촌의 식민지 근대 경험』, 논형, 2011, 121~122쪽.

37 김민철, 『기로에 선 촌락-식민권력과 농촌사회』, 혜안, 2012, 31쪽 참조.

축할 만큼 영향력을 갖고 촌락 내 권력질서의 담당자로서 세력을 형성하며 성장하고 있었던 시대적 상황이 허준 문학의 배경인 셈이다. 이 글에서 '가정'뿐만 아니라 관리・유지의 천민자본주의에 주목한 이유가 이러한 인물의 사회적 위치와 관련되어 있다.

식민당국은 체제 내 모든 권력의 작동방식을 완벽히 제어하지 못하기 때문에 이미 존재하는 권력관계를 통해 조절하는데, 가정은 사회전체에 퍼져있는 섬세한 권력의 그물망 중 하나이다.[38] 여기서 더 나아가 관리는 당국의 경찰조직과 함께 권력의 행사(폭력)를 정당화하는 통치의 기반이다. 지배권력은 권위와 합법의 가면을 쓴 관리를 양산하고 그들을 조력자로 삼아 '통치권위'를 확산시킨다.[39] 권력과 가까운 관리는 지역유력자와 결탁하여[40] 이권을 탐하는 등 천민자본주의의 한 주체로 전락하기 쉽다. 베버가 관료의 '명예'를 말했듯이 합법적이고 능률적인 관료제도 민주적이고 공평하지 않으면 유지되기 어렵다.[41] 이는 관료제의 하위 토대인 지방관리 역시 예외일 수 없다. 「야한기」의 민보걸처

---

38 미셸 푸코, 이정우 역, 『담론의 질서』, 새길, 2011, 140쪽.
39 주지하듯 베버가 관료제의 효율성을 말했다면 아렌트는 그것이 가진 역기능으로 비인간성, 무책임성 등을 지적한 바 있다. 한나 아렌트, 김정한 역, 『폭력의 세기』, 이후, 1999, 77쪽 참조.
40 여기에 대해서는 지수걸, 「지방유지의 '식민지적' 삶」, 『역사비평』 90, 역사문제연구소, 2010); 지수걸, 「일제하의 지방통치 시스템과 군 단위 '관료-유지 지배체제'」, 『역사와 현실』 63, 한국역사연구회, 2007 참조. '유지'에 대한 정의는 연구자간에 차이가 있는데 지수걸은 '유지'의 요건으로 '정치적 자원'(공직, 재산)에 주목한다. 유지 개념 정의를 위해 마쓰모토 다케노리는 군과 면 각각의 차원에 고유한 '유지'층이 중층적으로 존재하고 있다고 봐야한다는 견해를 내놓는다. 그러면서 그는 면평의원에는 면의 최상급 인물이 아니라 촌락 대표자로서의 성격을 가지는 인물이 선출되었다고 말한다. 이에 대해 지수걸은 면평의회는 어디까지나 '면단위 유력자(유지)들의 '면행정자문기구'로 자리매김해야 한다고 비판한다. 마쓰모토 다케노리, 윤해동 역, 앞의 책, 111~112쪽.
41 김창수, 『관료제와 시민사회』, 한국학술정보(주), 2009, 18~21쪽 참조.

럼 자신의 직권을 남용하여 부를 축적하고 밀실에서 권력과 야합하는 지역유력자는 권위의 추락을 야기한다.[42]

따라서 이러한 관리, 관료를 지켜보는 직장동료는 관료제 질서의 부속품이 되어 자유를 상실하거나 예속되어 있다고 느끼기 쉽다. 인맥과 로비가 승진에 중요한 밑바탕이 되는 지방관청 역시 관리사회의 부조리에서 자유롭지 않다. 「탁류」에서 정주사가 퇴근 후면 상관들과 어울리지 않고 혼자 낚시를 하러다니는 장면을 주목할 필요가 있다. 여기에 소녀와의 사랑 그리고 과거 창부였던 아내와의 관계가 가미되면서 가부장적 사회의 폭력적인 일면이 추가적으로 드러나고 있다.

관리·유지가 결탁해 조성한 (사실상의) 관료제 질서가 촌락의 자치를 약화시키면서 드러낸 천민자본주의적 성격을 허준이 소설에 비판적으로 형상화하고 있다고 할 수 있다.[43] 이와 유사한 맥락에서 하버마스 역시 근대를 관료주의적·자본주의적 지배의 억압적인 힘과, 자기 비판적인 힘이 공존하는 사회로 인식한 바 있다. 그래서 그는 근대가 지닌 해방의 잠재력으로 '의사소통적 이성'과 '상호주관성'에 주목했다. '언어'를 통해 주체와 타자가 분리되지 않은 수준으로 관계를 향상시킬 수 있다는 게 그 입론이다. 그는 '관료적 사회구조'가 의사소통의 상호 인격적 관계를 왜곡시켜 현대사회의 억압적 성격을 유발하지만 이러한 '억압'을 극복 가능한 것으로 보았다.[44]

---

42 허준은 일본의 관리도 다룬다. 「습작실에서」에서 경리과 관리인 오까베는 다른 이와 달리 청렴하다는 것을 다짐하고 유지하기 위해 넥타이를 비뚤어지게 매고 다닌다. 그랬던 그가 민보걸처럼 돈에 탐닉하면서 투기꾼으로 전락하고 결국 죽고 만다. 허준은 국경을 넘어 개인을 둘러싼 관리와 돈의 상관관계를 다루고 있는 것이다.

43 허준은 해방 이후에도 「임풍전 씨의 일기」에서 부패한 관리와 모리배를 비판한 바 있다. 「임풍전 씨의 일기」, 『허준 전집』, 396~399쪽 참조.

그러나 그 억압을 극복하기란 만만치 않다. 당대의 시대적 현실하에서 허준은 소통의 본질적 부재를 자각하고 '침묵'에 천착했으며 그 침묵의 기제로 돈을 향한 속물적 욕망뿐 아니라 성과 관련된 가부장적 억압까지 고려하고 있다. 이러한 인식하에 현실은 어떠했을까.

> "이렇게 되면 그것을 허는 사람에게는 어느 것이 참인지 어느 것이 정말인지 모르게 됩니다. 아니 그런 참이니 거짓이니가 문제가 아니됩니다. 그저 세상에 있을 수 있는 것과 있어도 쓸 데 없는 것들을 무한히 가해가고 무한히 제해갈 뿐입니다. 이것이 수정의 극치인 것입니다. 이것이 사진의 최고의 것이요 또 참의 이상적인 것입니다. 이때 앉아보면 처음의 이것이 정말 그 물건의 사진이로라 여기에는 거짓이 하나도 없노라고 내세우던 그 정말이란 것이 얼마나 가소로운 것인지 모릅니다. 이것이 정말의 모상貌相이 아니라는 것을 그러한 복잡한 수정사는 알 것입니다. 알아들으세요, 홍걸 씨. 복잡한 수정새修整師라는 말의 뜻을 알아 들으세요. 얼마나 그것이 어려운 일입니까. 그리고 이런 것이 다 제가 취하면 곰배팔이 길선이하고도 하소연하는 하소연 꺼리입니다. 저는 취했습니다. 몹시 취해서 이렇게 건들먹어버립니다. 자 저는 갑니다."[45] (137)

앞의 인용에서 「야한기」의 공간은 자연에 대한 맹목적 지배공간인 탄광촌이면서 물신화 풍조가 극한에 이른 상태다. 주인공 남우언이 외치는 것처럼 이 사회의 가치는 '참, 거짓'의 명확한 구분을 통한 정의(진

---

44   고봉준, 『모더니티의 이면』, 소명출판, 2007, 31~32쪽.
45   허준, 「야한기」, 『허준 전집』.

실)의 구현이 아니라 '사회적 유용성(물신성)'이다. 진실을 분별하기 어렵고 말하기 어려운 사회, 그것이 '침묵'을 낳게 한다. 그래서 허준 문학에서는 '말하는 입'을 갖지 못하는 존재가 동시에 진실을 판별하지 못하는 '맹인'같은 존재로 현현한다. 허준은 단순히 '말하는 입과 먹는 입'이 아니라 '말하는 입과 보는 눈'을 통해 (소설 속)현실의 비극을 극대화하고 있다. 일례로 「탁류」에서 채숙이(14세)의 아버지는 한쪽 눈을 쓰지 못한다. 그는 부조리한 학교에 대해 비판하려 하지만 정작 선생 앞에 서면 아무런 말도 하시 못한다.[46]

그러나 침묵은 사적언어가 아니다. 그 자체가 타자와의 동일성과 또 다른 동일성의 배제를 암묵적으로 드러내는 행위이다.[47] 그리고 그 과정에서 침묵은 재해석된다. 이 해석 과정은 하버마스가 말하는 '의사소통'과 달리, 개인 간의 관계뿐만 아니라 개인과 사회의 암묵적인 편견, 평판을 전제한다. 가부장적 사회의 인습적 사고는 돈에 대한 사회의 속물적 욕망과 함께 개인의 욕망을 통제하는 주요한 심리적 기제이다. 그래서 작품의 배경이 되는 지방소도시, 농촌을 지배하는 전·근대적 의식(망탈리테)의 지속과 확산의 원인이 '소문'이었다. 이러한 상황에서 「탁류」를 추리서사로 해석 가능하게 한 '복색'사건이 벌어졌다. 추리는 비밀과 오해에서도 기인한다. 그것을 소문이 증폭한 셈이다.

이를 바탕으로 필자는 「탁류」가 소문의 생성 주체가 서사를 이끌어 가

---

46 속으론 할 말이 와글와글하는 상 싶어도 나오지 않아 핀잔을 보고 그대로 돌아옵니다. (…중략…) 그 말하는 티며 일을 이해하는 품이 듣고 보기와 달라 대단히 조리가 있는 것을 철은 놀라지 않을 수 없었던 것이다. 이 사람이 외양으로 남만 같지 못한 것 같고 또 어딘지 매양 침울한 까닭은 넘쳐흐르는 자기의 생각이 나갈 곳 없이 어느 무거운 추에 눌려 있는 탓이 아닌가 하였다. 「탁류」, 43~45쪽.

47 오사와 마사치, 송태욱 역, 『연애의 불가능성에 대하여』, 그린비, 2005, 190~191쪽 참조.

며 그 가부장 사회에서 일탈한 자(순이)를 희생물로 삼는 '추리적 서사'임을 밝혔다. 그래서 허준의 「탁류」, 「야한기」는 '침묵―소문'의 기제와 결합하여 진실을 은폐하고 증폭하는 방식으로 전개된다. 동일한 사태를 다르게 해석하게 하는 것은 소통의 불완전성, 그 한 예인 응시에서 기인한다. 이승윤은 "허준의 초기작인 「탁류」(1936)나 「야한기」(1938)에서 타인과의 관계가 단절된 폐쇄적인 주체는 「습작실에서」에 이르러 비로소 타자 인식의 가능성을 보여준다"고 지적한 바 있다.[48] 하지만 '침묵과 소문' 그 자체에 응시가 내재되어 있으며 그 응시를 통해 서로를 대면하고 평가하기도 한다. 긍정적 의미의 타자 인식만 존재하는 것도 아니다. '침묵―소문'은 서로 분절되어 목소리를 드러내는 것이 아니라 절합된 관계이며, 침묵은 소문을 통해 (왜곡된다 하더라도) 사건의 '진실'을 드러낸다. 그 과정에서 「탁류」, 「야한기」에서 가부장적 이데올로기에 대한 작가의 비판이 극명하게 강조되며 독자에게 전달된다.

그런데 작가는 「탁류」에서 소문의 생성 주체에 주목했고, 「야한기」에서는 소문의 작동 메커니즘을 드러내고 있다. 그래서 「야한기」는 더욱 복잡한 인간관계로 구성이 되어 있다. 앞절에서는 순덕과 남우언을 중심으로 의식상실 사건만을 중점적으로 다루었지만, 남우언과 순덕, 이 두 사람의 관계를 궁금해 하고 소문을 퍼트리는 것은 주위 인물들이다. 남우언이 경찰서에 가고 순덕이 세상을 떠났으니 남은 건 내연의 관계였던 춘자와 민보걸, 그리고 민홍걸(소문)이다. 이들을 통해 소문의 작동 메커니즘이 더욱 적나라하게 드러난다.

---

48 이승윤, 「허준의 '습작실' 연작 연구」, 『한국문예비평연구』 32, 한국현대문예비평학회, 2010, 78쪽 참조.

소문은 '낙인찍힌 자'와 '정상인'을 구분하며 동시에 쌍방향적으로 작동한다.[49] '정상인'도 예외는 있을 수 없다. 남우언을 괴롭혔던 소문(민흥걸)은 춘자와 민보걸 역시 가만 두지 않는다. 남우언이 의식을 상실한 이후에도 민흥걸(소문)은 민첩하게 활동한다. 동생 민보걸이 원하는 만큼 돈을 주지 않아서 불만이던 민흥걸은, 계략을 짜 민보걸과 춘자의 불륜 현장을 남우언에게 발각된 것처럼 조작한다. 그리고 동생에게 돈을 뜯어내는 과정에서 그는 소문의 폭력(협박)을 이용한다.

> "그럼 이러구 지체할 것 없이 한시라도 빨리 떠나. 이 주먹다짐으로 꼼짝도 못하게 때려눕히고 오기야 하는 길이지만 밤낮 그러구 있어주지도 않을 터이오, **그 눈에 불이 난 놈을 다룰 놈**이야 이 내 밖엔 있나. 허지만 나래도 네가 여기 있는 줄만 알면 **돈만 가지고도 그놈이 듣지 않을 터**이거든." (…중략…)
>
> "또 그놈이 그렇게 눈이 벌게서 안 들려들고 달리 간다 허드래도 **처재를 가지고 남의 유부녀…… 그런데 썼다면 네 몰골은 뭐가 되며……** 너는 그래도 **면협 의원이니 금융조합장이니 학교 평의원**이니 뭐니 뭐니는 아니 있니."
> (168~169)

소문은 "발생, 유포 그리고 위협적이고 돌발적으로 터져 나온 난폭한 폭력 행사", 이 "세 단계"로 표출되기도 한다.[50] 흥걸(소문)은 이 사태를 온전히 조성한다. 흥걸은 남우언을 돈만으로는 설득하기 힘들 것이

49　한스 J. 노이바우어, 박동자·황승환 역, 『소문의 역사』, 세종서적, 2001, 190쪽 참조.
50　위의 책, 177쪽.

라며 보걸에게 도망가라고 한다. 이처럼 보걸을 경황없이 만들어놓고 홍걸은 자신이 설득을 하겠다며 돈을 요구한다. 그런데 민보걸이 두려워한 폭력이 남우언의 물리력이었을까. 이것만으로 설명이 부족하다. 진정한 소문(폭력)의 위력은 '명예'의 훼손이다. 보걸이 이 지역에서 갖고 있는 사회적 지위에 성추문은 치명적이다. 이 소설의 세 부부가 사랑하지 않으면서도 이혼하지 않는 이유도 '명예' 때문이다. 또한 「탁류」에서 김 씨 부인이 남정네들은 다 그렇다는 식으로 불륜을 합리화한 바 있다. 이러한 인식은 사회심층에 깔린 집단적 무의식과 습속, 기억에서 비롯되었다.

소문은 오랫동안 지속되어온 사회 구조에 바탕을 두고 있으며 오랜 관습과 집단적 유희, 사회적 유대를 형성한다. 때문에 소문은 사회 규범을 기초하고 사회구성원을 통제한다. 그래서 '남성의 불륜'이 암묵적으로 합의된 가부장 사회에서도 상당한 정치적 위치의 남성이 '실수'를 하게 되고 그것이 사회적으로 의제화되면 그 '자리'를 탐내는 다른 남성에 의해 낙인찍히고 배제된다. 소문은 '사회적 지위, 입신출세, 돈'과 관련한 사회의 메커니즘을 적실히 드러낸다.[51] 민보걸은 이 소문의 위

---

51 민보걸은 소절수 농간을 부려서 송명옥이라는 기생에게 모욕(화대 지불 하지 않음)을 준다. 화가 난 기생은 고소를 하는데 무마되고 만다. 그 과정은 다음과 같다. " 이 주일인가 삼 주일 진단서를 바쳐서 경찰서에 고소를 냈네그려. 허니깐 아무개가 아무개를 걸어 고소를 냈다더라 하니깐 그 판에서야 왁자지껄할 수밖에 ─ 소위 금융조합조합장이오 면협의원이오 뭐요 뭐요 하는 판이니깐 안 그렇겠나. 신문기자가 와르르 둘인가 셋인가 몰려갔네그려. 고소가 없었으면야 기사거리 될거나 뭣 있겠나마는 **지방 명망가**요 할 만한 일이거든! 그래 찾아온 기자들에게 돈 십 원이나 던져주어서 이럭저럭 쓱싹해버리려고 했는데 보내고 나서 생각하니 그놈들이 그것 가지고는 아니 될 상싫은 얼굴들이요, 또 그럴 필요 없다고 생각했는지 그 녀석들을 걸어 협박죄로 도로 고소를 걸었네그려! 그래 그 녀석들이 잡혀가 취조를 받았는데 큰일은 없이 나왔으나 신문사도 자기 직원이 그 사건에 시야비야하고 있는 이상 이러니저러니 신문에 쓸 수도 없게 되지 않았겠어.

협에 굴복한 것이다.[52]

요컨대 남우언도 민보걸도 피하지 못한 이 소문의 공간은 허준의 작품이 단순히 식민당국을 겨냥한 것이 아니라 공동체에 존속하는 억압의 기제를 드러내고 있음을 직감하게 한다. 「야한기」의 마지막 장면에서 남우언은 경찰서보다 밖의 세상을 더 무서워한다. 지배당국의 감옥보다 공포스러운 현실은, 진폐증으로 사람이 죽어나가도 아무런 보호책이 없는 탄광촌이며[53] "자기 생활에 대하여 항상 무엇인가 도발적인 것을 보내고 항상 자기와 상대하는 위치에 서서 사기를 감시하고 있는 세상"이다. 게다가 현실은 물신화된 소문이 '침묵'조차 용납하지 않는 공간이다. 이 공간의 특징은 돈을 욕망하는가를 규준으로 등장인물을 '사랑(불륜)하는 자'(춘자, 민보걸, 장삿갓)와 '사랑을 단념한 자'(남우언, 순덕, 김

그게 그런 놈이야. 그렇게 무서운 놈이야." 「야한기」, 131쪽.

52 홍걸(소문)은 보걸을 협박하고 이득을 취할 뿐 (소문의) 권력을 행사하지 않는 데 반해 이득을 취할 것이 없는 남우언에게는 소문의 권력을 행사한다. "권력을 부여하는 것은 그 편지를 사용하는 것이 아니라 소유하는 것이니까요. 편지를 사용하면 권력은 사라지지요." 에드거 앨런 포, 홍성영 역, 「도둑맞은 편지」, 『우울과 몽상』, 2002, 552쪽 참조.

53 조선광업의 발전에 따라 광업 노동자의 수도 매년 증가하여 벌써 14만 명에 달하게 된다. 그런데 **각종 재해의 빈발**로 광부의 보호와 이재자의 부조구제가 긴급하던 중 총독부에서는 **조선광업령을 개정**하고 광부노무부조규칙을 제정하여 12일에 법문을 발포하는 동시에 조선 광산경찰규칙과 함께 오는 9월 1일부터 실시하여 광부를 보호하고 안전을 도모하였다. **노무부조규칙**은 다음과 같다. ① 50인 이상의 광부를 사용하는 광산에는 동법령을 적용한다. ② 광업주는 광업착수후 10일 이내로 업무의 종류, 고용수속, 해고사유급수속, 해고시의 여비, 임금지불방법급지불기일 취업 시간, 상여제재 등등을 규정한 고용노무규칙을 작성해 조선총독의 인가를 얻어야 한다. ③ 광부 명부를 작성하여 5년간 보관해야 한다. ④ 갱내 취업시간은 원칙적으로 10시간 이내로 해야 한다. ⑤ 14세 미만의 소녀 과부여자는 갱내에서 취업을 못하게 한다. ⑥ 임금은 통화로써 매월 이회 이상 지불해야 한다. ⑦ 부조규칙을 규정해 두어야 한다. ⑧ 광부가 업무상 사상한 경우와 질병에 걸린 때는 반드시 부조하야 줄 것. 이외 각종 부조로 유족부조료수급자순위, 부조표준임금, 부조조정기관 등을 규정하였다. 「十四萬鑛夫의 保護와 罹災者扶助 救濟法」, 『동아일보』, 1938.5.12, 2면.

상시)로 구분한다는 점이다. 이것은 '생명'에도 그대로 적용된다. 사랑을 단념한 자는 병에 걸려 죽음을 기다리고 있거나(남우언), 순덕처럼 죽음을 맞이한다. 허준은 가부장을 배경으로 '돈≒불륜≒소문'이 지배하는 욕망의 공간을 형상화하고 이를 독자에게 비판적으로 전달하려 했던 것이다.

4. 나가며

허준은 추리소설을 변용하여 '추리적 서사'의 작품을 창작하고 독자와 '수준 높은' 대화를 하려 했다. 그 작품은 당대 현실을 외면하거나 순응하지 않고 부조리한 사회의 일면을 고발하는 인식을 드러낸다는 점에서 문학적 가치가 있다. 추리평론으로 잘 알려진 피에르 바야르 역시 추리비평이란 (사회)윤리를 드러내고 독자의 창의성을 높여준다고 주장했다. 이것은 독자가 살고 있는 시대(구멍 난 세계)가 제기한 문제들과 독자의 '새로운' 만남에서 기인한다.[54] 이 글은 허준 문학에서 식민당국이 조성한 세계뿐 아니라 그곳을 영위하는 개인의 '욕망'과 그것을 둘러싼 사회의 가부장성, 천민자본주의에 주목했다. 겉으로 드러내지 않는 '침묵'은 고독의 형식이면서 또 다른 욕망의 표현 양태이기도 하

---

54 피에르 바야르, 백선희 역, 『셜록 홈즈가 틀렸다』, 여름언덕, 2010, 76~88쪽 참조.

다. '침묵'이 함의한 욕망 역시 분석되어야 했다. 실제로 '소문'이라는 기제는 말하지 못하는 '침묵'을 왜곡된 것이든 진실이든 말하게 했다. 그 결과 사회의 성격과, 개인의 '침묵'에 깃든 내밀한 욕망을 더 잘 설명할 수 있게 되었다.

'침묵'은 행위의 또 다른 표현이며 차이와 배제를 전제로 한다. 그런데 '(대중)사회는 구성원들이 무리를 이루고 오로지 이웃 사람과 똑같이 행동하는 것을 미덕으로 여긴다.'[55] 이 미덕이 양산하는 소문의 힘은 강고하다. 그 미덕이 부정적인 사회적 습속이라 하더라도 개인의 사회성을 가늠하는 권력으로 작동하기 때문이다. 그만큼 침묵은 소문을 균열시키지만 극복하기는 어렵다. 그러나 '소문'을 파헤치면, 그동안 자명한 것으로 받아들였던 것들이 거짓일 수 있다는 사실이 드러난다. 소문이란 폭력 기제는 사회적 배제, 낙인 등을 수반하기도 하기 때문에 이런 희생자의 누명을 벗겨내야만 올바른 사회가 구현될 수 있다. 이러한 맥락에서 이 글은 소설 속 소문과 인물들의 평판, 비판을 의심하고 작가의 '다른' 목소리에 귀 기울일 수 있었다. 이것이 허준 문학의 추리 서사적 특성과 사건에 관해 논의를 전개할 수 있는 토대였다. 그리고 허준 문학이 지닌 추리 서사적 특성을 구명하여 작가의 의도를 더욱 명징하게 파악할 수 있었다. 가령 허준이 재현한 촌락의 중견·중심인물은 대일협력이나 마을대표성을 드러내기 보다는 행정과 금융조합 등의 경제 단체를 활용해 자신의 재산을 불리는 데만 열중하는 천민자본주의의 한 전형이었다. 여기에 가부장적 이데올로기가 결합한 형국이다.

---

55 우치다 타츠루, 이경덕 역, 『푸코, 바르트, 레비스트로스, 라캉 쉽게 읽기』, 갈라파고스, 2010, 53쪽 참조.

이러한 고발에서 당시 허준의 윤리를 가늠할 수 있다.

이러한 접근을 통해 기존 연구가 허준 작품의 형식적 특성을 외면한 채 억압적인 시대하에 처한 작가의 세계관 구명에만 집중되던 관행과 차별화된 접근이 가능했다. 이것으로 허준의 '문학자-독자관'을 제한적이지만 살펴볼 수 있게 됐고, 내용 분석의 외연을 넓히는 데도 기여했다. 따라서 이 글은 허준의 현실 인식과 윤리적 태도를 가늠하고 총력전기에 한정되었던 연구사에 벗어나 연구 지점의 통시적인 연결을 발견하기 위한 시도로서도 의미가 있다.

제1장

식민지배체제의 실정성에 긴박된 한용운의 '혁명'

「흑풍」(1935.4.9~1936.2.4)

1. '불교적 자아'와 사회혁명

식민지기 무위도식하는 일부 스님과 국가를 인정하는 불교의 윤리가 비판의 대상이 되기도 했다. 여기서 국가는 독립의 문제와, 스님의 처세는 교단의 문제와 관련된다. 그렇다면 한용운은 이러한 비판으로부터 자유로울 수 있었을까. 이 글에서 다룰 한용운은 불교를 접한 김동리, 허민, 이광수 등 다른 소설가들과는 달리 선불교의 고승이다. 스스로 득오한 스님으로 알려져 있을 만큼 그가 불교의 윤리를 삶 속에 가장 체화하고 있다는 뜻이다.[1] 이러한 한용운이 남긴 '평론'과 '소설'

---

1 선승 방한암은 **득오도 중요하지만 그 이후의 모습(수행)이 더 중요하다고 했다.** 다시 말해 불심을 지킬 수 있느냐의 문제다. 득오한 한용운이 자신의 수행뿐 아니라 민중을 어떻게

에서 득오한 자가 불교의 단점에 대처하는 모습과 (구원할) 중생을 대하는 태도를 살펴볼 수 있다. 이 글의 텍스트인 한용운의 소설 「흑풍」(『조선일보』, 1935.4.9~1936.2.4)이 '혁명'과 '구원'을 다루고 있으며 그 구도는 개인 대 국가의 관계를 이루고 있는 점에서 더욱 그렇다. 문제는 한용운이 독립을 주장했던 것과 동일하게 소설에서 혁명을 주장하지만, 평론에서는 그가 불교 혁신을 이끌던 선도자로서 일본 당국에 요구조건을 청원하는 태도를 드러낸다는 점이다.

요컨대 이 글은 이 '혁명'과 청원의 간극에서 한 식민지민의 실존적 내면을 들여다보려는 것이며 나아가 식민지에서 혁명이 '현실'과 (소설이라는) '가상'의 공간에서 어떤 양상으로 이루어질 수 있는지 그 낙차를 확인하고자 한다. 이를 위해 먼저 평론을 통해 교단 개혁 문제를 살펴보고 그 다음에는 평론과 소설을 참조하여 순혈주의·종족주의와 연동하는 동아협동체에 대한 관념, 언어관, 식민지 말기 시국인식 등을 살펴 일본과의 거리를 가늠했다. 또한 한용운이 주창한 '혁명'의 성격을 구명하기 위해, 혁명 주체의 숭고한 죽음, 그리고 혁명론에 있어서 젠더의 문제를 점검하였다. 한용운의 혁명사상과 그 방법론이 확인될 것이다. 이는 한용운식 불교의 종교적·문학적·정치적 가능성을 점검하는 의미도 갖는다. 결국 불심이 교단 조직, 국가와 (비판적) 거리를 유지할 수 있느냐의 문제다.

일반적으로 대승불교는 한 개인이 (소승불교의 최고 경지인) '아라한'이 되는 것을 넘어 미혹한 세상에서 헤매는 중생을 서방정토로 제도하라고 애

대하느냐는 불교 윤리와 관련된다. 박재현, 『한국 근대 불교의 타자들』, 푸른역사, 2009, 123쪽 참조.

기한다. 서방정토는 실제로 존재하는 공간이 아니다. 불교를 믿는 이에게 극락은 따로 존재하지 않는다. 화관 즉 '불타는 집'으로 묘사되는 지상이 극락이며, 불교인은 사람들이 지상을 정토로 생각할 수 있도록 해야 한다. 불국토가 된 지상이란 아름다움^美이 충만한 공간일 것이다. 그래서 불자는 모든 중생이 미의 정토에 있기를 바라기 마련이다. 그렇다면 한용운에게 '미의 정토'란 어떤 것이었을까.[2] 이 시기 서구의 영향을 극복하려 했던 지식인에게 중요한 문제 중 하나는 '미추'를 구분하는 이분법적인 인식이었다.[3] 그래서 야나기 무네요시, 교토학파 철학자 등은 미와 추를 구분하는 서구의 논리를 극복하기 위해 둘로 나누어지기 전의 아름다움을 찾아야 했다. 따라서 인식의 바탕이 되는 올바른 미적체험은 자각이 아니라 '직관'을 통해서 가능했다. 미추, 선악 등 인간의 분별^{自性}에 예속되지 않으려는 노력이 '직관'을 강조하게 되었다.[4]

---

2   이를 가늠하기 위해, 지상의 미를 탐색한 또 다른 인물 야나기 무네요시를 참조할 수 있다. 그는 조선예술, 특히 민예를 사랑했던 사람으로 널리 알려져 있다. 그 인식의 바탕에는 불교미학이 있었다. 한용운은 야나기와 어떤 차이가 있는 것일까. 원래 미(美)라는 관념은 서구에서 추와 대비되어 다루어져왔다. 미는 어떤 대상을 명확히 인지하는 과정이며, 그 인지가 쾌를 만든다. 주체가 상상력으로 만든 친숙한 도식에 대상을 일치시킬 수 있는가의 문제인 것이다. 따라서 미는 형식적 완전성과 연관되며, 추는 탈형식성인 것으로 설명된다.(에드먼드 버크, 김혜련 역, 『숭고와 미의 근원을 찾아서』, 한길사, 2010, 8~9쪽 참조) 야나기의 불교미학은 서구가 규정한 이러한 미추 개념을 극복하려는 노력에서 산출되었다. 이는 동양의 종교인 불교가 서구사상에 맞서 독자적인 영역을 구축할 수 있는가의 문제이다.

3   미추는 지각의 유무로 명확히 구분되고 있었지만 그 경계가 모호할 뿐만 아니라, 근본적으로 인간의 분별에 따른 가치판단 개념이다. 미추와 선악이 없는 절대평등의 정토를 지향한 야나기에게 이원적 시선으로는 진정한 미에 도달할 수 없었다. 그래서 그는 미추에 연연하지 않고 초월적인 자유를 뜻하는 '不二의 美'를 말한다. 이 정토의 미는 의도적인 조작이 가해지지 않은 민예품의 고요함과 편안함에서 미적으로 현현한다.(야나기 무네요시, 최재목·기정희 역, 『미의 법문』, 이학사, 2005, 206~207쪽 참조) 문제는 이 불이의 정토가 모든 것을 '있는 그대로' 포섭한다는 점이다. 그래서 정토의 세계에서는 중생이 그 상태 그대로 '구원'된다.

그렇다면 같은 불교도로서 한용운은, 의식을 배제하고 모든 현상을 그대로 수용하는 '직관'을 어떻게 생각했을까. 직관은 '신앙'과도 관련이 있었다. 신앙은 믿음의 문제였기 때문에, 논리로는 도달할 수 없는 측면이 다분했다. 이런 맥락에서 한용운은 직관을 "원시적 신앙"과 결부했다. 그에게 외부를 직관적으로 포착해서 온통 실재로 믿는 것은 가장 단순 소박한 것으로 "원시적 신앙"이라 할 수 있었다. 오히려 사회진화론을 받아들인 그는 사람이 성장하면서 의식작용이 진전되면 비판력이 증가해서 마음의 의혹을 피할 수 없다고 얘기했다.[5] 이처럼 그는 직관보다 '자아'를 더 중요시 했다.

불교의 핵심인 공사상을 생각하면 한용운의 태도는 의아하다. 종교는 한 개인이 신적인 존재와 만나는 일종의 신앙체험이다. 그 결합의 과정에서 '자아'는 어떤 위치에 서게 될까.[6] 한용운은 불교에서 '신앙의 대상'은 부처나 불교 교리가 아니라 "자아"[7]라고 말한다. 인간은 오직 자기의 마음을 통해서만 성불할 수 있기 때문이다. 이때 '자아'는 사람

---

4   이것은 야나기만의 문제는 아니었다. 절에서 십수년을 수양했던 니시다 기타로와 교토학파의 니시타니 게이지 역시 직관을 강조했고, 그 제자인 선불교철학자 아베 마사오 역시 (선배들의) 논리를 보충하려 했지만 같은 입장에 있었다. 아베 마사오, 변선환 편, 『선과 종교철학』, 대원정사, 1996을 보시오.
5   한용운, 「信仰에 대하여」, 『한용운 전집』 2, 불교문화연구원, 2006, 300쪽 참조.
6   불교의 강한 영향을 받은 니시다는 신과 인간을 부자관계라 말했다. 신에 의해서 살고 있는 인간은 믿음으로 생명의 합일을 이룬다. 이 때문에 천황제국가가 벌인 전쟁의 논리적 기반을 제공했다는 비판을 받기도 한다. 즉 이 입장에서 개인의 의식은 신에게 완전히 종속되어 의미가 없다. 또한 니시다 기타로는 몸과 정신을 분리하지 않고, 정신만을 최고의 가치로 여긴다. 이 점이 한용운과 다른 것이다. 니시다 기타로, 서석연 역, 『善의 연구』, 범우사, 1990, 207~210쪽.
7   한용운이 말하는 '자아'는 통념적인 불교적 자아가 아니란 것을 알 수 있다. 분명한 것은 식민지라는 실존적 조건에서 한용운의 '자아' 강조는 천황체제를 위한 담론으로 전유된 니시다와 다른 행적을 걷게 한 주요인 중 하나라는 점이다.

만의 자아가 아니라 '사물'을 포함한다. 이는 마음과 사물이 서로 독립적으로 존재하지 않는다는 뜻이다.[8] 이런 인식은 그가 사회주의의 영향을 받은 결과이기도하다. 한용운은 1931년 심화된 반종교운동을 경계하면서도 당대 "다수한 민중이 생활의 보장을 토대로 하고, 동일한 선상에서 유물주의에 돌진하는 것이 사실인 이상"[9] 조선불교가 먼저 자성할 필요가 있다고 말했다. 사회주의를 일부 긍정한 한용운은 몸과 정신이 각각 지닌 존재 가치를 인정했다. 다만 그는 (다른 계몽주의 지식인처럼) 몸보다 정신을 더 중시하면서도 (니시다 기타로와 달리) 정신의 극단적인 우위를 강조하지는 않았다.

심이 자아인 이상 그 자아는 무한적으로 확대 외연할 수 있으니 왼손의 안전을 위하여 오른손을 단절하는 때에는 왼손이 자아가 되는 것이요 가족을 위하여 신체의 일부를 희생하는 때에는 가족이 자아가 되는 것이요, 국가 사회를 위하여 자기를 희생하는 때에는 국가 사회가 자아가 되는 것이요, 종교·학술 기타 모든 것을 위하여 생명을 희생하는 때에는 종교·학술 기타 모든 것이 자아가 되는 것이다. (…중략…) 공간적으로 그러할 뿐 아니라 시간적으로도 그러하니 자아라는 것은 육체의 생존하는 시간 즉 100년 이내의 생명만을 표준하는 것이 아니오, 과거·현재·미래를 관통하여 영구

---

8 한용운, 앞의 책, 288쪽 참조.
9 한용운, 「朝鮮佛敎의 改革案」, 앞의 책, 164쪽; 강미자, 「한용운의 신간회(新幹會)와 반종교운동(反宗敎運動) 인식에 대한 일고찰」, 『한국불교학』 48, 한국불교학회, 2007, 531쪽 참조. 한용운은 사회주의의 종교비판에 "불교는 교리 자체에 平等主義·非私有主義, 즉 사회주의 소질을 具有하고 있는 것"(「世界 宗敎界의 回顧」, 『佛敎』 93, 1932.3)이라고 말하면서 사회주의가 갖는 평등주의(平等主義)나 비사유주의(非私有主義)의 긍정적인 가치를 일견 부정하지 않는다. 또한 각주 59를 보면 한용운이 세계상을 사회주의와의 상관속에서 찾고 있다는 것을 확인할 수 있다.

한 생명을 가지게 되느니 사람은 과거 조선의 영예를 위하여 자기를 희생하는 수도 있고, 미래 아손의 행복을 위하여 자기를 희생하는 수도 있으니, 그로써 보면 자아의 생명은 삼세를 통하여 연장되는 것이다.[10]

그런데 한용운은 자아의 범위를 더욱 확장하여 '광의적 자아'라는 말을 사용한다. 인용문을 보면 그는 "동물과 다르게 인류는 생명을 향상하고, '연장'하는 욕구가 있"[11]다고 강조한다. 이는 '자아'의 생명연장의 원을 반영한 것인데, 개인은 자신이 소속된 공동체를 위한 희생을 통해 가능해진다. 이 희생에는 불멸을 추구하는 개인의 욕구가 결합되는데, 특히 자기희생은 '이타'를 강조하는 대승의 정신과 연관되어 있다.[12] 이 욕구가 사회를 위한 '헌신'과 연결되면서 '숭고한 희생'이라는 대의가 성립된다.[13]

'자성自性이란 없다'는 '공' 사상을 참조했을 때, '자아'를 강조하는 한용운은 특이하다.[14] 일종의 한용운식 '불교적 자아'라 할 수 있겠는데 초

---

10 한용운, 「禪과 自我」(『佛敎』, 1933.7.1), 앞의 책, 321~322쪽.
11 위의 책, 301쪽.
12 안옥선,『불교의 선악론』, 살림, 2006, 70~5쪽 참조. 원래 불교에서 자비의 방법으로 역지사지와 자리이타가 있다. 여기서 '자리이타'(自利利他 - 나에게 이로운 것을 가지고 남을 이롭게 해준다)는 (불교를 아는) 식민지 지식인도 익히 알고 있었다. 이광수의『사랑』(1938.10)에는 "기리이타(己利利他)"란 말이 등장하는데 이광수는 기리이타를 "저를 건지고 남을 건지는 길"이라 칭하고 있다. 자리이타와 별반 다르지 않다는 것을 알 수 있다. 이광수,『사랑』, 문학과지성사, 2008, 707쪽.
13 가치를 강조하는 정토종의 영향을 받은 야나기가 민간의 삶속에서 미의 정토를 추구했다면, 한용운은 '자아'(존재)와 '죽음'의 문제에 집중한 선(禪)을 지향했던 것이다.
14 한용운의 '자아'에 대한 인식은 그의 유신론에서 찾아볼 수 있다. 불교의 불생불멸은 영생과 달리 깨달음의 세계이며 그 경지를 참된 자아에서 구해야 한다는 것이다. "그러나 통발과 손가락을 미신이라고는 못할 것이니 방편은 방편대로 역시 귀중함이 사실이다. 이에 중생들이 비로소 얼마 안 되는 이 몸으로 수십 년 동안 이 세상에 산다는 것이 다 허망함을 알아 불생불멸의 경지를 영원한 참된 자아(自我)에서 구하게 된다. 이런 희망

점이 되는 것은 이 '불교적 자아'와 '사회'와의 만남이다. '불교적 자아'가 자유와 억압의 길항 속에서 '사회'를 문제 삼게 되고 변혁(혁명)을 꿈꾸게 된다. 이때 불교의 정치적 가능성이 시험대에 오르게 된다. 이 글이 한용운이 '직관'이 아니라 '자아'를 강조했다는 것을 밝힌 이유도 여기에 있다. 실제로 한용운은 소설 「흑풍」에서 '혁명'을 내세웠다. 그에게 이 혁명의 주인공은 "어렸을 때 아버지에게 배운 의인 이야기나, 임오군란 당시 일어난 의병"[15] 등일 것이다. 의인의 '숭고한 죽음', '희생'을 통한 사회의 변혁, 압세로부터의 해방은 한용운이 꿈꾸는 불국토를 이루기 위한 전제조건이다.

따라서 「흑풍」에서 혁명은 가장 숭고한 가치다. 그리고 혁명이 동반하는 '숭고한 죽음'에서 숭고는 미적인 것이다. 다시 말해 미적 숭고는 미적 현상이며 그 뿌리에는 도덕이 있다.[16] 또한 숭고는 위와 같이 고양되는 경험이 주는 '쾌'와 함께 압도되는 경험인 '고통'을 동반한다. 따라서 숭고는 '희생 도덕'과 관련되며, 도덕에서의 숭고는 일반적으로 포기의 문제 즉 '금욕', '간소화' 등이 요구된다. 보살이자 구원자인 한용운에게 희생은 중생을 위한 일종의 자비다. 그는 중생이 감당해야 하는 현실의 고통을 덜어줘야 한다고 말한다. 그래서 한용운에게 '구원'은 고통의 경감이었다. 그리고 그것은 심신수양과 사회개혁을 통해 가

이 과연 다함이 있겠는가, 없겠는가. 어찌 유독 미신을 지닌 뒤에야 희망을 가질 수 있다고 하겠는가. 불교는 지혜로 믿는 종교요, 미신의 종교가 아님을 알아야 한다." 「朝鮮佛教維新論」, 앞의 책, 38쪽.

15 김상웅, 『한용운 평전』, 시대의창, 2006, 38~39쪽 참조.

16 미적 숭고는 미학과 윤리학을 묶어 개인들을 인지적·도덕적·정치적으로 고양시키는 문화적 형식인 것이다. 에드먼드 버크, 김혜련 역, 『숭고와 미의 근원을 찾아서』, 한길사, 2010, 290~291쪽 참조.

능했다. 한용운은 「흑풍」에서 사회 개혁을 '넓은 의미의 혁명'으로 대신한다.

요컨대 구원자에게 불국토의 실현은 숭고한 명분이다. 이를 위한 희생은 숭고한 것이 된다. 혁명을 위한 '희생'. 불국토를 이루기 위해 한용운이 선택한 '숭고한 희생'의 내용은 무엇인지 살펴보려 한다. 그런데 이러한 태도는 앞에서 말했듯이 그가 '평론'에서 불교 교단의 개혁을 위해 총독부에 청원을 하는 태도와 다르다. 이 간극에서 식민지민이 처한 실존적 상황과 내면을 파악하고, 한용운의 혁명사상과 그 방법론을 구명究明하여 한용운 불교의 특이성을 가늠할 수 있을 것이다. 여기에는 이광수가 『사랑』(박문서관, 1938.10)에서 자신이 꿈꾸는 세계를 그렸듯이, 한용운이 「흑풍」에서 혁명과 불국토를 꿈꾸었다는 평가가 반영되어 있다.

2. 집단에 소속된 자의 혁명론과, 체제의 실정성positivitat

1) 강제·통제적인 불교 교단개혁

근대국가 형성과정에서 식민지 혁명가에게 자민족의 정신문화는 저평가되기 쉽다. 과거에 대한 끝없는 부정적 환기와 계몽의 강조는 자민족을 어리석은 집단으로 격하시킨다. 일례로 식민지 조선에 우생학과 인류학이라는 선진 유행지식이 퍼지면서 지식인은 일본인을 기운차고 의지 있는 모습으로, 조선인은 눈동자가 풀리고 궁색한 모습으로 인식하기도 했다.[17] 이런 상황에서 "1930년대 부르주아민족주의는 강한 문화민족주의적인 성격과 복고적인 색채를 띠고 있었다. 예컨대 조선시대를 회고하고 '조선적인 것'을 강조하는 일련의 흐름 속에서 이순신을 비롯한 민족의 영웅이 '고적'과 '역사소설'들을 통해 부활"[18]하고 있었다.

이런 사회적 분위기에서 한용운도 자유로울 수 없었다. 「흑풍」에서 가장 많이 등장하는 단어가 "혁명, 인격, 구원"이다.[19] 그리고 주인공 서왕한은 영웅적인 인물로 그려진다. 혁명, 다시 말해 사회 개혁과 관련해 불교에서는 "사회체제의 변혁에 의한 개개인의 변화를 부정하지 않으면서도, 개개인의 의식과 삶의 변화에 의한 사회적 진보에 더 무게를 둔다."[20] 한용운도 교육과 수양, 인격 등을 강조했으며, 1930년대에는 인격 수양의 매개체인 불교의 포교와 그 대중화를 위해 잡지 『불교』을 발행하기도 한다.

한용운은 민족의 독립을 주장하면서, 동시에 그의 「조선불교유신론」이 보여주듯 불교 교단의 개혁을 강조했다. 불교를 통해 지상을 불국토로 바꾸기 위해서는 불교 교단이 부흥할 필요가 있었기 때문이다. 여기서 유의할 점은 도덕적인 개인도 '조직의 문제'에 관여하게 될 때 조직의 이익을 위해 자신의 원칙과 신념을 바꾸는 경우가 있다. 한용운은 이 굴레에서 벗어날 수 있었을까. 불교 개혁론은 그의 불교 교리를 가

---

17 천정환, 『끝나지 않는 신드롬』, 푸른역사, 2005, 44~45쪽 참조.
18 위의 책, 234쪽.
19 한용운은 인격과 구원의 개념을 아주 넓게 해석하고 있다. 소설에서는 다른 사람에게 조그만 도움을 줘도 '구원'이라고 표현하고 있다.
20 안옥선, 『불교의 선악론』, 살림, 2006, 25쪽.

늠하는 시험대이며 그가 주장한 독립론의 성격을 이해할 수 있는 하나의 모델이었다.

한용운은 강한 민족주의자로 알려져 있지만 식민지 병합 당시에는 일본에 우호적이었다. 경술국치(1910.8.29)가 일어나던 1910년 3월, 9월 두 차례에 걸쳐 중추원과 통감부에 「헌의서」[21]와 「통감부건백서」를 보낸 것이 이를 뒷받침한다. 또 이 글은 한용운이 나중에 쓴 「조선불교유신론」의 뒷장에 편입되기도 했다. 그는 조선불교개혁을 통감부에게 부탁한 이 일로 승려인 박한영 등에게 비난을 받는다.[22] 한용운이 건백서를 보내게 된 데는 승려의 결혼 문제가 이유였지만 본질적으로 당대 불교계의 낮은 수준이 하나의 발단이었다. 여기서 한용운이 식민지배체제의 실정성을 인정할 수밖에 없었던 것을 알 수 있다.

참으로 지금 승려의 총수는 겨우 조선인의 삼천분의 일에 불과하다. 이는 삼천 명 중에 승려 되는 자가 겨우 한 사람이라는 소리니 승려가 되는 자는 어떤 사람들인가. 빈천에 시달리지 않으면 미신에 혹한 무리들이어서, 게으른데다가 어리석고 나약하여 흩어진 정신을 집중할 줄 몰라서 처음부터 불

---

21 김광식은 헌의서에 3월로 나오나, 『대한매일신보』에 보도된 것을 기준으로 하여 5월이라 말한다. 그리고 김광식에 따르면 "한용운의 불교 근대화 기획의 핵심은 승려 결혼의 허용, 자유였다. 기존 승려는 결혼을 하지 않고 산중에 머물고 있음으로써 그 역할을 하였지만, 이제는 불교의 주체가 승려에서 대중으로 전환되고 있고, 되어야 한다고 전제하였다는 것이다. 결혼을 하지 않은 승려와 함께 대중들도 불교의 주체로 변했으며 이 대중에는 일반적인 대중(신도)과 함께 결혼을 한 대중(승려)도 포함되었다. 그래서 이런 변화상에서 승려의 결혼 문제는 승려 자격, 위상(이미지)에 있어서 전혀 문제가 되지 않았으며 문제는 대중 불교를 실천하는, 입니입수하는 구세주의적 실천의 여부"라는 지적이다. 김광식, 「한용운의 불교 근대화 기획과 승려 결혼 자유론」, 『만해 한용운 연구』, 동국대 출판부, 2011, 104~105쪽.

22 김상웅, 『만해 한용운 평전』, 시대의창, 2006, 80~87쪽 참조.

교의 진상이 무엇인지 깜깜한 형편이다. 이런 사람들이야 인류의 하등이 아니고 무엇인가. 이같이 삼천 명 중에서 가장 하등에 속하는 한 사람만을 모아 불교계 전체를 구성하고, 또 신도로 말하면 소수의 여인뿐이며 남자는 아주 드문 터이다. 아, 귀머거리를 아무리 모아 놓아도 한 명의 사광을 이루지 못하고 못난이를 아무리 모아 놓아도 한 명의 서시를 이루지 못할 것이니, 세상 사람들은 다 승려가 적다고 하지만, 나는 너무 많음에 골치를 앓는 자이다.[23]

1910년 무렵 그가 본 승려의 지식수준은 형편없었다. 일부 '승려'는 일을 하지 않고 게을러서 세인에게 지탄의 대상이다. 승려의 위상이 이렇게 무너진 상황에서 교단의 미래는 불투명했다. 교단의 부흥을 위해서는 포교를 잘해야 하는데 '설법'은 그중 한 방법이었다. 그러나 승려가 지식이 부족하여 설법의 내용이 절의 범위를 넘어서지 못하고 듣는 이에게 감동을 주지 못했다. 그래서 한용운은 보통학普通學, 사범학師範學, 불교학佛教學 이렇게 세 가지 승려교육을 강조했다.

승려교육에 있어서 급선무가 셋이 있다. 첫째는 보통학이다. 보통학이란 사람의 의복·음식에 비길만하다. 양(洋)의 동서와 인종의 황백을 따질 것도 없이 사람이라면 다 의복을 입고 음식을 먹어서 살아갈 줄 아는 터이니, 의복을 안 입고 음식을 안 먹는 자가 있다고 하면 나는 며칠이 못가서 그가 이 세상과 하직할 것임을 짐작할 수 있다. 보통학이 또한 그래서 만약 이를 모르는 자가 있다고 하면, 모든 행동과 일상의 온갖 일에 있어서 모든 행동과

---

23   한용운, 「朝鮮佛教維新論」(1913), 앞의 책, 61~62쪽.

일상의 온갖 일에 있어서 막히지 않는 것이 없게 마련이므로 생존경쟁의 이 시대를 살아가지는 못할 것이다. 그러기에 문명국에 있어서 사지와 육근을 갖추어 말을 할 줄 아는 사람이라면 보통학을 모르는 자가 없게 되어 있다.[24]

주목할 점은 '보통학'이다. 한용운은 보통학을 불교 공부의 기초로 두는데, 쉽게 말해서 보통학은 세상에 유통하는 발전된 지식을 가리킨다. 물론 불교의 교리가 광대무변한 진리이긴 하지만 서구의 지식은 절 밖의 진화하는 세계를 설명하는 유용한 '진리'였다. 그는 보통학을 통해 바깥세상을 잘 알고 설법에 반영해야 일반 대중과 소통할 수 있다고 믿었다.

문제는 그가 보통학을 진리로 인정한 데서 발생한다. 그에게 사회주의, 아나키즘 등 서구의 지식은 당대의 시점에서 유행하는 최고로 진화된 유행 지식이었다.[25] 사회진화론[26]에 강한 영향을 받은 그에게 지식은 진화하는 것이며, 현대는 "생존경쟁의 시대"였다. 약육강식의 사회에서

---

24 위의 책, 49~50쪽.

25 한용운은 30세(1908)에 일본에 갔을 때, 도쿄 조동종대학에서 불교와 서양철학을 청강한다. 김상웅, 『만해 한용운 평전』, 시대의창, 2006, 618쪽.

26 류승주에 따르면 1900년대 개화사상가들에게 양계초의 저술은 서양 문명과 근대를 학습하는 교과서였고, 한용운 역시 그를 통해 사회진화론을 받아들였으며 이것이 그의 불교유신론의 이론적 배경이 되었다고 한다. 역사 진보의 원동력을 과거의 부정과 창조적 파괴의 능력으로 파악했던 양계초와 마찬가지로, 한용운은 부적자는 인위적으로 도태시켜야만 적자의 생존이 가능하다는 진화론적 논리에 의거하여, 한국불교의 구습과 폐단은 피상적인 개량이 아닌 전면적 파괴를 전제로 한 유신을 통해 극복될 수 있다고 믿었으며, 약육강식과 우승열패를 현실적 이데올로기로서 긍정했다. 그러나 한용운이 제국주의의 침탈을 정당화하는 이데올로기로 변질해버린 강권주의적 사회진화론에 내재된 비도덕성과 비진리성까지 인정한 것은 아니었다. 그는 강권주의가 지배하는 세계를 야만적 문명이라고 규정하였다. 류승주, 「사회진화론의 수용과 '조선불교유신론' – 한용운의 불교적 사회진화론」, 『원불교사상과 종교문화』 41, 원광대 원불교사상연구원, 2009, 273쪽.

생존은 진화의 승리를 뜻하며, 무엇보다 "세력이 중요"했다. 따라서 불교 교단의 부흥 역시 진화와 관련된다. 미신이 진화에 실패한 신앙이듯, 불교가 다른 종교에 뒤처지지 않기 위해서는 세력을 확대해야 했다.

이런 맥락에서 한용운은 승려의 결혼을 인정하는 대처를 허용하자는 주장을 한다. 대처를 허용하면 교세가 확장되고 승려를 포기하는 일이 줄어들게 된다는 게 그의 논리였다. 그는 "누구나 가지고 있는 것이 식욕과 성욕이며, 한 사람의 욕망도 다양하지만 희로애락을 아울러 지니고 있는 것은 식욕·색욕이나"[27]고 말했다. 그는 성욕을 인간의 가장 원초적 본성으로 여기고 이를 억압할 필요가 없다고 여겼다. "비바시불이라는 부처 역시 일찍이 결혼해 아들 하나를 낳았으니"[28] 금욕은 하나의 '방편'일 뿐, 깨달음은 별개의 문제라는 입장이다.

이렇듯 불교 교리 해석에는 '방편'이 항상 자의적 해석의 길을 열어놓는다.[29] 한용운의 주장은 조직의 확대를 위해 기존의 규범을 무너뜨

---

27 한용운, 앞의 책, 85쪽.
28 위의 책, 86쪽. "불교근대화의 모델이었던 일본불교의 경우 승려의 대처는 보편적이었고, 이는 포교의 강화와 승려의 배출이라는 점에서 긍정적인 측면이 있었던 것도 사실이다. 당시 대처론자도 바로 여기에서 정당성을 찾고 있었다. 그러나 일본의 경우 개별 사원이 승려 개인의 역량에 의존해서 운영되고 있었기 때문에 대처라고 하는 현상이 나타났음에 비해서 한국의 경우 대처는 전통적인 사원공동체를 파괴하는 속성을 갖고 있었다. 수덕사 승려 만공은 해방 직전 육 천여 승려 중 결혼하지 않은 승려는 불과 300여 명이었다고 평한다." 한국역사연구회, 『우리는 지난 100년 동안 어떻게 살았을까』, 역사비평사, 1998, 226쪽.
29 김광식에 따르면, "한용운은 불교가 존속, 유지되는 것이 제일 중요하고, 다음으로는 불교가 존재하고 있는 시공간의 민족, 국가에 유익해야 함을 거론했다. 이런 관점에서 한용운은 불교와 국가의 존속, 유지를 위해서는 임시방편적인 것(승니 가취의 문제)은 변화를 주어도 무방하다는 결론에 이르게 된다." (김광식, 「한용운의 불교 근대화 기획과 승려 결혼 자유론」, 『만해 한용운 연구』, 동국대 출판부, 2011, 108쪽) 또한, "한용운은 불교의 수많은 계율에 승려의 결혼 금지가 등장하는 내용은 인정하면서도 『화엄경』의 事事無礙의 대승적 진리에 의거하여 불교의 진리는 계율에 있는 것이 아니라고 보았다.

려버린 것일 수 있었다. 문제는 대처가 허용되었을 때 발생하는 돈의 문제를 그가 너무 안일하게 여긴다는 점이다. 가정을 이루기 위해서 요구되는 최소한의 생활 조건은 식욕·성욕과는 다른 욕망을 불러일으킨다. 그렇지 않아도 승려가 놀고먹는다는 비판을 받고 있는 상황에서 대처로 인한 생계비용은 이중의 부담이었다. 한용운은 이 문제를 해결하기 위해 조림사업을 대안으로 제시한다.[30] 그러나 이 사업은 절의 사유지와 관련된 문제이며 실효성의 측면에서 의문이 제기된다. 또한 사람들이 승려를 존경하는 이유는 그들이 탈속적인 정신적 가치를 추구하기 때문이다. 따라서 승려의 정신적인 권위를 회복하는 일은 가장 중요한 사업이다. 그런데 그는 교단 확대를 이유로 품위를 떨어뜨리는 주장을 했다. 이로써 한용운은 모든 것을 방편과 본성으로 간주해 버린다는 비판을 피할 수 없게 된다.

그런데 지금부터 조선 불교는 일대 전환기에 들어있다. **무통제로부터 통제에로**, 비규율로부터 규율에로, 그보다도 **자립이냐 예속이냐** 하는 중대한 분기점에 방황하게 되어 있다. 그야말로 조선불교의 유사지추(有事之秋)가 되었다.[31]

물론 한용운의 생각은 그의 불교관에 기인했다. 앞의 인용은 1930년대 후반 상황을 명확히 드러내고 있다. 이 시기에 당국은 조선불교의

그는 승려 결혼 금지는 근기가 천박한 대상자들을 상대로 하였던, 방편으로 사소한 계율을 설정한 것에 지나지 않는다고 보았던 것이다." 위의 책, 111쪽.

30 한용운, 앞의 책, 79~82쪽 참조.
31 한용운, 「불교청년운동을 復活하라」(『불교』, 1938.2.1), 앞의 책, 211쪽.

통제·포섭을 강화한다.[32] 일본불교와 조선불교의 주도권 싸움이 심화되면서 교단개혁이 다방면에서 시도된다. 이때 승려 방한암은 교학과 의례집전, 계율 등과 같은 체제정비를 강조했다.[33] 그러나 한용운은 선사상을 중시하고 경전에 주석을 다는 기계적인 교리해석을 지양한다. 그는 교리를 나름대로 재해석하는 편을 지지했다. 앞에서 살펴봤듯이 그는 부처도 자식이 있었던 사실을 바탕으로 '금혼'은 부처가 되기 위한 방편일 뿐이라고 간주했다. 개인의 능력에 따라서 결혼과 상관없이 충분히 득오할 수 있다는 게 그의 주장이다. 원래 대승불교에서도 인간의 욕망을 어느 정도는 인정하기 때문에 그는 방편이란 이름으로 자의적 해석의 범위를 넓힌 셈이다. 무엇보다 '결혼'은 민족의 세 확장과 관련해 중요한 문제였다. 그는 인구가 많이 늘어나야 민족이 부강해질 수 있다고 믿었다. 한용운의 이러한 생각에도 불구하고 식민지 말기에는 거의 대부분 대처승이었고 이들의 부패가 심했다. 여기서 교리와 실천과는 큰 차이가 있다는 것을 알 수 있다.

불교 교단의 문제는 불교운동과도 관련된다. 한용운은 1930년대에 비밀결사조직 만당을 이끈다. 청년을 강조한 한용운은 불교청년운동에 관심을 기울였다. 왜냐하면 "청년운동이 종교의 일부분 운동에 지나지 않지만 간접으로 그 종교의 전체에 영향을 주"[34]기 때문이다. 특히 그는 청년동맹이 지향할 조직의 형태는 동맹, 회, 당 중에서 '당'이라고 얘기한다. 여기서 '동맹'은 자치조직, '회'는 규율의 복종을 요구하는 중앙집

---

32 다음 절에서 보겠지만 <u>한용운 역시 자립 아닌 통제를 선택하고 「조선불교 통제안」을 발표했다.</u>

33 박재현, 『한국 근대 불교의 타자들』, 푸른역사, 2009, 103~126쪽.

34 한용운, 「佛教青年運動에 대하여」(『佛教』, 1932.10.1), 앞의 책, 206쪽.

권제, 그리고 '당'은 회보다 더 강제적이고 통제하는 조직을 가리킨다. 여기서 한용운은 모든 것을 희생하여 당의 지시에 따라야 한다고 주장했다. 왜냐하면 일의 진취성 면에서 당적 조직이 가장 우월하기 때문이다.

불교 전체의 일원으로 편의상 임의의 어느 절에 든지 현주하게 되는 것인즉, 불교 전체의 통제를 위해서는 승려의 개체나 사찰의 개소를 희생하여도 무방한 것이다. (…중략…) 왜 그러냐 하면, 자각과 훈련이 부족한 대중은 자율적 책무를 완전히 이행하기 어려우므로, **최고의 당적 규율로 그들을 통제하지 아니하면**, 단체적 공과를 원만히 수득하기 어려운 까닭이다.[35]

임의적 협조 기관은 그 기관을 성립하는 분자 즉 개체의 권리가 동등이므로 임의로 그 기관을 성립할 수도 있지마는 언제든지 그 기관을 임으로 파괴 혹은 유명무실에 돌려보낼 수도 있는 것이다. 그러므로 협조기관이라는 것은 그 기관의 유기적 분자 되는 개인의 전부가 상당한 자각의 정도에 이르지 못한 사회에서는 도저히 아름다운 결과를 보기가 어려운 것이다. 조선불교를 통제하기 위하여 중앙 기관(=협조기관)을 설립한다는 것은 이론으로는 될 수 있을지언정 기대와 같이 실행되기는 어려울 것이다.[36]

조선총독부의 사찰령에 항거하여 정교분립을[37] 주장했던 그가 (총본산

---

35 위의 책, 208쪽.
36 한용운, 「朝鮮佛敎 統制案」(『불교』, 1937.4.1), 앞의 책, 179쪽.
37 총본산건설운동 및 불교자주화를 위한 한용운의 노력을 간과하는 것은 아니다. 다만 불심이 교단, 국가와 거리를 유지할 수 있느냐의 문제다. 김광식, 「일제하 佛敎界의 總本山建設運動과 曹溪宗」, 『한국근대불교사연구』, 민족사, 1996, 402~454쪽을 참조하시오. 참고로 1930년대 조선불교는 교세 확대와 일본으로부터 자주권을 확보하는 문제에 봉착하게 된다. 그래서 불교계는 정교분립을 계속해서 주장한 것이다. 일본 불교의 침투와

건설운동 및 불교자주화를 위한 노력은 이해되지만) 정작 대중을 대하는 태도는 엘리트주의적이고 보수적이며 권위적이다. 불교조직의 개혁 운동은 지시가 아니라 구성원의 자율적 참여로 이루어져야 했다. 승단 조직은 부처의 뜻을 따라 자율적 정신이 밑바탕이 되어야 하기 때문이다. 물론 만당의 목표는 불교계 교정의 확립 및 대중불교의 건설에 있었다. 이를 위해 청년운동의 혁신이 필요해지자 기존 청년회의 지방분권적인 요인을 개선하고 동지의 단결을 강조하게 되었다.

그럼에도 불구하고 앞에서 언급했듯이 불심이 조직 및 국가와 일정 거리를 유지할 수 있는지 또한 (결과를 위해) 그 방법론이 교리에 위배되지 않는지가 문제다. 가령 한용운은 청년운동의 조직체가 기존 중앙집권적인 회제에서 과도기적인 동맹제(총동맹)로 전환한 것을 비판했다. 그러나 총동맹의 형태는 이전 청년운동에서의 모순이었던 지방분권적인 것을 해소하기 위하여 지방에 산재하고 있는 동맹적인 불교청년회에 일정한 권한과 자치를 허용하는 방향으로 조정되었다.[38] 이를 추진

조선 불교계의 대응 양상을 간략히 정리하면 다음과 같다. 1876년 강화도조약 이후 일본의 진종 대곡파와 일련종을 필두로 주요 불교종파들이 조선에 들어온다. 1902년 전국의 사찰을 관리할 기관으로 사사관리서를 설치한다. 1905년 통감부가 설치되고 교육정책을 통제한다. 1910년 10월 6일 일본의 조동종은 1908년 탄생한 조선의 원종과 연합을 선언한다. 이 사건은 조선불교계를 크게 자극하게 되고, 1911년 반친일 입장의 조선 임제종이 탄생한다. 1911년 일본은 사찰령을 발표하고 전국의 사찰을 30본산체제로 개편한다. 일본불교가 1929년 10월 조선불교대회 개최를 계획하자, 이에 대한 반발로 조선불교는 조선불교선교양종승려대회를 개최해 종헌을 만든다. 1935년 총독부는 사회과의 일부로 축소되어 있던 종교계를 종교과로 독립부활 시킨다. 1935년 3월 조선 불교계는 일본불교로부터 자주성을 지키기 위해 '조선불교 선종'을 탄생시키고 전통불교의 선맥을 계승하기로 한다. 1937년에는 조선불교계를 총관할하기 위해 총본사를 각황사에 만들고 1941년에는 선교양종에서 조계종으로 바꾼다. 그 의도는 조선불교의 발전이었지만 재정권, 인사권이 총독부에 있어서 한계가 있었다.

38 김광식, 「조선불교청년총동맹과 만당」, 『한국근대불교사연구』, 민족사, 1996, 262~

한 다른 불교인의 고심을 깊이 고려할 필요가 있다. 한용운을 이해할 때 그의 불교 근대화 방법론만이 긍정적이라는 태도는 경계해야 한다. 그 결과를 다음 절에서 확인할 수 있을 것이다.

2) 순혈주의·종족주의의 변주·확장과 현실과의 타협

위에서 한용운의 평론을 통해 그가 주장한 '교단 개혁'의 성격을 알아봤다면, 여기서는 그의 평론과 소설 「흑풍」을 통해 '사회 개혁'의 방향을 파악하고자 한다. 문학과 작가의 실제 의식의 연관성은 어디까지나 시론적이기는 하다. 그러나 이광수의 『사랑』, 「육장기」 등과 수양동우회 사건을 결부지어 면밀히 논구한 연구가 이루어진 것처럼 소설을 통해 작가가 지향하는 의식을 일부분 구명할 수 있다. 한용운 역시 「흑풍」을 쓰면서 민중에게 알리고 싶은 것을 말했다고 밝혔다.[39]

그렇다면 「흑풍」의 소설사적 위치를 가늠해야 하는데, 「흑풍」은 청조 말기를 배경으로 혁명을 통해 전제왕권을 전복하려는 서왕한과 그를 둘러싼 여인들과의 관계를 다룬 소설이다. 자율적인 승단조직이 아

273쪽. 김광식은 만당의 실질적 당수가 한용운이 아니라는 견해를 제시한 바 있다. 한용운의 불교청년총동맹에 대한 비판은 「불교청년총동맹에 대하여」, 『불교』 86, 1931.8을 참조하시오.

39 "나는 소설 쓸 소질이 있는 사람도 아니오, 또 나는 소설가가 되고 싶어 애쓰는 사람도 아니올시다. (…중략…) 하여튼 나의 이 소설에는 문장이 유창한 것도 아니오, 묘사가 훌륭한 것도 아니오, 또는 그 이외에라도 다른 무슨 특장이 있을 것도 아닙니다. 오직 나로서 평소부터 여러분께 대하여 한번 알리었으면 하던 그것을 알리게 된 데 지나지 않습니다. 한용운, 「작가의 말」, 『한용운 전집』 5, 신구문화사, 1973, 18쪽.

닌 '통제'를 강조했던 한용운은 민족의 독립 문제에서도 (불교 교리와 달리) '조직을 위한 희생과 암살을 위주로 한 혁명조직'을 가장 숭고한 것으로 삼는다. 한용운은 불교인이면서도 '폭력'을 인정했다.

여기서 중요한 것은 한용운이 소설의 소재를 역사에서 가져왔다는 점이다. 1930년대는 역사소설과 역사담물이 부흥하던 시기였고 특히 신문연재소설이었던 역사소설은 저널리즘의 상업성에 응하여 작가적 이상과는 별개로 창작적 고민 없이 사료에 의존해서 쓸 수 있는 장형의 연재물이었다.[40] 「흑풍」은 역사소설이 아니지만 신문연재소설인데, 소설의 소재를 중국에서 가져온 경우 중국 고대소설에 집중되었던 1930년대 초 신문연재소설의 경향에서도 벗어나 있다. 이러한 「흑풍」은 전문적 소설가가 아닌 한용운이 생계를 위해 쓴 작품으로 알려져, 이 작품 역시 그의 창작적 고민이 별로 반영되지 않았다는 평을 받아왔다.

그러나 앞에서 말했듯이 이 시기는 세계적으로 파시즘이 발흥하고 발레리가 말하는 '사실'의 시대로 접어드는 국면이었다. 그런데 「흑풍」이 '혁명'을 주제로 삼고 있는 것은 당대 소설사에서 특이한 사례이며, 평론이나 건백서에서 나타나는 '일본제국주의'에 대한 태도와 또 다르다. 따라서 그 낙차는 작가가 지향하는 바를 일부 가늠해 볼 수 있는 매개체가 될 수 있겠다. 한용운의 내면은 평론, 에세이를 통해 파악이 가능하지만 소설 역시 참조의 대상이 되어야 하는 이유가 여기에 있다.

문제는 「흑풍」의 작품성이다. 연애 사건이 서사의 거의 대부분을 차지하고 있어 통속소설인 「흑풍」은 '혁명 사건-연애 사건'이 얽혀 있는

---

40   김병길, 『역사소설, 자미(滋味)에 빠지다』, 삼인, 2011, 150쪽.

작품이기도 하다. 중요한 것은 이 혁명 사건을 재현하기 위해서 작가는 (일종의 치정 사건이라 할 수 있는) 연애 사건이라는 알리바이를 경유해야만 했다. 이러한 점이 식민지 조선 신문미디어와 소설이 가지고 있는 재현의 식민지적 특수성이라는 것이 이미 연구자들에 의해 논구된 바 있다.[41] 그래서 이 경우 연애 사건은 배제하고 시국 사건을 논문으로 주제화하는 게 일반화된 방법론이었는데, 「흑풍」의 경우 연애에서 여자가 남자의 혁명을 돕는 부분이 일부분 나타나서 혁명에서의 젠더 문제도 이 글에서는 포함하였다. 참고로 이 소설은 연애사를 제외한 혁명 사건과 관련된 내용이 상대적으로 적은 편이다.[42]

---

41   여기에 대해서는 이혜령, 「감옥 혹은 부재의 시간들—식민지 조선에서 사회주의자를 재현한다는 것, 그 가능성의 조건」, 『대동문화연구』 64, 성균관대 대동문화연구원, 2008을 참조하시오. "조선에서는 기사의 거의 전부를 경찰서, 재판소에서 공급하느니만치 사건은 사상적 형사 사건이 그 주 요소를 점하고 따라서 기록의 등사, 발표, 공판기 등이 아니면 기외 타는 기재금지로 인하야 멋처럼 「특종」을 어더서 정판에까지 올럿다가도 몰수되거나 그러치 안호면 삭제를 당하는 수가 만타. (…중략…) 이와 가튼 사정인 고로 기자의 활동범위가 좁고, 또 사건의 종류가 판에 박은 듯이 단순하고 대 사건이 희소하야 「특종」을 엇기 어려운 즉 이해잇는 「특종」을 어드랴면은 부득이 기자 자신과 직접 지휘자인 부장이 머리를 썩여서 평범한 사건 속에서 특수한 재료를 맨드러내도록 하여야 하리라 생각한다." 염상섭, 「각 사 편집인의 비법 대공개—최근 학예란의 경향」, 『철필』, 1930.8.

42   한용운의 소설 중 완성작은 「흑풍」, 「박명」이며, 미완성작으로 「죽음」, 「후회」, 「철혈미인」이 있다. 여기서 이항순은 한용운의 「박명」(『조선일보』, 1938.5.18～1939.3.12)이 순영의 무한한 자비행을 통해 종교 윤리적 메시지를 전할 뿐 아니라 통속소설적 요소를 사용하여 도덕적 교훈의 대중적 공감대를 넓혔다는 점에서 (미완성작 「後悔」 역시 포함해) 포교문학에 속한다고 주장한다. 그러면서 이러한 종교성이나 대중성과는 전혀 다른 차원에서 한용운 소설의 정치적인 의미를 「흑풍」에서 고찰할 수 있다고 지적한다. 중국을 배경으로 해 식민지조선의 정치적 현실을 다루고 있다는 설명이다. (이항순, 「한용운의 '박명'에 나타난 보살도의 이상과 비구니의 근대성」, 『한국불교학』 51, 한국불교학회, 2008, 134쪽) 송현호 역시 「흑풍」이 만해의 애국 독립 사상의 투영이며 국가애와 민족애가 작품의 골격을 이루고 있다고 지적했으며 (송현호, 「만해의 소설과 탈식민주의」, 『국어국문학』 111, 국어국문학회, 1994, 264쪽) 이런 입장은 박노준 · 인권환 · 채진홍으로 이어지고 있다. (채진홍, 「한용운의 「흑풍」 연구」, 『국어국문학』 138, 국어국문학회, 2004, 369～402쪽) 이외에 만해 소설의 식민지적 배경에 초점을 맞추는 연구자들은 색

혁명당 본부의 수령은 황흥(黃興)이었다. 황흥은 장지동(張之洞)이 경영하는 양호서원(兩湖書院)을 졸업한 뒤에 민족주의를 선전하던 중 호남(湖南)의 당재상(唐才常)이 의병을 일으키매 거기에 참여하였다가, 일이 실패함에 일본에 가서 동경사범학교를 다니면서 동경에 있는 청국 유학생들을 망라하여 거아단(拒俄團)이라는 단체를 모아가지고 활동하였는데, 졸업하고 돌아온 후에 호남에다 학당(學堂)을 설립하고 청년을 가르치며 혁명사상을 고취하였다. 마침내 여러 동지와 더불어 혁명단체를 조직하고, 그해 시월의 서태후 만수성절(西太后萬壽聖節)에 폭동을 일으키려 하다가 장지동의 탐문한 바 되어, 모든 계획이 발각 되었으므로 거사치 못하고 몸을 피하여 다니다가, 상해에서 만복화(萬福華)가서 남순무사(西南巡撫使)왕지춘(王之春)을 암살할 때에 관계 되어서 경찰에 잡히었으나, 변성명하고 무사히 나왔는데 다시 일본으로 가서 손일선(遜逸仙·孫文) 등과 혁명의 통일을 꾀

주가 여인 순영의 이야기를 다룬 「박명」 역시 암울한 민족적 비애감을 담은 정치적 알레고리로 해석하거나 이 소설에서 일본의 경제적 수탈을 암시하는 부분을 집중적으로 조명하는 경향이 있다고 지적하고 있다. (이향순, 앞의 글, 134쪽) 또한 「박명」을 포교문학이나 정치적으로 해석하는 견해와 다른 입장도 있다. 인권환은 「박명」을 "한국불교 문학사상 보살의 자비행을 훌륭히 작품화한 종교문학의 명작"으로 평가한 바 있다. (인권환, 「한용운 소설의 문제점과 그 방향」, 『한용운 사상연구』 2, 만해사상연구회, 1981, 76쪽) 이런 연장선에서 이혜숙은 「흑풍」이 "개인적 사랑을 초월한 사회적 사랑임을 보여줌으로써 한용운의 대사회적 사랑론을 소설로 구현한 작품이"라고 말하고 있으며. (이혜숙, 「한용운 소설의 여성 인물과 주제의식」, 『돈암어문학』 23, 돈암어문학회, 2010, 246쪽) 한점돌 역시, 「흑풍」을 사회적 사랑과, 「죽음」은 개인적 사랑, 그리고 「박명」은 종교적 사랑으로 분석하고 있다. (한점돌, 「한용운 소설에 나타난 '사랑'의 양상과 그 의미」, 『국어교육』, 한국어교육학회, 1999, 219~233쪽) 이러한 사랑에 대해 권오현은 한용운이 "참사랑의 구현이라는 일관된 주제를 가지고 있으나 그 주제 의식을 과도하게 표출"했다고 평한다. (권오현, 「만해 한용운 소설 연구」, 『계명어문학』 11, 한국어문연구학회, 1998.2, 137쪽) 이외에 이평전은 한용운이 「박명」의 최선생, 「흑풍」의 왕환을 통해 "개인적 자유와 사회적 평등을 과감하게 실천하는 참된 종교인으로서의 근대적 인간을 상상했"다고 한다. "전인적 인간상"을 조형했다는 설명이다. 이평전, 「한용운 소설에 투영된 근대 사상 연구」, 『한국어문학연구』 52, 한국어문학연구학회, 2009, 134쪽.

하고, 광동에 와서 비밀히 활동하는 중이라는 것을 왕한은 동지들에게 자세히 들어서 알게 되었다.[43]

중국 청조 말기를 배경으로 한 「흑풍」은 민중의 계급적 몰락과 정치적 부패, 그 혼란의 세계에 복수하고 극복하기 위해 혁명에 뛰어든 주인공 서왕한을 통해 당대 현실을 비판하는 소설이다. 그런데 이 소설에는 중국 혁명사의 실제 인물인 황흥과 손문이 나온다. 황흥은 화흥회의 지도자로 손문과 중국혁명동맹회를 만들었던 인물이다.[44] 한용운은 이들에게서 어떤 혁명의 모습을 기대한 것일까. 이 소설에서 혁명파의 목표는 흥한멸만興漢滅滿이다. 그것은 청나라를 무너뜨리고 서구와 같은 근대민족국가를 건설하는 것을 말한다. 부처는 국가의 경계를 넘어선 자비를 말하지만, 한용운의 해방적 상상력은 민족국가의 틀 안에서 발현된다. 그 때문에 그 바람은 민족국가의 완성, 강국 지향의 국가 발전, 일국 단위의 수량적 경제 발전의 범주를 벗어나지 못한다. 소설내 혁명의 과정은 한용운의 구원의 방법과 인식의 수준을 보여준다.

실제 인물을 등장시켰지만 그는 혁명파 간의 차이를 제거한다. 혁명은 숭고한 정신의 발현이지만 '혁명의 과정' 역시 혁명 이후 새롭게 재편될 사회에 영향을 미치는 중요한 요인이다. 손문이 중앙집권화된 국민국가를 지향하고 군사적 수단으로 전국을 통일시키려 했다면, 황흥은 "중국의 특수성에 기초하여 프랑스혁명과 같은 수도혁명론보다 각성省별의 자립을 주장"[45]했다. 소설의 주배경인 광동은 청조의 억압이

43   한용운, 「흑풍」, 앞의 책, 197쪽.
44   小島晋治, 『중국근현대사』, 지식산업사, 1991, 65쪽.

심했던 곳으로 신해혁명 이후 연성자치운동이 활발하게 일어난 곳이다. 중앙정부와 외세의 지배에 동시에 저항해야 했던 혁명가들은 국가에 대한 애정과 자신이 태어난 성에 대한 애착을 구분할 수 있었다. 그래서 그들은 당시 유행한 사회진화론을 변형해 "연방제적인 독립중국은 이들 강력한 독립적인 성의 기초 위에서 건립될 수 있다"[46]고 주장한다. 이들에게 "국가란 정치가들이 인민을 기만하기 위해 사용하는 추상적 개념일 뿐, 성 자치를 보존할 수 있는 연성자치의 개념이 이상적인 해결책"[47]이었던 것이다.

그러나 텍스트에서 '민주주의적인 연방론'은 배제되고 '암살 위주의 집권론'만이 기술된다. 이것은 중앙집권적인 국가를 지향한 한용운의 의식의 반영이다. 한용운에게 중요한 것은 혁명파의 정신인 홍한멸만의 사상이다.[48] 이를 혁명파의 사회진화론적 종족주의 담론이라 할 수 있다. 두아라는 이 개념이 "사회진화론 그리고 제국주의와 결부된 근대적이고 전지구적인 담론에서 유래"[49]한다고 지적했다. 다시 말하면 홍한멸만은 외세에 의한 억압의 책임을 '청'으로 돌리고 새롭게 재건할 중국의 주체로 '한'을 설정한다. 결국 한민족은 청의 민족보다 더 우월한 종족이라는 순혈주의를 내포하고 있다. 이는 사회진화론의 맥락에서 국제무대에서의 민족적 생존은 종족적 순수성에 의해서만 달성가능

---

45 위의 책, 64쪽.
46 프라센지트 두아라, 『민족으로부터 역사를 구출하기—근대중국의 새로운 해석』, 삼인, 2004, 256~258쪽 참조.
47 위의 책, 273쪽.
48 한용운은 '보경안민주의'가 아닌 '홍한멸만'을 선택했다는 것을 짐작할 수 있다. 보경안민주의에 대해서는 야마무로 신이치, 윤대석 역, 『키메라 만주국의 초상』, 소명출판, 2009를 참조하시오.
49 한용운, 앞의 책, 180쪽.

하다는 의미이기도 했다.

「흑풍」에서 등장하는 '회당'은 비밀결사로서 종족주의를 상징하며 혁명파의 중요한 혁명 동지이다. 왜냐하면 회당은 "혁명파에게 원초적인 민족 문화를 표상한다. 이 문화의 핵심은 평등과 공통의 혈연적 결속을 표상하는 윤리"[50]이다. 따라서 회당은 집권론과 순혈주의, 종족주의를 모두 성취하고 있다. 이 회당을 기반으로, 혁명파는 역사적 연속성을 확보하는 주체세력으로 정당성을 인정받게 된다. 이는 국가를 종족으로 치환한 것이다. 한용운은 독립을 주장하면서 동시에 이러한 순혈주의와 종족주의로부터 자유롭지 않았다는 것을 확인할 수 있다.

한용운의 순혈주의는 언어와도 관련지을 수 있는데 이와 관련해 참조할 만한 인물이 피히테이다. 그에게 민족은 선택이 아닌 일종의 신앙이자 운명이다. 그는 인류가 영원히 발전한다고 믿었다. 그러나 외국인이 지배하면 민족발전의 중심세력인 고상한 이들을 억제하여 민족의 수준이 낮아지고 결국 저급한 민족이 된다고 말한다. 따라서 영원한 진리는 후대를 위해서 자신의 모든 것을 걸고 싸워야 한다는 사실이다. 일개인의 짧은 생명은 민족이라는 '영원한 생명'과 연결된다.[51] 이와 같은 관점은 인류의 진화를 확신한 한용운과 같은 입장이다. 또한 피히테는 "인간이 국어에 의해 형성된다고 믿고 본래의 국어를 구사해야만 독일인"[52]이라고 지적했다.

---

50 위의 책, 210쪽.
51 피히테, 황문수 역, 『독일 국민에게 고함』, 범우사, 1997, 141~164쪽 참조. 독일의 민족주의와 국민정신을 강조한 피히테의 이 책은 일본에서 다이쇼기부터 문부성에 의해 국민도덕의 교과서로 권장돼왔다.
52 위의 책, 291쪽.

"들어도 모르는 영어를 안 들으려고 할 것은 무엇 있나요? 하고 창순의 귀를 본다. 창순은 눈만 돌려 왕한을 보면서, "나는 소리도 듣기 싫어요." 하고 둘째 손가락으로 귀를 막으면서 다시 창 밖을 내다본다.

왕한은 창순의 생각이 고맙기도 하였지만, 그러는 태도가 어린 양인 듯하여서 더욱 어여쁘고 귀엽게 보였다.[53]

한용운의 순혈주의 역시 언어를 통해 드러난다. 그는 지인들과 담소를 나누다가 상대방이 실수로라도 일본어를 사용하면 크게 책망하는 등 유명한 일화를 많이 남겼다. 작품에는 "그러는 태도가 어린 양인 듯"하다고 말하지만 실제는 달랐던 것이다. 자신 역시 일본에서 수학하고 돌아온 이력이 있지만, 한용운의 의식은 민족이란 관념으로 모두 수렴되는 듯한 인상을 준다. 그래서 그는 두 민족이 하나가 될 수는 없다고 얘기했다. 이렇게 단일 민족의 문제에 사로잡힌 한용운은 식민지 말기 제창된 동아협동체에 대해 절대로 인정하지 않았을 것 같다.

또 세계주의는 자국과 타국, 이 주와 저 주, 이 인종과 저 인종을 논하지 않고 똑같이 한 집안으로 보고 형제로 여겨, 서로 경쟁함이 없고 침탈함이 없어서 세계 다스리기를 한 집을 다스리는 것같이 함을 이름이니, 이 같다면 평등이라 해야 할 것인가, 아니라 해야 할 것인가.

이런 논의가 오늘에 있어서는 비록 실현성 없는 공론에 지나지 않는다 해도 이후 문명의 정도가 점차 향상하여 그 극에 이르는 날이 오면 장차 천하에

---

53   한용운, 「흑풍」, 앞의 책, 196쪽.

시행될 것임은 새삼 논할 여지가 없는 줄 안다.[54]

그런데 그는 근세의 세계주의를 인정해 왔다. 원래 이 글은 불교의 평등주의와 근세의 자유주의·세계주의가 통한다는 맥락의 내용이다.[55] 여기서 세계주의는 자국과 타국이 서로 형제로 여겨 다투지 않고 한 집안을 다스리듯 한다는 의미이다. 그런데 이 논리는 식민지 말기 동아협동체론과, 그것이 제시될 때 불교가 담론 유포와 합리화의 중요한 수단으로 부상하는 맥락에서도 전유된다는 것을 상기해야 한다.[56] 현실적으로 "실현하기 어렵"지만 불교의 평등주의 입장에서, 세계주의는 불교의 세계이기도 했다. 그렇다면 동아협동체론은 "문명의 정도"가 상대적으로 높아진 예에 해당한다.[57] 그리고 그 정도가 향상되면 그

---

54 한용운, 「朝鮮佛敎維新論」(1913), 『한용운 전집』 2, 불교문화연구원, 2006, 45쪽. 1910년대 글로 협동체론을 설명하는 것은 적절하지 않지만, 이 부분만 한정했을 때 입장이 바뀌었다고 보이지 않으며, 일제 말기 국책담론의 도구로 일본제국주의에 의해 강조된 불교와 맥락이 닿는다. 다만 한용운이 1919년 3.1운동에 참여할 무렵 "불교계의 불합리한 모순 타파를 주장했을 때 일제에 의해 보장된 신분상승의 위치를 음미하고 있던 주지들은 그 주장을 받아들이지 않았다." 이 당시 30본산 주지들보다는 한용운이 일제에 거리를 두고 있었다는 것을 알 수 있다. 또한 3.1운동 때 한용운이 독립을 주장했던 내용이 고등법원 예심심문조서에 있는 것도 잘 알려진 사실이다. 여기에는 식민지 10년 동안의 학정과 사찰령에 대한 반감도 내포되어 있을 것이다. 고재석, 『한용운과 그의 시대』, 2010, 354~364쪽 참조.

55 송현주, 「한용운의 불교, 종교담론에 나타난 근대사상의 수용과 재구성」, 『종교문화비평』 11, 한국종교문화연구소, 2007, 119쪽 참조.

56 일본이 불교에 주목한 것은 대동아공영권을 추구하면서 일본 국내의 문화를 재편성하기 위한 불교의 역할에 기대했기 때문이다. 일제 말기 경성제대 교수인 아키바 다카시(秋葉隆)는 "기독교는 순수해 신앙으로서는 좋으나 다른 종교를 배척하는 점에서 편협하다"고 말한다. 기실 기독교의 일본화가 어렵다는 말이다. "불교는 대범해서 여러 민간의 속신도 포함한다." '일본정신'을 중심으로 한 종교의 재편성에서 불교는 쉽게 포섭될 수 있었다. 일본은 사람들이 종교를 믿는 마음처럼 대동아건설에 의문을 품지 않기를 바란다. 정책의 근본은 일본문화의 위대함을 마음으로 느끼는 데 있었던 것이다. 이원동 편역, 『식민지배 담론과 '국민문학' 좌담회』, 역락, 2009, 92~97쪽 참조.

기획이 천하에 시행될 여지가 생긴다. 이로 인해 국책 담론은 일부 인정될 가능성이 열린다.

실례로 한용운은 1937년에 조선불교의 통제를 지지하는 「조선불교 통제안」을 발표하면서 "비교적 구체안을 말하여 교정 당국자의 참고에 공供코자 한"[58]고 밝힌다. 그러면서 "목적이 목적이라면"(목적이 좋다면), 변화를 위한 "실행 동기의 자동·피동을 깊이 의논할 것은 아니"라고 말한다. 왜냐하면 "자동으로 하지 못할 바에는 차라리 '타동'으로라도 하게 되는 것이 오히려 다행"이기 때문이다. 이것은 매우 중요한 발언으로 불교 교단의 개혁을 위해서 일본 식민체제의 실정성을 인정할 수밖에 없는 그 내면을 여실히 드러내고 있다. 결국 그는 사찰령 제정 이전에 「통감부」에 제안서를 제출했을 때와 입장이 크게 달라지지 않

---

57 주지하듯 동아협동체론은 이미 그 이전에 신아시아주의나 대아시아주의라는 이름으로 (그 결은 다르지만) 존재했다. 피히테의 민족주의나 대아시아주의나 모두 '순수성'에 기반하며 특히 대아시아주의는 지역공동체로 서양 대 동양이라는 구도 속에 자리한다. 그리고 이 지역공동체 역시 피히테와 마찬가지로 '정화의식'을 내포한다. 공동체란 본질적으로 자기방어적 행위이며 외부를 비슷한 것이 되도록 일치시킨다. 그러나 정화를 통해 획득한 안전은 믿을 만하지 않다. 공동체란 그 내부는 융단처럼 포장하지만 외부는 가시철망으로 둘러싸여 있다. 즉 외부는 서구가 있고, 내부는 보기 좋아 보이지만 갈등과 폭압이 내재되어 있다.(지그문트 바우만, 이일수 역, 『액체근대』, 강, 2009, 285~293쪽 참조) 여기서도 민족이 문제가 된다. 공동체 안의 각 민족은 어떠한 관계를 형성할 것인가. 아시아주의가 논의되었을 때 중국 공산당 창당의 주역인 리 따자오는 민족자결을 우선하고 일본을 적으로 간주한다. 손문 역시 일본의 저의를 의심한다. 다만 중국 국민당원로인 왕징웨이는 일본이 적이 아니라 상생할 수 있는데 이를 거부한 장제스가 문제라고 얘기한다. 이러한 반응이 보여주듯 중국과 일본의 공존공영을 위해서는 중국의 민족주의를 인정할 필요가 있었다. 그래서 미키 기요시는 이를 역사적 필연과정으로 여기지만, 종국에는 삼민주의를 (강력한 영향력이긴 하지만) 초극해야 할 구시대의 산물로 간주한다. 여기에 대해서는 최원식·백영서 편, 『동아시아인의 '동양' 인식』, 문학과지성사, 1997을 보시오.

58 한용운, 「朝鮮佛教 統制案」,(『불교』, 1937.4.1), 『한용운 전집』 2, 불교문화연구원, 2006, 178쪽. 이 글에서 한용운은 "우주만상의 변천은 불교의 인연설과 유물론자의 필연설이 합치되"어 이루어진다고 한다.

았다.

또한 그는 "손기정 선수의 소식을 듣고 동양인도 할 수 있다는 통쾌"[59]함에 빠진다. 주지하듯 이때 다른 한편에서는 일장기 사건으로 민족의 울분을 표출한 『동아일보』 직원들이 퇴사당하고 신문이 정간당하는 일이 벌어지고 있었다는 것을 유념해야 한다. 불자인 한용운 역시 민족뿐만 아니라 서양에 대립하는 동양인의 인종적 관념에서 자유롭지 않았던 것이다.

정리하면, 한용운은 '혁명의 목표인 독립'과, '불교 교단 확장을 위한 청원'이라는 상반된 태도를 보이고 있다. 전자가 식민지 지식인으로서 고뇌를 드러낸 것이라면, 후자는 불교인으로서 도태된 불교 교단의 혁신을 주장하고 일본 제국주의의 실정성을 인정한 것이다. 그리고 후자의 논리에는 동아협동체론이 불교의 평등주의의 확장이며 종족적으로는 순혈주의·정화의식과 관련된다는 것, 그리고 문명개화의 바탕에는 (스스로 개혁할 수 없다는) 자민족의 열등한 민족성에 대한 인식과 서양에 대항하기 위한 동양이라는 (무)의식이 깔려 있었다.

---

59   한용운, 「孫基禎選手의 소식을 듣고」(『삼천리』, 1936.11.1), 『한용운 전집』 1, 불교문화연구원, 2006, 388쪽.

3. 혁명을 위한 숭고한 죽음—혁명, 인격, 구원

'혁명의 목표인 독립', '불교 교단의 혁신과 확장을 위한 청원'이라는 이중의 과제를 수행하는 식민지 지식인 한용운의 면모를 살펴봐왔다. 이제 그 과정에서 드러나는, '숭고한 죽음'을 통한 혁명의 실현이라는 한용운 특유의 혁명론에 대해 논하고자 한다. 「흑풍」에는 "혁명, 인격, 구원"이란 밀이 가장 빈번히 등장한다. 그리고 이것은 모두 '죽음'과 관련되어 있다. 누구를 '구원'하기 위한 '혁명'이며, '죽음'이라는 희생을 감수할 만한 '인격'이 요구되는 것일까. 친일/반일을 떠나 (불도를 깨쳤음에도 불구하고) 한용운이 말하는 혁명은 '죽음'을 요구한다는 점에서, 이것은 가미가제로 귀결하는 천황제 논리와 비교했을 때 그 대립의 방식이 폭력적인 대주체와 닮아 있다는 것을 알 수 있다. 그것은 조선이냐 일본이냐는 지향점만 다를 뿐이다. 또한 그 혁명의 영웅적 주체가 누구인지 중요할 수밖에 없는데, 그 주체의 영웅적 입지를 확립하는 과정에서 드러나는 남녀의 위계를 통해 그의 혁명론에 깃든 숭고의 폭력성 문제를 가늠할 수 있겠다.

「흑풍」에서 혁명파의 노선은 홍한멸만이지만, 혁명의 등장 배경에는 자유와 평등, 분배와 인정 등의 문제가 있다. 이와 관련해 첫 번째 사건이 시골에서 서왕한의 아버지이자 소작인인 순보와 지주 왕안석의 관계에서, 두 번째는 도시에서 주인공 서왕한이 벌이는 취업 도전기에서 나타난다. 지주는 소작인의 생명줄인 땅을 담보로 순보에게 정혼한 딸을 요구하고, 순보와 그 사돈이 될 한숙은 따를 수밖에 없다. 이들에게 몸은 자신의 것이 아니다. 한편 소학교 출신으로 시골에서 생계를 꾸리기 어렵다고 느낀 서왕한은 상해로 나가서 취직을 하려고 하지만 보증인이 없어서 하지 못하고 짐을 날라주는 품팔이를 한다. 이 과정에서 서왕환은 경찰이나 부자집 도령에게 모욕을 당하기도 했다. 이러한 상황에서 다시 귀향한 왕한은 누이가 지주의 첩으로 들어간 사실을 전해 듣고 지주를 찾아가 폭행하고 그 딸을 빼앗아 한숙의 아들과 결혼시킨다. 잉여적인 존재인 이들은 독점적인 지배사회로부터 벗어나 온전한 개인으로 인정받고 자신의 의사에 따라 행동할 수 있는 '자유'를 얻고자 했다. 자율적 '선택'을 의미하는 자유는 근대사회 개인의 기본적인 덕목이자 욕망이기 때문이다. 그리고 그 '선택'의 극단에 '자살'이 있다.

그러나 나는 살기 위하여 활발히 살다가 자유로 죽는다. 나보다 먼저 났던 사람들은 모든 짓을 다하였다. 악한 일도 하고 착한 일도 하고 미련한 일도 하고 지혜 있는 일도 하였다. 말도 못할 말이 없이 다 하고 글도 못 지은 글이 없이 다 짓고 발명도 못한 것이 없이 다 하였다. 다만 하지 못한 것은 죽고 싶어서 죽는 일 뿐이다. 사람은 남이 하지 못하는 특별한 일을 하지 못하고 살다가 마는 것은 지극히 못 생긴 일이다. 나는 인류 생긴 이후로 모든 사람이 하지 못한 일을 창작한다. 그리하여 나는 죽고 싶어서 자유로 죽는다. (…중략…) 그러면 그것도 염세 자살입니다. 사람은 밭갈고 나무하고 글 읽고 장사하는 등 떳떳한 일을 하고 사는 것이 원칙입니다.[60]

---

60 한용운, 「흑풍」, 앞의 책, 129쪽.

「흑풍」에는 인물들이 여러 가지 명분을 내세워 자살을 선택하고, 이를 통해 자신의 삶의 가치를 고양한다. 그래서 「흑풍」의 자살은 '숭고한 죽음'이다. 인용문은 미국으로 유학을 간 서왕한이 나이아가라 폭포에 갔을 때 27살의 프랑스 청년이 자살하면서 남긴 말이다. 이 자유의 과잉을 두고 서왕한은 "염세 자살"이며, "사람은 떳떳한 일을 하고 사는 것이 원칙"이라고 얘기한다.

불교에서는 살생과 자살을 악덕으로 여기지만 이런 서왕한의 말에는 진보에 대한 한용운의 믿음이 반영되어 있다. 이 믿음은 허무주의에 대한 해독제이다. 그리고 그 진보의 방향은 앞에서 "광의적 자아"를 말했듯이 개인에서 국가로 이어지는 자아의 확장에 있다. 이렇게 되면 '국가-자유'의 관계는 '국가-안전'의 관계로 변형된다. 중앙집권적인 국가를 추구한 한용운에게 (상상된 조선) 국가는 구성원으로서 행동을 요구하고 그 행동은 개인에게 위안을 준다. 다시 말해 그 지향하의 개인은 스스로에게 국가를 위한 사명을 부여하고 자신의 심리적 안정을 국가를 통해 실현한다. '개인은 국가에 확실하고 장기적인 안전을 갈망하고, 국가는 거기에 환상을 제공한다. 국가는 인간의 필멸성이라는 제약을 넘어서는 곳으로 인도해 줄 안전한 가교 역할을 한다.'[61] 혁명의 기치는 이러한 국가와의 로맨스에서 세워진다.

그리고 (상상된 조선) 국가는 구성원에게 '새로운 자살'을 요구한다. 혁명을 둘러싼 '죽음'이 그것이다. 서왕한이 혁명파의 일원으로 활동을 하지만 장순옥의 죽음을 계기로 혁명이 아닌 사랑을 선택하고 칩거에

---

61 지그문트 바우만, 이일수 역, 『액체근대』, 강, 2009, 294~295쪽 참조.

들어간다. 그러자 아내인 창순은 자살을 택한다. 평범한 범부의 아내라는 삶이 싫었던 창순은 남편을 혁명가로 이끄는 죽음을 선택해 자신의 삶을 '숭고한 것'으로 격상시킨다. 또한 혁명의 반대세력인 장순옥의 자살 역시 민족을 위한 것이다. 이처럼 이들의 자살에는 죽음의 공포가 없다. 이것은 죽음을 두려워하지 않는 한용운의 생각을 반영한다. 그는 "불교에서 말하는 윤회설을 믿지 않는다. 죽으면 다시 불성으로 돌아갈 뿐"[62]이라고 말했다. 불성으로 온전히 돌아가기 위한 죽음, 그것은 자신과 타인을 '구원'하는 숭고한 죽음이었다.

따라서 이들의 자살은 숭고한 삶을 지향한 개인의 선택이다. 그러면 이들의 신념은 어떠한 배경에서 나온 것이었을까. 한용운은 사회에 유행하는 주의들을 모두 "진화된 지식"으로 간주했다. 다만 사회주의를 예로 들며, 사람들이 철저하게 사회의 각 문제를 파악하고 사회주의자가 되는 것이 아니라 일종의 신앙처럼 믿는다고 지적했다.[63] 이에 따르면 '신념'은 신앙과 같은 것이다. 때문에 사람들은 격정적인 분위기에 둘러싸여 있다. 따라서 한용운은 교단의 구체적 개혁은 말할 수 있었지만 독립을 위한 상세한 방안은 제시하지 못한다. 정서적으로 급진적일 수 있어도 현실의 제약 속에서 정치적 힘의 조직화나 실현 가능한 개혁 대안을 만들기가 어렵기 때문이다.

---

62 한용운은 영혼 윤회설을 믿지 않았다 한다. 비합리적인 것으로 간주했기 때문이다. "나는 믿지 않습니다. 생각건대, 아마 불교를 다른 종교들처럼 공리주의적 즉 권선징악의 방편으로 쓰려하여 일어난 학설 같아서요." 한용운, 「人生은 死後에 어떻게 되나」(『삼천리』, 1929.8), 『한용운 전집』 2, 불교문화연구원, 2006, 289~290쪽 참조.
63 한용운, 「共産主義와 反宗敎 理想」(『佛敎』, 1938.3.1), 위의 책, 281~285쪽 참조.

순보는 정혼한 딸을 나의 첩으로 주는 것이 다소 불가한 줄은 알았으나 그것이 사회 도덕에 위반된다든지 인권 문제에 틀린다든지, 또는 언석이가 돈의 힘으로 윤리 도덕에 위반되는 일을 행하기 위하여 남의 권리를 짓밟는 것이라든지, 그러한 것을 심각하게 비판하여서 철저히 반성할 만한 지식과 인격을 가진 사람은 아니었다.[64]

그래서 한용운의 '혁명'은 현실과 괴리를 낳는다. 서왕한은 자신의 울분을 '살인과 강도'로 표출한다. 그리고 그는 자신이 범인이란 증거를 철저히 조작한다. 이 과정에는 아무런 반성도 없다. 한용운의 혁명이 구체성을 상실하는 데는 그의 현실인식이 지닌 '보수성'도 하나의 원인이다.[65] 그는 사회제도적 억압을 너무 가볍게 여긴다. 일례로 그는 순보가 "지식과 인격"이 부족해서 딸을 요구하는 지주의 제안을 거절하지 못했다고 지적한다. 이처럼 문제를 개인의 탓으로 돌리는 보수적 태도는 혁명의 정당성을 흐린다.

이 혁명의 정당성 문제는 숭고한 혁명의 주체가 그 영웅적 입지를 다지는 과정에서도 나타난다. 한용운의 혁명에는 여성의 해방도 포함된다. 그래서 「흑풍」에는 여성단체가 결성되는 장면도 나온다. 그런데 그가 보기에 "우주의 발달에는 적응과 유전, 두 가지 방법이 있다. 이 법칙에 따라 삼라만상이 발달"[66]한다. 이 논리에 따르면 여성의 사회적

---

64   한용운, 「흑풍」, 앞의 책, 36쪽.
65   한용운의 보수적인 태도는, 강도 후 (개성의 토막촌과 같은) 상해의 빈민굴을 도와준 후에 흐뭇해하는 대목에서도 엿보인다. 그 자신을 비롯해 주위 사람은 이를 두고 자선으로 인식한다. 자선의 활성화는 통합된 사회를 꿈꾸는 우파의 도덕률이다.
66   한용운, 「信仰에 대하여」, 앞의 글, 303쪽 참조.

지위가 낮았던 것은 이들의 민도가 낮다는 사실을 의미한다. 그래서 그는 여성의 개혁에 남성의 의식이나 사회제도는 문제 삼지 않는다. 물이 낮은 곳에 흐르듯 여성이 억압받은 것은 여성의 지식과 인격이 부족했다는 논리다. 이런 여성들에게 '사랑'은 자신의 힘을 확인하고 증진할 수 있는 좋은 기회이다. 사랑은 사람이 자신을 외부 세계와 결부시키는 자발적이며 창조적인 행위이기 때문이다. 사랑은 상대를 소유하는 것도 아니며 상대를 긍정하고 개인적 자아를 보존할 때 가능하다.

그러나 한용운은 사랑의 주체를 미혼여성으로 한정한다. 그는 신문에 결혼 후에는 사랑 따위에 신경 써서는 안 되며 가족을 위해 살아야 한다고 기고한 바 있다.[67] 또한 「흑풍」에서 등장하는 모든 혁명 여성은 그 교육여하를 불문하고 남성을 통해서 자신의 사명을 실현하려 한다. 창순은 남편 서왕한을 다시 혁명가로 이끌기 위해 자살한다. 그 이유에는 평범한 남편의 아내로 일생을 보내기 싫다는 욕망이 있다. 또한 봉숙은 결혼하지 않고 왕한을 곁에 모시며 혁명을 실현하도록 조력하겠다고 다짐했다. 자살한 장순옥 역시 왕한과 복잡하게 얽힌 집안문제를 알기 전까지 왕한을 보필하며 살겠다고 했다.

피히테가 고상한 이와 그렇지 않은 이를 구분했듯이 한용운은 혁명의 주체를 여성이 아닌 남성으로 설정했다. 그래서 서왕한은 혁명의 영웅으로 표상되는데 그는 여기서 더 나아가 인격자의 화신이 된다. 아무런 다른 고려요소 없이 '강도'였던 서왕한이 혁명을 지지한다는 이유만으로 갑자기 여성에게 '인격자'로 추앙받게 된다. 소설 내에서 왕한은 여성에

---

67 한용운, 「女性의 自覺」(『동아일보』, 1927.7.3), 『한용운 전집』 1, 불교문화연구원, 2006, 284쪽 참조.

게 계속해서 "인격자"와 "선생님", "혁명가"로 불린다. 혁명은 인격, 영웅, 민족 등을 수렴하면서 남성의 지위를 격상시킨다. 이렇게 한용운은 가정과 공적사회에서 남성이 합법적인 권위를 가지는 도덕질서를 승인한다. 여성은 다만 그 권위의 구조 내에서 일정 부분 기여를 하는 역할이 었다.[68] 그가 사회제도적 억압을 소홀히 여기는 점이 여기서도 확인된다.

「흑풍」의 이러한 면모는 단순히 당대의 가부장적 사회의 성격을 반영하고 있다고 정당화해서는 곤란하다. 「흑풍」의 혁명이 지주와의 갈등, 노동자로서의 비참한 삶 등에서 시작된 것이라면 주인공이 사회주의자는 아니지만 계급투쟁의 성격을 일부분 담지하고 있다. 그리고 그 계급에는 여성의 사회적 제약 문제도 포함하고 있을 수밖에 없는데, 한용운은 여성을 남성혁명가를 산출하기 위한 도구로 설정하고 있다. 이 것은 당대 이재유를 중심으로 한 경성트로이카와 박진홍·이순금 등 아지트 키퍼의 관계[69]를 감안한다면, 그의 숭고한 혁명론에 깃든 폭력성·보수성·가부장성 문제는 지적될 수 있다.

---

68 채진홍은 이 글과 다른 입장이다. 그는 "혁명사상을 지녔음에도 전통적인 미덕의 중요성을 갖춘 인물로 설정된 창순은 인간의 품격과 노동의 가치에 기초를 두고 남녀평등 문제를 제기했다"고 지적한다. "이는 작가가 이 부부의 삶을 통해 구현하려했던 인간혁명의 기반이었다"는 것이다. 채진홍, 「한용운의 「흑풍」 연구」, 『국어국문학』 138, 국어국문학회, 2004 참조.

69 여성 사회주의자들의 자발적이고 적극적인 혁명 참여, 그 열정은 안재성, 『경성 트로이카』, 사회평론, 2004에서 확인할 수 있다. 송현호는 「흑풍」에서 창순의 자살을 당연시한다. "그녀는 왕한을 통해 조국애와 동지애가 이성애로 변모되고 혁명을 위한 결속이 결국 혁명운동의 장애가 된 것을 알게 된다. 그녀는 심한 죄책감과 책임감을 느끼고, 자신의 존재 이유에 회의를 품었다는 것이다"는 것이다. 이러한 분석은 왕한이 운동을 중단한 것을 (신념의 밀도를 고려하지 않고) 온전히 창순 때문인 것으로 환원한 해석이다. 또한 한용운 역시 이성애와 동지애가 결합하여 긍정적인 투쟁운동으로 나아간 경성 트로이카 등의 사례를 간과한 것이다. 송현호, 「만해의 소설과 탈식민주의」, 『국어국문학』 111, 국어국문학회, 1994, 260쪽 참조.

4. 나가며 – 혁명과 젠더

「흑풍黑風」은 1930년대 후반 대다수 지식인의 소극적 태도가 문제시 될 때 '혁명'을 제창하고 있다는 점에서 특이성이 있다. 이 글은 이광수 가 『사랑』(박문서관, 1938.10)에서 자신이 꿈꾸는 세계를 그렸듯이, 한용운 이 「흑풍」에서 혁명과 불국토를 꿈꾸었다고 간주했다. 그 혁명은 사회 에 대한 불만의 표출이며, 그 사회를 바라보는 한용운의 눈은 '직관'이 아닌 '자아'였다. 그런데 (세속에 물들기 쉬운) '자아'를 강조했던 한용운은 비폭력과 상생을 설파하는 불교인이면서도 국가와 폭력을 인정하고 혁 명을 위한 죽음을 요구하는데, 이것은 가미가제로 귀결하는 천황제 논 리와 비교했을 때 그 대립의 방식이 폭력적인 대주체와 닮아 있다는 것 을 알 수 있다. 조선이냐 일본이냐는 지향점만 다를 뿐이다.

또한 그는 봉건적인 풍속에서 자유롭지 않았다. 그래서 그 (혁명적인) '구원'은 차등적이다. 이광수의 「무명」에서 교육수준에 따라 구원의 유 무가 결정되었다면, 「흑풍」에서는 성의 구분에 따라 구원의 성격이 달 라진다. 그리고 그 주체는 남성이다. 남성 혁명가의 죽음이 가장 숭고 하다. 여성은 남성 혁명가가 죽음으로 잘 이르도록 도와주는 조력자일 뿐이다. 여성도 죽지만 그것은 혁명을 위한 직접적인 투쟁의 산물이 아 니다. 여성의 삶의 가치는 혁명가의 아내로서 정립된다. 남성을 향한 여성의 헌신에는 '정절'을 동반한다. 여성은 남성과의 신체적 접촉을 최소화하며 남성의 다스림을 받는 대상으로 규격화된다. 「흑풍」의 등 장인물이 보인 관계 양상이 이렇다. 그래서 여성을 억압하는 구조와 제도 등 사회관계에 대한 문제제기가 본질적으로 불가능하게 되었다.

혁명 과정의 진정성을 묻는 이유는 혁명파에게 구원·혁명은 '도덕'이며 숭고한 것이기 때문이다. 혁명조직이념은 행동의 규범을 만들며 도덕과 관련된다. 이 도덕규범(규율)이 말해지는 순간, 이행해야 할 행위에 대한 자유로운 선택은 더 이상 존재하지 않는다. 그러나 '혁명의 과정'은 그것을 이행하는 구성원의 '도덕'을 드러낸다. 「흑풍」을 통해 남성과 여성에게 주어지는 도덕을 확인했다. 한용운은 여성해방을 주장했지만 한계가 있었다. (본질적으로) 독립혁명의 과정은 이 가부장적 도덕을 타파(내파)하는 사회혁명도 수반하기 마련인데 한용운은 이를 외면하고 있기 때문이다.

그러나 「흑풍」의 혁명 목표가 '독립'이라면 그것은 식민지 지식인으로서 복잡한 고뇌를 드러낸다는 점에서 의미가 있다. 그는 불교 개혁을 주장하면서 자율적인 노력과 함께 정치적인 지원과 해결도 고려했다. 일본 제국주의의 식민지배체제가 갖는 실정성을 인정할 수밖에 없는 불교인으로서의 내면이 드러났다. 가와무라 미나토는 식민지 말기 동아협동체론이 제출된 무렵 식민지 조선 문인들이 일본인들에게 소설 창작에 일본어가 아닌 조선어를 사용하는 것이 각 지방(식민지 조선)의 문화적 다양성을 높이는 길이라며 그 사용을 용인해달라고 간청한 것을 두고 식민지민 안에 깃든 추악한 굴종, 비굴, 비참, 절망, 체념 등을 엿볼 수 있다고 지적한 바 있다.[70] 이것과 한용운이 식민지배체제는 비판하고 독립을 주장하면서도 「조선불교통제안」(1937)을 내고, 과정보다 결과를 더 강조하

---

70   川村湊, 「金史良と張赫宙—植民地人の精神構造」, 『近代日本と植民地』 6, 岩波書店, 1993, pp.209~210.

는 그 윤리는 어떤 차이가 있는 것일까. 득오한 불교인이라도 소속된 조직의 문제에 관여하게 될 때 (불교의 근대화 추진이라는 목표는 이해되지만) 불심을 지키기 어려웠던 것이다.

식민지의 당대 상황을 고려한다면 한용운 '혁명'의 보수성과 폭력성을 문제 삼아서는 안 된다고 할지도 모른다. 그러나 모든 것을 시대의 억압성으로 환원하여 설명한다면 한용운을 포함해 여타 불교인이 지향하는 '불교'의 종교·사상적 가치는 그 의미를 상실하고 만다. 또 다른 승려 박한영이 한용운을 비난했던 것도 이러한 맥락이었다. 다만 어떤 식으로든 '억압으로부터의 초월'을 욕망할 수밖에 없는 인간의 모습(현실)을 한용운이 보여주고 있는 것이다.

제2장

'에고이스트'의 자기애와
'구원 불가능성'

김동리의 「솔거」(1937.8) 3부작

1. 김동리의 생의 구경究竟과 구원救援

「솔거」 무렵에 와서 나에게는 새로운 苦痛이 시작되었다. 小說을 쓴다는 것(或은 文學을 한다는 것)만으로 <u>나의 人生的 究竟은 救援(救濟란 語彙가 더 正確할는지 모르겠다)에 通할 수 있는가</u> 하는 問題였다. 文學觀이 不知中 宗敎의 <u>영역을 侵犯하기 始作한 것도 이때부터</u>의 일이었다. 그리고 이 問題와 正面으로 부닥친 것이 「率去」였다.[1]

---

1 김동리, 「後記」, 『黃土記』, 수선사, 1949, 216쪽. 그는 "구경적 생의 형식"이란 근본적으로 인간의 "구원"을 목표로 한다고 했다. 김동리, 「신세대의 정신─문단「신생면」의 성격, 사명, 기타」, 『문장』, 1940.5, 88~92쪽.

付記. 본편완미설은 형식으로는 따로 독립된 단편이나, 내용으로는, 「솔
거」, 「잉여설」과 같은 문제(운명)의 발전이요 변모인즉 상기 2작과 함께 읽어
주시는 독자가 몇분쯤 계셨으면 한다.[2]

김동리는 자신의 작품을 크게 셋으로 구분한 적이 있다. 먼저 "사랑과
운명의 문제를 다룬 작품들, 다음이 민족과 사회의 문제를 다룬 것들이
며, 그리고 세 번째가 신과 인간의 문제를 다룬 작품들이다".[3] 그러나 이
런 분류는 이상하다. 그것은 운명과 신의 문제를 분리하기 때문이다. 이
도식적인 분류는 신의 문제가 운명과 사랑의 관계로도 현현함을 도외시
한다. 신과 인간의 문제에는 운명과 구원이 개입될 수밖에 없다. 운명을
헤쳐 나가는 길이 인간이 신과 만나는 하나의 과정이기 때문이다.

어쨌든 이 분류에 따르면 그의 소설 「솔거」 3부작(「솔거率居」(『조광』, 1937.8),
「잉여설剩餘說」(『조선일보』, 1938.12.8~24), 「완미설玩味說」(『문장』, 1939.11))은 세 번째
'신과 인간의 문제'를 다룬 작품에 해당한다. 그런데 김동리는 「솔거」를
쓸 무렵, "나의 인생적 구경은 구원(구제란 어휘가 더 정확할는지 모르겠다)에 통할
수 있는가"를 고민했다. 또한 『문장』에 기고한 소설 「완미설」의 부기에
이 작품이 「솔거」, 「잉여설」과 함께 '운명'의 문제를 고민한 작품이라는
사실이 명기되었다. 이렇게 되면 당시 김동리는 자신이 표방한 '생의 구경적
형식'으로서의 문학의 내용으로 '운명, 구원, 신'을 고민한 셈이 된다.

그의 현세적, 인간적 삶에는 근본적인 해결이나 행복이 없었다. 그러나

---

2   김동리, 「玩味說」, 『문장』, 1939.11, 46쪽. 소설은 34~46쪽에 수록.
3   김동리, 『꽃과 소녀와 달과』, 弟三企劃, 1994, 76쪽.

그런대로 전력을 기울인다. 그리하여 그가 삶을 다했을 때 그의 영혼은 메피스토에게 주어져 지옥으로 가지 않고 **도리어 하늘로 올라간다.**

이것은 물론 기독교적인 구원이나 하늘나라와 같은 것이 아니다. 그런대로 **또 다른 일종의 구원을** 뜻하는 것만은 분명하다. 여기엔 많은 문제점이 있지만 그것이 그냥 시적환상이나 표현에 그치는 것은 아니라고 본다. 그때 이미 **스베덴보리의 「영계일기(靈界日記)」 기타가** 세상에 널리 알려진 뒤였기 때문에 **기독교적인 테두리를 떠나서도 영혼의 구원이 가능하다는** 것이 밝혀져 있었기 때문이다.[4]

김동리는 「솔거」를 쓰기 전부터 '구원'에 관해 깊은 고민을 하고 있었다. 습작시절 그는 "동서고금의 명작이라 불리는 시·소설·희곡·평론 등을 두루 통독했고, 범부선생의 영향을 받아 철학도 광범위하게 습득한다."[5] 김동리가 파악한 "근대문학은 인간주의 문학이며 영원성 또는 불멸성이란 가치를 표준으로 삼은 문학"[6]이다. 그리고 철학에 심취한 그를 문학의 세계로 끌어들인 소설이자 인간주의를 상징하는 작품이 괴테의 『파우스트』였다.

김동리는 『파우스트』를 통해 기독교적 구원과는 다른 구원의 방식을 고민했다. 이는 당시 식민지 조선에서 스베덴보리의 영향 때문에 더욱 강화된다. 스베덴보리는 기독교의 삼위일체를 부정하고 신과 인간이 직접 만날 수 있다고 주장해 이단으로 몰린 인물이다. 당시 김동리

---

4   위의 책, 239쪽.
5   김동리, 『나를 찾아서』, 민음사, 1997, 113쪽.
6   김동리, 『꽃과 소녀와 달과』, 弟三企劃, 1994, 234~235쪽 참조.

는 "서양의 기계 문명이 기독교의 신과 함께 막다른 골목으로 접어들었다"고 진단했다. 따라서 그는 "새로운 성격의 신을 찾아내 인간의 구경에도 새로운 해결의 서광을 비추기 위해서, 서양인의 잔재를 긁거나 모방을 일삼는 문학을 지양해야 한다"[7]고 말한다. 이런 맥락에서 그는 농촌, 샤머니즘이나 불교 등에 시선을 돌리는데, 「솔거」 3부작은 특히 불교와 맥이 닿아 있다.

그렇다면 불교의 관점에서 구원은 어떤 의미일까. 원래 불교에서 '구원'은 없다.[8] 모든 죄악의 근원인 탐진치貪瞋痴(탐욕, 화냄, 어리석음)를 없애는 것이 불교의 구경究竟이기 때문이다. 지젝은 "우리가 구원에 몰두하는 것은 자기애의 잔여"[9] 때문이라고 지적했다. 그렇다면 불교적 구원이란 구원의 자기애적 속성을 탈각하는 것이라 할 수 있다. 그래서 지젝은 "다른 사람들을 돕기 위하여 자신의 구원을 뒤로 미룬 보리살타의 모순적 행동"에 주목한다. "그의 제스처가 함의하는 것은 사랑이 구원보다 상위의 가치"[10]라는 해석이다. 이 '사랑'은 불교의 '불공'으로 수렴될 수 있다. 불공이란 그냥 남을 돕는 것이 아니라 그 상대가 부처님이기 때문에 남을 돕고 모시는 것을 뜻한다. 그러나 인간은 자기애를

---

7   위의 책, 80~81쪽 참조.
8   불교에서는 구원이라는 말이 없고, 구제라는 말도 없다. 그러나 지금도 조계종에서는 '구제'라는 어휘를 임시방편으로 사용하고 있다. 김동리 역시 당시 자신이 쓰는 어휘에 대한 고민이 있었다. 앞서 살펴봤듯이 한용운은 '구원'이란 어휘를 사용했다. 이 글에서는 김동리와 함께 불교와 밀접한 이광수를 다루고 있으며 이들이 기독교의 영향도 받은 것을 감안하여 '구원'이란 어휘를 사용하기로 한다. 유의할 점은 이들 작가가 기독교와의 대결욕에서 불교와 민속신앙이라는 모티브에 주목했는가 하는 점이다. 인정할 수 있는 견해이나 이들이 기독교를 전면적으로 부정했다고는 보기 어렵다. 이 글이 불교에 초점을 두고 있다고 해서 기독교의 대타항으로 접근했다고 생각해서는 안 될 것이다.
9   지젝 외, 정혁현 역, 『이웃』, 도서출판b, 2010, 227쪽.
10   위의 책, 227쪽.

탈각하기 쉽지 않다. 따라서 김동리의 문학을 접근할 때 불교 본연의 것을 탈/재맥락화해야 한다.

「솔거」 3부작은 주인공 재호가 부모의 반대로 연모하던 여인과 결혼하지 못하고 방랑하다가 '고아와 창녀'를 구원하는 내용으로 구성되어 있다. 여기서 부모를 거부한 재호가 전국을 떠도는 것에서 알 수 있듯 그는 '업둥이적'인 인물이다. 업둥이는 자신의 인격을 성스럽게 여긴다.[11] 자존심 강한 업둥이는 자신이 한 선택이 다른 사람에 의해 부정되는 것을 견디기 힘든 모욕으로 받아들인다. 타인의 결정에 휩쓸리지 않고 자신의 정체성을 유지할 수 있는 방법은 타인과의 분리뿐이다.

기존 연구[12]에서는 주인공 재호가 '불멸의 화가'를 꿈꾼다는 점에서 예술가 소설로 접근하거나, 재호가 고아를 자식으로 키우고 창녀를 아내로 받아들이는 일종의 구원을 통해 대승불교를 실천하고 있다고 논한다. 이 두 관점은 별개의 것인가. 그러나 재호의 화가의 꿈과 고아 양육은 서로 연관이 없는 개별적 행동이 아니다. '불멸의 화가' 역시 재호의 자기 구원으로서의 지향이다.

---

11 마르트 로베르, 김치수 · 이윤옥 역, 『기원의 소설, 소설의 기원』, 문학과지성사, 1999, 271쪽.

12 방민화는 「솔거」 3부작을 불교의 수행법인 통찰선으로 접근하고 있다. 그는 주인공 재호가 창녀를 아내로 받아들인 것을, 세상의 이치에 순응하는 현실 논리로, 주인공이 자신의 운명을 타개했다고 분석한다. 관(觀)이 심화되었다는 뜻으로 불교의 대승불교를 따르고 있다는 입장이다. 이는 나와는 반대의 입장이다. 이런 관점으로는 임신이 불가능한 창녀를 선택한 재호의 내면, 친구와의 편지 내용을 해석하기 어렵다. (방민화, 「김동리 연작소설의 불교적 접근—선을 통해서 본 운명 대응 방식 연구」, 『문학과 종교』 12-1, 한국문학과 종교학회, 2007) 임영봉은 「솔거」 3부작이 '나'에 대한 집착을 버림으로써(창녀와 결혼), 마침내 새로운 삶을 얻게 되는 것으로 해석하고 있다. 이 주장의 근거가 잘 뒷받침되고 있지 않지만 방민화의 논의 맥락 안에 있다. (임영봉, 「김동리 소설의 구도적 성격—불교와의 관련성을 중심으로」, 『우리문학연구』 24, 우리문학, 2008) 이들 논문은 창녀를 대하는 재호의 인식이나 삶의 처세술, 욕망에 대한 분석이 부족하다.

독자는 '구원'의 사유를 통해 재호의 화가의 꿈, 고아 양육뿐만 아니라 재호의 창녀와의 결혼까지 모두 포괄하여 작가의 의도를 파악해야 한다. 「솔거」 3부작의 재호는 김동리의 인간 이해와 구경적 삶을 향한 욕망의 한 단면을 조망할 수 있게 하는 주요 등장인물이다. 단순히 고아 양육과 창녀와의 결혼으로 대승불교를 실천하고 있다는 입장으로는 재호가 임신이 불가능한 창녀를 요구하는 대목, 재호가 고아인 자식과 창녀를 대하는 태도, 재호가 친구에게 보낸 편지, 마지막 장면에서 재호의 손떨림 등을 제대로 설명하지 못한다. 재호의 가면 뒤에 있는 욕망을 면밀히 분석하여 자기애적 구원의 성격을 명확히 할 필요가 있다. 요컨대 이 글은 「솔거」 3부작을 통해 당대 김동리가 지향했던 구원救援과 생의 구경究竟의 문학을 재조명하기 위한 기획이다. 이 글에서는 마르트 로베르의 '업둥이와 사생아'론[13]을 통해 작품 분석과 이해를 돕고자 했다.

2. 상처 입은 업둥이와 공덕 쌓기

— 인과업보와 윤회설 : 「솔거」

재호가 불교를 접하고 삶을 영위하기 위한 토대로 삼았을 때, 이 선택에는 그 이전 삶의 내력과 성격, 관심사 등이 반영되어 있다. 따라서

---

13 마르트 로베르, 김치수·이윤옥 역, 『기원의 소설, 소설의 기원』, 문학과지성사, 1999.

먼저 문제가 된 재호의 결혼문제를 이해해야 한다. "양편 부모의 반대"로 사랑을 이루지 못한 재호가 입은 내면의 상처의 크기는 어떠했을까.

> 그것은 재호가 아즉 열일일여듧 되었을 때, 그의 이웃에 그가 마음을 두는 소녀가 하나 있어서 그는 그를 얻으려 했으나 양편 부모들의 반대로 이루지 못하고만 일이 있었는데 재호는 그때 그저 그 소녀가 측은했을 뿐, 그 자신은 곧 그길로 또 하나 다른 황홀한 세계를 발견하야 거기 잠김으로 말미아마 별 타격은 입시 않고 시냈드니만, 그의 집에서는 그래도 그런줄을 모르고는 그 길로 그가 그림에 미쳤다느니 또 그 일이래 근 십 년이나 지난 이제와서 그것과는 아주 다른 심경으로 오늘날 그가 결혼도 하지 않고 객지로만 도라다니고 하는 것까지를 모다 그때에 입은 상처가 의외로 깊었든 것으로만 생각하고 있는 것이었다.[14]

그는 여인과 헤어진 일로 별다른 타격을 입지 않은 척 말한다. 그러나 그가 그림이라는 "황홀한 세계"로 침잠하고 방랑의 길을 떠나는 결정적 계기는 "양편 부모들의 반대"에서 비롯했다. 부모의 반대에는 세상의 세속적 가치가 판단 기준으로 작용한다. 결혼이 가문간의 혼사이며 일종의 상품거래라는 통상적인 상식은, 일반화된 자본주의적 이데올로기와 그로부터 구성된 담론 지식이다.[15] 재호는 부모에 의해 결혼에서 소외되고 주체성 그 자체를 상징하는 선택의 권리를 박탈당했다.

---

14 김동리, 「솔거」, 『조광』, 1937.8, 349쪽.
15 천정환, 『대중지성의 시대』, 푸른역사, 2008, 149쪽 참조. 1940년경에도 여전히 전문대학에 다니는 대다수 엘리트 남성들이 집에서 정해주는 결혼을 했다. 「專門大學 學生座談會」, 『인문평론』, 1940.5, 105~106쪽 참조.

이에 부모를 향한 그의 반발심은 격하게 확대된다.

부모를 부정한 그는 인간의 애정 중에서 가장 강한 것으로부터 해방된 자로 정신의 가공할 폐허에서 절대와 대등하게 사는 '업둥이'가 된다.[16] 이제 그는 물질을 중시하는 사회의 절대적 가치를 폄하하고 자신의 정신적 지향을 삶의 새로운 가치로 올려놓는다. 여기서의 에고이즘은 이기주의로 해석되는 통상의 그것과는 다르다. 이 에고이즘은 그의 삶에서 세속의 가치를 탈각하고 화가의 정신이라는 예술적·정신적 가치를 새롭게 부여해 신격화된 자기중심성에 이른다.[17]

재호는 스스로 이 영광을 맞이할 준비를 하는데 그 첫 단계가 불멸의 화가가 되는 길이다. 자신의 인격을 신성화하는 도구로 그림을 선택한 그는 "어릴 때부터 거룩하게 여겨서, 마치 인생의 불멸의 증거나 되는 듯이 믿고 숭배했던 솔거"[18]와 만나게 된다. 솔거는 재호에게 대타자였다. 솔거와 같은 영원불멸의 화가를 꿈꾸게 된 그의 내면에 자리한 저항의식과 자만심은 스스로를 고독한 사색가로 만들었고 결국 방랑의 길로 이끈다.

지난해 늦은 가을 **재호가 이미 처리하기 어려운 가슴의 병**을 진히고 이 선사의 산방을 찾아 왔을 때 그때 마츰 선정에 드러있든 선사의 얼굴은 상기된 듯한 우에 너무 치열한 의욕을 띠고 있었음으로 처음 (…중략…)[19]

---

16 마르트 로베르, 김치수·이윤옥 역, 앞의 책, 242쪽.
17 위의 책, 243쪽 참조.
18 김동리, 앞의 책, 361쪽.
19 위의 책, 352쪽.

관세음보살이 몇 만 명 오드라도 재호를 그의 병고에서 **구해줄상 싶지도 않**
았고 금강장이 아니라도 재호는 벌서 인류의 모든 노력이 결국은 허망한 것
이니라고 깨달어버린 이제요 저장애가 아니든들 재호에게는 남어있을 장애
란 것도 없었고 인노왕이 없어도 재호의 영혼은 스스로 저이 돌아갈 길을
알고 있다고 생각하였다.[20]

그러나 삼 년이 넘도록 도쿄와 전국 이곳저곳을 돌아다니지만, 자신
에게 남은 것은 "이미 처리하기 어려운 가슴의 병"뿐이다. 세상은 자신
만의 몽상에 사로잡힌 업둥이의 기대를 배반한다. 세속적 가치를 부정
하고 주변에 선 그가 세상을 돌아다니며 목도한 현실은 그의 정신적 지
향을 위협했을 것이다. 또한 그가 지향한 영원불멸의 화가가 되는 길은
너무나 지난할 뿐만 아니라 과거 실연의 상처 역시 여전히 치유되지 않
았다. 그가 파악한 "우주는 흐린 채색으로밖에 비치지 않는다. 그리고
인생이란 이 흐린 채색 속에서 영원히 저회하는 아메바"와 같다. 이러
한 재호의 번뇌와 절망은 수많은 중생을 구제한다는 "관세음보살이 몇
만 명이 오더라도" 해결해주지 못하는 데, 이는 솔거도 예외가 아니다.
　결국 재호는 관세음보살과 솔거가 그려진 그림을 불사르기에 이른
다. 절망에 빠진 업둥이는 관세음보살이 아닌 지장보살을 좋아한다.[21]
"그(지장보살)가 사는 그 새카만 지옥이 부러"운 재호에게 밝은 현실은 화
관(불붙는 집)이었다. 말법의 시기[22]에 주로 활동하는 지장보살을 찾는 것

20　위의 책, 356쪽.
21　위의 책, 356쪽.
22　말법시기에는 사람들이 참을성이 없어지고, 도를 구하는 이도 드물어 불법이 쇠퇴하며,
　　교만과 시비가 넘치게 된다고 한다. 운허 용하, 『불교사전』, 佛泉, 2008, 203쪽 참조.

은, 그만큼 현실이 혼돈과 타락의 세계로 인식된다는 뜻이다. 이렇듯 부패한 현실과 불화하는 업둥이로서의 성격은 더욱 더 심화되어 간다. 그래서 "불교에서는 사회적 연관 관계 속에 만들어지는 인간의 탐욕과 노여움, 어리석음의 삼독三毒이 개인에게 망상과 고통으로 돌아오는 개인적 고통의 순환에서 벗어날 것을 강조한다."[23]

어저께는 무우암에 가서 혼자 아미타불 앞에 섰다가 그만 해를 지어버렸다. **아츰부터 왼종일 서 있으면서 입으로 그를 한번 불러보리라 불러보리라 한 것이 깜박 잊어버리고 왔다.**

처음부터 싸홀 맘은 조금도 없었지만 부처님의 낯이 둥그스름한게 궁둥판도 펀펀한게 손목도 토실토실한게 흡사 어린애 모양같다 생각하고 여간 재미나지 않았다.[24]

그러나 재호는 극단의 허무주의 속에서도 적대감을 버리지 않는다. 끝없는 몽상에 사로잡힌 업둥이는 본래 세상을 향해 불만을 중얼거리는 '불멸의 입'을 갖고 있기 때문이다. "아미타불" 앞에 가서 하루 종일 맞서며 그의 타력他力에 기대지 않는 재호의 모습은, 솔거가 관음상을 그렸다고 해서 관음상을 그리기 싫어하는 장면과 함께 그가 지닌 강한 에고이즘을 실감케 한다.

선정실에는 십여 명 되는 수좌들이 **싯누런 얼굴에 생기하나 없는 눈들을**

---

23 박노자, 『우리가 몰랐던 동아시아』, 한겨레출판, 2007, 97쪽 참조.
24 김동리, 위의 책, 355쪽.

히멀겋게 뜨고 **바보들 같이** 앉아 있었다. 이때 문득 그는 그 핏기 하나없이 히멀건 눈을 뜨고 앉아들있는 십여 명의 수좌들과 이 언제나 건강을 역설하는 **행복에 취한 듯한 선사**와 비추어 생각해 볼 때 등에 냉수를 끼얹는 듯한 전율을 깨달았다.

　　그는 낯을 들어 그의 스승의 낯을 볼것이 무섭기만 하였다. (…중략…) 그는 간다는 인사도 않고 자기도 모르게 어느덧 밖으로 나와 있었다. (362)

　이 에고이스트의 굽히지 않는 저항은 절에서도 계속된다. 공양수에게 구박받고 있던 고아 '철'을 본 그는 자신이 모시는 혜룡선사에게 고아 소년을 부탁하러 간다. 그러나 그는 선정실에 모여 있는 수좌들의 얼굴과 대비되는 선사를 보고 위선을 느끼며 돌아선다. 수좌와 달리 포동포동하고 윤기 있는 선사의 얼굴이 위선적으로 느껴졌기 때문이다. 마침 솔거가 꿈에 나타나 자신이 남긴 그림의 자취는 사라졌지만 자신은 살아있다고 말한다. 이제 재호는 산사인의 열정을 위선으로 격하하고 스스로 진정한 구원자가 되려 한다.

　영혼의 고결함과 불멸 가능성을 다시 깨달은 그는 "이 소년(고아)을 한 포기의 나무처럼 기르면 그 나무를 솔거의 산에 심어주리라 생각"하며 산에서 내려온다. 그러나 정작 재호가 선사에게 배운(모방) 것은 그동안 자신에게 없었던 '열정'이다. "싯누런 얼굴에 생기하나 없는" 수좌는 열정이 없는 재호 자신이며, "행복에 취한 듯한 선사"는 열정을 품고 있는 자였다. 구원은 열정(삶의 의미)을 회복하고자 하는 재호의 몸부림이자 공덕 쌓기였다. 이 점에서 이 글은 '삶의 무의미'를 강조하는 기존의 평가와 달리한다.

고아 소년을 데리고 가는 재호의 내면에는 일차적으로 위선적인 스님보다 자신이 더 진정성 있고 올바르게 구원하겠다는 욕망이 자리한다. 그러나 나무처럼 길러서 솔거의 산에 심어준다는 대목은 그 구원의 진성성을 의심케 한다. 여기서 그가 "문수, 보현, 일광, 월광, 이 네 분이 입은 찬란한 화관과 초록 장삼과 붉은 가사와 가사위에 주렁주렁 달린 고운 휘장들"을 부러워하던 대목이 떠오른다. 그 이면에는 신성하고 숭고한 영원불멸의 존재가 되기 위해 무언가를 구원하고 그 증거를 제시해 오히려 스스로를 구원하려는 업둥이의 욕망이 잠재하고 있다.

이처럼 구원의 행위를 '증거'로 남기려는 의도는 김동리의 불교관에서 기인한다. 김동리는 "많은 이데올로기와 종교를 접하면서도 특정한 것에 빠져드는 것을 경계했다. 각각의 사상에서 자신이 공감할 수 있는 점들만 수용하는데 불교에서는 인과업보와 윤회설을 강조"[25]한다. 그렇다면 미래를 위해 현세에 '공덕'을 쌓으려는 의도가 재호와 '철'의 만남을 필연적으로 이끌었다고 할 수 있다. 그러나 불교의 윤회설은 현재가 과거와 미래의 삶의 영향을 동시에 받는 것을 전제한다. 따라서 '내세만을 위한 현세적 삶이 아니라, 이미 과거에 현세에서 재호가 무엇이 되고 어떻게 살지가 상당 부분 예정되어 있다고도 볼 수 있다. 또한 내세에서의 구원 여부가 어느 정도 판가름이 나 있다는 의미의 운명 예정설도 일부 가능하다.'[26] 따라서 이러한 예정설을 극복하기 위한 삶이란 극도의 수행과 공덕 쌓기를 요청하는 것이다.[27]

---

25 김동리, 『운명과 사귄다』, 철문출판사, 1984, 371쪽.
26 김광기, 『뒤르켐&베버 사회는 무엇으로 사는가?』, 김영사, 2007, 120~121쪽 참조.
27 이 글은 죽음(내세)만을 대비한 현세적 삶이라는 기존의 논의를 경계한다.

이 수행과 공덕 쌓기는 김동리의 소설에서 '구원자-되기'와 '증거' 만들기였다. 상처 입은 업둥이가 세속의 물적 가치를 지양하고 영혼의 고결함을 갖춘 존재로 자리매김하기 위해 '불멸의 화가'를 꿈꾸고 자신이 구원자가 되어 고아를 양육하려 했다. 이는 일차적으로 부모로부터 받은 상처의 치유의 과정이다. 하지만 부모에 대한 거부는 그만한 명분과 대가가 요구된다. 그래서 재호는 정신적 고결함을 극단까지 추구하고자 했다. '불멸의 화가'란 그 하나의 표현이자 스스로를 구원하기 위한 지향이었다. 이차적으로 고아 양육은 스스로 '아버지-되기'를 자처한다는 점에서 현세에 공덕을 쌓는 '증거'이자 타인의 '구원자'의 위치에 서고자 하는 업둥이의 강한 욕망이다. 이제 이 구원의 실천과 의미를 살펴봐야 한다.

3. 구원의 공간과 근친상간—「잉여설」

김윤식은 「솔거」 3부작을 논하면서 이 시기 김동리의 '구경적 생의 형식'이란 무의미한 삶을 그대로 수용하여 무의미하게 살아가는 길밖에 없다는 것으로 요약한다. 그래서 재호의 모든 시도가 한갓 '허무'에 부딪치고 만다는 점이 「솔거」 3부작의 참주제라는 것이다. 김윤식은 「솔거」 3부작을 일관되게 관통하고 있는 사상은 허무의식이라고 규정한다. 그래서 식민지 청년 화가 재호가 실연하여 산사에 들어간 것은 핑계에 불과하며 재호에게 중요한 것은 그가 필생을 건 예술, 곧 그림 그리기였다고 주장한다.[28] 이는 허무의식과 예술적 승화를 결부하는 독법이다.

물론 「솔거」 3부작에 흐르는 허무의식은 공감이 가는 지적이다. 그러나 예술에만 초점을 두고 일방적으로 실연失戀과 산사에서의 일을 평가 절하하는 것은 문제가 있다. 재호에게 실연은 허무를 느끼게 되는 중요한 계기였으며, 그림 그리기는 재호가 허무에 대응하는 방법 중 하나였다. 특히 그는 산사에서 고아를 만날 수 있었다. 따라서 오히려 중요한 것은 김윤식이 말한 '핑계' 같은 것이 아니라 재호가 머무는 공간의 의미와 구원의 관련성이다. 그렇다면 그 구원의 성격을 구명究明하기 위해 구원의 공간을 파악할 필요가 있다. 이는 재호가 좋은 업을 쌓기 위해 조성한 '구원의 공간'에 대한 물음이다. 그동안 재호의 정원庭園은 초월적이고 이상적인 공간으로 해석되어 왔다.[29] 그러나 그뿐일까. 재호는 산의 절에서 내려와 속세로 다시 발을 내딛는데 그냥 나오는 것이 아니다. 그는 자신의 정신적 가치의 숭고함을 유지하고 고양하기 위

---

28 김윤식, 『미당의 어법과 김동리의 문법』, 서울대 출판부, 2002, 158쪽. 조연현은 「완미설」이 허무에 대한 소극적인 저항이었다고 평한다. 조연현, 「김동리론」, 『동리문학이 한국문학에 미친 영향』, 중앙대 문창과, 1979, 154쪽. 승려인 김일엽은 종교의 究竟에 대해 다음과 같이 말한다. 김윤식과 비교해 보라. "宗敎의 究竟이란 一切의 나를 얻는 자리다. 나는 다(盡)다. 다 버려야 다 얻어지는 宇宙의 原理 原則하에 業의 나는 다 버려야 法身은 얻어지는 것이다." 김일엽, 『未來世가 다하고 남도록』下, 인물연구소, 1974, 322쪽.
29 서재원 역시 김동리의 문학에서 재호는 현실의 삶을 무의미한 것으로 해석하고 영원성의 세계를 추구한다고 말한다. 정원은 단순히 현실과 단절하고 현실을 무화하면서 초월적인 공간이 되는 것이다. 그래서 서재원은 김윤식처럼 연애에의 실패는 예술의 세계로 나가기 위한 하나의 계기에 지나지 않는 것이라고 평한다. 그러나 과연 그럴까? 이 글은 이에 대한 회의에서 출발한다. 서재원, 『김동리와 황순원 소설의 낭만성과 역사성』, 월인, 2005, 32~33쪽.

한 구원의 방법을 절에서 습득했다. 그것은 화가 술거뿐만 아니라 불교가 가진 성격에서도 기인한다.

이게 모도 **전세의 업원**인가? 업원인가?[30]

「완미설」에서 누이가 외동딸 정아와 재호의 입양아 '철'의 사랑을 두고 "전세의 업원"을 읊조린 것처럼, 불교에서 현세의 행복은 전생에서 자신이 행한 업보로 정해진다. 각자의 업을 중시하는 불교는 그 자체가 업둥이적 사상이다. 따라서 불교에서 부모의 의미는 약화된다. 또한 세계와 구별하고 자신의 존재 가치를 높여주는 정신적 고귀함을 더 공고히 하고 영속적으로 유지하기 위해서는 자신을 현실의 세속적 욕망에 오염된 사람들로부터 보호할 필요가 있다. 그래서 재호는 방랑을 멈추고 자신만의 정원 속에서 스스로 고립된다.

그래서 「잉여설」에서 재호가 마련한 정원은 절을 변형한 공간이다. 그곳은 다수의 중생을 휘하에 두고 있는 스님과 달리 '철'이 한 명만을 다스리는 공간이며 절만큼은 아니지만 세상과 유리된 곳이다. '잃어버린 낙원'을 찾아 방랑하던 업둥이가 스스로 '아버지-되기'를 택하면서 자신만의 낙원을 스스로 마련한 셈이다. 이 공간을 신성하게 유지하기 위해 선행되는 조건은 세 가지다. 그것은 '물질과 성욕, 그림'과 관련한다. 업둥이 재호는 '정신적인 영광의 여건들을 준비하기 위해서 모든 인간적 욕망을 벗어버린다. 특히 가장 중요한 것은 모든 성적 생활의

---

30   김동리, 「완미설」,(『문장』, 1939.11), 『김동리전집』 1 – 무녀도, 황토기, 민음사, 1995, 211쪽.

자발적 포기이다.'[31] 또한 영원불멸의 화가를 꿈꾸는 그에게 정원은 아름다운 나무와 같은 그림의 소재를 제공했다. 그리고 물질적 탐욕에서 벗어나기 위해 절처럼 자급자족하는 삶이 요구된다. 밭이 등장하는 이유도 여기에 있다.

> 앞밭의 참외 수박이 모두 익고 마침 달이 밝을 무렵이라. (…중략…) 그 누이가 말해서 불을 끄니 그때까지 **정원에만 있던 달빛이 조수처럼 넓은 마루로 철철 밀려 들어왔다. 참외, 일년감, 배, 복숭아**들을 먼저 한 광주리 내오고, 수박만을 따로 한 광주리 내와, 둥그럼한 상에다 함께 벌려놓으니, 달빛 아래서도 참외는 누르고, 배는 푸르고 복숭아와 일년감은 붉다. 게다가 **수박은** 아이스크림인가 무언가 하는 것으로, 한 개를 쪼개니 속은 박속같이 희어서, 백**수박이냐고** 들 하니 또 한 개 쪼개어 **붉은 놈도** 내놓았다. "아니 이게 모두 집에**서 가꾼 거유**" 누이가 감격해 묻는 말에, 재호가 그렇다고 한즉 정아는 재호의 대답이 부족하다는 듯이, **무화과, 매실, 담감, 밤, 대추, 사과**들도 모두 몇 나무씩은 있다고, 과목들의 이름을 외고나 있었던 것처럼 뽐을 내었다.[32]

그런데 재호와 '철'이 가꾼 밭에서는 온갖 종류의 과실이 풍성하게 재배된다. 인용문의 목가적인 풍경은 에덴동산이자 황금시대를 연상하는 듯하다. 황금시대가 성스러운 대지를 소유한 형언할 수 없는 지복의 시대라면, 어린아이 '철'은 이곳에서 "최초의 우리 어머니의 성스러운 배(대지)"와 완전한 결합, 즉 '죄 없는 근친상간'[33]을 하고 있다. 그리고

---

31 마르트 로베르, 김치수·이윤옥 역, 앞의 책, 244쪽 참조.
32 김동리, 「정원」(「잉여설」이 개명), 앞의 책, 208쪽.

금욕적 이상주의로 위장한 재호는 독신으로 살면서 기혼남성이 탐하는 성적 욕망 및 물욕과 거리를 두며 자신의 낙원을 지배하고 있다.[34]

　이제 에덴동산은 재호와 같이 세상에서 상처받은 조난자에게 매혹의 공간이 된다. 그래서 남성의 공간이기도 한 이 정원이 내뿜는 향기에 이끌린 '누이와 외동딸인 정아'가 찾아온다. 여성이 들어오면서 황금시대는 끝나고, 균질적이던 정원은 균열하기 시작했다. 이들이 재호의 낙원을 찾아올 때, 재호가 "밤새도록 뜰에 심어놓은 매화나무 열매가 떨어지는 꿈"[35]을 꾸는 장면이 이를 상징한다. 매화가 신성한 선비의 절개를 의미하듯, 떨어진 매화나무 열매는 그가 십여 년 동안 공들인 낙원의 붕괴를 의미한다. 여성들은 들어올 때 기타·화려한 옷·책 등 문명과 함께 들어왔으며, 무엇보다 상처 입은 정아라는 존재 자체가 마찬가지로 상처를 안고 살아가는 '철'과 공명할 수 있는 계기가 된다. '성과 물질의 소유'를 상징하는 문명이 에덴동산에 들어와 버린 것이다. 이들의 조우로 이제 신성한 정원에서 이루어지던 '죄 없던 근친상간'이 '죄 많은 근친상간'으로 변해버린다. '철'과 정아는 혈연을 떠나서 재호와, 그 누이의 가족이라는 형식적 틀 안에 존재했기 때문이다.

　'철'과 정아의 사랑은 '성의 소유'를 의미한다. 이들의 결합으로 인해 부모로서 재호의 자격이 문제가 된다. 아내가 생긴 철이 '근친상간'으로 정원을 떠나면서 재호는 온전한 아버지가 될 수도 없고 아내가 없

33　마르트 로베르, 김치수·이윤옥 역, 앞의 책, 178쪽.
34　지젝은 주체는 노동과 소유를 통해서 타자성을 전유하는 방식으로 자아로서 출현하며, 그 때문에 그가 거주할 수 있는 친숙성의 영역을 창조한다고 말한다. 레비나스는 그와 같이 '나'와 가정을 공유할 수 있는 길들여진 타자를 여성적 타자로 본다. 지젝 외, 정혁현 역, 앞의 책, 231쪽.
35　김동리, 앞의 책, 203쪽.

는 자신의 현실만이 부각된다. 고결한 업둥이의 공간이었던 정원도 훼손되고 만다. 성을 소유하지 못한 재호는 이들과 대비되면서 늦은 나이에도 여성과 가족을 이루지 못한 무능력한 존재로 전락한다. 철과 정아의 사랑으로 재호의 신성한 소명인 공덕 쌓기는 소멸하고 만다. 두 사람은 사랑을 통해 각자 자신의 상처를 치유하고 서로를 구원해 버렸다. '철'을 구원하고 그를 통해 숭고한 인격을 보장받으며 구원받을 수 있을 거라 생각했던 재호의 몽상은, 급격히 무너져 내렸다. 재호는 결코 아들의 사랑을 인정하지 못한다. 주지하듯 도피와 토라짐은 업둥이의 전형적인 행동 방식이다. 그래서 "다시금 앞길이 망막한" 재호는 또다시 방랑의 길을 떠나게 된다.

그렇다면 이 글은 묻게 된다. 재호의 애초의 기획이나, 기존 연구자들의 평가처럼 정원이 초월적인 공간 내지 이상향이었다면, '철'은 왜 그곳을 뛰쳐나간 것일까. 재호가 '철'을 구원하고 정원을 조성한다는 것은, 재호가 이 공간의 모든 것을 지배한다는 뜻이다. 그러나 '구원자이자 지배자인 재호의 무/의식은 에덴동산과 같은 정원과 달리 현실에서 침윤된 계급의식에서 자유로울 수 없다. 재호의 무/의식이 투사되어 있는 이상적인 정원의 모습과 '철'과의 관계에는 사회경제적 구조의 사고가 반영되어 있다. 그래서 그 공간에는 지배하는 자의 계급의식과 폭력성이 잔존한다. 지배하는 자가 자신의 행위를 어느 정도까지 인식할 수 있는가에 따라 공간의 성격은 달라진다.

재호는 자신을 객관적으로 바라보지 못한다. 그가 '철'을 데리고 세상에 나와서 집을 사고 정원을 만들 수 있었던 것은 자신이 그토록 부정했던 부모님이 물려주신 유산으로 가능했다. 그리고 뒤에서 다룰 창녀와의 결혼에서도 상당한 액수의 지참금을 창녀에게 줄 수 있다는 발언이 가능한 것도 부모의 유산 덕분이다. 재호는 부모의 정신적 가치를 그토록 부정했지만 정작 부모가 세상을 떠나자 그 자리를 대신했을 뿐이었다. 그는 본질적으로 계급·계층의 이해를 깊이 사유하지 못했다.[36] 낙원으로 표상된 정원은 실상 부모의 물적 기반을 토대로 한 재호의 안식처였던 것이다. 그 사실을 재호도 기존 연구자들도 간과하고 있었다.

정리하면 재호는 자신을 의식하지 못했지만 결국 그도 가부장적자본주의 생활양식과 의식을 체화하고 있었다. 부모의 가치를 부정했던 그가 그 부모의 유산으로 자신만의 '섬'을 만들고 공덕 쌓기를 했다. '철'을 통해 부모의 위치에 서게 된 재호는 '철'이 사랑에 빠지자 자신의 부모가 반대했던 것처럼 '철'의 선택을 지지하지 않고 강하게 거부하며 '철'을 때리고 만다. 부모의 자리에서 선 그가 입양아 '철'을 사랑이 아닌 공덕의 도구로 삼고 아들의 사랑을 용인하지 못한다. 재호의 반대와 구타, 다시 시작된 방랑은 근친상간에 대한 반응만이 아니라 10년 동안 쌓은 공덕의 붕괴에 대한 분노였다. 이로서 고결한 '아버지-되기'를 통한 공덕 쌓기는 실패했고 업둥이의 고결한 공간도 붕괴하고 만다.

---

36 게오르크 루카치, 박정호·조만영 역, 『역사와 계급의식』, 거름, 2005, 130~138쪽 참조.

4. 창녀와의 결혼과 구원의 위선 - 「완미설」

정원에 이어 '결혼'은 재호의 욕망을 확연히 드러내 그 '구원'의 성격을 분명히 알 수 있게 한다.[37] 정원 붕괴 후 2년이 넘게 떠돌아다니다 돌아온 재호는 여전히 '철과 정아 부부'를 만나지 않는다. 그 대신 재호는 부부의 출산 소식을 듣게 되었을 때 누이에게 결혼의 뜻을 내비친다. 세상을 모두 부정해야 할 업둥이가 갑자기 결혼을 하겠다는 것은 자신의 자존심이었던 정신적 가치를 버리겠다는 뜻일까. 또한 그가 과거 '철'의 '의사擬似 아버지'에서 벗어나 결혼을 통해 진정한 아버지의 자격을 갖추려는 것일까. 고결함이 자기중심성과 결부될 때 고결함은 권력욕이란 양면성을 갖는다. 그렇다면 재호는 고결한 업둥이에 은폐된 권력욕의 사생아적인 면모를 드러내는 것일까.

눈은 점점 함박으로 퍼붓고 보이는 산과 들은 한 빛으로 고요히 황혼을 부르는데, 앞뜰 모과나무엔 언제 와 앉았는지 **까마귀 한 쌍이 쭈그리고 있다.**

---

37 홍기돈은 김동리가 1938년 김월계와 결혼한 것을 「솔거」 3부작과 관련지어 분석한다. 결혼 생활이 원만하지 않았던 김동리의 내적 고민이 소설에서 재호가 불임의 창녀와 결혼한 것으로 투사되었다는 것이다. 그러나 홍기돈은 재호가 키운 고아 '철'이 역시 김동리의 내면이 투영된 인물로 평가한다. 이것은 명백한 오류이다. '철'이와 '재호'의 결혼은 그 성격이 다르고 각자의 욕망도 다르다. (홍기돈, 『김동리 연구』, 소명출판, 2010, 112쪽) 또한 홍기돈은 솔거의 정신을 유한한 육체에 매달리는 개별적 인간을 뛰어넘어 꾸준히 전대에서 후대로 이어지는 것으로 파악한다. 그래서 이러한 정신의 전승을 가능케 하는 데 결혼이 걸림돌이 될 수는 없고, 여기에서 결혼생활로 들어가는 김동리의 논리가 성립한다고 성립한다. 이는 김동리의 삶과 문학작품을 너무 작위적으로 짜 맞추는 어색한 해석으로 보인다. 위의 책, 109쪽.

저희 내외간인지 형제간인지 혹은 동무 사인지, 그렇지도 않으면 날아다니다 우연히 한 가지에 같이 앉게 된 남남끼리인지……. 재호는 어느덧 그 까마귀를 두고 이런 생각을 하고 있었다. 그가 처음 여기다 이렇게 집을 세우고 정원을 설계하고 했을 때에는 그에게도 오히려 마음 속에 빛나는 한 오리 보람이 있었으니, 자연이라는 운명의 진흙밭에서 한 개 모래알만한 생의 알맹이라도 건져 보련다고, 그 해 일곱 살인가 된 고아 하나와 더불어 자기의 업력을 다스리기 시작했던 것이 그 뒤 십 년, <u>그 고아는 훌륭히 장성하여</u> <u>이제 그 생활의 유일한 증인이요 반려가 되지 않으면</u> 아니 될 이즈음에 이르러 일조에 이를 배반하고 저희 세간으로 돌아가 버렸던 것이니 이에 그의 <u>일생이란 속담 그대로 닭쫓던 개 모양이 된 셈</u>이었다.[38]

누이가 딸 정아의 자식이자 손주인 홍준이의 백일 소식을 전하러 왔을 때, 재호의 눈에 들어온 "까마귀 한 쌍"은 정아 부부를 상징한다. 황조가를 떠오르게 하는 이 장면은 사생아적이기도 한 재호의 내면에 증오와 부러움을 불러 일으켰을 것이다. 그러나 여전히 업둥이인 그는 인생의 자연스러운 흐름에 거역할 전혀 다른 대응을 한다.[39] 그는 늙은 창녀와의 결혼을 준비한다. 재호의 이런 결심을 듣고, 누이는 "정아년이랑 홍준이 녀석이 모두가 다 떳떳이 살겠"다며 기쁘게 생각한다. 재호의 결혼으로 정아 부부의 근친상간의 죄가 희석되기 때문이다.

문제는 재호가 늙은 창녀와 결혼하려는 배경에 있다. 재호는 '구원자'로서의 지위를 계속 유지하려 했다. 인용문에서 "일생이란 속담 그

---

38 김동리, 「완미설」(『문장』, 1939.11), 『김동리전집』1 - 무녀도, 황토기, 앞의 책, 272쪽.
39 마르트 로베르, 김치수·이윤옥 역, 앞의 책, 274쪽 참조.

대로 닭쫓던 개 모양이 된 셈"이란 말은, 구원이란 가능하지도 않고 구원자란 있을 수 없다는 것을 의미한다. '철'은 원래 "훌륭히 장성하여 이제 (재호의) 생활의 유일한 증인이요 반려가 되"어야 하는 존재였다. 재호의 구원은 '철'을 위한 것이 아니라 자신의 덕을 포장하기 위한 작업이었을 뿐이다. 철이 떠나면서 구원의 불가능성이 확인됐지만, 재호는 여전히 구원의 욕망을 버리지 않았다.

> 자기는 이번에 윤 씨에게서 이 이야기를 듣기 전부터 재호에 대한 이야기를 **다른 사람으로부터 전해 듣고 마음으로 늘 경모하던 차**이라 하고 자기의 신분만 떳떳한 사람이었더라면 진작 한번 찾아뵈었을 터였노라 하며 이렇게 말을 맺었다. (…중략…) **저의 운명은 과거에 그러했을 때 오늘날 이 행복이 저를 찾아줄 것을 저는 이미 믿었사옵네다.** (…중략…) 허지만 **저는 저의 생리로서 선생님을 감히 존경하옵고** 또 저의 행복을 이해하는 줄 믿사옵네다.[40]

창녀는 고아를 대신해 구원의 가치를 높일 수 있는 대상이다. 그런데 특이한 조건이 붙는다. 재호는 "모나고 아픈 인생의 찌꺼기"가 남아있지 않은 창녀를 원했고, 특히 아이를 낳지 못하는 늙은 여인을 바란다. 이는 권력욕이 강한 '사생아'의 일반적 욕망과 어긋난다. 또한 그가 업둥이라면 결혼하지 않고 이상적인 여인을 경배하고 복종해야 했다. 그러나 작가는 늙은 창녀에게 재호를 존경하고 경모하며 고백하게 하고 있다. 즉 재호는 '철'이 대신 또 다른 구원의 대상을 찾았고 그 상대가

---

40 김동리, 앞의 책, 278쪽.

'철'처럼 자신으로부터 벗어나지 않도록 세상에 시달려 더 이상 욕망이 없는 듯한 늙은 창녀를 택했다.[41] 이처럼 재호는 세상과 지배욕을 감추고 타협하면서도 여전히 자신을 성스러운 인격적 존재로 유지하려 한다. 이는 사생아적 업둥이라 할 수 있다. 업둥이의 고결성을 유지하면서 아내를 완전히 지배할 수 있는 사생아적 권력욕의 결합은 가정내 권위적 가장의 위치로 공고히 표출한다.[42]

세상과 '철'로부터 배신을 당한 이 에고이스트는 상처 입은 내면을 치유하고 보호할 욕망에서 좀 더 사려 깊이 상대를 물색한 셈이다. 그러나 이러한 자기중심성은 그를 보수적인 가장으로 이끈다. 새로운 구원은 재호의 의도와 달리 권위적인 욕망을 드러내고 만다. 가장이 그 구성원을 통제하는 '권위주의적 가족은 경제적 종속 이상으로 아내에서 성적 의식을 중지시키는 조건에서 이루어진다. 아내는 성적 존재가 아니라 단지 아이를 낳는 사람으로 생각된다. 성은 생식의 목적에 봉사할 때만 도덕적'[43]이라고 간주된다. 그러나 상처 입은 에고이스트는 여기서 더 나아간다. 출산이 성욕을 의미한다면 불임은 성욕의 거세를 뜻하는데, 불임 창녀를 아내로 맞이하는 것은 어머니가 가진 모성의 박탈을 상징한다. 여기에는 여성의 성과 관련한 그의 공포가 잠재되어 있

---

41 라이히는 "성 행위는 종족 번식과는 무관한 욕망 행위 내지는 성욕 행위가 되어서는 안 된다는 것이 (가부장제의) 성 도덕의 근본 요소"라고 지적한다. 빌헬름 라이히, 윤수종 역, 『성혁명』, 새길, 2000, 103쪽.

42 허련화는 아이를 낳지 못하는 창녀와의 결혼을, 후대 단절을 통한 사회와의 단절을 꾀한다는 해석을 하고 있다. 논문에서 3부작을 너무 적은 비중으로 다루고 있어서 근거가 부족하다. 그리고 자식을 원하지 않는 재호의 행동은 개인주의의 극치를 보여주는 것이 아닐까. 허련화, 「김동리 불교소설 연구」, 『한국현대문학연구』 25, 한국현대문학회, 2008, 427~455쪽.

43 빌헬름 라이히, 황선길 역, 『파시즘의 대중심리』, 그린비, 2006, 162~163쪽 참조.

다. 아내를 철저히 자신의 울타리에 붙잡아 두고 떠나지 못하게 하려는 그의 욕망은 철저히 권위적인 구원의 모습이다. 그 전조는 이미 고아 '철'과의 관계에서도 나타났다.

그런데 재호가 불임의 창녀를 구하면서 욕망이 없으면서도 현모양처의 이미지를 갖는 여성을 원하는 장면은 매우 인상적이다. 늙은 창녀란 존재는 벤야민이 자본주의의 폐허로 말했듯이 '자본주의의 화려한 면과 함께 하던 젊은 창녀'의 뒤안길의 모습이다. 즉 불임은 창녀가 남성과 남성사회에 모든 것을 빼앗긴 결과물이다. 그런 창녀가 남성에게 좋은 감정이 있을 리 없다. 그럼에도 불구하고 재호는 여전히 남성을 존경하고 복종하는 현모양처의 여성상을 요구하고 있다. 그가 얼마나 계급적이고 젠더 의식이 없으며 가부장적 사회의 무의식에 매몰되어 있는지 그 잔인함이 적나라하게 드러난다.

> 그는 오랜만에 그의 **고향 친구에게도 편지를 썼다**. (…중략…) 허나 역시 철은 나에게 있어 다른 사람이 아니다. 나는 **철의 행복을 위하여 남은 반생을 처리할 수 있으리라 믿는다**. (…중략…) 허나 그 한 사람을 두고 내 일생을 처리할 수 있다는 것은 또한 **나의 소득이요, 행복**이라 하지 않을 수 없다.
>
> 나는 일간 결혼하기로 되어 있다. 이와 **나의 내면 생활**과는 아무런 관련도 없다. 도리어 **외면과의 마찰을 뿌리째 없애고자 함**이라 하겠다. <u>실상 인간이 한 평생 홀아비로 늙는다는 것도 이야깃거리가 아닌가?</u> 나는 우선 그들의 이야기의 주인공이 되지 않아야 하지 않겠는가? 그리고 또 이 사실은 **철의 내외에게도 좋은 프리젠트**가 될 것이다. 그리고 한 가지, 나는 **아직 철의 아기를 한 번도 볼 기회가 없었다**. 이제 결혼을 치르는 대로 그 기회도 만들어질 것이다.[44]

이러한 모순 속에서도 사생아적 업둥이는 여전히 신성한 인격과 구원의 몽상에 사로잡혀 있다. 이는 일종의 허위의식이다. 철저히 자기중심적인 재호는 여전히 자신을 금욕적인 이상주의자로 위장한다. 인용문의 친구에게 보내는 편지는 그가 자신을 포장하는 고백이다. 이렇게라도 하지 않으면 자신의 존재 가치는 사라지고 만다. 이런 극도의 불안감으로 인해 그는 오히려 결혼 동기를 지나치게 늘어놓고 있다. 그러나 문체 자체가 친한 친구에게 보내는 형식이 아니다. 편지는 자신의 정체성을 유지하려는 선언문과 같다.

재호는 결혼이 자신의 성욕과는 전혀 상관없는 계획인 것처럼 말한다.[45] 또한 한 쌍의 까마귀가 의미하듯 그는 이미 결혼을 자신의 일이 아니라 "철의 행복"을 위해서 자신을 희생하는 의례처럼 간주한다. 더욱 더 희극적인 장면은 재호가 주변 사람들이 홀아비라고 얘기할까봐 결혼을 한다는 대목이다. 하지만 창녀와 결혼하면 말이 더 많을 것은 자명하다. 그리고 그는 '철'의 아기를 한 번도 보지 않을 정도로 정아 부부에게 먼저 다가서지 않은 자존심 강한 인물이다. 그는 왜 만나지 않는 것일까.

'철'은 실제로 고아였던 업둥이였다. 재호는 부모의 정신적 가치를 부정한 정신적 업둥이었다. 정신적 업둥이 재호가 사회적 업둥이 '철'을 양육한 셈인데, '철'은 사랑과 결혼을 통해 업둥이를 극복했다. 그런

---

44 김동리, 「완미설」(『문장』, 1939.11), 『김동리전집』 1 – 무녀도, 황토기, 민음사, 1995, 279쪽.

45 김동리가 선문을 두드려 보고 싶다는 막연한 심정을 가지고 있었지만 용기를 내어 거사계를 받지 못했던 것은 <u>살생과 금욕의 계율을 지키는데 자신이 없었기</u> 때문이라고 김동리는 말하고 있다. 그리고 김정숙은 「솔거」 3부작이 해인사 시절의 주변을 작품화시킨 것이라고 설명하고 있다. 김정숙, 『김동리 삶과 문학』, 집문당, 1996, 162~163쪽.

상황에서 재호가 '철'의 앞에 서기 위해서는 그의 강한 자존심이 유지될 수 있는 나름의 명분이 필요했던 셈이다. 그것이 인위적인 어머니 만들기였다.

고아 '철'은 업둥이였지만 재호를 만나면서 양아들이 된다. 하지만 '철'이 근친결혼을 택하자 재호는 자식을 부정한다. 아버지의 인정을 받지 못한 '철'이 상징적인 사생아가 되는 격이다. 이때 재호는 창녀인 아내를 맞아들이고 아버지로서의 위상을 격상시키는 사생아적 전략을 취한 후에 부정했던 상징적 사생아 '철'을 다시 받아들이는 인위적 방식으로 자신의 권위를 세운다. 이로서 그의 사생아적 업둥이의 성격이 유지된다.

> 재호는 **아내의 시선**이 진작부터 그 흰 **하부다에** 위에 **쏟아지고 있음**을 생각 하자 어느덧 자기의 눈 언저리에 어뜩어뜩 현기를 깨달으며 **표나게 덜덜덜 떨리는 손**으로 어린애의 턱 밑을 만져주었다.[46]

그러나 이러한 갖은 노력에도 불구하고 아내를 구원하려는 재호의 새로운 소명은 이루어지기 어려워 보인다. 정아 부부가 그의 집을 찾아 왔을 때 아내의 시선은 계속해서 정아 부부의 아이를 향해 있다. 그 모습을 보고 재호가 손을 떠는 이유는 아내의 시선에서 모성의 잔존을 발견했기 때문이다. 여기에는 아이 입양을 통해 다시 새롭게 반복될지도 모르는 근친상간의 공포도 깔려있다. 그러나 이보다 중요한 점은 그 모성이 성

---

46 김동리, 「완미설」(『문장』, 1939.11), 『김동리전집』 1 – 무녀도, 황토기, 민음사, 1995, 280쪽.

욕의 잔존을 뜻하며 그녀가 떠날 수도 있다는 불안을 환기시킨다.

　요컨대 사생아적 업둥이 재호의 구원은 자기 정향적이다. 그는 자신을 남과 구분 짓고 인격적으로 높이기 위해 남을 구원하려하지만, 오히려 위장된 자기만족과 권위적인 가장의 모습이 표출된다. 자신의 고결함을 높이려는 욕망과 남에게 자선처럼 베푸는 재호의 구원은 둘 다 실패로 돌아간다.

5. 김동리의 운명, 구원, 구경적 삶

　김동리는 자신의 문학을 두고 사람들이 샤머니즘, 불교, 기독교, 휴머니즘, 민족주의, 허무주의 등으로 구분하는 것은 옳지 않다고 말했다. 문학의 밑바닥에는 이것들이 서로 얽혀 있기 때문에 명확히 구분하기 쉽지 않다는 게 그의 입장이다. 그의 지적처럼 「솔거」 3부작은 불교의 강한 영향아래 쓰인 작품이지만 기독교적인 색채를 띠거나 작품의 기저에 전반적으로 니힐리즘이 깔려있다.

　소설의 내용에 있어서는 김동리는 특이한 체험이 아니라 누구나 경험했을 법한 일을 소설의 소재로 삼는다고·말했다. 누구나 겪었을 사랑의 체험과 가족과의 갈등, 내면적 가치를 인정받고 싶은 인간의 욕망 그리고 고통에서 벗어나고 싶은 심정 등이 소설에 다루어졌다. 이는 그가 정치색을 배제하고 인간이 삶을 살면서 겪는 애환을 다룬 '순수문학'을 주장한 것과 부합하다고 할 수 있다.

이런 맥락에서 작가는 불교적인 구원을 실험했다. 불교의 해탈, 탈속, 금욕 등이 환기하듯 그 구원의 시작과 종착점은 자기애였다. 특히 구원을 강하게 희구하는 인물은 결핍된 존재이기 마련이다. 「술거」 3부작에서 재호는 사생아적 업둥이었다. 그가 구원의 길을 걸으며 보여주는 양상은 예술가, 입양, 금욕주의자, 현실과 타협한 사생아, 권위적인 가장 등 다채롭다. 그러나 자신을 구원하기 위해 방랑을 하던 이가 누군가를 구원한다는 것은 쉽지 않은 일이다. '철'의 경우처럼, 재호는 자신을 위해서 상대를 이용하기 때문이다. 재호는 불교의 영향하에 있지만 대승불교의 이치를 따르지 않고 자기 구원에 집중한다. 그러나 철, 정아, 늙은 창녀처럼, 사람은 각자의 욕망이 있고 거기에 충실하며 살려고 노력한다. 늙은 창녀가 재호에게 행복을 바라고, 재호의 누이가 '철-정아' 가족의 행복을 기원하고, 정아 부부가 서로의 행복을 위해 결합한 것을 생각하면 이것은 자명한 사실이다. 따라서 에고이스트의 구속적인 구원은 애초부터 실현이 불가능했다.

그럼에도 불교의 인과업보와 생의 의욕, 인간의 불멸의 염원을 고민한 작가는 이것을 소설에 도입해 주인공에게 현세의 "증거"(공덕)를 만들게 했다. 그래서 타인을 구원하는 문제가 재호에게 중요했다. 이 도입이 불러온 갈등을 통해 작가는 구원의 시도가 지극히 자기 위안적인 성격을 밝히면서 인간이 가진 모순된 욕망과 좌절을 업둥이를 통해 실감 있게 드러내고 있다.

그러면 불교는 현세구복적인 종교가 아닌 것인가. 내세를 포괄해 설명하고 있지만 불교는 지극히 현세적 종교다. 변화하는 현실 속에서 한 개인이 매순간 분별력을 갖고 절묘한 결정을 하는 것, 그것을 불교에서는 묘관찰지妙觀察智라 하고, 그것의 확장을 반야의 지혜라 한다. 불교의 인과응보가 운명 혹은 숙명론적으로만 해석해서는 안 된다. 이에 비추어 재호는 자신을 성찰하지 않고 내세만을 준비하는 삶을 추구하고 있다. 현세에서 인간이 내세를 위한 준비를 하는 것도 중요하지만 결국 인간은 현세를 사는 자신의 만족을 지향한다. 그래서 내세를 위한 것도 본질적으로 현재를 위한 삶이다. 다만 종교는 이러한 현재적 삶에 성찰의 계기를 준다. 즉 성찰이 부재할 때 이로 인해 내세를 향한 불교적 구원은 실패로 갈 수밖에 없고, 오히려 인간의 자기중심성은 더욱 강화한다. 이것이 인간의 삶이기도 하다.

그래서 이진우는 "김동리가 일생동안 죽음과 공포와 충동 속에서 살아간 작가이면서, 동시에 죽음을 자신으로부터 멀리하고 때로는 가상의 죽음을 동경하면서 저승의 가치에 연연하지 않고 이승에서의 복락에 최대 가치를 두어 자연이라는 이름 아래 향유하고 이승을 진정 떠나고 싶지 않은 '이승 예찬론자'였다"고 평가한 바 있다.[47] 죽음을 멀리했다는 데는 동의하지 않지만 이러한 견해에 필자는 일정 부분 동의한다.

요컨대 김동리는 구경적 생의 형식으로서의 문학을 논하면서 구경적 삶이란 "우리에게 부여된 공통의 운명을 발견하고 이것을 타개하기 위해 지향하"[48]는 것이라고 했다. 여기서 구경적 삶은 본질적으로 '현세를 위한 삶'일 것이다. 종국적으로 그 구경적 지향인 '구원'의 삶이란

---

47 이진우, 『김동리 소설 연구』, 푸른사상, 2002, 278~279쪽 참조.
48 김동리, 「文學하는 것에 對한 私考─文學의 內容(思想性)的 基礎를 위하여」, 『백민』 12, 1948.3, 44쪽.

현실에서 실패로 돌아갈 수밖에 없지만 그 실천과 실패의 과정에서 "보다 더 참되게 높게 아름답게 깊게 살"[49]고자 하는 인간의 본원적이고 영속적인 지향이다. 그래서 '구원'의 삶은 인간의 자기구원의 모순을 극명히 가시화할 뿐만 아니라 인간다운 삶의 성찰을 필연적으로 요청한다. 「솔거」 3부작은 그것을 보여주는 김동리의 '인간주의 문학'이자 순수문학이다.

사정이 이러할 때 당시 김동리의 다른 작품을 통해서 김동리의 구경적 생의 형식으로서의 '구원'의 성격과 문학적 의미를 총체적이고 심도 있게 논의할 필요가 있다. 기존 연구에서는 「솔거」 3부작만이 구경적 생의 형식을 실현할 수 있는 다양한 방식들이 가장 압축적으로 형상화된 작품이라고 강조되고 있다. 과연 그러할까. 다음 장에서 논의를 보다 확장해보자.

---

49 위의 글, 45쪽.

제3장

김동리, 구경적究竟的 생의 형식으로서의 구원과 '초월적 인륜성'의 발현

1. 김동리의 전통, 우연, 종교

김동리는 1935년 「화랑의 후예」가 『중앙일보』 신춘에 당선되고 이듬해 1월 『동아일보』에 「산화山火」가 당선되어 소설가가 된다. 이때 그의 내면에는 "소재면에서부터 전인미답의 새로운 경지를 개척해 보겠다는 다짐"[1]이 있었다. 그래서 그는 조선의 샤머니즘, 불교, 산촌과 농촌, 토속 등에 주목한다. 그런데 이 시기 빈곤과 문학의 관련성에 대해 최재서는 "농촌과 농민의 貧寒과 생산, 고난의 현실을 모방만하면 리얼

---

[1]   김동리, 『김동리전집』 8-나를 찾아서, 민음사, 1997, 142쪽.

리즘이 되리라는 착각에서 벗어나야 한다"[2]고 말했다. 또한 해방기 김동석은 "역사와 인민에게서 유리된 인간이니 개성이니 가정을 고집하니 좋은 문학을 창조할 수"[3] 없다며 김동리의 문학적 태도를 비판한다. 이러한 리얼리즘 비판은 김동리 소설이 식민지 현실의 실재로부터 도피하고 있고 해방기의 시대현실에 부합하지 않는 문학이라는 이유로 제기되었다. 하지만 이런 비판은 오히려 1930년대 중후반 김동리가 택한 문학적 배경의 당대적 의미, 그 가치를 되묻게 한다.

새로운 신진작가가 출현했던 1930년대 중후반 안함광은 '불안의 정신'이 "젊은 제너레이션"의 공통된 감정이라고 지적했다. 그들의 불안은 현실의 압박으로부터 해방을 염원하는 정신의 표현이다. 문제는 유물론자에게 젊은 세대의 불안 해소 과정은 객관적이지 않다는 점이다. 오히려 주관적이고 내부적인 방법에 의해 달성되기 때문에 한계가 내재되어 있었다. 이성에 반역하고 기존의 문화 원리를 부정하는 불안의 정신은 '현대화된 노스탤지어의 포로'가 된다.[4] 안함광은 이러한 정신적 상황이 다시 '생의 세계'를 탐구하게 한다고 적고 있다. 그러면 김동리는 불안에서 생의 탐구, 구원으로 나아가는 것인가.

당시 시대의 일면을 드러낸 여러 문인의 지적은 김동리가 고향인 경주를 문학적 배경으로 설정하고 산촌과 농촌에서 행해지는 무속과 마을제를 의미화하는 과정을 역으로 주목하게 한다. 김동리에게 "문학이란 민족의 영원한 생명이 되고 정신적 원천이 될 하나의 고전"[5]이다. 그

---

2   최재서, 「빈곤과 문학」, 『文學과 知性』, 인문사, 1938, 121쪽.
3   김동석·이희환 편, 『김동석 비평 선집』, 현대문학, 2010, 474쪽 참조.
4   안함광, 「불안·생의 사상·지성─사실이냐? 낭만이냐?」(『비판』, 1938.11), 『인간과 문학』, 박이정, 1998, 182~184쪽 참조.

래서 그에게 시간과 공간을 초월할 수 있는 작품만이 진실한 문학이었다. 그러나 안함광은 '내향적인 생의 초월'이 갖는 한계를 지적하기도 했다. 그것은 역사적 흐름 앞에서 무력한 인간의 서글픈 만가에 그칠 가능성이 높았다. 또한 다른 한편으로 안함광은 그것이 로맨티시즘으로 나타나 독일의 파시즘과 통할 수 있다고 우려한다.[6] 안함광의 인식은 김동리를 바라보는 후대 연구자들의 시선과도 별반 다르지 않다.

김철[7]은 김동리의 「황토기」를 파시즘적 무의식의 발로로 규정한 바 있다. 그는 억쇠와 득보의 싸움에서, 신비적이고 원시적인 것을 동경하며 대중의 전원주의와 자연주의에 호소하는 파시즘의 특징을 발견한다. 파시즘 속에서 시간은 존재하지 않고 급격한 단절과 순간적인 비약의 충동만 있다. 따라서 이러한 사유의 중심에는 극단의 이상주의만 있을 뿐 현실주의는 자리하지 못한다. 신정숙[8]은 죽음과 역사 앞에서 무력한 인간의 만가를 무속의 해석에 도입한다. 그녀는 김동리의 소설에는 근대적인 시/공간이 구체적으로 설정되어 있지 않다고 파악한다. 그래서 소설의 외적세계는 완전히 차단되어 식민지 조선의 특수한 정치·사회적 상황은 전혀 드러나지 않게 되고 과거로의 회귀이자 인간 삶의 보편적 가치와 의미가 부여된 시원의 공간이 된다. 따라서 김동리 소설 공간은 현실을 탈각하는 것으로 간주된다.

김동리 자신은 나름의 방식으로 현실에 참여하고 있다고 항변하지

---

5   김동석, 앞의 책, 472쪽.
6   안함광, 앞의 책, 188~190쪽 참조.
7   김철, 「김동리와 파시즘-'황토기'를 중심으로」, 『현대문학의 연구』 12, 한국문학연구학회, 1999 참조.
8   신정숙, 「식민지 무속담론과 문학의 변증법-김동리의 무속소설 '무녀도', '허덜풀네', '달'을 중심으로」, 『사이』 4, 국제한국문학문화학회, 2008.

만 그의 작품은 현실을 '리얼'하게 반영하지 않는 것으로 해석된다. 김동리가 "우리 민족의 가장 근본적인 것, 혹은 정신적 지주가 되는 것을 찾기 위해서는 상고시대로 소급할 수밖에 없었고, 거기서 만난 것이 샤머니즘이었다"[9]고 한 발언은 오히려 이러한 비판적 해석을 더욱 강화하는 기능을 한다.

그렇다면 과연 김동리가 그리는 세계는 근대와 다른, 사물화된 대상으로 과거의 전통일 뿐인가. 기존의 논의에 따르면 그가 형상화하는 내용은 과거의 것이자 조선민족의 '원형'이다. 그러나 기존 논의는 마르셀 모스가 비판했던 접근방식으로서, "사회를 동태적으로 바라보지 않고 신화·가치 등으로 분해해서 분석하는 잘못"[10]을 저지르고 있다. 모스에게 사회는 전체적인 분석대상이다. "하나의 사회 속에 존재하는 제도나 표상들은 통합된 전체를 형성한다는 것이다. 이러한 관점에서 원시적인 사회는 단순한 조직체가 아니다. 이것은 원시적인 정신과 근대적인 정신의 구분을 정면으로 부정한 것이다."[11] 과거의 소환은 필연적인 대화를 동반하고 단순히 초인이나 무속과 같은 것을 보존하거나 복원하는 데 있지 않다. 도시의 발전과 외래 종교의 침투의 영향 속에 있던 농촌의 현실적 조건 하에서 농촌공동체의 정신문화사는 어떻게 조명될 수 있는 것일까.

연구자의 비판은 부정할 수 없는 일반론처럼 되어 있다. 그러나 그것은 지금-여기의 지식에 기초한 관점이며 그것이 1930년대 중후반 김

---

9   김동리, 「무속과 나의 문학」, 『월간문학』, 1978.8, 151쪽.
10   마르셀 모스, 이상률 역, 『증여론』, 한길사, 2002, 277쪽.
11   위의 책, 25쪽.

동리의 문학성, 순수문학론이 가진 문학사적 의미를 설명하는 것도 아니다. 당대 전통담론 및 '조선적인 것'과 김동리 문학론의 상관성에 논의가 집중되면서[12] 김동리가 추구한 인간의 개성과 생명의 구경의 실체, 그 문학적 시도는 상대적으로 간과되고 있다. 실상 도회를 배경으로 한 소설도 다수가 있다. 공간적 배경이 다른 작품은 다른 문학정신의 발현인가. 김동리 문학의 당대성이 재조명되어야 한다. 가령 무속을 풍속적 대상이나 단지 민속으로 인식해서는 기존 연구자의 오류에서 벗어나기 어렵다. 그럴 때 무속은 '풍경'으로 비춰지기 쉽다. "풍속이란 소재는 스스로 영원한 것으로 위장을 하기도 해서 사회적 조건을 은폐한다. 연구자들 역시 실체를 잊어버리고 풍속의 표면적 징후 자체를 과학적 탐구대상으로 오해하기 쉽다. 연구자가 탈계급적 관점을 투사해, 풍속은 무시간성과 영원성을 초래하고, 또 그렇게 풍속을 탈역사화하는 것이 보존인줄 착각"[13]하기도 한다. 그래서 연구자들은 김동리의 무속 관련 소설에 접근할 때, 무속의 당대적 실천 보다는 김동리가 무속의 원형적 모습만을 복원했다고 간주한다. 이는 "동시대를 살아가는 우리 주변의 무속을 이해하는 해석틀을 제공하지 못한다는 비판"[14]을 받을 만하다. 그래서 풍속과 일상을 동일시한 토사카 준은 "세속을 초월한 것들에 대해 고찰하려는 오늘날의 목표 자체가 세속적인 것들의 어떤 특징을 드러낸다"[15]고 말한다.

---

12 이러한 경향의 연구 계보에 대한 설명은 한수영, 「김동리와 조선적인 것」, 『사상과 성찰』, 소명출판, 2011, 69~99쪽을 참조할 것.

13 해리 하르투니언, 윤영실·서정은 역, 『역사의 요동』, 휴머니스트, 2006, 279~283쪽.

14 이찬수 외, 『우리에게 귀신은 무엇인가?』, 도서출판 모시는사람들, 2010, 69~70쪽.

15 해리 하르투니언, 윤영실·서정은 역, 앞의 책, 283쪽.

또한 '전통적인 것'이나 '전근대적인 것'도 흔히 도시와의 대비 속에서만 발견된다. 도시의 자본주의적 사고방식이 시골에 투사된다. 현재는 과거보다 진보된 문명으로 간주되기 때문에, 도시에 비해 낙후된 농촌은 도시인에게 '고향'으로 인식되기 쉽다. 고향에 주목한 나리타 류이치는 그 공간이 "균질적이고 공허한 시간으로 희구되어, 상상의 공동체를 탄생하고 육성한 토양"[16]으로 여겨진다고 설명한다. 다시 말해 고향은 그것을 말하는 자에게 회고적이며 회귀하는 시원의 시공간으로 여겨진다. 이러한 인식이 고향의 현실을 객관화하기 어렵게 만들며 문학자, 연구자들 역시 여기서 자유롭지 않다.

그러나 당대는 '조선적인 것'에 대한 사회적 관심이 비등해지고 있었다. 그렇다면 신화, 원형, 고향으로 간주되기 쉬운 농촌 공동체의 생활과 정신문화사는 어떻게 재현될 수 있는 것일까. 또한 이것과 김동리가 도회를 배경으로 쓴 작품과 이어지는 접점은 무엇인가. 그렇다면 김동리는 농촌·도시의 문제를 넘어서 '현실'을 문학화할 때 어떤 점에 주목했을까. 생활의 인간화를 위한 리얼리즘문학은 정치성과 경제적 여건을 강조한 사회주의 문학에서 벗어나 삶의 감정을 그대로 표현하는 '인간주의 문학'이다. 김동리는 "작가의 주관과 아무런 교섭도 없는 현실(객관)이란 어떠한 경우에도 그 작가적 리얼리즘과는 아무런 상관도 없는 것이다. 한 작가의 생명(개성)적 진실에서 파악된 '세계'(현실)에 비로소 그 작가적 리얼리즘은 시작하는 것이며 그 '세계'의 여진과 그 작가의 인간적 맥박이 어떤 문자적 결속 아래 유기적으로 육체화하는

---

16 나리타 류이치, 『'고향'이라는 이야기』, 동국대 출판부, 2007, 132쪽.

데서 그 작품(작가)의 '리얼'은 성취"[17]된다고 주장했다. 이것이 김동리가 역사적 현실(조선이 경험한 근대)과 인간을 '리얼'하게 드러내는 리얼리즘론이었다.

自己가 지금까지 追究해온 리얼리즘의 性格에 依하면 朝鮮文壇과 같이 傳統이 貧弱한데서 嚴密한 意味에 있어서 리얼리즘이 果然 可能할 것인가 自己로서는 壯談할 自信이 없다. 「文字(言語)의 魔力」에서 오는 『렌쓰』의 錯亂을 救援해 주는 것은 무엇보다 傳統의 美德이요, 그 다음은 偶然뿐이다.[18]

특히 김동리는 문학 전통과 함께 '우연'을 중요하게 고려했다. 우연은 리얼리즘 성취의 우연성을 의미하는 한편 사회주의 리얼리즘의 필연에 상대되는 개념이다. 삶에서 우연이라는 '비합리적' 요소가 갖는 의미는 무엇일까. 1930년 우연성이란 문제로 교토제국대학에서 강의를 하고 1935년 『우연이란 무엇인가偶然性の問題』를 낸 쿠키슈우 조우는 현실에서 일어나는 각종 현상들이 법칙과 우연성이 결합된 결과라고 말한다. "현상의 발전 속에, 한편으로는 항상적인 법칙이 있고(따라서 체계적 합일이 가능하고), 다른 한편으로는 우연의 소산에, 즉 서로 독립된 여러 종류의 인과계열간의 우연적 결합의 소산에 여지가 남아있다. 그래

---

17 또한 김동리는 "작가와 작품 사이에 한갓 운명 같이 놓여저 있어야 할 리얼리즘의 유기성"의 중요성을 강조하고, "작가의 작품제작에 있어 리얼리즘이 어떠한 성능과 형태로 작용하며, 작가와 현실(객관)과, 제재 사이에 그것이 얼마만치나 신뢰할만한 유기적 『렌쓰』의 역할을 하는 것인지, 이러한 리얼리즘의 그實 가장 근본적이요 본질적인 문제"라고 했다. 김동리, 「나의 小說修業 ─ 「리얼리즘」으로본 當代作家의 運命」, 『文章』 2-3, 문장사, 1940.3, 174쪽.
18 위의 글, 175쪽.

서 역사적 소여란 먼 과거에 있어서 작용했던 여러 원인의 우연적 경합의 결과를 일컫는 것"[19]이다.

그래서 『우연문학론偶然文學論』을 제창한 나카가와 요이치는 김동리의 입장을 대변할 만한 발언을 한다. "마르크스주의의 필연론에 대해서 우리들의 사고의 근거를 우연설에 두지 않으면 우리들의 문학은 말라 죽게 될 것"이라는 것이다. "불가사의함이 없는 진실 따위의 것은 공허한 꿈에 지나지 않는다. 리얼리즘은 우연론에 입각해 진실의 불가사의함, 불가사의한 진실을 추구하는 것"이라고 말한다.[20] 그래서 우연은 작가의 의도를 방해하고, 작품전개의 방향은 우연에 맡겨진다. 삶에서 '우연'이 긍정적인 의미로 해석될 때, 그것은 요행이나 운, 운수, 운세라 불리기도 한다. 사람들은 이 우연을 긍정하기도 부정하기도 하면서 삶을 영위해 간다.[21]

삶에서 한 개인이 받을 수 있는 '운' 내지 기적의 크기는 그가 속한 사회의 망탈리테와 호의를 지닌 사람의 도움으로 결정된다. 이때 '운'

---

19 쿠키슈우 조우, 김성룡 역, 『우연이란 무엇인가』, 이회, 2000, 163~164쪽.
20 위의 책, 254~255쪽. 쿠키슈우 조우는 "예술이 우연을 대상 내용으로 하기를 선호한다는 것은 우연이 생명감을 수반하는 사실에 기초한다고 생각한다. 생물계의 우연성은 전형적이다. 기초학상의 우연상조차도 생물에 비유된다. 자연 현상의 우연성은 예지하기 어려운 것, 법칙으로 파악할 수 없는 것이다. 거기에는 개성과 자유가 나타나 있다. 생명의 방종과 자의의 유희가 나타나 있다. 그 생명, 그 유희가 아름다운 것이다. 그 발랄한 일탈성에 대한 경이가 감동을 주는 것이다". 위의 책, 258~259쪽.
21 『이원제 정신의 붕괴와 의식의 기원』(1976)에서 줄리안 제인스는 무작위성, 우연이라는 개념 자체도 만들어졌다고 지적한다. 이전 시대에는 어떤 사건이 전적으로 무작위적인 것은 아닌지를 '의심할' 방도조차 없었다. 우리가 모를 뿐 모든 것에는 의미가 있다고 가정했다. 단지 '이런저런 결정'을 하기 위해 무의미한 결정을 의도적으로 선택해도 별탈 없이 살아갈 수 있다는 생각은 훨씬 나중에 생겨난 지적 세련의 산물이다. 물론 그것 자체가 사람들에게 실제로 유용한 이유를 설명하는 합리적 근거지만 말이다. 대니얼 데닛, 김한영·최종덕 역, 『주문을 깨다』, 동녘사이언스, 2010, 185쪽.

이라는 말은 공동체에 대한 개인의 도덕적 의무를 뜻하는 인륜성[22]과 연결될 수 있다. 개인적인 동정·봉사·기증이 자의적인 의미를 갖지만, '사회'는 그 자의성을 필연성으로 이끄는 중요한 기반이다. 따라서 사회의 집단(무)의식을 개선해야 인륜성이 높은 공동체가 된다. 이로서 운, 구원은 타자와 사회를 포괄하게 된다. 이러한 맥락에서 소설에 나타난 인륜성을 감지하고 당시 시골과 도시의 일상에 접근해야 한다.

이때 인륜성의 발현은 개인 간의 경우를 넘어 개인과 신 사이에서도 이루어진다. 예를 들어 무속과 개인의 관계가 있다. 인간의 염원과 갈망은 불가사의한 힘을 지닌 신을 필요로 한다. 이때 무속과 종교가 설 자리가 확보된다. 인간은 현실의 불가항력적 운명에서 벗어나기 위해 요행이나 환상에 기대며 구원을 기원하기도 한다. 구원자와 그 대상과의 초월적인 관계 맺음 속에서 구원의 존재 의미와 공동체의 정신문화사가 가시화 될 수 있다.

인륜성과 운, 우연, 신의 관계는 현실을 사는 개인의 자기결정권의 한계와도 결부된다. 즉 우연, 운과 구원은 이성과 필연에 기초한 근대론을 극복할 뿐만 아니라 근대의 개인의 한계를 드러낸다. 리하르트 반 딀멘은 한 개인이 타인과 만나는 과정에서 성찰 내지 명상을 통해 구성원 상호간의 인륜성을 높일 수 있다고 한다. 그러나 선결적인 조건은 개인의 자율성 확보다. 사회는 억압의 기술을 발전시키면서도 동시에 개인의 분화를 촉진하고 자신의 삶을 소중하게 여기는 풍토를 조성했다.[23] 자연스럽게 개인은 자신의 인생을 설계·실행하는 의사결정의

---

22 인륜성은 사회의 공공 생활의 도덕규범이다. 헤겔, 김준수 역, 『인륜성의 체계』, 울력, 2007 참조.

책임을 떠안게 된다. 그러면서 자기 결정권은 개별자의 자유를 대표하는 가치가 된다. 하지만 거대한 역사의 흐름 앞에서 개인의 자기결정권은 미약한 것에 불과하다. 무엇보다 미래의 예측불가능은 인간의 본질적인 한계이다. 예측과 결정의 불가능성 그리고 죽음 앞에서 우연이나 인륜성, 구원과 같은 초월적 염원들이 설 자리가 마련된다. 그리고 이 것이 김동리가 추구한 구경의 문학과 연결되는 지점이다.

> 「솔거」 무렵에 와서 나에게는 새로운 苦痛이 시작되었다. 小說을 쓴다는 것(或은 文學을 한다는 것)만으로 <u>나의 人生的 究竟은 救援(救濟란 語彙가 더 正確할는지 모르겠다)에 通할 수 있는가</u> 하는 問題였다. 文學觀이 不知中 <u>宗敎의 영역을 侵犯하기 始作한 것도 이때부터</u>의 일이었다. 그리고 이 問題와 正面으로 부닥친 것이 「率去」였다.[24]

'구원'의 문제를 고민하기 시작한 김동리는, 구경적 삶이란 "우리에게 부여된 공통의 운명을 발견하고 이것을 타개하기 위해 지향하"는 것이라고 했다. 이것은 인간이 "보다 더 참되게 높게 아름답게 깊게 살"기 위한 "생의 의욕"의 문제였다.[25] 그렇다면 당시 김동리가 고심한 전통, 우연, 종교(특히 불교)는 샤머니즘, 농촌, 도시, 여성, 고아, 결혼, 예술 등과 절합하면서 개인·사회의 구원을 갈망하는 "生의 意欲"자와 그 '생

---

23 리하르트 반 뒬멘, 최윤영 역, 『개인의 발견』, 현실문화연구, 2005 참조.
24 김동리, 「後記」, 『黃土記』, 수선사, 1949, 216쪽. 그는 "구경적 생의 형식"이란 근본적으로 인간의 "구원"을 목표로 한다고 했다. 김동리, 「신세대의 정신 ─ 문단 「신생면」의 성격, 사명, 기타」, 『문장』, 1940.5, 88~92쪽.
25 김동리, 「文學하는 것에 對한 私考─文學의 內容(思想性)의 基礎를 위하여」, 『백민』 12, 1948.3, 44~45쪽.

의 의욕'자를 둘러싼 인류의 공동체를 형성한다.

정리하면, 이러한 조선의 정신문화사를 구명究明하기 위한 구원과 인류성의 고찰을 통해 생의 구경으로서 '구원'을 문학적 화두로 추구한 김동리의 문학적 시도와 성격을 파악할 수 있다. 보다 인간다운 삶을 위해 극복해야 할 운명과, 끝없는 생의 의욕의 내용과 종착지는 무엇이었을까. 이를 구명해야만 김동리의 구경적究竟的 생의 형식으로서의 '구원의 문학'의 의미를 파악할 수 있다. 구체적으로 인류성이 함의하듯 개인은 타인과의 만남·관계를 통해 자신의 삶의 의미를 얻는다. 예컨대 일상의 절박한 상황에서 남의 도움은 구원과도 같다.[26] 다만 남을 도와주는 일에는 '책임'이 따르며 피구원자는 굴욕감을 느끼기도 한다. 이런 구원의 난제를 김동리는 어떻게 문학에 형상화하고 있는지 살펴봐야 한다.

요컨대 앞서 살펴본 사유를 바탕으로 1930년대 중후반 김동리가 가장 핵심적인 화두로 삼았던 '구원'의 논의를 통해 당대 그의 구경의 문학과 순수문학론의 성격을 분명히 할 수 있을 것이다. 이 과정에서 '조선적인 것'의 문학적 실체도 가시화될 것이다. 이를 위해 공동체의 인류성과 개인적인 구원의 실천, 이렇게 두 가지 측면에서 접근한다. 본격적인 구원의 문제를 논하기 전에 우선 다음에서는 구원이 필요할 수밖에 없는 현실의 상황을 소략히 살펴본다.

---

26 이 글에서 개인 간의 구원을 논할 때 단순한 원조는 구원에 해당하지 않는다. 상대의 운명을 바꿀만한 개입을 '구원'으로 설정한다.

2. 죽음, 인정人情과 구원자의 필요성

김동리는 가난한 산촌을 배경으로 한 「山火」(『동아일보』, 1936.1.4~8)에서 가혹하고 매정한 지주의 곳간에 불이 나는 것으로 결론을 맺는다. 이 결말 처리가 신경향파 소설과 다른 점은 자연적인 방화 즉 날씨나 실수에 의한 우연적인 사건으로 처리되는 데 있다. 그래서 산촌 사람들에게는 가난의 원인 역시 자연에 있다. 한쇠의 늙은 할머니는 가난의 원인을 "하느님에 대한 원망으로 돌"[27]릴 뿐이다.

> 한쇠가 집을 나온 뒤다. **곰국 한 그릇을 먹고** 난 한쇠 어머니는 조금 쉬어서 **검붉은 핏덩이와 죽은 아이 하나를 낳았다.** 늙은이는 소반에다 냉수 한 그릇을 얹고 산신을 빌려니 웬 셈인지 **머리가 몹시 아프고 정신이 흐리멍덩하였다.**[28]

산촌 사람들은 가혹한 자연의 시련과 지주의 혹독한 수탈에 시달린다. 이들은 삶을 위해 무엇에 의지하는 것일까. 몇 해 동안 지내지 않은 산제는 지주인 윤참봉의 메마른 인심을 보여주는 장치이다. 특히 썩은 소고기를 마을 사람들에게 파는 장면에서는 타락한 욕망의 극한을 보여준다. 이 인정이 메말라 버린 공간의 비극은 죽음으로 표현된다. 윤참봉은 병이 들어 죽은 소를, 그것도 땅속에 묻어서 썩어가는 고기를 다시 꺼내서 동네 사람들에게 헐값으로 처분한다. 한쇠의 할머니는 이것을 참

---

27 김동리, 「산화」, 『김동리전집』 1 — 무녀도, 황토기, 민음사, 1997, 42쪽.
28 위의 책, 62쪽.

봉의 따뜻한 인정으로 여기고 신이나 '곰국'을 끓인다. 고기가 상한 것을 안 한쇠는 먹기를 거부하지만 나머지 가족들은 상한 곰국을 먹고 식중독에 걸리고 한쇠의 어머니는 사산死産을 하고 만다. 이로 인해 지주의 곳간에 불이 나는 데, 작품은 날씨나 실수에 의한 우연적인 사건으로 처리되어 있다. 여기서 프로문학식의 구원을 의식한 김동리의 작품 구상을 확인할 수 있는데 김동리의 전통, 시골과 인륜성의 세속화된 표현인 인정, 구원에 대한 고찰은 구원에 개입할 개인의 등장과 시작된다.

김동리의 「산제山祭」(1936.9, 「먼산바라기」로 개칭)는 산촌이 아니라 농촌을 배경으로 한다. 이 농촌은 이미 당집(무당)이 사라져버린 공간이다. 이 소설에는 칸트, 헤겔 같은 책을 읽다가 '염인증'에 걸린 주인공 '나'가 등장한다. 이 인물이 마을의 외딴 집에 사는 먼산바라기 영감과 서른 정도 되는 그의 조카딸 벙어리 노처녀에 주목하면서 서사가 전개된다. 먼산바라기 영감은 벙어리도 아니면서 사람들과 전혀 이야기를 하지 않고 산만 찾는다. 그의 침묵에는 생의 절망이 깔려있다. 이와 대비되는 식자층 '나' 역시 생의 진리를 책에서 찾았지만 돌아오는 것은 외로움뿐이다.

'나'와 영감 모두 염인증에 사로잡혀 있기 때문에 두 사람이 소설에서 친분을 쌓을 수 있는 장치는 없다. '나'는 상대를 바라볼 뿐이다. 두 사람의 결이 다른 염인증의 원인이 무엇이든 도피에서 오는 구원은 일시적으로만 유효할 뿐이다. 물론 이들이 산을 찾는 것처럼 마음과 정신의 평온을 위해 고요한 시간은 필요하다. 그러나 정작 침묵은 존재하지 않았다. 가령 '나'는 늘 무언가 계속해서 소리를 듣고 있다. 방에 있으면 숨소리, 혈액 순환소리, 내면의 목소리 등이 출몰했다.[29] 자연의 소리로 상쇄하려 하지만 그것도 여의치 않다. 궁극적인 침묵은 오직 죽음뿐이다. 그리고 먼산바라기 영감은 결국 자살했다. 영감에게 구원자는 없다. 그렇다면 영감은 자살로 스스로 구원받았을까. 그가 대화를 거부했던 마을 사람들의 반응은 어떠했을까.

하여간 십여 년 간이나 온 동네를 다니며 일을 하던 그녀의 죽음이 동네 사람에게 준 충격은 먼젓번의 먼산바라기에 비길 나위가 아니었다. 그녀의 간소한 상여가 나가던 날은 골목마다 동네 아주머니들이 옷고름으로 눈물을 닦고 있었다.

동네에서는 곧 외딴 집을 헐어버렸다. 그리고 그 자리에 새로 곧 집을 지어 동네에서 쓰기로 했다. 그러니까 동장을 두 번이나 치른 동네에서도 수지를 맞춘 셈이 되었다.[30]

인용문에는 죽은 이의 집을 동네의 재산으로 환수해 장례비의 수지를 맞춘 대목이 그려진다. 이를 비정하다 해석하는 것은 적절하지 않다. 구성원의 죽음은 공동체의 축소를 뜻한다. 평소에는 소원해 보이지만 영감이 사라졌다는 소식에 마을 구성원 전체가 나서서 찾아다닌다. 또한 마을 사람들은 '동네 안머슴'이란 별명을 가진 벙어리 처녀의 죽음에 충격을 받는다. 그녀는 온 동네를 다니며 닥치는 대로 일을 하며 먼산바라기 영감을 보살펴 왔었는데 영감이 죽은 후 사흘 만에 목을 매고 죽었다. 그녀에게는 영감이 유일한 생의 지주였던 셈이다. 마을 사

29   김동리, 「먼산바라기」(원제─「산제」, 『중앙』, 1936.9), 위의 책, 1997, 130~131쪽 참조.
30   김동리, 위의 글, 143~144쪽.

람들은 동네 차원에서 먼산바라기 영감과 벙어리 노처녀의 장례를 치러줬으며 눈물을 흘렸다.

이처럼 마을은 여전히 인정이 넘치고 있지만 이곳에는 무당집이 헐리고 없다. 그리고 그곳에는 사람들이 무서워서 가지도 않는다. 하지만 먼산바라기 영감이 자살하기 전에 자주 찾고 무언가 말을 하던 곳이 무당집이었고 영감의 시체가 발견된 곳도 무당집 근처였다. 여기서 그 죽음의 의미를 알 수 없지만 그가 생에서 오직 기댄 곳이 무속이었다는 것을 알 수 있다. 그리고 그 죽음으로 인해 사람들은 더욱더 무당집을 찾지 않게 된다. 더 이상 무속에 의존하지 않고 구성원의 상호협력으로 꾸려나가는 농촌공동체의 상황이 드러나 있다. 초월적이고 불가사의한 것이 밀려나는 시대에 접어들고 있는 농촌에서 마을의 젊은 지식인이 먼산바라기 영감의 삶에 개입할 여지는 없다. 하지만 마을 사람들의 충격이나 눈물에서 알 수 있듯 한 개인이 소통하고 지지하는 다른 인간이 필요하다는 것을 환기한다. 인간은 혼자 살 수 없다.

「황토기」(『문장』, 1939.5)도 이와 같은 맥락에서 이해할 필요가 있다. 대다수 연구자들은 억쇠와 덕보를 '초월적인' 초인으로 간주하고 서사를 현실과는 전혀 동떨어진 것으로 해석한다. 그 초인이란 수준은 대체 어느 정도인가. 억쇠와 덕보는 남들이 보는 곳에서 거리낌 없이 힘자랑을 하고 남들 역시 도움을 청하기도 한다. 두 사람의 싸움은 '파시즘이 내면화된 폭력이나 신화적인 것'[31]이 아니다. 그 힘의 위세에 함몰되지 않고 살펴보면, 그것은 상대를 제압하기 위한 폭압적 폭력이 아니라 우정

---

31 앞에서 언급했듯이 김철은 파시즘으로, 신정숙은 신화적인 것으로 김동리 문학을 해석한다.

과 남성성의 과시이다. 그리고 더 본질적으로는 소외된 이들이 서로를 인정하고 자신이 살아있음과 존재감을 확인하는 생의 과정이다. 이는 구원에 내재된 폭력성을 초극한 몸부림이다. 이 소설에서 '인정'은 친구 사이의 '우정'으로, 이성간에는 '사랑'으로 나타난다.

예컨대 진짜 친족 사이가 맞나는 풍설이 돌 정도로 분이와 득보는 이상한 관계다. 이들은 억쇠를 남편으로 내세워 남들의 오해를 피해 사랑을 나눈다. 억쇠는 그것을 알면서도 별다른 내색을 하지 않는다. 세간의 '응시'와 소문, 평판을 경험하며 살아왔기 때문에 억쇠는 그들의 고통을 이해했던 것이다. 그럼에도 운명적 사랑은 분이에 의한 설희의 죽음과 득보의 가슴에 깊은 상처를 남긴다. 폭력을 경험한 이들이 서로를 위로하면서도 종국에는 극복하지 못하고 죽음으로 귀결되고 만다.

요컨대 「산제」, 「황토기」는 인정에도 불구하고 개인이 짐질 수밖에 없는 생의 고통과 구원의 지난함을 나타낸다. 누군가가 필요하다. 그러나 그 누군가가 구원자여야 하는가. 김동리는 「산제」의 지식인 '나'처럼 방관자에 그치지 않고 직접적인 구원의 개입 문제를 사유하기 시작했다. 다음부터 본격적으로 김동리의 개인과 구원의 상관관계를 고찰해본다.

3. 구원과 책임

1) 운명의 개입과 구원의 거부—「혼구」

김동리의 작품에서 개인 대 개인의 구원은 남자와 여자의 관계로 형상화되고 있다. 주로 주인공은 지식인이며, 여자는 평범 이하의 존재이다. 평범한 여성은 어떤 이유로 여급이나 기생이 된다. 「혼구」(『인문평론』, 1940.2)에서 학교 선생인 강정우와 그 제자인 송학숙의 아버지는 그 딸인 송학숙의 거취를 놓고 갈등한다. 그 거취의 내용은 소학교 5학년인 학숙이의 학업을 아버지가 그만두게 하고 노래를 부르게 하려는 일이다.

> 선생님 생각해 보십이오, 이 점을 깊이깊이 생각해 보십시오, 만약 내 딸이 처음부터 노래를 배우지 않고 세상에 꽉 찬 다른 여자들과 같이 질쌈질이나 바느질 같은 걸 배웠으면 지금 어떻게 됐겠습니까? 선생님 생각해 보십시오, 모두 뻐언한 일입니다. 나 같은 상놈의 집 딸이 아니더라도 버젓한 **보통 사람의 딸이라도 그 장래가 어떤가 그걸 한번 보십시오,** 어디 멀리 가볼 것이 아니라 바로 우리 이웃집 여자들을 보십시오. 하루에 죽 한 끼도 어려울 때가 뻐언합니다. (…중략…) 그만 간단히 말하면 열에 아홉은 한 번 시집이라고 가 놓으면 못 죽어 사는 겝니다. 선생님, 깊이깊이 생각해 보십시오, 나는 상놈이올시다. 그리고 기술자올시다. **그러면 학숙인 지금 학교 공부를 하고 바느질을 배워서 시방 저 부엌에서 일을 하고 있는 제 고모와 같이 시집을 가야 옳겠습니까? 저의 형과 같이 노래를 배워야 옳겠습니까?** 난 학숙이더러 꼭 나

를 먹여 살리란 건 아닙니다. 내 살기 때문이라면야 큰딸 하나로 만족합니다. 난 다만 제 일신 하나를 생각해서 하는 말입니다.[32]

학숙의 아버지인 송조상과 강정우가 만나 나누는 대화는 인상적이다. 송조상은 가난한 상놈 출신으로 토목공사장에서 일생을 뒹굴다 오른팔을 못 쓰게 되었다. '생활'의 중요성을 절실히 체감한 그가 학숙에게 노래를 시켜야한다고 주장하는 배경에는 누이와 큰딸이라는 좋은 선례가 있다. 자신의 누이는 시집을 가서 남편이 세상을 떠나자 돌아와서 지금까지 외롭게 부엌일을 하며 살고 있다. 이에 비해 자신의 큰딸은 노래를 배워[33] 도의원 남편을 얻어 호강하며 살고 있다. 이런 얘기를 하며 송조상은 자신을 위해서가 아니라 송학숙 본인을 위해서 공부가 아닌 노래로 삶을 개척해야 한다고 역설한다.

그러나 정작 그때 송또상이 딴은 통이라고 늘어놓던 그 지루한 이야기는 한마디도 뚜렷이 귀에 남아 있는 것이 없었다. 그러면서도 그 사내가 한 이야기 가운데는 무엇인지 자못 중대한 문제가 들어 있은 듯하였다. 그리고 그 문제란 자기가 해결짓지 않으면 아니될 자기의 전인격과 운명에 관련된 그 어떤 문제인 듯도 하였다.[34]

정우는 오늘 학교에서 일을 보는 동안에도 온종일 자기는 학숙을 어떡하든지 해주어야 한다는 막연하면서도 절박한 의무감을 깨닫긴 하였으나 그것을 꼭

---

32 김동리, 「昏衢」(『인문평론』, 1940.2), 위의 책, 303~304쪽.
33 소설에서 누이의 신분이 명확히 드러나지 않지만 노래 교육을 받은 것을 참고하면 여급보다는 기생으로 생각된다.
34 김동리, 위의 책, 305쪽.

어떻게 해야 된다는 생각은 쉽사리 떠오르지 않았다. 설령 학숙의 의견을 좇아 그 부모들의 의견에 반대를 하고 그녀를 그들의 계책으로부터 벗겨주는 것이 **학숙을 구원하는 길이요**, 또 이것이 정의의 길이라고 하더라도. (…중략…) 송가의 생활 감정의 세계에서는 **유령보다도 더 허황하게만 들릴 '영혼'이니 '정신'이니 하는 말들을 제쳐놓고**,[35]

송조상의 말에는 공부에 대한 하위 계층의 적대감[36]이 담겨 있다. 그러나 절실한 생활감각에서 나온 결론이기 때문에 강정우는 쉽게 흑과 백을 가리지 못한다. 중요한 것은 이 문제가 자신에게 하나의 의무이며 운명으로 다가온다는 점이다. 그는 "송조상에게 항거를 하지 않고는 자기 자신이 무서운 죄악의 짐을 져야 될 것"[37]처럼 느낀다. 이런 내면에는 아내에 대한 과거의 기억이 자리하고 있다. 염상섭의 「만세전」의 주인공처럼 강정우도 어린 나이에 결혼한 아내가 위독하다는 전문을 받고도 어두운 하숙방에서 그냥 대수 문제를 풀었다. 이때의 일이 무거운 부채가 되어 강정우는 현재 학교에서 별명이 '노인'일 정도로 우울하고 권태로운 삶의 태도를 취해왔다. 그런데 지금 한 개인의 진로를 결정해야 하는 선생의 위치에 서게 됐을 때, 그는 개입을 하는 것이 옳은 일인지 결정해야 할 순간을 맞았다.

누군가를 구원한다는 것은 그것을 행하는 자의 명확한 신념이 뒷받

---

35 위의 책, 309쪽.
36 짐멜은 열등한 지위에 있는 사람들이 가장 불쾌한 것으로 간주하고 그 앞에서 가장 큰 박탈감과 무력감을 느끼게 되는 것은 교육밖에 없다고 말한다. G. 짐멜, 안준섭 외역, 『돈의 철학』, 한길사, 1983, 550쪽.
37 김동리, 「昏衢」, 앞의 책, 311쪽.

침되어야 한다. 그래서 구원에는 책임이 따르고, 그동안 외면해왔던 자신의 윤리를 다시 성찰하는 계기가 된다. 구원의 책임은 자기성찰과 자기반성을 동반해 무거운 짐이자 고통으로 다가온다. 강정우는 아내의 일을 떠올리면서 "이제 와서 이렇게 하필 학숙의 운명에 기어이 연대를 서지 않고서도 어떡하든지 배겨날 길은 절로 있었을 것이 아니냐고" 생각한다. 그래서 그는 구원의 책임을 학숙의 아버지에게 넘기고 자신은 발을 **빼**버린다. 강정우는 학숙의 집에 얼른 가봐야 된다고 외치면서도, 정작 학숙의 집 앞을 그대로 지나쳐버린다.

생활(물질적 가치)을 강조한 송조상과 주체적인 삶(정신적 가치)을 중시한 강정우의 입장은 그 나름대로 타당하다. 그러나 선택은 구원의 대상인 학숙이 하는 게 옳았다. 송조상이 제시한 길은 기생이 되고 부유한 남자에게 결혼을 하는 수순을 예정하고 있다. 이에 반해 학업은 지식을 쌓는 것이자 인생을 자신이 설계하는 개척의 길이다. 학숙은 아버지의 뜻과 달리 공부하길 원했다. 이것은 세상 물정모르는 어린아이의 무지에 찬 마음이 아니다. 학숙의 입장에서는 애초부터 다른 사람의 구원이 필요하지 않았다. 자기 인생의 결정권은 자신이 갖고 있어야 한다.

그렇다면 큰딸에 이어 학숙의 삶을 조종하는 아버지의 윤리는 어떻게 해석해야 할까. 대부분의 일상적인 윤리적 행위는 반사적이면서 즉각적인 성격을 갖는다. 그것은 이성적 판단의 문제가 아니라 자동적 상황 대처의 문제다. 그래서 윤리는 규칙보다는 습관을 따른다. 사람은 항상 주어진 상황에 즉각적으로 대응하는 방식으로 움직이며 살아가곤 한다. 상황에 맞도록 적절하게 행동할 수 있는 능력은 반복적인 행동이 체화된 것이다.[38] 그래서 중요한 것은 윤리적 인식이 아니라 윤리적 숙련 혹은 훈련이다. 송조상은 자신이 팔을 못 쓰게 되면서 생계가 어려워지자, 큰딸이 노래를 배워 그 일을 대신하게 한다. 이때 습득한 양육의 습관이 학숙에게도 투사되었다.

다른 이의 삶에 관심을 갖는 것은 인간의 본능이다. 이것은 대승불교의 보살이 가진 속성과도 이어진다. 보살은 자비를 실천하는 타력신앙의 실현자이자 구원자다. 그러나 속세의 인간이 자신의 가치관을 절대적으로 믿고 남의 인생에 개입해 조정하려 할 때 문제가 야기된다. 지나친 개입은 구원을 필요로 하지 않는 이에게 폭력이다. 또한 타자의 삶에 대한 구원의 노력이 순수한 것만은 아니다. 개입의 욕망은 다음 항에 다룰 선물처럼 대가를 바라는 욕망과 자기 우월성을 내재한다. 따라서 김동리는 운명 개입의 과도함을 경계했다. 다음부터는 구원의 진정성 문제를 살펴본다.

2) 구원의 고통과 구원의 대가 ─ 「다음 항구港口」, 「두꺼비」

김동리의 「혼구」는 학숙이 기생·여급이 되는 과정에서 드러나는 윤리의 습관과 구원의 책임·고통, 그 회피를 형상화했다. 「다음 항구」(『문장』, 1940.9)와 「두꺼비」(『조광』, 1939.8)는 '정상적'인 여성이 '여급'을 택하는 경우와 여자가 결혼을 통해 '정상적' 여성이 되는 사례이다. 여기에는 공통적으로 대가가 포함되어 있다. 여급의 처지에서 벗어나 '정상인'이 될 때 필요한 것은 남자의 돈이다. 그리고 문학소녀가 자신의

---

38 이현우, 『책을 읽을 자유』, 현암사, 2010, 114~115쪽.

의사와 상관없이 결혼을 해 남자의 돈에 종속된 삶을 사는 여성이 되는 것도 마찬가지이다. 그러면 남자의 돈을 받은 여성은 그 대가로 무엇을 제공해야 하는가.

김동리의 「다음 항구」에서 당숙의 무남독녀인 학란은 여학생 신분에서 벗어나 스스로 여급이 된다. 학란은 일찍이 어머니를 여의고 계모와도 사이가 좋지 않았다. 이런 상황에서 사랑했던 박 군이 병으로 세상을 떠나는 불운을 겪는다. 그녀는 그 충격으로 집을 떠나 여급이 된다. 주인공 '나'는 학란에게 문학을 지도해 감성을 키워주고 박 군을 소개한 장본인이기 때문에 그녀에게 무거운 책임을 느낀다.

"오빠, 전 여기서 이렇게 저 머언 바다의 뱃소리를 들으며 술과 담배로 일생을 즐기고 싶어요. 영원히 돌아올 리 없는 사람이 시방 저 배에 타고 오거니, 영원히 다시 올 길 없는 사람이 시방 저 배를 타고 떠나거니, 이런 생각을 하며 한평생 술과 담배에 취해 살구 싶어요. 그리고 저의 일생을 그렇게 하는 것이 차라리 일찍이 **저를 버리고 간 제 어머니나 혹은 그 뒤의 사람에 대한 저의 복수랄까 의무랄가 순정이랄까**, 어쨌든 저는 제 목숨이 붙어 있는 날까지 저의 과거에 무심친 못할 것 같구먼요."[39]

"그러니까 오빤 가끔 술을 잡숫잖아요? 허지만 전 못 그래요, 그러다 시집가고 아이 낳고 하노라면 이 슬픔마저 그럭저럭 잊혀지지 않겠어요? 이걸 생각하면 전 몸에 소름이 돋아요."[40]

---

39 김동리, 「다음 港口」, 앞의 책, 336쪽.
40 위의 책, 331쪽.

인용문에서 전자는 '나'가 부산까지 학란을 찾아갔을 때 그녀가 한 말이다. 보통 사람의 기준으로 봤을 때 여급으로의 변신은 타락을 의미한다. 이 '타락한 여자'를 구원하는 길은 다시 '정상적인' 여성으로 복귀시키는 방법뿐이다. 그래서 집으로 돌아온 학란이 가장 먼저 듣는 얘기는 혼담이었다. 그녀에게 결혼의 의미는 무엇이었을까. 인용을 보면 학란은 자신이 여자여서 남성인 '나'처럼 술로 슬픔과 고통을 이겨내지도 못하고 사회가 정해놓은 순서인 결혼으로 모든 문제를 해결할 수밖에 없는 운명을 한탄했다.[41]

이렇듯 사회의 규칙은 학란의 기억과 감정을 불합리한 것으로 치부하고 지울 것을 강요한다. 아도르노에 의하면 "사회는 구성원을 편입시키기 위해 그들의 판단을 정지시키고 맹목적으로 사회의 소망을 내면화하게 한다".[42] 기억을 포함한 상상력은 판단을 위한 회의의 원동력이다. 사회는 개인의 상상력을 제한하고 다시 일상으로 돌려보낸다. 상상력이 추방된다면 본래의 인식 행위인 판단도 추방되고 만다. 사회는 말 잘 듣는 구성원을 원하지만, 기억은 감정을 소환하기 때문에 학란은 과거에 매달리며 끊임없이 일탈하려 하게 되고 사회에서 부정의 대상이 되는 것이다.

저는 먼 바다에 그러한 화려한 기선이 나타날 때마다 술과 담배를 먹으며 더없는 행복을 깨닫습니다. 그리하여 그 기선에서 금방 내린 낯선 손님의 바닷바람이 흠뻑 젖은 옷깃에서 저는 일찍이 저를 버리고 간 **사람들의 체취**

---

41 김기림 역시 세상이 여성에게 부여한 정당한(?) 운명인 결혼에 대해서 다시 진지한 반성이 필요하다고 말한다. 김기림, 「환경은 무죄인가」,(『비판』, 1931.6),『김기림 전집』5, 심설당, 1988, 392쪽.
42 아도르노, 최문규 역,『한줌의 도덕』, 솔, 1995, 174쪽.

를 깨달으며 하룻밤을 즐겁게 또한 슬프게 지낼 수 있습니다. 이것이 타락이래

도 저는 어찌할 수 없습니다. 그것은 일찍이 저에게서 어머니와 그 사람을 앗아

간 저의 운명에 책임이 있을 겝니다.[43]

주위의 비난에도 불구하고, 학란은 먼저 세상을 떠난 박 군과 자신을

위해 추억을 소유하고 회고하며 살기를 다짐하고 결혼을 끝내 거부한

다. 학란은 보통 사람이 생각하는 구원의 손길을 거부하고 구원의 대가

로서 지불해야 할 아내로서의 성적 역할과 며느리로서의 의무를 부정

한다. 그리고 소중한 사랑의 기억을 잃어버리지 않기 위해 그녀는 슬픈

운명들이 거쳐 가는 항구의 작부가 된다. 그곳에는 상처입고 소외당한

자들의 상호위로가 있다. 물론 이곳에서 하루하루를 즐기면서도 슬프

게 보내겠다는 결심은 쉽지 않다. 우울과 상처를 되새김질 하는 것은

뼈를 깎는 고통이다. 그래서 보통사람이 보기에는 자학적이기도 하다.

그러나 자학이 곧 자살행위나 자기 소멸의 욕망으로만 치부될 수는

없다. 그것은 기실 현실에 다시 뿌리내리려는 시도다. 자기 자신이 실

존하지 않는 것처럼 느껴지는 견디기 어려운 불안에 맞서서 술과 유랑

하는 남자와의 만남은 기억을 다시 살아나게 하고 현실에 뿌리내리게

한다. 이는 정신병에 이르게 하는 고통에서 자신을 지키려는 시도였

다.[44] 또한 내면적 삶으로의 침잠은 내면성을 획일화하고 소멸시키는

사회에 대한 최후의 저항이기도 하다.[45] 즉, 학란의 행동은 단순한 타락

---

43 김동리, 앞의 책, 338쪽.

44 슬라보예 지젝, 김상환 역, 『탈이데올로기 시대의 이데올로기』, 철학과현실사, 2005, 19
    쪽 참조.

45 해리 하르투니언, 윤영실·서정은 역, 『역사의 고동』, 휴머니스트, 2006, 166쪽.

이 아니라 그 한자이름 學蘭처럼 나름대로 진지하고 순결한 정신의 발현이었다. 이렇듯 감정과 추억의 보존과 고독으로부터의 탈피, 그것이 학란이 자신을 위해 스스로 택한 구원의 방식이자 책임이다.

「두꺼비」는 「다음 항구」와 반대로 매춘여성 윤정희(21세)가 남자 주인공인 종우에게 돈을 받아 평범한 여성으로 복귀하는 과정에서 종우가 겪는 고민과 그 결과를 다룬 작품이다.[46] 종우가 술자리에서 정희를 만날 즈음에 다니던 학원은 인가가 취소되고 신문이 폐간됐다. 전향하는 벗들의 모습을 지켜보며 "생활의 이데아가 뒤집힘을 보고" 슬픔과 허무를 느끼던 종우는, 우연히 만난 정희를 도와주게 된다. 그는 조용히 늙을 수 있을 만한 돈을 긁어모아 정희를 경상도 고향으로 내려 보냈다.

이것은 종우의 센티멘탈리즘이 빚어낸 일회성 만족이자 구매가능한 만족이었다. 신념윤리와 책임윤리를 내세웠던 베버에 따르면 행동의 결과에 대해 책임을 고려하지 않은 종우는 신념윤리에 해당한다. 베버는 "신념윤리는 그것을 뒷받침하는 내적인 힘이 아주 미약하다고 말하며 그것은 낭만적 감흥의 도취에 불과"[47]하다고 지적한다. 그러나 남의 인생에 개입한 결과는 일회성에 그치지 않고 감흥을 깨며 구원의 책임까지 요구한다. 개입을 조장하는 것은 정희의 구원에 돈을 대준 삼촌과 돈 그 자체가 가진 속성이다.

46　참고로, 김동리의 「두꺼비」에 실려 있는 어휘를 살펴봤다. 여기에는 '인간적 거리', '거리'가 등장한다. 김동리는 개인과 개인의 거리와 구원을 고민했다.

단어	소승(적)	대승(적)	석가모니/부처	구원	전향	(인간적) 거리	총후 불교
횟수	4	6	1	5	2	2	1

47　막스 베버, 전성우 역, 『직업으로서의 정치』, 나남, 2007, 138쪽.

먼저 삼촌의 존재는 종우에게 어떤 의미일까. 과거 열렬한 민족주의 자였던 삼촌은 신문사와 학원을 경영했었다. 그러나 이제 삼촌은 "민족 주의라는 소승주의"에서 벗어나 "전인류의 구원이란 대승적 이상"을 지향한다고 하지만 그것은 지적 사기이자 전향의 다른 위안이다. 삼촌 은 종우의 개입을 계기로 자신은 과거의 "소승주의"에서 벗어나 "대승 주의"를 실천하고 있다고 자부한다. 그러나 그는 조카인 종우를 통해 "자기의 전향이 결코 변절이나 이심이 아니라 그것은 정당한 발전이요 위대한 비약임을 확인시키려"[48] 했다. 사실상 선배인 삼촌의 욕망을 대 면한 종우는 삼촌을 미워하면서도 거기서 자신의 숨겨둔 욕망[49]을 발 견한다.[50] 이렇듯 삼촌과의 만남은 '실재'와의 대면이었다.

평소 삼촌의 "박애주의(대승주의)"를 부정해온 종우는 정희를 위해 삼 촌으로부터 받은 돈이 부담이고 상처였다. 종우는 자신의 "센티멘털리 즘 역시 삼촌의 번듯한 위선과 몇 걸음 사이가 아님을 스스로 깨달았기 때문에 그만큼 그는 자기의 센티멘털리즘에 증오와 경멸을 느끼지 않 을 수 없었다." 그럼에도 그의 죄책감을 덜어주는 것은 결핵의 시작이 었다. 이 소설에서 전향과 상대되는 상징은 결핵이다. 자신이 그동안 민족과 식민지 조선의 현실을 고민하고 신념을 지켜온 것의 결과물이

---

48 김동리, 「두꺼비」, 앞의 책, 1995, 265쪽.
49 "욕망은 바깥에서 우리를 기다리던 고통이며, 우리가 비자발적으로 슬려가는 도착이자 강제적 매개다. 우리는 출생과 더불어 욕망 속으로 내던져진다. 프로이트는 우리를 인간 주체로 만드는 것은 우리 안에 자리 잡고 있는 바로 이 이질적인 부분이라고 여겼다. 그것은, 우리 자신보다 더 우리에게 가깝다. 자크 라캉은 이것을 장난스럽게 괴물이라 칭했다." 테리 이글턴, 김지선 역, 『반대자의 초상』, 이매진, 2010, 305~306쪽.
50 스님이자 햄프셔대 교수인 혜민은 이것을 '공명'이라 표현한다. "다른 사람을 흉보지만 내 안에도 그 사람의 결점과 일치하는 무언가가 똑같이 진동하고 있기 때문"이다. 혜민, 앞의 책, 231쪽.

결핵의 피였던 것이다. 그래서 종우는 결핵에 걸려 피를 토하지만 오히려 기뻐하고 황홀함을 느낀다. 이처럼 자신의 신념과 지향을 숭고하게 여기던 종우가 탐욕스런 욕망을 깨달은 것은 고통이었다. 그래서 종우는 '그동안 자신의 희생이 가진 가치를 유지하기 위해 타자인 삼촌이 원하는 것을 하지 않기로 다짐한다. 타자의 만족에 불만을 가진 그가 신경증을 표출하기 시작한 것'[51]이다.

삼촌의 욕망과 함께 돈은 종우를 더욱 자극한다. 종우와 정희 사이에 오고간 돈은 아무런 대가를 바라지 않는 구원이었을까. 아니면 그 돈은 대가를 기대한 선물이었을까. 화폐거래는 "매춘과 같은 순간적인 쾌락적 관계와 완전히 일치한다. 인간은 돈을 지불함으로써 모든 대상들과의 관계를 완전히 청산"[52]한다. 이는 종우가 돈이 지닌 충동적 속성처럼 순간의 욕망으로 정희를 구원하고 만족감을 획득한 것과 일치한다. 그가 술집에서 돈을 지불하고 정희를 빼낸 것은 많은 다른 남성 경쟁자로부터 자신의 우위를 입증하고 정희의 몸을 독점한 것이기도 하다.

이 구원은 겉으로는 인격적인 자선 행위였다. 정희가 계속해서 은인이라며 존경의 마음을 표현한 것은 그에 합당한 보상이었다. 종우는 이 일로 인격적인 충족을 만끽하고 명예를 획득하며, 정희는 인간에 우호적인 감정을 키운다. 그러나 정희의 정성어린 인사로 모든 답례가 이루어진 것일까. 완전한 보상이란 원칙적으로 불가능하다.[53] 그 증거를 정희의 부채의식이 보여준다. 정희는 끝없이 감사함을 표현하고 심지어

---

51 브루스 핑크, 맹정현 역, 앞의 책, 126쪽.
52 G. 짐멜, 안준섭 외역, 앞의 책, 472쪽.
53 위의 책, 508쪽.

나중에는 다시 서울에 올라와 평생을 결혼하지 않고 은인 곁에서 보답하며 지내겠다고 이야기한다. 이렇듯 선물은 받아야 하는 의무와 답례의 의무를 수반한다.[54] 이것이 가능해야 선물을 받은 이가 노예로 전락하지 않는다. 이러한 논리가 내면화된 탓인지 종우는 본능적으로 무언가를 기대하고 고민에 빠진다. 이 고민은 정희를 고향으로 내려 보내면서 일단락되지만, 그녀가 다시 올라오면서 더욱 심화된다.

> 정희는 손수건 하나가 다 젖도록 눈물을 쏟았다.
> 종우는 문득 저 눈물이 몇 해 전 시골 처녀 정희가 마지막으로 제 부모를 하직할 때 쏟던 그 눈물임을 깨닫고 그것이 자기가 그에게 베푼 은혜란 것보다 오롯이 더 비싸야 할 것을 생각하고 **그것의 정당한 대가를 갚아야 할 자기의 의무를 생각하고 거기서 한 삼십 년간 이럭저럭 간신히 지녀온 자기의 동정(童貞)을 발견했을 때** 등골에 찬바람에 지나감을 깨달았다.[55]

종우는 그녀에게 어떤 대가를 기대할까. 명예와 대가 사이에서 결정을 내려야 했던 종우의 신경증은 동정童貞의 상실에 대한 공포로 나타난다. 그가 오랫동안 지켜온 동정은 결핵과 함께 종우의 순결과 신념을 상징하는 표상이다. 인간은 인생의 중대한 결정을 앞두고 거세 불안을 극복하기 쉽지 않다.[56] 다시 말해 대가를 받는 것은 신념의 붕괴를 야기하고 위선을 폭로한다. 그 때문에 종우는 소신을 지키기 위해 계속해서

---

54 마르셀 모스, 이상률 역, 앞의 책, 72쪽.
55 김동리, 「두꺼비」, 앞의 책, 263~264쪽.
56 브루스 핑크, 맹정현 역, 앞의 책, 127쪽 참조.

정희를 멀리하지만, 억압된 욕망은 결국 꿈을 통해 표출되고 만다.

> 간호부로 알고 본 것은 간호부가 아니고 정희였다. 정희로 안 것은 바로
> 그의 누이동생이었다. (…중략…) "오빠!" "너와는 절교다" 누이는 당황한
> 듯이 오빠의 두 눈을 한참 노려보더니 갑자기 눈물을 조르르 쏟는다.
> "저는 오빠와 절교하기 싫어요, 저는 내일도 모레도 오빠 곁에 와서 앉고
> **오빠의 요강을 들여다 볼래요.** (…중략…) **그까짓 정희가 다 뭐요?"**[57]

그런데 그 욕망은 정희가 아니라 누이로 전치된다. 흔히 "남성이 사
랑의 대상을 최종적으로 선택 할 때까지는 어머니를 사랑의 대상"[58]으
로 여기는데, 정우의 경우는 누이에게로 전이된다. 욕망의 대상이 등장
하자, 최종 결정하기 전의 장면으로 돌아가 누이를 등장시킨 것이다.[59]
이것은 직접적인 성적 접촉보다는 환상을 통해 쾌락에 도달하려는 신
경증의 성향으로 이해할 수도 있다. 신경증의 한 종류로, 의식적인 사
색가와 같은 강박증자는 자신이 자기 운명의 주인이라고 믿는다. 그래
서 자신이 타자에 종속된 주체라는 점을 극구 부정한다. 그래서 여자가
등장하면 이것을 엄마나 누이의 형상으로 변형시켜 이루어질 수 없는
사랑으로 만들어 버린다.[60] 그래서 김동리의 다른 소설인 「오누이」(『여
성』, 1940.8)에서도 근친상간 모티프가 등장하지만, 남매는 신체적 접촉

---

57 김동리, 앞의 책, 266쪽.
58 프로이트, 이윤기 역, 앞의 책, 2003, 51쪽.
59 이것이 실제로 김동리의 어린 시절 유일하게 대화 상대였던 누이를 의식한 문학적 형상
    화인지는 가늠하기 어렵다. 김동리, 『김동리전집』 8-나를 찾아서, 민음사, 1997, 53쪽
    참조.
60 브루스 핑크, 맹정현 역, 앞의 책, 196~220쪽 참조.

을 하지 않고 정신적 사랑을 유지한다.

그런데 근친상간이 형상화된 김동리의 소설에는 반드시 용변과 같이 주인공의 치부를 드러내는 소재가 있다. 누이는 그 용변을 들여다보고 치우는 역할을 한다. 대변은 남근과 함께 자신의 결여를 나타내는 지표다. 이것들은 근본적인 상실과 무능력을 의미한다.[61] 이 결핍을 누이가 들여다보게 하는 것은 상징적인 거세를 승인하는 과정이다.[62] 다시 말해 정우는 정희가 갚겠다고 하는 그 마음의 내용을 알지 못한다. 단지 그녀의 남근이 되고자 하는 욕망이 투사되어, 그는 정희의 정조를 받아들이는 방식으로 보상해주면 된다고 상상한다.[63]

이제 그에게 남은 일은 **정희의 정조를 갚아주면 그만**이었다.

그의 삼촌은 그에게 **정희의 구원을 독촉**하였다. (⋯중략⋯)

그러자 바로 그즈음 정희는 종우에게 카페를 그만두고 시골로 내려가겠노라고 하였다. 정희는 그의 삼촌의 말을 생각하고 정희를 위해서는 마침

---

61 슬라보예 지젝, 이수련 역, 『이데올로기라는 숭고한 대상』, 인간사랑, 2002, 265~267쪽.
62 환상은 대타자에게 나는 무엇이며 어떤 위치를 차지하는가라는 질문에 대한 아이의 대답이다. 환상의 역할은 어머니와의 관계에서 특권화된 가치를 지닌 특정한 대상의 정체를 추정하는 것이다. 유방, 대변 등이 그 예이다. 그리고 상징적인 거세를 승인한다는 것은 주체가 자신의 욕망에 도달하기 위해 치러야 할 대가이다. 즉 신념의 포기다. 대리언 리더, 『라캉』, 김영사, 2002, 123쪽.
63 종우가 정희의 눈물을 자신의 공보다 더 가치있다고 간주하고 거기에 자신이 갚아야 한다고 생각하는 논리 왜곡과정은 아주 절묘하다. 그런데 종우가 갚을 수 있는 게 유독 성적인 것이어야만 했을까.
박노자는 성매매를 경제력에 의한 강간이라고 말하면서, 성욕은 인간본성론의 하나이니 성매매를 이해해주자는 논리에 절대로 동의하지 않는다. 사회악을 얘기해도, 그것은 인간 본성의 문제가 아니냐며 대충 넘어가려는 사람들의 태도를 지적한 것이다. 박노자, 「기돗발이 정말로 꼭 세야 하는가?」, 『월간 인물과 사상』 7, 인물과사상사, 1998. http://blog.hani.co.kr/gategateparagate.

다행이라 생각하였다. 그러나 그 다음 순간 문득 그는 **회오리 바람 같은 고독**이 그의 **온몸을 휩쓸어감**을 깨달았다.[64]

이것은 "신경증자가 타자의 요구와 타자의 결여를 혼동"해서 발생한 문제다. 여기서 "타자의 요구는 신경증자의 환상 속에서 대상의 기능을 취한다."[65] 즉 종우의 환상은 정희를 향한 성적 욕망이다. 종우는 자신이 돈을 준 대가로 정희에게 인격적인 감사의 마음뿐만 아니라 성적인 대가를 바라게 된다.[66] 정희가 두 번째로 다시 고향에 내려가겠다고 했을 때, 그가 느낀 고독이 이를 뒷받침한다.

앞에서 정희가 첫 번째로 고향에 내려갔다가 올라왔을 때, 종우는 동정童貞을 떠올렸었다. 결국 꿈을 꾸고 나서 그는 자신의 욕망을 드러낸다. 고향에 내려가겠다는 정희에게 마지막 밤을 같이 보내자고 말한 것이다. 베버가 지적한대로 신념윤리자의 내면적 힘은 아주 미약하다.

결론적으로 김동리의 「두꺼비」는 구원, 선물과 그 대가의 문제를 형상화하고 있다. 주는 자의 내밀한 욕망이 반영된 선물의 보답에는 우호적인 감정뿐만 아니라 더 많은 대가가 요구된다. 이 소설에서 그것은 신체의 제공이었다. 정희가 은혜를 갚겠다고 한 의도가 성적 보상이었을까. 종우가 같이 밤을 보내자고 했을 때 정희는 순간 멍해진다. 무슨 의미였을까. 첫 번째 귀향과 달리 두 번째 귀향은 그녀 자신의 자유의

---

64 김동리, 「두꺼비」, 앞의 책, 1995, 267쪽.
65 브루스 핑크, 맹정현 역, 앞의 책, 214쪽.
66 이것은 모스가 선물은 강제적이고 타산적인 속성을 갖고 있어, 받은 자는 우호적인 감정과 함께 자신의 소중한 일부를 돌려줘야 한다고 말한 것과 유사한 메커니즘이다. 마르셀 모스, 이상률 역, 앞의 책 참조.

지로 행한 선택이었다. 세상에 소외당하고 매춘부가 되었다가 구원을 받고 자유의 몸이 된 듯했지만, 그녀는 믿었던 사람에게 배신당하고 만다. 이로 인해 선물의 대가는 주는 자도 치르게 된다. 종우는 정희로 인해 순간의 성적 욕망은 채우지만 인격의 소멸이라는 대가를 지불하게 된다. 선물은 쌍방 모두에게 정신적 훼손을 야기한다. 이것이 타인의 구원을 거부하고 대가를 지불하지 않았던 소설 「다음 항구」와, 「두꺼비」의 다른 점이다.

3) 구원의 극한, 자비희사慈悲喜捨 ― 「무녀도」, 「허덜풀네」

「두꺼비」의 윤정희와 「다음 항구」의 학란學蘭처럼 '상처받은 이'가 어떤 삶을 영위할 것인가. 이는 '상처받은 이'가 현재 상처를 입고 있거나 이미 상처받은 이를 대하는 문제에 관련된다. 즉, '구원의 주체'가 돈을 소유한 남성이 아니라, 학란과 같이 상처받은 여성으로 설정된다면 구원의 양상은 어떻게 될까. 사회적으로 소외된 여성이 구원의 주체로 자리할 때, 농촌에서 그 여성은 신과 인간을 매개하는 무녀로 나타날 수 있다. 또 도시에서는 학란처럼 여급·기생이 되어 인간사에 개입하게 될 가능성이 있다. 「허덜풀네」(『풍림』, 1936.12)에서 성곽 밖에 있는 기생의 집은 원래 무녀가 살았던 곳이다. 이것이 의미하듯 기생과 무녀는 사회로부터 배제된 존재다. 작품 속 「무녀도」의 무녀와 「허덜풀네」의 기생은 죽음으로 생을 마무리했다. 이런 그들이 죽기 전에 사회를 향해 어떤 행동을 했을까.

「무녀도」에서 무당인 모화는 죽은 여자를 위해 굿을 하다 초혼이 제대로 이루어지지 않자 스스로 바다에 몸을 던진다. 이 죽음을 두고 연구자들은 자연과의 합일로 분석하거나, 죽음의 공포를 극복한 것으로 설명하고, 아니면 민족 전통의 주술적인 무속의 복원으로 해석하기도 한다. 그러나 전통사회와 농촌의 습속이 도시와의 대비 속에서 재발견되는 것처럼, 무속은 기독교·불교 등 다른 종교와의 관계 속에서 발견된다. 즉 무속은 고래古來의 무속이 지닌 원형 그대로가 아니라 다른 문화와 영향을 주고받으며 존립해 왔다. 무속의 실존적 조건을 규명해야만 무녀의 죽음이 가진 의미 역시 명확해질 수 있다.

> '흥, 예수 귀신이 진짠가, 신령님의 진짠가 두고 보지' 이렇게 장담했다는 것이다. 사람들은 기대와 호기심에 들끓었다.[67]

신령님 앞에서의 모화의 주문은 도교와 불교적 요소가 뒤섞여 있다. 특히 모화에게 불교는 가장 높은 도에 해당한다. 그런데 아들인 욱이가 기독교인이 돼 돌아오면서 무속과 기독교 간 갈등이 시작된다. 이는 "귀신"이란 말이 상징적으로 보여준다. 욱이가 예수를 얘기했을 때, 모화는 예수를 귀신의 일종으로 생각한다. 욱이도 모화와 낭이를 무당 귀신, 벙어리귀신이 씌운 것으로 여긴다. 각자 자신이 믿는 종교가 아닌 여타의 것은 모두 신이 아니라 귀신으로 치부되고 있다. 경주에 교회를 설립하러 온 목사에게 무속의 신은 진정한 신이 아니라 귀신에 불과하다.[68]

---

67 김동리, 「무녀도」, 『김동리 전집』 1-무녀도, 황토기, 민음사, 1997, 101쪽.
68 개화기 조선을 찾은 프랑스 민속학자 샤를 바라는 무당의 굿과 그에 호응하는 민중을

모화가 모시는 분은 신령님,[69] 잡령, 귀신, 신 중 무엇일까? '고등 종교'의 관점에서 볼 때 무당들이 섬기는 신은 존재하지 않는다. 모두 잡령에 불과할 뿐이다. 실제로 "무당들이 모시는 신령은 무당마다 다르기 때문에 하나의 일관된 조직을 가지는 것이 거의 불가능하다. 신령도 위계질서가 잘 보이지 않을 뿐만 아니라, 선악 체계도 불분명해 이 신령들을 수평적·수직적으로 일원화할 수 있는 큰 구도도 만들 수 없"[70]다. 불교에서도 귀신의 존재를 일부 인정해 줄뿐 원칙적으로는 없는 것으로 간주한다. 이런 귀신이 죽음의 공포를 극복해주고 산자의 원을 들어주는 전지전능한 분일 수 있을까?

그러나 무속인의 입장은 다르다. 무녀인 정순덕은 '무속은 귀신신앙이 아니고, 귀신과 신령님은 구분되며, 자신이 모시는 분은 신령님'이라고 말한다.[71] 무속에서는 무당만이 모시는 신령을 몸주신이라 한다. 이 신령에도 등급이 있다. '점쟁이가 모시는 신은 신령계에서 인정받지 못한다. 내림굿을 받은 이의 몸주신이 진정한 신령'[72]이다. 그래서 무당은 점과 굿을 동시에 할 수 있는 순전한 사제이며 아무나 할 수 없는 신성한 존재다. 「무녀도」의 모화도 세습무가 아니라 강신무다.

문제는 이 신령의 신통력이 무속의 신성성을 보장하는 데 있다. 기독

보고 유럽에서는 결코 볼 수 없는 광경으로, 조선인같이 노래를 좋아하는 시끄러운 민족은 없을 거라 한다. 샤를 바라·샤이에 롱, 성귀수 역, 『조선기행』, 눈빛, 2001, 142~144쪽 참조.

69 김동리는 '하늘'이 '자연의 정기'란 뜻으로도 통한다고 말한다. 또한 '자연의 정기'란 '신명이나 신령'이란 뜻도 된다고 말한다. 김동리, 『꽃과 소녀와 달과』, 제삼기획, 1994, 148쪽.

70 최준식, 『무교—권력에 밀린 한국인의 근본신앙』, 도서출판 모시는사람들, 2009, 181쪽.

71 이찬수 외, 『우리에게 귀신은 무엇인가?』, 도서출판 모시는사람들, 2010, 49~64쪽 참조.

72 최준식, 앞의 책, 29쪽.

교가 새롭게 등장하면서 어떤 종교의 신통력이 강한지 대결 구도가 형성된다. 「무녀도」의 목사는 예수의 기적으로 신통력을 증명한다. 그러나 모화는 과거에 기대지 않는다. "무속의 즉답성, 이것이 무속의 큰 특징이다. 다른 종교와 다르게 무당은 문제의 원인 파악과 그 해결이 신속"[73]하게 이루어지지만 기독교는 그렇지 못하다. 그래서 경쟁에서 무속이 우세한 듯 보이만, 기독교는 돈이 들지 않는다는 장점이 있다. 「무녀도」에서 교회가 들어서자 사람들이 먼저 보인 반응이 "돈이 들지 않으니 가보자"[74]는 것이있다. 그래서 교회신자가 늘어갈수록 모화에게 중요한 것은 자신의 신통력이 지닌 힘이었다. 모화는 자신의 신통력을 남에게 보여줘야 그 존재 가치를 인정받을 수 있었기 때문이다. 그녀가 한동안 굿을 하지 않자 사람들이 보인 반응 역시 그녀의 신통력이 없어졌을지 모른다는 의심이었다. 이렇듯 무속의 가시성은 중요했다.

그러나 모화의 신통력만으로 사람들을 지배하기는 부족했다. 무속은 신내림이라는 초월적 자질과 신성화된 관습으로 권위를 유지했다. 또한 내세의 보상을 내세워 믿음의 복종을 유도했다. 그런데 여기서 신성화된 관습의 권위가 문제가 된다. "무속의 특징은 신통력뿐만 아니라 그것에 참여하는 사람들의 믿음이 동반해야 치유능력이 강화"[75]된다. 잡령이 현실에 개입해 사람을 괴롭힌다는 관념이 없고, 귀신의 존재와 무당이 모시는 신의 존재 가치를 의심하지 않아야 한다. 사람은 담론 세계 속에서 상상하고 인식하기 때문이다.

---

73 이찬수 외, 앞의 책, 81~82쪽.
74 김동리, 「무녀도」, 앞의 책, 96쪽.
75 이찬수 외, 앞의 책, 90쪽.

그러나 무속은 개화기 이래 배척의 대상이었다. 또한 심전개발운동 때에는 식민지 당국이 무속에 깃든 불교적 요소를 진작시켜 일본의 불교나 고신도古神道와 연결하려 했다.[76] 「무녀도」에서도 평생 다른 신의 존재를 의심하지 않았던 모화나 낭이는 기독교를 무시하면서도 심적 타격을 받고 만다. 이런 상황에서 초혼이 실패하자 모화는 스스로 죽음을 택한다.

모화의 죽음이 갖는 의미는 뭘까.[77] 흔히들 말하는 죽음 공포의 극복은 아니다. 무속인의 품위와 체면을 유지하기 위해 택한 죽음일까. 이는 모화가 자신을 위해서 죽음을 선택했다고 가정했을 때 합당해지는 관점이다. 무속인이 굿을 할 때는 이미 그는 사람이 아니다. 무녀 정순덕의 말에 의하면 그때는 이미 신령이다. 신령이 죽음을 두려워 할 필요는 없다.[78] 또한 신령이 된 모화가 자신을 위해 죽을 수도 없다.

무당의 죽음관은 무엇일까. 이들은 스스로 죽음의 공포가 없다고 말한다. 대신에 무당은 죽을 순간을 준비할 뿐이다.[79] 김동리는 「무녀도」

76　최석영, 『일제하 무속론과 식민지 권력』, 서경문화사, 1999, 131~149쪽 참조.

77　어떤 사건이 갖는 의미의 양가성은 피할 수 없다. 다만, 금인숙은 신비주의에 대해 다음과 같은 말을 한다. "현대인에게 일반적으로 알려진 것과 달리, 진정한 신비주의는 개인주의적인 자기만족이나 심리적인 자아도취가 아니다. 현실로부터의 회피나 도피도 아니고, 현상계의 운동 원리를 부정하는 비역사주의나 정적주의는 더욱 아니다. 신과 하나됨의 상태에서 일어나는 모든 활동과 행동은 사심 없는 사랑이다. 자아중심의 이기성과 독단성, 소유욕과 지배욕, 출세욕과 지위욕을 초월한 순수한 사랑이기 때문에, 무차별적이고 무조건적이다. 무한하고 변하지 않는 것이다. 금인숙, 『신비주의』, 살림, 2006, 92쪽.

78　한용운은 자신이 이미 살아생전에 영생을 확보했다고 말한다. 김상웅, 『한용운 평전』, 시대의창, 2006, 579쪽.

79　스님인 천진은 살아생전에 죽음에 대해 공부하라고 한다. 죽을 때 "몸에서 정신없이 뛰쳐나오게 되는데 그때 가장 소중한 것을 들고 나와야 한다"는 것이다. 죽는 순간까지 무언가를 가지고 나와야 한다는 말이, 질긴 인간의 욕심을 드러내는 것 같아 스님의 말이 면구스럽기도 하다. 천진, 『지리산 스님들의 못말리는 수행이야기』, 불광출판사, 2009, 143쪽. 스님 혜민은 지인의 입을 빌려, 살아생전에 "다른 사람을 도와주고 그들이 기뻐하던 모습

를 집필하면서 "표면적으로는 무당이 지는 것같이 보이지만 내용적으로는 승리하는 이야기"[80]를 기획했다고 밝힌 바 있다. 그렇다면 모화의 영혼은 사망했을 때 자신의 몸에서 어떤 심정으로 나왔을까. 무당으로서 주어진 소명을 다하기 위해 모화는 초혼의 대상인 '자살한 여자와 그 남은 가족'에게 자신을 '희생공양'으로 바친 분명하다. 이것이 진정한 인정人情일까, '초월적 인륜성'이라 할 수 있겠다.

불교에서는 부처가 될 수 있는 근본성품을 불성이라고 한다. 인륜성은 불성의 일부이며, 인륜성의 극한 추구는 불성의 궁극으로의 지향이다. 세속적인 인륜성이 부처의 '불성'으로 상승하는 도덕적 경지를 사무량심四無量心[81]이라고 한다. 사무량심은 육바라밀을 성취한 보살이 한없이 이웃들을 구제하기 위해 갖추고 있는 도덕적 경지이자 수행법이기도 하다. 사무량심은 자비희사慈悲喜捨라고도 하는데 "자무량심慈無量心은 중생을 기쁘게 해주려는 마음, 비무량심悲無量心은 중생의 고통을 없애주는 마음, 희무량심喜無量心은 중생의 기쁨을 함께 기뻐해주는 것, 사무량심捨無量心은 차별을 두지 않고 평등하게 대하며 자신의 것을 버리고 남에게 주는 마음을 뜻한다."[82] 인륜성은 불성 나아가 사무량심으로 나타나는 것이다.

앞에서 언급했듯이 김동리의 「허덜풀네」에서 기생이 사는 그 집은

을 가슴에 담아 죽음 너머로 갈 수 있지 않느냐'고 말한다. 혜민, 앞의 책, 36쪽.
80 김동리, 『명상의 늪가에서』, 행림출판사, 1980, 168쪽.
81 應禪庵에서 김태흡이 '六道와 四無量心'이란 주제로 강연을 한 기록이 있다. 「日曜講話」, 『동아일보』, 1934.7.15.
82 운허·용하, 『불교사전』, 불천, 2008, 362쪽. 이 기사에는 '동정(同情)'이 고갈치 않았으면 누구나 희사(喜捨)를 아끼지 않을 것이라면서, 그것이 '정(情)과 사랑'을 가진 동포의 의무(동포애―인륜성을 떠올려 보라)라고 지적하고 있다. 「街頭窮民을 救恤하자」, 『동아일보』, 1934.2.13, 1면 참조.

무당이 살았던 곳이다. 모화가 살았을까. 모화가 죽음으로 최선의 인정을 표현하고 떠났을 때, 이 오두막집에서는 기생 허덜풀네와, 과거 명기였던 나이든 노월이가 술과 노래로 사람들의 발을 붙잡는다. 가난한 살림에도 이들은 너무 인정이 넘쳐 술을 공짜로 주기도 하고 돈을 적게 받기도 한다. 김사량의 「유치장에서 만난 사나이」(『문장』, 1941.2)에서 다른 사람이 당할 고문의 공포와 고독·불안의 무게를 덜어주는 사나이처럼, 이 퇴락한 여급들은 고독한 생을 살아가는 사람들에게 노래와 술과 웃음을 선물하고 사라진다. 이 오두막집은 양조장으로 바뀌고 노월이는 세상을 떠났다.

> **고독한 동안, 나는 나를 타인이나 세계에 의하여 빼앗기지 않고 있다는 사실**을 확인할 수 있기 때문이다. **고독한 만큼 나는 나에게 남아 있는 것이다.** 나는 오늘도 고독 속에서 책을 뒤지며, 인생과 생계와 그리고 영원에 대하여 생각하고 있는 것이다.[83]

김동리는 고독 속에서 자신의 실존을 확인하지만, 고독은 죽음을 불러일으킬 만큼 고통스런 것이기도 하다. 모화도 노월이도 자연사가 아닌 자살이다. 소외당했으면서도 자신이 할 수 있는 최선의 것을 주고 떠나간 이들이, 스님 혜민이 말한, 기억을 안고 떠난 "애절한 구원자"의 모습이 아닐까.

---

83   김동리, 『운명과 사귄다』, 철문출판사, 1984, 430쪽.

4. 불교적 필연성의 번안과 김동리의 순수문학

지금까지 살펴본 것처럼, 김동리는 타자의 운명에 대한 과도한 개입을 경계한다. 남자 구원자가 고아와 여급, 창녀 등을 구원하고자 했지만 그 개입의 근저에는 공덕 쌓기, 인격의 고결함, 자기만족, 명예, 복종 및 성상납 같은 반대급부 등의 동기가 있다. 그래서 여성은 남성의 구원, 종속적 삶을 거부한다. 예컨대 「다음 항구」의 학란이 보여주듯 소외된 여성은 사회와 가족의 구원을 거부하며 작부가 되어 정을 나눠준다. 이것은 「허덜풀네」에서 기생과 작부가 술과 노래로 정을 표현한 것과 같다. 이 배경에는 「두꺼비」처럼 구원의 정체가 결국은 성의 대가이라는 것을 알았기 때문이다. 또한 이들의 '자학적' 선택은 사회가 강제하고 이끄는 삶에 대한 저항이었다. 이 여성 '구원자'들은 남의 운명에 개입하지 않는다. 다만 자신의 소중한 감정을 보존하고, 상처 입은 영혼의 끝없는 인륜성으로 '자비'를 실천할 뿐이다.[84] 소외된 자의 적대감은 찾아 볼 수 없는 자기희생, 해탈의 발현이다.[85] 이것이 김동리가

---

84 공동체에서 소외된 개인에게도 예외없이 강요되는 인륜성은 잔인한 측면이 없지 않다. 그럼에도 이들은(기생, 작부) 자신처럼 소외된 이들을 위로하고 세상을 떠난다. 그런 측면에서 '초월적 인륜성'이라 칭한 것이다.

85 김동리의 소설에 나타나는 여성의 도시 진출과 귀환, 남자에 의한 구원의 문제는 가부장적인 한국 사회의 성격상 해방 이후에도 있던 일이다. 다만 유숙란에 따르면 조선 농촌의 빈곤으로 1930년대 도시로 몰려든 이들이 급증했고 특히 농촌 여성이 먼저 희생되어 가장 낮은 임금으로 동원되었다고 한다. 또한 1920년대 후반 이후 이농이 급증했는데 만주사변 이후부터 중일전쟁이 발발하기 직전(1934~1937)까지 이농인구의 비율은 18%, 중일전쟁 이후 태평양전쟁 발발 전(1938~1941)까지가 44.3%로 격증하고, 1942~3년 2년간 약 37.7%를 점하였다. 유숙란, 「일제시대 농촌의 빈곤과 농촌 여성의 出稼」, 『아시아여성연구』 43-1, 숙명여대 아시아여성연구소, 2004.

1930년대 후반 고심한 생의 구경으로서의 구원의 문학이다.

그런데 소설의 구원의 공간은 농촌과 도시를 가리지 않는다. 이것은 김동리의 문학이 단순히 농촌의 전근대성, 전통을 토대로 한 근대 비판이 아니라는 것을 함의한다. 이로써 그를 토속적이고 전통적인 한국인의 원형적 삶을 형상화한 작가로만 간주하는 것은 일면적이라는 것을 알 수 있다. 그리고 그 구원의 성격은 궁핍하고 억압적인 식민지 조선과 가부장적 자본주의 사회의 규율 하에서 인간의 자존감, 존엄, 조력자, 해방 등을 갈망하는 중층적인 개인의 내면성과 결부되었다. 구원은 결국 인간이 어떻게 생을 버티고 영위할 것인가의 문제다. 그렇다면 '조선적인 것'의 문학적 형상화 문제도 우리 민족의 얼, 원형, 전통만 있는 것이 아니라 '조선인의 삶', 인간다운 삶의 성찰을 포괄하는 것이다.

구원의 문제에 천착한 김동리가 문학에서 보여준 구원의 불가능성은 순수문학의 본령을 상기시킨다. 주지하듯 순수문학은 '불가능'하더라도 근대세계의 제약으로부터 넘어서려는 세계의 구축을 지향한다. 가령 상징주의 보들레르의 근대적 시세계는 현실을 디스토피아의 세계로 간주하고 그 기계적 구속으로부터 벗어나는 문제를 문학 속에서 현실화하려 했다. 현실과 다른 세계를 문학 안에서 실현하고자 한 것인데, 이 우주적이고 이데아적인 것과 '섬광'처럼 순간적인 접촉하기 위해서 작가는 인간의 경지를 넘어선 언어로 텍스트를 구성하려 한다. 그 문학적 현현의 순간을 완벽히 언어로 포착하기 위해 언어를 음운, 음소 단위로 엄청난 세공을 통해 언어의 성을 만든다. 이것이 말라르메의 '절대은유'로 가면 우주전체를 무로 만드는 '시집'(책)이 된다. 이와 같이 근대 너머의 체험과 텍스트를 일치시키려는 시도는 아방가르드, 정신분석, 그 이후까지 계속 이어지는데 동양에서 근대철학과 접목된 불교는 나름의 불교적 번안을 시도하게 되는 것이다.

예컨대 김동리는 불교에서 인과응보와 윤회설을 수용하면서 문학화했는데, 그것은 근대의 필연성을 불교의 교리를 통해 불교적 필연성으로 번안한 것과 다름없다. 김동리가 인간의 궁극적 과제로 구원을 상정했을 때 그 구원이란 어휘는 불교와 샤머니즘, 기타 종교에서 획득되었다. 현실세계는 초월적 인륜성이 실현된 이상적인 공간이 아니다. 더욱이 사신의 안위와 욕망과 행복에 얽매인 일개인이 부처의 내숭적 실천자가 될 수 없다. 그렇기에 현실에서 구원은 실패할 수밖에 없다. 그렇기 때문에 '구원'은 김동리의 근대 비판이자 좌절을 반복하는 생의 의욕이며, 구경적 생의 형식으로서 영원한 문학의 화두가 될 수 있는 것이다. 이것이 1930년대 중후반 김동리의 구경적 생의 형식으로서 인간주의 문학이 지닌 당대적 가치다.

제4장

이광수의 민족개량주의와 유토피아, 상층 의식의 투영

장편소설 『사랑』(1938.10)

1. 민족개량과 이광수의 인생관

이광수는 대표적인 민족개량주의자다. 그렇다면 이광수의 개량주의는 삶속에서 어떤 방식으로 실현될 수 있는 것일까. 그에 대한 실마리는 장편소설 『사랑』[1]에서 찾을 수 있다. 1938년에 출간된 이 작품은 이광수 최초의 전작소설이다. 이광수는 책 서문에서 "연재물의 제한 없이 세상에 최초 발표한 소설로, 자신의 인생관을 솔직히 고백한 최초의 작

---

1   이광수의 『사랑』은 박문서관에서 1938년 10월 간행된다. 이 글에서는 이광수, 『사랑』, 문학과지성사, 2008을 텍스트로 삼는다. 소설의 대략적인 어휘 사용 빈도는 다음과 같다.

어휘	인과 (의 법칙)	자비(심)	석가/ 부처	예수/ 하느님	구원	보살	불교	탐진치	무명 (無明)
횟수	18	12	32	28	6	14	11	2	4

품"²이라고 언급하고 있다.

『사랑』에 대한 기존 논의는 김동인의 비평과, '불교의 보살행'³ 이 두 관점에서 크게 벗어나지 않고 있다. 동우회 사건 때 이광수에게 자살을 권유한 것⁴으로도 유명한 김동인은 이광수가 동우회 기소 중에 『사랑』을 썼다고 말한다. 작품 집필 당시 이광수의 상황이 작품에 반영되어 있다는 것을 함의한다. 이와 같은 김동인의 지적에 김윤식 역시 동의하고 작품에서 "의학 박사논문을 쓰는 의사 안빈이 현미경이나 방정식 없이 다만 심리적 가설로써 혈액 운운함은 과학 이전이요 상식에 위배되는 일"⁵이라고 지적하면서 이것은 이광수의 내적 고민을 위장하는 수법이라고 주장했다. 이것을 재논의한 최주한은 "민족운동의 보존이라는 명분 아래 총독부에의 전향이라는 모순적인 선택을 해야 했던 이광수가 자신의 논리를 『사랑』의 여주인공 순옥의 자기희생적 사랑과 인과적 인연의 논리"⁶에서 보여주었다고 평가했다. 그는 불교의 보살

---

2   위의 책, 10쪽.
3   방민호는 『사랑』의 종교 통합적 이상의 의미를 높게 평가해야 한다고 말하지만 논의가 충분치 않다. 방민호, 「이광수 장편소설 '사랑'에 나타난 종교 통합적 논리의 의미」, 『춘원연구학보』 2, 춘원연구학회, 2009. 팔봉 김기진은 "춘원의 작품만큼 저급한 독서층뿐 아니라 교양이 많다고 할 수 있는 지식층에게까지 다수의 독자를 가지고 있는 작품은 없다"고 말한다. 또한 장편소설 『사랑』은 "춘원이 인간성 내부에 있는 모순을 일찌감치 깨닫고 자기도 번민하면서, 우리나라에서 최초로 자기의 문학을 인간의 신성에까지 치켜올려 본" 작품이라고 평가한다. 김기진, 홍정선 편, 『김팔봉문학전집』 II, 문학과지성사, 1988, 487~488쪽.
4   "壽, 富, 貴를 일생의 복록으로 꼽는데, 그대 나이 오십이니 이미 壽에 부족이 없고 그대 비록 재산이 없으나 부인이 넉넉히 자식 양육할만한 재산이 있으니 富도 그만하면 족하고, 춘원 이광수라 하면 그 명성이 이 땅에 어깨를 겨눌 자 없으니 貴 또한 족하다. 이제 더 '壽'를 누리다가 욕이 혹은 더해지겠고 지금껏 쌓은 공이 헛데로 돌아갈지도 모르겠으니, 그대의 수를 오십으로 고정시켜서 그대의 뒤가 헛데로 안 돌아가도록 함이 어떠냐?" 김동인, 「文壇三十年史」, 『金東仁 文學全集』 12, 大衆書館, 1983, 346쪽.
5   김윤식, 『이광수와 그의 시대』 2, 솔, 1999, 294쪽.

행과 시국 사건을 관련지어 이광수가 자기희생적 선택을 한 것으로 분석했다. 과연 이광수에게 『사랑』은 어떠한 인생관을 토로하고자 했던 작품일까. 과연 순옥이 이광수의 대변자일까.

> 나는 사랑이 일체 유정물의 생명 현상 중에 가장 숭고한 것임을 믿는다. (…중략…) 육체에 대한 욕망을 전연 떼어버린 사랑이 있는 것이 인류의 자랑이 아닐 수가 없다. (…중략…) 오늘날까지의 문학에는 원망이라든가, 질투라든가, 욕심이라든가, 미움이라든가, 성냄이라든가, 이러한 사나운 감정이 너무 많이 취급되고 강조되지 않았는가 한다. 이러한 추폭한 감정은 늘 사람에게 불행과 악을 주는 근본이 된다.[7]

이와 같은 『사랑』의 서문을 보면 『유정』(『조선일보』, 1933.10.1~12.31)을 쓸 때 이광수가 한 말이 떠오른다. 당시 이광수는 "인생 생활을 움직이는 힘 중에 가장 힘 있는 것이 '인정'인 것이라 믿"었다. 그래서 "인생의 생활에서 '인정'의 신비한 힘이 가장 중요하다고 생각하며 '인정'만으로 된 이야기를 쓰고 싶"[8]다고 말한다.[9] 이 인정의 확장이 사랑인 셈이다. 이는 그가 접한 쓰보우치 쇼요坪内逍遙의 『소설신수小說神髓』(1885)의 문학론에서 크게 벗어나지 않았다는 것을 보여준다.[10]

---

6 최주한, 『제국 권력에의 야망과 반감 사이에서』, 소명출판, 2005, 150쪽.
7 이광수, 앞의 책, 8~9쪽.
8 이광수, 「작가의 말」, 『조선일보』, 1933.9.22.
9 김원모는 『사랑』과 『유정』을, 방민호와 김윤식은 『사랑』과 『원효대사』를 『사랑』의 전후편으로 묶는다.
10 소설의 주안은 **인정(人情)**이다. 세태풍속은 이 다음이다. 인정이란 어떠한 것을 말하는가? 말하기를 인정이란 인간의 정욕으로서, 이른바 **백팔번뇌** 이것이다. 인간은 정욕의 동물이기 때문에 아무리 현명하고 선한 사람이라고 하더라도 지금까지 정욕을 가지지

쓰보우치 쇼요는 소설에서 가장 중요한 것으로 '인정'을 꼽는다. 그는 '인정'을 "백팔번뇌"로 표현하기도 하는데 불교의 영향을 확인할 수 있다. 중요한 것은 "선인이 악인과 다른 것은 도리의 힘과 양심의 힘에 의지해 정욕을 억제하고 번뇌를 물리친다"는 구절이다. "인간 사회의 도덕원리의 전개를 진화의 원리에 따라서 파악한 스펜서"[11]의 감화를 받은 쇼요는, 정욕을 억제하는 양심과 도리를 기준으로 "현자"와 "소인"을 구분했다. 하지만 쇼요는 "문학에서 권선징악의 인위적인 틀로 인물을 끼워 맞춰서는 안 된다"[12]고 지적하며 현자와 소인의 구분 기준이 가지고 있는 폭력성을 경계한다.

이광수의 이전 소설에서 권선징악적 요소를 발견하는 것은 어렵지 않다. 하지만 이광수는 『사랑』을 쓸 때, 시국이 혼란스럽지만 환경과 상관없이 진선미를 발견하고 싶다고 말했다. 이광수가 위악추를 언급하지는 않았지만 진선미는 위악추와 대비되어 발견될 수밖에 없다. 이 과정에서 권선징악적 관점이 반영될 여지가 있다. 모든 연구자들이 『사랑』을 불교의 보살행을 통한 초월적인 사랑으로 해석하듯, 이광수는 자신의 다른 소설과 달리 위악추를 새로운 방식으로 접근하는 것일까.

일반적으로 "진선미가 위악추에 승리한다는(이상적 정의 혹은 권선징악의) 문학적 수법은 민족이나 국가 등의 공동체가 그 내부 스스로의 서사= 역사를 만들 때의 전통적인 구상 방법"[13]이었다. 이광수의 『사랑』에서

않은 자는 드물다. 현명한 자나 어리석은 자나 반드시 정욕을 품고 있지만, **현자가 소인과 다른 까닭, 선인이 악인과 다른 까닭은 한결같이 도리의 힘을 가지고 또는 양심의 힘에 의지하여 정욕을 억제하고 번뇌를 물리치기 때문이다.** 쓰보우치 쇼요(坪內逍遙), 정병호 역, 『小說神髓』, 고려대 출판부, 2007, 61쪽.
11 위의 책, 100쪽.
12 위의 책, 66쪽.

의사 안빈의 공동체 역시 민족 등의 메타포로 해석될 수도 있다. 이는 순옥의 희생이나 맹목적인 초월적 사랑으로 해석되는 기존 논의의 초점을 보다 다변화하여 섬세하게 재조명해야 한다는 것을 함의한다.

요컨대 이 글은 『사랑』을 이광수가 꿈꾸었던 유토피아적 공동체의 모습, 다시 말해 개량적 민족주의자가 꿈꾸었던 민족개량의 방법과 결과로 재해석하고자 한다. 이광수에 대한 비판적 시각은 리영희나 정경모뿐만 아니라 당시에도 있었다. 김남천은 삼천리사의 발행으로 나온 이광수 전집의 1권에 「민족개조론」이 실려 있는 것을 보고 "비상한 시기를 틈타서 다시금 조선의 얼을 가미한 개량주의적 사상을 세상에 산포하자는 심사로밖에 이해"[14]되지 않는다며 경계했었다. 그러나 식민지 말기 시인 한하운이 "히틀러의 『마인 캄프』를 애독하면서 민족을 우수하게 우생개선하려는 사람이, 또 자기 나라 민족을 생신한 민족으로 개선 창조하는 지도자가 정말로 지도자의 자격이 있다고 생각"[15]했듯이 개량의 문제를 일방적으로 간단히 폄하할 수만은 없다.

13 가메이 히데오, 신인섭 역, 『'소설'론』, 건국대 출판부, 2006, 46쪽.
14 김남천, 「문예시감」, 『조선중앙일보』, 1935.9.7. 김남천, 정호웅·손정수 역, 『김남천 전집』 I, 박이정, 2000, 127쪽.
15 한하운, (재)인천문화재단 한하운 전집 편집위원회 편, 『한하운 전집』, 문학과지성사, 2010, 263~264쪽.

2. 민족성 개선과 사랑의 자격, 소질과 소명의 위계

이광수는 자신이 꿈꾸는 이상적인 공동체를 위해서 민족성을 개선하기 위한 동력으로 '인정'의 확대인 '사랑'을 선택한다. 소설『사랑』에는 기독교와 불교가 동시에 등장하는데 이 종교가 '사랑'과 결합하면서 '사랑'의 성격과 지향점이 결정된다. 인간은 신이 될 수 없기 때문에 신을 향한 인간의 사랑과 노력, 즉 신을 담지한 인간의 양산이 사랑의 지향점이었다.

> 안빈은 **동물의 혈액과 인류의 혈액**을 여러 가지 방면으로 **비교하면** 비교할수록 모든 중생이 다 한마음으로 되었다는 불교 사상을 승인하지 아니할 수가 없었다. (67)

> 사람이란 남의 일에는 **인과**를 승인하면서도 제 일에는 제가 당하는 것을 제가 당연히 받을 인과라고 생각지 아니하고 부당하게 받는 **우연**, 즉 횡액이라고 생각한단 말야. 인과율이 지배하는 이 우주 간에 횡액이라는 것이 있을 수가 있나. 우연이란 것은 인과와는 반대니까 터럭 끝만 한 우연 하나라도 통과되는 날이면 이 우주는 부서지고 말 것이어든. 사람이 제 일에 관해서 **인과성**을 **믿지 아니하는 것이 그것이 이기욕**이란 말야. (125)

이광수와 마찬가지로 기독교와 불교의 영향을 받았던 김동리는 우연과 인과를 인정했지만 이광수는 "우연"이 아닌 "인과"만을 수용했다.

미신을 비판하고 이성을 강조했던 이광수는 이성의 진보의 끝이 신을 향해 있다는 모순[16]을 해결하기 위해 자연과학을 이용한다. 또한 인간성이 개발된다는 전제는 인간에게는 누구나 신성의 자질이 깃들어 있다는 것을 인정하는 것이기도 하다. 문제는 모든 사람이 자신의 생애 중 감추어져 있는 자질을 온전히 드러내기 쉽지 않다는 데 있다. 특히 신을 향한 사랑은 세대를 넘어 지속되어야 하는데 이것은 유한한 개인의 영혼이나 신체를 매개로 하면서도 영속적인 신적 분유 관념이 요구된다. 이광수는 이러한 사유를 바탕으로 소설을 전개한다.

안빈과 순옥 그리고 허영, 이렇게 삼각관계의 골격으로 구성된 전작 『사랑』에서 각 인물은 신의 속성을 제한적이지만 분유하고 있는 존재다. 그리고 교육의 수준으로 계층화했던 「무명」에서처럼 각 인물은 신의 자질의 정도에 따라 다른 층위에 놓인다. '초월적 사랑'을 지닌 신성한 인간으로서 층위가 있다. 신성의 정점에는 의사 안빈이 있고, 그 다음으로 안빈의 신성으로부터 감화를 받는 순옥이 있으며, 마지막으로 순옥을 사랑하며 시인이지만 신성과는 거리가 먼 허영이 있다.

순옥과 허영과의 관계를 논하기 전에 먼저 안빈과 순옥의 관계를 살펴보면, 안빈은 젊어서 시와 소설 등으로 문명文名을 떨친 사람이다. 그런 그가 의학박사로서 주위 사람들에게 의술을 펼치면서 명성은 더욱 높아져만 간다. 순옥은 안빈의 문학을 보면서 "높고 깨끗한 감격을 받"고 사모하다 교직을 그만두고 안빈의 병원에 간호사로 들어가게 된다. 따라서 이 소설이 성립하기 위해서는 이 '안빈의 도덕성'이 유지되는

---

16 스피노자 역시 신을 향한 사랑은 이성적 삶의 완성이라고 말한다. 알렉상드르 마트롱, 김문수·김은주 역, 『스피노자 철학에서 개인과 공동체』, 그린비, 2008, 815쪽.

것이 가장 중요하다. 안빈은 이광수가 강조한 보살의 실천자이면서 민족성의 진화를 확인시키는 존재여야만 한다. 또한 안빈에 의해 계도되는 존재가 있어야만 사회의 진화 과정을 설명할 수 있게 된다. 그래서 이 작품은 특정 인물에만 주목할 것이 아니라 위계화된 인간관계와 구도의 전체 지형에 주의하며 독해해야 한다.

'안빈은 신을 이해하고, 순옥은 안빈을 이해함으로써 신성과 닮아지려는 '경향성'[17]이 극대화되어 덕의 절정에 이르는 인물이다. 이 경향은 주체성과 자기정립의 욕망, 삶의 소명과 결부되어 있다. 신성의 소질을 더 많이 갖출수록 필연적으로 그것을 더 욕망하도록 '경향성'이 강화되는 것이다.'[18] 인간 행동의 근본인 욕망과 신적 소질을 연결되어 산출된 이 필연적인 '경향성'은, 도덕 내지 민족성 개량이라는 이광수의 논리를 지탱하는 중요한 토대가 된다.

소설에서 순옥은 안빈의 영향 등으로 종국에는 안빈의 수준에 가깝게 도덕성을 향상시키게 된다.[19] 그러나 감화는 아무에게나 이루어지는 게 아니다. 그렇다면 안빈과 순옥은 서로의 소질을 어떻게 발견하는가. 안빈과 순옥이 서로 교감하기 위해서는 쾌락을 유발하는 동인이 필요하다. 욕망의 작동은 쾌락의 향유와 관련된다. 그 쾌락의 원천은 '도덕성'의 유지와 개선이다. 즉 고귀한 도덕의 발견은 신을 향유하는 자

---

17 스피노자는 각 사물이 자신의 존재 역량에 따라 자기 존재를 유지하려고 노력한다고 말한다. 이를 '코나투스'라고 말하는데 이 글에서는 이 말을 '경향성'으로 대체하여 사용한다.
18 위의 책, 796쪽 참조.
19 "대단히 감격성을 가진 조원구는 오늘에야 순옥이가 누구인 것을, 어떠한 사람인 것을 처음 안 것 같았다. 다른 사람들도 순옥에게서 일종의 경건한 감동을 받았다. (…중략…) 이때에 순옥의 얼굴과 몸에서는 일종의 빛과 향기를 발하였다." 이광수, 『사랑』, 685~686쪽.

에게 쾌락이다. 그렇다면 이광수는 이 도덕의 향상을 어떤 방식으로 제
시하고 있는가.

종교에 심취해있던 이광수가 소설 속 인물에게 불교나 기독교를 포
교했을 것 같지만 그는 이 방법을 택하지 않았다. 도덕성의 발견은 인
위적인 종교적 포교가 아니라 '응시'를 통해 이루어진다. 이 관찰과 '응
시'는 종국적으로 안빈의 피검사를 통해 가능해진다. 안빈이 사람들의
피검사를 통해 발견하려는 "아모로겐"(육체적인 사랑)과 "아우라몬"(정신적
순결한 사랑)이 그것이다. 허영과 달리 순옥의 피에서 "아우라몬"을 검출
한 안빈은 순옥에게서 신성의 소질을 발견한다. 이로써 순옥은 안빈의
감화를 받을 수 있는 자격을 갖게 되며 소설의 여정 속에서 그 '경향성'
을 향상하고 강화하는 경험을 하게 된다.[20]

그렇다면 '순옥-안빈'이 아닌 '안빈-허영'의 관계에서 소질은 어떤
의미를 갖는가. 대체로 지식인을 긍정적 인물로 설정하는 이광수의 소
설 문법과 달리 『사랑』의 허영은 문인이면서도 철저하게 부정적으로
그려지고 있다. 그에 비해 긍정적 인물인 안빈이 하는 행위들은 온전히
초월적 사랑인 것일까. 이 두 사람을 대조할 때, 안빈과 허영 모두 '문
학'과 관련된 사실을 주목할 필요가 있다. 안빈이 문인에서 의사로 전
직하게 된 것은 문학에 대한 회의에서 비롯되었다.

그러나 자기의 문학적 작품이라는 것이 **대체 인류에게 무슨 도움을 주나?**

---

20 김윤식은 의학 박사논문을 쓴 의사 안빈이 심리적 가설로 혈액 운운하는 것은 과학이
   아니며 상식에 위배되는 일이라고 폄하한다. 이 견해가 틀렸다고는 할 수 없지만 이면에
   숨겨진 의도를 의미화하는 것이 온당해 보인다. 김윤식, 『이광수와 그의 시대』 2, 솔,
   1999, 294쪽.

도리어 **청년 남녀의 '정신적 배탈'이 나게 하고 '도덕의 신경쇠약'이 되게 하는 것이 아닌가?** 대체 세계의 문학이란 것은 또 그런 것이 아닌가? 그것도 다분히 담배나 술이나 또 더 심한 것은 춘화도가 아닌가? 안빈은 톨스토이가 영국과 불국의 대문학이란 것을 매도한 것을 기억한다. 그리고 동시에 자기의 초기의 작품들을 스스로 매도한 것을 기억한다.[21]

인용에 드러난 안빈의 고민은 최재서가 『전환기의 조선문학』에서 기존의 순수문학이 "전체로부터 고립된 자아"를 드러내고 "인생이 하찮아져서 시시해지는 성질의 것이 대부분이"기 때문에 새로운 문학으로 전환해야 한다.[22]고 말한 것과 일부분 유사한 측면이 있다. 안빈을 이광수의 대변자라 여긴다면 "자신의 초기 작품"의 거부로까지 확대 해석할 수도 있고 이광수의 전향을 설명하는 근거가 될 수도 있겠지만, 더 명확한 것은 "인류에 도움을 주지 못하는" 문학을 계속하는 것이 안빈의 도덕에 합당치 않았다는 사실이다.

그래서 안빈이 문학을 버리고 의학의 길을 밟을 때, 문인이라는 허명 虛名을 붙잡고 헤어나지 못한 이가 시인 허영이다. 거기다 허영은 '허영'이란 이름이 지칭하듯 문인과는 거리가 멀다고 할 수 있는 물욕을 추구하다 신문사를 나오고 만다. 그리고 그는 "가부(주식투자)를 시작한지 반년도 못 되어서 토지와 가옥을 차압당한다."[23] 이처럼 돈을 향한 갈망이 문학자 안빈과 허영을 가르는 기준이 된다.

---

21 이광수, 『사랑』, 187쪽.
22 최재서, 노상래 역, 『전환기의 조선문학』, 영남대 출판부, 2006, 122쪽.
23 이광수, 『사랑』, 495쪽.

그러나 두 사람이 구분되는 보다 근본적인 차이는 직업의 사명감에 대한 인식에서 비롯된다. 허영은 신문사를 사직하고 조선에서 제일 큰 출판 사업을 해서 자신의 책을 출판할 것을 꿈꾸는데 반해, 이미 문단의 거목이었던 안빈은 자신의 문학이 지닌 사회적 가치를 고민했다. 의사는 인류를 걱정하는 안빈에게 실천적인 직업이었고, 도덕성을 강조하는 의사의 직업윤리는 안빈의 소명의식을 강화한다는 점에서 신념의 고결함과 '경향성'의 확장을 가져온다. 그래서 안빈은 초월적 사랑이라기보다는 자신의 소질과 직무의 사회적 가치에서 소명의 의의를 발견하고 직업을 통해 '경향성'의 확대를 이루었다고 평가할 수 있다.

요컨대 이광수는 이상적 공동체 구축과 민족성 및 사회 개선을 위한 구상으로 소질과 소명을 토대로 사랑의 실천적 주체를 위계화하는 작업을 했다. 여기서 유의해야 할 점은 이러한 구도에서 항상 문제가 되는 것은 사랑의 실천과 진정성, 그 범주이다. 이 구체적인 구원과 사랑의 실천과 성격은 이광수가 자신의 지향을 드러내는 것이기도 했다. 그래서 그 주된 인물인 순옥과 안빈이 조명되어져야 한다.

3. '초월적 사랑과 자기희생적 삶'의
환각과 자기중심성

『사랑』은 작품 제목이나 작가의 이력 때문에 연구자들을 '종교와 봉사'라는 관념에 얽매이게 하여 텍스트의 해석을 고정화하는 경향이 있다. 특히 순옥의 사랑을 둘러싼 해석이 그렇다. 예컨대 최주한은 순옥이 사랑하지도 않는 허영을 선택한 모순을 인과적 인연의 논리와 자기희생적 사랑으로 설명한다. 그래서 순옥에게 허영과의 결혼은 전생으로부터의 인과에 의해 숙명적으로 결정되어 있는 불가피한 것이다. 이는 그녀가 기꺼운 마음으로 이 인연을 다해야만 안빈에게로 되돌아 갈 수 있다는 역설적인 의미를 갖는다.[24] 다음의 안빈의 말을 살펴보면 앞의 진단은 수긍이 가는 측면이 있다.

그러고 보면, 순옥이란 사람이 금생에 있는 것도 한 생명의 끝없는 사슬의 한 매듭이 아닐까. 그러므로 순옥은 생김생김과 맘씨와 성명은 여러 가지로 같지 않다 하더라도 과거에 있어서도 수없이 나고 죽었고, 미래에도 수없이 나고 죽고, 또 나고는 죽고, 또 나고, 이렇게 끝없는 매듭을 지어갈 것이라고 나는 믿소. 안빈이라 하는 나도 그렇고. 그러니까 **금생의 순옥은 전생의 결과인 동시에 내생의 원인**이라고 보는 것이 좋겠지. 이렇게 생각하면, 순옥이 일생에 허영이란 사람이 나선 것도 결코 우연한 일이 아니라고 믿소. 다시 말하

---

24 최주한, 『제국 권력에의 야망과 반감 사이에서』, 소명출판, 2005, 150쪽.

면, 순옥과 허영이란 두 사람의 **전생으로부터 오는 은원(恩怨)관계를 금생에**
청산해버리지 아니하면 내생까지도 또 끌고 갈 것이란 말요. 한번 떨어진 은원
의 씨는 몇천만 생을 지나더라도 열매를 맺어버리지 않고는 결코 소멸되지
않는 것이 인과의 법칙이니까. 그렇지 않소?[25]

그러나 순옥을 해석할 때 그녀가 '허영과 결혼한 일'과, '이혼 후 허
영을 돌보아준 일'을 구분해야 한다. 허영과의 결혼으로 충족되는 욕망
과 이혼 과정에 드러난 욕망의 내용이 다르다. 이런 접근은 '희생적인
사랑'이란 기존의 평가에 균열을 일으킨다. 순옥의 내면을 고찰할 때
안빈의 말이 아닌 '순옥의 욕망'에 유의해야 한다.

순옥은 허영과 혼인하는, 또 혼인한 후의 여러 가지 일을 몽상해 보았다.
신혼 생활, 아내로의 생활, 어머니로의 생활 등등. 그런 것을 생각하면 거기
도 마음을 끄는 무엇이 있는 것도 같았다. 더구나 인원의 말에 '어머니가 되고
싶은 마음'이란 것이 이상한 힘으로 순옥을 유혹하였다.
이것이 어미 본능이라는 것인가, 하고 순옥은 놀랐다. 왜 그런고 하면, 순
옥은 아직 그런 생각 — 어미라는 생각을 깊이 해본 일이 없는 까닭이었다.
오늘 밤에 인원의 말로 해서, 순옥의 어미 본능이 눈을 뜬 것이었다.
'옳다! 허영과 혼인하리라.' 순옥은 자리 속에서 이렇게 결심을 해본다.[26]

옥남은 길게 한숨을 쉬고 나서,

---

25 이광수, 『사랑』, 127~128쪽.
26 위의 책, 311~312쪽.

"남편이나 자식들에게 향내 나는 몸은 못 보이더라두 숭한 냄새 나는 몸을 어떻게 보여?" 하고 시무룩한다. 순옥은 번개같이 '아내의 마음,' '어머니의 마음'을 보았다. 그것은 자기로서는 경험하지 못한 심리였다.[27]

순옥은 제가 아들과 딸을 낳아서 기르는 것을 생각해본다.[28]

'선생님은 선생님, 남편은 남편'
하고 순옥은 제 마음이 안빈에서 **소금씩 떨어져가는 것을 스스로 변호**하였다.[29]

순옥과 안빈의 관계를 가로 막는 것은 두 가지다. 세상의 시선과 순옥의 "어미 본능"이다. 순옥과 안빈의 관계를 의심하는 사람은 문인으로 명성이 높았던 안빈을 주목하는 세상 사람들과 안빈의 아내인 천옥남이다. 도덕성과 '경향성'을 유지해야하는 소설 구성상 순옥과 안빈은 애초에 이루어질 수 없는 관계다. 순옥은 병들어 죽어가는 안빈의 처 옥남을 수발하면서 자신이 안빈에게 마음이 없다는 것을 보여주고 옥남은 이를 확인하려 한다. 이 과정에서 두 사람은 서로를 깨끗한 영혼을 지닌 존재로 추앙한다.[30] 옥남은 순옥을 높이면서 자신의 불안을 억누르고 스스로 구원받으려 했다.

---

27 위의 책, 353쪽.
28 위의 책, 445쪽.
29 위의 책, 457쪽.
30 "사모님, 사모님, 우시지 마셔요. **사모님이야말루 사람은 아니십니다.** 신이십니다. 사모님, 몸에 해로우십니다. (…중략…) 이것이 다 순옥이 덕이야 순옥이 **깨끗한 영혼**의, 깨끗한 사람이 나를 지옥 속에서 구원해내 주었어. 암만해두 순옥이는 사람이 아니야. 사람의 욕심을 떠났으니 벌써 **사람은 아니지 무에야?**" 이광수, 『사랑』, 226~227쪽.

이러한 옥남과의 관계에서 순옥은 "어미 본능"을 깨닫는다. 천옥남이 아들 '협'과 딸 '윤'을 사랑하는 모습을 지켜본 순옥은 이 아이들을 돌보면서 자신의 "어미 본능"을 자각하게 된다. 그런데 안빈과 순옥은 실제 나이 차이가 열 살이 넘는다. 안빈을 흠모하지만 다가서지 못하는 순옥에게 학교 선배인 박인원이 "왜? 영감이 너무 나이가 많아서?"[31] 하고 추궁하기도 했다. 또한 순옥이 허영과의 결혼을 결심하는 앞의 인용문을 보면 나이든 안빈의 후처가 아닌 '젊은 남자의 본처'가 되고자 하는 순옥의 욕망을 확인할 수 있다. "선생님은 선생님, 남편은 남편"하는 대목에 이르면, '안빈에 대한 존경'과 '허영을 향한 사랑의 욕망'이 구별된다. 이 지점에서 '순옥이 사랑하지도 않는 허영을 선택한 모순을 인과적 인연의 논리와 자기희생적 사랑'으로 설명한 기존의 평가는 재고되어야 한다.

최주한은 순옥이 허영을 선택한 과정에서 '자책감'이 없는 것에 주목하고 그 이유를 지금까지 살펴봤던 인과적 인연에 의한 필연, 안빈에 대한 사랑의 완성을 위한 도정으로 설명했다.[32] 그러나 순옥의 "어미 본능"은 자기희생의 논리와 배치된다. 순옥은 자신의 욕망을 충족시킨 것이지 희생한 것이 아니다. 그래서 '자책감'이 없는 것이다. 허영과 이혼하는 장면이 이를 뒷받침한다. 허영에게 다른 여자와 자식이 있다는 사실을 알게 되자 자식이 없는 순옥은 망설이지 않고 이혼을 선택한다. 자신이 꿈꾸었던 '정상'적인 남편의 부인(본처)의 위치에서 밀려났기 때문에 그녀는 전혀 미련이 없다. 따라서 이제 '초월적' 사랑이란 평가는

---

31 이광수, 『사랑』, 281쪽.
32 최주한, 앞의 책, 143쪽.

설 자리를 잃게 된다.

그렇다면 이제 순옥이 이혼 후 허영을 돌보아준 일을 규명해야 한다. 허영이 병이 들어 자리를 눕게 되자 순옥뿐만 아니라 허영의 친구이자 순옥의 오빠인 영옥, 그리고 의사 안빈도 선뜻 나서서 도와준다. 이들은 서로의 불편한 감정을 깨끗이 비우고 온정의 손길을 내민다. 『사랑』에서 허영을 제외한 모든 등장인물의 부모가 등장하지 않는 점에 주목해야 한다. 허영도 아버지가 아닌 어머니만 있다. 모든 등장인물이 자신을 비롯해 가족의 생계를 책임지고 있다는 뜻이다. 이런 상황에서 허영의 실직과 병은 허영과 어머니의 몰락과 빈곤, 죽음을 의미한다. 이것은 당시 사회가 개인을 위한 복지제도가 부족했다는 의미이자 자본주의 사회에 내던져진 개인의 운명이기도 하다. 빈곤이 일상화된 사회에서 아사餓死와 병사病死를 막거나 줄이는 것은 가족과 친구, 주위 이웃의 따뜻한 도움뿐이다.

요컨대 순옥이 허영을 도와준 것은 인간적인 도리로 해석될 수 있으며 동시에 당시 사회를 살아가는 사람들의 공동체적 윤리이기도 하다.[33] 특히 간호사와 의사로서의 도움은 직업적 소명의식의 발로이기도 했다. 순옥은 자신의 '경향성'을 강화하는 과정에서 자신의 욕망과 공동체의 윤리를 모두 경험한 셈이다.[34] 하지만 결혼과 이혼, 의료 행위에 의한 보

---

33 도킨스는 우리가 도덕적인 존재인 이유는 조상들의 도덕적 행동이 생존에 도움이 되어서일 것이라고 주장한다. 따라서 이타심은 **신적인 영감에 의한 것이 아니라** 조상들이 보다 관대하고 협력적으로 행동하도록 설정된, 우연한 유전적 돌연변이의 결과일 뿐이었다. 도킨스는 인간의 행동에 "친절, 이타심, 관대함, 공감, 연민에의 충동"처럼 수많은 "축복받은" 진화상의 실수들이 존재한다고 말한다. 카렌 암스트롱, 정준형 역, 『GOD 신을 위한 변론—우리가 잃어버린 종교의 참의미를 찾아서』, 웅진 지식하우스, 2010, 467쪽.
34 방민호는 순옥의 사랑이 대승적이라고 말하지만 이 글은 이에 대해 완전히 동의하지 않

살핌 등 순옥의 행동의 동기와 선택은 맹목적인 사랑이나 절대적 인과가 아니라 자신의 욕망과 사회도덕에 충실한 자기중심성에 기초해 있다. 이 자기중심성이 타자에 대한 관심과 사랑으로 확장하는 과정에서 축소되거나 긍정적인 방향으로 가게 되는 것이지만 기본적으로 자기애가 중요하다. 이 때문에 소설에서도 인물간 위계가 존재하고 불교에서도 깨달음의 단계가 존재하는 것이다. 따라서 이광수는 오히려 이러한 인간의 수준과 소질의 현실적 차이를 인식하고 그 위계 설정과 상호감화 과정을 통해 이상적 공동체의 형성을 모색하고자 했던 것이다. 그렇다면 이광수는 순옥을 포함한 안빈의 공동체를 어떻게 다루고 있는가.

4. 자기충족적 공동체의 구원과 그 범주

안빈을 필두로 『사랑』의 대다수 인물들의 신을 향한 사랑은 무한하고 영속적인 성격을 갖는다. 심원섭은 「육장기」를 분석하면서 이광수가 민족의 먼 미래에 낙원이 도래할 것을 믿는 신화적·낙관적 비전을 갖고 있었다고 평가한 바 있다.[35] 이 논리를 인정한다면 「육장기」의 전편으로 『사랑』을 위치시킬 수도 있을 것이다. 그러나 이 글은 '초월적'

는다. 방민호, 「이광수 장편소설 '사랑'에 나타난 종교 통합적 논리의 의미」, 『춘원연구학보』 2, 춘원연구학회, 2009, 124쪽.

35 심원섭, 『일본 유학생 문인들의 대정·소화 체험』, 소명출판, 2009, 239쪽.

사랑을 직업적 소명의식과 사회도덕으로 구명한 바 있으며, 더 중요한 문제는 '낙관적'이란 말의 뒤에 숨겨진 함의이다. 신을 향한 인간적 염원 및 이상적 바람은 본질적으로 비극적 현실에서 발현된다. 『사랑』처럼 절대적인 사랑의 아우라를 뿜어대는 작품도 그 수혜의 대상이 한정되어 있다. 거기서 소외되는 허영의 존재는 '사랑'의 정점에 있는 안빈의 구원이 대체 무엇인지 다시 묻게 한다. 다시 말해 이광수에게 구원은 무엇인가.

개인/집단의 구원은 사회석 성의에 대한 합의를 전세하고 있다. 그렇다면 안빈의 현실 인식과 '정의'는 무엇인가. 흔히 '우리는 자신의 신체에 일어나는 사건들에 대한 관념들을 통해서만 신체에 대한 의식에 접근할 수 있다고 한다.'[36] 그렇다면 안빈을 둘러싼 어떤 환경들이 안빈의 인식의 발달을 도모하고 정향시킨 것일까. 여기에는 타인의 고통에 무감각한 안빈의 독특한 성향이 중요한 단서가 된다. 그래서 기존 연구는 순옥이 허영을 선택하는 과정에서 '죄책감'이 없는 점에 주목했지만, 이 글은 공동체에서 개인적 욕망을 거의 드러내지 않으며 구원의 대상에게 죄책감이 전혀 없는 안빈에 주목했다.

작품에서 안빈이나 순옥이 서로에게 결혼을 요구하지 않은 것은 불교적인 측면이 있다. 가톨릭의 수행자는 금욕을 전제로 수도생활을 시작한다. 그러나 불교의 부처와 소설의 안빈은 이미 인생의 희로애락을 다 겪은 존재다. 안빈은 나이도 순옥보다 워낙 많으며 자식들도 있다. 세상사의 이치를 아는 그는 세상의 이목을 의식해야 했다. 순옥 역시 이혼을 하

36　알렉상드르 마트롱, 김문수·김은주 역, 앞의 책, 802쪽.

면서 다시 안빈과 인연을 맺을 수 있는 기회가 오지만 결혼을 이미 경험해 봤기 때문에 굳이 다시 하기 싫다는 생각을 드러내기도 했다.[37]

이러한 구도에서 안빈은 대승불교가 아니라 소승불교의 최고 수행자인 "아라한"의 수준에 도달하여 "남에게 물질로나 정신으로나 대접을 받을 만하다는 응공應供"[38]의 자격을 말한다. 주지하듯 이광수가 지향하는 불교적 수행자의 목표가 '아라한'이라는 것은 널리 알려진 사실인데, 『사랑』에서도 신적 위치에 가장 가까운 안빈의 수준은 '아라한'이다. 안빈은 소승불자 '아라한'으로서 의사라는 직업을 매개로 자기충족적인 사랑을 행했다.[39] 아라한은 신의 덕성을 지향하는 이들에게 일종의 명예이며 명예의 완성을 의미한다. 소설의 인물들이 안빈의 정신을 표준으로 삼고 그 '보편' 이성으로 함몰되는 듯 보이는 것은 덕성의 위계가 갖는 속성일 뿐만 아니라 상호간의 정신적·지적 교류를 의미

---

37 "그럼 그 짓을 한 번이나 하지, 또 해?" "왜? 진절머리가 나서." "아무렴, 그건 한번이나 모르구 하지 두 번 할 일은 아냐, 숭해." "아이구, 노상 숭하기만두 안 한 모양이던데, 순옥이두." 이광수, 『사랑』, 657쪽.

38 "안빈은 응공(應供)이란 말을 생각한다. **남에게 물질로나 정신으로나 대접을 받을 만하다는 뜻**. 이것은 **아라한(阿羅漢)지경**에 달한 사람이 비로소 가지는 덕이요 자격이다. 또 부처의 열가지 칭호 중에 첫머리에 꼽히는 칭호다. 중생 중에 어른이 되고 스승이 되어서 중생의 복전(福田)이 될 수 있는 이가 비로소 누릴 수 있는 덕이다." 위의 책, 186쪽.

39 자식을 먼저 저세상으로 보낸 이광수나, 사랑하는 형수와 어머니의 죽음을 겪은 박치우는 '좋은 의사'만 있었다면 그들을 구할 수도 있었을 것이라 생각하며 아쉬워한다. 그래서 박치우는 직업과 소명의 관계를 논한 바 있다. 박치우, 「내가 그때 만약 의사였다면」, (『사해공론』, 1936.7), 윤대석·윤미란 편, 『박치우 전집』, 인하대 출판부, 2010, 444쪽; 박치우, 「지식인과 직업」(『인문평론』, 1940.5), 위의 책, 29쪽; "한아, 한아, 내가 엄마다, 아버지두 계시다 해두 못 알아듣는걸 '어둔 밤 쉬 되리니, **네 직분 지켜서**,' 글세 이 찬미를 석 절을 다 부르는 구면, 정신없이. '찬 이슬 맺힐 때에 급히 일어나, 해 돋는 아침 될 때 힘써 일하고, 그 빛이 진하여서 어둡게 되어도, 할 수만 있는 대로 힘써 일하라' 이광수, 『사랑』, 202쪽. 김윤식은 의사 안빈의 모델로 장기려 박사를 든 바 있다. 김윤식, 앞의 책, 290쪽.

한다. 이때 서로를 동일시하려는 것은 '타자성'을 배제하고 '보편' 이성을 향한 강한 열망과 화합의 요구가 반영된 것이다.[40] 따라서 그 완전성에 도달한 안빈은 스스로 구원의 단계에 이른다.

안빈의 구원이 자기충족적이긴 하지만, 『사랑』의 긍정적인 측면은 신적 사랑을 통해 타인과 내적으로 소통할 수 있게 되어 인간 사이의 대립을 해소하고 타인을 최고선에 동참시키려는 과정에서 사랑과 명예를 느끼는 경험의 사회적 파급력과 유효성이다.[41] 그래서 안빈을 둘러싼 인물들은 고독한 존재가 아니다. 이들은 서로 보살펴주고 신경을 써주는 공동체 안에서 사랑을 경험하게 된다. 이것이 이광수가 구축한 '안빈 공동체'의 모습이다.

그렇다면 안빈의 자장에서 벗어난 허영의 존재는 어떻게 이해해야 하는가. 안빈을 포함한 소수의 몇 사람이 모든 사람을 참된 의식에 도달하게 하는 것은 현실적으로 어려움이 있다.[42] 특히 '환경이 삶을 왜곡하고 손상시키는 한, 대다수 인간은 자신에게 깃든 신성을 파악하지 못하게

---

40 알렉상드르 마트롱, 김문수 · 김은주 역, 앞의 책, 829쪽 참조.
41 똘레랑스는 체제가 만든 규칙을 깨지 못하는 한계를 갖고 있는 점에서 분노하지 않는 초월적 사랑과 유사한 점이 있다. 다만 똘레랑스는 인내의 다른 형식으로, 자신의 견해를 다른 사람에게 강제할 능력이 있지만 그렇게 하기를 신중히 거부하는 특성이 있다. 타인을 최고선에 동참시키기 위해 강제하는 초월적 사랑과 강제하지 않는 똘레랑스, 무엇이 진정한 구원에 가까울까. 하승우, 『희망의 사회 윤리 똘레랑스』, 책세상, 2003, 68쪽 참조.
42 (역사)교육 자체가 자발적인 게 아니라 강요되고 있잖아요. 핵심은 결국 사람들의 의식이 진보적으로 전진을 해야 되고, 그러지 않고서는 해결책이 없다는 것을 겪었잖아요. (…중략…) 마법의 주문이 있는 것이 아니고, 한 사람 한 사람 생각이 바뀌고, 한 사람 한 사람의 표의 선택이 달라질 때 대안이 보이고, 해결책이 보이는 거지, 그런 것을 안 하고, 아주 쉽게 정치공학에 의해서 뭘 해결해보라는 것은 제대로 된 대책이 아니라는 거죠. (…중략…) 중요한 것은 대중이 뭘 하고 싶어 한다는 거거든요. 그 사람들에게 어떻게 판을 깔아주느냐의 문제라는 거죠. 옛날처럼 당에 의해서 통제되고, 지도되고 이런 것이 아니라 사람들은 다 자기가 하고 싶은 게 있거든요. 진중권, 『쉘위토크』, 시대의창, 2010, 354~358쪽.

되어 있다.'[43] 파산에 이른 허영이 환경을 긍정하고 그 안에서 자신의 가치를 확인하기란 애초에 쉽지 않은 일이다. 동정이나 공감만으로는 타인을 구원하기 어렵다는 것도 같은 맥락이다. 그렇다면 안빈의 공동체[44]가 공유하는 신적 사랑의 기반이 되는 그들의 환경을 살펴보자.

앞에서 언급했듯이 안빈의 공동체는 모두 부모가 없다. 안빈은 물론 순옥과 그 오빠인 영옥, 가정주부인 어머니를 모시는 허영, 허영의 아이를 밴 이귀득, 순옥의 학교 선배인 박인원까지 모두 자신을 기탁할 사람이 없다. 하지만 안빈의 무리는 모두 엘리트다. 순옥은 교사를 하다 간호사 시험을 통과했고, 그 오빠인 영옥은 의학도이며, 박인원 역시 영어 교사다. 여기서 순옥과 인원의 진로 선택은 기이한 수준이다. 순옥은 교원직을 그만두고 생면부지이자 기혼자인 안빈을 위해 간호사 시험을 보고 더 적은 돈을 받으며 일을 하게 되고 나중에는 의사도 된다. 박인원은 더 충격적인데 영어 교사를 그만 두고 안빈의 아이들을 보살피는 보모를 자청한다. 물욕이 없는 것으로 보면 박인원이 안빈보다 상위에 있을 정도다. 이들은 자신의 능력을 바탕으로 자신이 하고 싶은 일과 돈을 벌 수 있는 위치에 있었다.

더 나아가 자선을 펼치면서도 타인의 고통에 무감각한 안빈의 환경을 살펴보자. 작품 앞부분에 안빈의 병원은 지인들이 무료 진료를 받아서 병원 운영에 지장이 있는 것처럼 그려진다. 그러나 안빈은 자신이 병원을 지을 때 빌렸던 이만 오천원을 다 갚는다. 자선가 김부진의 도

---

43 알렉상드르 마트롱, 김문수·김은주 역, 앞의 책, 802쪽 참조.
44 이 글에서는 안빈을 이광수로 상정하고 있으며, 안빈의 공동체는 소설에 안빈과 관련된 인물(석순옥, 박인원, 천옥남, 순옥의 오빠 영옥 등)을 지칭하는 말이다.

움을 받기는 하지만 그는 북한 요양원을 지을 땅을 사고 건물을 지으며 다섯 명의 소년간호원과 여간호사를 추가 채용한다. 게다가 의사가 굳이 더 필요하지 않은 상황에서 안빈은 의사가 된 영옥이나 순옥을 훈련시킨다는 명목으로 채용하여 상당한 월급을 주기도 하고 집에서는 집안 살림을 하는 두 명의 아주머니와 아이를 돌보는 박인원까지 두고 있다. 쉽게 말해서 안빈의 공동체는 돈 문제에 관한 고민이 전혀 존재하지 않고 사실상 최상층의 생활양식에 젖어 있다. 이러한 안빈은 의사라는 직분과 그 소명을 충실히 이행하지만, 타인의 고통에 공감하고 그들의 시련에 마음 아파하며 자신의 풍족함에 회의하거나 죄책감을 느끼는 모습은 찾아볼 수 없다. 이것이 나쁘다는 것이 아니라 안빈의 치료와 구원의 실체를 분명히 인식할 필요가 있다.

자선의 대상이 되는 사람들이 곤궁하고 병에 시달리는 이유가 그들의 태만이나, 허영처럼 '다른' 삶을 사는 자의 책임일 수만은 없다. 그럼에도 안빈의 공동체는 자신들의 벌이를 위협하지 않는 사회에 불만을 갖지 않는다. 생존은 각자의 문제이며 개개인의 책임이라면, 안빈 공동체의 행위는 사회적 정의가 부재한 자선이다.

소설의 사회 인식은 안빈의 의학 실험과 순옥이 간 북간도의 외국 선교사들, 그리고 안빈이 박사논문을 쓰는 과정에서 개입하는 일본인을 통해서도 알 수 있다. "아모로겐" 등 혈액 실험은 인간을 차등화하는 인종주의적 시선을 투영하고 있으며 그것은 민중이 앓는 병을 치료하기 위한 연구도 아니다. 또한 순옥이 북간도에서 만난 외국 선교사들이 구호 활동을 하다가 사망한 것은 국경을 넘는 봉사 정신으로 볼 수도 있지만 그들의 존재는 안빈을 넘어서고 있다. 순교자는 사랑을 실천하는 이에게 궁극적인 열망의 대상이기 때문이다. 외국인 순교자는 이제 막 자신의 병원의 문턱을 넘어 요양원으로 나아가는 안빈보다 신에 가까운 존재이며 '명예'를 완성시킨 존재였다. 여기에도 식민지 지식인의 서구 추종이 드러난다. 이광수의 스승이었던 안창호가 인종주의에서 벗어나지 못했듯이[45] 이광수 역시 문명과 야만이라는 이분법적 사고에서 자유롭지 못했다.

이와 같이 '도덕성의 진보'라는 발상에는 수직적인 시선이 투사되어 있다. '서구 열강과 조선'이 아닌 '일본과 식민지 조선' 사이의 시선은 안빈의 박사논문 통과 과정에서도 나타난다. 안빈이 박사논문을 쓸 때 일본인 교수들이 많은 도움을 준다. 이 소설에서 유일하게 등장하는 일본인이 안빈의 선생님들인데 이 일본인 의사들은 안빈을 성심껏 도와주는 등 긍정적으로 그려지고 있다. 이는 조선을 지배하는 일본인 사회를 긍정적으로 그려서 식민지 사회의 폭력성을 은폐하고, 개인의 가난을 개인의 문제로 귀결시키는 결과를 가져오고 있다.

다시 말해 이광수가 구상한 핵심인물 안빈이 '아라한'의 경지에 다다르고 있다고 하지만 그가 사랑의 대가로 "남에게 물질로나 정신으로나 대접 받을 만하다"고 생각한 이상 그는 '아라한'의 본질도 깨닫지 못한 것이다. 이것이 안빈의 위상이다. 또한 안빈의 공동체는 사회적 폭력에 무감각한 상태이며 그 근저에는 인종주의적 시선과 중산층 이상의 사고방식이 자리하고 있다. 그래서 그들은 사회 환경으로 인한 내적 분열을 경험하지 않는다. 체제나 권력, 제도는 전혀 고려사항이 아니

---

45 박노자, 『우리가 몰랐던 동아시아』, 한겨레출판, 2007, 148쪽.

다. 그러나 자본주의 사회에서 경쟁과 그로인한 불안과 위기는 상존한
다. 허영이란 존재가 바로 그 예이다. 그러나 내적 분열을 전혀 하지 않
는 안빈의 공동체는 사실상 상류층의 사회적 기반을 안정적으로 향유
하고 있다. 허영은 미달된 존재일 뿐이다. 이 구도에서 선진 국가인 외
국인선교사, 일본인 의사 교수 등이 등장하여 그 공동체를 뒷받침하고
있는 셈이다. 안빈 공동체의 행위가 자기만족적인 성향이 강한 이유가
여기에 있다.

그 자기만족적이고 충족적인 집단의 모순을 드러내는 존재는 (부정적
인물이라고 하더라도) 배제된 존재다. 사랑을 내세운 작품임에도 불구하고
죽을 때까지 순옥을 믿지 못하고 죽음을 맞는 허영이란 존재는 안빈의
공동체가 본질적으로 내재한 한계를 극명하게 드러낸다. 안빈의 '집단
이성'이란 온전히 작동할 수 없다. 허영은 '사치의 전형'으로 내세워져
비판받고 있지만, 소설 속 '허영-안빈'의 구도는 '사치-금욕'을 상징한
다. 이들은 자본주의 국가의 제도가 추동하는 욕망의 양가성을 그대로
나타낸다. 사회는 이들에게 필요한 것을 주지 않으면서 그들 스스로를
표현하는 것을 허용해 주었을 뿐이다. 허영은 펜을 던지고 황금으로 자
신을 표현하고, 안빈은 펜을 던지고 몽상가가 되어 주위 사람들의 에너
지를 고무시킨다. 그러나 식민지 근대사회는 어느 누구의 편을 들어주
지 않고 몽상가(안빈)의 꿈을 계속 지연시키면서 체제의 모순을 은폐하
고 공고히 해왔다.[46] 이 때문에 애초에 허영은 설득될 수 없는 존재이며
사회체제의 모순은 쉽사리 해결될 수 없다.

---

46 수잔 벅-모스, 윤일성·김주영 역, 『꿈의 세계와 파국-대중 유토피아의 소멸』, 경성대
    출판부, 2008, 246~249쪽 참조.

"세간적으로 말하면 순옥이가 불행하다고 할 테지. 일생을 거지의 생활을 하신 석가여래나 예수께서 불행하다는 그러한 표준으로 본다면 순옥이는 불행한 사람이겠지."

"그와 다르지요. 석가여래나 예수께서는 모든 중생을 위해서, 천하 사람을, 모든 인류를 다 위해서 그런 고생을 하셨지마는 순옥이야 그게 무엇입니까. 변변치도 아니한 병쟁이 하나를 위해서 일생을 망쳐버리니."

인원은 제 논리가 당당한 것에 스스로 놀라고 스스로 자랑스러웠다.

"석가여래도 한 번에 한 사람씩 구원하신 것이오, 그의 수없는 전생에는 한 생 한 사람씩 건진 일도 많으셨고. 그래서 한 번 세상에 날 적마다 한 중생을 건져서 천 생에 천 사람 만 생에 만 사람, 이 모양으로 중생을 건지는 것이 석가여래의 생활이요, 또 모든 보살의 생활이요."[47]

안빈은 허영과의 좁혀지지 않는 간극을 은폐하고 좁혀진 것처럼 포장하기 위해 구원의 논리를 개발해야 했다. 구원자의 윤리가 문제 되는 순간이다. 이 과정에서 구원의 방법을 두고 같은 '집단'에 속하는 박인원과 논쟁이 벌어진다. 안빈은 허영을 돌보는 순옥을 구원자로 규정하기 위해서 "석가여래도 한 번에 한 사람씩 구원하신"다는 논리를 펼친다. 그러나 순옥을 위한 이 논리는 많은 이들을 한꺼번에 구원한다는 자신의 구원 방식과 모순된다. 또한 순옥이 허영을 구원하지 못하면서 이 논리 역시 한계를 드러내고 만다. 무엇보다 핵심적으로 "한 사람씩 구원"한다는 논리에는 아내가 남편을 보필해야 한다는 가부장적 사회

---

47   이광수, 『사랑』, 705쪽.

관념이 투사되어 있다는 것을 알아야 한다.[48] 순옥을 이 '가족-부양'의 논리에 속박시켜 놓고 안빈 자신은 '사회-구원'을 지향했으나 그 본질은 '사회-자선'에 그쳤다.

이와 같이 작품의 구원자의 윤리 속에 있는 기만적 요소는 북간도에서 죽은 순옥의 아이를 통해서도 드러난다. 최주한은 "순옥의 북간도에서의 삶은 허영의 비참한 임종이라는 사건을 위해 아무 이야기나 끌어들여 마구 써내려갔으며, 허영의 죽음으로 순옥이 안빈에게 돌아올 수 있었다"[49]고 평가했다. 그러나 북간도에서 신교사의 죽음은 순교의 의미가 있으며, 허영과 딸아이 길림의 죽음은 국경을 넘나드는 자본주의의 폐해가 '병'으로 나타난 결과이기도 했다. 여기서 더욱 중요한 것은 아이가 순옥의 자식이라는 점이다.

북간도에서의 순옥은 구원자에 가까운 존재이며 신성의 '경향성'을 강화하고 있는 시점이었다. 원죄없는 잉태라는 의미로 무염시태無染始胎라는 말이 있듯이, 권선징악적 성향이 강한 이광수의 소설 문법상 구원자가 되어가는 순옥의 딸을 살려주는 게 타당했다. 그런데 작가는 죽음으로 처리한다. 결국 길림은 순옥이 아니라 '허영의 자식이자 소유'인 것으로 치부된 것이다. 허영이 부정의 대상이듯 그 딸도 부정되고 죽음을 맞는다. 가부장제 사회에서 어머니인 순옥은 딸의 진정한 보호자, 책임자가 될 수 없다. 이는 구원자와 구원 대상자의 소설 내 위상과 관

---

48 초월적인 사랑, 구원의 범위를 가족으로 한정하여 순옥의 행위를 역설적으로 일 가정의 문제로 격하시키는 결과를 가져온다. 이런 자본주의/가부장적 사생활은 가족주의를 자연스러운 것으로 인식하게 만들어 사회(의 문제)에 대한 관심을 차단한다. 하승우, 앞의 책, 103쪽 참조.

49 최주한, 앞의 책, 147~148쪽.

계없이 사회에 잔존하는 '안빈-허영'의 동일한 가부장적 위치를 확인시켜 주는 대목이다.

지금까지 논의를 통해 이광수가 설정한 개량과 감화의 과정과 안빈 공동체의 구성 및 성격을 살펴봤다. 역설적으로 '이상적'인 안빈 공동체의 구상과 실현은 그 밖의 엄혹한 현실과 대비되면서 그 한계와 비현실성을 가시화하고 있다.

5. 이광수식 사회교화의 향방

가부장적 남성이 부르짖는 구원은 종국에는 무엇을 위한 것인가. 소설이 감수성을 훈련시키는 기능적 측면을 가진 이상 신성의 아우라를 풍기는『사랑』은 분명 지향점이 있다. 그러나 그것이 '초월적'인 사랑과는 다르다는 것은 분명하다. 이광수 자신은 현실 상황과 상관없는 진선미를 그리겠다고 했지만, 정치경제와 분리된 사회란 존재하지 않는다는 것을『사랑』의 인물들이 증명하고 있다. "국가에 구속되지 않는 비정치적인 '초월'이나 '본질'이란 존재하지 않는다."[50]

「육장기」에서 "국민"을 말한 것처럼, 결국 이광수는 "국민"으로부터 자유롭지 않았다. 구원 다시 말해 민족성 개선의 궁극은 국가를 위해

50　칼 슈미트,『정치적인 것의 개념―서론과 세 개의 계론을 수록한 1932년판』, 법문사, 1992, 27~29쪽 참조.

국민성을 개발하여 '국성國性'[51]을 드높이는 데 있다. 『사랑』의 낭만성은 인간 개개인의 잠재력을 이끌어내는 장점도 있지만, 안빈으로 대표되는 신성의 화신이 '영웅론'으로 변형될 수 있다. 그러면 이것은 국가 유기체론으로 연결되는 위험을 내재한 것일까.

안빈의 공동체는 '사랑'이라는 관념을 매개로 '욕망의 동일성'을 확인하려는 지향을 갖고 있다.[52] 이는 역으로 내 것이 우월하다는 욕망의 확인이며 상대를 구원하기 위해 수반하는 '응시'의 폭력성을 드러낸다.[53] 이로 인해 역설적으로 이들도 자신을 '응시'하는 타자가 구원자로서 등장했을 때 인정할 수밖에 없는 논거가 형성된다. 이 욕망의 권력 계층화가 일본이라는 타자를 만나게 될 때 제국주의를 승인하는 욕망으로 이어지게 될 위험이 생기는 것이다.

實際 師範敎育을 보고 느끼는 것은, 狹益한 形式的인 道德의 重壓 때문에 靑年의 로맨티-크가 너무도 貧困에 빠져있는 것이다. '日本의 日本'을 超脫하여 '世界의 日本'으로서 世界史的인 使命의 實現에 巨步를 내여 드디고저

51 요즘에는 국가에 인격을 부여하여 '국격'이란 용어를 사용하고 있는데 1910년경에는 국성(國性)이란 용어가 있었다. 일례로 안국선의 정치소설 등을 들 수 있다.

52 동일성의 욕망은 이광수가 호국불교를 논할 때도 그대로 적용된다. 신라로부터 이어져 내려온 전통 불교라는 인식이 완성되는 것이다. 이런 인식은 니시카와 나가오가 지적했던 정태적 문화 인식에 해당한다. 또한 나가오는 과거로 거슬러 올라갈수록 독자적이고 순수한 것이 존재한다는 것과 공속의식이란 환상에 지나지 않는다고 지적한다. 니시카와 나가오, 윤해동·방기헌 역, 『국민을 그만두는 방법』, 역사비평사, 2009, 128~140쪽 참조. 김용옥은 호국불교의 개념이 식민지 어용관학사가인 이능화류의 통사장르에서 이루어진 것이라고 말하고 있다. 김용옥, 『나는 불교를 이렇게 본다』, 통나무, 1997, 82쪽.

53 천정환은 지식인과 대중의 구별은 사회로부터 거리를 유지하는 독립된(것으로 간주되는) '지성'이 갖는 '전체성'의 환각이 만들어낸 것이라고 지적하고 있다. 이광수는 이 '지성'의 자리에 '도덕성'을 놓거나 추가한 것이다. 천정환, 『대중지성의 시대』, 푸른역사, 2008, 111쪽 참조.

함을 생각할 때 國民敎育의 任務를 맡을 敎育者에 氣魄이 적음을 特히 歎息하지 않을은 없다. 로맨티-크에 依하여 그들에게 마음의 太陽을 줄 것, 그것이 師範敎育에 特히 必要하다. 靑年의 젊은 魂을 衰弱하게 하는 狹隘한 道德敎育과 修道院式訓練과의 中毒에서 師範敎育을 求할 解毒○는 로맨티-크라고 나는 말할 것이다.[54]

지적 고립 속에서 말라가는 현대문학에 생기를 줄 것은 감사보은의 마음 외에는 없다고 생각했다. 감사의 마음이라고 해도 그저 단순한 **이웃 사랑이나 인류애**라고 하는 추상적인 것으로는 부족하다. 우리는 **국은에 대한 감사보은**이라고 하는 가장 기초적이면서 가장 확실한 것으로부터 출발하지 않으면 안 된다.[55]

만물이 다 내 살이지마는 인류를 더 사랑하게 되고 인류가 다 내 형제요 자매이지마는 내 **국민**을 더 사랑하게 되니 더 사랑하는 이를 위하여서 인연이 먼 이를 희생할 경우도 없지 아니하단 말요. 그것이 불완전 사바세계의 슬픔이겠지마는 실로 숙명적이오. 다만 무차별 세계를 잊지 아니하고 가끔 그것을 생각하고 그리워하고 그 속에 들어가면서 **이 차별의 아픔을 주리랴고 힘쓰는 것이 우리가 하여야 할 일이겠지요.**[56]

그러나 이광수가 제국주의를 승인하는 과정은 자연스럽게 진행 되

---

54   長田新, 「시국논단-현대교육론」, 『인문평론』, 1940.4, 66쪽.
55   최재서, 노상래 역, 『전환기의 조선문학』, 영남대 출판부, 2006, 117쪽.
56   이광수, 「육장기」, 『문장』, 1939.9, 34쪽.

지 않는다. 그 자신이 민족의 위에 서서 광포한 '응시'의 시선을 보냈듯이, 일본이 이광수를 '응시'하게 됐다. '응시자'의 기준에 부합하지 않는 것을 제거해야 하는 고통을 이번에는 이광수 자신이 경험하게 된다. 그러나 그것은 단순한 응시가 아니라 '민족적 정체성'의 전변을 강제한다. 이광수가 초월적이지는 않더라도 사회의 도덕주의 내지 이웃애의 긍정적 측면을 드러낸 것이『사랑』이다. 이 작품은 어찌됐든 식민지 조선의 사회 개량을 위한 소설이다.

하지만 중일전쟁 이후 전쟁이 지속되면서 일본은 이제 자신을 식민 모국이 아니라 '정상국가'로 인정받고자 하며 그것을 식민지 조선인에게 강제 했다. 이 단계에 이르면 일본은 '이광수식의 사회교화'를 더 이상 용인하지 않게 된다. 식민지 말기 새로운 동아시아의 정치 지형 변화로 인해 식민지 지식인이라는 주변부 지식인은 새롭게 부상하는 일본의 대동아 건설을 위한 일꾼으로 존재 위치와 성격의 전환을 요구받게 된다. 이 과정에서 이광수는 일본을 자신의 국가로 분명히 표명해야 했으며 이러한 조건을 충족시켰을 때에야 그가 지향했던 '도덕주의'나 '이웃 사랑'이나 '인류애'는 일본의 이데올로기와 결부되어 철저하게 강화될 수 있었다.

이 말은 역설적으로 이광수의『사랑』의 정신이 전쟁을 수행하는 국가의 정체성에 어울리지 않은 개인담론이자 일본이 아니라 식민지 조선을 위한 사회교화였다는 것을 환기한다.[57] 종국적으로 이 소설은 동

---

57 계몽주의는 인간의 역사와 문화를 진보의 개념에 따라 파악한다. 초기의 진보 개념은 삶의 궁극적 완성이 이 지상에서 가능하리라는 소박한 신념에서 이루어진다. 이 개념은 서구의 직선적 시간관에 근거하여 인간 이성에 대한 순수한 믿음과 결합함으로써 계몽의 진보 관념을 낳게 된다. 진보의 관념은 사회적 진보와 경제적 진보 개념으로 발전 되었다.

우회 사건 당시 이광수의 자기희생의 서사나 전향서가 아니다. 그래서 이광수가 동우회 예심 결정을 기다리며 쓴 이 『사랑』에서 허영의 사치와, 이후 「무명」과 같은 소설에서 나타나는 민중의 물욕은 겉으로는 같은 듯 보이지만 전혀 다른 담론의 배치 아래에서 해석되어져야 한다. 따라서 이 글은 『사랑』을 이광수 전향 이전의 작품이자 작가의 민족개량론의 총체적 이상을 시도한 작품이라고 간주한다.

계몽과 이성의 원리를 소유하게 된 인간이 지닌 진보의 이상이 근대의 이상이라면 그 순진한 믿음은 20세기 문명에서 드러난 근대성의 모순된 모습에 의해 무참히 깨어지게 된다. 신승환, 『포스트모더니즘에 대한 성찰』, 살림, 2003, 29쪽. 이광수가 순수한 믿음을 갖고 있었는지는 알 수 없다. 다만 그의 소설 『사랑』에는 신념은 있으나 희망은 없다. (허영과 길림의 죽음, 사회 제도에 대한 개선 노력이나 비판 부재)

전쟁과 전향, 위안

제1장

식민지 말기
유진오의 문화 인식

1. 문학자의 소명, 문화

1930년대 중후반은 카프 해체와 중일전쟁이 보여주듯 식민지 문인에게 전향을 요구하던 시대였다. 특히 카프 문인에게 전향은 세계를 해석하고 세계문화와 소통하게 해주었던 사회주의와의 단절을 의미했다. 따라서 동반자 작가로서 사회주의에 공명했던 유진오에게도 새롭게 현실을 해석할 도구가 요구됐다. 또한 그는 문인으로서 식민지 조선의 문화를 어떤 방향으로 이끌어 갈 것인가 하는 문제에 봉착하게 된다. 실제로 그는 중일전쟁이 발발하기 직전에 문학자의 사명을 조선 '문화'의 성장에 두었다. 문인들이 문화만을 외칠 수밖에 없는 식민지 현실이기는 했지만 대동아문학자대회에 가서도 '문화'의 발전을 외칠 만큼 그는

'문화'에 특별한 관심을 보였다. 그러나 중일전쟁 직전과 대동아문학자 대회에서 그가 주장한 '문화'의 맥락은 다르다. 여기서 시국에 따라 변화해 가는 '문화 인식'이 유진오의 내면을 이해할 수 있는 실마리가 될 수 있을 것이다.

기존 연구에서는 유진오를 접근할 때 그에게 붙여진 '호칭'에서 벗어나지 못하고 있다. 당시 유진오는 조선 최고의 지식인이자 조선사회사정연구소를 운영했을 만큼 사회주의에 관심을 기울인 인물로 알려졌다. 그는 문인으로서는 동반자 작가로 여겨졌고 1930년대 후반에는 시정편력의 문학을 주장한 작가로 여성이 등장하는 소설을 많이 남겼다. 이 맥락에서 1980년 이전 연구는 대체로 유진오를 1930년대 초반은 동반자 작가, 후반은 순수 문학가로 파악했다. 또한 주제사적 접근에서는 그의 소설을 노동소설과 시정소설로 대별해서 고찰하고 있다. 1980년대 이후 연구는 지식인 소설이라는 범주에서 유진오 소설을 다루었다. 그러나 지식인 소설에 해당되지 않은 작품들이 있어서 '지식인 소설'은 유진오의 문학 전반을 포괄하지 못하는 한계가 있다. 이렇듯 유진오 연구는 지식인 작가와 동반자 작가라는 구도에서 아직 크게 벗어나지 못하고 있다.

최근에는 식민지 말기 연구가 깊어지면서 여성상이나, 도시의 재현,[1] 「김강사와 T 교수」(『신동아』, 1935.1)의 일본어 개작에 중점을 둔 연구[2] 등의 연구가 이뤄졌고 유진오의 일본어 소설 중 일부를 분석하여 그것을 친일작품으로만 간주하기 어렵다는 견해도 제시되었다.[3] 유진오의 『가

---

1   김용희, 「유진오 소설에 나타난 도시공간」, 『진단학보』 88, 진단학회, 1999.
2   에비하라 유타카, 「유진오, '김강사와 T 교수' 론」, 고려대 석사논문, 2006.

족부대家族部隊』라는 작품이 발굴되었으며,[4] 해방 이후 시점에서 한국전쟁기 도강을 둘러싼 유진오의 내면을 들여다본 연구가 나왔다.[5] 그러나 이와 같이 식민지 말기 소설들을 개별적으로 접근하는 방식으로는 이 시기 유진오의 정신사 전반을 구명究明하기 어렵다. 기존 연구에서 그의 정신사를 의미 있게 연구한 논문은 박헌호와 윤대석이 있다.

박헌호는 현민이 파악한 사회주의의 성격을 분석했다. 그는 식민지 말기 역사를 개인과 단체의 대립으로 파악하는 현민에게 사회주의는 개인주의의 대립항인 단체주의의 하부 구성물에 해당한다고 분석한다. 개인과 대립하는 모든 것을 단체로 규정하는 유진오가 명확하게 근대를 이해하지 못했다는 진단이다. 그래서 박헌호는 유진오가 단순히 살아있음을 토로하는 소설로 귀결된다고 해석한다.[6] 이에 비해, 윤대석은 유진오의 인식론의 변화에 주목했다. 그는 1930년대 전반기와 후반기를 '주체 우위의 인식론'과 '일상생활 우위의 인식론'으로 구분한다. 이 구분법이 보여주듯 '일상생활 우위의 인식론'은 윤대석이 1930년대 후반 파시즘이라는 시대적 상황과 '시정편력의 문학'론과의 고민 속에 제출한 산물이다. 그리고 이러한 판단에서, 그는 1940년 이후의 유진

3   김형섭, 「俞鎭午 日本語 小說에 대한 한 考察」, 『일본어문학회』 29, 일본어문학, 2005.
4   장성규, 「방송 미디어를 통한 새로운 문예형식과 대일협력의 균열 – 새롭게 발굴된 이광수의 「면화」와 유진오의 「가족부대」자료 해제」, 『민족문학사연구』, 41, 민족문학사학회, 2009.
5   서동수, 「한국전쟁기 유진오의 글쓰기와 피난의 윤리성」, 『우리말글』, 52, 우리말글학회, 2011. 이외 해방 이후 유진오 연구 중에는 1950년대 그가 한국의 민주화의 방향을 정치·제도·생활문화의 서구화로 규정했다는 연구가 있다. 황병주, 「1950년대 엘리트 지식인의 민주주의 인식 – 조병옥과 유진오를 중심으로」, 『史學研究』 89, 한국사학회, 2008.
6   박헌호, 「현민 유진오 문학 연구」, 『반교어문학회』 5, 반교어문학회, 1994.

오 소설들이 인식론적 판단을 포기하고 '윤리적 성실성'에 기대는 안이함을 보여주고 있다는 결론에 이른다.[7]

이 두 연구는 모두 사회주의에 초점을 맞추고 있다. 그리고 실질적으로 글은 1930년대 말에 그치고 있으며 1940년대는 거기에 따른 추정이다. 이것은 사회주의가 유진오 문학의 핵심이라고 여기는 도식에서 크게 벗어나지 않는 접근법이다. 사회주의가 중요한 고려 요소이기는 하지만 시국의 급변속에 변화하는 유진오의 내면을 사회주의만으로 설명하는 것은 무리일 수 있다. 주지하듯 식민지 후반은 세계를 해석하는 욕망이 거세된 것이 아니라 전통을 비롯한 문화와 동아협동체론이라는 논리에 관심이 높아지던 시점이다. 1930년대 말 이후의 (친일 행적 포함해) 유진오(의 문학)를 이해하기 위해서는 이러한 맥락이 더 고려되어야만 한다.

가령 유진오의 장편소설 「화상보」(『동아일보』, 1939.12.8~1940.5.3)가 재주목을 받으면서 유진오의 조선주의를 분석하는 연구가 제출되었다. 손종엽은[8] 친일의 이분법적 구분을 벗어나 소설 속 주인공 장시영의 '실력양성론'을 긍정적으로 평가했으며 장시영의 제자인 학생 조남두의 "반-체제적 세계" 역시 유진오가 끌어안고 있는 것으로 이해했다. 또한 황경[9] 역시 장시영의 '실력양성론'을 인정하면서 유진오의 조선주의가 상고주의나 고전 회귀 경향이 아니라 근대라는 틀 안에서 재정립되고 수용해야

---

7   윤대석, 「유진오 문학 연구」, 서울대 석사논문, 1996.
8   손종엽, 「"화상보"론―日帝 末期 俞鎭午의 朝鮮主義와 敍事戰略」, 『어문연구』 148, 한국어문교육연구회, 2010.
9   황경, 「유진오의 일제 말기 소설 연구」, 『우리어문연구』 31, 우리어문학회, 2008, 557~582쪽.

할 가치라고 분석한다. 이 연장선상에서 유진오가 일본의 '근대초극론' 으로부터 일정한 거리를 유지할 수 있었다는 분석이다.

사회주의에서 벗어나 유진오 논의의 폭을 넓혔다는 점에서 긍정적이나 이들 연구는 「화상보」에만 너무 집중하여 평론이 부족하고 기타소설이나 당시 유진오의 문화 인식 등 여타의 다양한 내면을 포괄적으로 고려하고 있지 못하고 있다. 무엇보다 당대 식민모국과의 상관성이 결여되어 있다. 오히려 친일의 이분법에서 벗어나야 한다는 강박에 작품을 고평하고 있는 것은 아닌지 의구심이 든다.

예컨대 황경은 「화상보」에서 유진오가 "조선이라는 민족적 자아의 각성을 바탕으로 실력양성을 통한 조선적 근대화를 지향"했다고 분석한다. 이것은 유진오가 "조선적 현실을 수리한 상태에서 내린 결론"이라는 진단이다. 그러나 이는 모순된 논리다. 유진오가 식민지 말기 조선적 현실을 수리한 상태라면 식민모국의 상황하의 조선의 위치와 의미를 분석해야 한다. 유진오가 1920년대 말에서 1930년대 중반까지 일본과 대립각을 세웠던 의미의 '조선'과 식민지 말기의 '조선'은 다른 층위에 있기 때문이다. 이것은 연구자가 서론의 문제의식에서 일본의 근대초극론과 동아협동체를 유진오의 '조선주의'와 분리시킨 결과이다. 유진오가 '사실'을 수용하고 '근대화'를 지향했다면 황경이 말하는 '조선적 근대화(조선주의)'뿐만 아니라 '조선' 역시 일본의 제국담론·지정학과 유리시켜 논의할 수 없다. 이 때문에 당대 역사적 상황이 배제되고 조선이라는 민족공동체의 범주만으로 유진오를 긍정적으로 해석한 결과가 나온 것이다.

요컨대 이 글은 축적된 기존 1930년대 유진오 연구를 바탕으로 연구의 범위를 1935년부터 1945년경까지 시기로 국한하고 정세 상황과 문학론, 언어관, 전통, 음악, 과학, 문화주택 등을 통해 '문화'의 발전을 문학자의 사명으로 여긴 동반자 작가 유진오의 문화 인식과 중층적인 내면의 변모를 구명하고자 한다. 종국적으로 이는 '문화 인식'을 통해 유진오를 조망하는 기획이다.

2. 조선문학의 전통과, 조선문명의 쇠락

1930년대 후반 유진오는 어느 시점에서 그 전과 다른 문학 경향을 보여주게 될까. 카프가 해체한 1935년에는 그 전과 별반 다르지 않다.「간호부장看護婦長」(『신동아』, 1935.12)에서 여전히 사회주의와 관련된 인물이 등장하고, 「사령장辭令狀」(『문학文學』, 1936.11)은 「김강사와 T 교수」와 비슷하게 학교에 취업하려는 주인공의 내면풍경이 그려진 작품이다. 특히 이 시기 일본을 바라보는 유진오의 태도는 일본어로 번역되어 『문학안내』에 실린 「김강사와 T 교수」에서 잘 드러난다. 그는 이 소설을 번역하는 과정에서 개작을 하고 일본 제국주의를 비판하는 목소리를 더욱 강하게 표현한다.[10] 이 글이 실린 시점이 1937년 2월이라는 점을 고려할 때

---

10 에비하라 유타카는 유진오의 소설이 일본에 발표된 것은 이 시기 『문학안내』에 장혁주가 편집고문으로 있었기 때문으로 보고 있다. 다만 개작이 왜 이루어졌는지는 밝히지 못하고 있다. 에비하라 유타카, 앞의 글 참조.

유진오가 이 시기까지 일본에 비판적인 입장을 유지하고 있다는 것을 알수 있다.

그렇다면 많은 지식인들이 역사적인 전환기로 받아들였던 '중일전쟁'은 유진오에게 전향의 동인을 제공했을까. 중일전쟁(1937.7.7) 발발 직후인 1937년 8월 『조선일보』는 6인의 작가에게 "현대에 대한 작가의 매력"을 묻는 특집을 마련했는데 유진오는 "당대를 '염증'을 일으키는 시대로 답하"[11]고 있다. 하지만 그는 관망의 자세를 취하며 이 사태의 추이를 지켜본다. 그리고 이 무렵 자신의 문학론을 계속해서 피력했다. 중일전쟁 직전인 1937년 6월에는 "문화의 담당자인 문인이 조선문화에 관심을 가져야 하고 우리 것은 저열하다는 인식에서 벗어나 작가 스스로 수준을 높여야 한다"[12]고 강조했다. 전쟁 직후에는 수준 높은 조선 문인이 갖춰야 할 요건으로 현실을 재구성할 수 있는 "눈"과, "문학혼"을 제시한다.

특히 유진오는 조선문화의 지속적인 발전을 위한 조건도 제시했다. 그 조건은 문화발전에 있어 '조선어'의 역할이다. 그는 독자적인 조선문화의 발전을 이루기 위해 필요한 것으로 우리들의 심성을 진정성 있게 묘사할 수 있는 조선어를 들고 있다. 이러한 언어 인식은 중일전쟁이 일어나기 전부터 유진오가 관심을 가지고 있었던 조선문학의 전통과 관련이 있다.

일례로 1937년 7월 16일에는 홍명희와의 좌담[13]이 있었다. 이 대담

---

11 차승기, 「'사실의 세기', 우연성, 협력의 윤리」, 『민족문학사연구』 38, 민족문학사학회, 2008, 285쪽.
12 유진오, 「문화담당자의 사명」(『조선일보』, 1937.6.12), 『구름 위의 만상』, 一潮閣, 1966, 362~363쪽.

에서 유진오는 일본문학의 『만엽집』을 들면서 조선에도 그에 대응하는 전통이 있는 것은 아닌지 궁금해 한다. 그러나 홍명희는 없다고 답한다. 그러면서 두 사람은 결국 조선문학은 가치 있는 전통의 전승이 부재한 상황에서 자수성가해 왔다는 결론을 내린다. 여기서 유진오는 우리 문학이 '스스로 일가'를 이루어오면서도 여전히 어려운 점은 "언어"라고 얘기한다. "말의 색향에 대해서 표현의 妙味"를 습득해야 했기 때문에 작가에게 언어를 연마하는 일은 중요한 문제였다. 이런 맥락에서 이 당시 그는 계속해서 조선의 독자적 문화를 위해서는 조선어가 필수적이라는 주장을 하게 된다. 중일전쟁(1937.7.7)을 전후해서 1938년 말까지 유진오는 이러한 문학론과 전통인식을 견지하고 있었다.

그리고 그 무렵 유진오는 「창랑정기」(『동아일보』, 1938.4.19~5.4)를 쓰는데, 이 소설은 앞의 대담에서 그가 조선문학의 전통 창달과 조선어 고수를 주장한 것과 달리, 조선 물질문명의 전통과 그 쇠락을 다룬 작품이다. 뒤에서 살펴보겠지만 1939년 초 '일본 제국'의 담론에 동조하는 유진오의 모습을 살펴봤을 때 이 작품이 그의 전환기에 해당하는 작품이라 할 수 있겠다. 따라서 그 '전환'은 먼저 조선 물질문명의 부정에서 시작하여 이후 조선문학의 성격을 재조정하는 단계로 이어진다.

그러나 이상스레도 그 산이 어느 산이던가, 그 집이 어느 집이던가, 꿈속에서는 그렇게 똑똑하던 곳이 실지로 가보니 도저히 찾을 수가 없었다. 겨우 근사해 보이는 곳을 찾기는 하였으나 집 뒤 산이던 곳은 빨간 북더기요 그

---

13 「조선문학의 전통과 고전」, 『조선일보』, 1937.7.16~17.

밑 창랑정이 있던 듯이 생각되는 곳에는 낯모르는 큰 공장이 있어 하늘을 찌를 듯한 굴뚝으로 검은 연기를 토하고 있었다.

　너무나 심한 변화에 실망한 채 나는 한참이나 공장 앞마당 석탄재 쌓인 위를 거닐며 꿈속의 기억을 되풀이하여 보려고 하였다. (…중략…) 창랑정은 추억의 나라, 구름과 안개에 싸인 꿈의 저편에만 있을 수 있는 존재였던가! 나른한 추억에 잠겼던 내 정신은 차차로 굳센 현실 앞에 잠께 온다.

　문득 강 건너 모래밭에서 요란한 프로펠러 소리가 들린다. (…중략…) 보고 있는 농안에 여객기는 땅을 떠나 오십 미터 백 미터 이백 미터 오백 미터 천 미터 처참한 폭음을 내며 떠 올라갔다. 강을 넘고 산을 넘고 국경을 넘어 단숨에 대륙의 하늘을 무찌르려는 전금속제(全金屬製) 최신식 여객기다.[14]

　창랑정의 몰락을 다루고 있는 이 작품은 「가을」(『문장』, 1939.5)과 함께[15] 유진오가 이 시기 전통에 관심을 가지면서도 "옛것에 대한 향수나

14　유진오, 「창랑정기」, 『한국소설문학대계』 16, 동아출판사, 1995, 202쪽.
15　유진오의 「가을」은 오영진에 의해서 일본어로 『朝鮮文學選集』에 실렸는데, 일본어본을 살펴보면 국문소설의 일부분이 삭제된 사실을 발견할 수 있다. 삭제된 부분은 (『문장』, 1939.5 기준으로) 57쪽 "재산은 부모는 다 어디로 갔는가"와 같은 57쪽 (기호는) "불연듯이 그때의 원고를 펴보고 싶은 (부터) ─61쪽 기호는 원고뭉치를 도로싸 벽속으로 들트리고 자리에 드러누었다. 봄이엇구나! 봄!" 까지이며 (4~5페이지 정도) 전면 삭제되었다. 그리고 같은 61쪽에 "공연한 짓을 했다 옛날 원고를 꺼내본 것이 잘못이었다고 그는 후회하는 것이었다"가 생략되었다.
　이 부분은 주인공 기호가 과거 동경유학시대에 동거동락했던 경석의 송별회를 마치고, 집에 돌아와 우연히 떠올리게 된 추억과 관련된다. 과거 뜻을 함께 했던 친구가 서울생활에 적응하지 못하고 낙향하는 모습을 보면서 기호는 주의나 사상과 상관없이 오로지 문학을 지망하고 열망했던 P대학 예과 시절을 떠올리게 된다. 이 시기 문학에 대한 뜨거운 열정이 반영된 (문학)원고의 내용은 소설에서 네 페이지에 달하는 데 이 대목이 전면 삭제된 것이다.
　삭제된 부분에는 네 편의 문학작품이 실려 있는데, 첫 번째 작품에는 "젊은 날의 꿈은 지나"버렸다는 상념에 휩싸여 눈물을 흘리는 시인이 등장한다. 눈가에 주름이 잡힌 이

복고취미로 쓴 것이 아니라 '새것' 앞에 그림자같이 사라져가는 '옛것'에 대한 만가輓歌의 뜻으로 썼던"[16] 소설이다. 그래서 과거의 전통을 지닌 인물과 새로운 세대 간의 연속이 단절되는 모습으로 그려진다. 하지만 보다 더 중요한 것은 이 현실에 대한 인물의 태도다. 왜냐하면 유진오의 시국을 바라보는 인식이 드러나기 때문이다. 이 시기에 임화는 「세태소설론」(『동아일보』, 1938.4.2)을 쓰고, 백철은 「지식계급론－사실의 세기」(『조선일보』, 1938.6.3)를, 최재서는 「사실의 세기와 지식인」(『조선일보』, 1938.7.2)을 발표하고 있었다. 즉 발레리의 영향을 받은 지식인들이 이론보다 '사실'이 선행하는 현실 앞에서 머뭇거리고 있던 상황이다. 따라서 이런 머뭇거림을 해소하기 위한 지식인의 대응과 그 사유는, 이 시

인물을 기호는 시인 이백으로 설정하고 그 비수(悲愁)를 잘 드러내고 있다. 두 번째는 옥스포드 대학에서 쫓겨났던 '쉘리'와 희랍을 근심하는 강개격월의 노래를 읊던 열혈의 '바이론'이 어디 있는가 하고 질문을 던지며, '스페치아'의 바다와 희랍의 들에 퍼졌던 피의 싸움은 머나먼 옛날의 꿈이 되어버렸다는 내용의 짧은 글이다. 세 번째는 두명의 순례자가 문답하는 형식으로 구성된 희곡작품으로 순례자는 영원의 탑을 찾아가고 있다. 그러나 이들만의 탑은 대학에도, 교회당에도 없다. 영원의 탑은 동그란 지구덩이 위에는 세울 수 없는 것이다. 다시 말해 이들은 영원의 탑에 거의 가까워졌다고 말하지만 그 욕망에 닿을 수 없는 본원적 현실을 재확인할 따름이다. 네 번째는 자존심을 가지고 선진(先進)을 두려워하지 않는 자에게 진보가 있다는 맥락으로 작품이 시작된다. 이어서 화자는 폭군을 혼내는 '쉴러의 극'을 들면서 극의 독재자(獨裁者)보다는 도로소제부를 대할 때 더 큰 존경을 느낀다. 현실에서 미비하지만 실질적인 행동의 가치를 높이 평가하는 것이다. 이러한 인식은 파우스트와 나폴레옹에 대한 평가로 이어진다. 신과 같지 않고, 먼지를 파고드는 벌레와 같다고 외치는 파우스트의 독백과 달리, 나폴레옹은 위대한 행동자로서, 괴테를 그 앞에 무릎 꿇게 만들며 신을 닮은 존재로 현현하게 된 것이다. 이 삭제된 부분은 그 회상이 단순하게 젊은 시절의 감정만을 보여주기 위해서 쓰인 것이 아니다. '후회'하는 그 내면이 보여주듯 역사 앞에선 지식인의 좌절이 표출된 부분이다. 따라서 그 성격을 「창랑정기」와 마찬가지로 '새것' 앞에 사라져가는 '옛것'에 대한 만가로 해석할 수 있다. 이 부분이 일본어본에서 삭제된 것은 당시 일본문학계에 소개하기 위해서 일본인들이 꺼려할만한 민족주의적 자의식 내지 조선문학의 '쓸쓸함' 등이 드러난 부분을 지우려했던 것으로 이해할 수 있겠다.

16 유진오, 『젊은 날의 자화상』, 박영문고, 1976, 144쪽.

기의 현실 인식과 밀접히 연결되어 있었다.

자수성가했다고 여기는 유진오가 만가를 부르며 전통의 소멸을 애기할 때, 여기에는 조선문명의 저열성이 전제되고 있다. 그리고 이런 조선민족이 급변해가는 시국에 적절히 대응해 나갈 수 없는 상황에 이르렀을 때, 유진오는 현실을 '사실' 그대로 받아들이게 된다. 그는 변화한 창랑정의 모습과 떠가는 여객기의 모습을 대비하면서 '일본 제국주의'의 힘과 그 힘에 창도되는 역사의 필연성을 인정한다. "군센 현실" 앞에서 아무것노 할 수 없는 개인이 운녕을 받아들이는 식으로 ⊥는 입장을 정리하고 있는 것이다.

'사실'의 세기에서 절필이든 여타 무엇이든 지식인의 앞에 놓인 것은 '결단'이었고, 현실 속에서 숨 쉴 수 있는 새로운 논리가 필요했다. '나'가 발견한 찬란한 순금 장식의 칼은 조선의 몰락한 현재를 재현하고, 한문책만 읽고 있던 사촌형 종근의 기생오입은 청랑정의 쇠락을 필연화한다. 이 작품은 성장한 '나'가 추억의 공간을 회상하는 형식으로 구성되고 있는데, '나'가 성장한 후에 창랑정을 찾아가서 확인한 것은 전통의 단절과 문명의 쇠락을 재확인하는 것에 지나지 않는다. 따라서 유진오의 전통문명 인식은 화초풍월을 벗 삼아 골동품을 어루만지며 만족하는 골동품 감정인의 상고주의와도 다르다. 이것은 4절에서 살펴볼 「가을」에서도 확인할 수 있다.

3. 현실 변화와 참여의 동인

현실에서 역사의 필연을 목도한 유진오가 현실을 어떻게 대응하느냐는 그의 주체인식과 문인으로서 가지는 소명이 실마리가 될지도 모른다. 그는 1938년 1월 1일 이원조와의 대담에서 "레알리즘"의 주체를 말한다.

> 개인으로서가 아니고 사회적이요, 역사적인 주체인데 특히 우리가튼 立場에 잇는 사람은 環境이라든지 전통이라든지 교양에 잇서서 그러한 주체를 준비하도록 되지 못한 때문에 우리가 理論이나 理智의 힘으로는 그러한 주체가 되어야 한다고 생각지마는 문학이란 이론이나 이지의 힘만으로는 되지 안흐니까 거기에 작가적 고민이잇섯요.[17]

그에게 문학이란 현실을 구성하는 것이기 때문에 거기에는 반드시 작가의 주관이 존재해야 했다. "산문정신이란 모랄"을 전제로 하기 때문이다. 문제는 생활이 없이 "이론이나 이지의 힘"만으로는 진정한 문학이 산출될 수 없다. 그렇지만 유진오는 "苦憫을 살려서 자기 자신의 시류에 자각을 갓게 되고 그 자각 하에서 창작을 한다면" 최상급은 아니지만 의미 있는 작품을 제작할 수 있다고 주장한다. 이에 대해 이원조는 그의 견해가 김남천의 고발의 정신과 비슷하지만, "작가가 제자신

---

17 「산문정신과 레알리즘」, 『조선일보』, 1938.1.1.

을 현실로 보는 것이니까 亦是 작가의 눈이라는 것은" 문제라고 지적한다. 유진오는 자신의 논리가 "현재의 입장을 합리화"하는 도구가 될 수 있다는 점을 인정하지만 그 이상의 대안을 제출하지는 못한다. 그러나 현실의 제약 속에서도 "인간성을 옹호하는 문학정신"을 유지하고 고민하는 흔적이 엿보인다.

문학자로서 가지는 이러한 고민과 함께, 그는 앞에서 조선문화의 발전을 바라는 자신의 바람을 밝힌 바 있다. 내선일체가 발아되고 1938년 4월 국가총동원법이 시행됐으며 그해 7월에는 국민정신총동원조신연맹이 결성되는 시국 속에서 그의 욕망은 어떤 굴절을 하게 될 것인가. 이 문제는 그의 현실 참여 인식에서 드러난다. 유진오는 1942년 "所與의 환경 속에서 가능한 최선을 다 해"[18]야 한다고 말한다. 시기 차이가 있지만 "所與의 환경" 속에서 조선문화를 고려했을 때, 그 문화를 문학이 대표한다면 문학의 발전을 모색하는 유진오의 이후 몸짓을 예상할 수 있다.

중일전쟁(1937.7.7) 이래 1938년 중반 이후 "所與의 환경"은 전시체제로 더욱 강화되었고, 1938년 10월 무한삼진 함락 이후는 장기화된 전쟁을 타개하기 위해 일본이 새로운 논리를 제출한 시기였다. 1938년 6월 소화연구소를 대표하는 미키 키요시가 '동아협동체론'을 제시하고, 11월에는 고노에 내각이 '동양신질서건설성명'을 발표했다.

이 동아협동체론은 "所與의 환경" 속에서 목소리를 내고 싶어 하고 조선이라는 민족을 유지하며 나아가 독립까지 원하는 많은 지식인들에

---

18 유진오, 「環境」(『매일신보』 1942), 『구름 위의 만상』, 一潮閣, 1966, 164쪽.

게 협력의 명분을 제공했다.[19] 유진오 역시 1938년 11월에 있었던 '춘향전' 관련 좌담회부터 그 전과는 다른 입장의 언설을 하기 시작한다.[20] 실제 자신의 체험에서 소설의 소재를 많이 끌어오는 그가, "조선인 문인들이 종군에 참여하는 게 어떠냐"[21]는 하야시 후사오林房雄는 말에 대찬성을 한다. 그러면서도 조선의 독자적 문화를 유지하고 진정한 문학을 하기 위해서는 "조선의 문자를 기반으로 한 문학행위"밖에는 없었다. 특히 1938년 3월 조선교육령으로 조선어가 隨意교과로 전락하는 것을 목도하면서도 유진오는 "조선어는 결코 사라지지 않"는다고 주장한다. 이 좌담회에 참여한 이태준을 비롯해서 유진오에게 여전히 조선어는 조선의 독자적 문화를 영속하게 하는 유일한 기제였다.

---

19 서양의 근대를 초극한다는 의미에서 도출된 동아협동체론은 자신이 비판한 서구 근대의 보편성 담론의 또 다른 모델이라는 점에서 한계가 있었다. 그러나 이 담론은 조선의 지식들이 민족적 차별에서 벗어나 보편적인 주체로 신생할 수 있는 상상을 가능하게 했다. 그리고 그것은 식민지인들의 대륙으로의 인식론적, 신체적 지리이동과 결부되었다. 일례로 1939년 4월 박영희, 임학수, 김동인은 조선문단을 대표해 전선기행을 떠난다. 이 여행은 조선인을 대륙을 정복하는 의사—제국주의자로의 전환을 가능하게 한 경험이었다. 한편 사회주의 계열 지식인들은 동아협동체론을 제국 안에서 민족관계의 재설정 논의로 전유했다. 그러나 동아협동체론이 제기한 민족간 협화와 보편적 주체로의 신생은 제국 내부에서도 관철될 때에만 진리일 수 있었다. 헤게모니 담론이 자기 정당화를 위해 근거로 삼았던 논리의 모순이 드러나자 서인식은 첩거하고 박치우는 절필했다. 이와 달리 모더니스트들은 파리 함락(1940.6)과 함께 인식의 변화를 보인다. 김기림은 동양론을 매개로 세계사적 신원리로 모색하며 신체제 안에서 '조선문화'를 보존하려는 논리를 구사한다. 보편성과 조우한 민족문화의 독창적 문화로 '조선문화'를 자리매김하는 것이다. 최재서의 경우에는 문화가 순수하게 발달할 수 있다는 문화주의적 사고를 부정하고 문화의 국가성(문화의 국민화)을 강조한다. 동양론에 대해서는 정종현, 『동양론과 식민지 조선문학』, 창비, 2011을 참조.
20 유진오에게 장편소설은 「화상보」와 「수난의 기록」이 있는데, 1938년 1월부터 실리는 「수난의 기록」은 『삼천리문학』, 『삼천리』에 연재되다가 1938년 12월의 글을 마지막으로 중단하게 된다.
21 「조선문화의 장래와 현재」, 『경성일보』, 1938.11.29~12.8. (친일반민족행위진상규명위원회, 『친일반민족행위관계사료집』 XV, 선인, 2009, 43쪽)

그런데 유진오는 여기서 더 나아가 1939년 1월[22]에는 1938년 중후반까지 계속적으로 주장하던 기존 문학론을 버린다. 이전 홍명희와의 대담에서는 전통 기반이 미약한 상황에서도 어느 정도 자수성가를 이루었다고 평가했다면, 이 시점에서는 "그 성과라는 것이 세계문학의 계열에의 비약이라는 측면에서는 前途遼遠"하다고 결론을 내린다. 그러면서 유진오는 몇 가지 흥미로운 자신의 평가들을 덧붙인다.

그는 사회주의문학은 역사적 필연이었고, 세계문화의 발전 수준과 보소를 맞추는 가치가 있었나고 평가한다. 또한 과거의 이원조와의 내담에서 그가 김남천의 고발문학론을 지지하는 발언을 한 것과 다르게, 그런 것들은 "自嘲의 문학"이라고 폄하하고 "패배의 문학"이라고 한다. 그러면서 유진오는 현실은 사실의 세기이며, "모랄과 철학적인 통일로써 위대한 문학"이 제작 불가능한 시대에서 "시정을 편력하여 그곳에서 영원의 인간상을 발견"해야 한다고 주장한다. 산문정신에서 기본적인 요소인 모랄이 필요하다고 했던 그가 모랄을 부정하는 것은 문학정신의 포기를 의미한다. '사실'의 세기라는 권위에 굴종하여 현실을 역사적 운명으로 받아들이는 것은 산문정신의 실종을 뜻하기 때문이다. 주관을 배제하고 일상 속에서 영원한 인간상을 찾으려는 그의 시도는 그 자체가 모순일 뿐만 아니라 당대의 일상을 엿본다면 인간상을 도출할 수 있을지 의문이다.

어찌 됐든 문학론의 변화는 그의 역사인식의 산물이다. 실제로 그는 이 무렵인 1939년 2월 25일에는 전체주의 법에 대해 글을 쓰고, 5월

22　유진오, 「조선문학에 주어진 새 길」(『동아일보』 1939년 신년호), 『구름 위의 만상』, 一潮閣, 1966, 349~360쪽 참조.

10일에는 문화의 위기를 역사적 맥락에서 분석하고 전망한다. 이 전망은 "역사적 필연"이었던 사회주의와 마찬가지로 1938년 말에 그가 "역사적 필연"으로 접한 동아협동체론의 논리와 관련되어 있었다. 유진오뿐만 아니라 이미 조선의 역사철학자들 역시 이러한 지적 자장 속에 있었다. 그 대표 주자인 서인식은 유진오와 비슷한 시점인 1939년 2월 21일 전체주의 역사관에 관한 글을 남겼다.

> 전체주의 사관이 적어도 장래할 인간의 영도사관이 되려면 그는 한 민족의 특수사와 제국민의 보편사를 합리적으로 연결할 수 있는 구체적, 보편적 원리를 가진 사관이 되지 않으면 안 될 것이다. 그러나 지성의 용인을 얻을 수 있는 그러한 사관이 그 입장에서 과연 가능할까?[23]

서인식은 공간성을 강조한 코우야마 이와오의 '문명충돌론'이 아닌 시간성을 강조한 미키 키요시의 영향 안에서 사유하면서도 식민지 현실 위에 서 있는 자신과 조선민족을 의식한다. 동아협동체론이 조선이라는 식민지에서도 적용이 가능해야 그 이론의 실효성이 확보될 수 있다. 그러나 이 논리는 전쟁이라는 상황에서 일본의 개조든 전쟁의 확장이든 가로막힌 일본의 길을 타개하기 위해 나온 이론이며 전체주의적 요소를 동반하고 있었다. 그래서 서인식은 부정적인 시선으로 상황을 바라보고 있다.

유진오 역시 이 전쟁이 불러온 전체주의적 요소를 인지하고 법학자

---

23 서인식, 「전체주의 역사관」(『조선일보』, 1939.2.21), 차승기·정종현 편, 『서인식 전집』 I, 역락, 2006, 168쪽.

답게 법의 측면에서 접근한다. 그의 관점에서 문화는 자유를 동반자로 상정하지만 각종 전체주의법과 실질적으로 생활을 통제하는 애국반 등은 이러한 자유를 억압하기 때문에 이 시대는 "문화의 위기"를 맞고 있었다.

　A : 이것은 무엇에 원인함인가. 대체로 오늘의 전체주의라는 것이 반드시 이론적 思辨에서 파생한 것이 아니라 보담더 실천적 필요에서 나온 것이기 때문이다. 오늘날 선체주의는 인류에게 공통되는 무슨 추상적 일반적인 시정에 적응하는 '지역적' 원리로서 간주되고 있는 것이다.[24]

　B : 그의 보편 인류적 단체관념이 인류의 역사적 발전단계에 相應하지 못하는 一個 신氣樓엿다는 것 ― 이점을 관파한 점에 잇서서 '칸트'는 역시 慧眼을 가젓섯다할 것이다 ― 이 漸次로 綻露된 것이 그것이다. 문화의 밋바침이 되는 물질문명의 발전이 그러한 尨大한 꿈을 실현시키기에는 아직 距離가 먼 것이다. 비행기가 지구의 面積을 좁혓다 하지만 우리의 일상생활과는 아직 因緣이 멀다. 동경 안저서 伯林이나 倫O잇는 사람하고 電話로 직접 말을 주고밧고 한다 하지만 그런 일이 잇슬적마다 신문에 특별기사로 취급되고잇는 현상이 아닌가. 이리해 이곳에 개인 밋 그것을 기초로 한 국가에서 세계국가로 飛上하기 전에 현국가를 초월하는 그러나 지역적인 단체관념이 誕生하는 것이다.
　'게르만'적원리가 돌보아지기 시작한 것은 정히 이러한 시기의 요구엿든

24　유진오, 「전체주의법 이론의 윤곽」, 『조선일보』, 1939.2.25.

것이다. 즉 그것은 한편으로는 개인의 권위 대신에 단체의 권위를 내세우는 동시에 한편으로는 보편인류적인 단체 대신에 지역적 단체를 내세우므로써 개인주의의 破綻을 구하라는 것이다. 이리해 나는 단체주의로써 개인주의에 대한 한 '안티체제'로보고 문화의 부정적 원리로 보는 것이나 동시에 보담 노픈 단계로 이행키 위한 한 단계라는 意味에서 그것의 역사적 발전적의 미도 보는 자이다.[25]

그러나 자유를 억압하는 부정적 측면에도 불구하고 A에서 나타나듯 그는 전체주의를 "실천적인 필요"에서 나온 것으로 파악하면서 "인류에 공통되는, '지역적' 원리로서 간주"된다고 평가했다. 그리고 이 '지역적' 원리는 B에서 이해할 수 있다. 유진오는 서구에서 이성이 극도로 발전하면서 잠재하고 있던 문제점들이 나타나고 이것이 국가간 충돌의 근원이 되고 있다고 지적했다. "인간의 이성에 최고 권위"를 두고 있는 "개인주의"의 한계는 이 개인주의가 상정하고 있는 "보편 인류적이라고도 할 성질의 세계단체 세계국가"의 실현 가능성에도 의문을 던지게 한다. 그리고 이 문제점에 대해 유진오는 B에서 물질문명이 낮은 현실에서 기인한 것으로 규정하고 있다.

그래서 그는 "개인의 권위 대신에 단체의 권위를" 내세우면서, 이 지역적 단체가 '파괴되고 있는 개인주의'를 오히려 구원할 것이라고 말한다. 이런 관점에서 '단체주의의 대두'는 역사발전에서 필연적으로 동반할 수밖에 없는 발전단계가 된다. 이것은 전체주의를 경계했던 서인식

---

25 유진오, 「문화의 위기와 그 초극」, 『조선일보』, 1939.5.10~13.

과 다른 입장이다. 유진오는 '대동아공영권'을 위한 동아시아의 연대 가능성을 일면 긍정적으로 평가했다고 볼 수 있으며 그 견해는 미키 키요시의 '동아협동체론'보다는 태평양전쟁기 교토학파의 '세계사의 철학'에 가까운 논리였다.[26] 유진오는 식민지 지식인으로서 조선 독립을 고민했겠지만, 또 한편으로는 "所與의 환경"에서 조선민족을 유지해야 한다는 명분 아래 '일본 제국주의'를 인정한 부분도 있었다.

4. 전통으로의 귀환과 식민지 조선

이와 같은 역사인식과 문학론의 변화의 지점에서 유진오가 쓴 작품이 「가을」(『문장』, 1939.5)이다. 조선을 문명의 미달태로 인식하는 그가 일본이 만들어 놓은 지의 자장에서 어떤 문학을 새롭게 할 수 있을 것인가. 소설 「가을」은 사라져가는 전통을 보내는 만가의 맥락에서 쓰였고, 이 시기 그가 주창한 시정편력의 문학작품이기도 하다. 동아협동체 안에서 조선만의 독자성을 인정받기 위해서는 조선문화의 수준이 높아져야 했다. 식민지 상황에서 조선이 지역국가로 성장하는 일본에 물질적으로 내세울 수 있는 것은 없기 때문이다. 그렇다면 작가는 조

---

26 참고로, 일본에서는 마르크스주의로부터의 전향자가 "헤겔＝마르크스주의적 발전론을 변형하고 그러한 아시아를 해방시키는 것을 '세계사적 사명'으로 삼으면서 일본의 제국주의를 정당화"한 측면이 있다. 가라타니 고진, 송태욱 역, 『현대 일본의 비평』, 소명출판, 2002, 188쪽.

선의 삶의 태도나 그에 기반한 민족의 문화유산 등을 포괄하는 조선문학을 보여줄 수밖에 없다. 참여의 본질은 자신뿐만 아니라 상대방에게 인정받고자 하는 욕망에 있으며, '일본적인 것'이 강조되는 시점에서 내세울 수 있는 '조선적인 것'은 조선이 가진 '전통'밖에 없다. 그래서 그는 전통을 떠나보내는 작품을 썼지만 실제로 다시 전통으로 회귀해야만 했다.

> 日暮飛鳥還
> 行人去不息
> ─ 王維[27]

소설 「가을」은 「창랑정기」와 다르게 당대 현실을 바라보는 37살의 '기호'의 시선에서 조선의 문화를 포착한 작품이다. 과거 젊은 혈기로 운동에 뛰어들었다가 이제 현실의 삶에 잘 적응하지 못하고 시골로 낙향하는 '경석'이라는 친구의 우울한 송별회가 작품 전반의 정조를 지배하고 있다. 이 소설에는 독특하게 인용과 같은 한시가 들어있다. 왕유의 이 한시는 본래 '임고대臨高臺'라는 오언절구로 그 일부를 가져온 것이다. 전문은 다음과 같다.

> 相送臨高臺　　그대를 전송하기 위해서 높은 대에 올라보니
> 川原杳何極　　산야는 아득하여 끝간 데가 없네

---

27 유진오, 「가을」, 『한국소설문학대계』 16, 동아출판사, 1995, 173쪽.

日暮飛鳥還　　거기에 해는 벌써 저물어 나는 새도 돌아드는데

行人去不息　　그대는 어찌하여 영원한 나그네길에 쉴 줄을 모르는가

친구와 이별하는 정회를 이처럼 절실하게 읊어낸 왕유의 한시는 낙향하는 친구를 떠나보내는 기호의 애잔한 심정을 잘 반영하고 있다. 왕유의 것을 포함해 모두 4편의 한시가 들어가 있는 이 작품은 유진오가 말한 만가의 내용을 이해하는 실마리가 된다. 한시를 포함한 한문학은 향가, 시조의 계보를 가진 조선문학과 함께 조선의 전통적 문화의 기반이었다. "한자문화에 관한한 일본에 선배요 스승격"[28]이었지만 식민지로 전락하면서 신문학을 배우고 자란 세대들에게 전통은 부정과 멸시의 대상이었다. 어릴 적 한문학을 배우고 자란 유진오 자신도 옛것에 품은 혐오를 지울 수 없었다. 그래서 "일본의 신문학은, 짙은 한문학의 영향 밑에서 출발했지만 조선의 신문학에서는 한문학의 영향이 극히 희박해"진 현실이다.

이런 인식은 당시 고전의 발견과 연결된다면 생산적인 논의를 더 할 수 있었을 것이다. 그러나 유진오가 다시 한문학의 부흥을 기대한 것은 아니다. 일본과 같이 근대문명사회를 이룬 사회를 따라가기 위해서는 "단순한 교양이나 고전의 지식만으로는"[29] 한계가 있었다. 대학에서 근대 지식을 전달하는 그에게 한문학의 쇠락은 이제 역사적 필연이었다.

한시를 읊조리는 기호가 경석의 송별회에서 만난 친구들은 광산브로커나 엉터리 잡지사 사장이며, 심지어 동균은 내지인 광업가의 집에

28　유진오, 『젊은 날의 자화상』, 박영문고, 1976, 146쪽.
29　위의 책, 254쪽.

드나들며 상당히 자리를 잡은 인물이다. 과거 운동을 함께 했던 이들의 변모를 보고 그가 "청운의 뜻"을 품었던 시절을 떠올리는 것은 사회주의를 떠나보내는 만가를 연상하게 한다. 그리고 이 친구들은 오히려 경석에게 "적극적으로 살 것을 권한다." 이들은 "所與의 환경"에서 살아가는 유진오가 만든 인간상이다. 유진오는 앞에서 '사실'의 문학에서 영원한 인간상을 찾아야 한다고 주장했으나 그것이 가능한지 다시 질문하게 만드는 인물들을 계속해서 내세운다. 작품 후반에 등장하는 열혈남아 태주는 "돈이 최고"라고 외치며 만주와 북지를 돌아다니는 인물로 "밀수입, 아편장사, 계집장사, 황군의 어용상인" 등 온갖 수식어가 따라다닌다. 또한 기호가 길거리를 거닐다 찾아간 홍림 역시 이들과 다르지 않다. 스스로 "세상을 버린" 그는 문화주택을 지어 놓고 인생을 즐기는 화가다. 기호는 그를 보면서 "가장 현명하게 세상을 살아가는 사람"일지도 모른다는 생각을 한다.

그런데 화가 홍림과 삶에 침잠한 기호가 '문화'를 해석하는 데서 충돌하게 된다. 홍림이 "동양적인 정서"가 흐르는 음악 "코카서스의 풍경"을 들으면서 "요샌 웬일인지 이런 이국적異國的 동양적인 것이 좋"다는 말을 했다. 그러자 기호는 자기도 모르게 "그것도 시세요 유행이니까"라는 말을 내뱉고 만다. 기호는 홍림의 불쾌한 낯을 느끼며 자신 역시도 그를 찾기 전에 창경원을 지나면서 그 처마의 아름다움에 넋을 잃었던 상황을 떠올린다. "보통 때는 때묻어 보이고 무겁고 둔해 보이는 추녀였으나" 웬일인지 그날은 "무슨 아름다운 꿈을 품고 금시로 푸른 하늘로 내닫을 듯이나 가볍고 산뜻해 보"였다.

하기는 비단 건축뿐 아니라 근래에 와서 기호의 이르는 곳에서 전에는 당초에 생각해 본 일도 없는 조선적인 아름다움을 하나씩 둘씩 느끼기 시작하는 것이었다. 쓰레기통 속같이 더럽고 지저분한 것만이 우리의 전통적인 생활이라고 생각하던 그로서 우리의 할아버지, 또 그 할아버지가 사실은 진주보다도 더 아름다운 것을 그 속에 남겨 놓으셨다는 것을 발견하는 기쁨은 또한 큰 것이 아닐 수 없었다.[30]

기호가 말한 "유행"[31]이라는 대목에서 유진오가 동양적인 것 혹은 전통담론에 경계를 하고 있었다는 평가가 가능하다. 물론 "지금까지 모든 교양을 조선의 전통과는 아무 관계없이 받고 쌓고 해온 기호"로서는 이런 전통의 발견이 조선의 재발견으로 이해되는 측면이 있다. 그러나 추녀를 바라보고 감탄하는 장면들에서 '조선적인 것'을 크게 강조하는 듯 보이지만, 유진오는 "(조선의) 석불·정자는 소박하고 초라한 것쯤"[32]에 불과하다고 말했다. 그리고 홍림과 기호가, 동양적인 곡조의 음악을 느

---

30 유진오, 「가을」, 앞의 책, 168쪽.

31 "일본의 프로 文壇에서도 소위 轉向時代가 온 것은 벌써 1935년 전후의 일이다. 주목을 해서 월간지에 나오는 작품이나 논문들을 읽어보면 그 전향 이야기는 이미 지나간 묵은 이야기가 되고, 훨씬 右向을 하여 일본적인 국민문학을 위한 운동으로 가고 있는 것이 눈에 띄었다. 그 운동의 특징은 復古主義인 것이었다. (…중략…) 그 復古思想이 단순한 내용이 아니고 당시의 日本精神이라고 해서 時代色을 띠었던, 그들의 국수주의적인 입장이 背在되어 있는 사실을 간파할 수 있었다. 그러나 그들의 古典復興論이 이런 면으로 변해간 것은 1939년(日本年代로선 昭和 14년) 이후, 中日戰爭이 확대되어 차츰 세계대전의 도화선으로 되어가고 있던 시절, 그들의 표현을 빌면 '支那事變이 長期戰化'하고 있던 때의 이야기요, 그 전쟁의 초기에는 더 순수한 의미에서 일본문학의 古典論·傳統論이 정치위기에서 탈출하는 일종 逃避口로서 제안된 뜻이 있어서 편견 없이 받아들여지던 것이다." (백철, 『문학자서전』 前篇, 박영사, 1975, 410~411쪽) 서구 근대 초극 속의 일본 전통담론이 전쟁 초기에 다른 맥락에서 수용되는 상황을 보여주고 있다.

32 유진오, 「山中獨語」, 『인문평론』, 1939.10, 95쪽.

끼고 미약하지만 처마에서라도 전통을 발견하게 된 요인에는 서양의 근대를 초극한다는 의미에서 도출된 '제국 일본'의 담론의 영향을 전제하지 않을 수 없다. 이런 인물군이 하는 전통의 발견이라는 것도 '자기만족'의 범위에서 벗어나지 않는다. 그렇다면 유진오가 발견하고 제시하려한 '조선적인 것', 조선의 전통은 유명무실한 것일까.

실제로 기호가 처마에서 "경이와 찬탄과 기쁨의 빛"을 발견하고 있을 때 경성거리는 일본 문화의 영향 속에 있었다. 유진오가 '사실'의 세기를 운명으로 받아들였을 때 그 '사실'에는 일본이나 대동아로의 진전이 함유되어 있다. 조선이 중국의 영향을 받았듯 식민지 현실에서 일본 문화의 영향은 자명한 것이기도 하다.

"왔쇼! 왔쇼!"

소리는 점점 가까워지며 내내 기호의 눈앞에 아이들 무리가 나타났다. 오미고시 장난을 하는 것이었다. 맨 앞에 좀 큰 아이가 서고 새끼줄을 두 갈래로 늘여 그 새끼줄에 좀생이들이 청어두름 모양으로 주렁주렁 매달려서 왔쇼! 왔쇼! 소리를 치며 뛰는 것이었다. 새까맣게 더러운 남루한 옷을 걸친 것으로 보아 소학교에도 다니지 못하는 이 근처 행랑이랑 남의 집 곁방이랑에 사는 사람들의 애들임에 틀림없었다. 그러나 애들은 의기가 등등해 지나가는 어른들에게도 막 부딪쳤다. 기호는 아이들을 피하느라고 잠깐 길 옆으로 비켜 섰었으나 웬 아인지 하나가 달려들어 구두를 질컷 밟고 뛰어 지나갔다.[33]

---

33   유진오, 「가을」, 앞의 책, 172쪽.

기호가 길거리에서 만난 하층계급의 아이들은 학교에서 황민화교육을 받지 않더라도 경성에 퍼진 일본문화를 체화하고 있었다. 특히 "경성신사의 추기대제"를 접하면서 아이들은 호방함을 키워나갔고 그 경험을 다른 계급에 대한 적대감으로 표출했다. 그래서 아이들이 기호의 "구두"를 밟고 떠나자 기호는 "등까지 싸늘해지는 바람이 얼굴을 획 스치"는 것을 느낀다. 이것은 겨울로 접어드는 길목에 느끼는 추위이기도 하지만 새로운 문화 속에 자라나는 아이들의 모습에서 느끼는 기호의 스산함이 더 본질적이다. 아이들이 외치는 "왔쇼"라는 소리 자체가 낯설지 않았을까.

이런 상황에서 마지막 인물로 "所與의 환경"속에서 진정 열심히 살아가는 "수남아범"이 등장한다. 태주가 바에서 돈을 탕진하고 있을 때, "5년 전 돌아가신 기호의 아버지와 동갑"인 수남아범은 "바짝 굽어 버린 잔등"의 모습으로 인력거를 끌고 있다. 그의 아들은 "십 원"이라는 적은 돈을 벌기 위해 "삼 년 전 함경도 나진"으로 떠나 지금은 얼굴도 보지 못하는 상황이다. 기호부모가 죽고 수남어멈이 세상을 떠나는 순간까지 근 40여 년 동안 인력거를 몰았지만 여전히 그 삶에서 벗어나지 못하는 수남아범의 모습에서 기호는 "이것이 인생인가"하는 질문을 던질 수밖에 없었다.

요컨대 유진오가 현실에 착목했을 때 '전통의 발견'이란 보잘 것이 없거나 다른 계층의 사람들과 유리된 것이었다. 또한 주어진 환경에서 할 수 있는 만큼의 노력을 해야 한다는 "所與의 논리"도 엄혹한 현실 앞에서 새로운 인간상이나 문화를 보여주지 못한다. 이처럼 유진오는 열악한 삶의 조건에서 있어야 할 것을 그리지 못하는 상황에 이르면서도 조선문화의 발전을 포기하지 않는다. 문화를 강조한 그가 도달해야 할 지점은 '근대문화'³⁴였다. 그래서 유진오가 '근대문화'에 도달하기 위해서 젊은이들이 어떻게 살아야 할 것인지 고민하고 내놓은 작품이 「화상보」(『동아일보』, 1939.12.8～1940.5.3)였다.

5. 문화의 지향점, '근대문화'

「가을」에서 문화주택이 일상에 침잠한 지식인의 정신적 타락 및 쇠락을 의미했다면, 장편소설 「화상보」에서 문화주택은 화려한 사교의 장이면서 대중에게는 선망과 타락의 공간이다. 여기서 주의를 요하는 부분은 타락에서 선망으로 문화주택의 의미가 바뀌는 현상이다. 유진오의 「김강사와 T 교수」가 당대 지식인의 심정을 일부 대변할 수 있었던 것은 일본인에 대한 '불편함'을 담지하고 있었기 때문이다. 그러나

---

34 여기서 '근대문화'는 유진오가 한 말을 참조해 칭했다. 그는 "근대정신을 긍정하는 소설을 근래에 들어 2～3작품에서 시험해 보았다"고 했는데, 이 작품은 시기상 『화상보』, 「나비」, 「가을」에 해당한다.(유진오, 「구라파적교양의 특질과 현대조선문학」, 『인문평론』, 1939.11, 44쪽) 여기서 '근대문화'는 구라파문화만을 지칭하는 것은 아니다. 「화상보」에서 선진문명은 일본 과학계의 인정을 받는 식물학자 장시영과 유럽에서 소프라노로 인정받은 경아가 두 축을 이룬다. 그리고 '근대문화'를 표상하는 '문화주택'은 최고 예술인이자 대중 스타인 경아가 사용한다. 또한 이 작품에서 일본 동경은 유럽의 문명화된 대도시와 비견되는 수준이다. 따라서 물질문명은 서양과 일본을 망라한 보편화된 선진문화라 할 수 있는데 여기에 여성의 정조와 할아버지의 근검정신 등 조선의 정신문명이 조화를 이루게 된다. 이것이 유진오가 지향하는 '근대문화'의 면모라 할 수 있다. 참고로, 유진오는 세계 2차 대전 중에도 구라파 문화(의식)의 장점(자아의 각성)을 일부분 인정했다.

「화상보」에서 도쿄는 최첨단 문명국의 도시로 자리매김하고 일본인은 조선인의 조력자로 위계화된다. 이는 일본(인)에 대한 적대적인 거리감의 상실을 의미한다. 「수술手術」(『야담』, 1938)에서 작가가 S도립병원의 의사를 조선인으로만 구성한 것과도 전연 다르다. 당시 1930년대 후반 관립·도립병원에서 근무하는 조선인 의사의 비율이 일본인 의사의 5분의 1정도만을 차지하고 있었기 때문에, 소설에서 일본인 의사의 의도적인 배제가 여실히 드러났었다.[35]

그렇다면 「화상보」를 기점으로 유진오가 친일로 접어든다고 봐야하는가. 최근에는 친일 여부를 묻는 연구를 지양하고 있기도 하지만 그것을 가늠하기도 사실 쉽지 않다. 유진오의 경우 『친일문학론』의 저자 임종국의 면죄부가 상당히 큰 영향력을 행사해왔다. 그러나 유진오는 식민지 말기 "서양사상에 대항하는 의미에서 동양정신의 의의를 탐구하는 문학을 충분히 시국적이라고" 하면서 "「남곡선생」이나 「鄭선달」은 서양적 합리주의에 대해 동양적 의를 선양하고자 했던 작품"[36]이라고 밝혔다. 전자는 1942년 1월 『국민문학』에, 후자는 1942년 2월 『춘추』에 실린 작품인데, 유진오가 "서양사상에 대항하는 동양정신"이라고 진술한 것은 서양의 근대를 초극한다는 '제국 일본'의 담론과 동일선상에 있다. 친일의 여부를 떠나 그가 일본의 국책담론에 동조했다는 것을 알 수 있다. 김동인 역시 "兪는 보성전문의 교수로 학병추진 등에 不少한 노력을 한 사람이"[37]라고 평가했다.

---

35 마쓰모토 다케노리, 윤해동 역, 『조선농촌의 식민지 근대 경험』, 논형, 2011, 62~65쪽 참조.

36 유진오, 「주제로 본 조선의 국민문학」, (『조선』, 1942.10), 『한국 근대 일본어 평론·좌담회 선집』, 역락, 2009, 198쪽.

그렇다면 유진오의 국책문학은 어떠한가. 해당 작품으로는 「조부의 철설」(『반도작가단편집』, 1944.5), 「가마」(『춘추』, 1943.1), 「입학전후入學前後」(『방송放送』, 1943.1) 등이 있다. 그런데 「조부의 철설」은 1939년 7월 『가정지우』에 실린 「나의 조부의 교훈―조부의 활교훈」의 내용과 아주 흡사하다. 또한 「가마」는 유진오 자신의 가문과 관련된 민 씨 일가와 대원군 간의 임오군란을 배경으로 한 작품이다. 그리고 「입학전후」는 그가 고등학교 진학시절 했던 100미터 달리기가 반영된 작품이다. 다시 말해 그의 국책문학에는 자신의 삶이 투영되어 있어 친일의 진의조차 가늠하기 어렵다.

그럼에도 소설 「화상보」에서 식민모국 일본의 인정을 받고 영광스러워하는 장시영의 감격은 의혹을 자아낸다. 일본에 영합하기 위해서는 먼저 그들의 인정을 받을 필요가 있으며 그 전제조건이 '신뢰'다. 유진오는 일본을 향해 "조선인은 은혜를 모르지 않"[38]는다고 주장했다. 이는 그가 강제로 썼다고 한 「汽車の中」(『國民總力』, 1941.1)에서도 반복되어 등장한다. 더 나아가 이 소설에서는 지나와 내지 사이에 위치한 조선(인)의 지정학적 역할과 가치까지 역설되어 있다.[39] 지금까지 논의를

---

37 "1945년 8월 15일인가 7일인가 해서 苑南洞 어떤 집에서 「문인보국회」의 統을 이은 「문인협의회」의 發足會가 있을 때 벽초에 「이광수 제명」문제가 생겼다. 그 좌석에는 유진오, 이무영 등도 있었지만 兪는 보성전문의 교수로 학병추진 등에 不少한 노력을 한 사람이요, 李는 조선총독문학상을 받은 사람이라 아무말도 못하고 맥맥히 있었고, 이광수의 변명을 위해서는 내가 한 마디 않을 수 없는 입장에선 (…중략…)" 김동인, 「文壇三十年史」, 『김동인 문학전집』 12, 大衆書館, 1983, 348쪽. 이효석은 유진오의 성격이 "결벽"적이라고 말한 바 있는데(이효석, 「봄―유진오 저」, 『인문평론』, 1941.4, 214쪽) 유진오는 해방 후 헌법기초위원회에 참여하여 헌법을 만드는데 과거 자신의 친일행적이 논란이 되자 1949년 6월경 법제처장을 그만 두고 학교로 돌아가게 된다. 그의 성격이 잘 반영된 행적이다.
38 모던 일본사, 홍선역 외역, 『모던일본과 조선 1940』, 어문학사, 2009, 199쪽.
39 "즉 조선의 건축은 이 점에서 딱 내지와 지나의 중간에 있습니다. 저는 이 점이 중요하다고 생각하고 있습니다. 왜냐하면 건축뿐 아니라 모든 점에서 조선은 지나와 내지의 중간

종합하면 유진오는 친일의 여부를 떠나 강한 현실 참여와 '근대문화'에 대한 갈망을 드러냈다고 여겨진다.

소설은 현실이면서도 현실이 아니라는 미묘한 성질의 것이라 때를 따라서는 어느 정도의 꿈도 또한 용서될 수 잇다는 점이다. 지금까지 나는 내가 쓰는 글 가운데서 일상 너무나 침울한 세계만을 00해 왔다. 그러므로 이번 소설에서는 내 꿈이 내 현실을 깨트리지 안는 한 힘껏 화려한 꿈을 얽어보랴 한다. 나의 이 노력이 혹시 중간에서 부시지고 나의 붓끝이 도루 무듸칠는지도 모르나 그것은 반드시 내 책임만은 아니리라.[40]

해방 이후 유진오는 사회주의적 요소를 반영한 헌법 초안을 만들었다. 그렇다면 사회주의 성향을 가진 그가 갈망한 '근대문화'는 무엇이었을까. 유진오는 「화상보」에서 음악과 과학, 그리고 '문화주택'을 통해 그 모호하고 추상적인 문화에 대한 그의 감춰진 욕망을 드러낸다. 지식인과 문학이 제 역할을 하지 못하게 되어가는 현실이었지만 유진오는 그 '문학'의 형식을 통해 식민지 후반을 살고 있는 자신의 내면을 형상화했다.

「화상보」에서 경아는 구라파에서 인정받은 소프라노이며, 수원고농 중퇴 출신인 장시영은 독학으로 조선 식물학의 새 지평을 연 인물이다.

입니다. 풍습도 문화도 사람의 기질도 — 중간이라 하면 어중간하여 나쁜 듯합니다. 하지만 보기에 따라 조선은 지나와 내지의 중용을 이루고 있다고도 할 수 있다고 생각합니다. 저는 화가일 뿐이므로 그림 이외의 것은 잘 모르지만, 지금 우리나라는 동아 신질서 건설을 위해 있는 힘을 모두 내어 싸우고 있습니다. 그리고 새로운 문화를 세우려 하고 있습니다다만, 이러한 때에 조선의 특질은 반드시 무언가의 역할을 하리라고 생각합니다." 유진오, 「기차 안」, 『한국 근대 일본어 소설선』, 이경훈 편역, 역락, 2007, 77~78쪽.

40 유진오, 「화상보—작가의 말」, 『동아일보』, 1939.11.26.

이들의 존재는 세계보편에 편입하고자 하는 유진오의 욕망의 표현이며 현실의 대안이기도 하다. 소설에서 경아는 "앞으로는 조선의 노래, 옛날부터 전해 내려오는 우리들 자신의 멜로디를 다시 살려 주"[41]라는 요구를 받는다. 그리고 사람들은 장시영이 꾸준한 연구 활동을 통해 일본 학계에서도 인정받는 '제대로' 된 학자가 되어주기를 바란다. 세계보편을 향한 '민족의 가능성'이 이들에게 투사되고 있다. 이렇듯 이 소설에 나타난 조선주의 표방과 과학주의에 대한 맹종은 유진오가 추구하는 가치로 이해된다.

과학주의는 유진오가 근대주의자라는 인식을 재삼 가능케 한다. 장시영이 일본 식물학계의 인정을 통해 연구의 권위를 확보하고 학자로 인정받는 과정 그리고 그가 일본에 가서 근대문명을 꽃피운 도쿄를 보며 한숨을 내쉬는 모습은, 그가 수원에서 방화수류정의 아담한 추녀를 보며 한숨을 내쉬는 장면과 극명히 대비된다. 조선의 근대적 발전에 대한 이와 같은 욕망은 웅대한 근대도시가 된 만주의 신경에도 반영된다. 그리고 이러한 "과학정신의 발양"을 위해 유진오는 "자아의 자각에 대한 필요성을 강조한다. 조선은 민중이 스스로 자아의 각성을 할 만한 토대가 아직 안 되기 때문에, 당분간은 구라파문화를 배워 교양을 삼아야 한다"[42]고 주장한다. 그래서 유진오는 "「화상보」에 등장하는 문화식 생활에 대해 조선의 현실에는 맞지 않지만, 그런 감정과 사고의 방향으로 현실을 끌어올려야 한다"[43]고 밝혔다.

---

41 유진오, 『화상보』, 민중서관, 1959, 330쪽. 경아가 조선 노래에 관심을 보여야 한다는 근저에는 "이것이 우리 문화 전반에 요구되는, 구라파에서의 조선 아니 동양의 재발견"이라는 인식이 깔려 있다. 위의 책, 330쪽.
42 유진오, 「구라파적교양의 특질과 현대조선문학」, 『인문평론』, 1939.11, 43쪽.

이 소설의 공간과 현실의 간극은 어떠했을까. 1941년 4월 잡지 『신시대』 편집부가 교육을 받거나 직장이 있는 (중산층 이상의) 여성들을 대상으로 결혼 조건을 조사 발표했는데 항목 중에는 직업과 재산, 사상이 포함되어 있다. 그 결과 재산은 중산층 이상이고, 직업은 실업에 종사하는 분이 선호되었으며, 사상은 급진적 이념보다는 상황에 적절히 ("둥글둥글한 분") 융통성을 보이는 사람, 또는 황국신민·국가에 충실한 이가 대다수를 차지했다.[44] 이 조사에서 문화주택은 논외로 하더라도, 사상적으로 체제에 순응하는 젊은이들의 생각을 확인할 수 있다는 점이 중요하다. 앞에서 살펴봤듯 「가을」에서 문화주택은 부정의 대상이었다가 「화상보」에서 동경의 대상이 된다. 젊은 계층을 대상으로 목소리를 낸 것이지만, 작자가 그 (문명에 대한) 가치를 긍정적으로 평가하고 지향한다면, 결국 유진오 자신의 염원을 반영한 것이기도 하다. 조선주의를 표방하면서도 도쿄의 문명과 위상을 인정했듯 유진오 역시 젊은이들처럼 "所與의 환경"에 적응해 간 셈이다.

유진오는 당대 현실에서는 "1941년 6월 퇴계원에 조그만 초가집을 지었다. 명목은 소개터를 마련한다는 것이었지만 내심은 장차 필요한

---

43   유진오, 「新聞小說과 作家의 態度」, 『삼천리』 12, 1940.4.1. 이런 생각은 과거 같은 동반자 작가로 분류되었던 이효석의 생각과 견주어 볼 수 있다. 동반자 작가였던 이효석은 카프의 이갑기로부터 "너도 개가 다 됐구나" 등의 말을 듣고 순수문학으로 전향했는데 (유진오, 「이효석과 나」, 『조광』, 1942.7, 85쪽), 이효석은 조선과 고향이 초라하다는 인식을 드러내고 "누렁둥이 죠세핀 베이커의 노래에서 잃어버린 고향"(이효석, 「斷想의 마을」, 『이효석 전집』 7, 창미사, 2003, 89~90쪽)을 느낀다고 표현한다. 이효석과 유진오가 유사한 현실인식을 하고 있었다는 것을 알 수 있다. 유진오가 「화상보」를 썼다면, 이효석은 만주, 러시아, 일본을 배경으로 서구 음악 등 유럽의 문화를 향유하며 백계 러시아 여인과 사랑을 나누는 내용의 『벽공무한』(1941)을 쓴 것이다.

44   「結婚靑書」, 『신시대』, 1941.4, 172~177쪽 참조.

은둔처를 장만하려했다는 것"[45]이다. 그리고 유진오는 1945년 3월 학교연구실을 비우고 퇴계원으로 물러난다. 그렇다면 이 집이 정말 조그만 초가집인가. 그것은 알기 어려운 데 해방 후 유진오는 청량리에서 거주하기 때문이다. 다만 해방 후 유진오가 소련군을 우연히 청량리 자택으로 초대하게 된 일이 있었는데, 그때 소련장병은 유진오의 집을 보고 "서양식 집이로구나! 하고 찬탄하고는 현관 밖에서부터 군화를 벗었다".[46] 이는 하얀 타일을 밟지 않기 위한 행동이었다. 이 일을 유진오가 회고록에 담았다는 것은 그만큼 서양식 집에 대한 자부심과 갈망이 있었다는 것을 방증한다. 그리고 안함광이 자본주의적 문화로서 재즈를 비판한 것과 달리 유진오는 소련군과 재즈를 듣는다. 해방 후 유진오는 사회주의에 대해 회의하기 시작하지만 이 일을 두고 그의 사회주의에 대한 신념을 평가하기는 어렵다. 단지 미약하게나마 이것이 유진오의 삶의 질감이며 '근대문화'에 대한 그 동경의 수준을 엿볼 수 있을 뿐이다. 다만 황병주에 따르면 1950년대 유진오는 민주화를 곧 서방화로 이해함으로써 민주주의가 단지 정치제도상의 문제만이 아니라 생활양식 전반의 서구화의 문제라고 인식했다. 유진오는 '동도서기'나 '화혼양재' '중체서용'과는 달리 외관과 정신, 제도와 습속, 생활양식 일체를 서구화＝민주화할 것을 주장했다.[47] 1950년대는 식민지 말기와는 또 다른 역사적 층위에 놓여있지만 연장선상에서 이해할 수 있겠다.

---

45 독립운동을 위한 은둔처가 아니다. 전쟁의 결과를 예측하기 어려운 상황에서 유진오 나름의 대처 방식으로 보인다. 유진오, 『양호기』, 고려대 출판부, 1977, 89쪽.

46 위의 책, 152쪽.

47 황병주, 「1950년대 엘리트 지식인의 민주주의 인식−조병옥과 유진오를 중심으로」, 『史學硏究』 89, 한국사학회, 2008, 250쪽.

백철에 따르면 그가 식민지 말기에 "매일신보기자 북경지사장으로 北京에 간 뒤에 직접 兪鎭午나 林和가 자신에게 편지를 보내면서 내 신세가 부럽다는 말을 해온 일이 있"[48]었다. 거주지를 쉽게 옮길 수 없는 상황에서 고뇌 속에서 나날을 보냈을 유진오의 고통은 컸을 것이다. 따라서 문화주택에 대한 열망은 사회주의자로서 이념 부족을 드러낸 것이 아니라 식민지배의 강압이 극화된 시기에도 사그라지지 않는 인간의 욕망을 보여준다는 점에서 오히려 시사적이고 인간적이다. 해방 후 대중이 국민복·흰옷을 벗고 서서히 나양한 의복을 입은 것도 이와 다르지 않을 것이다.

요컨대 이 시기 유진오의 내면에는 단순히 사회주의 지식만이 아니라 문화주택·음악·과학을 포함한 '근대문화'에 대한 열망, 억압에서 벗어나 북경으로 떠난 백철을 부러워하는 식민지 지식인의 고민, 1944년 8월 13일 전국항복대강연회에서 「우리는 반드시 승리한다」는 주제로 강의를 해야 했던 총후국민성 등 다양한 결이 중층적으로 존재했다. 유진오를 다룰 때 사회주의와 친일 행적을 구분하고 전자만을 인정하는 것은 그 행적에 암묵적으로 면죄부를 주는 것이며, 개인의 내면을 단절적이고 (친일 논의를 피하려다 오히려) 민족주의적으로 재단(신화화)하는 것이라 할 수 있다. 따라서 문화 인식과 문학을 통해 유진오를 조망하는 것은 의미 있는 작업이었다. 제국주의에 대한 협력과 민족주의적인 저항이 그렇게 간단히 구분되지 않는다는 것을 '일제'에 반발·동화하는 유진오의 내면이 보여주는 것이다.

---

48 백철, 『문학자서전』 후, 박영사, 1975, 124쪽.

제2장

'교양', 식민화된 제국국민
그 계층 질서의 척도

한설야의 「대륙」(1939.6.4~9.24)

1. 전향과 교양

한설야의 「대륙」(『국민신보』, 1939.6.4~9.24)은[1] 만주사변과 만주국 건국
직전 만주를 배경으로 일본인 오야마 히로시와 그 친구 하야시 가즈오
의 개척 사업을 둘러싼 쟁투와 사랑을 다룬 소설이다. 식민지 말기에
만주국 건국 직전의 풍경을 소환했다는 점에서 이 작품은 일종의 기억
의 서사라 할 수 있는데 일본인을 주인공으로 내세우고 있어 피해자가
아닌 가해자의 시선으로 서사가 전개되고 있다. '식민자-식민지민'의
역학관계를 서사화할 때 피해자를 주인공으로 내세워 그 고통을 드러

---

1   이 글에서는 김재용 외편역, 「대륙」, 『식민주의와 비협력의 저항』(역락, 2003)을 텍스트
로 삼는다. 이하 인용은 인용 끝부분에 쪽수를 밝히겠다.

내지 않는 경우 그 작품은 가해자와 작가의 시선을 구분하기 어려워진다. 특히 '일본-만주-조선'의 관계에서 '만주 판타지'를 꿈꾸는 조선인 역시 직접적인 지배의 가해자는 아니지만 동조자의 위치에 서는 것으로 간주되기 쉽다. 따라서 「대륙」에서 드러나는 식민지배자의 우월적 시선이 한설야의 것도 일부 투사된 것은 아닌지 의심받기 쉽다.[2]

그러나 이 글은 식민지배자와 한설야의 시선을 구분하는 데 목적이 있지 않다. 기존 연구에서는 이 구분하기 어려운 가해자의 시선, 다시 말해 그 목소리를 통해 오히려 식민 지배 논리의 모순과 그 균열을 드러냈다는 평가가 있었다. 일견 설득력 있는 견해이나 이 작품을 『국민신보』의 독자 중, 일본인이 봤다면 어떤 합리화가 가능했을까. 대기업

---

2 「대륙」을 발굴한 김재용은 한설야가 우회적 글쓰기를 통해 오족협화라는 일본의 식민주의 지배 정책을 비판했다고 지적한다. (김재용, 『협력과 저항』, 소명출판, 2004) 그리고 서영인은 한설야가 「대륙」에서 형상화하고자 했던 것은 쉽게 정복될 수도 없고 쉽게 이데올로기화될 수도 없는 만주 대륙의 실체라고 말한다. 그 복잡한 만주의 실상 앞에서 신생 만주국이 생산하고 유포하는 이데올로기의 공허한 환상이 더 적나라하게 드러난다는 것이다. (서영인, 「만주서사와 반식민의 상상적 공동체-이기영, 한설야의 만주서사를 중심으로」, 『우리말 글』 46, 우리말글학회, 2009, 323~351쪽) 그러나 서경석은 한설야가 만주국과 오족협화를 긍정적으로 인식해, 희망에 찬 만주를 조형한 것은 아닌지 묻는다. (서경석, 「만주국 기행문학 연구」, 『語文學』 86, 한국어문학회, 2004, 341~360쪽) 와타나베 나오키 역시 민족협화와 인간개조의 「대륙」의 서사가 당시 만주와 식민지 조선의 관계를 훌륭하게 예시하고, 사람들에게 만주 유토피아니즘을 고취시킨다고 한다. 만주에서의 조선인 농민이나 지식인의 지극히 어려운 상황을 일상적인 것으로 묘사해서 그것을 등장인물로 하여금 극복하게 하려 했고, 실제로 행복한 형태로든 불행한 형태로든 그것을 극복하는데 성공했다고 주장한다. 또한 이러한 극복은 과거의 프롤레타리아문학의 전매특허였다는 설명이다. (와타나베 나오키, 「식민지 조선의 프롤레타리아 농민문학과 '만주'」, 『한국문학연구』 33, 동국대 한국문학연구소, 2007, 7~51쪽) 그러나 와타나베처럼 카프 작가의 만주형상화 양상에 주목한 장성규는 김재용의 '비협력의 저항'을 지지·재확인하는 견해를 제시한 바 있다. (장성규, 「일제 말기 카프 작가들의 만주 형상화 양상」, 『한국현대문학연구』 21, 한국현대문학회, 2007, 175~196쪽) 이렇듯 기존 연구는 한설야가 만주국을 비판/지지한다는 이분법적 인식 접근이 다수를 차지하고 있다.

이나 권력에 기대지 않고 "자유이민의 정신"(20)을 실현하려는 하야시 가즈오 등 양심적인 일본인의 고뇌는 당시 시국에서 최선의 도덕을 보여준 것으로 여겨질 수 있다. 또한 제국 간의 분쟁이 격화된 상황에서 일본의 침략이 동양 전체와 만주인의 복리를 대변하기 위한 정당한 지배였고, 일본이 만주인들을 통제하기는 하지만 진정성 있고 덕성을 갖춘 지배자였다는 인상을 줄 수도 있다. 이러한 일종의 양비론으로 일본의 만주지배가 정당화될 수 있다.

가해자의 발화가 가진 진정성을 변별하기 위해 피해자의 시선이 그만큼 중요할 수밖에 없다. 하지만 그것이 작품에 부재한 이상, 조선이라는 중간자적 내지 제국주의의 동조자의 위치에 선 한설야가 창출한 만주국 초기 기억의 서사에서 선택·배제된 것에 주목하고자 했다. 한설야는 이 작품을 쓸 때 만주 여인의 성격을 리얼하게 재현하겠다고 공헌했다. 이 말은 작품에 등장하는 일본 남성들도 실제와 가깝게 형상화한다는 의미이기도 했다. 이 인물의 실제성이 중요한 것은 기억의 '주체'가 가지는 인생관, 교양, 역사관 등이 기억의 선택·배제를 결정하는 중요한 규준이기 되기 때문이다. 인물의 성격 창조에 있어 '교양'의 고려는 필수적이었다.[3] 기억의 '주체'를 고려할 때 또 한 가지 고려할

---

3 한설야가 「대륙」을 쓰면서 여성의 성격을 리얼하게 그리겠다고 말할 무렵 같은 프롤레타리아 작가인 이기영 역시 아주 흡사한 말을 했다. 이기영은 여주인공을 "완전한 이상적으로 설정한다. 그것은 완전한 여성으로서만 아니라 완전한 인간—즉 남성까지를 포함한—내자신을 투영한—그런 전형적 인간을 그려보려 한 것이다." 또한 가공적인 이상화된 신여성과 농촌 부녀자, "이 두 여성의 특장인 육체와 교양과 이상과 여성을 융합하여 혼연한 일개 이상형의 전형적인 여성을 창조하려 하였"다고 주장한다. 그러면서 "농촌 여자를 잘 발전시켜서 새로운 성격을 창조하는 동시에 그를 사회적으로 교양과 세련을 시켜서 신여성에게까지 끌어올리는 수밖에 없다는 생각에 봉착하였다"고 한다. (이기영, 「동경하는 여주인공」(『조광』, 1939.4), 『이기영선집』 13, 풀빛, 1992, 238~240쪽) 이

사항은 그 주체의 자율성·독립성의 정도다. '주체적 존재 혹은 탈주체
화된 인물'의 여부 따라 그 인식의 성격이 달라지며 그에 따른 기억의
서사도 달라질 수밖에 없다.

「대륙」이 가해자의 시선에서 그려져 한설야의 시선과 식민지배자의
것이 겹칠 수 있다는 것과 함께, 또 하나 중요한 것은 시기의 문제다.
만주국 건국 이전을 배경으로 하고 있지만 1939년경 쓰인 이 작품은

러한 주장을 했던 이기영 역시 아직 그러한 이상적 여주인공을 창조하지 못했다는 아쉬
움을 토로했다. '교양을 갖춘 신여성'이란 설정은 그 미달을 전제하기 마련이다. 한설야
역시 여성을 리얼하게 그리겠다고 하면서 '교양'이 다른 두 여인(동경의 여인과 만주의
여인)을 설정한다. 「대륙」은 젊은 개척자가 교양이 다른 두 여인을 놓고 배우자를 고르는
서사이기도 하다. 그렇다면 이 여인의 교양을 평가하는 개척자의 '교양'을 염두에 두지
않을 수 없다. 또한 개척자가 만주에서 오족협화의 다른 이민족과 조우해 그들을 또 평가
하게 된다. 이러한 만남에서 개척자의 만주개척의 정당성을 둘러싼 '계급적 교양'(내지
진정성)이 밝혀질 것이다. 전형 창출에 이처럼 교양이 문제가 될 때 다른 작가들은 어떠
했을까. 이 무렵 이태준이 「딸삼형제」를 소개하면서 딸 삼형제가 자신의 "주관은 주장할
만 교양"을 받았다고 가정을 했으며(「장편소설연재예고 딸삼형제」, 『동아일보』,
1939.1.30, 3면) 그리고 「화상보」가 소개될 때 작가 유진오를 "교양이 強昧한 작가"로
소개하고 있으며, (「장편소설 화상보 연재예고」, 『동아일보』, 1939.12.1, 3면) 김남천은
유진오 문학의 거점을 "교양과 정조관"이라 규정한 바 있다. (「세태=사실=생활」(『동
아일보』, 1939.12.22), 『김남천 전집』I, 박이정, 2000, 564쪽) 이러한 현상은 당시 소설
속 인물 창조에 있어 '교양'이 중요한 고려 요소였다는 것을 알 수 있다. 따라서 자연히
이러한 인물을 구상하는 작가가 대작가가 되기 위해서는 '교양'을 갖춰야 한다는 논의가
이뤄졌으며(「말모르는 작가들」上, 『동아일보』, 1939.6.9, 4면), 최재서의 경우는 민중
과 작가의 거리가 '교양'에서 비롯된다고 말한다(「소설과 민중」中, 『동아일보』,
1939.11.10, 3면). 또한 안함광은 일제 말기 작가들이 고전을 돌아보는 현상을 작가가
교양을 얻기 위한 노력들로 바라봤다. (「좌담회속기……② 원대한 포부와 실제문제재검
토」, 『동아일보』, 1939.1.3, 13면) 이런 맥락에서 예술인들의 성장을 위한 교양 습득을
강조한 다음과 같은 글이 당대 분위기를 보여주고 있다. "교양이란 것이 여급이나 기생이
영화에 주연해서라든가 人妾이 생활개신론을 방송한다고 하는 그런 것을 비꼬아서가
아니라, 생활과 인간의 사이에 유기적으로 째어진 그런 의미의 교양! 다만 명작을 맨들기
위한 지식뿐이라든가 集積뿐이 아니고 한 개의 統一이라야 한다. 藝苑人으로의 統一!
지금 그 교양으로 인하여 생활이나 노력에 무서운 고독을 느낄지도 모른다. 허지만 그
고독은 높은 정신의 자기 격려요 참다운 예원인만이 향유할 수 잇는 영광인 것이다. 高九
馬, 「天上飛行」, 『동아일보』, 1939.2.11, 5면.

식민지 말기 동양론의 자장 속에 쓰였다는 연구가 제출된 바 있다.[4] 배경은 만주국 건국 이전이지만 각 인물에 투사된 사고는 식민지 말기의 것이라는 입론이다. 따라서 만주사변 무렵의 젊은이들이 개척자로 등장하지만 작품은 식민지 말기 일본인과 조선인의 사유가 투사된 기억·재현의 서사다.[5] 이러한 맥락에서 「대륙」이 대학을 졸업한 젊은 일본 지식인의 만주 개척 사업을 다룬 소설이기 때문에 이 젊은이들의 행동 사유에 식민지 말기 동양론이 어떤 결로 자리 잡고 있는지가 중요한 고찰의 대상이다.

그러나 동양론을 접하기 이전에 이미 습득한 다양한 '교양'[6]이 그 심

---

4 윤대석은 한설야의 의도가 당시 전개되고 있던 동아협동체, 동아연맹론 등으로 대표되는 동아시아 신질서론에 참여해서 그것을 변형하고자 했다고 말한다. 당시의 동아신질서론에 깊이 개입되어 그것과 사고를 공유하고 있다는 점에서 '저항'과는 거리가 멀었다는 것이다. (윤대석, 『식민지 국민문학론』, 역락, 2002, 219쪽) 이외, 김성경이 「대륙」의 만주기획을 농촌자치론(만주국의 '국민운동' 노선)과 동아협동론(미키 기요시)으로 설명한 바 있다. 김성경, 「인종적 타자의식의 그늘-친일문학론과 국가주의」, 『민족문학사연구』 24, 민족문학사학회, 2004, 126~158쪽.

5 단순히 과거를 소설의 배경으로 한다고 해서 기억의 서사라고 할 수는 없다. 「대륙」의 경우 만주국 건설 '전후'를 서사시간으로 하지만 1939년 창작시기의 당대적 가치와 담론체계가 이 작품 인물들의 사유와 형상화의 지반이 되었다는 점에서 '기억의 서사'라 칭했다.

6 왜 하필이면 '교양'이냐는 물음이 있을 수 있겠다. 「대륙」에서 젊은 개척자들이 서로 대화를 나누면서 자신들의 만주 개척을 합리화할 때 그 맥락 속에 다양한 '지적 편린-교양'(이 글의 4절에서 다룬다)을 표출한다. 이 글이 교양을 「대륙」 분석의 참조틀로 가져온 것도 (선험적으로 교양에 관심을 두고 접근한 것이 아니라) 이러한 소설 내적 맥락에서 연유했다. 식민주의적 의식이나 지식 등도 고려해 볼 수 있겠지만, 「대륙」의 개척자는 자기 주체성(자율성과 독립성)을 주장하며, 인격을 논하고, 제국의 담론인 동양론과도 연결된다. 무엇보다 전향자인 이들의 협력, 그 이면에는 전향의 논리가 동양론과 무리 없이 결합되어야 했다. 전향론의 근저에 깔린 사상, 역사관, 도덕관, 인생관, 가치관 등을 지식이나 식민주의적 의식으로 단순화하기는 무리가 있다. 또한 「대륙」의 젊은 개척자들은 자신이 습득한 '국민화된 교양'(국책담론)으로 다른 인물들을 평가하고 위계화한다. 「대륙」 내부에 존재한 계층 질서를 파악하고, 일제 말기 '동원된 주체'가 된 (원자화된) 개인들의 '교양'을 엿본다는 의미에서도 당대적 맥락을 내포하고 있다. 다이쇼 교양주의가 소화 교양주의로 전변하고 소화 교양주의의 반영물인 『학생과 교양』 등 학생총서

지의 한 영역을 자리했고 주체의 자율성과 독립성의 근거를 이루고 있었다. 그렇다면 동양론 역시 이들의 '교양'의 한 부분을 차지하고 있었을 것이다. 이 당시 국책담론의 내면화의 정도에 따라 순량한 국민의 층위가 변별되었다는 점에서, 젊은이의 사유의 바탕이 되는 '교양'(기존 지식)과 국책담론(새로운 지식)의 거리는 매우 중요하다. 이 글은 「대륙」에서 식민제국의 담론에 내면화된 일본 젊은이의 '시선'과, 일본인 간 또는 이민족간의 그 계층적 질서[7]를 결정하는 가장 결정적 준거로 '교양'에 주목했나.

이 '교양'을 구명究明하기 위해 먼저 「대륙」의 주인공들이 식민지배 당국의 논리에 어느 정도 포섭되어 있는지 살펴보고자 한다. 이 글은 침윤되어 있는 정도를 먼저 밝히고, 그렇게 되게 한 '교양'의 특질을 논하려는 기획이다. 침윤된 정도를 측정할 수 있는 두 가지 쟁점은 첫째, 개척사업의 화두인 이민족을 위한 '생활의 논리'와 그 속에 배제된 시선, 둘째 개척자의 포획하는 시선과 그 '폭력 행사' 과정에서 드러나는 지배자의 내면화된 폭력성이다.

이것은 이 글에서 '교양'을 통해 그 이면을 고찰하려는 또 다른 이유를 제기한다. 이국에서 자선·개척 사업을 한다는 것은 이민족에 대한 동정과 이민족의 고통에 기초해야 한다. 그래야만 그 활동의 진정성을 가늠할 수 있을 터인데 '일본제국' 국민들 내부에 존재하는 '교양'이 타

가 금서가 되는 1941년 무렵에 이르는 것이 교양의 간략한 변화의 궤적이다. 이것은 「대륙」에서 다이쇼 데모크라시에 대학생활을 했을 젊은이의 개척논리가 지닌 진정성을 가늠할 수 있는 역사적 맥락이다.

7   서경식은 내면화된 식민주의, 그리고 식민지 지배에서 국민들 내부에 존재한 계층 질서에 대해 따져야 한다고 주장한다. 이러한 문제의식을 이 글은 공유하고 있다. 서경식, 『고통과 기억의 연대는 가능한가?』, 철수와영희, 2009, 108쪽 참조.

인의 고통에 얼마나 공감하는지 아니면 동아의 연대라는 또 하나의 신화를 만들어가는 데 일조하지는 않았는지 '생활'과 '폭력'과의 관계 속에 다루었다.

요컨대, 이 글은 가해자의 시선에서 배제된 것들, 배제하지 않고 포획하는 시선의 폭력성을 살펴보고, 그것을 가능하게 한 개척자의 '교양'을 구명하고자 했다. 일본에서 대정기 이래 교양은 문학, 예술, 철학, 종교, 역사 등을 익혀 자아의 향상을 도모하고 인격을 도야한다는 의미였다.[8] 그러나 이 글에서 참조하게 될 가와이 에이지로의 『학생과 교양』(1936)에서 국민주의와 연동되는 교양의 의미를 알 수 있듯이, '교양'은 고정화된 것이 아니라 체제의 변동과 함께 그 내포가 변주된다. 지배체제와 거리를 유지할 수 있게 한다던 '교양'이, 협력의 원천으로도 작동하고 있다는 사실을 「대륙」이 보여준다. 그리고 그 '교양'의 잣대로 식민화된 국민, 그 계층 질서·위계가 결정되는 것 역시 확인할 수 있다. '국민주의화된 교양'이란 매개를 통해 일본 '의사 사회주의자'의 전향소설[9]인 한설야의 「대륙」에서 나타나는 (애국자로 변전한) 전향자

---

8   다이쇼 교양은 인간 개성의 내면적인 완성을 지향한다. 이것은 반정치적 내지 비정치적 경향을 지녔던 문화주의적 사고 방식이다. 특히 문학과 철학(문화) 등을 중시하고 상대적으로 과학과 기술(문명)은 경시하였다. 아베 지로와 와츠지 테츠로를 포함한 교양파는 소세키로부터 고답적이고 회의적인 요소를 포함한 인격주의의 영향을 받았다. 동시에 도쿄대학 철학과 교수로 초빙된 쾨버 박사로부터 서구적 교양과 학문적 훈련을 받았다. 그러나 특정한 사상적 중심이 없었기 때문에 이들의 내적 생활은 불안정하고 불철저했다. 무엇보다 그들의 회의정신은 자살한 아쿠타카와 류노스케의 회의만큼 철저하지 않았고 어중간했다. 다른 지식인이 봤을 때 자기보신적으로 비춰질 수 있었고 그만큼 교양주의의 주체 퇴락적 성격을 의심받기도 했다. 이에나가 사부로 편, 연구공간 '수유+너머'일본근대사상팀 역, 『근대 일본 사상사』, 소명출판, 2006, 279~285쪽.

9   이경재는 「대륙」의 하야시를 '전향 사회주의자'로 설명하고 있다. 이경재, 『한설야와 이데올로기의 서사학』, 소명출판, 2010, 249쪽.

의 그 '자연스런' 전향의 이면을 살펴보려는 것이다.

국민주의와 결합하는 '교양'의 의미는 일본뿐만 아니라[10] 조선에서도 유통되고 있었다.[11] 1939년 『인문평론』 권두언에서 만주사변에 대한 당대 문화인의 책임을 논하면서 사변으로 파괴된 구질서와 대체될 신질서를 적절히 조율하는 문제에 직면했다고 말한다. 그러면서 "全體的인 文化의 運命에 對하야 個人의 責任과 運命에서 생각하는 것이 敎養의 精神이"며, "現代는 무엇보다도 個個人의 敎養이 問題되는 時代"[12]라고 지적했다. 여기서 국민주의와 교양이 결합하고 있는 상황이 여실히 드러나고 있다.

이와 함께 한설야가 이 당시 교양을 염두에 두고 있었는지 그 여부가 고려돼야 했다. 한설야는 「대륙」을 연재할 당시 「마음의 향촌」을 『동아일보』에 기고하고 있었다. 이 소설에는 초향이 요릿집에서 '권'이라는 사나이를 만나 대화를 나누면서 "그는 상당한 교양도 잇는 사람 같다. 교양이 잇을 뿐 아니라 무슨 사물을 판단하고 해석하는 품이 남보다 조곰 앞선 것 같고 탈태한 것 같다. 결코 세속 그대로 따라가랴하지 안는 것

10　〈東京電話同盟〉 황공하옵시게도 청소년학도에 사하옵신 優渥한 칙어를 拜한 문부성에서는 이 聖旨를 奉體하야 학생생도 스스로 절차탁마대국민으로서의 敎養을 높이는 취지에서 금회 소학교부터 대학교에 이르기까지 전학교부문을 통하야 학생대를 조직하기로 되어 그 준비위원으로서 石黑次官을 위원장에 岩松비서과장 이하 관계관을 위원에 임명 23일 발령하엿다. 「全國學校에 學生隊組織」, 『동아일보』, 1939.6.25, 1면.

11　국민문화를 위한 일본총서가 식민지조선에도 발행되었다. "국민문화의 향상을 위하여 시내 嘉會洞 具乙會 씨는 五萬원의 거금을 던지어 국민문화연구소 '國民文化硏究所'를 설치하고 월간기관지로 國民文化'를 발행하기로 하여 일본정신총서, 청년교양총서, 강연회 연극, 전람회, 음악회 등 국민문화활동을 위하여 진력하리라는데 책임자는 다음과 같다. 소장 구을회, 전무 김한경, 경리부장 윤동오, 출판부 임용제 등 제씨." 「國民文化의 硏究所設立」, 『동아일보』, 1936.6.4, 3면.

12　「문화인의 책무」, 『인문평론』, 1939.11, 3쪽.

도"[13] 마음에 들었다는 대목이 있다. 작가가 기생 '초향'이라는 전형을 창출하려 했다면 작가의 교양관[14]과 별도로 당대 기생이란 계급적 지위의 여성이 가질 수 있는 '교양'관을 구성해 서사화했을 것이다.

그렇다면 「대륙」의 개척자는 일본 청년들이라는 점에서 다이쇼 교

---

13 한설야, 「마음의 鄕村」(106), 『동아일보』, 1939.11.3, 3면.

14 참고로, 『인문평론』, 1939.11(24~51쪽)에는 「교양론 특집」이 실린다. 여기에는 최재서, 박치우, 이원조, 유진오, 임화가 필진으로 참여했다. 임화는 '교양'은 무엇을 알고 있음을 의미하며 주체적 개성적인 것, 지성이라 말한다. 감성의 구비에 마다 지성이 편만하여 있는 삶이 '교양인'이다. 그 인간은 지적으로 훈련되고 수양되어 있어야 하며 일상적이고 개성적인 지식으로 체계보다는 해박함을 갖춰야한다. 무엇보다 주체성과 원만성을 구비해야 교양 있는 사람이라고 지적했다. 가령 문인은 지식을 주체화하여 문학을 개성화할 필요가 있는 것이다. 1938년 1월 1일(『조선일보』) 박치우는 지식계급의 특질을 명석한 지성(합리성)으로 규정하고 당시 문단이 사상사적 교양이 부족하다고 지적한 바 있었다. 『인문평론』에서는 교양론의 권위 케르센슈터이너(Georg Kerschensteiner)를 참조해 다음과 같이 '교양'을 정의했다. 교양이란 "언제나 새로운 가치를 솔선 받아들여 정신적 안식을 높이는 동시에 우리들의 영혼으로 하여금 영양의 윤택을 확보케 하는 넓고도 풍부한, 그럼에도 불구하고 확고한 중심만은 언제나 잃지 않게 하는 그러한 성질의 정신재 내지 정신능력이"다. 다만 국가, 민족, 시대, 세대 내지 계급 여하에 따라 교양의 성격이 달라지기 때문에 교양의 '역사성'에 대해 투철한 통찰이 필요하다고 주장한다. 박치우가 보기에 식민지 말기는 "사상이 이미 나침을 잃은지 오래"였다. 따라서 "시대에 처해서 언제나 흔들리지 않을 맑고도 강한 시력, 역사의 구조와 방향에 대한 깊은 역사철학적인 교양"의 축적을 역설한다. 유진오의 경우는 구라파 근대문화의 정수가 "자아의 자각 내지 자아의 발전과정"(근대정신=구라파적교양)에 있다고 설명한다. 조선은 이 근대정신을 온전히 체득치 못하여 문학의 경우 "리아리즘의 정신을 자기 것으로 맨들지 못하였다"고 한다. 최재서는 "교양의 목표는 인간성의 자유로운 발달에 있기 때문에 실리관념에만 지배되야선 교양은 이루어지지 않는다"고 했다. "때문에 사회전체가 어떤 실리적 목적을 위하야 광분하는 시대엔 개인의 교양이라는 것은 어느 정도까지 저지되지 않을 수 없다"는 것이다. 다시 말하면 이 교양을 "개성 내부에서 배양할 고독의 시간"이 중요했다. 문제는 "우리가 이질적인 문화를 너무 많이 취급하기 때문에 도리혀 개성이 통일되지 못하고 자아 분열"을 이르키기 쉽다. 여기서 '교양의 다양성'(일례, 휴머니즘)과 '신념의 통일성'(종교)의 조화가 필요하다. "이리하야 교양인의 표징은 사회에 대하야 학식을 내후드르지 안는 대신에 정확한 良識을 가지고 맹목적으로 움즉이지 아니하고, 자기자신의 價値感과 비평기준을 가지고 적실한 비판을 내리게 된다. 교양의 정신은 결국 비평의 정신이"라고 규정했다. 참고로 그는 학교의 학생들이 국민적 성격의 원만한 발달을 위해 인문적 교육이 필요하다고 지적한다.

양주의와 소화 교양주의를 고려하는 것이 타당하겠다. 「대륙」이 『학생과 교양』의 영향만을 받았다는 것이 아니다. 『학생과 교양』 이외, 미키 키요시의 협동주의나 동아협동체론의 지식들, 동양의 유교적 덕을 근대적으로 재구성해내는 일본 사상계의 다른 저서의 영향을 받았을 수도 있다. 그러나 이 책이 소화 교양주의의 주류 도서 중 하나로서 당대 일본 젊은이들의 지배적 사유 맥락을 잘 반영하고 있기 때문에 참조틀로 가져온 것이다. 무엇보다 『학생과 교양』은 다이쇼 교양주의가 동양론 등의 국책담론(국민화된 교양)으로 전이되는 매개 역할을 한나는 점에서 '의사 사회주의자'의 전향의 맥락들을 가늠할 수 있겠다.

2. 배제된 시선과 생활의 논리

타인의 고통을 함께 공감하는 문제는 타자의 삶과 사유방식에 대한 상상력을 기반으로 한다. 이민족 간의 만남의 과정에서 유발하는 충돌·고통은 이민족을 위한 개척자의 '생활'과, '폭력'의 논리와 관련된다. 먼저 여기서 다루려는 개척자의 '생활'의 논리는 주인공 오야마 히로시의 친구인 하야시 가즈오의 입을 빌어 나타난다. 하야시의 아버지는 "간도에서 조선옷을 입고 상투를 틀고 20년을 하루 같이" 조선인 유랑민을 위해 힘썼던 인물이다. "용정시에 중학교와 소학교"까지 세웠던 그는 한 푼의 유산도 남기지 않고 세상을 떠났다. 그러나 N대학을 나온 아들 하야시는 "교육 사업보다는 생활이 먼저라고 생각"한다. "그 당시는 자본주의가 유행하던 시대"이고 "긴박한 상황"이라서 "문자보 다는 빵이 먼저"(14)라는 논리였다. 이러한 인식은 아버지가 세상을 떠 난 지 8년이 지난 만주국 초기에도 변함이 없었다. 즉 '생활'의 논리는 1930년 '전후' 세계 경제공황의 여파로 실직자가 급증하는 등 혼란스 러웠던 일본 내 상황이 만주 개척자에 투사되어 산출되었다.

하야시는 아버지의 가치관, 그리고 조선인들의 이주 이유와 조선인에 게 언어가 갖는 의미를 이해하지 못했다. 대신 그는 그들의 생활이 개선 될 수 있는 방안으로 금광사업에 주목했고 삼도구三道溝 토산자 토지를 매수하여 사금광을 운영하려 했다. 그 성공을 통해 하야시는 "장래에는 논밭이나 미개척지를 매입하려고 생각"(21)하고 있었다. "생업이 없어 곤 란을 겪고 있는 사람들에게 일자리를 제공하는 의미에서 토지를 생 각"(21)했다고 하는데, 이는 낮은 소작료를 받는 지주가 되겠다는 의미인 가. 그리고 일자리가 없는 사람들이란 누구를 지칭하는 말인가.

아버지가 조선인 유랑민 특히 교육사업과 관련되었다면 하야시는 조선인뿐만 아니라 만주인과 "공존공영"(22)해야 했다. 일종의 연대라 할 수 있겠는데 실상 아버지의 고민에는 토착 만주인이 배제되어 있었 다. 아버지의 우선 순위가 '일본인-조선인-만주인'이었다면 하야시 는 어떠했을까. 그가 투자하려는 "삼도구 시가의 서반부는 지나가이고 동반부가 조선가였다"(34), "조선인이 한 발자국이라도 지나가에 발을 들여놓으면 죽음을 당"(36)하는 실정이었다. 일본보병부대, 경찰대와 함께 하야시는 지나가를 공격해 불태우고 구호반을 만들어 조선인을 도왔는데 그 과정에서 조선인에게 "지나가 물건들은 전부 당신들 것이 되는 거야"(39)라고 말을 한다. 하야시 역시 아버지와 동일한 순으로 민족간 위계를 구분하고 있었다. 살육의 현장에 연대가 성립하기란 어려운 일이다. 하야시가 말하는 "자유 이민의 정신"은 '일본인의 성공적인 자유이민'(21)이 일순위였다. 그 다음이 지나인의 공격을 받는 조선인이었다.

「대륙」을 읽는 조선인, 만주인, 재만 조선인은 이러한 일본인을 어떻게 바라봤을까. 식민지 조선의 카프 전향 작가들의 명분 중 하나도 '생활'의 논리였고, 당대는 황금광 시대라 할 만큼 금광열풍이 불고 있는 시기이기도 했다. 이는 생활이 우선이라며 금광을 개발하려는 (전향 사회주의자인) 하야시의 논리와 아주 흡사하다. 하야시는 "투기심이나 사행심으로 토지 개간이나 금산金山에 손을 대고자 하는 것"(20)이 아니며, "대재벌이나 이권을 쫓는 사람들"(22)이 아니라고 주장하지만 금광은 투기 사업의 일종이다. 자본주의의 생리상 성공을 하는 이도 극소수에 불과하다. 그리고 그 자본이 그 친구 오야마 히로시의 아버지이자 만몽주식회사 이사회 회장인 오야마 겐지와, 오야마의 정략결혼 예정자였던 유키코의 삼촌이자 만몽주식회사의 사장인 고토의 사업상 투자 목적으로 나왔다는 것을 감안한다면, 그 진정성에 의심의 여지가 있다.[15] 오야마

---

15   이 작품은 1939년경에 쓰여 오야마와 하야시와 같이 개인이 공익을 추구하려는 태도가 형상화되고 있는데 신체제로 넘어가는 1940년대 초에는 어떻게 달라질까. 금광사업에 관심을 갖고 자금 지원을 하는 만몽주식회사 사장의 모습에서 알 수 있듯 국가 관리가 요구되기 시작한다. "그러면 鑛業經營에 있어서의 新體制는 如何한가하면 從來의 鑛業은 資本이 個人의 資本으로 움즉이고, 資材의 需要供給이 個人營利主義로 움즉이고 그리고 그 生産과 處理 利益과 配分은 個人利潤追窮에 重點을 두었던 만큼 現在에 있어서는 國家 的으로도 되지 않을뿐더러 公益도 되지 못한다. 卽 鑛業의 新體制에 있어서는 첫째 公益을 優先으로하되 그 經營까지도 國家가 管理할 必要가 있다. 그 具體的 方法은 二三의 國策會社로써 例하면 지금 있는 日本 鑛産金振興會社라던가 朝鮮工業會社 같은 機關에

와 하야시는 자신의 계급을 '배반'하고 일종의 자선사업을 하려한 듯 하지만 오히려 자신들의 계급적·민족적 위치를 은폐하고 있다.

그리고 그 은폐는 만주인도 포함된다. 소설에는 유랑하는 조선인, 죽음을 불사하고 조선인과 일본인을 공격하는 만주인의 내면도 배제되어 있다. 다만 일부 그것을 엿볼 수 있는 부분이 마적을 조롱하는 하야시의 시선으로 드러난다. 마적은 "본대에서 떨어진 놈들이 미처 도망치지 못하고 배가 고파 어슬렁거리"거나, 죽은 시체는 "뼈에 부딪쳐서 더 이상 마를 수 없을 정도로 앙상하게 말라 있었"(27)다. 약탈을 일삼는다고 알려진 마적이 오히려 빈궁한 삶을 영위하고 있음을 방증하는 대목인데, 역으로 마적이 이렇게까지 어려운 상황에서 일본군과 싸우려는 내막이나, 마적이 아닌 더 빈궁한 만주인의 삶은 배제되고 있다.

그 내면은 1930년대 초반 만주국 건립 시기 동북지역 농촌과 하얼빈을 배경으로 한 중국작가 샤오홍蕭紅의 『생사의 장生死場』(1935)[16]에서 잘 드러나 있다. 피해자의 기억으로 포착된 당시 만주는 만주사변이 발발하고 폭격으로 농토가 황무지가 되며, 남자들은 일본군에 저항세력으로 간주돼 살해당하거나 이를 피해 의용군에 들어가고 '붉은 총 결사'라는 자체 저항 조직을 만들어 저항하다가 죽어갔다. 남자들은 의용군, 마적이 되어 「대륙」의 뼈만 남은 시체처럼 죽어갔던 것이다. 일본군은

<hr />

다가 그 經營을 集中統制하여 가는 것이 가장 좋을 것으로 생각된다. 그리하여 純國家的 機構에까지 나가야만 될 것이라고 생각하는 바이다." 李晟煥, 「鑛山과 新體制」, 『신시대』 1, 1941.1, 179쪽.

16   샤오홍(蕭紅, 1911~1942)은 딩링 이후 중국 최고의 여류 작가로 평가받는 인물이다. 1935년 12월 루쉰의 도움으로 출간된 『生死場』은 만주사변 무렵 동북 만주 지역에서의 농민 항일 투쟁을 그린 작품이다. 샤오홍은 현재 중국에서도 널리 알려져 있다. 샤오홍, 이현정 역, 『생사의 장－生死場』, 시공사, 2011 참조.

마을의 양식과 가축을 수탈하고 젊은 여성을 강간하고 죽였다. 논밭은 땅을 일굴 사람들이 죽어 황무지로 변하고 가축은 수탈당하거나 시장에 내다 팔 것도 다 떨어졌고 목장의 원래 (수탈자이자) 주인이었던 중국인 지주도 일본의 눈치를 봐야했다.

소설의 제목이 상기하듯 이들에게 죽음은 갑작스럽고 의도하지 않게 다가왔다. 이러한 고통의 배제는 일본인뿐만 아니라 재만조선인의 소설에서도 발견된다. 예를 들어 안수길의 「북향보」 등 조선인의 이상촌 특히 가죽을 위한 목장 건설과 일본 만주국의 지원을 소재로 한 소설에서도 만주인의 곤궁한 삶은 삭제되어 있다. 요컨대 「대륙」은 만주사변과 만주국 건립 과정이 가져온 만주인의 삶의 변화, 그 역사를 고려하지 않고 있다.[17]

3. 포획하는 시선과 그 내면화된 폭력성

앞에서 가해자의 시선에서 배제된 것들을 다루었다면, 여기서는 배제하지 않고 포획하는 시선의 폭력성을 살펴보고자 한다. 식민지민의 고통을 배제하고 '생활'을 강조한 하야시와 오야마는 금광사업이라는

---

17 1940년까지도 만주영화협회의 영화는 일본인의 입장에서 만들어져 만주인의 혹평을 받았다. 이 점을 고려한다면 「대륙」을 (주 독자층은 아니지만) 만주인이 읽었다면 역시 외면했을 것이다. 김려실,『만주영화협회와 조선영화』, 한국영상자료원, 2011, 31~45쪽 참조.

'생활'사업을 성공하기 위해 전제조건을 단다. 두 사람은 자신들과 대기업은 다르다고 하면서 금욕적 심성을 강조했고, "군대나 권력에 의존하는 이민"(18) 사업을 하고 싶지 않다고 역설했다. 하지만 이들은 오야마의 아버지인 오야마 겐지와 고토 사장의 자금과 인맥(권력)을 활용했고 무엇보다 "백성이나 광부를 훈련시키는 동안은" "군대의 힘을 빌"(22)려야겠다고 말한다. 물욕은 금욕禁慾의 가면으로 가려지고, 폭력은 잠정적으로 승인되고 있다. 하야시의 아버지가 교육으로 유랑민이 잘 살수 있다는 환상을 가졌다면 그 아들인 하야시는 '생활'을 위해 폭력은 일시적이라는 환상과 투기의 환상에 갇혀 있었던 것이다.

폭력이 '일시적'으로 그칠 수 있는가의 문제는 내면화된 폭력성의 밀도와 일부 관련되어 있다. 먼저 간도 파견군 항공대의 육군기[18]를 보고 "마적이나 반일 만군도 비행기를 보면 살아있는 것 같지 않을 거"(12)라고 말한다. 그런데 제2차 세계대전 무렵 잡지 『신시대』에는 미군 전투기의 공습에 대비하는 일본의 방공호 구축과, 공습의 공포를 발화하는 글이 다수 실려 있다.[19] 이에 견주어 보면, 만주에서는 일본이 미국

---

18   소설에서는 이 육군기를 두고 "아마 조선호일 거야. 조선에서 낸 헌금으로 구입했다는……"(12)이라고 말한다. 실제로 만주국 초기 조선호가 만주를 공습하기도 했다. "[間島十五日發電報] 十四일 오후 二시 경찰본특무조장의 조종하는 애국조선호는 련습비행을 하기 위하야 룡정촌상공 三천 '메돌'에서 서남방면인 三도구에 흑연이 이러나는 것을 보고 곳 그방면에 항하야 정찰한 바 시중 十五소에 방화되고 약 三백명의 잔병은 일본경찰분서를 포위공격을 하며 그 一방으로는 략탈한 화물을 우차에 싯고감으로 이에 폭격을 더하고 또 통신통(通信筒)으로서 두도구령사관에 급보한 후 룡정본대에 도라와서 포탄과 탄환 등을 실어가지고 다시 三도구에 가서 잔병들에 맹렬한 공격을 하야 다대한 손해를 주엇다". 「朝鮮號 爆擊」, 『동아일보』, 1932.6.16, 2면. 이외, 「愛國朝鮮號 命名式擧行」, 『동아일보』, 1932.5.16, 2면을 참조하시오.

19   小合茂(陸軍中佐), 「日米對立과 國民防空」, 『신시대』 4, 1941.4, 48~52쪽; 李相瓊, 「防空壕 만드는 법」, 『신시대』 4, 1941.4, 161~164쪽; 「부인과 총력운동」, 『신시대』 4, 1941.4, 178~181쪽 등 참조.

의 위치를 대신하고 있다는 의미가 된다. 그 제국주의적 폭력성이 그대로 노출되고 있다.

> 하야시는 일심분란으로 총을 장치하고 기다리고 있었다. 인간이라고 하는 것은 역시 다른 동물과 달라서 총구를 대 보면 실제보다 두세 배나 크게 보이는 것이다. 그래서 쏘기 쉽고 맞을 확률이 높은 것이다. 하야시는 의식상으로 날카로움의 한계를 뛰어넘은 살육 앞의 둔중한 통쾌함을 기억하고 있었다. (143)

또한 하야시는 "사격연습과 실전 체험담을 재미있"(27)어 했다. 또한 작품 후반부에서 마적에게 잡혀간 오야마를 구한 뒤에 토산자로 몰려온 도적들에게 기관총 총구를 향하면서 하야시는 "의식상으로 날카로움의 한계를 뛰어넘은 살육 앞의 둔중한 통쾌함을 기억"한다. 이때 그는 전쟁과 살육의 쾌락을 기억하고 즐기게 된다. 여기서 쳐들어오는 도적들이 마적인지 군벌, 의용군인지 명확히 설명되고 있지 않은데 굳이 그 정체를 밝히 않아도 될 만큼 타자화된 적敵일 뿐이다.

폭력성은 전쟁과 관련된 직접적인 폭력만이 아니라, '인종주의'와 관련한 간접적 시선의 폭력에서도 살펴볼 수 있다. 작품 초반 삼도구 시가전에서 사로잡힌 포로들은 "조선 여자의 옷을 둘러쓴 놈, 펄렁펄렁한 바지를 입은 놈, 조그만 저고리를 억지로 어깨에 꿴 놈, 조선 남자의 두건을 쓴 놈, 두루마기를 입은 놈" 등 다양했다. "살기 어린 가운데서도 군경은 '정말 걸작이다'라는 듯이 변장한 적들을 바라"(38)봤다. 조선인으로 가장한 적들은 이렇듯 희화화되었다.

또한 작품 후반 오야마는 두도구의 유명한 마적 두목인 왕쾌퇴에게 잡혔다가 풀려나는데 그 과정에서 왕쾌퇴는 "화해를 알리는 의례"로 "하늘을 향해 권총을 쏘"고 다음에는 "절대로 오야마 부자의 신변에 위험을 가하는 의리 없는 행동은 하지 않겠다고 다짐"(133~134)했다. 왜냐하면 그 협상과정에서 과거 친분이 있던 (오야마를 연모하는) 마려의 아버지 조집오와 협상을 했기 때문에 나름의 약속을 행한 것이다. 그러나 오야마와 하야시는 토산자에 도적이 출몰했다는 소식을 전해 듣자 "다시 한번 오야마를 납치하려고 왕쾌퇴가 한꺼번에 토산자를 덮쳐 온 것일지도 모른다"(141)고 생각한다. 이들은 마적의 약속을 근본적으로 신뢰하지 않았다.

또한 토산자를 덮친 이 도적들과 전투를 벌이는 과정에서 불안에 떠는 부락민을 바라보는 하야시의 시선은 냉소적이다. 그가 보기에 "무지한 자들의 공포라고 하는 것은 실로 측정할 수 없는 것이었"다. 그는 "그다지 아깝지도 않을 것 같은 목숨이 어째서 저렇게 두려울까"(142)라고 생각한다. 그러나 샤오홍의 『생사의 장』의 서문에서 루쉰은 1932년 1월 28일 있었던 일본군 전투기의 상하이 자베이 지역 폭격 당시를 회고했는데, 그때 유언비어가 돌면서 자베이의 주민들이 황급히 피난길을 떠나고 있는 것을 두고 "신문사의 신문들은 이 피난민들을 범인이나 우민이라고 칭했다"고 한다. 그러나 루쉰은 "피난민들이 똑똑하다고 생각"했다. "최소한 그들은 경험을 통해 겉만 번드르르한 상투적이고 형식적인 말들이 믿을 만한 것이 못됨을 알고 있"었는데, 결정적으로 "그들은 (피해의－인용자) 기억력이 있"(9)었기 때문이다. 이러한 루쉰의 시선과 대비되는 하야시의 시선은 무지한 자는 살 가치가 그다지 없다는 생의 윤리와 연동되고 있다.

또 다른 시선의 폭력에는 젠더의 문제와 연관되어 있다. 앞에서 살펴본 것처럼 삼도구 시가전에서 사로잡힌 포로는 여성의 옷으로 우스꽝스럽게 변장한 모습으로 형상화됐고, 그 과정에서 "입과 코, 얼굴 전체가 피투성이"가 된 "알몸의 조선여자"(38)가 등장한다. 이는 전투 속에 희생당하는 여성의 수난사라 할 수 있다. 그리고 이 폭력은 무지한 기층 여성 민중만이 아니라 여성 지식인에게도 나타난다. 기층 여성처럼 직접 폭력 행사의 대상이 되지는 않지만, 여성 지식인에게는 '민족'의 위상이 영향을 미치고 있다. 오야마를 연모하는 만주인 마려가 돈과 권력, 지력(도쿄대 의대 졸업)을 가진 오야마의 약혼자 유키코와의 대결에서 1차로 밀리자 그녀는 갑자기 오리엔탈 클럽의 댄서로 전락한다. 일본여자대학교를 졸업하고 영어를 구사할 수 있는 능력을 가진 조마려가 댄서로 변하는 과정은 쉽사리 납득하기 어려운데, 이는 열등한 민족의 구성원이 겪는 일종의 통과의례와 다름없다. 그러나 이 통과의례는 만주여성에게만 적용되는 것이 아니다. 도쿄라는 도회지의 일본여성 역시 새로운 만주의 '신인간'으로 탄생하기 위해 그 개인주의적 성향을 비판받는다. 이러한 여성 주체의 변신은 외부로부터 정체성을 강요받아 그 전변을 강제당하고 있다는 점에서 주체성을 확보한 것이 아니라 오히려 작위적으로 탈주체화된 사례라 하겠다.

4. '교양'과 우정의 질서

'생활'의 논리에 젖어 있고 식민주의의 폭력성에 침윤된 개척자가 타자의 고통에 공감하지 못하는 그 상상력의 한계는 그들의 인식 근저에 깔린 '교양'의 문제 때문은 아닌가. 그리고 각 인물들의 제국국민으로서의 서열이 그 '교양'에 따라 결정된다면, 그것을 검증하기 위해서 먼저 표면상 오족협화를 표방하는 「대륙」에서 가장 상위의 정신적 가치는 무엇인지 알아야 한다. 그것이 최상위의 '교양'이라 할 수 있기 때문이다.

오야마는 작품 말미에서 "일본인의 성격개조를 할 수 있는 무대로 대륙을 예찬하고" "일본은 호흡이 너무 작고 선이 너무 얇"(160)다고 지적한다. 그는 "무언가의 차질로 삐뚤어지고 토라지기도 하고 작아지는 세상에서 살아가는 작은 인간에서 해방되"고 "할복자살 일본인의 성급함에 싫증이"(164) 난다는 입장이다.

아버지는 또 이렇게도 말했다.

"개개인이 감정 면에서 어긋나거나 의견이 서로 맞지 않는 것은 이국사람이라서가 아니다. 같은 나라 사람이라도 아니 육친간이라고 해도 있는 일이다. 부모에게 등을 돌리거나 자식과 의절하는 것도 그 이유가 보다 높은 곳에 있다고 한다면 나는 당장이라도 인정을 한다. 동시에 개인간의 사정을 버리고 이국사람이나 전혀 모르는 사람과 손을 잡고 간다. 그런 마음을 물론 나는 바라고 있는 것이다. 나는 어디까지나 그런 주의다. 지금의 우리에게는 더욱 더 무조건적으로 그러한 것이 요구되고 있다. 그러나 그들이 그런 편협한 마음을 가지고 우리들을 대할 때는 이후의 본보기가 되기 위해서라도 자진해서 강하게 살아갈 길을 헤쳐나가지 않으면 안 될 것이다. 일부러 그들에게 울면서 호소할 필요는 없다. 옳은 길로 나아가면 언젠가 반드시 올바른 동지와 만나게 될 것이다. 덕은 반드시 이긴다."(130)

그렇다면 소설에서 '대륙의 정신'이 가장 빛을 발휘하는 상위의 덕성일까. 그 성격이 드러나는 순간은 일본인에 의해서가 아니라, 만주인 마려가 연인 오야마를 구하기 위해 아버지 조집오를 설득하는 과정에서다. '장학림'의 폭정에 반발하여 정계에서 은퇴하고 청빈한 삶을 살고 있는 조집오는 만주 토착민의 양심적 지식인을 대표하는 인물로서 대륙의 정신으로 '덕'을 강조하고 만주인을 차별하는 일본인들을 경계했다. 마려는 "그런 아버지의 가슴에서 보다 높고 보다 넓은 마음을 찾아내"(130) 호소하는데 그것은 작품 말미에 결혼 경쟁자였던 유키코에게 "은혜도 원한도 없"(156)으며 자발적이고 사심 없는 마음으로 칭송받은 논리였다. 여기서 그 논리란 "무엇을 보상을 받기 위해서가 아니라 일단 무조건 그들을 구해주는" 것이며 "그런 다음 아버지도 저도 그들과 남이 되는 것"(131)이다. 마려의 마음이 대륙의 '덕'에서 발현되는 최고의 것일까.

그러나 앞에서 오야마가 풀려난 뒤 토산자에 몰려온 도적들을 보는 오야마와 하야시 일행의 시선을 살펴봤듯이, 왕쾌퇴의 약속은 불신되고 마려의 '사심 없음'과 조집오의 양보와 인내 역시 실질적으로 무화되고 만다. 여전히 만주인은 적으로 자리하게 된다. 그러나 이렇게도 물을 수 있다. 대륙의 풍토·지리가 일본인의 민족성을 바꾸는 기제라면 대륙에 이미 살고 있는 만주인은 일본인 보다 더 높은 민족성을 내재하고 있다고 간주해야 한다. 그렇다면 대륙은 왜 일본의 지배를 받아야 하는지 묻게 된다.

따라서 본질적으로 「대륙」에서 '일본 개조론'은, 부정되고 호명되는 대륙의 '덕'이 아니라 대학을 졸업한 오야마와 하야시라는 젊은 개척자의 '교양'과 관련되어 있다. 이들은 일본의 국책담론인 동양론을 그대로 발화하고 있어 그 만주개척을 위한 '교양'의 정점에 서 있는 존재다. 그리고 그 '교양'은 구세대인 오야마의 아버지나 유키코의 삼촌 고토 사장과 같이 동일한 일본인 간에도 위계화되며, 더 나아가 이민족간 뿐만 아니라 젠더의 문제와 연동되어 나타난다. 동아연대를 위한 '신인간'이 되기 위해, 젊은이들의 개인주의로 표상되는 도쿄에서 대학을 졸업한 유키코는 공동체주의로 자기갱신을 요구받게 된다. 그리고 일본에서 대학을 나온 마려 역시 열등한 만주인이기 때문에 댄서로 전락했다가 오야마 구출에 결정적 역할을 하는 (결국 일본제국의) 스파이가 되면서 존재의미를 갖게 된다. 이것은 마려가 일본의 '신인간'으로 인정받게 되는 일종의 통과의례다. 그녀는 이 '대가'를 치르고 오야마의 연인이 될 수 있는 요건을 획득하게 된다.

그렇다면 오야마와 하야시의 대학 시절 '교양'의 성격이 어떠했기에 일본의 국책담론과 균열을 일으키지 않고 연동될 수 있는지 살펴보자. 1920~1930년대 대학을 나온 일본인 '교양'의 일면을 엿볼 수 있는 것은 1936년 일본에서 간행돼 폭넓게 읽힌 『학생과 교양』[20]이다. 오야마와 하야시는 전향 사회주의자이지만 이민족의 지난한 삶을 잘 이해하

지 못하는 일종의 '의사 사회주의자'라 할 수 있다. 이들에게 사회주의
는 장식으로의 지식 중 하나라 할 수 있겠다. 그 사회주의는 (애국심을 기
반으로 한) 국민주의 그리고 (도의정신을 기초로 한) 인도주의와 관련을 맺고
있다. 『학생과 교양』이 자유주의와 교양주의를 표방하기는 했지만 실
상 국민주의와 결속되어 있기 때문에 이들의 이면에 깃든 '교양'을 가
늠하는 참조틀로서 그 가치가 인정된다고 하겠다. 또한 1918년경 일본
의 쌀소동 무렵 교양이 국민주의와 연결되었고 『학생과 교양』은 그 하
나의 결산이라는 점에서 더욱 그렇다.[21]

20 가와이 에이지로 편, 양일모 역, 『학생과 교양』(1936), 소화, 2008 참조. 당대 『학생과
    교양』, 『학생과 독서』 등 일련의 학생총서 시리즈는 (대)학생들에게 많은 영향을 미치는
    지침서였는데, 조선에서도 상당히 읽혔다. 1941년경에도 유진오는 조선학생들에게 이
    시리즈를 권한 바 있다. "兪. 그렇죠. 그런 경우구 보면 얼마든지 추천할 수 있겠는데
    생판 모르든 사람이 와서 자기가 뭘 한다. 취미가 뭐라는 說明두 없이 덮어놓구 무슨
    책을 읽었으면 좋겠느냐고 묻게 되면 언제나 난 글세요, 모르겠는데요 하구 말어버리지
    만 學生들이 와서 무르면 요새 日本評論社에서 나오는 「學生と藝術」니 「學生と哲學」니
    「學生と文化」니 하는 純學生들을 상대로 해 가지구, 나오는 책을 推薦합니다. 學生을 상
    대루 하구 쓴 것만큼 學生들 生活과 동떠러지지 않었을 것이니 위선 흥미가 있을게구
    어쨌든 그만하면 읽어서 損害볼 일은 없을게니까." 「兪鎭午 氏의 讀書淸談, 綠蔭의 季節
    과 讀書論」, 『삼천리』 13-7, 1941.7.1, 173쪽.
21 1910년대 말 교양주의는 개성의 도야를 문화 가치의 체득을 통해 보편성에까지 드높이
    는 것이었다. 그러나 그 전통은 그 성립과 동시에 '윤리적 국가주의'라는 국민주의와 연
    동되었다는 비판을 받게 된다. 교양주의의 균열은 1918년경 쌀소동 이후 아리시마 다케
    오의 「선언하나」가 하나의 증표였다. '인격주의'의 와츠지 데츠로가 1920년대 중반 독일
    유학을 다녀온 후 국민성ㆍ'국민 도덕'의 문제를 주제화했으며, 1936년 2ㆍ26사건 무렵
    미키 기요시는 문화적 자유주의자도 정치적 결정을 강요받게 될 것이라 예견했다. 다시
    말해 '지식인(=교양 계층)의 자율'이 붕괴되었다는 지적이다. (미야카와 토루ㆍ아라카
    와 이쿠오 편, 이수정 역, 『일본근대철학사』, 생각의나무, 2001, 293~333쪽; 마쓰오
    다카요시, 오석철 역, 『다이쇼 데모크라시』, 소명출판, 2011, 193~200쪽); 다카다 리에
    코에 따르면, 소화 10년 전후 일본이 파시즘기에 돌입해 1942년 '학생총서'가 절판되는
    시기까지 대정교양주의가 부활한다. 이 시기 교양은 파시즘을 일부 비판하기도 하지만
    실질적으로 정치ㆍ사회에 대해 무행동ㆍ무관심했고 체제에 순응했다. 그래서 '교양주의
    적'이란 말은 지식인을 경멸하는 의미로 쓰이게 된다. (高田里惠子, 『文學部をめぐる病い
    －敎養主義ㆍナチスㆍ旧制高校』, ちくま文庫, 2006, pp.187~192) 이러한 당대 현실에

이들은 「대륙」에서 자신의 지적 편린을 노출한다. '유물론'(14),[22] 에로 핀테른(국제 비밀 연애, 30), 대중 동원론(32), 변증법의 정반합(32),[23] 먼로주의 (53), 셰익스피어와 니체(137), 페미니즘(49), 흥아의 대정신(50), 입센, 맹자 (160) 등이 거론된다. 이것들은 단순히 파편적으로 소설에 등장하는 것이 아니다. 젊은 개척자들이 대화를 나누면서 자신들의 만주 개척을 합리화 할 때 그 맥락 속에 놓이게 된다. 이 글이 '교양'을 「대륙」 분석의 참조틀로 가져온 것도 (선험적으로 교양에 관심을 두고 접근한 것이 아니라) 이러한 소설 내적 맥락에서 연유했다. 이것을 『학생과 교양』의 것과 비교하고 「대륙」의 큰 정신인 '덕'과의 상관성 속에서 재맥락화해야 했다.

『학생과 교양』에서 교양은 "자신의 인격을 스스로 도야하"(291)고 "자아의 형성과 실현을 지향하는"(292) 것이었다. 교양은 단순한 지식적

서 이무영은 만주사변 이후 일본의 파쇼화 현상을 고찰한 바 있는데, 그는 "만주국을 도화선으로 일중전쟁이 폭발하자 전쟁이라는 것에 대한 실감이 없던 대정, 소화의 일본 국민은 비로소 전쟁을 알었다. 민족애에 깨첫다. 애국심의 도발에 약동하엿다"고 지적한 다. 교양주의나 사회주의를 지향하던 일본 젊은이들이 국민주의와 결합하는 지점을 적 실히 지적하고 있다. (李無影, 「日本 파쇼化의 길로」, 『동아일보』, 1933.6.18, 5면) 실제 로 사회주의에 대한 깊은 통찰 없었던 일부 '의사 사회주의' 젊은이는 민족애를 실감하면 서, 「대륙」의 주인공처럼, "영웅주의"나 "허영심"에 사로잡힌다. 첨언하자면 앞에서 다카 다 리에코는 대정교양주의가 부활한다고 설명했는데, 엄밀히 말하면 맥락이 약간 다르 다. 대정교양주의는 인류와 개인을 매개하는 민족이나 국가를 고려하지 않지만, 소화교 양주의는 사회의 각 방면에서 행동·참여함으로써 인격의 발전을 드러내는 것이 특징이 다. (竹內 洋, 『敎養主義の沒落－変わりゆくエリート學生文化』, 中央公論新社, 2003, pp.52~59) 그런데 사회주의자와 조국애의 결합은 이 당시가 최초는 아니다. 이미 1차 세계대전 때 이루어져 지식인을 경악케 한 바 있다. "歐洲戰爭에 各國社會主義者가 各히 祖國을 爲하야 彈雨中에 突進함을 보고 豫言者들은 失色을 하얏스되 조곰도 怪異한 바이 없고 뿐만 아니라 如斯히 하지 아니하면 아니 될 지로다." 李相天, 「새道德論」, 『학지광』, 1915.5, 24쪽.
22 번역본에는 '마키아벨리즘'으로 되어 있으나 번역의 오류다.
23 번역본에는 "지금은 변증법의 정반합의 합에 와 있지"라고 되어 있으나 합이 아니라 "반 에 와 있지"가 맞다.

장식이 아니라 주체가 자율적이고 독립적인 판단을 할 수 있는 근거이다. 여기서 동양론을 발화하는 오야마와 하야시가 진정한 '교양'을 바탕으로 사유하는지 아니면 오히려 국책담론에 탈주체화되어 '교양'의 진정한 의미를 잃어버린 것은 아닌지 묻게 된다.

'교양'이 자기 운명 개척의 규준이 된다는 것은 그 자체가 행위와 인식의 선/악을 결정하는 인식틀이란 의미이기도 하다. 이때 교양은 인격의 가치로 재맥락되는데 '일제'말기 국가가 요구하는 국민적 인격은 「대륙」에서 살펴봤듯이 낭대 젊은이들 사이에 풍미한 개인주의적 풍속이 일소된, '봉사와 희생정신, 의협심' 등이었다. 오야마는 이러한 남성중심의 국가 이데올로기의 영향을 알면서도 긍정하고 수용하며 전파했다. 그래서 자신이 만주인 마려와 결혼하려 한 것도 사랑보다는 국가이데올로기가 요구하는 이민족간의 결혼을 직접 실천하려는 의도였다. 결혼을 반대하는 아버지에게 그는 "모두가 경멸하기 때문에" 해야 하고 또 "대륙에서 일본인에게 가장 필요한 것이 이런 정신이라"(94)고 강하게 주장한다.

아감벤이 개인의 행동·담론을 포획·지도·주조하는 '장치'를 지적했듯이[24] 동양론이라는 국가 이데올로기 '장치'에 복속된 일개인은 자신이 주도적이고 합리적인 판단 아래 대륙 개척을 선택한 듯 착각하게 된다. "동물을 '인간적'이라고 간주하는 '인간화' 과정에 뿌리를 둔"(36) 동양론이라는 '장치'는 동아연대라는 덕성을 강조하여 인간의 덕성을 신성의 영역으로까지 확장하려 하지만 본질적으로 일본이라는

---

24 '이데올로기적 국가장치'는 알튀세르(『재생산에 대하여』)가 말한 바 있다. 조르조 아감벤, 양창렬 역, 『장치란 무엇인가? 장치학을 위한 서론』, 난장, 2010, 33쪽.

단일민족국가를 위해 작동했다. 그 결과 개인은 탈주체화되고 국가 도덕의 범주 아래 주체행동의 선악을 결정하기에 이른다. 자아의 완성을 지향한 교양이란 일종의 자각의 연속이기도 하다는 점에서 국가이데올로기에 복속된 개인은 그 자각을 매번 수행해야 한다는 명제에 위배될 수밖에 없다.

이 국민주의화된 '국가 교양'에 위계화되는 국민의 계층적 질서를 결론 내리기 전에 오야마 일행의 '교양'이 당대 풍미한 『학생과 교양』의 그것과 어떤 거리에 있었는지 살펴보면 동양론과의 거리, 계층질서의 양상도 일부 구명究明되겠다. 일본의 것이 됐지만 타자의 땅이라 할 수 있는 공간에서 이민족과의 만남·연대를 획책할 때 개척자의 역사관, 철학 그리고 이들 영역을 넘나들며 타자의 생각을 감지할 수 있는 공감능력을 배양하는 (문학적) 감수성·소양 등이 중요할 수밖에 없다. 「대륙」에서 발화한 '교양' 중 개척사업이 가진 선악의 가치판단과 밀접한 것은 철학의 흥아의 정신(동아협동체), 문학은 니체와 입센, 역사는 먼로주의를 들 수 있다.

미국이 "먼로주의를 버리고 나니 보기 흉한 알몸이 완전히 춘화가 되어 버렸"(53)다고 비판하면서, 일본은 "동양 먼로주의"(52)[25]라고 주장

25 만주 독립국가를 구상했던 관동군은 만몽을 중국 본토로부터 분단시키려고 획책하고 있었다. 이것을 뒷받침하는 논리 중 하나가 폐관자수가 주장한 절대 보경안민주의였다. 이것은 둥산성(東三省)을 중국 본토로부터 분리하여 왕도정치를 실현시키고 이상적인 낙토를 건설하기 위해서는 장세량 군벌정권과 난징 정부와의 관계를 단절한 독립국가를 만드는 것이 절대적으로 필요하다는 논리다. 이 보경안민주의는 '둥베이 사성 먼로주의'라고도 표현되었다. 「대륙」에서는 개척 젊은이들이 미국의 먼로주의 파기를 비판하고 동양의 먼로주의는 만주에서 이상적으로 실현되고 있다고 주장한다. 이것은 국책의 내면화를 의미하며 먼로주의가 '국민화된 교양'의 일부가 되었음을 뜻한다. 야마무로 신이치, 윤대석 역, 『키메라 만주국의 초상』, 소명출판, 2009, 102쪽 참조.

한다. 이러한 인식은 비인간적 인륜성을 배태하고 있는 전쟁을 합리화하여 (동양)국가를 위한 '선'으로 가치판단을 획일화한다. 이를 구체적으로 말하면 일본의 만주 진출은 만주국을 침략하기 위함이 아니라 서양을 내몰기 위한 방편이 된다. 이는 만주 및 동양을 보호한다는 명분 아래 일본이 만주국을 침탈하는 과정에서 벌어진 불합리한 점을 소거하고 오히려 정당화하며 그 선도이념으로 일본정신을 강조한 것이다.

이것은 『학생과 교양』에서 역사학자 오루이 노부루와 별반 다르지 않다. 그는 역사를 "세계적 이상과 국민적 징신의 대립"(120)으로 보고 당대를 "국민적 이상의 시대", "국민적 통제의 시대"로 간주하며 국가 발전 전략을 로마의 실패에서 발견한다. "로마는 세계적 제국으로서의 조직을 구체화하는데 성공했"지만 "로마인의 국민적 특질을 유지하는 데 실패했기 때문에 그들의 위대한 제국을 짊어지고 서야 할 중심세력을 잃었다"(123)고 지적한다. 이는 흥아와 그 연대의 정신에 깃든 국민주의의 본질적 필요성을 지적하고 있는 맥락이다.

그래서 흥아의 철학도 일종의 국제화·다문화의 예이며 덕성을 강조하지만, 국가는 다문화도 국가의 이익으로 전용할 수 있다는 것을 보여준다. 오루이에게 동양론은 어떤 의미였을까. 그는 "역사 발전에 합리적 설명이 미칠 수 없는 범위가 있"(114)지만 "인간 의지의 힘에 의해 방향 전환이 일어난 경우는 실로 합리적 변화로 보아야 한다"(114)고 말한다. "이상이 실현되어 역사적인 모습을 갖추고 드러나기까지는 당연히 뭔가 변형이 이루어졌고 이것이야말로 역사의 필연성이"(118)라는 설명이다. 이에 따르면 동양론 아래 일본 정신의 개조는 합리적인 변화 과정이며 동아연대는 역사 진보의 구체적 실체화라고 할 수 있다.

따라서 이런 상황일수록 국가의 사업에 참여하는 주체의 비판적 지성이 중요한 데, 오야마 일행은 니체와 입센을 거론하기도 했다. 가부장적 자본주의 사회를 비판한 입센과, 역사를 예견하기 위해서는 과거를 통해 현재의 부조리를 보라는 니체를 접했지만, 국민주의에 침윤된 오야마 일행은 그 부조리를 보지 못하고 오히려 계층·계급을 은폐했다. 또한 조선인의 처지를 안타까워하고 그들을 위해 헌신한 아버지의 감각도 한 세대가 지나자 공감을 얻지 못하는 상황이 벌어진 것이다.

이들이 역사 비판을 못하는 것은 국민도덕과 보편 인간역사의 도덕(인륜성)을 구분하지 못하기 때문이기도 하다. 오루이는 "역사의 비판은 재판이나 도덕적 비판과 다른 측면이 있다"고 하면서 "역사에서도 어떤 행위의 동기는 당연히 비판의 중요한 표준이" 되지만 "다른 측면으로 행위의 결과 혹은 전체적 발전과의 관계 등이 고려된다"(116)고 주장한다. 과정의 도덕을 고려하지 않는 것은 "동양 면로주의"와 동일한 연속선상에 있으며 이것은 『학생과 교양』의 윤리학 파트를 쓴 구라타 하쿠조에 따르면 선악의 판단 규준이 (대정시대의 '교양'인) "칸트의 형식주의 윤리학"이 아니라, 현상학파 계열 등의 "실질적 가치 윤리학"(101)에 해당한다.

윤리학의 임무는 글한 물음에 답하는 것이다. 그것은 행위와 그에 따르는 가능한 결과 사이의 다양한 관계를 인간의 정신에 의존하여 파악할 것을 요구한다. 인간의 모든 행위가 인간의 운명과 세계의 과정에 어떻게 영향을 주고받는가와 같은 복잡한 방식을 통찰할 필요는 없다. 인간의 정신에 관한 지식이 필요할 뿐이다. 이는 심리상 사실의 문제이지 세계 인식의 문제가 아니다. 자기 인식의 문제로 일관한다. 이것은 칸트의 주관주의와 형식주의를 계승한 립스가 내린 윤리학의 정의이지만 이러한 윤리학이 대답할 수 있는 것은 인간의 의지 그 자체의 형식으로 일관할 수밖에 없으며 (87)

(그러나—인용자) 인간의 모든 적극적 의욕은 빠짐없이 도덕의 실질이며 도덕률은 의욕 그 자체를 칭찬하거나 폄하는 것이 아니라 의욕 사이의 보편 타당한 관계를 정하는 것이다.(88) (…중략…) 형식주의 윤리학은 생의 현실에 관해 빈곤하다. 의욕 그 자체의 선악, 어떻게 할 것인가가 아니라 무엇을 할 것인가 하는 실질 내용에 관해 도덕적 판단을 내리고 싶은 것 또한 그만두기 어려운 또 하나의 요청이다. 이러한 요구에서 칸트의 윤리학을 수정하고자 하는 것이 최근 이른바 실질적 가치 윤리학이다.(89) (…중략…) 윤리학이 종교가 아닌 도덕의 학문으로 인간다운 행위의 추구를 종지로 삼고 있는 이상 실질적 가치 윤리학은 인류의 요구에 보다 적절하다고 할 수밖에 없다. (91)

구라타는 "행위와 그에 따르는 가능한 결과 사이의 다양한 관계를 인간의 정신에 의존하여 파악"하는 윤리학을 강조하면서도, 칸트의 윤리학이 '인간의 모든 행위가 인간의 운명과 세계의 과정에 어떻게 영향을 주고받는가와 같은 복잡한 방식을 통찰'하지는 않는다고 했다. 행위의 결정에 형식적인 선에 따라 취하기 때문에 도덕적 회의도 없다. 그러나 그는 이러한 윤리는 '생의 현실에 관해 빈곤하다'고 지적하고 '윤리학이 종교가 아닌 도덕의 학문인 이상 실질적 가치 윤리학'이 더 적절하다고 주장한다. 그러면서 "최근 인간학적 윤리학의 방향이 인격주의와 사회행복주의를 본질적으로 지향하고 조화시키고자 하는 경향을 띠어 가고 있"(96)다고 말한다. 물질적 복리를 강조하는 사회행복주의와 함께 인격주의는 자아실현의 문제, 주체성과 연관된다. 그는 "인간의 목적은 신적 의식의 재현인 영구적 자아를 실현하기 위한 데에 있다"(94)라며, 그 "참된 인간은 공동체 건설을 열렬히 원하며" 그것은 "인간의 도덕적 노력의 협동"(105)에 의해 이루어진다고 한다. 이런 주장은 덕성을 강조하는 동양론에 매우 잘 들어맞는 입론이라 하겠다.

이와 함께 구라타는 "개성을 발전시키기 위해서는 협소한 고립적 자기에 갇히지 않고 사회 연대의 생활 속에 가능한 타인과 협동하는 생활을 넓혀 가야" 하며 "최고의 덕은 의협이(101)라고 강조한다. 「대륙」의 만주개척 사업은 죽음을 불사하는 의협의 현장이다. 여기서 국민을 서열화하는 '교양'이, '정의를 위하여 강자에 맞서서 약자를 도와주는 의로움'이라는 '의협'으로 전화하며, 그것은 협동하는 일본인, 만주인, 조선인간의 '우정'으로 그 계층 질서를 구체화하는 것이다.

오야마를 구하기 위한 하야시 일행의 노력은 일종의 우정의 서사다. 작품 초반에 "빵이 먼저"라고 주장하는 하야시를 두고 "유물론이 등장" 했다고 하면서도 오야마는 그 말에 "동의를 표했다"(14) 즉 이 두 인물은 다른 존재이면서 또한 하나의 정체성을 가진 인물이라 할 수 있다. 여기에는 "자신의 지각을 자신의 존재로부터 분리시켜 동일자의 타자인 친구로 옮기는 함께―지각하기가 관통하고 있으며, 우정은 자기의 가장 내밀한 지각 한가운데 있는 탈주체화"[26]다. 이들 보다 낮은 층위

---

26 조르조 아감벤, 양창렬 역, 『장치란 무엇인가? 장치학을 위한 서론』, 난장, 2010, 65쪽.

에 있지만 마려가 오리엔탈 클럽에 있다가 스파이가 되고 오야마를 구할 때, 그녀는 자신이 "의리"가 있다고 여기며 아버지 조집오를 설득할 때는 일본인을 "만주 동지"(13)로 표현한다. 또한 부정적으로 묘사되는 마적 왕쾌퇴 역시 오야마를 풀어주면서 옛 친구 조집오 일행에게 "의리"(134) 없이 다시 납치하는 일은 없을 거라고 말한다. 또한 오야마와의 결혼 경쟁자였던 유키코는 작품 말미에서 마려와 "친한 친구 사이"가 되자면서 "손을 잡고" "친한 자매처럼"(157) 병동을 걸어간다.

이렇게 '교양'은 '우성, 의리'로 선유되며 종국에는 '이해의 논리'로 귀결된다. 유키코는 오야마를 떠나면서 떠나는 자신을 '이해'해 줄 거라 믿는다. 그리고 "이해라고 하는 감정은 인간에게 있어서 사랑보다 더 존귀한 것으로 무엇보다도 우선시 되어야만 한다고 생각"(162~163)한다. 사랑을 초월한 '이해의 논리'라 할 수 있겠는데 중요한 것은 이 '이해'는 병실에서 도적의 총에 맞은 오야마가 정신이 없는 상황에서도 마려를 찾는 결정적 경험에서 연유했다는 사실이다. 이것은 직접 타자의 고통을 절실히 체험하지 않고 선험적으로 주어진 개적 정신으로 무장한 주체의 '교양'이, 직접 체감이 아닌 간접적·이론적 '이해'에서 그치고 있다는 방증이기도 하다.

요컨대 '교양'이 주체의 자율성·독립성을 강화하는 기능도 하지만, 그것이 외부로부터 부여된 '교양'일 경우 무비판적 지성을 구성하게 된다. 이때 개인은 탈주체화되어 단순히 국가 이데올로기에만 포획되지 않고 '책'이라는 다양한 '교양'을 뒤섞어 모아놓은 창고와 같이 사물화된 존재가 된다는 것을 한설야의 「대륙」이 보여주고 있다.

5. 나가며 – '국민 교양'

한설야의 「대륙」은 일본 '의사 사회주의자'의 전향소설이라 할 수 있다. 지금까지 논의는 사회주의자가 국책담론의 영향을 받았고 한설야가 그것을 드러내 비판하거나, 이와 달리 동조했다는 접근법이 주를 이루었다. 그러나 사회주의 성향의 개척자가 국책담론에 함몰되었다는 것은 그 이면에 쌍방향적 소통·교감이 이루어졌다는 것을 전제해야 한다. 그렇다면 국책담론을 수용하는 내면에 자리한 자질, 다시 말해 '교양'의 성격이 구명되어야 했다. 이는 전향의 동인을 확인하는 기획이다.

다이쇼 교양은 자아실현, 인격의 완성을 의미했지만 또 다른 한편으로 국민주의와 밀착이 시작되고 있었다. 그래서 소화시대 애국자가 된 '의사 사회주의자'는 타자의 삶을 참작하지 않았고 식민자의 무의식을 인종주의적 시선으로 표출하였다. 폭력을 정당화하는 범위를 넘어 쾌락을 느낄 만큼 제주주의자가 됐고, 침략적인 자금투자를 인도적인 사업으로 위장하여 자신들의 위선과 계급 등을 은폐했다. 대학교육을 받은 개척자들은 만주에서 자신의 꿈을 실천하려 했지만 제국의 담론을 되뇌는 '동원된 주체'로 전락하고만 국면이다. 식민지민의 리더로서 최고의 교양을 지녔다고 자부했을 조선 지식인 특히, 전향한 사회주의 문인이 이 작품을 읽었다면 자신의 교양이 지닌 허망함을 (새삼) 자각하지 않았을까.

손유경은 「대륙」의 개척자 오야마와 하야시가 철저히 관군 토벌대의 입장을 따르고 있기 때문에 마적을 주체로 내세우는 데 절반의 성공밖에 거두지 못했다고 지적한 바 있다. 그러나 이 글은 작품이 가해자의 시선으로 타자를 접근하기에 가해자의 (위선적인) 도덕과, 폭력성이라는 양가성을 온전히 드러내고 있다고 생각했다. 또한 손유경은 만주 여성 조마려와, 마적 및 토착 세력에 대한 개척자의 인식이 전혀 상관적이지 않다고 지적했다.[27] 그러나 「대륙」은 국민주의화된 교양을 내면화한 개척자의 시선이 투사되어 소설 각 인물들을 서열화, 계열화, 타자화하고 있다고 보는 게 타당하나.

'일본인-조선인-만주인'이라는 기본 위계질서에서 젊은 두 개척자는 '국민화된 교양'의 자질을 갖춘 순량한 국민이었다. 동일한 일본인이지만 오족협화가 아니라 만몽주식회사의 수익에만 관심을 둔 오야마 겐지와 고토는 '이해의 논리'에서 제외되는 세대라 할 수 있다. 일본에서 『국체의 본의』가 발표되고 개인주의가 비판받는 당대적 맥락을 감안했을 때 「대륙」에서 개인주의자였다가 이를 반성한 유키코는 '이해의 논리'의 범주 안에 자리한다. 문제는 '일본인 : 조선인 : 만주인'이라는 구도의 전복이 만주여성 마려에 의해 이루어진다. '진정한 교양'을 가진 일본인의 배우자 자격을 획득할 만큼 '일본화된 교양'을 갖춘 마려는 두 개척자의 바로 다음의 자리에 위치한다고 할 수 있다.

수많은 지적 저서를 기반으로 한 교양을 비판하고 나온, 사회주의는 사회과학 지식이면서 동시에 '고급 교양'에 해당했다. 따라서 교양이란 본질적으로 (고급) 교양의 수준에 미달하는 많은 이를 양산할 수밖에 없

---

27 손유경, 「만주 개척 서사에 나타난 애도의 정치학」, 『현대소설연구』 42, 한국현대소설학회, 2009, 191~227쪽.

으며, 이들이 끊임없이 자신의 저열성을 되새기도록 하는 상징적 폭력이었다.[28] 여기에 동양론 등 국책담론이 또 하나의 국민 '교양'으로 사람들을 위계화했던 것이다. 요컨대 한설야가 의도했든 의도하지 않았든 가해자의 시선에서 선택, 배제된 점들이 소설 내외적으로 환기하는 바가 그를 저항 작가로 인식 가능하게 한 요인이기도 했다.

---

28   竹內 洋, 앞의 책, p.54 참조.

제3장 『법화경 행자』 이광수의
불교와 중생의 거리

1. 이광수와 불교[1]

1930년대 이광수 문학을 논할 때 불교는 중요하게 고려된다. 식민지 말기 '법화경 행자'를 자처했던 이광수가 불경을 처음으로 접한 것은 방인근 부처와 석왕사에 간 1922년이다. 이때 『화엄경』을 접한 그는 이듬해 금강산에서 『법화경』을 읽게 된다.[2] 하지만 그가 불교를 자기 문학의 사상적 기반으로 활용한 것은 십여 년이 지난 1930년대 중반이다.

---

1 이 장은 이광수의 1930년대 후반에서 1940년대 초반에 이르는 단편소설과 산문을 대상으로 하고 있다. 이 시기 정치적 여건의 변화로 이광수의 입장이 달라진다는 것은 연구자들의 일반적인 평가다. 그러나 '이광수-(수양동우회를 비롯한) 정치적 사건'과 '이광수-민중과의 거리'는 완전히 일치하지 않는다는 점에서 유의해야 한다.
2 김윤식, 『이광수와 그의 시대 2』, 솔, 1999, 231쪽.

이광수가 불교와 접속하게 된 계기는 흔히 1934년 차남 봉근의 죽음으로 설명되고 있다. 『재생』에서 순영의 자살이 보여주듯, 이광수의 소설에는 등장인물의 죽음이 많다. 빈번한 죽음이 이광수의 소설문법의 하나였다. 그러나 등장인물의 죽음의 성격은 아들 봉근의 죽음과 다르다. 이광수는 아들을 떠나보낸 후 죽음을 새롭게 인식하고 표현했다.[3] 계몽주의자인 그가 소설 내 계몽의 길에서 벗어난 인물들을 어김없이 죽이다가 아들의 죽음으로 내세를 고민하게 된 것이다.

이광수는 착한 아들이 죽음을 방편으로 자신에게 바른 길을 제시했다고 생각했다. 이제 불교는 신앙으로써 위안의 기능과 함께 세계의 정신적 진리를 설파하는 지식이 되어 민중의 삶을 인도하는 역할을 하게 된다. 잘못 사는 무리들을 건지겠다는 큰 원을 세운 이광수는 중생에게 불교를 전파하고 인생의 올바른 삶을 제시하려 한다. 이때 이광수의 시선에 포착된 민중의 사상은 유교도 불교도 아닌 "숙명론적 잡신교"였다. 여러 가지 음양설과 잡신교에서 위안을 찾는 민중들에게 『정감록』은 가장 큰 영향을 미치는 '경전'이었다. 지식 정도로 보아 중류 이상의 계급에서도 미신에서 벗어나지 못한 실정이어서, 불교 역시 숙명론적 잡신교의 색채를 띠고 있었다. 그 이전부터 요행, 나태, 미신 등의

---

3 "만일 전설이 말하는 바와 같이, 사람의 몸은 나고 죽고 하더라도 넋만은 전생·후생의 여러 생을 도는 것이라고 하면 사랑하던 너를 오는 어느 생에 다시 만날 때가 있느냐. 악아, 그러하냐.
세상에 모든 종교와 철학과 전설이 왜 있는지를 인제 알았다. 사랑하던 이가 죽은 때에 그 견딜 수 없는 슬픔을 어떻게 처리할까 하는 것이 모든 종교와 철학과 전설의 근본 문제인 줄을 인제 알았다. 그러나 악아, 나는 그중에 어떤 것을 믿어야 옳으냐. 어느 것이든지 네가 살아 있다고 내게 믿게 하는 것을 믿으려 한다." 이광수, 「봉아의 추억」, 『이광수전집』 6 – 無明, 돌배게 外, 삼중당, 1968, 446쪽.

습속에 빠진 민중에게 문제가 되는 것은 "팔자관"이었다.[4] 그들은 아무리 노력해도 부자가 될 수 없다는 숙명론에 빠져 심신의 정력精力을 다하지 않았다. 이를 타파하기 위한 방법으로 이광수는 자연과학의 교육을 하고 윤리적 지식을 갖도록 해야 한다고 제안했다. 이때 윤리적 지식의 보급에는 기독교와 함께 불교가 일정한 역할을 했다.

민중에게 종교라는 윤리적 지식이 필요한 이유는 무엇일까. 김기림은 '현대인의 불행'은 현실의 악착 속에 있는 것이 아니라 현실과 바꿀 만한 성열과 신앙의 대상을 찾지 못한 데서 유래한다고 했다.[5] 각긱 제 자신의 종교(적인 것)를 찾아내면 '얼마간은' 구원을 받을 수 있다는 것이다. 다만 김기림이 종교를 통해 부분적인 개인의 구원 가능성을 말하는 데 비해, 이광수는 그 범위를 사회로 확장한다.

> 이 사바세계란 것이 결코 최선최상은 아닌 모양이오. 그래서 예로부터 이 세상은 완전한 이데아의 세계의 그림자라고한 이(플라톤)도 있고 이 세상은 본대는 완전무결 하였지마는 사람이 죄를 짓기 때문에 이렇게 껄렁껄렁이 되었다는 이(예수)도 있고, 애초부터 하늘나라 보다 못하게 만들어진 것이라(희랍신화)고 한데도 있고, 또 이 세상이란 아모렇게나 되는대로 되어 먹은 것이라고한 이(쇼펜하우어) (…중략…) 또 그와 반대로는 우리가 사는 세상보다 더 껄렁이, 더더 껄렁이, 이 모양으로 수 없는 계단을 나려가서 말할 수 없이 흉악한 껄렁이 세상이 있으니 그것은 다 그 속에 사는 중생의 인

---

4   이광수, 「八字設을 기초로 한 조선인의 인생관」(『開闢』, 1921.8), 『이광수 전집』 17, 삼중당, 1962, 161쪽.
5   김기림, 「현대와 宗敎」(『조선일보』 1939.11.23), 『김기림 전집』 5, 심설당, 1988, 432쪽 참조.

연업보와 원력과 불, 보살의 원력으로 일우어진 것이나라, 이렇게 가르치는 이(불교)도 있지 아니하오?[6]

신앙이 없는 마을의 보잘 것 없는 삶을 지적했던 이광수는, '믿는 바'를 따라서 수행하는 사람은 일언일동이 일치하기 때문에 인격자로서 신뢰할 만한 주체가 될 수 있다고 주장한다. 이처럼 민중의 생활개선과 인격적 고양을 위해 적절한 신앙이 요구되었을 때 이광수는 앞의 「육장기」(『문장』, 1939.9)가 보여주듯 여러 가지 서구 지식과 종교를 두고 심사숙고하게 된다. 이 과정에서 그는 조선민족의 전통적 종교나 철학을 재인식할 필요성을 깨닫고 결과적으로 불교를 새롭게 주목하게 된다.

과학 교육과 윤리적 지식의 필요성을 역설한 이광수는 윤리적 지식과 과학교육이 상치되어서는 안 된다는 입장이었다. 윤리적 지식인 불교는 과학의 정신과 위배되어서는 안 되기 때문에 이광수는 진정한 신앙이란 과학적이라고 한다. 이제 윤리적 지식은 과학적 정신이 되어 인류를 미신이라는 불합리에서 구제하는 등불이 된다. 미신은 원인 없는 결과를 바라는 것, 다시 말해 우연이나 요행을 바라는 마음이기 때문이다. 이로써 이광수는 이제 자신의 불교 포교가 단순히 아들의 죽음에서 오는 심정적 위로에서만 기인한 것이 아니라 나름의 합리적 논리를 갖추게 된다. 그것은 숙명론적인 조선의 민족성을 타파하고 민중이 거짓말로 교제할 수 없는 사람이 되는 것을 막아 사회를 개선하겠다는 신념이었다.

---

6   이광수, 「鬻庄記」, 『문장』, 문장사, 1939.9, 23~24쪽.

불교를 통해 인격을 고양하고 생활을 개선한다는 것은 이광수가 그 이전부터 강조해온 수양론의 연장선에 있다. 1920년대 초 이광수의 수양은 베버의 소명설에 가깝다. 베버는 각 개인이 자신의 직분에 충실하고 금욕주의적 삶으로 구원을 기대해야 한다고 했다. 이광수 역시 각 분야에 일꾼이 턱없이 부족한 현실을 지적하고 사회조직의 각 기관을 분담운전할 만한 인격자의 충족이 필요하다고 말한다.[7] 그렇다면 인격자의 양성은 누가 어떻게 해야 할까.

이때 이광수는 사회가 종교로만 싱립된 것은 아니라면서 당시 야소교인이 삼천만, 천도교인이 백만에 이르지만 이들이 인격자를 양성하는 중심계급이 되지 못한다고 지적했다.[8] 중심계급은 민족적 생활에 공통된 이상을 구하고 조직의 모든 기관을 족히 분담하여 운전할 만한 인격을 겸비한 개인의 집단이어야 했다. 이광수에게 '정의'는 개인적인 도덕의 차원을 넘어 공동체의 선을 지향하고 육성하는 데 있다. 따라서 사회는 "청년들에게 선량한 감화를 줄 수 있어야 하는데 현실은 교육가와 종교가 같은 인격자가 사회에서 냉대를 받고 있"[9]었다. 그래서 과거 이광수는 동맹회에 가담했다.

아모러나 나는 이 집을 지은지 육년 동안에 법화행자가 되랴고 애를 썼소. 나는 민족주의 운동이란 것이 어떻게 피상적인 것을 알았고, 십수년 계속하

---

7   이광수, 「中樞階級과 社會」(『개벽』, 1921.7), 『이광수전집』17, 삼중당, 1962, 151~
       155쪽 참조.
8   "야소교인이 삼천만, 천도교인이 백만"은 이광수의 과장된 표현이다.
9   이광수, 「대구에서」(『매일신보』 1916.9.22~23), 『이광수전집』9, 우신사, 1979, 136~
       137쪽 참조.

여 왔다는 도덕적 인격개조운동이란 것이 어떻게 무력한 것임을 깨달았소. 조선사람을 살릴길이 정치운동에 있지 아니하고 **도덕적 인격개조 운동**에 있다고 인식하게 된 것이 일단의 진보가 아닐 수는 없지마는 나는 나 스스로의 경험에 비춰어서 **신앙을 떠난 도덕적 수양이란 것이 헛것임**을 깨달은 것이오.[10]

그러나 동맹회에 가담한지 십여 년이 지나 아들이 죽었을 때 이광수가 깨달은 것은 여전히 마음은 탐욕의 소굴이라는 사실이었다. 그는 죄에서 벗어나기 위해 겉으로 아무리 고친다고 하더라도 그것은 임시방편에 불과하다는 것을 깨닫는다. 그리고 성경과 아들의 죽음을 방편으로 한 개인의 '양심'을 재해석하게 된 그는, 불교를 지식에서 더 나아가 "신앙"의 수준으로 받아들이려 노력하게 된다. 도덕의 수준을 개인의 양심이 아니라 종교라는 절대적 기준에 빗대어 강화하려는 이 노력의 중심에는 그가 표방한 '수양'이 있다. 그는 개인의 도덕적 순결성과 함께 사회의 점진적인 개선을 위한 '수양'을 강조했다. 그리고 식민지 말기의 '일본인-되기'의 수양에 이르기까지 그 핵심은 도덕의 중요성이었다. 이 도덕은 인격자로 표현되었고, 그것은 지덕체를 갖춘 인간을 가리켰다.

---

10 이광수, 「鬻庄記」, 『문장』, 문장사, 1939.9, 7쪽.

2. '법화경 행자'의 도덕과 유교―「육장기」, 「난제오」

    이광수의 수양이 도덕, 지식의 범주를 넘어 '신앙에 기초한 수양'의 단계에 접어들었을 때, 새로운 '수양'과 도덕의 수준, 사회적 구원의 실천의 관계는 재편될 수밖에 없다. 당시 점진주의적인 사회개혁을 표방했던 대표적인 인물인 이광수가 '법화경 행자'를 지향하기 시작했을 때 그가 생각한 도덕의 수준과 방법론 내지 진정성과 가능성을 구명할 필요가 있다. 그래야만 '법화경 행자'의 실체도 명확해질 수 있다.

    그렇다면 이광수에게 타인의 도덕을 평가하는 기준은 무엇이었을까. 그 이전인 1930년대 중반 이광수는 사람들이 믿을 수 있는 신앙의 대상으로 예수, 불교, 공자, 노장, 자연과학, 산신, 양심 등을 들었다.[11] 이광수가 그 당시 서재에 성경과 불경을 놓아 둔 것에서 알 수 있듯 도덕의 잣대는 여러 가지 지적·영적 결합으로 이루어졌다. 그는 기독교의 를 실천하는 전형적인 인물로 톨스토이를 들었으며, 보살도를 실천하는 대표적 예로도 톨스토이를 꼽았다.[12] 예수의 절대애와 무저항주의 그리고 간디의 비폭력주의는 이광수의 점진주의에 큰 영향을 주었고, 예수의 인류애는 불교와 접합하게 된다. 여기에 이광수가 어려서 배운 유학은 그의 윤리적 지식을 구성하고 있었다. "지·덕·체론에서 덕육은 때로 종교와 관련하여 부각되었다."[13] 인격을 지덕체로 표현한 것에

---

11 이광수, 「民族에 關한 몇 가지 생각」, (『삼천리』 1935.10), 『이광수 전집』 17, 삼중당, 1962, 334쪽.

12 이광수, 「톨스토이의 인생관」, (『조광』, 1935년 창간호), 『이광수 전집』 16, 삼중당, 1962. 236~240쪽 참조.

서 알 수 있듯 덕육은 인격과 관련이 되고 유교, 불교와 연결될 수 있었다. 물론 이광수는 조선이 식민지로 전락하게 된 원인에 유교를 포함했었다. 그러나 "덕을 강조한 공자의 가르침"[14]은 그가 강조한 인격형성의 기반으로 여전히 작동했다.

'법화경 행자'가 되기 이전, 유교가 일정 부분 이광수의 지적기반이었다는 사실을 가장 잘 보여주는 대목은 정결한 마음을 유지하는 방법론에 있다. 그는 '부동심'과 그것을 지탱할 수 있는 '용기와 의지'를 예로 든다. 이것은 유교의 논리를 그대로 차용한 것이다. 맹자는 마음을 키우는 데 장애가 되는 갖가지 물욕의 유혹에서 흔들리는 마음을 붙잡기 위해 용기가 필요하다고 지적한다.[15] 그가 호연지기라 지칭한 이 '용기'가 점점 한 개인의 마음으로 내면화되면서, 마음이 가는 방향인 의지가 굳세어지고 부동심을 유지하게 된다.[16]

1930년대 이후 이광수의 윤리관을 살피면서 불교와 함께 유교를 고려해야 하는 이유는 유교가 이광수가 그토록 강조한 도덕의 수준과 발현양상을 설명하는 데 유용한 도구이기 때문이다. 유교를 체화한 이광수가 불교를 접목한다는 점에서 불교 수용 이전의 삶의 기준이 중요하다. '덕'이 쌓이기 위해서는 실제 삶속에서 '행동'이 함께 이루어져야

---

13 권보드래, 『한국 근대소설의 기원』, 소명출판, 2000, 43쪽을 보면 지덕체론에 대해 알 수 있다.

14 이광수, 「사랑의 길」(『돌베게』(1948.3)), 『이광수 전집』 17, 삼중당, 1962, 345쪽.

15 이혜경, 『맹자, 진정한 보수주의자의 길』, 그린비, 2008, 111∼114쪽 참조.

16 맹자는 인간이 스스로의 노력으로 본성을 실현할 수 있는 존재, 즉 타인의 힘이 아닌 자력에 의해 수양할 수 있는 존재라 봤다(539쪽). 전국시대의 『대학』과 달리 제가백가 시절에 쓰여진 『맹자』는 지식인의 자율성이 보존되어, 지식인의 자긍심 나아가 인간에 대한 자긍심이 강하게 피력되어 있다. (강신주, 『철학 vs 철학』, 그린비, 2010, 741쪽) 맹자의 이런 특성으로 불교를 공부한 이광수가 빚어내는 문학을 이해할 필요가 있다.

한다. 그래서 이광수는 덕을 '사랑'이라는 다른 이름으로 표현하고, 이웃, 국민, 인류 등과 같은 타인간의 '사랑'을 중시한다. 그리고 이광수는 친절이 속 깊은 정으로부터 우러나는 것을 '사랑'이라고 여긴다. 그 친절은 '이웃'에 대한 관계에서부터 시작해야 했다.[17] 이웃과의 관계를 좋게 유지하기 위한 노력은 언행일치를 통한 덕쌓기의 과정으로 인격의 성장을 수반한다. 유교에서도 인간관계의 확장은 인격성장을 위한 필요조건으로 간주된다.[18] 누군가를 동정하고 도와준다는 측은지심을 비롯한 인의예지의 덕은, 상대를 만나면서 커지고 깊어지며 사람늘과 갈등하면서 다져지기 때문이다. 이 과정을 거치면서 인간의 본성에 해당하는 네 가지 품성인 사단(설)이, 인의예지라는 덕의 영역으로 발전하게 되는 것이다. 이광수가 강조한 친절과 이웃은 소설에도 다뤄진다.

그저께는 개천갓집 영감님이 앵두 한 모판을 손소 들어다가 주셨소. 나는 여태껏 그 어른께 아모것도 들인 것이 없는데.

또 그전날은 앞집 환이 아버지가 빈대떡을 부치고 되비지(두부빼지 아니한 비지)를 만들고 술 한병을 사가지고 와서 말없이 나를 대접하였소. (…중략…) 또 지난 공일날 밤에는 뒷집 숙히 아버지가 맥주 두병을 사가지고 와서 나를 대접하였소. 그는 날마다 아침여섯시에 나가서 저녁 일곱시에야 돌아오는 이인데 앞뒷집에 살면서도 한 달에 한번 면대하기 어려운 이오, 섭섭하다고, 내가 떠나는 것이 섭섭하다고 **수없이 섭섭하다는** 말을 하였소.[19]

---

17 이광수, 「사랑의 길」, 위의 책, 338~345쪽.
18 이혜경, 앞의 책, 123~125쪽 참조.
19 이광수, 「鬻庄記」, 『문장』, 문장사, 1939.9, 31~32쪽.

이광수는 소설 「육장기」(1939.9)에서 주인공이 홍지동 산장을 팔고 이사 나갈 때 동네 주위 사람들의 약소한 선물과 아쉬워하는 감정을 표현했다. '이웃'을 표현한 것은 이미 그 이전부터 있었다. 1936년에 결혼식 피로연에서 이광수를 만난 김남천에 따르면[20] 이광수는 부탁한 일도 없었는데 자신의 집에 달려와 라디오 취체를 알려준 아이 얘기를 꺼냈다. 인망을 잃지 않고 살고 있는 듯하다며 이광수가 만족스런 웃음꽃을 피웠다는 것이다. 이 모습을 지켜보면서 김남천은 이광수를 자기만족이 강한 사람이라고 평가했다. 이 무렵 이광수는 "모르는 사람 속에서 좋은 이웃이 되도록 언어와 행동의 관습(이것이 덕이란 것이다)을 이룬 사람을 진정한 문화인"[21]이라고 생각했다.

그러나 이광수가 말하는 '진정한 문화인'이 언행을 조심해서 좋은 이웃[22]이 되는 것이라면, 그가 그토록 강조했던 마음이니 인격이니 하는 말의 무게가 가벼워진다. 그가 현실에서 개인이 행할 수 있는 도덕의 수준을 이웃과의 관계로 설정했을 때 그 가치는 유교를 참고해 보면 알 수 있다. 공자는 『논어』에서 중도中道의 선비, 광자狂者, 견자狷者, 향원鄕愿에 대해 이야기한 적이 있고 맹자 역시 이를 말했다. 중도의 선비

---

20   김남천, 「춘원 이광수를 말함」(『조선중앙일보』, 1936.5.6), 정호웅·손정수 편, 『김남천 전집』 I, 박이정, 2000, 161~162쪽 참조.

21   이광수, 「좋은이웃」(1934.4.21), 『이광수전집』 9, 우신사, 1979, 397쪽.

22   간디의 영향을 받은 이광수가 그와 어떤 차이가 있는지 간단히 살핀다. 조지오웰에 따르면 간디는 善을 추구하는 사람은 그 누구의 절친한 친구가 되어서도, 독점적인 연인이 되어서도 안 된다고 주장한다. 예를 들어 절친한 친구가 위험한 것은 친구끼리는 서로 반응해, 잘못을 쉽게 저지르기 때문이다. 하느님이나 인류를 사랑하려면 특정 개인을 선호해서는 안 된다는 것이다. 이 지점에서 간디의 종교적 태도는 인본주의와 충돌한다. 보통의 인간에게 사랑이란 것은 남들보다 어떤 누구를 더 좋아하는 게 아니라면 아무 의미도 없는 것이다. 따라서 오웰이 본 간디는 내세적이고 반인본주의적이었다. 조지오웰, 이한중 역, 『나는 왜 쓰는가』, 한겨레출판, 2010, 454쪽 참조.

는 이상적이지만 현실에서 만날 수 없고 광자에서 향원의 순으로 선비의 등급을 매기는데, 공자는 견자까지는 괜찮지만 향원과는 상대하고 싶지 않다고 했다. 여기서 향원은 동네에서 신실하다고 인정받은 사람을 뜻한다. 그러나 공자는 향원을 가짜 군자, 즉 군자인 척하는 사람들이라고 규정한다. 왜냐하면 이 사람은 마음을 바르게 해서 마음속 깊이 우러나오는 유덕한 행위를 하는 것이 아니라 유덕한 척 행위를 연출해 낸다는 것이다.[23]

그렇다면 이광수는 왜 스스로 '향원'이 되고, 또 자신을 진정한 문화인이라 지칭했을까. 이제 개인의 도덕을 평가하는 요소로 불교와 유교, 기독교 외에 공리주의를 추가해야 한다. 1920년대 초 그는 "세상에서 영미인을 가장 높이 평가하고 그들의 인생철학인 공리주의를 존중"[24] 했다. 공리주의는 당시 사회진화론과 함께 이광수에게 영향을 주는데 그는 식민지 말기에도 '진화론적'인 사유를 했다. 공리주의는 이웃애를 전유한다.[25] 그래서 이광수는 "나라는 집에서 이웃, 동네, 국가, 그리고 인류로 진화한다"[26]고 주장했다.[27] 공리주의는 선으로 동의된 어떤 가치를 많이 산출해내야 선한 행동으로 평가한다.

---

23 이혜경, 앞의 책, 208~214쪽.
24 이광수, 「八字說을 기초로 한 조선인의 인생관」,(『開闢』, 1921.8), 『이광수 전집』 17, 삼중당, 1962, 168쪽.
25 공리주의는 이기주의를 철저히 추구하면서 이타주의에 이르는 도덕관이다. 이와 달리 니체는 대중사회의 구성원이 무리 속에서 이웃사람과 똑같은 행동을 하려 한다고 말한바 있다. 이광수의 공리주의에 대한 연구가 추후 이루어져야 할 것이다.
26 이광수, 「사랑의 길」, 앞의 책, 340쪽.
27 하타노 세츠코는 베르그송을 분석 도구로 삼아 「무정」을 분석한 바 있다. 베르그송을 이용해 소설 내 '비약'을 설명했는데, 문제는 소설과 산문이 다른 데 있다. 이광수의 산문에서는 '단계적인 발전'을 얘기하고 있기 때문이다. 하타노 세츠코, 『「무정」을 읽는다』, 소명출판, 2008, 234~241쪽 참조.

그래서 마음이 아니라 결과 즉, 행위를 윤리 판단의 대상으로 하는 체계라면, 향원은 그 안에서 대단히 선한 사람에 해당한다. 공자가 중도적 선비와 향원을 평가할 때 기준이 된 것은 마음의 윤리와 행위의 윤리라는 관점의 차이였다. 유학은 마음의 윤리이기 때문에 선악의 평가에서 마음이 위반된 향원은 가짜 군자였다. 그러나 공리주의 관점에서는 결과를 강조하기 때문에 선한 행위를 축적한 향원은 높이 평가될 수 있다.

이렇게 유교에서 가장 낮은 단계인 향원의 가치는 불교에서 이광수가 되고자 했던 행자의 수준을 가늠하게 해준다. 그는 「육장기」에서 『법화경』을 읽으면 자신도 언젠가는 성인이 될 수 있을 거라 말한다. 성인과 관련해 일전에 그는 "아는 사람이나 모르는 사람이나 평등으로 다 사랑한다는 것을 성인의 경계라고 하며, 이를 자비, 인 또는 사랑"[28] 이라고 했다. 불교적인 맥락에서는 모든 죄악의 근원인 탐진치(탐욕, 화냄, 어리석음)를 추가해야 한다. 그렇다면 탐진치를 극복한 성인이 되는 출발점인 이웃사랑과 함께 이광수가 세상의 물욕에 어떤 태도를 취하는지 살피는 것이 행자의 성격을 밝히는 길이다.

나는 내 아내가 없는 동안에 몇 번 회색 무명옷을 만들었다. 그러나 아내는 남부끄럽다고 집어 치워버렸다.

사실 나 자신도 비단옷이 좋았다. 음식이나 거처나 다 화려한 것이 마음에 좋았다. 이 마음을 떼어버리지 못하고 무명옷이나 입는다면 그것은 아내 말

---

28 이광수, 위의 책, 343쪽.

마따나 위선일 것이다.

"돈이 좀 많았으면."(…중략…)

나는 간혹 길가 거지에게 돈을 준다. 내생에나 이런 공덕으로 좀 넉넉히 살아 보자 하는 천한 동기에서다. 나 같이 박덕한 사람이 이러한 동기나 아니면 어떻게 착한 일을 해보랴? (…중략…) 나는 병원에 가기 전에 우선 안동 절로 가서 부처님께 세배를 드릴 것을 생각하였다. 부처님 화상 앞에서 고개만 한 번 끄덕해도 큰 공덕이 된다는 것을 나는 믿는다. **내가 부처님께 정성으로 절을 하면 내 죄가 소멸되어서 어린 것들과 아내의 병이 낫기를 바란다.** 장난 삼아 부처님 앞에서 **합장**을 하더라도 반드시 성불할 인연을 짓는다고 석가여래께서 가르쳐 주셨다.[29]

소설 「난제오」(『문장』, 1942.2)에서 보여주는 '나'의 내면은 너무나 솔직하고, 평범한 사람들의 그것과 동일하다. 서술자와 작가가 같다면, 좋은 것을 탐하고 내생의 공덕을 위해 다른 사람을 도와주는 대목에서는 이광수가 그동안 말했던 이웃사랑이니 인류애의 뒤에 감추어졌던 솔직한 내면을 확인할 수 있다. 불교에서는 탐욕을 금하지만 이광수는 삶을 위해 "돈이 좀 많았으면" 한다. 그리고 그는 1930년대 중반에 종교를 구복신앙화하는 일반 민중들을 비판했었지만, 그 자신도 가족을 위한 염을 드리고 신통력을 기대한다.

그런데 앞의 인용에서 "내생에 잘 살고자" 거지를 도와준다는 것이 불교의 도덕에 위반된다고 생각해서는 안 된다. "불교윤리의 출발은 자

---

29 이광수, 「亂啼烏」(『문장』, 1942.2), 『이광수전집』 6—無明, 돌배게 外, 삼중당, 1968, 290쪽.

발성이 아니라 인과응보에 대한 '공포심'과 진정으로 나를 위하는 마음, '이기심'이다. 진정한 자비심에서 남을 돕는 순수 이타적 삶은 불교 수행이 충분히 무르익었을 때나 가능한 것"[30]이다. 결론적으로 이광수는 출가자의 도덕을 지향한 것이 아니라, 불교에서 재가자에게 현실적으로 주어지는 오계를 지키는 도덕의 수준을 추구한 것이다. 이는 유교에서 낮추었던 향원을 높이 재평가한 것처럼, 불교의 수행자 중 낮은 단계인 행자가 아니라, '재가자 수준의 도덕'을 지키는 행자를 높이 평가한 것이다. 인간은 현실에서 유리될 수 없는 존재이기 때문이다.[31]

3. 아라한과 근기根機의 차등―「무명」

지금까지 이광수의 소설과 산문 사이에 나타난 사유의 유사성과 간극을 드러낸 것은 단순히 그것을 빌미로 '인격'을 강조하는 이광수의 뜻을 깎아 내리는 데 있지 않다. 당시 점진주의적인 사회개혁을 표방했던 대표적인 인물이 생각한 도덕의 수준과 방법론 내지 진정성과 가능성을 파악하는 의미가 있다. 여기에는 1920년대 초 민족개조론을 통해

---

30 金東華, 『佛教倫理學』, 文潮社, 1971, 131~180쪽 참조.
31 천정환은 지식인과 대중의 구별이 사회로부터 거리를 유지하는 독립된(것으로 간주되는) '지성'이 갖는 '전체성'의 환각이 만들어낸 것이라고 지적하고 있다. 이광수는 이 '지성'의 자리에 '도덕성'을 놓거나 추가한 것이다. 이 글에서 이광수의 '덕'과 '법화경 행자'의 수준을 가늠하는 이유도 여기에 있다. 천정환, 『대중지성의 시대』, 푸른역사, 2008, 111쪽 참조.

조선인의 민족성을 낮게 평가했던 이광수의 고민이 깃들여 있다. 이 시기 이광수의 문학을 친일문학이니 민족보존론이니 지칭하는 것도 그 진정성을 향한 의심에 찬 물음들이다. '법화경 행자' 이광수와 민중과의 거리는 그 답을 보여줄 것이다. 이 물음을 불교를 통해 조금 더 확장해 보자.

이광수는 '법화경 행자'를 자처했다. 『법화경』은 경전의 꽃 내지 왕이라 불리는 경전이다. 법화경은 대승불교에서도 가장 '포교'를 강조한 경전으로 일려져 있다. '법화경 행자'를 외친 지라면 대승불교의 이상적 수행자인 보살을 지향하는 게 상식이라고 여겨진다. 이광수는 이미 예전부터 예수의 인류애를 주장하고 우주관을 논했지만, 이 시기에는 재가자의 모습을 갖춘 수행자였다. 따라서 자신을 비롯한 "지상의 범인凡人은 현실적으로 아라한阿羅漢이 목표"[32]라고 말한다.

'아라한'이 목표라고 말한 것은 중요한 의미를 갖는다. 이것은 불교의 이론을 잘못 안 것이 아니라 이광수의 선택이다. 민중과의 거리 즉 측은지심에서 나오는 구원의 손길은 공감의 크기에서 나온다. 민중과의 만남과 선한 행동으로 그 진정성의 깊이가 확장해가는 것이다. 주지하듯 '아라한'은 소승불교의 최고 수행자이고, 보살菩薩은 대승불교의 목표인 열반에 이르는 중요한 과정에 있는 수행자다. '아라한'을 목표로 한 자는 보살과 달리 타인의 삶과 그 고통을 함께 나누지 못한다. 민족의 구원을 이끄는 자가 대승이 아닌 소승의 길을 선택한 것, 이 모순이 가져온 결과는 무엇일까.

---

32   이광수, 「大聖釋迦」(『삼천리』, 1939.4), 『이광수 전집』 17, 삼중당, 1962, 427쪽.

이 시기 이광수의 사상을 불교로 설명하기 위해서는 이 이전과 이후 그의 사상의 변화가 있는지 알아야 한다. 즉 그의 계몽주의, 그리고 그 대상이 되는 민중을 향한 시선의 성격에 어떤 변동이 있는지 말이다.

> **인생이 괴로움의 바다요, 불붙는 집**이라면, 감옥은 그중에도 가장 괴로운 데다. 게다가 옥중에서 병까지 들어서 병감에 한정없이 뒹구는 것은 이 괴로움의 세 겹 괴로움이다. 이 괴로운 중생들이 서로서로 괴로워함을 볼 때에 **중생의 업보는 '헤여 알기 어려워라'** 한 말씀을 다시금 생각하지 아니할 수 없었다.[33]

「무명」(『문장』, 1939.2)에는 '나(진)'와 신문기자 '강' 그리고 전라도 말씨의 팅팅 부은 '윤', 말라빠진 노인 '민', 그리고 설사병자인 '정(홍태)'이 등장한다. 이들이 사는 현실을 『법화경』에서는 화관, "불붙는 집"으로 표현한다. 그리고 불교에서는 중생이 생사로 윤회하는 길을 여섯으로 육도六道라고 한다. 이광수는 육도를 "우리의 지상의 일생에 맞추어 설명했다. 이 중 부정적인 것은 네 가지로, 재물에 대한 탐심이 강렬할 때에 그것은 아귀적 심경이요, 성욕은 축생적이다. 서로 사랑하네 미워하네 원망하고 시기하는 것은 지옥적이며, 자만이라든가 분개라든가 정복욕으로 싸우는 것은 아수라"[34]이다. 따라서 아귀적이고 지옥적인 감옥은 기갈로 아무리 먹어도 배부르지 않은 공간이다. '민'과 '윤',

---

33   이광수, 「무명」(『문장』, 문장사, 1939.2), 『이광수전집』 6-無明, 돌배게 外, 삼중당, 1968, 39쪽.
34   이광수, 「第七心境」(1935.7.23), 『이광수전집』 9, 우신사, 1979, 436쪽.

'정'이 계속 먹고 또 설사병으로 고생하는 것이 이를 방증한다.

문제는 죄를 짓고 동시에 병이 든 사람을 처리하는 작가의 시선이다. 주인공인 '나'는 자신은 죄가 없다고 스스로 자신하는 인물이며, 주위 사람들도 굳이 죄명을 궁금해 하지도 물어보지도 않는다. '여러 등장인물의 추악함과 인생의 비열함을 그리지만 주인공은 성자인 듯한 설정, 이를 두고 당대 젊은 비평가들도 맹렬히 비난한다.'[35] 이러한 당대의 평가는 문학적 완성도뿐만 아니라 작가의 민중 의식의 빈곤을 지적한 것이다.

작품 결말에서 '나'는 석방되고, 전문학교 출신으로 복부수술을 했던 '강'도 출소해서 자신의 잘못을 참회하고 목수로 새로운 인생을 살아간다. 그러나 다른 사람은 모두 죽음을 맞는다. 이러한 등장인물의 차등적 처리는 불교의 근기根機를 그대로 반영한 것이다. "근기에는 종교적인 이해도에 따라 상근, 중근, 하근으로 나뉜다."[36] 상근인 '나', 중근인 신문기자 '강', 하근에 '윤, 민, 정'이 해당한다. 원래 근기를 둔 이유는 근기에 따라 차등적인 교육을 해야 한다는 의미이다. 하근일 경우 더 많은 인내와 도움이 필요하다. 이광수는 교육유무를 기준으로 근기를 구분한다. 그러나 '나'는 사람들에게 아무런 도움을 주지 않는다.[37]

사회 개선을 위해 점진주의를 표방했던 그가 불교를 받아들인 1930년대 후반에도 여전히 소설에서 민중을 배타시하는 이유가 무엇 때문

---

35 임화, 「이광수 씨의 소설 '무명'에 대하여」(『경성일보』, 1940.2.15~16), 임화문학예술 전집 편찬위원회 편, 『임화문학예술전집』 5-평론 2, 소명출판, 2009, 502쪽.
36 민희식, 『법화경과 신약성서』, 블루리본, 2007, 300쪽.
37 이광수의 「무명」에 관해서는 황호덕, 「변비와 설사, 전향의 생정치」, 『상허학보』 16, 상허학회, 2006, 285~324쪽을 참조할 것.

일까. 여기에는 위와 같은 민중관 외에도 다른 요인이 더 있다. 아들의 죽음이 이광수에게 바른 길을 인도하는 방편이었듯이 "무명", 쉽게 말해 가치관이 바르지 않은 이들을 처단해 이를 보는 이에게 인과응보의 공포를 느끼게 하는 것이다. 이것은 다른 말로 사회의 '정의'를 세우는 작업이다. 이광수는 사회가 공평한 세상이 되어야 하고 이를 위해 "부지런한 사람은 넉넉히 받고 착한 사람은 대접을 받고, 악한 사람은 반드시 벌을 받고 마는 것을 정의"[38]라고 했다. 통속적인 이 논리는 이미 1920년대 그의 소설 중 기독교가 소설에 강하게 반영된 「재생」에서 적용되었다. 부정적인 인물은 모두 죽음에 이르는 것이 이광수 소설의 문법이었다.

또한 아라한을 지향한 이광수의 태도에서 기인한다. 대승불교는 본래 수행자의 지적인 깨달음에 조급해 하지 않는다. 이들의 목표는 열반이라는 손에 잡히지 않는 미지의 무엇이 아니라 그곳에 이르기 위해 복덕을 쌓는 과정의 진정성이다. 그러나 소승에서는 이러한 면이 부족하다. 이광수의 소설도 지식인이 흔히 비판받는 에고이즘과, 지식이라는 신앙의 잣대를 강화해 민중과의 거리는 여전히 요원하다. 이것을 잘 보여주는 것이 「무명」에서 '나'란 존재다. 주인공은 움직이지 못하는 병에 걸렸으면서도 소화는 아주 잘하는 기이한 인물이다. 그리고 아무 말없이 앉아 있는 그 모습은 불교에서 말하는 좌선의 수행법을 행하는 '행자'의 그것이다. 물론 좌선은 불교의 기본적인 수행법이지만 개인의 열반을 추구하는 소승적 수행으로 행해질 때 수행자는 같은 병감에 있

38　이광수, 「사랑의 길」, 앞의 책, 344쪽.

는 사람들의 번뇌에는 소홀해지고 만다. 작가는 '나'의 시선을 통해 다른 인물을 그려내고 있지만, 사실상 '나'는 다른 사람에게 무관심하다.

제 죽을 내 앞에 밀어놓았다. 나는 그 뜻이 고마웠으나, 첫째로는 **법을 어기는 것이 내 뜻에 맞지 아니하고**, 둘째로는 의사가 죽을 먹으라고 명령한 환자에게 밥을 먹이는 것이 죄스러워 끝내 사양하였다. (…중략…) **나는 양심에 법을 어긴다는 가책을 받으면**서도 윤의 정성을 물리치는 것이 미안해서 죽 국물을 한 모금만 마시고는 속이 불편하다는 핑계로 자리에 와서 누워버린다.[39]
이때에 "진상!" 하고 부르는 소리가 쑥 나와 있었다. 그 얼굴은 누르스름하게 부어올라서 원래 가느다란 눈이 더욱 가늘어졌다. 나는 약간 고개를 *끄*덕여서 인사를 대신하였으나, 이것도 **물론 법에 어그러지는 일이었다.** 파수보는 간수에게 들키면 걱정을 들을 것은 물론이다.[40]

신문기자 출신 '강'은 남을 지적하는 데 힘을 쏟아 입에서 험한 말이 나오니, 이를 입으로 배설한다고 할 수 있다. 다른 윤, 민, 정은 입으로도 배설을 하고 밑으로도 배설을 한다. '나'는 입으로도 밑으로도 배설을 하지 않는다. 이렇게 사람은 몸과 입과 마음으로 업을 쌓으며 살아가는데, 불교에서는 이를 삼업(身業, 口業, 意業)[41]이라고 한다. 이 삼업을 쌓는 인물의 구도에도 앞에서 말한 근기가 그대로 적용되어 있다. 업을 더 쌓는 사람들이 죽음을 맞게 되는 것이다.

---

39 이광수, 「무명」, 23쪽.
40 위의 글, 56쪽.
41 민희식, 앞의 책, 430쪽.

그런데 '나'는 자신이 죄가 없는 인물이라는 것을 증명하려는 듯이 "법"에 민감한 인물이다. 그가 감옥 안에서 행동하는 원칙은 불교적 양심이 아니라 감옥의 규칙에 기초하고 있다. 이광수가 일본 당국의 감시 아래 있던 상황이라 법을 어기지 않으려는 경향이 반영되어 있을 수 있다. 그러나 병이 깊어져 중환자들이 쓰는 곳에 격리가 된 '윤'이 창문 밖으로 겨우 외치는 소리를 들으면서도, '나'의 머릿속에 먼저 떠오른 것은 감옥의 규칙이다. 타산지석이나 역지사지란 말이 무색해지는 '나'의 소심하고 자기보존적인 태도는 좌선 수행의 의미를 격하시킨다.

그(정)가 때때로 설명하는 것을 들으면 **무량수경 속에 있는 뜻을 대충은** 아는 모양이었으나, 그는 그것을 **실행에 옮길 생각은 아니하는 것 같아서** 불경을 읽은지 이주일이 넘어도 **남을 위한다는 생각은 조금도 나는 것 같지 아니하였다.**[42]

윤은 내가 하는 모양으로 합장을 하다가 내려버리고 말았다. 그리고 다시 정이 먼곳으로 간 때를 타서, "**진상! 나무아미타불을 부르면 죽어서 분명히 지옥으로 안 가고 극락세계로 가능기오?**"[43]

'나'는 무량수경을 읽지만 선행을 하지 않는 '정'을 비판적으로 바라본다. 그리고 그 다음에 나오는 '윤'의 질문에도 대답을 망설였던 것은 불교의 구원이 진정한 참회와 깊은 수행을 필요로 하기 때문이다. 지금까지 살펴본 '나'의 태도에는 작가가 생각하는 불교의 자기 구원의 방

---

42   이광수, 「무명」, 54쪽.
43   위의 글, 57쪽.

식이 반영되어 있다. 그것은 타력他力과 자력의 문제다. 김윤식은 "이광수가 타력을 믿어 관세음보살을 외친다"[44]고 하지만 이것은 적절한 지적이 아니다. '나'는 병감에서 '입'으로라도 공덕을 쌓을 만한데도 그렇게 하지 않는다. 그는 불교를 포교하지도 그들의 고통을 덜어주지도 않고 침묵할 뿐이다.

> 나는 곧 이렇게 물었다.
> "선사도 불상에 절을 합니까?"
> "타불타조하는 중에 무시로 시방 제불게 절을 하는 것이지요."
> "선사도 타력을 믿습니다?"
> "선정에 들어간 때에 무슨 불이니 보살이니가 있겠어요. 내가 곧 부처여든!"
> 선사의 눈은 또 한 번 빛났다.
> "참선하는 법이 어떠합니까?"
> "밖에서 들어오는 것을 막아버리고 제가 알던 것까지 내어던지는 것이요. 그리고 가만히 제 마음을 지켜보노라면 갑자기 환히 깨달아지는 것이지요. 그러니까 세상서 선처럼 쉬운 것이 없지요. 선이란 밖에서 구하는 것이 하나도 없으니까. 또 선처럼 어려운 것이 다시 없지요. 다겁 이래로 끌고 오는 중생의 습기를 벗어 놓기가 참 어렵단말요.[45]

「난제오」에서 선사와 나누는 대화를 살펴보면, 근기가 높은 사람은 "타력"에 의존하지 않는 것을 알 수 있다. 근기가 높은 이도 깨닫기 어려

---

44   김윤식, 『이광수와 그의 시대』 2, 솔, 1999, 247~248쪽.
45   이광수, 「亂啼鳥」, 앞의 책, 298쪽.

운데 낮은 사람은 "타력"을 동원해도 상근을 뛰어넘기 힘들다는 뜻이다. 특히 아라한은 "타력"이 아니라 자력으로 높은 경지에 이른 존재다. 그리고 참선하는 방법에 주목할 필요가 있다. "밖에서 들어오는 것을 막아버리고 가만히 제 마음을 지켜보면 갑자기 환히 깨달아지는 것"이다. 이것은 불교에서 화두를 들고 생각을 막아버리는 간화선看話禪의 수행과, 제 마음을 곰곰이 바라보는 지관수행을 가리킨다. 언뜻 보면, 자력에 기초한 수행법에 가까워 보인다. 그러나 이것들은 열반에 이르는 최고의 수행법이다. 다만, 일반 중생이 이런 수행을 하기 전에 꼭 해야 하는 것이 '계정혜戒定慧' 중에 '계'인 자신을 반성하고 스스로를 고발하는 것. 여기에 더해 항상 노동과 봉사를 해서 복덕을 쌓아야 한다. 수행자는 자신이 할 수 있는 만큼의 보시를 하면서 타인과 자신의 고통을 감당할 수 있는 마음의 정도를 키워가는 것이다. 이것이 대승의 길이다.

그러나 자력을 지향한 「무명」의 '나'는 배설의 화신으로 그려지는 '윤'이나 '민'보다 더 큰 잘못을 저지르고 있다. 다른 이들의 악업을 외면했기 때문일까? 악업은 부처님이나 다른 인격자가 대신 없애주는 것이 아니다. 그래서 참회가 필요한 것이다. 그렇다면 '윤'과 '민'도 업을 피하지 못한다. 그러나 불교의 진리를 알면서도 행하지 않고 눈감아버린 '나'가 다른 이보다 더 업을 많이 쌓는 것이다. 아는 자가 잘못을 저지르는 것, 그것을 더 비판하는 것이 불교의 윤리다. 그렇다면 여기서 질문이 생긴다. 불교신자인 '나'는 불교 교리에 따라 평가를 할 수 있다. 그러나 불자가 아닌 다른 등장인물에게도 동일한 기준의 윤리적 잣대를 들이대는 게 적절한가 하는 점이다. 불교윤리에는 계와 율이 있다. 율은 승려에게, 계는 일반인의 선악기준이 된다. 이 차이를 망각하고 중생을 죽음으로 내몬 작가의 태도에서 민중과의 거리가 선명히 드러난다.

4. 불교적 인과응보론과 현세

불교가 단순히 「무명」처럼 선악을 평가하고 징벌하는 것은 아니다. 내세를 포괄해 설명하고 있지만 불교는 지극히 현세적인 종교다. 변화하는 현실 속에서 한 개인이 매순간 분별력을 갖고 절묘한 결정을 하는 것, 그것을 불교에서는 묘관찰지妙觀察智라 하고, 그것의 확장을 반야의 지혜라 한다. 불교의 인과응보를 숙명론적으로만 해석해서는 안 되는 것이다.

> 저 못난 줄을 진정으로 깨달은 사람일 것 같으면 사람의게 대하여서나 물건에 관하여서나 제 **팔자에 대하여서나 불평불만은 없을 것** 아니오? 나는 이것만은 믿게 되었소.
>
> 그들은 다 문안 잘 사는 집들의 행랑사람들이오. 그들이 빠는 것은 물론 제것은 별로 없고 주인 나리, 아씨, 도련님, 아가씨네의 의복들이오. **좋지아않소?** 그들이 남이 입어서 더럽힌 옷을 빨아줌으로 내생의 공덕을 쌓고 있는 것이오. **아마 다음 생에는 더러는 지위가 바뀌어서** 지금 빨래하고 있는 '행랑것'이 주인 아씨나 서방님이 되고 지금 빨내 시키고 놀고 앉았는 서방님이나

아씨가 무거운 빨래를 지고 지아문턱을 넘게 되겠지오. 한편은 전에 하여 놓은 저금을 찾아먹는대, 한편은 새로 저금을 하는 패가 아니겠소? 요새에 저 자고난 자리도, **저 밥먹은 상도 아니 치우라는 신녀성들**은 필시 다음 세상에는 행랑어멈이나 아보개로 태어날 것이오. 그래서 왼 집안 식구가 먹은 밥상을 혼자서 치우고 남이 낳은 아이를 잔등이 물도록 없고 다니는 것이오. **그래야 공평한 것 아니오?**[46]

「육장기」의 '나'는 현실에서 생활난을 겪고 있는 중생에게 자신의 "팔자"에 불만을 품지 말라고 한다. 그리고 지금 고생하는 것은 "내생"을 위한 "공덕"이기 때문에 빈부귀천이 있는 현실이 "공평"한 것이다. 이것이 불교의 인과응보설일까. 이 논리를 따르면 지금의 중생의 삶은 과거의 업의 결과이며 따라서 현세의 인생은 이미 결정되어 버린다. 그러나 불교는 숙명론이 아니다. 전생의 업이 영향을 미치는 것은 사실이지만 자유의지에 따른 행동으로 현생에서 짓는 업에 따라 미래가 변화한다. 이광수는 1920년대 초에 잘못된 조선의 민족성으로 팔자관을 지적하고, 이것을 타파해야 한다고 역설한 바 있다. 그러나 그는 이제 입장을 바꿔 왜곡된 불교의 논리로 현실을 포장해 민중의 시선을 가로막고 있다.

"계집 미치광이야"

라고, 한 여편네가 다른 여자에게 중얼거리는 소리가 들렸다. 누구한 사람,

---

46 이광수, 「육장기」, 27~28쪽.

이 불쌍한 만영감에게 동정을 갖지 않는 것 같았다. 장님이나 미치광이에게는 비웃게 되어 있는 것이다. 그들은 **전생에, 또한 평생에 죄가 많아 그 죄갚음 때문에 저렇게 되었기게, 그것에 동정하는 일은 서로의 공덕이 되지 않는다고** 믿기 때문이다.[47]

업을 결정론으로 이용한 작품은 「만영감의 죽음」(『개조改造』, 1936.8)에서도 나온다. 특히 업이 "동정"과 맺는 메커니즘은 충격적이다. 아내가 도망가 슬퍼하는 만 영감을 바라보는 동네 사람들의 시선은 싸늘하다. 만 영감의 처지는 자신이 만든 업이므로 동정할 가치가 없기 때문이다. 또한 서로에게 "공덕이 안 되므로" 동정이라는 수고조차 덜 수 없다는 사람들의 태도에는 아무런 온기조차 느낄 수 없다.

상대를 도와주는 것도 아니고, 동정하는 것조차 수량화 · 가치화하는 메마른 현실 앞에서 업의 논리는 왜곡되어 본모습을 찾을 수 없다. "개개인 안에서 싹트는 최소한의 측은지심을 모른 척했다면 그 마음의 싹은 잘리게 되고, 그 다음에 똑같은 일을 당했을 때는 갈등하는 시간조차도 없이 모르는 척하기 쉽"[48]다. 무뎌지는 감정 앞에, '민족의 구원'이란 지식인의 원대한 사명도 인격형성의 기초이자 애국심의 기반인 '이웃 간의 사랑'도 들어설 자리가 없다. 이웃사랑을 강조했던 이광수 스스로도 "전염병이 일어나면 서로 챙겨주던 과거와 다르게 교제를 끊어"[49]버려야 한다고 했다. 이광수의 문학이 당대 세태를 드러내는 측면

47 이광수, 「萬영감의 죽음」,(『改造』, 1936.8), 김윤식 편역, 『이광수의 일어창작 및 산문선』, 역락, 2007, 28~29쪽.
48 이혜경, 앞의 책, 111쪽.
49 이광수, 「이웃사촌」, 『이광수전집』 9, 우신사, 1979, 400쪽.

도 있지만 이광수의 민중에 대한 한 시선이 투사되어 있는 점 역시 부인하기 어렵다.

불교에서는 일상의 경제적 환경을 중요시 하고, 민중이 잘 살 수 있는 여건을 조성해줘야 한다고 주장한다. 「무명」에서 등장인물의 배설과 설사도 생활고의 일종이라 이해할 수 있다. 지주에게 민중을 대신해 따지러갔다가 마름 자리를 빼앗긴 '민'의 경우처럼 이들이 범죄를 짓는 과정에는 사회 환경의 영향도 적지 않게 작용하고 있었다

그럼에도 불구하고 이들이 병감 내에서 욕을 지나치게 하고 음식을 탐하는 것은 "배설"로 폄하된다. 병감이라지만 이들은 몸이 아픈 상황에서 아무런 조치 없이 방치되어 있는 것과 마찬가지다. 몸이 붓는 '윤'이나 심하게 말라가는 '민'이 앓고 있는 설사병과 결핵은 평소 적당한 음식을 섭취하지 못하는 이가 걸리는 전형적인 병이다. 이들과 유사하게 치질로 고생했던 김유정의 경우를 상기하면, 그는 조금만 먹어도 바로 설사를 하면서도 고기를 꾸역꾸역 입에 집어넣는다.[50] 이처럼 아픈 사람이 자기 보존 본능에서 음식을 탐하는 것은 지극히 정상적인 생리다. 수감된 그들이 서로 그토록 싸우면서도 죽음과 외로움의 공포 때문에 '전방'가기를 꺼리는 이유도, 거친 욕을 하는 것도, 고통의 표현이자 죽음에 항거하는 일종의 제스처다.[51] 이러한 맥락이 배제된 채, 「무명」

---

50 김유정, 「病床迎春記」(『조선일보』, 1937.1.29~2.2), 전신재 편, 『김유정 전집』, 강, 2007, 448~455쪽 참조.

51 메마른 인심 속에서 이광수가 민중의 생활여건을 개선하기 위해 내세운 것은 옥수수 재배의 확대이다. 「옥수수」(『삼천리』, 1940.3)에서 산지를 개척해서 쌀 대신 옥수수를 주식으로 하자며, 강원도 원산을 배경으로 다양한 조리법을 제시하고 있다. 이는 곡물 공출이 이루어 지는 전시체제의 모습을 은폐할 뿐만 아니라, "곡물 중에서도 지력을 크게 고갈시키는 대표적인 작물"인 옥수수를 지나치게 강조한 점에서 적절하지 않다. 프랜씨스 라페 외,

에서 이들은 불교의 근기根機와 '인과응보'의 결정론에 따라 폄하되고 차등적으로 처리된다. 이것이 '법화경 행자' 이광수와 중생의 거리다.

5. 전쟁과 행자의 선택

'법화경 행자'는 전쟁에 직면하여 중생의 문제를 넘어서 국가 및 민족과의 거리를 재조정하게 된다. 주지하듯 한 개인이 일생을 살면서 항상 일관된 신념과 그에 맞는 행동을 한다고 생각하는 것은 환상에 불과하다. 어떤 문헌을 뒤지고 그 논리를 분석하는 작업은 한 개인을 신념의 화신처럼 만들어버리기도 한다. 개인을 둘러싼 사회적 환경이 억압적일 수록 우리는 그 내면을 들여다보기 어렵다. 그래서 식민지 말기 극렬한 '협력'의 논리를 주장했던 이광수의 말에 담긴 진정성은 난해한 고민덩어리다.

> 간나가라노미찌(神道)를 방송국 마이크 앞에서 역설했다는 육당 선생, '바늘로 이마를 찌르면 야마도 다마시이(大和魂)란 피가 솟아나게 하소서' 하고 기도했다는 춘원 선생, 이 분들이 만일에 **거짓말을 배운 분이었던들, 자기 자신을 속일 수 있었던들** 이렇게까지 스스로를 광신(狂信)으로 몰아 넣지는 않았을 것이다.[52]

허남혁 역, 『굶주리는 세계—식량에 관한 열두 가지 신화』, 창비, 2009, 52~53쪽.

1920년대 초 이광수를 처음 만났던 염상섭이 "그를 솔직한 사람으로 기억"[53]하고, 본인 스스로도 문학자는 보통 사람보다 솔직해야 한다고 했다. 또한 앞의 인용과 같이 김소운은 '태평양전쟁'이 발발하고 최남선과 함께 지원병 독려를 위해 도쿄에 온 이광수를 "솔직한 사람"으로 바라본다.[54] 그렇다면 유명한 「행자」(『문학계』, 1941.3)에서 이광수가 한 말을 진실한 것으로 온전히 받아들여야 할 것인가. 솔직함과 진정성은 다른 차원의 것이기 때문이다. 김윤식은 이 글을 두고 "식민지 작가가 종주국 비평가에게 스스로의 몸에 똥물을 끼얹음으로써 모욕"[55]을 주었다고 설명한다. 이광수가 대화숙에서 이 글을 쓸 때 일본인이 되기 위한 행자가 아니라 일본에 저항하는 입장(일연이 말하는 법화경의 행자)이었다는 해석이다. 김윤식의 해석이 옳든 틀리든 이광수는 배신자로 비춰질 수밖에 없었다.

조선 지식인의 비판과 일본의 처벌을 받으면서도 자기변호를 할 수 있었던 이유에는 '선구자'를 지향하는 이광수의 욕망에 있다. 그는 '선구자'의 전형으로 톨스토이를 삼는다. "진리를 위해 싸운 杜翁은 비록 생전에는 고통을 당했지만, 사후에 그의 인격과 공적은 세월이 갈수록 더욱 광채를 발한다. 이것이 진정한 불멸이자 사람이 살아가는 길"[56]인 것이다. 이런 견해는 1929년 그의 다른 글에서도 발견된다. 이를 두고 이광수의 '아버지 되기' 욕망으로 명명할 수 있는지를 논외로 하더라도 계급·계층의식을 명확히 엿볼 수 있다. 흔히 지식인이 자신을 희생하

52 김소운, 「逆旅記」, 『金素雲 隨筆選集』 5, 아성출판사, 1968, 32쪽.
53 염상섭, 「文人印象互記」(『開闢』, 1924.2), 『염상섭 전집』 12, 민음사, 1987, 189쪽.
54 김소운, 앞의 책, 32쪽.
55 이광수, 김윤식 편역, 『이광수의 일어창작 및 산문선』, 역락, 2007, 112~113쪽.
56 이광수, 「眞理人」(1935.11.23), 『이광수전집』 9, 우신사, 1979, 464쪽.

고 민족을 위한다는 말에는, 자신의 신념을 절대화하는 자기 과신과 (맹목적) 자기중심주의가 있다.

그 신념은 '선구자'로 하여금 자신이 소속한 집단의 비전을 그리게 한다. 이것이 그를 민중으로부터 '구별짓'게 한다. 이광수는 "사람들이 스스로 앞날을 개척하지 못하며 '우치愚癡', 다시 말해 인과의 이법을 모르고 미신에 맹신하는 것"[57]을 가장 큰 문제로 지적했다. 그렇다면 자신은 세상을 인과의 이법에 따라 설명할 수 있어야 했다. 즉 자신이 그리는 비전이 그 나름의 논리를 획득해야 한다. 여기에 불교가 동원되어 이광수의 친일적인 사고가 정립하게 된 것이다.

> 창씨문제가 한창 시끄럽던 어느날 (⋯중략⋯) 춘원 이광수 씨는 (⋯중략⋯) 심각한 표정으로 창씨개명문제를 꺼냈다. **조선사람이 민족 단위로 살아남을 길은 이미 없어졌으니 우리가 살아가려면 빨리 일본인화하는 수밖에 도리가 없지 않으냐고 역설하고, 나도 빨리 창씨를 하고, 인촌에게도 그 뜻을 권해달라는 것이었다.** (⋯중략⋯) (유진오) "나도 '민족'이라는 것에 무조건 집착할 생각은 없습니다. Bacon적 의미에서 **민족도 언젠가는 idola(우상)로 떨어질 날이 있겠지요. 그러나 현실문제로 조선인에 대한 차별대우가 모두 그대로 있는데, 창씨개명 한다고 해서 어떻게 우리가 일본인이 될 수 있습니까?"** "차별대우 문제는 우리가 아직 황민화가 덜 되었기 때문입니다. 황민화가 완전히 된다면 차별은 자연 없어질 것으로 나는 봅니다." **"그렇다면 일본인과 동등대우를 받으려면 앞으로 몇 백 년 걸리겠군요."**

---

57 이광수, 「잘못된 구복술」(소화15.3.10), 『동포에 고함』, 철학과현실사, 1997, 95~96쪽.

"몇 백 년 걸리더라도 할 일은 해야지요. 무슨 일이든 선구자라는 것은 희생되게 마련 아닙니까." 춘원의 태도는 진지하였다. 그의 황민화론은 돈이나 권리를 받고 장사 속으로 부르짖는 그런 것이 아니라 일종의 종교적, 이상주의적 신념에서 오는 것 같았다. 그러면 그것이 가능할까.[58]

이광수의 친일적 포교는 한 지식인의 지적 사기일 뿐일까. 역사적 비전은 어떤 상상력으로 산출되는 것일까. 창씨개명 당시 유진오의 회상을 보면, 이광수는 더 이상 '민족 단위로 조선사람이 살아갈 수 없다며 일본화할 수밖에 없다'고 한다. 이광수는 어떤 과정을 통해 이러한 결론을 내리게 되었을까.

우리는 인류라든지 인성이라는 말을 제멋대로 쓰는 습관을 가지게 되어 버렸다. 마치 개인이라는 말을 제멋대로 쓰게 된 것과 같다. 그러나 **올바르게 인식할 때, 개인이라는 완전히 독립한 개체가 없는 것처럼, 완전히 보편화된 인류라는 것도 사실상 존재하지 않는다.** 개인이라 하는 것, 또는 그 반대 극단으로서의 인류라는 것도, 하나는 극히 나이브한 감각적인 견해이며, 다른 하나는 아주 추상적인 것, 설사 공상까지는 아니라 할지라도 이상적인 개념이어서 그 어느 것도 현실적인 존재가 아니다. **우리가 현실적으로 인식할 수 있는 것은 실로 민족과 국민뿐이다.** 국민주의에 대해 개인주의라는 것이 있지만, 국민적 성격이나 전통 등이 사상되고 남은 개인이란 과연 무엇일까. (…중략…) 그러므로 어떤 사람이 자기가 독립된 한 개인이라고 생각한다면, 그

---

58   유진오, 『養虎記』, 고려대 출판부, 1977, 80쪽.

것은 착각이나 환영에 불과하다. (…중략…) 이는 **국민 생활**이 **인간 생활**의 단위라는 것을 인정하는 것이다. 사실상 우리는 **국가를 통해**, 즉 **국가에 대한 의무**를 통해 인류에 의무를 다할 수 있는 것이다.[59]

역사적 비전이라는 환상을 만드는데 보통 책들이 이용된다. 그러나 격변기에는 그것보다는 지식인 자신의 '실감'이 기준이 되기도 한다. 앞의 인용이 보여주듯 이광수는 사람들이 사용하는 "인류"니 "인성"이니 하는 말이 주는 환상에 경계했다. 그는 "현실적으로 인식할 수 있는 것은 민족과 국민뿐"이라고 말한다. 또한 그가 도덕의 실천을 이웃에서 삼은 것도 자신의 실감에서 비롯됐다. 이웃이란 우리가 도덕을 시험하는 만남의 출발점이기 때문이다. 이렇듯 그는 '실감'의 문제를 중요시한다.

그렇다면 대한제국이 무너지고 식민지로 편입하는 과정을 실제로 겪은 그가 30여 년이 지나 맞닥뜨린 제국주의 전쟁은 그에게 어떤 미래를 보여주었을까. 이 전쟁은 남의 전쟁이었을까. 전쟁에서 서양이 이기면 새로운 식민지배체제를 맞이하게 되고, 일본이 이긴다면 그들이 표방한 동아협동체가 실제로 이루어지는지 관찰하게 될 것이다. 전쟁이 조선을 식민지에서 벗어나게 해준다는 보장이 없는 상황에서 이광수는 어느 하나를 선택해야 했다.[60]

---

59 이광수, 「내선일체와 국민문학」(『조선』, 1940.3), 『동포에 告함』, 철학과현실사, 1997, 33쪽.
60 협동체론의 수용은 새로운 형태의 국가의 출현과 그 가능성을 그가 기대했다는 뜻이다. 위에서 언급했듯이 한일합방의 경험이 단일 민족국가라는 관념을 약화시키고 협동체의 실현을 실감한 것이 아닐까. (결국 국가주의자) 일각에서는 서구식의 시민사회를 경험하지 못한 이의 대응 양상으로 설명하기도 하지만, 과연 경험하지 않은 것을 얼마나 실감했

이광수는 일본을 선택하고 더 이상 민족 단위로 삶을 영위할 수 없다는 결론을 내린다. 이광수가 일본을 선택했을 때 전쟁은 이제 일본만의 것이 아니라 조선인의 전쟁이 된다. 이는 일본이 표방한 협동체론을 수용했다는 뜻이기도 하다. 사회적 억압 속에 있는 복종에는 피억압자의 '수동/능동적 동의'가 전제되어 있다. 동의에 이은 열정적인 추종, 이 선택의 배경은 맹자의 왕도정치를 통해 일부분 이해할 수 있다.

일본은 과거 맹자를 금서로 정했으면서도 일제 말에는 동아협동체의 왕도정치를 강조한다.[61] 맹자는 능력이 없는 군주는 왕에서 물러나야 한다고 말하고, 군주의 제일 조건으로 덕에 의한 정치를 제시[62]한 바 있다. 여기서 폭력적인 서양이 아닌 천황의 덕으로 무장한 일본을 선택하는 논리가 만들어지며 천황을 높이 찬양하게 되는 것이다. 그리고 선택된 존재 역시 덕을 실천해야 한다. 따라서 「행자」(『문학계』, 1941.3)에서 이광수가 일본인은 거짓말을 하지 않는다고 말한 것은 피억압자의 당당한 요구가 된다. 또한 이광수는 일찍이 "국가간의 다툼은 물질이나 이론이 아니라 감정에서 시작된다"[63]고 했다. 감정 충돌을 없애기 위해서는 조선문화가 일본문화화되어야 했다. 이것은 1930년대 말 일부 문인들이 조선의 지방성을 인정하면서도 민족의 보존을 위해 조선만의 문화를 보존해야 한다고 주장하고 조선어로 문학하기를 주장했던 것과 다른 입장이다. 이광수는 일본인의 불만을 피하고 감정의 충돌을 막기

을지 미심쩍다. 물론 이광수의 사상적 궤적과 잘 맞지 않는다. 그러나 여전히 '실감'의 문제는 중요한 고려 요소다.

61 「신질서와 문학」, 『인문평론』, 1940.6. 2~3쪽 참조.

62 이혜경, 앞의 책, 235~241쪽.

63 이광수, 『이광수전집』 9, 우신사, 1979, 456쪽.

위해 문화도 일본화되기를 바란다. 그러나 이러한 이광수의 염원은 미망迷妄에 불과한 것이다.

이제 새로운 시대의 국가를 이끌어 갈 사회의 '주체'는 누가 적당할까. 「길놀이」(『학우구락부』, 1939.7)에서 '나'가 긍정적으로 바라보는 사람은 소고를 들고 춤을 추는 젊은이들이다. 다만 이들이 사회의 주체이기는 하나 사회도덕의 주체는 아니다. 어린이를 육성하는 이는 '어른'이다. 이광수가 어머니의 희생을 그토록 강조하고, 「무명」에서와 같이 타락한 어른을 죽음에 이르게 한 것도, 사회도덕의 실천자인 '어른'의 중요성 때문이다. 이런 나의 해석과 다르게 어린이와 아버지의 관계를 상정한 입장도 있다. "춘원이 절대적 주체인 천황의 신민이 된 것은 모든 책임을 천황에게 전가하는 어린 아기가 됨으로써 가능했다"[64]는 설명이다. 그러나 앞에서 언급했듯이 이광수가 말하는 '어른'은 사랑의 실천자이자 도덕의 책임자로서 어린이를 육성하고 사회를 이끌어가는 중추적 위치에 있다. 그렇다면 조선인은 어른의 자격으로 일본인화해야 한다.

문제는 책임 있는 어른이 됐든 젊은이든 전쟁에 참여해야 한다는 사실이다. 전쟁은 불교를 비롯한 어떠한 사상에서도 비판적으로 다루어진다. 그럼에도 불구하고 전쟁을 정당화할 수 있는 논리가 마련돼야 했다.

전쟁이 없기를 바라지마는 동시에 전쟁을 아니할 수 없단 말요. 만물이 다 내 살이지마는 인류를 더 사랑하게 되고 **인류가 다 내 형제요 자매이지 마는 내국민을 더 사랑하게 되니 더 사랑하는 이를 위하여서 인연이 먼 이를 희생**

---

64   이광수, 이경훈 편역, 『춘원 이광수 친일문학전집』 II, 평민사, 1995, 9쪽.

할 경우도 없지 아니하단 말요. 그것이 불완전 사바세계의 슬픔이겠지 마는 실로 숙명적이오. 다만 무차별세계를 잊지 아니하고 가끔 그것을 생각하고 그리워하고 그속에 들어가면서 이차별의 아픔을 주리랴고 힘쓰는 것이 우리가 하여야 할 일이겠지오.[65]

"인류가 다 내 형제지만 내 국민을 더 사랑한다"는 이 논리는 유교에서 육친에 대한 사랑에서 시작하는 차등적인 사랑을 반영하고 있다. "죽이면서도 무차별세계를 잊지 않"겠다는 모순적인 발언, 그래서 묵자는 유교의 이러한 태도를 이기심으로 간주한다. 가까운 사람을 더 아끼고 "가족애를 기반으로 한 도덕은 실제로는 배타적 가족사랑, 나아가 배타적 나라 사랑으로 끝날 수도 있기 때문"[66]이다. 결국 이광수의 말은 파시스트의 논리로 수렴되는 것이다. 이 문제는 「무명」에서도 찾을 수 있다. 죽게 되는 '윤', '정'은 경전을 손에 들거나 관세음보살을 외치는 사람이다. 이와 같이 불교에 관심을 보이는 이들에게도 '나'는 친밀함을 표현하지 않는다. 그리고 이들은 병들어 죽어간다. 차등적 사랑이든 완전한 사랑이든, 이 사랑이라는 방법으로는 지식인과, 다른 성격의 민중 사이에 있는 벽을 넘기는 힘들어 보인다.[67]

민족을 구원하겠다며 이광수가 양산한 논리의 한계란 명확한 것이다. 누구에게든 적용 가능하다고 주장하지만, 그 논리에는 타자가 전혀

---

65 이광수, 「鬻庄記」, 『문장』, 문장사, 1939.9, 34쪽.
66 이혜경, 앞의 책, 179~180쪽.
67 지젝은 '피상적 교양'이란 방법을 이야기한다. 인종주의자 백인경찰이 흑인 부인을 뒤쫓다가 우연히 벗겨진 그녀의 신발을 주어주는 순간 시선을 교환하고, 가벼운 고개인사를 하며 아무런 충돌 없이 헤어지게 됐다는 이야기다. 제한적인 상황이지만 신선한 접근이다. 지젝, 김상환 외역, 『탈이데올로기 시대의 이데올로기』, 철학과현실사, 2005, 6~8쪽.

고려되지 않기 때문이다.[68] 그렇다면 「무명」의 죽음은 어떤 의미일까. 논리의 파탄인가 논리적 귀결인가. 민중의 삶이란 조작이 가능한가. 소승인 한 지식인에게 인내의 크기는 어느 정도일까. 민중과 공감이란 가능한 것일까.

김영석의 소설 「형제兄弟」(『문장』, 1941.2)에서 서술자는 지식인 민우가, '가난한 지식인이자 노동자'인 우식과 준식을 절대로 이해하지 못할 거라고 반복해서 말한다. 여기서 이들의 거리는 지식이 아니라 돈이 주는 실감의 크기다. 풍족한 지식인과 가난한 지식인의 닿지 않는 거리, 그렇다면 지식인과 노동자의 거리는 어떠할까. 이 암담한 거리의 표현이 죽음이다. 이는 무기력한 절망의 표현인데 다른 한편으로 민중을 향한 집착이자 이광수 자신의 신념을 다잡기 위한 자의식의 표현이다.

정리하면 '법화경 행자' 이광수는 재가자 수준의 수행자였고 그 도덕은 유교에서 말하는 '향원'에 가까웠다. 동시에 수행자로서 그가 지향한 목표는 소승불교의 최고 수행자인 '아라한'이었다. 자기중심적인 수행 태도는 자기충족적 만족으로 이어졌으며, 범인이 도달하기 어려운 '아라한'이라는 목표 자체가 민중과 차별화된 지적 추구를 보여준다. 그가 불교 사상을 수용한 이후에도 여전히 민중은 계몽의 대상이자 '열등한 어른'이었고 소설 내 민중의 '죽음'은 계속되었다. 그리고 전쟁이라는 시국에서 불교는 전쟁과 전쟁의 수행 주체를 미화하는 논리로 전유되고 만다. 권력에 순응한 자가 뿜어낸 불교적 상상력은 결국 권력에 봉사하는 '이전의 다른 지식'을 대체하게 된 것이다.

---

68 강신주, 『철학 vs 철학』, 그린비, 2010, 509쪽 참조.

제4장

'총력전기' 베스트셀러 서적, 총후적 삶의 선전물 혹은 위로의 교양서

'위안'을 중심으로

1. 정의正義와 파사현정破邪顯正의 시대

2012년 대학교수들이 뽑은 새해 희망의 사자성어는 파사현정破邪顯正이었다. 그릇된 것을 깨고 바른 것을 드러낸다는 의미를 지닌 이 말은, 엄혹한 생존경쟁의 시대와 부조리한 사회를 향한 인문학적 비판과 그러한 시대를 함께 살아가는 우리 모두에 대한 자성을 함의하고 있다. '바름', 다시 말해 사회정의를 갈파하는 목소리는 제 기능을 상실한 듯한 대의정치를 포함해 누적되어 온 사회윤리의 폐단을 더 이상 용인하기 어렵다는 시대적 요구의 강한 표현이었다. 그 이전에 이미 마이클 샌델의 『정의란 무엇인가』란 책이 '정의'라는 사회적 화두를 낳은 바 있었다.

하지만 그것을 산출한 사회의 부조리는 해결되지 않았고, 보다 나은 삶을 기대한 시민들의 욕구도 채워지지 않았다. 실업난과 경기침체, 정치적 부패, 자살 등이 계속되고 심화되었을 뿐이다. 마이클 샌델의 책에서 해결책을 찾지 못한 무수한 사람들은 『아프니까 청춘이다』류의 '위안서'에 기대기도 했고, 일부 청소년은 가수예능프로그램 등 미디어를 통해 삶의 조언자이자 영혼을 '힐링'해주는 선배·지도자로서 '멘토'를 갈망했다. 종교인·소설가·성치운동가, 사수성가한 몇몇 등 여기저기서 '멘토'를 자청한 인물이 연이어 출현했다. 시대적 요청이자 유행이었다는 것이 정확한 지적일 것이다. '(투쟁)정의 ↔ 엄혹한 현실 ↔(개인화된) 힐링과 멘토'의 구도라 할 수 있다.

이런 모습을 식민지 말기를 살았던 사람이 봤다면 (맥락은 다르지만) 기시감을 느꼈을 것이다. 일본이 미국의 진주만을 습격했을 때 "파사현정 破邪顯正의 칼날을 잡은 황군"이 목숨을 내건 "정의의 전쟁"이라고 했다.[1] 제국주의 전쟁을 합리화하고 '적'과 '우리'를 구분하며, '우리'의 범주를 확장하고 효과적으로 동원하기 위한 담론의 하나가 '성전聖戰'이었다. 다양한 전쟁선전 담론은 '문화동원'의 일종이다.

그렇다면 식민지 말기 전시하의 '프로파간다 독물'을 단순히 전시선전물로만 해석하는 경향은 재고되어야 한다. 다양다기한 조선인을 효과적으로 동원하기 위해서는 서적의 종류 역시 다양해야 하기 때문이다. 또한 당국뿐만 아니라 지배-피지배의 상호작용으로 다양한 사회

---

1 「太平洋을 삼키는 이 氣勢를 보라」, 『新時代』, 1942.1, 38쪽.

구성원도 국가 또는 나와 다른 계층·계급을 향해 발화하는 문화상품을 양산하기 마련이다. 미래를 예단하기 힘든 전시하의 삶과, 일본 혹은 조선민족을 위한 '정의' 사이에서 어떻게 살아야 할 것인지 고민하게 하는 상황은, '조언자 및 지도자'[2]와 '위안'이 출현하게 된 시대적 배경이었다.

그렇다면 누가 '조언자 및 지도자'가 될 수 있었는가. 사회의 나이라는 게 있다. 일본에 병합된 지 근 30여 년이 흘렀다. 근대 초기 이광수, 최남선 등이 등장할 때 이들은 '지도자로서 존경할 아버지'가 없는 세대로 자임했다. 그랬던 그들이 나이를 먹고 사회의 선배 자리에 서게 되었다. 교육열이 높았다고 하지만 식민지 말기는 구성원 간 지적격차가 여전한 문화 상황이었다. 그들은 조언자로서 존재증명을 해야만 기성세대의 지도력과 그 '권위'를 보장받을 수 있었다. 당대 청(소)년들도 이들에게 편지나 방문, 강연 등을 통해 조언을 듣고 싶어 했다. 그러나 이 당시 당국의 감시 아래 조선인이 가시적으로 할 수 있는 것은 국책협력이었다. 그 과정에서 친일협력적 발언을 한 문화 엘리트들은 '일본의 감시'라는 명목에서 청년들의 오해와 의심으로부터 벗어날 수도 있었다. 이광수의 『동포에 고함』이 그 한 예다. 따라서 이 당시 지식인의 '조언'이란, 위로만이 아니라 선전선동이라는 방향성을 담보하고 있었다. 급증해가고 있는 지원병 수가 보여주듯 '내지화되어 가는 조선인'

---

2 '일제' 말기는 제2차 세계대전의 종주국들과 식민지 조선의 관계, 식민자와 식민지민 간 동원·착취·협력의 구도, 자본주의와 파시즘의 결합, 전체주의와 총후 이데올로기의 협착 등을 고려했을 때 당시 유통되던 (국제적) 서적의 필자를 '지금-여기'의 조언자나 스승으로서의 멘토로 단순화하기 어렵다. 따라서 이 글에서 다룰 서적의 필자에는 '조언자'뿐만 아니라 '지도자'도 포괄하고 있다.

에게 위로뿐만 아니라 선전선동하는 조언의 내용이란 민족적 고민, 전쟁의 공포를 없애고 단일한 '애국열'로 무장한 내면을 갖게 하는 것이다. 즉, 지금-여기와 달리 '민족', '전쟁' 등의 문제가 개입한 식민지 말기의 전시 서적은 '위로＋선전・선동'의 성격을 띠었다.

그런데 황국신민이 된다 하더라도 사회적으로 부여된 소임은 총을 들고 전선에 나가는 것만이 아니라 직분론이 상기하듯 전시생산에 일조하며 총후적 삶을 영위하는 것이었다. 당국은 효과적인 근로동원을 위해 황국신민으로서의 소명 부여와 함께 전시경제에서도 나름의 입신출세가 가능하다는 비전도 동원해야 했다. 일례로 이 시기 성공한 사업가인 주부지우 사장 이시카와 다케미의『내가 사랑하는 생활』의 경우, 곤궁한 환경을 긍정하는 입신출세의 입지전과 이를 위한 자기계발서・처세서이면서 '우회적이고 간접적인 전시동원물' 등의 복합적인 성격이었다. 여기까지 보면 하나의 서적에 '위로＋선전선동＋자기계발서＋처세서＋입지전'이 그 정도를 달리하며 뒤섞여 있는 사례도 확인할 수 있다. '위안'을 해주는 서적이 전시참여를 강하게 독려하는 선전물과는 다른 형태의 '완화된 동원물'로 존재하며 기능했던 셈이다. 마찬가지로 히틀러의『나의 투쟁』처럼 당국의 강한 전시선전물이라는 책조차도 자기계발서, 수양서, 교양서, 위인전, 위안물, 처세서 등의 요소가 밀도를 달리하며 복잡하게 혼효되어 있었다. 1942년 무렵 식민지 조선인과 식민모국의 일본인이 접한 서적의 성격이 이러하다. 여기에 더 해 구라타 하쿠조의『사랑과 인식의 출발』처럼 그 이전부터 존재했던 인생론, 수양서, 자기처세서가 재조명되거나, 이 시기에 새롭게 번역되어 유입된 앙드레 모로아의『나의 생활기술』,『결혼・우정・행복』등 서구의 서적이 있었다. 이들 책이 경합하면서 지배정책을 강화하거나 체제의 지속성을 확보하는데 일조했다. 교양서와 자기계발서 등이 공존하는 현상에서 전시체제하 (시국과 분리되지 않는) 일상의 지속성을 엿볼 수 있다. 이렇듯 체제내화를 위한 문화동원은 다층적일 수밖에 없었고 그 소임을 해야 할 서적 역시 단일한 성격의 선전물로 귀결되지 않았다.

그렇다면 이 글에서 다룰 서적은 구체적으로 무엇인가. 중일전쟁 이후 진주만 습격에 이어 총력전이 무르익어가는 1942년 무렵의 대표적인 다섯 서적을 골랐다. 식민지 조선 이광수의 『동포에 고함』, 서구는 독일 히틀러의 『나의 투쟁』과 프랑스 앙드레 모로아의 『나의 생활기술』, 일본은 주부지우 사장 이시카와 다케미石川武美의 『내가 사랑하는 생활』과 철학자 구라다 하쿠조倉田百三의 『사랑과 인식의 출발』이다. 식민지 말기 중에서도 '중일전쟁 이후부터, 1942년 5월 일본 각의에서 조선 징병제를 결정'하기까지의 시기는, 식민지 조선인이 일본과 '상상된 조선' 사이에서 가장 깊은 번민을 해야 했기 때문에 매우 중요하다. 이들 책은 모두 베스트셀러에 속한다.[3]

한설야의 『초향』의 예처럼 1942년경 조선작가의 장편소설은 대체로 2원의 가격에 팔렸고, 초판과 재판 등을 찍어낼 때 기준이 2천부였다.[4] (준)베스트셀러의 최소 기준이 2천부라 할 수 있는데, 이들에서 다룰 책들은 모두 이를 훨씬 초과하는 것들이며, 비슷한 시기 식민지 조선에서 모두 유통되어 읽혔다. 정책적으로 배포된 '프로파간다 독물'이

---

3   참고로 베스트셀러와 명작은 구분되지만, 박숙자는 식민지기 '명작'의 의미가 '좋은 책(fine work)'에서 '유명한 책(famous work)'으로 변용되어 번역되었다고 지적한 바 있다. 박숙자, 『속물교양의 탄생』, 푸른역사, 2012, 11쪽.
4   『新時代』, 1942.4, 83쪽.

라는 해석도 가능하다. 그럼에도 그것들은 모두 다른 성격이 중첩된 서적으로 각기 다른 독자와 조응하며 읽혀졌을 것이다. 그렇지만 그 다른 성격이란 (복잡성을 거세하고 양 극단만을 범박하게 말한다면) 당국이 강화된 검열 속에서 허락할 수 있는 (간접이든 직접이든) 동원용 선전물이나, 시국과 거리를 두고 내면으로 침잠하는 소극적 저항자, 동조자 등을 위한 교양서 등으로 한정된다.

다시 말해, 식민지 조선 지식인의 선전물뿐만 아니라 전시하에서 효과적으로 물석·정신석 동원을 수행하기 위해 개인과 국가의 관계를 재배치하고자 했던 당국과 일본 지식인의 서적이 있었다. 당국의 입장에서는 전시에 조선인이 황국신민이 되어 충실한 협조자가 되거나 최소한 직접적 저항투쟁을 하지 않도록 해야 했다. 그리고 이에 상통하는 외국의 서적이 유입되어 체제 강화에 일조했다. 식민지 조선인 역시 새롭게 재편성되는 제국의 질서에서 국가와 심정적·정치적 거리가 각 개인마다 다를 수밖에 없는 상황이다. 이럴 때 왜 당국이 (그 내용의 성격은 실상 뒤섞여 있지만 외양적으로는) 전시동원물, 입지전, 시국과 관계없는 듯 보이는 내면 성찰용 서적 등 전혀 다른 성격의 도서를 그토록 많이 찍어 냈던 것인지 유념할 필요가 있다.

본질적으로 식민지 조선인은 '각자가 생각하는 자신의 정치적 위치와 태도를 합리화하는 내면작업'이 선행되었을 때, 비로소 그 이후 칩거든, 애국이든, 취업이든 현실적인 삶의 태도를 취할 수 있다. 이것은 국가와 개인의 관계를 재배치하려는 당국의 취지와도 일맥상통하다. 또한 이와 함께 이광수와 같은 계몽적 지식인은 조선인이 무능력하지 않은 존재임을 강조하는 방향으로 조선인을 '위안'하려 했다. 이렇듯 중첩된 성격의 합리화와 위로들을 이 시대의 '위안'이라 할 수 있다면, 식민지 조선인은 전해오는 일본의 승전 소식하에서 이 (강요된) '위안' 작업을 통해 (자의반 타의반) 황국신민화되어 갔다. 이러한 총력전의 전시 국면이기에 다른 시기에 각기 다른 글쓰기 영역으로 존재하는 입지전이나 교양서가 중요한 것이 아니라, 그것을 관통하는 '위안'의 성격이 구명되어야 한다.

얼핏 보면 명확히 전시선전물로 분류되지 않는 서적을 왜 그토록 찍어냈겠는가. 서적이 놓여 있는 시대의 정치적·경제적 의미가 그 이전과 전혀 다르다. 당국이 허용한 서적에 노출되어 식민지민은 '위안'을 해야 하는 처지였다. 이런 점에서 총력전하에서 일본이 유포 및 독려한 이 글의 서적은, 단순히 '프로파간다 독물'로 환원되어 규정되지 않으며, 그 복합적인 성격에도 불구하고 근본적으로 '위안'적 성격을 갖는다.[5] 이는 전쟁으로 인해 '식민지 조선-일본제국체제'의 구조가 변동하는 국면을 고려한 접근이다.

요컨대 식민지 말기는 내면이 없는 시기라고들 한다. 그럼에도 총력전시대에 많이 읽힌 서적의 문화사를 통해 당대인이 직접 가시화하여 접할 수 있는 내면의 폭을 가늠할 수 있다. 조선인 지식인이 식민모국을 비판하는 책을 출간할 수 없는 상황에서, 일역된 서양서가 그 기능을 대신해 간접적이지만 국가에 '저항'하거나, 내면으로 침잠해 시국을 외면할 수 있는 토대를 마련했다. 당국은 서구 저작의 일역을 차단하지 못했다. 요

---

5   본 논의와 별개로, 전시체제기 일상적 위문활동과 전면적인 위안 문화의 맥락은 손유경, 「전시체제기 위안(慰安) 문화와 '삼천리' 반도의 일상」, 천정환 외, 『식민지 근대의 뜨거운 만화경』, 성균관대 출판부, 2010을 참조할 것.

즘에는 '저항'의 내포를 식민지민의 나태 및 사보타주 등까지 포괄해 사용하는데, 그렇다면 그 내면의 창출과 관련된 서적이 논의되어야만 한다. 유의할 것은 침잠하는 내면이 체제에 비협력적일 수 있지만 다른 한편으로 '독립'의 정념이 사라져간 자리를 대신한 것일 수 있다. 그럼에도 중요한 것은 총력전기에 내면 성찰의 계기를 갖는 문제다.

또한 주지하듯 총력전의 상황이 일부 여성의 사회적 지위를 상승시키는 효과를 낳기도 했듯이, 이들 서적이 체제지속성의 강화에 일조하면서도 의도하지 않게 긍정적으로 작용하는 점을 찾아보는 것도 흥미로울 것이다. 이와 관련해서는 이성과 지식을 점유한 지식인과, 계몽의 대상인 인민의 분절적 거리가 좁혀져가는 국면이 조명될 것이다.

그런데 선전물은 식민지하라는 정치적 조건을 감안하더라도 매국의 실증적 증거가 된다는 점에서 독자가 '진짜 지도자'를 선별할 수 있는 가늠자가 되었다는 점에서 시사적이다.[6] 해방 후, 무너진 기성세대의 권위에 반기를 들고 궐기하는 청(소)년의 정당성이 식민지 말기 전시선전선동의 '서적'에서 일정 부분 확보되는 것이다. 종국적으로 베스트셀러를 통해 당대뿐만 아니라 식민유산의 흔적을 찾아가는 여로가 된다.

이 글에서 문학작품이 아닌 텍스트 특히 일본 (번역)서적에 주목한 이유는 식민지 말기 독서 장의 경향을 반영한 것이다. 1930년대 말 식자

---

6 비근한 예로, 학도지원병 모집 당시 "소위 조선의 명사란 명사는 이구동성으로 한사람의 낙오자도 있어서는 안 된다", "대의에 살려는 학도의 갈 길은 이것밖에 없다. 무슨 躊躇가 있으며 무슨 浚巡이 있으랴?"하는 식의 발언을 했다. "그래도 이 사람만큼은 이 선생만큼은 양심적 행동을 취하리라 '참' 없는 의를 논하지 않으리라고 믿었던 선생들까지 그렇게 부르짖었을 때 '참말로 우리가 생각하는 正義와 眞理는 그릇된 것이 아닌가'고 재삼 고개를 기웃거려도 보았다." 더 구체적인 실감은 許壤, 「志願當時의 苦悶」, 『학병』, 1946.1, 86~89쪽; 辛金玉, 「名士와 學兵蹶起大會」, 『학병』, 1946.1, 90~91쪽 참조.

충뿐만 아니라 어린이, 여성 독자 역시 일본의 대중잡지와 위인전을 읽었다.[7] 학교가 전시상황에 도움이 되는 시국・전쟁 관련 서적이나 '전기'・'수양서' 등을 장려・감독했고[8] 독자대중 역시 대중소설, 신구소설 등을 저급한 취미로 치부하고 수양서, 전기를 많이 읽었으며,[9] 읽어도 국내소설이 아닌 세계문학을 선호했다.[10]

2. 총력전기 일상의 양가성과 지식인의 자리

'조언자 및 지도자'의 서적을 살펴보기 전에 여기서는 그들을 필요로 하는 민중이 서 있는 일상의 조건을 살펴보겠다. 식민지 말기 지식인의 서적은 당시 무수한 선전물의 하나였다. 식민지 조선 지식인과 서적의 위치를 엿보기 위해, 먼저 일본 당국의 선전 미디어의 지형도를 살펴보고 그것이 민중의 일상에서 작용하는 의미를 구명究明할 필요가 있다.

중일전쟁 무렵 총력전체제로 접어들면서 미디어를 활용한 프로파간

---

7   김성연, 『영웅에서 위인으로—번역 위인전기 전집의 기원』, 소명출판, 2013, 75쪽; 천정환, 「일제 말기 독서문화와 근대적 대중독자의 재구성(1)」, 『현대문학의 연구』 40, 한국문학연구학회, 2010, 75~114쪽.
8   「여성과 독서좌담회」, 『여성』, 1939.11; 「아교의 여학생 군사교련안」, 『삼천리』 14-1, 1942.1.
9   김성연, 앞의 책, 77쪽.
10 임화, 「동경문단과 조선문학」(『인문평론』, 1940.6), 임화문학예술전집 편찬위원회 편, 『임화문학예술전집』 5—평론 2, 소명출판, 2009, 210~224쪽.

다가 활발해졌다. 기원2600년 봉축회 개최 이벤트를 위해 1937년 4월 24일 재단법인이 설립되고 일본 삼대 신문사가 지원에 나섰다. 1937년 7월 14일 신문사들은 북지사변 제1보를 시작으로 전쟁 관련 뉴스영화를 활발하게 상영하고 뉴스영화전용관을 설치해 자본 축적과 국책협력 양자를 효과적으로 수행해갔다. 남경함락(1937.12.17)때에는 신문과 영화가 그러한 전승 분위기를 적극적으로 표현했고 전쟁 분위기를 타고 뉴스영화는 무한삼진 점령 즈음까지 절정의 인기를 누리기도 했다. 신풍神風호 등 항공이벤트가 군용기헌납운동으로 확대·변용되기노 했고, 1940년 11월 보도기술연구회가 성립돼 태평양보도전(1941.2.23~28)을 개최하는 등 1945년 9월 해산할 때까지 활발히 보도를 전개했다. 이외에도 청소년을 대상으로 한 순회교육영화 등 다양한 미디어 이벤트가 행해졌다.[11] 이 뒤에는 육군성 신문반, 내무성 경보국 검열과가 있었으며 1940년 창설된 정보국이 정무政務 선전을, 군 작전계획 및 전략행동 등 통수권과 관련된 선전은 육해군 두 성省이 담당하고 있었다.[12]

이러한 일본 내 스펙터클한 선전은 조선에도 영향을 미쳐 뉴스영화가 상영되고『매일신보』,『경성일보』등에는 종전할 때까지 군함과 전쟁 지역의 지도 등 전시 사진이 삽입되었다.[13] 또한 중일전쟁 즈음『국

---

11 津金澤聰廣 外,『戰時期日本のメデイア・イベント』, 世界思想社, 1998, pp.71~178.
12 金哲宇,『日本戰犯者裁判記』, 朝鮮政經研究社, 1947, pp.56~61. 2차 대전 초반 일본의 선전보도가 순조로웠던 것은 아니다. 동맹국인 독일과 이탈리아, 1941년 4월 일소중립조약을 체결한 소련을 배려하는 차원에서 '구미제국주의' 혹은 '백인제국주의'의 아시아 지배로부터의 해방이라는 선전을 공공연하게 할 수 없었다. 또한 미국과의 전쟁을 피하기 위해 1941년 9월까지 미국을 자극하는 선전을 하지 못했다. 요시다 유타카, 최혜주 역,『아시아·태평양전쟁』, 어문학사, 2012, 40~67쪽. 일본이 인종전쟁론을 금압하고 있을 때, 영·미는 일본을 '호전적침략국'으로 선전하고 자신들은 '평화애호국'이라며 차별화했다. 李晟煥,「打倒英米侵略主義」,『新時代』, 1942.1, 33쪽.

체의 본의』를 시작으로 책과 잡지를 통해 일본 정부의 공식입장이 조선으로 전해졌다. 예컨대 잡지『신시대』에는 전쟁을 총 책임지는 대본영의 육군보도부에서 발화하는 정부의 공식입장이 번역되어 그대로 실린다.[14] 일본 육군성 보도부란 명칭에서 보도란 사회의식의 표현수단이자 국가·사회를 위해 대중의 의식내용을 지배통일하고 새로운 창조와 높은 사회목적의 산출을 지향하는 선전을 뜻하며 일종의 프로파간다의 의미로 쓰인다. 그러나 이 시기 프로파간다는 미디어이벤트나 전시선전물에 한정되지 않는다.

총력전이란 말이 어울릴 만큼 일상이 그 자체로 스펙터클해졌다. 1940년에는 배급제가 실시돼 줄을 서야했고 길거리에서는 국민복과 몸뻬로 의상이 균질화되기 시작했으며 남자의 머리는 짧아졌다. 1940년 11월에는 정오의 묵도가 전국적으로 확대되었고 신사참배를 비롯해 정거장에서는 출정장병 송영 위문을 해야 했다. 모두들 묵도를 하고 있을 때 눈을 뜨고 주위 광경을 살펴본다고 가정해보자. 낯설면서도 익숙한 이 광경을 지켜보는 이들에게 총력전은 '미디어의 스펙터클'과 '상시화된 일상의 스펙터클'이 결합된 형태로 실감되었다고 할 수 있다. 이 스펙터클의 형성에 일조하지 않는 개인은 '국민'에서 제외된다는 점에서 스펙터클은 '감시'와 직결된다.

프로파간다는 감시의 하나의 도구라는 것을 상기한다면 감시의 내

---

13 사진뿐 아니라 미술가들의 '화필 보국'도 활발해진다. 지성렬, 송정훈 등 조선인 종군화가의 개인전과, 조선미술가협회 결성, 반도총후미술전과 결전미술전, 전쟁 기념화 제작 등 다양한 선전활동이 이루어졌다. 여기에 대해서는 안현정,『근대의 시선, 조선미술전람회』, 이익사, 2012, 264~292쪽 참조.

14 馬淵秀雄,「사변 4주년을 맞이하고」,『新時代』, 1941.7, 20~21쪽 참조.

면화는 필수적으로 요구된다. 또한 감시는 동원과 분리될 수 없는 양면성을 지니기도 하다. 그리고 그 선전동원의 정점에는 천황이 있다. 신앙화된 천황제에 대한 신봉은[15] (위장으로라도) 황국신민이 되어야 했던 식민지 조선인에게 필수적 요건이었다. 그러나 특정 종교의 신앙이 다른 종교에 대한 배타주의를 낳기 쉽듯, 전쟁 시기 일본정신과 천황을 믿으라는 '신앙'의 강요는 외부의 적국에 대한 경계에서 나온 것이지만 결국 내부의 적 역시 산출하고 만다. 구미의 개인주의나 서구의 사상을 경계하고 그들이 보낸 스파이를 조심해야 한다고 하면서 역으로 내부에 조선인 스파이는 없는지 제국은 불안하게 되는 것이다. 그 불안의 결과로, 미국과의 전쟁이 벌어지기도 전인 1941년 3월 '사상범예비구속령'을 발동하고 5월에는 국방보안법이 시행되었으며 애국반을 통한 감시와 통제가 심화되고 있었다.

예를 들어 『신시대』를 보면 이 이전에는 외부의 스파이만을 조심하라는 언술이 많다가 1941년 6월에 접어들면 자발적 '서로-자기 감시' 즉, 감시의 내면화를 요구한다. 주위 사람들을 경계하여 말을 조심하라는 등 방첩의 구체적 방법이 설파되는데[16] 이것은 제국의 불안이 표출된 것이며 역으로 푸코가 형벌의 식민지화를 말했듯이 순사보다 이웃이 더 무서운 존재가 되도록 하는 처벌의 경제성이라 할 수 있다.[17] 이는 천황과 일본인을 믿으라고 요구하면서 동시에 조선인 간의 의심과

---

15 일제 당국의 성명 발표와 그 믿음과 관련해서는 이행선, 「(비)국민의 체념과 자살─일제 말·해방공간 성명·선거와 도회의원을 중심으로」, 『순천향 인문과학논총』 31-2, 순천향대 인문과학연구소 2012 참조.

16 大坪義勢, 「방첩독본─스파이의 비밀」, 『新時代』, 1941.6, 108~112쪽 참조.

17 푸코, 오생근 역, 『감시와 처벌』, 나남, 2003, 189쪽.

이간질을 획책하는 지배전략이다. 다음 절에서 구체적으로 살펴볼 문화엘리트의 '서적'도 이러한 맥락하에 놓여 있다.

당국의 끊임없는 의심과 이간질이 조선인 다수의 친일협력적 행동을 산출했고, 그럼에도 식민지 조선인은 '죽음'으로 자기증명하지 않는 이상 진정한 '황국신민-되기'가 어려웠다는 것은 특히 황군과 관련해 일반화되어 있는 논의이다.[18] 해방 직후 인민이 총력전의 그것과 성격이 다른 '거리의 스펙터클'을 접하게 되었을 때, 그 개인의 내면을 구성

18 정인택의 「뒤돌아보지 않으리」,(『국민문학』, 1943.20)에서 지원병으로 출정한 아들이 어머니에게 보낸 서신에 "죽으면 저는 황송하게도 야스쿠니 신사에 신으로 모셔질거예요. 어머니는 유족의 한 사람으로 저를 만나러 도쿄에 갈 수 있어요"라고 쓴다. 조선인 지원병 1기가 신사에 모셔진 것처럼 소설 속 '나'도 조국과 천황을 위한 명예로운 죽음으로 기억되기를 원한다. 그리고 이 죽음은 사쿠라꽃과 상징적 연관성을 맺고 있다. 주지하듯 사쿠라는 무사도에 표현된 대화혼을 표상하는 꽃으로서 전몰병사를 위령하기 위한 것이었다. 다시 말해 사쿠라꽃은 병사와 무사 사이의 상징적 관련을 매개했다. 메이지기 니토베 이나조(『무사도』) 등에 의해 재구축된 무사도는 천황을 위한 희생의 관념과 그 전개에 핵심적인 역할을 했다. 당시에는 천황에 대한 충성이 병사의 죽음을 전제로 한 것은 아니었지만 일제 말기에는 무사뿐 아니라 병사에게도 죽을 자격을 부여했다. 이 과정에서 사쿠라꽃은 병사의 혼을 표상하게 된 것이다(오오누키 에미코, 이향철 역, 『사쿠라가 지다 젊음도 지다』, 모멘토, 2004, 214~219쪽). 징병제 시행으로 내선일체가 (거의) 완성돼 일본인으로 인정받게 됐다고 생각한 조선인 '나'는 죽음으로 또다시 그것을 확증받으리라 생각한다. 이것은 앞서 말했듯이 황군의 죽음에 대한 당대 조선인의 공적 담론이기도 했다. 그러나 재조일본인 시오이리 유사쿠의 「선택받은 한 사람」은 이와 사뭇 다른 일본인의 속내를 드러내고 있다. 평범한 일상을 살아가는 한 조선인 이와모토에게 '(일본의) 시간'이 찾아와 일본을 위한 죽음을 사실상 요구한다. 그러면서도 죽음에 조건을 단다. 조국의 승리를 위한 숭고한 희생·영웅적 의식도 버리고, 죽음의 방식도 영웅적이지 않으며 병이나 불의의 사고가 될 것이라고 한다. 이 조건을 감내해야만 조선인의 죽음을 수용하겠다는 '배짱'까지 부린다. 일찍이 니토베 이나조는 공명심 있는 무사는 자연사를 오히려 한심하다고 간주했으며 그렇다고 죽음에 아첨하는 것은 비겁한 짓이라고 말한 바 있다(니토베 이나조, 일본고전연구회 역, 『무사도』, 문, 2010, 110~116쪽). 그렇다면 동일한 맥락에서 '시간'의 요구는, 목숨을 바치지 않고 일상의 욕망만을 즐기는 일반인의 자연사를 인정치 않으며, 목숨을 동원하면서도 무사 및 병사가 누렸던 '명예'는 (내선융합에도 불구하고) 결국 일본인이 아닌 '조선인'은 누릴 수 없다는 '경고'로 해석될 수 있었던 것이다.

하는 경험의 결에는 이러한 '감시의 내면화'의 축적이 상당히 진척된 상태였을 것이다.[19] 식민지 말기에 친일협력적 '서적'을 썼고 그것을 사람들이 봤다는 과거의 지울 수 없는 흔적, 그에 대한 지식인의 공포도 그 하나의 예이다. 그 결과로 나타난 (일종의 과오라 할 수 있는) 사태의 성격을 구명해야 해방 직후 현실참여를 놓고 지식인이 머뭇거리는 속내를 엿볼 수 있을 것이다. 그렇다면 죽음과[20] 황국신민의 논의구도에서 벗어나, 식민지 조선인의 또 다른 실존적 조건을 구명해야 식민지 경험의 결을 다양화할 수 있다. 스펙터클이 일상의 감시와 연결될 수 있었듯이, 전쟁동원이 아닌 일상의 동원과 감시차원에서 일본 당국이 요구한 '죽음'의 의미를 재구할 필요가 있을 뿐만 아니라, 조언자의 '서적'은 '(준)자기계발서'이기도 하다는 점에서 지속되는 일상과 '처세'[21]의

19 상당수 내지 일본인들이 조선인이 일본인화되는 것을 경계한 것처럼 그 본심의 진정성을 향한 조선인의 회의는 본질적인 문제였다. 그래서 임화의 고백처럼 이 시기를 관망하면서 만일 전쟁에서 일본이 이긴다면(「문학자의 자기비판」, 좌담회, 『인민예술』, 1946.10, 44쪽 참조) 그때는 일본인화할 수 있지 않을까 생각하면서 섣불리 협력하지 않은 이도 생겼던 것이다. 또한 시행된 징병제가 '황국신민-되기'의 과정이 아니라 단순히 제국을 위한 희생양이 아닌지의 문제가 당대의 고민거리이기도 했다.

20 조선인 장병의 죽음은 일본의 전쟁과 부인회의 위세를 과시하기 위한 도구로 이용된다. 장례식이 끝난 뒤에는 반도가 낳은 자랑스런 유족들은 조선총독부의 선전물로 이용되었다(김윤형, 『나는 조선인 가미카제다』, 서해문집, 2012, 261~273쪽). 길견준재에 따르면 장례는 대관식과 같은 국가제전, 탄생일 파티, 스포츠 이벤트와 같은 대중적 행사와 함께 의례(儀禮)에 해당한다. 미디어에 의해 적지 않은 관중의 이목을 끄는 의례는 국가라는 추상적인 집합체를 상상의 공동체로 바꿔가는 조작을 일상적으로 행하는 장치였다. 또한 그는 『미디어 이벤트』를 쓴 다니엘 다얀이 미디어 이벤트를 세 가지 유형으로 분류한 것을 소개한다. 다얀은 대관형(戴冠型, 전통적 지배─괄호의 것은 베버의 분류), 올림픽 등 경쟁형(競爭型, 합법적 지배), 정치지도자·모험자의 외부세계 방문은 정복형(征服型, 카리스마적 지배)로 나누는데 대통령의 장의(葬儀)는 대관형에 속한다. 대관형은 엘리자베스여왕의 대관식, 찰스 황태자의 결혼식, 케네디 대통령의 장례식과 같은 라이프 사이클 의례를 지칭하며, 관례에 따라 반복적으로 이루어진다. 吉見俊哉, 「メディア·イベント槪念の諸相」, 『近代日本のメディア·イベント』, 津金澤聰廣 編, 同文館, 1996, pp.13~18.

21 일례로, 해방 후 김창희(金昌熙)는 친구에게 보내는 서신 형식의 글에서 식민지 시대

문제가 더욱 중요하다.

주지하듯 식민지 조선인이 죽음으로써만 황국신민이 될 수 있다는 통념은 일상의 영역에서는 절반만 맞는 논리였다. 일본이 실제 조선인의 죽음으로만 그 진정성을 신뢰하고자 했던 것은 아니다. 일본이 '일사보국一死報國', '순충애국殉忠愛國'을 제창하기는 했지만 이것은 진정한 국민의 자세를 가리키는 언술이지 군인이라고 해서 모두 전쟁 일선에 나가 직접 싸우다 죽기를 의도한 것만은 아니었다. 지원병을 모집했을 때 당국의 시선을 살펴보면 그것을 확인할 수 있는데, 군대 내에서도 당대 중요한 시대논리 중 하나였던 '직분론'이 적용되고 있었다. 예컨 대 "혈기지용血氣之勇으로 제일一선에의 출동만이 지원의 동기가 된 자" 는 오히려 곤란했다. 또한 지원병 중 "지원의 동기가 전혀 자기일신의 명예욕에서 나온 자, 더욱이 지원병이란 지위를 얻어 장래 취직의 수단 을 삼으려는 소망을 가진 자 등 자못 불순한 동기 혹은 그릇된 애국심 에서 나선 자, 또 입소하여 훈련의 수료와 동시에 귀향을 원하는 류의 의지부족한 자 혹은 가정 사정을 우려하는 나머지 어봉공의 열의가 없 고 변변히 망향의 정에 잠기는 자"[22] 등이 불신의 대상이었다.[23] 이러한 현실적 필요에서 '서적'은 지나친 애국열을 조정하고 일상에서 전시 직 분을 충실히 수행할 수 있도록 매개하는 소임을 하기도 했다. 이럴 때 조선인에 대한 당국의 상시화된 의심과 회의가 은폐되고, 일상 속에 국

때 배운 것은 "천박한 처신술, 얄다란 지식, 아첨하는 방법"뿐이라고 말한 바 있다. 『민 성』, 1948.8, 267쪽.

22　훈련소, 「志願兵은 이렇게 訓練한다」, 『新時代』, 1941.12, 83~84쪽.

23　따라서 재조일본인 시오이리 유사쿠의 소설 「선택받은 한 사람」에서 '시간'이 평범한 일상을 살아가는 한 조선인 와카모토에게 명예 없는 죽음을 요구했던 것은 충성의 겸양 과 진실함을 확증하고자 했던 의미이다.

체관념이 '완화된 형태'로 침투하고 확산될 수 있었다.

　정리하면, 조선인은 너무 협력해도 제국일본의 입장에서는 골칫거리였고 국책을 외면하고 소홀히 하기에는 애국반 등 감시체계가 전방위적이었으며, '일상'에 침투한 직분론은 '사소한 일'에도 황국신민으로서 진정성을 요구했다. 그래서 이 시기는 황국신민인 듯 일하면서 조선 독립을 수행하는 '가발쓰기'[24] 형식으로 당국의 시선을 회피하는 것은 상당히 어려운 시대였다. 또한 역으로 그만큼 솔직한 내면을 겉으로 드러내기 어려웠기에 해방 이후 역설적으로 위장이니 가면이니 하는 식으로 과거를 합리화할 수 있었던 상황이 형성됐다. 그만큼 내면의 곤궁함이 있었고 조선인 사이에서도 서로의 속마음을 알기 어려웠다. 조선인들이 내면을 솔직히 소통하지 못했다는 것은 제국일본의 국력, 혹은 전쟁이라는 절대절명의 '상황'을 인정하고 동조해야 한다고 생각한 조선인도 있었을 거라는 의미다. 또한 이미 '일본화된 조선인'에게 일상은 감시가 아닌 당연한 의무이기도 했다. 이렇듯 '조선민족'과 '일본국민' 사이에서 분열하고 혼란해 하며 자신의 실존을 돌볼 수 있는 것이 아무것도 없는 상태에 '조언자·지도자'가 존립할 근거가 마련된다.

　김남천의 소설 「녹성당」에서 확인되듯, 조선청년들은 지식인이자 민족지도자격인 문사를 찾아 강연을 부탁하고 고견을 듣고자 했다. 그러면 강연자는 당국의 보이지 않는 시선을 의식해 일본에 협력하라는 말을 하는 게 일반이었고 강연 뒤에 몇몇 청년이 찾아와 이제 솔직한

24　이것은 미셸 드 세르토의 개념을 참조한 것이다. 여기에 대해서는 이승철, 「후기자본주의에서의 권력 작동 방식과 일상적 저항전술에 관한 연구—기 드보르와 미셸 드 세르토를 중심으로」, 서울대 석사논문, 2006, 91~98쪽.

생각을 말해달라고 하는 것이 지금까지 전해지는 정형화된 서사의 틀이다. 선배단先輩團의 일원으로서 도쿄에 파견돼 학병 지원 권유 연설로 유명한 최남선도 만주 건국대학 교수시절 집에서 조선학생에게 일본은 망할 것이라는 말을 했던 것을 친일파가 아니라는 알리바이로 활용하기도 했다.[25] 즉 '조선민족'과 '일본국민'의 경계에서 곤란한 위치에 있었던 것은 조선민중만이 아니라 조선 지식인도 마찬가지였다.

'황국신민-되기'의 문제는 지원병 지원과 같은 '순간의 선택'으로 한정되지 않았다. 결단은 창씨개명, 학도병, 징용, 언어 등 삶의 계속적인 조건이었다. 그래서 중일전쟁 이후에 1938년 2월 3차 조선교육령이 개정되면서 조선어가 수의과목으로 전락하고 1941년 3월 조선어과목 폐지가 공포될 때 조선문학 청년들은 유진오나 이광수 등에게 조선어로 문학작품을 써야 하는지 서신 등을 통해 물었다. 또한 그들은 일본의 전쟁에 참전해야 하는지 조언을 듣고자 했다.

하지만 '조선민족'과 '일본국민' 사이에 지식인이 서 있었다 하더라도 조선민족의 입장은 최남선처럼 회고를 통해서 전해질 뿐 당시 책과 신문 등으로 가시화될 수 있는 건 '일본국민'의 태도뿐이었다. 동시에 조선 지식인이 산출하는 책뿐만 아니라 일본인과 서구 정치·문화엘리트의 저서도 있다. 이 책들이 경합하며 독자에게 산출하는 효과는 대단히 복합적일 수밖에 없다. 책의 필자 역시 단순히 조언자나 스승으로서의 멘토mentor를 넘어 '지도자'의 위치에 있기도 했다.

이러한 점을 감안하여, 이 글에서는 식민지 조선 이광수의 『동포에

---

25 류시현, 『최남선 연구』, 역사비평사, 2009, 271~301쪽 참조.

고함』, 서구는 독일 히틀러의 『나의 투쟁』과 프랑스 앙드레 모로아의
『나의 생활기술』, 일본은 주부지우 사장 이시카와 다케미石川武美의 『내
가 사랑하는 생활』과 철학자 구라다 하쿠조倉田百三의 『사랑과 인식의
출발』을 텍스트로 삼았다. 모두 식민지 말기 조선에서 상당히 읽혔던
책들이다.

3. 총후적 삶을 지탱하는 베스트셀러와 동원

1941년 간행된 이광수의 『동포에 고함同胞に奇す』은[26] 동년 10월에 이
미 46판, 1원 30전에 팔리고 있었다.[27] 평론집인 이 책은 이광수를 "내선
일체 황민화운동의 선봉에 선" 인물로 소개하고 있다. 오늘의 시선에서
보면 친일 행각의 선두에 선 인물을 당대인들은 어떻게 바라봤을지 궁금
한 대목이다. 그를 포함해 그 세대가 '조언자·지도자'의 위치에 있었냐
는 물음이다. 주지하듯 최남선, 이광수, 홍명희 등이 활동을 시작했던
1910년대 그들은 스스로 '아버지'가 없는 세대라 칭했다. 이들은 이전
세대에게 조선 망국의 오명을 짐 지우고 최첨단 근대 교육의 세례를 받은
새시대의 주역으로 자임했다. 이런 그들이 20~30여 년의 세월이 흘러
사회의 '아버지 세대'가 되었다. 1942년 무렵 교육 받은 남자가 23~28

---

26 香山光郎, 『同胞に奇す』, 東京 : 博文書館, 1941.
27 『新時代』, 1941.10, 39쪽.

세, 여자는 19~23세에 결혼하는 게 적당하다고 봤으니[28] 그들은 아버지, 빠르면 할아버지에 해당하는 나이였다. 1942년 춘원은 51세, 주요한은 43세였다. 이들의 모습은 춘원뿐만 아니라 최린이 잘 보여준다. 민족대표 33인 중 한명이었던 천도교 대표 최린 역시 가야마 린佳山麟으로 창씨개명을 하고 애국운동을 외치며[29] 한창 일본에 협력하고 있었다.

그럼에도 이들은 젊은이들에게 스승이고 '조언자'였다. 청(소)년이 스스로 고른 '조언자'에게 서신을 보내고 '조언자'는 모르는 사람의 물음에 답장을 보내는 것, 여기서 더 나아가 청년이 직접 자문을 구하기 위해 방문을 하는 감각은 '지금-여기'의 관점에서 봐도 조금 낯설다. 무엇보다 친일 행적이 확연해 보이는 시점에 이런 상호교섭이 이루어지고 있어 '친일파'가 무엇인지 고민에 빠지게 한다. 더욱이 당황스러운 것은 서신의 내용이다.

일례로 이광수는, 국민학교 훈도의 월급으로 어머니와 임신한 아내, 아이들을 부양하기 어려워서 미래를 위해 전문학교에 입학하는 게 어떠하냐는 서신을 받았다. 지극히 시국과 무관한 사적 질문이다. '충실한' 황국신민으로 행세한 이광수는 직업은 성직이라며 훈도의 사명을 다하라고 권하지만 훈도는 전문학교에 진학했다는 내용이다.[30] 원래 '조언자'는 자신의 조언에 대한 상대(질문자)의 '배신'과 함께 하는 운명이다. 하지만 이광수의 조언은 현실과 먼 이상론이자 다르게 보면 전시하 황국신민이 지녀야 할 직분론에 가까웠고, 결과적으로 그 설득력은

---

28   「校門을 나서는 靑年들의 結婚思想을 듣는 座談會」, 『新時代』, 1942.1, 139쪽.
29   佳山麟, 「半島に於ける愛國運動と思想問題」, 『新時代』, 1941.11, 50쪽.
30   香山光郎,, 「半島の第妹に奇す」, 『新時代』, 1941.10, 32~34쪽.

부족했다. 하지만 훈도에게 편지를 받을 정도로 그는 이 시기 젊은이의 '조언자' 역할을 했다.

　이광수는 여전히 식민지 조선인에게 영향력 있는 위치에 있었으며, 그만큼 『동포에 고함』이 가진 파급력 또한 상당했을 것이다. 그를 이미 비판하던 당대의 민족주의자에게는 이 책이 친일 확증의 재판再版이었을 것이나, 일본에 동조할지 고민하던 이들에게는 하나의 지침서가 됐다. 일본의 입장에서도 그는 유력한 일본의 '지지자'였다. 당국의 입장에서는 중일전쟁 이후 전쟁이 장기전으로 접어들면서 식민지 조선인을 '전쟁 동업자'로서 활용할 필요성이 높아지는 상황이었다. 그만큼 이들의 내면을 관리할 필요가 있었고, 이를 조장할 조선인 지도자가 필요했다.

　이미 이광수가 수양동우회 사건에 휘말릴 때 윤치호가 흥업구락부 사건에 연류 되었고 일본은 윤치호를 영입하기 위해 중추원 참의 제안을 했었다. 이때 윤치호는 "만약 조선사람 사이에 있다고 판단되는 자신의 명망 때문에 공직을 주려 한다면, 그 명망은 자신이 공직을 받는 순간 사라질 것"이라며 거절했었다. 그러던 그가 1941년 중추원 고문직을 수락하고 흥아보국단 위원장에 선출되었다.[31] 그 이전에는 총독부나 기타 일본 관련 공직을 맡으면 비난을 받았지만 '1941년 시점'이란 그것조차 하기 어려울 만큼 폭압이 강화된 시점이었던 것이다. 따라서 이 무렵에는 일본을 지지해도 '민족적 명망'이 훼손되지 않을 만큼 조선인들 사이에서 '이해'됐다고 볼 수 있다.

　『동포에 고함』은 평론집이라고 광고 됐지만 청년에게 권하는 자기

31　박지향, 『윤치호의 협력일기』, 이숲, 2010, 174~175쪽.

계발서, '예절규범서', '황국신민-되기' 위한 수양서, '자기관리서' 등 복합적 성격의 글이다. 젊은이에게 '황국신민-되기'를 권장하는 이 책은 이광수가 당대 정세를 판단하는 정치감각을 확연히 드러내고 있다. 그가 봤을 때 전세계적으로 각지에서 발발한 "전쟁에서 패배한 나라는 민족의 생존을 보장받기 어려웠다. 이광수는 명징하게 인식할 수 있는 것은 오직 국민과 민족이며 지나사변으로 진화적 비약을 했으며 1940년 4월 이래 내외정세가 크게 변했다"고 강조했다. 1940년 4월이면, 그전 3월에는 중국에서 남경정부가 수립될 때고, 4월 이후는 독일의 서부전선 약진에 고무되어 일본이 남방무력침략 방침을 결정하던 즈음이다. 전쟁의 확전과 일본의 국력이 재삼 확인된 국면이었고, 더욱이 창씨개명 등록이 진행되고 있던 무렵이다.

이광수는 조선인을 대하는 일련의 "제도가 우선 개선되어야만 일본에 마음을 열 수 있다"고 생각했었다. 실제로 당국은 '지원병제, 창씨개명, 의무교육'라는 '당근'을 제공하여 식민지 조선인이 식민 모국에 갖는 불만의 명분을 희석시켜버렸다. 이에 부응한 이광수는 "민족주의 의식을 일본제국주의로" 확장해야 한다고 주장했다. 과거 조선민족주의 지도자들은 시국의 급변으로 황국신민이 된 '조선인'의 외면을 받게 됐다. 오히려 이광수는 이들 방관자에게 시국을 인식시키는 사업이 중요하다고 역설했다. 지식인뿐 아니라 방관하거나 무관심한 일반 민중의 마음의 "근본에는 자기중심의 윤리주의"가 있다는 것이다. 이에 대해 더 구체적인 설명을 덧붙였는데, 그는 개인주의를 기반으로 한 민주주의를 비판하고 개인이 국가에 "권리를 요구하는 것은 파괴해야 할 구질서"이며 개인은 국가의 "소속된 일원일 뿐 중심도 전체도 아니"라고 지적했다.[32] 종국에 그의 논리는 '동포 → 청년 → 일본인 병졸 → 죽음 → 명예'의 수순으로 치달았다. 이렇듯 '국가에 대한 의무'만을 강조하는 '전통'은 민주주의의 성장을 가로막았다. 이는 전쟁과 식민지가 낳은 유산의 한 특질이다.

식민지 체제의 폐해가 심대한 이유 중 하나는 전쟁을 수반했기 때문이다. '총력전'이라고 칭할 만큼 모든 사적 영역이 전쟁 시국으로 수렴되었고 여기서 이탈할 경우 공공의 적이 되기 쉬웠다. 이광수가 말한 것처럼, '권리'를 요구하는 행위는 당국의 입장에서는 '용서'할 수 없는 국민의 자세였다. 하지만 식민지 조선은 해방될 때까지 직접적인 전쟁이 벌어지는 현장이 아니었고 일상은 계속되었다. 1941년 12월에도 상여금을 받는 샐러리맨의 애환과, 증가하는 백화점 판매 등이 기사화됐다.[33] 이에 당국은 이광수의 영향에도 동원되지 못한 조선인과 일본인의 마음을 히틀러의 『나의 투쟁Mein Kampf』 등과 같은 서구의 번역물로 공략했다.

1941년 10월 독일 지도자 히틀러의 『나의 투쟁』은[34] 이미 14쇄 1만 7천 부, 총 32만 2천 부를 찍어내고 있었고,[35] 11월에는 15쇄 2만 부 증쇄되고 있었다. 또한 그 측근인 괴벨스의 『승리勝利의 일기日記』가 동년

---

32 이광수, 이경훈 외역, 『동포에 고함』, 철학과현실사, 1997, 16~35・74~93・131~150쪽.
33 一松生, 「賞與金打令」, 『新時代』, 1941.12, 126~128쪽.
34 ヒットラア, 室伏高信 역, 『我が鬪爭』, 東京 : 第一書房, 1940. 조선인은 히틀러를 파시스트국가의 지도자뿐만 아니라 비스마르크나 나폴레옹처럼 구국의 영웅 내지 위인으로서 인식하기도 했다. 히틀러는 단순한 조언자나 스승으로서의 멘토(mentor)가 아니라 '정치적 지도자'였다. 그래서 그의 저서는 영웅・위인적 지도자의 교훈적 조언・지시의 효과를 나타내기도 했다. 참고로 1935년 덕흥서림은 『(독일 대통령) 히틀러』란 번역전기물을 출간했다.
35 『新時代』, 1941.10, 48쪽.

11월 제일서방 전시체제판으로 초판 5만 부, 2쇄 3만 부 증쇄했다. 히틀러의 것과 함께 각 78전에 나란히 보급・광고되고 있었다.[36] 이광수의 책과 달리 저렴한 가격에 대량 보급된 이 책은, 전시하 동맹국 지도자의 시국관의 기원을 알 수 있다. 히틀러가 1924년 4월 옥살이를 시작하면서 쓴 『나의 투쟁』은 제1차 세계대전 당시 독일의 패전의 원인을 분석하여 독일국민에게 계몽하고 있다. 러시아와 마찬가지로 전쟁 중 (독일은 실패한) 혁명이(긴 하지만) 일어나 전쟁에서 패배했으며, 그 최대 원인으로 유대인과 마르크시즘 그리고 의회주의를 꼽았다. 여기에 대한 히틀러의 평가는 이 책을 읽는 식민지 조선인과 일본인의 사유와도 긴밀히 관련되었다.

먼저 나치의 유대인 학살의 발단이 되는 히틀러의 '유대인 배타주의'는 당대 이미 유행한 우생학과 전쟁 패전과 내분을 참작한다면 이해되는 면도 있다. 히틀러에게만 모든 책임을 묻는 것은 여타 제국의 책임을 은폐한다는 점에서도 적절하지 않다. 문제는 그의 강한 인종주의가 오히려 식민지 조선인에게 식민모국인 일본에 감사한 마음을 갖게 하는 효과를 낳을 수 있었다. 식민모국 본토의 순혈론과 조선총독부의 혼합민족론이 충돌하기는 했지만 어쨌든 조선에서 내선결혼은 권장되었다. 열등한 민족과의 혼혈을 막고자 단종법을 시행해 아리아인종의 우월성을 지키려한 히틀러의 독일과 달리, 식민모국 일본은 자애로운 '은혜'의 국가로 해석될 수 있었다.

'마르크시즘'은 이광수도 그의 책에서 이것을 추구하다보면 축생아

---

36 『新時代』, 1941.11, 49쪽.

귀주의로 나아가게 된다며 부정했는데 히틀러는 주적主敵 관념을 더욱 명확히 했다. 마르크시즘은 인간이 지닌 개성의 가치를 부정하고 민족과 인종의 중요성을 흐리며, 인간성의 존립과 문화의 가능성을 빼앗는 문화의 파괴자로 간주되었다. 특히 제1차 세계대전 중 노동자들의 파업으로 무기조달이 어려워진 사태는 히틀러에게 충격이었다. 당시 부르주아 계급의 지나친 경제적 독점과 정치적 무능은 프롤레타리아 계급의 확산을 낳았다. 즉 마르크시즘은 당대 부르주아 의회주의와도 긴밀히 연관되어 있었다. 의회에 출석한 히틀러는 곳곳에 비어 있는 의석과 소모적인 논쟁 등을 보고 의회정치를 회의하기 시작했다. 책임정치의 부재는 확연한 사실로 입증되었고, 민주주의적 다수결 원리의 한계는 무능한 정치인의 자질에 대한 의심으로 이어졌다. 다수결이 오히려 "개인의 권리를 부정하고 군중의 수로 대치해 자연의 귀족주의적인 근본법칙에 반하고 있다"는 진단이다. 여기서 귀족주의적 근본법칙이란 최고의 자질을 갖춘 영웅적 지도자가 우매한 대중을 지도해야 한다는 의미다. 일인 독재의 전조가 여기서 엿보인다. 얼핏 보면 이광수와 비슷해 보이지만 선전운동가 출신인 그는 "대중을 우둔하다고 생각지 않도록 조심해야 한다. 정치적인 사항에 있어서는 이성보다 감성 쪽이 보다 정당한 판단을 내린다"고 지적했다. 유기체적 국가를 지향한 그는 의식적으로 반국민적인 '대중의 국민화'를 위해 지도자와 대중 간 결속을 다지는 방안을 모색했다.[37]

---

37 A. 히틀러, 이명성 역, 『나의 투쟁』, 홍신문화사, 2012, 45~58 · 97 · 199쪽 등 참조. 히틀러와 민주주의, '최종결정'을 둘러싼 '기능주의, 의도주의'적 해석 갈등과 전망에 관해서는 이진모, 「민주주의의 몰락과 독재국가의 출현－바이마르공화국 몰락과 히틀러 독재 다시 보기」, 『역사비평』 100, 역사문제연구소, 2012, 454~469쪽 참조.

이러한 히틀러의 식견은 이 책을 읽은 식민지배자에게 좋은 참조가 되었을 것이다. "1차 대전의 패배는 내부의 적을 간과했기 때문이"라는 히틀러의 계속된 지적은 스파이와 사상범 취체, 엄벌주의 등을 정당화했다. 하지만 일본의 경우 중일전쟁이 벌어지자 일본 내 공장근로자들이 자발적으로 파업 중단을 선언해 혁명이 일어날 위험성은 적었다. 사상적으로는 국체에 반하는 사회주의를 마찬가지로 배척하고 있어서 선전물로 활용하기에 충분했다. 또한 영미제국주의가 개인주의, 이기주의로 매도되는 상황에서 서구 의회 민주주의의 폐해 역시 히틀러가 선례를 보여줘 사상전을 위해서도 매우 유용했다. 해방 이전에 이미 서구식 민주주의가 성공하기 어렵다는 것을 인지하게 된 정치감각은 식민의 큰 유산이다. 무엇보다 "의심을 불허하는 사상이 투쟁의 원동력"이라고 해 민족적 단결심은 조장했지만 그러한 상명하복의 군사문화의 잔재가 전쟁 종결 후에도 사회 내에 존속하는 결과를 가져왔다. 이러한 짐을 식민지에 안기면서 히틀러의 투쟁사는 노기 장군 등 '일본제국'의 영웅을 다룬 다수의 강담과 함께 소개되어 이반하려는 조선인의 결집을 도모하고 국민적 열정의 방향을 시국으로 모으는 효과를 낳았다.[38]

---

38 1940년 9월 이광수, 함상훈, 김동환, 전파란주재만주국총령사 박석윤, 의학박사 박창훈, 대동광업전문학교교주 리종만, 경성중앙방송국 리정섭, 영보합명회사중역 리정재, 조선어학회(독일철학박사) 리극로, 만선일보편집국장 홍양명 등이 히틀러를 천재, 영웅, 구세주, 애국자 등으로 찬양하는 말을 남겼다. 「我觀 "히틀러總統"」, 『삼천리』 12-8, 1940.9.1, 39~42·141쪽. 또한 일제 말 시인 한하운은 "히틀러의『마인 캄프』를 애독하면서 민족을 우수하게 우생개선하려는 사람이, 또 자기 나라 민족을 생신한 민족으로 개선 창조하는 지도자가 정말로 지도자의 자격이 있다고 생각"했다. (한하운, (재)인천문화재단 한하운전집 편집위원회 편, 『한하운 전집』, 문학과지성사, 2010, 263~264쪽) 그리고 이범석은 히틀러의 책을 "내가 애독하는 책일뿐더러 나에게 '국가지상, 민족지상'의 신념과 암시를 던져준 나에게는 잊지 못할 책"이라고 평가했다. (「철혈총리, 대내 총결속, 대외공존을 절규」, 『삼천리』, 1948.8, 9쪽) 후지이 다케시에 따르면 이범석은 아마

또한 『나의 투쟁』은 제대로 된 정규 교육도 받지 않은 일개인이 고등 교육을 받은 엘리트지식인을 제치고 국가 최고 지도자가 되는 성공담이기도 하다. 자신이 그토록 비판했던 세계대전 당시 독일 내 혁명은, 병사들에게도 정치적 활동의 권리를 부여했고 히틀러처럼 학벌이 없는 사람에게도 기회를 부여했다. 식민지 조선인에게도 황국의 군인이 되는 것은 차별의 철폐와 입신출세의 길로 받아들여졌으며, 전시 상황이지만 군인이 아닌 총후국민으로서 입신출세의 욕망 역시 여전했다. 당시 높은 입시경쟁률이 이를 방증한다. 이와 반대로 '조선민족'과 '일본국민' 사이에서 방황하다 침잠한 이들도 있었다. 히틀러 역시 "악의는 없으나 무비판적이고 무관심한 또는 현상의 유지에만 흥미를 갖고 있는 수많은 무리가 자신들과 대립하고 있다"고 했다. 이들의 내면에 감춰진 입신출세, 아니 더 확장하여 '생의 행복'을 향한 열정을 지펴줄 책이 필요했다. 방관자가 행복을 위해 움직일 때 국력에 도움이 되고 잠재적인 불온분자의 책동이 경감되기 때문이다.

그 역할을 한 것 중 하나가 주부지우 사장 이시카와 다케미의 『내가 사랑하는 생활』이다.[39] 이 책은 조선어본과 일본어본 두 종류로 발행됐는데 조선어본은 50전, 내지본은 특제본으로 1원 80전에 판매됐다. 식민지 조선인을 감화하려는데 초점이 맞춰져 있었던 책이 출간된 것이다. 당시 이효석의 『벽공무한』, 한설야의 『초향』, 이태준의 『청춘무성』

1934년 4월 이후부터 중국에서 발간된 『아적전투(我的奮鬪)』를 읽었을 것으로 예측했다. 후지이 다케시, 『파시즘과 제3세계주의 사이에서』, 역사비평사, 2012, 49쪽.

39 石川武美, 『내가 사랑하는 생활』, 主婦之友社, 1941. 이 책의 표지와 본문삽화는 정지석·오영식 편, 『틀을 돌파하는 미술―정현웅 미술작품집』, 소명출판, 2012, 85~89쪽에 실려 있다.

등 장편소설의 가격이 2원이었고, 앞에서 살펴본 이광수의 『동포에 고함』은 1원 30전, 히틀러의 『나의 투쟁』이 78전이었던 것을 상기하면 가장 저렴한 가격에 보급하려 했다는 의도가 드러난다. 『내가 사랑하는 생활』을 광고해 준 잡지 『신시대』 역시 한 호가 50전인 것을 고려했을 때 책은 선전물로 기획했다는 것을 짐작할 수 있다. 이 책의 광고에는 "사람은 이렇게 하면 福받게 된다", "어떻게 하여 고통과 貧寒에서 이겼으며 日本 一의 출판업자가 되었는지 50년 회고", "행복한 인생의 지침서"[40]라고 부기되어 있다. 이광수와, 초개인주의를 주창한 히틀러가 지도자의 식견을 펼칠 때, 이시카와는 사업가로서 일종의 행복론을 설파했다.

이 당시 후쿠자와 유키치와 톨스토이 등의 자서전이[41] 근대 초기 자기계발서의 형태인 『인생독본』으로 발간되고 있었던 것과 비교할 때, 이시카와의 『내가 사랑하는 생활』은 진일보한 '제목'이라 할 수 있다. 그가 사랑하는 생활이란 '근로주의'이다. 유명 잡지 중 하나인 '주부지우'의 성장과 지속은 이시카와 인생의 성공과 행복의 표징이 되어 독자의 공감을 이끌어내기에 충분했다. 저자도 어떻게 인생을 성공했는지 다차원의 자기합리화를 꾀하고 있다. 성공담에는 험난한 역경이 동반되어야 독자를 유인할 수 있다.

그는 주부지우 사옥을 불태워버린 관동대진재를 가장 핵심적인 설득의 기제로 소환한다.[42] 막대한 피해로 혼란을 겪었던 다른 출판사와

---

40 『新時代』, 1942.1, 165쪽.

41 水木京太 編, 『(福澤諭吉)人生讀本』, 東京 : 第一書房, 1940; トルストイ, 八住 利雄 譯, 『人生讀本』, 東京 : 淸敎社, 1940.

42 관동대진재에 관해서는 이행선, 「북풍회원(北風會員)이 바라본 관동대진재(關東大震

달리 신속하게 회사를 수습하고 정상화할 수 있었던 사업수완이, 자세히 설명되어 있다. 우선적으로 다른 업종으로 문어발식 확장을 하지 않고 오직 주부지우 하나만을 키우겠다는 신념이 성공의 동인이었다. 이러한 과거를 예로 들면서 저자는 식민지 말기 전시하 상황인데도 국민은 "조국보다 직업이 더 중요"하다고 했다. "국민의 의무가 직업이며 하늘이 주셨다는 소명"의식을 갖는다면 결국 국가에도 도움이 된다는 논리다. 그는 황군이 잘 싸우는 이유도 살아서 돌아오지 않겠다는 정신 때문이라면서 이러한 "생사불고의 성신"이 일상생활에도 필요하다고 주장한다.[43] 이게 직업 현장에서 대가를 바라지 않고 자신의 맡은 바 최선을 다하라는 자본주의사업가의 논리이다. 이는 고도국방국가가 내세운 일억 국민이 제각각 그 직역에서 병사가 되는 직분봉공職分奉公론과도 연동되어 있다. 황국신민의 '미덕'인 충절, 성실, 검소 등을 '의도하지 않게' 역설하는 이 준문예물은 처세, 수양, 입지전의 성공담이 사회적 요구와 일치하는 시대현상을 현현하고 있다.[44] 이러한 방식으로 사회질서를 위협하는 위험한 정념을 승화 및 관리하는 것이다.

관동대진재를 겪고도 성공했다는 이 노년남성 지배계급의 '자서전'은 독자에게 전시 중에도 성공할 수 있다는 확신을 심어주는 효과가 있다. 이시카와 역시 미국 대실업가 카네기, 록펠러를 보고 성공하고자

災)-진재소설 「震災前後」」,『민족문학사연구』52, 민족문학사연구소, 2013 참조.
43 石川武美,『내가 사랑하는 생활』, 主婦之友社, 1941, 86~110쪽.
44 이시카와 다케미는 1922년 독자동원책으로 문화사업부를 창설하면서 "문화사업이라고 명명한 것은 사상의 개발과 함께 생활의 개조를 꾀하고" 싶었다고 말한 바 있다. 이러한 입장이 이후 계속되어 일제 말에 쓴『내가 사랑하는 생활』도 총후국민으로의 개조와 연동되었을 거라는 짐작을 가능하게 한다. 마에다 아이, 유은경·이원희 역,『근대 독자의 성립』, 이룸, 2003, 212~214쪽 참조.

하는 마음을 먹었고, 이들을 링컨 대통령, 히틀러 등과 함께 성공모델로 삼았다고 밝혀 입신출세담을 읽고 대리체험하는 독자에게 더욱 믿음을 더욱 갖게 한다. 이 '자서전'은 식민지 말기 인생안내서로서 위험이 고조되는 상황에서도 안정적 성장이 가능한 보증의 한 행로를 펼쳐 보이고 있다. 이를 통해 사회의 구속력을 건드리지 않고 내면의 욕망을 만족하려는 심리가 충족되는 것이다. 저자는 이광수와 히틀러의 저서에는 없는 '돈의 욕망'을 자극하면서 돈이 없는 자를 위로하는 한편 총후국민으로서 동원을 이끌어 내고 있다. 그의 글은 유화된 형태의 언술로 유혹의 설득력을 높이며 '위로/동원'의 양면성을 잘 드러내고 있다. 이 책은 부하 직원과의 원만한 관계 기술을 가르친 처세서, '사업 운영 원칙과 욕망의 절제'는 교양과 수양을 결합한 형태의 수양서, 사업가로 자수성가한 입지전, 주부지우 잡지 판매를 촉진하기 위한 광고서, 유화된 시국동원서 등 복합적 성격을 갖고 있다.

종국적으로 사업가로서 그가 말하고자 하는 성공 논리는 '근로, 검약, 민족적 단결→(현재) 경제·정치적 희생·양보→(나중에) 경제적 호황'으로 요약된다. 민족의 결집과 동원을 강조한 히틀러의 논리구조와도 정확히 동일하다. 즉 자본주의와 민족주의가 결합하는 한 속성이 여기서 드러난다. 이시카와의 논리에는 오직 생업에만 충실해야 하며 한 직장에 충실해야 성공한다는 함의가 포함돼 있다. 해방 이후 '이직이 어려운 사회풍토' 형성에 일부 일조했다고 볼 수 있다. 또한 자본가의 수탈에도 근로자의 권리를 주장하기 힘든 기업문화의 형성에 일조하고 있다. 이것 역시 식민유산의 하나라 할 수 있다.

하지만 이 책은 '지식인과 민중의 거리' 측면에서는 이광수, 히틀러의 것과는 달랐다. 이광수보다 히틀러가 민중의 정치 감각을 더 인정했다면 이시카와 다케미는 주부가 잡지의 고객이었던 때문인지 '독자를 가르치는 태도가 싫다'고 주장했다. 그는 "주부지우를 내면서 많은 것을 배웠고, 우리는 항상 배우며 있으며 가르치는 일생이 아니라 남에게서 배우는 일생이 되고 싶다"[45]며 겸손한 삶의 자세를 표명했다. 높아지는 교육열과 시대의 변천에 따른 독자의 지성 상승, 치열한 잡지간 경쟁이 이러한 인식을 가능하게 했을 것이다. 다음 절에서 살펴볼 책들에 비하면 『내가 사랑하는 생활』은 실존적인 '자기통찰'이 약하고, 전쟁을 강조한 이광수나 히틀러의 것과 달리 '직업'을 화두로 국민으로서 의무를 독려하려 하기는 했다. 하지만 인간이란 전쟁, 국가, 돈, 직업으로 채워지지 않는 내면을 가진 존재이며 그에 대한 회의가 또 다른 삶의 지향을 낳는다. 그렇다면 총력전의 시대에 민족과 국가를 추종하는 서적 이외의 것이 존립 가능했던 것일까.

4. 체제순응과 사보타주 사이에 자리한 내면

톨스토이의 『전쟁과 평화』을 읽은 독자는 전쟁이 일어나서는 안 된다고 생각하기 마련이지만, 총력전기 일본 당국은 이 책의 일부 장면을

---

45   石川武美, 앞의 책, 82~83쪽.

발췌하여 독소전에 활용해 소련이 곧 질 것이라고[46] 주장하기도 했다. 이러한 형편이니 얼핏 보면 국내외 '조언자 · 지도자'들의 책이 공정한 상호경쟁을 할 여건이 아닌 듯 여겨진다. 치안 · 풍속 등의 이유로 서적 취체는 여전했고 판금조치도 계속됐다. 그래서 마에다 아이는 "파시즘의 대두와 전통적 교양의 붕괴로 초래된 대중의 정신적 공백으로 과거 권위 있던 서적들이 외면받고 (히틀러의-인용자) 『나의 투쟁』이 현대의 복음서"[47]로 자리매김했다는 작가 헉슬리의 말을 인용해 당대를 설명하기도 했다. 당대는 이광수나 히틀러의 저서 그리고 일본 당국이 기획해 대대적으로 살포한 『국체의 본의』, 『신민의 도』와 같은 책이 범람하는 시대였다.

하지만 일역된 서양서가 히틀러의 것만 있는 것은 아니었다. 조선인 지식인들이 식민모국을 비판하는 책을 출간할 수 없는 상황에서, 일역된 서양서가 그 기능을 대신해 국가에 간접적이지만 '저항'하거나, 내면으로 침잠해 시국을 외면할 수 있는 토대를 마련했다. 서구 저작의 일역은 제대로 차단되지 않았다. 요즘에는 '저항'의 내포를 식민지민의 나태 및 사보타주 등까지 포괄해 사용하는데, 그렇다면 그 내면의 창출과 관련된 서적이 논의되어야만 한다. 유의할 것은 침잠하는 내면이 체제에 비협력적일 수 있지만 다른 한편으로 '독립'의 정념이 사라져간 자리를 대신한 것일 수 있다.

그럼에도 중요한 것은 총력전기에 내면 성찰의 계기를 갖는 것이다. 그것 중 하나가 프랑스 작가 앙드레 모로아의 『결혼 · 우정 · 행복』(1934)

46　吳東根, 「모스크바의 마즈막 날」, 『新時代』, 1941.11, 120~123쪽.
47　마에다 아이, 유은경 · 이원희 역, 앞의 책, 313쪽.

과 『나의 생활기술』(1939) 등이었다. 『나의 생활기술』은 1941년 2월 일역됐는데 1원 50전의 가격에도 1년 만에 4판을 찍었고 『결혼·우정·행복』은 1939년 번역돼 1943년 50전의 가격으로 5쇄를 발행했다.[48] 책은 내지뿐만 아니라 식민지 조선에도 유통돼 지식인 임화도 읽었다. 어떤 영향력을 발휘했을까.

1942년 1월 잡지 『신시대』에는 임화의 결혼론과, 이광수가 개회사를 한 결혼 좌담회가 실렸다. 여기서 주목되는 점이 임화와 이광수, 젊은이들의 사고방식이 드러내는 차이다. 여기서 임화, 이광수가 '조언자·지도자'의 위상에 설 수 있었는지 확인할 수 있다. 또한 이들 '조언자·지도자'가 기대는 인식의 근거는 무엇인지 파악할 수 있다. 이광수는 일본정신에 나타난 혼인을 설명하고 "'집'을 위하여 남편에게 오는 동시에 남편의 집으로 오는 것이 결혼이며 창씨제도도 그것을 표현한 것"이라고 했다. 따라서 이광수는 "혼인의 근본은 나 개인은 없다"라고 주장한다. "내 좋아하는 여자와 결혼한다는 사상은 연애지상주의인데 그것은 오늘날 일본정신으로서는 許해질 것이 아니"라는 조언이다.[49] 이광수의 조언은 당대 당국의 결혼관을 답습한 논리라 할 수 있다. "신부를 고를 때 첫째로 부모님 생각을 하라는" 것은 자신의 젊은 시절 정사情死사건을 목도해야 했던 시대적 아픔과 열정을 부정하고 망각하는 것이기도 했다.

그렇다면 동시대 인물인 육당과, 당국의 시국관을 기반으로 펼친 그

---

48   モーロア(Maurois, Andre), 內藤濯 譯, 『私の生活技術』, 東京 : 白水社, 1941; Maurois, Andre, James Whitall, The art of living, New York, Harper, 1940; モーロア, 河盛好藏 譯, 『結婚・友情・幸福』(1934), 東京 : 岩波書店, 1940.
49   「校門을 나서는 靑年들의 結婚思想을 듣는 座談會」, 『新時代』, 1942.1, 136쪽.

의 경륜은 전시하 젊은이들과 거리가 있었을까. 이광수가 퇴석한 이후 본격적으로 대담이 이루어질 때 젊은 청년들은 의외로 자유의사가 아닌 부모의 선택을 중시했다. 이런 입장을 모든 이가 발화한 것이 아니어서 모두의 의견이라 간주할 수는 없지만 해당 발화자는 헤겔의 법률 철학을 보고 "부모가 만사를 준비해 주고서 저 여자는 나와 결혼할 여자다 해서 애정이 생기는 것"이 좋다는 의사를 표현한다. 이 좌담회에 모인 이들은 모두 부모에게 돈을 받아서 생활하는 형편이어서 결혼도 경제적 준비 없이 자기 마음대로 할 수 없는 상황에서 평소 생각해온 현실적 결혼관이 표출된 듯하다. 전쟁과 상관없이 결혼을 위한 경제적 준비가 급선무였다. 그런 점에서 이들은 이광수의 결혼관을 전면 부정하지 않고 실제적 이유에서 일정 부분 동의할 수 있었다.

그런데 이 좌담회의 바로 앞에 기고된 임화의 '결혼론'은 이광수나 좌담회의 젊은이들과는 사뭇 다른 입장이었다. 임화 역시 결혼은 "단순히 남녀 간의 생리적 결합이 아니라 그 사회전체의 기구를 이루고 있는 제도의 한 분야"로 봤다. 결혼은 "가족의 형성이라는 사회적 행위"였다. 하지만 그는 인간을 "관습과 제도를 받아들이면서 동시에 타파하고 개혁해 나가는 존재"로 봤다. 임화는 앙드레 모로아를 빌어 결혼을 하기 위해서 또 이후 지속하기 위해 많은 노력이 든다고 했다. 그러면서 그는 "결혼은 복종이 아니라 창조이며, 결혼에 순종하는 것은 어리석은 부모를 기쁘게 할 뿐 현명한 부모를 근심하게 한다"며 부모에 순종하는 당대 젊은이의 태도를 매우 우려했다.

임화는 "사람은 배우자를 얻어 자녀를 낳는 것으로 비로소 자기가 자신의 주인이 되는데, 부모의 계약과 약속에 의한 결혼은 청소년들의 인격의 자유를 존중하지 않은 명령결혼"이라 했다. 그는 명령결혼을 진정한 결혼이 아니라고 판단하고 "요즘 청년남녀의 부모는 과거 (임화)세대의 부모들과 같이 남녀결혼에 가문과 자산에 입각해 결혼문제를 생각지 않는다"고 말한다. "사랑이 중심이 되어 자유의사로 결혼해야" 한다는 임화의 생각은 단호하다. 그는 자유의사에 따른 책임과 구속을 강조한 셈이다.

좌담회의 소극적 젊은이들이 임화의 글을 읽었으면 뜨끔했을 것이나. 임화는 "결혼에 내하여 청년들이 품고 있는 생긱은 그 시대 그 사회에 대한 청년들의 전체적인 생각이 반영된다"고 분석한다.[50] 경제적으로 독립을 하지 못하는 젊은이들이 부모에 기생하는 삶은 과거 '사랑'에 목숨을 바쳤던 임화의 세대 보다 오히려 보수화된 모습이었다. 자유의사를 헌납하고 육체적·물질적 기생을 넘어 정신까지 종속하는 퇴행적 현상이 현실화된 당대였다. 소극적인 젊은이의 생각은 나이는 먹고 육체는 어른이 되었지만 정신은 여전히 나약하고 의존적이며 독립이 늦춰지는 시대를 나타내고 있었다. 이것은 오랫동안 교육제도에 개인을 묶어두는 근대 교육제도의 폐해이기도 하다. 개인적 삶에 집중하는 보수화된 태도는 체제에 비협력적인 듯 보이지만 그만큼 체제 안에서 안분지족하는 순응적 자세의 일면이다. 당국의 입장에서는 독립의 정념이 사그라진 청년이란 위협적인 존재가 아니기 때문이다.

이렇듯 다른 입장의 두 조언자가 전시하 삶을 영위해가는 가난한 젊은이의 '아픈 영혼'을 위로하고 있었다. 이때 임화가 읽고 인용하여 자

---

50   林和, 「결혼론」, 『新時代』, 1942.1, 126~134쪽.

신의 견해를 피력하는데 활용한 것은 프랑스 작가 앙드레 모로아의 글이었다. 독일의 침공으로 곧 프랑스 도시가 폐허가 될 것을 예상하면서 쓴 앙드레 모로아의 수상록『나의 생활기술』은, 시국이나 독일에 대한 견해를 찾아보기 어렵다. 그 책은 히틀러가 1차 세계대전 당시 승전한 프랑스를 혐오하며 군국주의자로 나아갔던 것과 비교되는 저작물이다. 앙드레 모로아는 '사고정지'를 종용하는 전쟁시국에서도 독자에게 "생각하는 기술을 전수"하겠다고 밝힌다. 의문을 갖지 말고 지도자를 따르라는 이광수나 히틀러와 달리, 앙드레 모로아는 '의문법'을 알려주겠다는 포부을 갖고 있었다.

그래도 제목이 '나의 생활기술'인 것처럼 책은 성공을 위한 처세서이기도 했다. 그 성공이란 '행복한 삶'이 목표였다. 따라서 임화가 말한 것처럼 결혼은 복종이 아니라 주체적 여성이 자신의 의견을 반영한 것이어야 했다.[51] 그런데 저자는 독일이 아닌 미국을 경쟁상대로 여기는 프랑스가 더 진보하기 위해서는 젊은이들이 규율과 지도, 경쟁 속에서 더 열심히 일해야 한다고 언급한다.『내가 사랑하는 생활』의 이시카와 다케미처럼 근로주의를 논하는 것처럼 보이지만 그 실상은 전혀 달랐다. 인간은 여러 타입의 모습으로 공존하기 때문에 다양한 역할을 수행할 수 있다. 이때 개인은 자신에게 어울리는 리듬을 알아야 하고 스스로의 깊이를 찾아내 천천히 해 나가면 된다. 경쟁에서 승리하기 위해 목숨을 바쳐 매진해야 한다는 이시카와와는 삶의 호흡이 완전히 다르

51　모로아의 다른 책에도 결혼에 대한 생각이 드러나 있다. 성공적인 결혼생활을 위한 상호 노력과 '사랑, 우정, 육욕과 존경'이 결합한 '애정'을 결혼의 완성으로 여긴다. モーロア, 河盛好藏 譯,『結婚・友情・幸福』, 東京 : 岩波書店, 1940, pp.46~49 참조.

다. 이런 삶의 자세를 지닌 모로아는 여러 계급·계층이 모여 사는 사회의 공동생활을 어떻게 생각했을까.

앞에서 살펴본 것처럼 '이광수→히틀러→이시카와 다케미'로 올수록 이성·지식을 점유한 지식인과, 계몽 대상인 민중의 거리는 가까워지고 있었다. 앙드레 모로아는 더욱 가까워진다. 그는 "지도자란 이성에만 기대어 이성의 힘을 맹신한다"고 지적했다. 지도자는 "지각·경험·감각의 세계의 힘을 가볍게 봐서는 안 된다", "'말로 생각하는 이'(지도자)는 자기의 책임이 과연 어느 정도인지 미처 알 수가 없"기 때문에 "말 하나하나에 붙어있는 무서운 무게를 잊고 있다." 이쯤 읽으면 그동안 지식인에 억눌린 민중이 환호성을 지를 만하다. 하지만 히틀러가 의회 제도를 불신했듯이 그도 "리더의 권위를 떨어뜨리는 선거를 사회의 암"으로 파악했다.[52] 이것은 분명 앙드레 모로아가 축적한 정치 감각으로 한 나름의 판단일 것이나, 읽는 조선 독자에게는 민주주의에 대한 '두려움'을 줘 '일제' 말 서구식 민주주의 비판에 일조하고 해방 이후 민주주의 제도 확립을 저해하는 정신적 요인이 됐을 수 있다. 그럼에도 지식인 비판은 식민지 말기 선동가로 자처한 지식인들, 심지어 외국의 히틀러 등과 같은 선전영웅에게도 예외 없이 적용할 수 있어 시국에 어울리지 않는 책이라 할 수 있다.

모로아는 프랑스에 전쟁이 발발했을 때, 일하는 것으로 침착성을 유지하며 근심과 우울을 덜어냈다고 한다. 내면으로 침잠하는 예라 할 수 있는데 그보다 더 나아가 본격적인 성찰을 시도한 저서가 있다. 철학자

52　モーロア(Maurois, Andre), 內藤濯 譯, 『私の生活技術』, 東京 : 白水社, 1941, pp.31·34·170 등.

구라다 하쿠조倉田百三의 『사랑과 인식의 출발』(1921)이 그것이다.[53] 이 책은 1936년에 거의 수정 없이 개정판이 나왔고 일본어로 출간됐다. 구라다 하쿠조는 1차 세계대전 무렵 종교의 시대였던 일본의 대표적인 '종교문학' 베스트셀러이자 수양서 중 하나인 『출가와 그 제자』(1917)를[54] 쓴 인물이다. 1922년 1월 151판이나 낸 이 책을 찾는 당대 독자는 결혼 생활을 위해 수양을 하고 인격의 완성을 준비했던 이가 주류였다. '자유연애'와 '종교적 해탈'이라는 욕망을 적절히 잘 조화해 해답을 줬던 게 유효했다.[55] 메이지시대 입신출세주의의 한 형태로 이러한 '수양' 열풍이 불었던 것이다. 그런데 구라다 하쿠조가 또 쓴 『사랑과 인식의 출발』은 자신의 사랑체험과 철학공부가 어우러져 나름의 세계관을 정립한 책이다. 이 책은 1939년경 일본 내 마르크스주의가 퇴조하고 학생들을 중심으로 다시 인생철학적 서적이 요청될 때 다시 부활해 읽혔다.[56] 그렇다면 전시에 접어드는 식민지 조선인에게 이 책은 어떻게 해석되었을까.

시인 황금찬은 "1939, 1940년 도쿄유학시절 어두운 시대의 작은 등불이라도 되어야 한다는 생각에 열심히 공부했"는데, 그때 "2주일에 한 번씩 만나 감명 깊게 읽은 책을 선정해 소감을 이야기 했을 때 가장 중요한 책 중 하나가 『선의 연구』와 『사랑과 인식의 출발』 등"이었다.[57] 학병출신 이병주는 자신의 연재소설 「'그'를 버린 女人」에서 구라다의

---

53   倉田百三, 『愛と認識との出發』, 東京 : 岩波書店, 1921.
54   倉田百三, 『出家とその弟子』, 東京 : 岩波書店, 1919.
55   마에다 아이, 유은경・이원희 역, 앞의 책, 250~254쪽.
56   竹內洋, 『敎養主義の沒落-変わりゆくエリート學生文化』, 中央公論新社, 2003, pp.57~58.
57   황금찬, 「나의 靑春시절」, 『매일경제』, 1990.11.3, 9면.

것을 도덕적인 책이라고 설명했다.[58] 자유교양협회의 수장을 맡기도 했던 시인 구상은 1981년 대학에 강의를 나가면서 철학과 대학생들의 시위 유인물을 보고 이들이 "삶의 본의나 자유에 대한 본질적 물음을 참말로 하고 있는지" 의구심을 갖는다. 학생들이 "모든 사회현상을 오직 물질적 기술적 측면 즉 소유적 측면에서만 파악하고 그 개혁의 의지라는 것도 성급"하다는 게 그의 진단이다. 자신이 식민지 시기 대학시절에는 "누구나 철학일반을 필수로 들어야 했고, 몽테뉴의 『명상록』, 파스칼의 『팡세』, 칼 힐티의 『잠 못 이루는 밤을 위하여』, 구라다 하구조의 『출가와 그 제자』 등 인간 존재의 제일의적 물음과 삶의 본질"을 밝혀주는 책을 읽었다는 것이다.[59]

식민지 말기의 맥락에서 『사랑과 인식의 출발』의 시대적 가치를 해석해 본다면, 전시하 징용・징병 등의 동원과 출세 및 탈동원이 복합적으로 요구되어 그 이전 시대보다 '속물적 처세술'이 매우 필요한 시기

---

58 이병주, 「'그'를 버린 女人」 (108), 『매일경제』, 1988.7.29, 15면.

59 구상, 「대학생과 급진주의」, 『동아일보』, 1981.11.7, 9면. 이렇듯 일제 말 대학생에게 나름 '필독서'였던 이 책은 해방 이후 1957년 6월 김소영이 『사랑과 인식의 출발』을 엮고, 종로서관이 발행했다(「김소영 편, 사랑과 인식의 출발」, 『동아일보』, 1957.6.3, 4면). 1962년 4월 46판이나 찍은 종로서관 3대 히트 도서로 소개되면서 젊은이들이 읽어야 할 인생교훈의 명저로 광고되고 있었고, 1963년 5월에도 "구원의 명저"로 소개되고 있었다.(「사랑과 인식의 출발」, 『경향신문』, 1963.5.4, 1면) 또한 1972년 10월 22일~11월 5일 중앙도서전시관, 광화문서적 조사 베스트셀러에 올랐다. 1975년 3월 4일과 1975년 4월 22일 금주의 베스트셀러에 오르며, 1975년 상반기 비소설부문 베스트도서로 꼽혔다.(「今週의 베스트셀러」, 『매일경제』, 1975.4.22, 6면; 「베스트셀러」, 『동아일보』, 1972.11.7, 5면; 「今週의 베스트셀러」, 『매일경제』, 1975.3.4, 6면. 「줄어드는 讀書人口」, 『매일경제』, 1975.7.11, 6면) 1987년에는 중소기업경영자협회 전무이사 조경식이 50대의 나이에 고교시절 감명 깊게 읽었던 추억을 떠올리며 고민 많은 청소년에게 권하기도 했다. 기사의 부제는 "隘路 앞서간 선배가 주는 지침서"로 되어 있다.(「다시 읽고 싶은 책—사랑과 인식의 출발」, 『매일경제』, 1987.12.15, 9면) 이렇듯 1920년 무렵, 그리고 식민지 말기, 이후 박정희체제에서도 독자의 환대를 받았던 구라다 하쿠조의 책은 우리 독서사에서 '교양고전'의 하나가 되었다.

에 구라다의 책의 소비는 진정한 삶을 지향한 실존적 고민도 깊어지는 시대현상이다. 그래서 이 철학적 수상록의 특징은 앞에서 살펴본 자기관리·계발서 등과 다르게 자신에 깃든 속물성의 변화과정을 온전히 보여준다. 1차 세계대전 당시 우정을 나눈 친구에게 보내는 서간문을 모아 놓은 형식의 이 책은, 매 글마다 당시의 날짜가 명기되어 있어서 사고의 변천과정이 그대로 드러난다. 저자의 21~26살 때의 기록물인 이 책은 후반부로 가면서 초반부와 세계관이 달라지고 스스로 과거를 부정한다. 이러한 전개방식과 구성은 영혼이 성숙해가는 사고의 궤적을 보여줘 독자의 신뢰를 높이는 효과가 있다. 특히, 20여 년 전의 기록이지만 21~26살 때의 내용이기 때문에 책은 비슷한 연배의 청(소)년 독자층의 공감을 이끌어낼 수 있었다.

구라다 하쿠조의 구체적 고민은 '함께 살기'의 진정성이다. 남과 더불어 어떻게 소통하며 진실된 삶을 영위할 수 있는지 회의를 거듭한 그의 사유는 '①독아론獨我論→②(경험주의) 연애→실연→③(칸트의 도덕) 참된 사랑은 인식적 크리스트교적 사랑→은둔→'공존'의 삶→'남의 운명에 상처주지 않는 피조물로서의 삶''으로 무겁게 치닫는다. 그는 학창시절 쇼펜하우어의 '의지설'과 제임스 박사가 자신에게 유심론을 심어줬다고 하면서 인식론을 교육하지 않는 학교제도를 비판한다. "사회, 역사가 부여하는 가치의식을 버리"고, "'회의·방황'이 근대인의 극히 보편적 삶"이며 "뜻 있는 자는 제정신으로 '대표' 따위를 하지 않는다"고 주장한다. '함께 살기'란 자신을 인정하는 것을 넘어 타인을 철저히 인정해야만 성립 가능한 '윤리'의 문제였기 때문이다. 이는 지도자를 비판했던 앙드레 모로아 보다 더 급진적이며 발본적이었다.

사유의 궤적을 보면, 그는 타인을 인정한다는 것은 '남을 위해 진정으로 희생'할 수 있는 것이라 생각하지만 21살의 그는 그런 준비가 돼 있지 않았다. 기독교인이면서도 하나님의 사랑을 실감하지 못한 그는, '반발심'으로 홉스의 만인에 대한 투쟁을 거론하며 강자가 되기 위해 직접 지각할 수 있는 '전투적 에고이즘'의 극단까지 추구해보기로 마음먹는다. 그러다 그는 우연히『선의 연구』를 읽고 경험주의로 독아론을 벗어날 수 있다고 자각한다. 무엇보다 그는 이성異性과의 사랑을 통해 나와 타자의 구분에서 벗어날 수 있다고 믿고 인식의 궁극적 목적은 사랑이라고 확신했다. 헌신과 희생이 절대적으로 요구되는 사랑은 진정한 진리처럼 여겨졌다.

하지만 그 진리는 여인의 배신으로 깨지고 만다. 그는 절망감 속에서도 자살은 죄악이며 인간과의 만남 사이에서 발생하는 부조화만큼 아픈 것도 없다고 생각한다. 이때 그는 두 가지 해답을 찾는다. 변심하는 여자의 도덕이 아닌 '칸트의 선험적 도덕' 그리고 '크리스트교의 정신적 사랑'(보편적 사랑)이 그것이다.『내가 사랑하는 생활』의 이시카와 다케미와, 구라다 햐쿠조 모두 1910년대 종교와 수양의 시대에 여성을 비하했던 관점이 반영되어 있긴 하지만 구라다 햐쿠조의 사유는 더욱 깊어졌다.

그가 사랑의 아픔으로 '은둔'을 하긴 했지만 그것은 "이기적 에고이즘이 아니라 사랑이 깊은 순결한 자의 마음이며, 인생의 부조화와 비애의 흔적이고, 열심히 사랑을 구했던 자의 영혼의 피난처"였다. 이 은둔은 "높은 곳에서 남을 경멸하는 시선으로 바라는 것이 아니라, 내면에 깃든 자신의 죄악을 바라보고 수치 · 겸손을 자각한 자의 고행의 밀실"

이었다. 그러면서 저자는 이 은둔에서 빠져나와 타인과 공존하며 살아갈 때, 타인의 운명에 개입해 함부로 손상하지 말라고 독자에게 조언한다. 자신 역시 "대중에게 말을 걸고 호소하고 싶은 욕망이 크지만 참았다." 종국에는 "'고립'하지 말고 타인을 용서하며 하나님의 피조물임을 자각한 삶"을 영위하라는 말과 함께 글은 마무리된다.[60]

이시카와 다케미의 『내가 사랑하는 생활』도 기독교가 기반이지만, 이시카와의 것은 기독교적 노예도덕에 근거한 행복론이었다. 구라다 하쿠조는 그 격이 다르다. 이광수가 '황국신민의 청명심', 히틀러는 '독일인의 정직성'을, 이시카와 다케미가 '성의성심·멸사봉공·근로주의'를 말할 때 구라다 하쿠조는 1차 세계대전의 참화 속에 문명과 자본주의의 맹점을 바라보고 '공존共存'을 화두로 삼았다. 식민지 말기 '은둔'은 민족주의적 관점에서 비판이 될 수도 있지만 '소극적 저항'으로 해석될 수 있는 여지도 있었다. 그런데 구라다 하쿠조는 이 책을 읽고 은둔하거나 하려하는 젊은이들에게 일국주의와 자본주의 극복을 함의하는 '적극적 저항'으로서 '은둔'을 해석할 수 있는 기반을 마련해 주고 있다. 지금까지 살펴본 지식인과 민중의 거리도 '이광수→히틀러→이시카와 다케미→앙드레 모로아→구라다 하쿠조'로 갈수록 가까워지고 있어 식자의 특권 의식을 벗어내는 데도 그 나름의 가치를 확보하고 있다. 지식인 비판과 인민의 '경험지식' 인정의 강도가 깊어진 것이다. 또한 극단으로 치달아가는 자본주의의 파편화된 삶에서 상처 받은 영혼이 늘어나고 그럴수록 내면으로 침잠하는 '지금-여기'의 우리에게도

60　倉田百三, 『愛と認識との出發』(1937), 東京 : 岩波書店, 2008, pp.39·94·117·125·168·222 등.

'위안'이 될 만한 조언이 아닐 수 없다.

이렇듯 식민지 말기는 마에다 아이가 지적한 대로 파시즘 대두와 전통적 교양의 붕괴로 히틀러의 『나의 투쟁』과 같은 서적이 새롭게 부상하긴 했지만 충분한 설명은 아니다. 또한 이런 책을 '프로파겐다 독물'로만 해석하는 것도 일면적인 접근이므로 재고되어야 한다. 앞에서 책들의 발행부수를 제시하기는 했지만 '지금-여기'의 독서양상이 그러하듯 각 책에 반응하는 독자는 각양각색일 수밖에 없다. 또한 각각의 책이 (자기계발서, 수양서, 교양서, 전시선전물, 처세서 등 중에서) 한 가지 성격만 가진 것도 아니었다. 앙드레 모로아의 예처럼 일역된 서구의 번역물이 일본과 식민지 조선으로 유입되고 있었고, 시대변동과 전쟁이라는 참상이 다시 구라다 하쿠조의 책 같은 종교적 수양서의 재출현을 요청했다. 일본 과거의 베스트셀러가 다시 부활하고, 서구가 몰락의 위기에 처했다고 하지만 여전히 의미 있는 서구지성계의 저작물이[61] 식민지 조선과 일본의 동맹국들의 '지식인·지도자'가 산출한 책과, 일본 당국이 간행한 선전물(『국체의 본의』 등), 『독일전몰학생의 수기』와 같은 '전시독물', 전시에 출간된 『중등교육여자수신서』와 같은 학교 교과서[62] 등과 서로 경합하고 있었다.

따라서 식민지민의 열광을 이끌어 내려했던 식민모국의 노력이 쉽

---

[61] 서구 지성계의 책이 저항의 역할만 했던 것은 아니다. 오오누키 에미코가 밝혔듯이 가미가제 특공대원과 그 학도병들은 칸트, 헤겔, 니체, 괴테, 쉴러, 마르크스, 토마스만, 루소, 마르틴 드가르, 로망 롤랑, 레닌, 도스토예스키, 톨스토이, 베르자예프 등의 저작물을 읽으며 자신들이 직면한 죽음과 운명에 대해 고민했다. '명예·사명과 공포' 사이에서 합리화와 위로가 복합적으로 내면을 지배한 것이다. 김윤식, 『한일 학병세대의 빛과 어둠』, 소명출판, 2012, 137쪽 참조.

[62] 김순전 외, 『제국의 식민지수신』, 제이앤씨, 2008, 283~304쪽.

지만은 않았을 것이다. 국민교육을 강화하고 애국심이 견고한지 시험하거나 '진리'라고 외쳐도 히틀러의 말처럼 엄혹한 '일상'을 살아가는 민중의 정치 감각은 예민하기 때문에 언제나 '틈입'이 상존할 수밖에 없다. 총력전 시기에도 여전히 '진정한 삶'을 추구하려는 노력들이 존재했고, 그것을 일정한 서적과 정치·문화엘리트들이 제한적이지만 충족시켜주었던 것이다.

그런데 이광수의 『동포에 고함』 같은 책은 일본의 폭압을 감안해 발간동기의 진의를 알기 어렵다하더라도 지식인의 '배신'을 확증하는 증거가 될 수 있었다. 제국으로 방향전환을 꾀하는 이들에게 그는 '조언자'였겠지만, 제국의 논리를 지나치게 되풀이하는 지식인의 말은 일상의 영역에서도 조선인에게 수용되기 어려웠다. 이것이 식민지 지식인의 비극적 자화상이다. 이들은 해방이 되자 '조언자·지도자'의 지위를 잃고 '아버지 세대'를 부정한 또 다른 젊은 세대의 등장을 목도하지 않을 수 없게 된다.

하지만 임화를 통해 일본을 직접 비판할 수 없다고 해서 이광수의 경우만 있었고 전혀 목소리를 낼 수 없었던 것은 아니라는 것을 알 수 있다. 사적인 것이 모두 공적 가치로 환원되는 시국이라지만 결혼의 예처럼 일상 담론의 차원에서는 여전히 제한적이지만 '개인주의'적 가치를 발화할 수 있었는데 임화는 그 매개 고리를 앙드레 모로아 등의 서구저 작물에서 찾은 것이다.

또한 당대인은 소설을 통해서도 삶의 방식을 결정했다. 예를 들어 이광수가 개회사를 했던 그 결혼 좌담회에서 연애건 중매건 아내에 애정을 갖는 것은 방식이 다를 뿐 똑같다는 의견이 나왔다. 자유선택에 의

한 연애와 부모의 선택이라는 이분법에서 벗어나려는 몸부림이다. 그런데 그들은 "이태준이 그가 연재하던 「사상思想의 월야月夜」에서도 비슷한 말을 했다"며 자신들의 생각을 확증하고 합리화하고 있다. 그들은 당대인들이 누구나 인정하는 유명 작가의 소설을 통해 사유의 타당성을 검토 및 정당화하고 있다. 소설과 수상록의 일상 속 작동방식이 일부 확인되는 지점이다. 이것이 식민지민이 발화할 수 있는 내면의 최대치인가.

요컨내 해방 이후 식민유산의 혼적을 되짚어 봤을 때, 이 글의 베스트셀러는 각각의 역사적 경험을 통해 의회 제도를 상당히 불신하고 있어서 조선민족이 자생적으로 민주주의 제도를 확립할 수 있는 능력에 대한 회의를 초래했다. 그럼에도 민중의 정치 감각과 경험을 존중하면서 엘리트와 민중의 거리가 점차 좁혀지고 있는 것은 긍정적인 시대변화의 징조라 할 수 있다.

불교와 식민지 시대

제1장

불교 제도의 정비와 성장

1. 불교 교육 제도의 발전

이 장은 불교 교육과 불교 의례를 중심으로 근대 조선 지식인의 불교 수용 양상에 대해 살펴보고자 한다. 종교를 믿지 않는 사람에게 종교는 미신과 별반 다르지 않다. 미신타파를 부르짖는 근대 지식인의 불교 수용을 단순히 종교 문제로만 설명하는 것은 부족하다. 불교에서 인간의 '괴로움'의 근본적인 원인으로 들고 있는 '무지'를 상기할 필요가 있다. 불교는 또 하나의 지식이다.[1] 종교는 특정시대의 사회적 상황과 독립하

---

1   일본 정토종은 1898년 경성에 교회소를 설치하고 교세 확장에 주력하면서 학교 설립의 필요성을 역설했다. 당시 일본 정토종의 개교사였던 히로야시 싱쓰이는 1902년 원홍사 창건식 축사에서 "불법 중흥은 가람의 건립에 있는 것이 아니라 **지식 발전**에 있다. **지식을** 발전시키려면 먼저 승려의 지위를 향상시키고 성문의 출입을 자유롭게 하고 경성에 불교 학교를 세워 승려를 교육시켜야 한다"면서 **불교계의 학교설립과 근대식 교육의 필요성을 강조**했다. 화계사 홍월초, 봉원사 이보담은 정토종 개교사의 권유를 받아들여 1906년

여 따로 존재하는 것으로 인식되는 경향이 있다. 그러나 종교는 동시대의 지식과 경쟁하면서 세상을 설명한다. 사회주의를 수용하면서 만들어진 불교사회주의나 인과응보론은 대표적인 예다. 종교는 초월적인 존재를 믿고 숭상하지만 이성으로 설명할 수 없는 세계에 대한 궁극적 진리를 추구한다. 지식인이 진리를 추구하기 위해서는 '고등' 사고가 필요하다. 지식인의 불교 수용은 불교가 유학의 경전이나 세속의 지식보다 다른 차원에 있는 지식일 수 있다는 사실을 보여준다.[2]

불교의 진리에 이르기 위해서는 화두, 좌선과 같은 수행법을 익히고

불교연구회를 조직한다. 이 불교연구회가 만든 것이 최초의 근대식 학교인 명진학교 (1906.5.8)였다.

2   "나(김일엽)는 헤매었다. 입산할 때 만공 스님이 나를 백지화하기 위하여 먼저 다른 모든 생각을 모두 소멸시킬 뿐 아니라 「그대가 지금 귀하다고 가진 무엇이라도 다 버려야 하고, 더구나 책을 읽고 보는 일이나, 글 쓰고 구상하는 일은 아주 단념해야 한다.」고 가르치는 그 말씀을 따르다가 30년 만에야 다시 세계적 명작이니, 선각자의 저서니 하는 책들을 더러 읽어 보았다. 김일엽, 『未來世가 다하고 남도록』上, 인물연구소, 1974, 324쪽. 만해 한용운이 유교의 경전보다 불교에 더 천착하게 된 계기가 있다. "스물 일곱 살 되던 해에 홍주의 어떤 사찰에 가서 주역을 공부하는데, 우연히 그 절에 있는 불서 중『禪要』라는 책을 읽다가 그 서문 중에 '但看標月之指 未見當天之月, 달을 가리키는데 달은 보지 않고 손가락만 쳐다본다'는 구절을 보고 크게 感悟한 중, 또『화엄경』「행고품行顧品」에 보현 보살의 행원 무궁한 것을 감탄하여 儒書유서를 불지르고 불법에 귀의하기로 결심하여 집안 사람들에게는 아무 말도 없이 그야말로 운심수성으로 각지 명산을 찾아다니다가 강원도 인제군 설악산 운악사에 가서 머리를 깎고 중이 되었다고 한다. 유동군, 「만해 한용운씨 面影」,『혜성』, 1931.8; 김상웅, 『만해 한용운 평전』, 시대의창, 2006, 39쪽에서 재인용. 조선학을 연구해온 최남선은 「妙音觀世音」에서 불교학에 대한 자신의 개인 체험을 ① 불교와의 처음 접촉, ② 문학으로서의 불교, ③ 철학으로서의 불교, ④ 조선학 연구의 일환으로서의 불교, ⑤ 신앙으로서의 불교라는 변화 과정으로 서술하고 있다. 신앙으로서의 불교도 중요하지만, '조선학'연구와 관련해서 보면, 최남선은 일본의 '철학으로서의 불교'연구를 접하고서 서구의 철학·문화와 대등한 불교의 가치를 깨닫게 되었다. 권상로가 각국의 사례를 통해 조선불교의 체계적 정리 필요성을 느꼈듯이 최남선에게 일본에서의 경험은 '조선불교'의 가치를 재발견하는 계기가 되었다. 류시현, 「일제하 최남선의 불교 인식과 '조선불교'의 연구」,『역사문제연구』14, 역사문제연구소, 2005, 202쪽.

불교 경전을 공부해야 한다. 진리에 이르는 것을 '깨달음'이라 지칭한다면, 수행인 좌선은 깨달음[3]의 '형태'이면서 동시에 깨달음의 '내용'이다.[4] 이는 좌선과 깨침이 다른 것이 아니라는 뜻이다. 좌선은 수행이면서 동시에 깨침이다. 가부좌의 모습은 깨침의 연속이기 때문에 좌선 수행이 의미를 갖게 된다. 수행의 첫걸음은 중생의 번뇌를 비우는 행위이다. 맹목적으로 앉아있는 것은 좌선이 아니다. 선禪에서는 크게 의심하면 크게 깨친다는 대의대오를 말한다. 인생의 현실에 대한 불만과 불안이 깊어지면 깊어지는 만큼 공안에 대한 관심이 깊어지고 완전을 향해 나아가게 된다.[5] 화두공안은 직접 선에 참여하여 깨친 사람들이 그 깨침의 경지를 표현해 놓은 말과 행위를 가리키는 말이다. 화두는 깨침의 경지를 표현한다.[6] 지식인은 화두공안을 공부의 방법으로 이용하고 현실을 의심한다.

선은 스스로 참구參究하는 데 중점을 두지만, 교학은 경전을 통해 일정한 이법理法을 받아들이도록 한다. 식민지 조선에서는 불교의 교육기관인 선원禪院과 강원에서 교육이 이루어졌다. 교육기관은 기독교나 일

---

3   일반적인 명상이 마음의 안정을 중시한다면 선의 궁극적인 목표는 깨침이다. 깨침에서 지혜가 도출된다. 올바른 지혜는 반드시 자비를 수반한다. 그래서 깨침과 지혜와 자비는 다르지 않다. 그런데 깨침은 반드시 인가를 필요로 한다. 그 인가의 방식이 이심전심이고 이법인법이다. 김호귀, 『화두와 좌선』, 살림, 2008, 94쪽.
4   불교는 깨침뿐만 아니라 심리치료의 기능도 한다. 현재 좌선은 명상수련법으로 이용된다. 수행자는 명상을 통해 마음의 고요와 평화를 얻고 스트레스를 없애며 두뇌를 개발한다. 릭 핸슨·리처드 멘디우스, 장현갑·장주영 역, 『붓다 브레인』, 불광출판사, 2010.
5   "일상의 부조리나 허망을 깨닫는 것이 불교의 시작이며 현세의 이러한 부조리를 극복하는 것이 부처의 일이다. 따라서 일상생활의 단순한 전면적 긍정은 결코 불교의 가르침이 아니다. 무아의 실현은 모순, 부조리의 극복 없이 이루어지지 않는다. 현실의 차별에 무관심 할 수 없다." 아마 도시마로, 정형 역, 『일본은 왜 종교가 없다고 말하는가』, 예문서원, 2000, 164~166쪽.
6   김호귀, 앞의 책, 24~86쪽 참조.

본 불교, 총독부의 견제 속에 조선 불교의 독립성을 유지하고 발전시키는 중요한 역할을 했다. 근대로 접어들면서 서구지식이 유입되자, 불교계 역시 새 시대에 적응하기 위해 승가 교육제도를 개편하였다. 기존의 전통 교육기관인 강원, 선원과 함께 근대식 학림체제가 설립되었다. 학림學林이란 전통 승가의 교육기관에서 강원과 선원 외에 새로 구축한 지금의 학교와 같은 근대식 교육체제를 말한다. 당시 학림은 서울 중앙학림과 지방학림 그리고 보통학교가 중심이다.[7]

1928년 이후부터 불교계는 불교의 근대화를 위한 활발한 운동을 했다. 1928년 3월 14일 불교계는 강원교육제도를 바꾸기 위해 전국적인 규모의 학인대회를 개최하였다.[8] 대회에서 기존 강원의 교육제도[9]를 초등과 3년, 중등과 3년, 고등과 4년으로 개편할 것을 결의하였다. 중등과에 불경 외에 조선불교사, 조선역사, 조선지리, 동물학, 식물학, 광

7　이기운, 「근대기 한국 승가의 교육체제 변혁과 자주화운동」, 『근대 동아시아의 불교학』, 동국대 출판부, 2008, 264~265쪽; 박재현, 『한국근대불교의 타자들』, 푸른역사, 2009, 256~267쪽 참조.

8　1928년 학인대회에서 제기된 강원교육제도 개선안은 수많은 우여곡절을 거쳐 1933년 3월에 이르러 교단 차원의 강원규칙이 제정되었다. 강원제도 개정은 불교 교육체계의 확립을 전제로, 보통학교 졸업자로 강원의 입학 자격 부여, 강원 졸업자는 중앙불전에 입학, 강원의 구역은 3~4개소로 정한다는 것이다. 김광식, 『근현대불교의 재조명』, 민족사, 2000, 312쪽.

9　기존 강원 제도로 1912년 30본산 주지회의 강원의 필수와 교과목이다. 이기운, 「근대기 한국 승가의 교육체제 변혁과 자주화운동」, 『근대 동아시아의 불교학』, 동국대 출판부, 2008, 276쪽. 1924년 총독부는 사찰령을 개정하여 전남 구례 화엄사를 본사로 승격시켜 이후로는 31본사 체제가 되었다.

학과	수업연한	수업과목
사미과	2년	사미율의, 조석송주, 반야심경, 예불의식, 초심문, 발심문, 자경문, 치문
사집과	3년	도서, 절요, 선요, 서장
사교과	4년	능엄경, 기신론, 금강반야경, 원각경
대교과	3년	화엄경, 십지론, 염송, 전등

물학, 생리학, 수학, 일본어 등의 과목이 추가되었다. 고등과에는 세계종교사, 인도철학, 철학개론, 세계지리역사, 지문(자연지리학), 경제학 등의 과목 신설에 대한 중지가 모아졌다. 이 변화에는 당시 구학(舊學)을 배운 학인을 상대적으로 경시하는 풍조를 타파하기 위한 의도가 반영되어 있다. 또한 학인이 신학문을 주장한 것은 경제학, 세계철학 사조 등을 모르면 포교를 하기 어렵다는 판단 때문이었다.[10]

강원의 개혁은 불교 보통학교와도 관련이 있다. 1922년 1월 학생들의 동맹파업으로 5년간 휴교에 들어갔던 중앙학림이 1928년 5월 명륜동에서 불교전수학교로 개교한다. 1930년 4월 7일 전수학교는 중앙불교전문학교로 승격하였다. 초대 교장은 송종헌, 명예교수로 당대 최고의 강사인 박한영, 교수진에 김영수, 에다 다케오, 김두헌, 권상로 등 10명이었으며 최남선, 이병도, 이능화 등 50여 명이 강사로 참여하였다. 전문학교는 불교학, 불교사, 종교학, 윤리학, 철학사, 교육학사, 법제경제, 사회학, 한문, 조선문학, 국어국문학, 영어, 음악, 체조 등으로 교과를 편성하였다.[11] 결국 강원의 개혁은 근대교육체계로 지향·통합되고 있었다. 이

---

10 '학인'이란 승려들의 교육을 전담하는 강원에서 공부하는 승려를 가리키는 말이다. 이들은 주로 한문으로 된 불경을 통해 배웠으며, 불교의 새로운 활로를 위해 학인대회를 연 것이다. 학인대회에 참가할 수 있는 자격은 주지가 아닌 15세 이상의 승려로 당시 참가하기로 예정된 승려는 52명이었으나 실제로는 46명이었다. 대회가 개최되고 임원 선출이 있었는데 회장은 개운사의 박용하(법호 − 운허), 부회장은 범어사의 차상명, 서기로는 백양사의 주동원, 사찰에는 건봉사의 김병규 등이 선임되었다. 이외에 청담 이순호도 있었다. 김순석, 『백년 동안 한국불교에 어떤 일이 있었을까?』, 운주사, 2009, 180∼182쪽 참조. 일본에 파견된 불교유학생의 졸업은 있었으나 신입학은 한동안 없던 중 1926년 4월부터 급속히 증가한다. 당시 명단이다. 丁鳳允(宗敎大學), 張龍浩(早稻田大學), 李淳弘, 金文玉, 朴良五, 咸文正(駒澤大學), 權淸學(立正大學), 吳官守(日本大學), 崔英煥(物理學校), 周東元(龍谷大學), 張元順(大谷大學). 「신도불교유학생(新渡佛敎留學生)의 氏名」, 『불교』 24, 불교사, 1926, 55쪽.

11 위의 책, 179∼184쪽 참조.

곳은 강독이나 강론 위주의 교육방법에서 벗어나 불교입문과 불교학 연구를 수행할 수 있는 교육기관으로 재편성된다. 그리고 1940년에는 불교학교의 대중화를 위해 중앙불교전문학교가 혜화전문학교로 개편되었다. 이러한 불교 교육체제 개편은 학인과 대중을 위한 포교사 양성, 근대적인 불교학[12] 연구, 불교의 대중화를 지향하고 있다.

2. 불교 인식 개선 노력과 총독부의 진흥책

교육개편과 함께 불교운동도 활발해졌다. 1924년 침체기에 들어갔던 조선불교청년회가 1928년 재기하였고, 1929년에는 비밀결사단체 만당[13]이 정교분립과 교정확립, 불교대중화를 기치로 내걸고 조직되었다.

---

12 근대 불교학의 성립에는 전통적인 교학자들의 노력이 있다. 권상로는 최초의 한국불교사인 『조선불교약사』(1917)를 쓰고 이능화는 『조선불교통사』(1918)를 남긴다. 백용성은 『석가사』(1936)와 『불심론』(1936)을 저술하고, 김태흡은 『불타의 성훈』(1936), 허용호는 『불교성전』(1936)을 간행한다. 근대 포교학 관련 저술로는 강유문의 『포교법개설』(1938)이 유일하다. 범어에 대한 관심은 허영호의 「범한조대역 능단금강반야밀경주석」(1930)에서 드러난다. 이봉춘, 「한국불교 지성의 연구활동과 근대불교학의 정립」, 『근대 동아시아의 불교학』, 2008, 28~47쪽 참조. 신소천의 『금강반야바라밀경강의』(1936)는 근대불교에서 이루어진 첫 경전 강의서라고 할 수 있다. 금강경 강의서로서 단연 으뜸이다. 또한 현재와 같은 불교의식의 통일을 기한 책이 승려 안진호가 쓴 『석문의범』(1935)이다. 이 책이 나오기 전까지 우리나라 불교의식과 염불문, 절차가 사찰마다 달랐는데 이 책의 출간으로 인해 문제가 해결된 것이다. 그리고 1917년 최초로 한국불교사 개설을 쓴 권상로는 이것을 보완해 1939년 『조선불교사개설』을 출판한다. 윤창화, 『근현대 한국불교 명저58선』, 민족사, 2010, 25~68쪽 참조.
13 만당은 순교정신에 입각해 조직된 비밀결사 단체로 1938년 일본 경찰에 조직이 발각되면

1931년 3월에는 조선불교청년총동맹이 탄생하였다. 만당의 주요 당원이 주축세력이다. 총동맹의 성립은 당시 지역별로 성립된 불교청년회 지회의 존재를 인정하며 중앙의 일원적인 체제로의 전환을 의미한다. 총동맹은 강원과 선원교육의 통일을 강조한다.[14] 1929년 1월 3일에는 조선불교선교양종승려대회가 개최되었다. 각황사에서 개최된 대회는 사찰령 폐지를 목적으로 헌종憲宗을 제정하였다. 이 대회는 자주적인 종헌과 불교 중앙의 입법부 및 집행부를 탄생시킨 기념비적인 행사이다.

　　종교가 사회의 인심을 풍화한다면 어듸까지던지 그 神聖한 전당이요 숭엄한 성지인 여유로써 일 것인데 최근 서울 교외에 산재해 잇는 각 사찰에서는 (…중략…) 괴괴한 사실이 속출되고 잇다. 특히 동대문서 관내에는 그 **변태적 사찰**의 수가 가장 만으니만치 또한 그 괴상한 사실이 가장 빈번히 이러나고 잇는데 이제 그 내용의 일단을 들추어 보기로 하건대 동대문署 관내에 잇는 청량사, 영도사, 약사사, 경국사 등등 이 절 저 절 가릴 것 업시 대개는 지금으로부터 약 칠팔년전부터 신성한 사찰임에도 불구하고 **음식점 영업**

서 실체가 드러났다. 현재까지 밝혀진 만당의 주요 구성원은 총24명이지만 전체 당원은 80여 명에 달하였다고 한다. 중앙에 본부를 두고 주요 지방에 지부를 두었으며 동경에 특수 지부를 두었다고 한다. 초기 만당의 결성은 3차례에 걸쳐서 이루어졌다. 1930년 5월 조학유·김상호·김법린·이용조 등의 1차 결사가 있었고, 이들의 검증을 거쳐 2차로 입당한 승려는 조은택·박창두·강재호·최봉수였으며, 3차로 박영희·박윤진·강유문·박근섭·한성훈·김해윤 등이 합류하였다. 이름이 밝혀진 당원을 살펴보면 서원출·장도환·허영호·정상진·차상명·민동선·최범술·정맹일·이강길·김경홍 등이다. 24명 가운데 15명이 일본 유학을 다녀왔고, 김법린은 프랑스에 유학한 경력이 있다. 5명이 3·1운동에 참여한 경력이 있으며 나머지는 신식학교를 다녔거나 불교청년회의 구성원이었다. 이처럼 만당 멤버들은 외국 유학을 다녀왔거나 신식학교를 다닌 신진 엘리트층으로 현실을 보는 눈이 날카롭고 개혁 의지가 강하였다. 김순석, 앞의 책, 192쪽.
14　김광식, 『한국근대불교사연구』, 민족사, 1996, 305쪽.

의 허가를 엇게 된 그 동긔는 안인게 안이라 동정할 만한 리유가 잇섯다. 즉 檀家를만히 갓지도 못하고 또 그본 재산이 넉넉지도 못한 그들 사찰의 유지는 오즉 그 사찰의 승려들의 동냥만으로는 지탱을 해 갈 수 업서던 것이다. 그러나 그 결과가 오날에 잇서서는 오히려 신성한 종교를 모독하는 본말전도된 현상을 나타내고 말엇스니 즉 이들 절깐은 지금에 와서 술군의 노름터가 된 것은 고사하고도 혹 사긔도박단의 무대가 되고 혹은 불의의 열매를 맷는 장소로 변한 것이다. 경찰에서 허가한 장소에서 주식을 파는 것은 당연하다 하겟스나 최근에 와서는 심지어 불의의 추남추녀가 本堂에까지 침입하야 聖佛의 후광에 숨어서 추행을 감행함은 가탄할 만한 일로써 최근 소관 동대문에서는 규측을 버서나서 혹은 손님을 숙박식하거나 또는 신성을 더럽히는 사실이 잇다면 용서업시 단연 처치 하려고 목하 이를 각 사찰을 세심 주목 중인 모양이다.[15]

그러나 불교계의 노력에도 불구하고 사찰의 상황은 좋지 않았다. 절의 재정은 총독부 소관이었고, 예산 집행은 본사 지주가 했다. 본사 지주는 친일 성향이었다. 1926년 11월 총독부가 대처승이 본사주지를 할 수 있도록 사법을 개정하면서 대처승이 재정권을 장악했다. 앞의 기사는 재정이 악화돼 음식점 허가를 받은 사찰을 다루고 있다. 사찰이 음식점을 운영하면서 경내는 "술군의 노름터"가 되고, 남녀간의 "불의의 열매를 맷는 장소"가 되기도 했다. 사찰의 타락과 스님의 결혼[16]은

15 「近郊 寺刹 중심으로 可驚할 亂脈風紀」, 『조선일보』, 1935.5.7; 한국불교근현대사연구회, 『新聞으로 본 韓國佛敎 近現代史』 下, 선우도장, 1995, 86~87쪽.

16 "불교근대화의 모델이었던 일본불교의 경우 승려의 대처는 보편적이었고, 이는 포교의 강화와 승려의 배출이라는 점에서 긍정적인 측면이 있었던 것도 사실이다. 당시 대처론자도 바로 여기에서 정당성을 찾고 있었다. 그러나 일본의 경우 개별 사원이 승려 개인의 역량에 의존해서 운영되고 있었기 때문에 대처라고 하는 현상이 나타났음에 비해서 한국

불교의 품위와 관련된 문제였다. "종교가 사회의 인심을 풍화"하려면 고결함 내지 신성성이 담보되어야 하기 때문이다.

게다가 사찰이 "사기도박단의 무대"가 되기도 했다. 이것은 무당과 같은 미신과 관련된다. 식민 당국은 1930년대에 들어서면서 미신을 묵인하던 1920년대와 달리 미신 타파에 상대적으로 적극적인 자세를 취한다. 이는 일본의 식민통치 정책변화에 따른 영향이다. 1932~1933년에 걸쳐 각 지방 경찰 당국이 중심이 되어 해당 지역의 미신취체안을 공포하고 강력히 미신 행위를 엄금하였으나 실제적으로는 큰 효과를 보지 못했다. 각 지방 경찰 당국의 노력만으로는 무당 및 점쟁이로 인한 사기가 감소하지 않자, 1933년 10월에는 총독부 경무국도 사태의 심각성을 인식하고 대처하였다. 경무국은 각도 경찰부장에게 명령하여 혹세무민을 업으로 삼는 무당들의 수효와 관련 사항을 조사 보고하도록 결정하고 입안했다. 입안된 법률안은 중추원 회의를 통과시킨 뒤에 정식으로 발령, 1934년 4월부터 시행하기로 하였다.[17] 그러나 1930년 후반에도 종교를 이용한 사기는 줄어들지 않았다. 절을 신축한다는 명목으로 민중의 금품을 사취하는 사기꾼(단)은 여전히 기승을 부렸다.[18]

의 경우 대처는 전통적인 사원공동체를 파괴하는 속성을 갖고 있었다. 수덕사 승려 만공은 해방 직전 육천여 승려 중 결혼하지 않은 승려는 불과 300여 명이었다고 평한다." 한국역사연구회, 『우리는 지난 100년 동안 어떻게 살았을까』, 역사비평사, 1998, 226쪽.

17 이방원, 「일제하 미신에 대한 통제와 일상생활의 변화」, 『일제 시기 근대적 일상과 식민지 문화』, 이화여대 출판부, 2008, 168~169쪽.

18 요사이 인천부내 송현, 송림, 금곡정 등지에는 무당과 판수 등 남녀들이 부쩍 늘어 넉넉지도 못한 그들의 살림살이를 좀덕듯이 각 가정의 부녀자들을 감언리설로 꾀어 금품을 사취하는 등 별별 추잡한 행동을 다한다. 더욱 심한 것은 요즘에는 이 가칭 무녀배를 경찰서에서 엄중 단속하므로 활약을 못하는 반면에 이들은 움집을 만들어 가칭 어느 절 포교소라는 간판을 걸고 절을 신축한다고 각 동리를 돌아다니며 기부를 걷어 (…중략…) 「여성과 무당 출입 가정부인을 기만 사찰을 신축 중에 탄로」, 『조선일보』, 1939.9.3. 한국불교

1932년 우가키 총독은 조선의 농촌 상황을 개선한다는 명목으로 일본의 농촌경제갱생 계획을 모방한 농촌진흥운동을 전개하였다. 또한 우가키는 1935년 1월 10일 총독부 국장회의에서 심전개발 정책을 제기하였다. 심전개발운동은 학무국이 중심이 되어 1년간 연구해온 입안이 구체화되고 1936년부터 본격적으로 추진되었다. 학무국은 '국체관념의 명징', 경신숭조의 사상 및 신앙심을 함양할 것, 보은·감사·자립정신의 양성이라는 3대원칙을 발표한다. 1935~1937년간 전국의 심전개발 공개 강연의 횟수는 582회였고, 동원된 청중 수는 149,787명에 달한다.[19] 불교계가 공식적으로 이 운동에 참여한 것은 1935년 7월 28일이다.

무속 통제와 심전개발운동은 시국과도 관련이 있었다. 심전개발운동은 비상시국 극복을 위한 정신개발을 목적으로 농가 경제의 자력갱생을 위해 실시됐다. 또한 신사정책이 강화되고 있는 상황에서 단군은 무당의 일종으로 해석되었고 일본의 원시 신도의 잔존으로 인식된다. 이로 인해 무속이 일본의 일선동조론을 뒷받침하는 고유 신앙으로 인정받게 된다.[20] 이로서 불교는 무속과 함께 심전개발운동의 핵심 사상이 된다. 총독부의 불교 진흥책이 식민지 시대 불교의 중흥의 계기가 된 것이다.[21]

근현대사연구회, 『新聞으로 본 韓國佛教 近現代史』 下6, 선우도장, 1995, 20쪽. 박치우는 백백교 사건을 예로 들면서 부당한 욕심, 허망한 탐욕, 요행을 자극하는 사교(邪敎)의 종교 상업주의를 비판한다. 또한 그는 기성 종교에 대해서도 비판어린 시선을 보낸다. 참회를 장사로 삼는 종교인이 많다는 것이 그 지적의 내용이다. 박치우, 윤대석·윤미란 편, 『사상과 현실』, 인하대 출판부, 2010, 384쪽, 450쪽 참조.

19 최석영, 『일제하 무속론과 식민지 권력』, 서경문화사, 1999, 132~157쪽 참조.
20 위의 책, 6~7쪽 참조.
21 조선시대 핍박받던 불교는 일본 일련종 승려 사노 젠레이의 노력으로 1895년 도성출입

농촌과 조선사원과의 관계는 지리적 경제적으로 가장 밀접하거늘 종래 조선불교의 교화활동이 농촌방면에 등한하여 온 것은 奇한 현상이라 하겟으며, 목하 **조선농촌의 경제적 破滅과 문화적 저열은 민족전체의 중대문제로써 그 대책의 강구가 사회여론의 초점**이 되어잇거늘 조선불교는 아즉 이에 대한 하등의 관심이 보이는 것 갓지 안는 것은 너무나 유감스러운 일이다. (…중략…) 중앙엔 **선교양종교무원교학부에 '농촌포교부'를 특설**하야 일정한 기간 내에 완성하도록 할 것이다. (…중략…) 중앙포교당에 **'단기농촌포교강습회'를 개설**하야 (…중략…) 중앙불전에 교과로 **'농촌포교연구부'를 창설**하야 장래 농촌포교에 지망하는 학도로 하여금 특수한 훈련과 지도를 받도록 할 것이다. (…중략…) 그럼으로 교리를 평이하게 해설하야 농민의 생활에 직감되도록 불교정신이 곳 농민생활의 솔선이 되도록 할 것이다. 또한 신앙의 정화 합리화이다. **종래 불교에 대한 민간신앙은 천박한 공리주의와 불합리한 신비사상으로 구성되어잇다. 더욱히 농민의 불교에 대한 전통적 의식은 그러하다. 화복의 미신과 우상의 숭배**가 무아의 정신과 자각의 실천을 짓밟어 없엠이 컷다. 역사와 민속의 난잡성을 세소하고 불타교설의 원시적 면목을 선양

금지가 해제된다. 따라서 조선불교는 일본에 우호적인 감정을 갖다가 1911년6월3일 사찰령이 시행되면서 당국과 불편한 관계가 된다. 1930년대 중반 불교진흥책으로 불교계는 사찰령을 비판하면서도 일본에 우호적 감정을 갖기 시작한다. 다음의 글은 개화기 불교의 사회적 위치를 보여준다.
14세기 말경 조선에 들어온 새로운 왕조는 몇 차례의 박해와 더불어 점차적으로 불교를 멀리하게 된다. 결국 불교의 영향력은 감소했고 각지의 불교 사탑들도 폐허화되었으며, 사찰들 역시 세속적인 유흥을 위한 모임 장소가 돼 버리고 말았다. 따라서 일반인에 의해 아직도 몇몇 중들에게 베풀어지는 보시는 종교적인 봉헌이라기보다, 차라리 인간적인 연민의 표출인 면이 강하다. 나날이 위세를 떨치고 있는 유교에 비해 오늘날 경상도를 제외한 거의 모든 지방에서 나락으로 떨어진 듯한 불교의 비참한 상황은 안타깝기 그지 없다. 이 땅의 모든 사람들은, 심지어는 불교신자들까지도 몇 세대가 지나고 나서 불교에서 남는 건 그저 희미한 추억일 것이라 말하곤 한다. 샤를 바라 · 샤이에 롱, 성귀수 역, 『조선기행』, 눈빛, 2001, 106쪽.

함이 불교의 현대적 교화의 목표이다. 종래의 도시불교는 이 신앙의 정화, 합리화를 조금도 관심하지 안엇다.[22]

다만, 불교계가 교단의 목적을 위해 총독부의 시책에 맹목적으로 협조했다고 생각해서는 안 된다. 농촌, 산촌과 사찰은 그 이전부터 "지리적·경제적"으로 밀접한 관련이 있었다. 백용성은 이미 1910년대 사찰의 열악한 재정문제를 해결하고 농촌의 경제파탄을 해결하기 위해 禪農佛敎를 말했었다.[23] 하지만 그 관계는 불교 진흥책과 결부될 수밖에 없었다. 예컨대 앞의 인용에서 1933년 김법린은 그동안 불교계가 "도시"와 달리 "농촌포교에 등한"시 해왔다고 지적한다. 농민은 "화복의 미신과 우상의 숭배"에 빠져 있어 불교 역시 구복의 신앙으로 이용되고 있었다. 이런 상황에서 그 의도야 어찌됐든 당국의 시책이 불교계의 교세 확장과 포교력을 높이고 이미지 쇄신에 일조한 것이다.

22　김법린, 「불교의 농촌진출에 대하야」, 『佛敎』, 1933.1, 19~21쪽.
23　백용성은 1916년에 선농불교의 일환으로서 광산 경영을 시도하였으며, 국내뿐만 아니라 국외인 만주의 용정에서 이를 실행하였다. 실행 기간이 10여 년이라는 장기간이었으며, 그가 입적하기 이전 그리고 일제의 외압이 가하기 직전까지 지속되었다는 점에서 더욱 의의가 있다. 김광식, 「백용성의 선농불교」, 『근현대불교의 재조명』, 민족사, 2000, 108쪽.

3. 포교의 다양화와 불교 의례의 확산

　김법린의 글에는 농촌에 파견할 포교사를 양성하자는 언급이 있다. 불교가 대중화되기 위해서는 교육체제의 개편과 함께 포교당 확대, 불교서적 및 신문 간행, 강연, 사회자선사업 등 불교행사가 이루어져야 한다. 불교포교는 기독교[24]와 일본불교의 포교에 영향을 받았다. 특히 역경과 찬불가는 독립선언서에 서명했다는 죄목으로 두옥된 백용성의 노력으로 활발히 보급되기 시작하였다. 백용성은 감옥에서 다른 종교 인들이 한글로 된 경전을 읽으면서 기도하는 모습에 자극을 받았다. 그는 1921년 3월 출옥한 이후 삼장역회라는 단체를 조직하여 역경 사업에 착수하였다. 사찰에서 시행된 역경 사업에는 경남 3본산에서 시행한 번역 · 출간사업을 들 수 있다. 1934년 종무협의회를 구성하고 해동역경원을 발족시켰다. 그러나 당국이 한글사용을 금지하면서 1938년 9월에 역경사업 활동이 중지되었다.[25]

　또한 백용성은 직접 작사 작곡을 하고 오르간을 연주하며 찬불가 보급에 앞장섰다. 이 중 1927년 발행된 『대각교 의식』에 '왕생가', '권세가', '대각교가', '세계기시가', '중생기시가', '중생상속가', '입안가' 등

24　개화기 기독교는 개인 영혼의 구원을 강조하며 정교분리의 입장을 취한다. 학교와 병원을 세워 남에게 도움을 주는 기독교는 정교일치 입장을 취하고 탁발시주하며 놀고먹는 불교를 비판한다. 장석만, 「돌이켜보는 '망국의 종교'와 '문명의 종교'」, 『전통과 서구의 충돌』, 역사비평사, 2001, 192~193쪽 참조.

25　백용성은 『심조만유론』(1921), 『금강경선한문신역대장경』(1922) 등 30여 종을 번역한다. 그의 백미는 한글 『화엄경』(1928)의 발간이다. 이외에 승려 안진호는 1929년 만상회를 설립하고 역경사업을 한다. 김순석, 앞의 책, 152~155쪽.

7곡이 수록돼 있다. 불교음악이 현대적 의미의 찬불가로 이용되기 시작한 것은 1920년대 들어서부터다. 작품은 작곡 활동이 드물었던 시기였기 때문에 가사 위주로 창작되었다. 불교가 본격적으로 전해지기 시작한 것은 조학유를 비롯해, 백용성, 권상로, 김대운, 김정묵 등이 찬불가를 제작하면서부터다. 찬불가가 알려지면서 대중포교는 직접적 영향을 받았다. 스님들이 주관하던 불교의식에 찬불가가 사용된 것이다.[26]

찬불가는 불교일요학교와 유치원에서 불리기도 했다. 불교일요학교는 일본불교와 기독교의 영향으로 개설되었다. 일본불교계는 기독교 일요학교에 위협을 느끼면서 1915년 일요학교령을 제정하였다. 십 년 후인 1925년에는 그 수가 4천 개를 넘어섰다. 조선불교계는 일본불교의 포교 방식에 자극을 받아 1923년 각황사에 일요학교를 최초로 개설하였다. 1936년 2월에는 학생수가 150여 명에 달했다. 1930년대 불교일요학교는 전국적으로 16곳에 있었다. 승려 김태흡은 1939년 만주 봉천 관음사의 불교일요학교를 찾아가 불교동화를 들려주기도 했다.[27]

불교유치원 역시 포교 차원에서 생겨났다. 1914년 조선 최초의 유치원이 생긴 이래, 최초의 불교유치원은 1923년 7월 29일 강릉에 개원한 금천유치원이었다. 1930년에는 학생이 99명에 이른다. 아동들은

---

26 해인사 승려인 조학유는 1926년 10월부터 1927년 11월까지 매월2곡씩 신작 찬불가를 발표해 주목을 받는다. 또한 그는 전통불교를 수호하고 불교계 항일운동 측면에서 찬불가를 보급한다. 이미향, 「曹學乳의 생애와 讚佛歌 연구」, 『보조사상』 26, 보조사상연구원, 2006, 383~424쪽.

27 경성에서 두 번째로 문을 연 것은 1928.4.15. 대각일요학교이다. 일요학교에서는 학예회를 열고, 하모니카 독주, 자수노래 독창, 동화, 유희, 댄스, 요술, 연극 등을 선보인다. 이동은, 「어린이 복지프로그램 활성화에 관한 연구－어린이법회를 중심으로」, 동국대 석사논문, 2002 참조.

유희, 창가, 조선문, 일본문, 수공을 배웠다. 불교유치원의 모든 교육은 우리말로 진행됐고 1936년 졸업식(12회)부터 삼귀의례와 찬불가를 하기도 했다. 그러나 1923년 금천유치원이 설립됐을 때 전국 유치원은 57개였고 1931년 전국유치원이 230개로 늘어났을 때 불교유치원은 12개에 불과했다. 사찰의 지원 여부가 불교유치원 운영에 큰 영향을 미쳤기 때문이다.[28] 이처럼 불교 개혁에는 재정이 문제였다. 총독부의 사찰령이 조선불교계의 반발을 가져온 이유도 총독부가 재정권을 장악한다는 조항 때문이었다.

지금까지 살펴본 것처럼 불교계는 교세를 확대하기 위해 교육제도 개편과 역경譯經사업을 하고 불교일요학교와 불교유치원을 운영한다. 또한 실질적인 대중 포교를 위해 전국 각지에 포교당이 개설되었다. 포교당은 야학을 만들어 문맹퇴치를 하기도 하고 사회봉사 사업도 했으며 빈민무료구제소, 임산부구호소 등 자선사업을 하기도 했다.[29] 포교당은 대중포교의 중요한 기수였다. 식민지 시대 최초 도심포교당은 1910년 10월 설립된 서울의 각황사였다. 1913년까지 전국적으로 18개의 포교당이 들어섰다.[30] 1935년에는 본사 31개, 말사 1,307개, 포교소 147개, 승려

---

28 손미령, 「한국불교유치원에 관한연구」, 이화여대 석사논문, 1991, 12~30쪽 참조.
29 다음은 불교계 사회 활동의 일부이다. 불교중앙포교소는 1923년 최초의 불교의료기관인 불교제중원을 준공한다. 1925년 능인포교당은 능인유치원과 능인여자야학회를 운영하고 1925년 경성 불교구제원은 경성양로원을 설립했으며 1928년 경남 진주포교당은 극빈자 구호에 나선다. 1929년 9월 23~24일 수원포교당에서는 나혜석 구미 사생화전람회가 개최된다. 울산포교당은 여자 야학을 운영한다(「통도사 울산포교당 낙성봉불식」, 『동아일보』, 1935.12.5). 진주 통도사 포교당에서는 무산부녀자의 문맹을 퇴치코저 여자야학을 설립한다(「진주 여자야학 불교포교당 경영」, 『동아일보』, 1936.5.2). 상주 불교포교소에서는 사회사업에 뜻을 두고 빈민무료소와 임산부구호소를 개설한다(「상주불교포교소 빈민무료치료」, 『동아일보』, 1936.7.21).
30 1933년 기독교의 교당은 4,269개였고, 신도수는 414,642명이었다. 그리고 불교는 포교

5712명, 여승 1,080명, 신도수가 12만 8천명에 이르렀다.[31] 이후 심전 개발운동에 따른 총독부의 지원으로 포교당은 계속해서 확대되었다.[32]

석가세존의 탄생일인 사월 파일을 또 맞었습니다. (…중략…) 지금도 우리 조선사람이 이날이면 등달고 잉어 달고 새옷 입고 느티덕 해 먹고 즐기는 습관이 남어 잇습니다. 또 아이들이 **종이 조각을 쏘라서 기를 맨들고 고기 껍질을 비껴서 적은 북을 만든 후에 제각기 흔들고 뚜드리고 떼를 지어 거리로 돌아다니면서 등을 달라고 비는 풍속**(이렇게 하는 것을 호기라고 합니다)도 잇엇습니다.

이것뿐 아니라 이날에는 집집이 석가래 같은 나무를 세우고 등을 달되 부호한 사람은 채색칠한 사다리를 사방에 매 놓고 칭게마다 등을 다랏는 고로 마치 하늘에 총총한 별을 보는 것과 같아서 동리마다 구경들을 나갑니다.

오육년 전만 하야도 한성시내의 등놀이가 장햇습니다. 시정육방에 오색 등을 달고 오색종이 고기를 달고 짐두를 장식하엿습니다.

이렇게 사월 파일 기렴이 성행하든 것이 그간 매우 소소하게 나려오다가 근년에 이르러 거리의 큰 상점에서 점두를 장식하는 이름잇는 날 잡아 뚜드러지게 옛 유풍을 다시 일으켜 지키는 경향이 보입니다.[33]

당 147개, 신도수 128,035명이었다. 대한불교조계종 교육원 편, 『조계종사』, 대한불교 조계종, 2005, 153쪽. 1910년대 식민지 조선에서 일본불교의 교세는 현저하게 증가한다. 1910년 포교소 113개, 포교자수는 95명, 신도수는 61,649명이다. 1920년에는 포교소 236개, 포교자수 337명, 신도수는 148,122명으로 증가한다. 성주현, 「1910년대 일본불교의 조선포교활동」, 『문명연지』 5, 한국문명학회, 2004, 87쪽.

31 「불교도 12만 명」, 『조선중앙일보』, 1935.3.26, 석간 2면.

32 영덕 불교포교당 설립『동아일보』, 1934.12.28; 안동 옥동의 법룡사 포교당 신축, 『동아일보』, 1935.3.5; 1938년 6월 울산에 대규모 포교당을 신축 「이포교사 송별」, 『동아일보』, 1938.6.26; 1938년7월 마산포교당 신축『동아일보』 1938.7.1; 해인사 말사연합포교당 건립『동아일보』, 1938.12.2; 안동포교당 사찰 건축, 『동아일보』, 1938.5.6; 한국불교근현대사연구회, 『新聞으로 본 韓國佛敎 近現代史』上, 선우도장, 1995, 674~681쪽.

포교당은 강연과 함께 초파일, 참선회, 열반절 행사를 열기도 했다. 초파일 기념은 불교를 믿지 않더라도 '풍속'으로 자리 잡았다. 초파일 날, "한성시내에는 등놀이"가 행해지고 아이들은 "호기"를 한다. 불교행사는 사찰 밖에서 뿐만 아니라 경내에서도 이루어진다. 불교계는 1930년대 연극 공연을 받아들이면서 산중불교의 이미지를 탈피하고 대중과 호흡하는 대중 불교를 꾀한다. 이는 엄숙한 경내의 분위기를 바꾸고자 한 노력이다. 1928년 초파일에 공연된 홍사용의 〈출가〉[34]는 최초의 불교연극이었다. 그리고 1930년 공연된 '나미아미타불'은 사찰에서 벗어나 극장에서 공연된 최초의 불교연극이다. 1930년 1월 7일에는 최초의 불교연극 극단이라고 할 수 있는 룸비니 극단이 탄생하기도 했다. 1930년대 불교연극 작품은 거의 대부분 승려 김태흡(필명 김소하)의 것이었다.[35] 이처럼 각종 불교행사는 민중이 부담 없이 불교를 느낄 수 있게 하는 대중포교로 효과적이었다.

---

33 「평북 포교당」, 『동아일보』, 1933.5.6. 한국불교근현대사연구회, 『新聞으로 본 韓國佛敎 近現代史』上, 선우도량, 1995. 624쪽. 지난 이십육일 쌍계사 하동 포교소와 동 불교부인회에서는 성인 석가세존의 성탄기념식과 지나사변 황군전몰장병 위령제를 성대히 거행한 나머지 밤들자 휘황찬란한 천등불사로 천불하는 남녀노소가 구름같이 모여들어 일대 장관을 이루었다고 한다(「쌍계사하동포교소 성탄기념식대성황」, 『동아일보』, 1939.6.3; 한국불교근현대사연구회, 『新聞으로 본 韓國佛敎 近現代史』上, 선우도량, 1995, 628쪽).

34 홍사용의 〈출가〉는 1929년 불교전문지 『불교』사에서 사월 초파일 경축행사로 공연된 작품인데, 원래 제목이 '태자의 출가'였던 것이 1938년 조선일보사에서 편집한 『현대조선문학전집』에 '출가'로 바뀌어 게재되었다. 실달태자의 출가 상황을 극화시킨 이 희곡은 편의상 도입부−상황부−종결부로 구분할 수 있다. 도입부는 태자의 출가 동기를 그리고 있는 부분이고, 상황부는 제1막부터 제2막 사(四)중간부분이며, 종결부는 태자가 출가를 결행하는 마지막 장면이 이에 해당한다. 따라서 이 작품은 팔상 중에서 사문유관상(四門遊觀相)과 유성출가상을 수용한 것이다. 송재일, 「한국 근대 희곡의 '팔상(八相)' 수용 양상」, 『공연문화연구』 2, 한국공연문화학회, 2001, 267~285쪽.

35 신은연, 「1930년대 불교희곡 연구−김소하 희곡을 중심으로」, 동국대 석사논문, 2007, 14~22쪽 참조.

제2장

불교와 정치적·문학적 상상력의 접속

1. 일제와 조선 지식인의 불교 인식

식민지 시대 조선의 불교계 역시 중일전쟁을 겪으면서 일본의 전쟁에 협력한다.[1] 종교단체이지만 불교계의 친일은 창씨개명, 국방헌금,

---

[1] 1930년대 조선불교는 교세 확대와 일본으로부터 자주권을 확보하는 문제에 봉착하게 된다. 그래서 불교계는 정교분립을 계속해서 주장한 것이다. 일본 불교의 침투와 조선 불교계의 대응 양상을 간략히 정리하면 다음과 같다. 1876년 강화도조약이후 일본의 진종 대곡파와 일련종을 필두로 주요 불교종파들이 조선에 들어온다. 1902년 전국의 사찰을 관리할 기관으로 사사관리서를 설치한다. 1905년 통감부가 설치되고 교육정책을 통제한다. 1910년 10월 6일 일본의 조동종은 1908년 탄생한 조선의 원종과 연합을 선언한다. 이 사건은 조선불교계를 크게 자극하게 되고, 1911년 반친일 입장의 조선 임제종이 탄생한다. 1911년 일본은 사찰령을 발표하고 전국의 사찰을 30본산체제로 개편한다. 일본불교가 1929년 10월 조선불교대회 개최를 계획하자, 이에 대한 반발로 조선불교는 조선불교선교양종승려대회를 개최해 종헌을 만든다. 1935년 총독부는 사회과의 일부로 축소되어 있던 종교계를 종교과로 독립부활시킨다. 1935년 3월 조선 불교계는 일

군용기 헌납, 징병제, 친일 시국강연회, 근로보국 등 다른 일반 사회 조직과 별반 다르지 않았다.[2] 중일전쟁 이전 조선의 지식인은 불교를 어떻게 바라봤을까. 1930년대 이전 개화기의 불교 인식부터 살펴보자.

불교는 인도 안 몇 나라와 청국과 조선과 일본 등지에 있는데, 말은 불교라 하여 그러하되 나라마다 교하는 법이 다르고 조선, 청국 등지에 있는 불교는 본래 불교와 온통 달라 이름만 불교라 하지, **실상인즉 석가여래가 가르친 교가 아니요 인형을 만들어놓고 어리석은 백성을 속여 돈을 뺏지는 주의**가 되었으니, 본고장에 있는 인도불교와 온통 달라졌더라.[3]

인용문은 1897년 불교에 대한 인식이다. 조선의 불교는 "석가여래가 가르친 교"가 아니라 "인형을 만들어놓고 어리석은 백성을 속"이는 사이비 종교로 이해되고 있다. 조선의 몰락은 지식인 사회에 전통체제와 사상에 의문을 갖게 했고 일본의 식민지배가 이어지면서 불교는 유교와 함께 더욱 강하게 부정된다.[4] 1919년 윤치호는 "조선민족이 비참

본불교로부터 자주성을 지키기 위해 '조선불교 선종'을 탄생시키고 전통불교의 선맥을 계승하기로 한다. 1937년에는 조선불교계를 총관할하기 위해 총본사를 각황사에 만들고 1941년에는 선교양종에서 조계종으로 바뀐다. 그 의도는 조선불교의 발전이었지만 재정권, 인사권이 총독부에 있어서 한계가 있었다. 해방 이후 한국불교는 1954년경 불교정화운동을 통해 왜색을 지우기 위해 노력하지만 조계종과 천태종이 나누어진다. 즉 식민지 조선불교는 일본불교의 영향으로 조선왕조시대의 불교 전통과 다른 변용을 겪은 것이다.

2 불교계의 친일에 대해서는 임혜봉, 『친일불교론』 상·하, 민족사, 1993을 참조할 것.
3 「세계의 종교와 개화문명」, 1897.1.26. 서울대정치학과독립신문강독회, 『독립신문 다시 읽기』, 푸른역사, 2004, 367쪽.
4 안자산은 불교가 신에 굴복하여 인도적 독립심을 마비되게 한다고 지적한다. 그는 줄기차게 **불교의 해를 지적**하고 극단적으로 **한민족의 악마**였다고 비난한다. 그래서 그는 수천 년 이어져 내려온 건전한 **민족성은 1차로 불교로, 2차는 유교로 망한**다고 말한다. 이러한

한 상황에 처하게 된 주요인 중 하나는, 지식인들이나 지도자들이 수백 년 동안 유교 윤리와 불교적 이상에 관한 허황된 철학적 사색에 탐닉해 유용한 기술과 실용적인 도덕을 완전히 무시했던 점이라"고 비판했다.[5]

  그럿타고 하여서 現在勞農大衆이 要求하고 잇는 이 問題의 解決을 對岸觀火視할 수는 업는 것이다. 그럼으로 먼저 反宗敎運動의 序幕을 열어서 이 運動의 힘잇는 進展이 잇기 前에는 朝鮮에서의 無産階級運動의 强力的 發展을 期하기는 어려울 것이다. 이는 現在 朝鮮民族의 大多數가 儒敎, 基督敎, 佛敎, 天道敎, 侍天敎, 普天敎 등 諸宗敎集團에 吸收되여 잇는 것으로 보아 또는 이 宗敎的 諸集團의 所謂 社會事業이란 것이 적지안은 勢力을 가지고 **푸로레타리아-트의 가장 危險한 ✕이 되는 改良主義的 行動을 露骨的으로 指導**, 或은 宣傳하고 잇슴으로써 文化가 뒤떠러진 朝鮮民族은 이 阿片과 갓흔 宗敎의 魔醉를 그대로 甘受하고 잇기 때문이다. (…중략…) 그리고 最近 佛敎에서 '山間에서 社會로!' 한 標語밋헤 漠然한 綱領을 가지고 組織的 進出을 期하는 것으로보아 彼等 宗敎的 諸集團의 活動과 方向은 **푸로레타리아의 階級陣營의 對立的 組織과 方向을 決定하고 잇는 것만은 숨길 수 업는 事實임**과 同時에 無産階級과 時間的, 同盟者의 關係를 完全히 끈는 民族改良主義的 線路로 馳落되면서 잇다. 朝鮮에서 所謂 3大宗敎라고 일컷는 佛敎, 基督敎, 天道敎 등 諸集團은 그 構成要素의 絶對多數가 勞働者이요 農民이지만은 그 組織의 基礎와 指導部의 活動方面이 反無産階級的임에야 더 말할 것이 업는 것이다.[6]

자산의 편협한 선입견은 조선조 유림의 견해에 맹목적으로 동조한 것으로 그 화석화된 관념으로 인해 학문적 시야를 넓히지 못했다. 金倉圭,『安自山의 國文學硏究』, 國學資料院, 2000, 42~44쪽 참조.

5 윤치호, 김상태 편역, 「1919.10.26.」,『윤치호 일기』, 역사비평사, 2001, 150쪽.

이처럼 불교는 지식인에 의해서 조선 몰락의 한 원인으로 비판받다가, 1920년대 사회주의가 들어오면서 반종교운동의 대상이 된다. 종교 집단이 "적지 않은 세력을 가지고 있"으면서도 "프롤레타리아에게 가장 위험한 독이 되는 개량주의적 행동으로" "조선민족을 종교의 마취"에 빠지게 한다는 것이다. 불교는 1930년경 "산간에서 사회로"라는 표어를 내걸고 도심포교를 외치고 있었기 때문에 사회주의 세력에게 더욱 경계의 대상이 된다. 사회주의자는 불교 집단을 "민족개량주의 노선"으로 간주했기 때문이다.[7] 이렇듯 조선의 불교는 일본불교의 견제뿐만 아니라 조선민족의 원성도 듣고 있었다.[8]

그러나 불교가 부정적으로만 평가된 것은 아니다.[9] 식민지 지식인은 조선민족의 가능성을 찾을 필요가 있었고 그것은 '조선적인 것'이어야 했다. 불교는 외래에서 유입된 것이지만 이미 오래전에 조선문화의 일부로 편입되었다. 조선학을 탐구해온 최남선은 과거 조선불교가 일본에 전달된 역사적 사실에 주목하고 불교를 통해 과거 조선의 일본에 대

6　陳榮喆, 「反宗敎運動의 展望」, 『삼천리』 16, 1931.6.1, 10~12쪽.

7　기자는 한용운과의 대담에서 부처가 조선에 있더라도 "도덕적 유심적의 운동밖에 착수" '하지 못할 거고 말한다. 또한 경제의 불평등을 배척하는 부처를 두고 오늘날에 태어났으면 공산주의자가 되기 쉬웠을 것 같다고 말한다. 「大聖이 오늘 조선에 태어난다면?」, 『삼천리』 4-1, 1932.1.1, 70~71쪽 참조.

8　윤치호는 금강산을 여행하고 다음과 같은 말을 남긴다. "조만간 일본 불교 관계자들, 숙박업자들, 기생과 윤락여성들을 이주케 하려고, 벌써 조선인들이 ― 스님들이 ― 쫓겨나기 시작했다는 얘기가 들린다." 윤치호, 김상태 편역, 「1930.8.21」, 앞의 책, 292쪽.

9　"佛敎가 韓國의 文化에 一大 潮流를 형성하였다는 것은 아니 韓國文化의 本源을 瀋明 하고 그 基臺李를 顧正함에 있어서 이 佛敎란 것을 忘棄할 수 없는 것이라 함은 累言을 기다릴 것까지도 없을 것이다. 멀리 三國의 때에 그 源을 열어 놓은 〈順道〉〈阿道〉를 비롯으로 新羅의 統一期에 佛敎로 하여금 光明과 精彩를 發하게 한 〈元曉〉〈義湘〉를 거쳐 高麗 盛時에는 〈大覺〉〈普照〉등의 國師를 내고 그대로 李氏朝에 들기까지 思想方面으로와 藝術方面 내지 文化 一般에 걸쳐 國民 생활을 이끌고 나간 큰 힘이야말로 바로 이 佛敎이었던 것이다." 李殷相, 「西山의 文學」(1930.9.9), 『露山文學選』, 탐구당, 1964, 342쪽.

한 문화적 우위를 논하였다.[10]

> 農業文化의 集中的 表現인 佛敎와 儒敎가 이 時代의 朝鮮人 生活과 結合한
> 것은 偶然한 일이 아니다. 그럼으로 朝鮮民族은 原始時代의 優秀한 特性이
> 佛敎 및 儒敎의 輸入에 의하야 破壞한 것이 아니오 그 過程에서 滿洲族보다
> 優秀한 文化를 建設하야 一型의 民族을 形成하걀 또 그 存在를 確立하얏다.
> (…중략…) 그리고 中世 이후의 朝鮮民族은 儒 佛敎의 影響으로 말미암아 派
> 閥的이 되고 또 批判에 短한 것이 아니다. 또 그것은 朝鮮民族의 固有한 弱點
> 도 아니다. 封建文化은 모든 民族으로 하야곰 다 가티 그러한 弱點을 가지게
> 하얏다.[11]

앞의 글처럼 1930년대 중반 불교는 경제·문화적 측면에서 조선민
족의 '기원'으로 평가받기도 했다. 조선민족은 만주민족과 달리 정착생
활을 해서 농업문화를 가질 수 있었다. "농업사회와 밀접한 불교가 조
선인 생활과 결합한 것은 우연이 아니"었다. "중세 이후 조선민족이 파
벌적이 된" 것도 "봉건문화가 가진 약점"이며, "조선만의 고유한 약점

---

10   최남선은 1930년대 중반 불교에 대한 입장을 바꾼다. 그는 불교를 고유신앙과 분리하고
일본 중심의 동북아 문화를 강조하면서, 불교를 조선의 독자적인 가치로 인정하지 않는
다. 류시현, 「일제하 최남선의 불교 인식과 '조선불교'의 연구」, 『역사문제연구』 14, 역사
문제연구소, 2005, 192~203쪽 참조. 최남선이 1942년경 쓴 것으로 추정되는 『조선의
상식』을 살펴보면 불교가 고유신앙을 발전시키는 데 크게 공헌했다고 말한다. 그리고
조선인은 불교의 덕으로 철학을 알고 예술을 얻게 되었다고 주장한다. 또한 그는 조선시
대 불교가 탄압 받았다는 기존의 인식에 문제를 제기한다. 조선시대에도 불교는 여전히
조정의 비호 아래에 있었으며 불교의 문제는 불자들 스스로에게 더 큰 책임이 있다는
것이다. 최남선, 『조선의 상식』, 두리미디어, 2007, 214~222쪽 참조.
11   김명식, 「조선민족기원의 문화적 고찰」, 『삼천리』 7-1, 1935.1.1, 56~57쪽.

도 아니"라는 지적도 있었다. 이제 불교는 조선에 악영향을 미쳤다는 오명에서 일부 탈피했다.

　문화적 측면뿐만 아니라, 불교는 식민지 말기에 조선이 소위 '동아협동체'로 휩쓸려 들어가는 과정에서도 긍정적으로 평가된다. 일부 협력 지식인들은 동아협동체 안에서 조선민족이 유지되기를 원했고 이를 위해 조선만의 문화적 가치를 강조할 필요가 있었다. 일본 역시 재편성되는 동아시아 질서에서 문화적으로 가장 선도적인 위치에 있어야 했고 불교는 이를 위해 전유되었다. 식민지 말기 일본은 중국과의 전쟁 중에도 문화유산이 산재한 북경만은 폭격을 조심할 정도로 중국의 전통문화를 인정했다. 그러나 일본은 중국이 제국의 침략을 받을 만큼 후진국이 된 이유를 설명할 논리가 필요했다. 일본은 중국이 선진 국가로 발전하지 못한 이유로 유교를 지목했다. 중국이 불교를 배척하고 유교를 숭상해 불교의 문화적 효용을 활용하지 못했다는 것이다. 이 논리는 식민지 조선 지식인에게 그대로 받아들여진다. 협력 "문인들에게 조선이 유약한 망국의 나라가 된 것은 유교 때문이었다. 신라의 예처럼 불교는 인간성을 구속하는 유교와 달리 자유롭고 실천적이며 정치이념을 선도하게 될 때 화려한 문화"[12]를 펼칠 수 있는 바탕이었다.[13]

12　친일반민족행위진상규명위원회, 『친일반민족행위관계사료집』 XV, 선인, 2009, 524~525쪽 참조.

13　"일본에게 신도는 논리가 너무나 취약하며, 또한 정치적인 천황숭배를 넘어서지 못한다. 유교는 전근대의 봉건적 위계질서의 연속성이 너무나 강하다. 불교는 전통적인 전근대의 사상이며, 게다가 근대적 비판을 견딜 수 있는 사상으로 변형 가능하며, 해석 가능한 사상이었다. 근대의 불교는 실로 일본의 근대 사상에 부과되었던 세 개의 과제 즉, 전근대적/전통적이면서 근대적이고 동시에 포스트 근대적이라는 삼중성을 담당할 수 있는 사상으로서 등장한 것이다." 스에키 후미히코, 이태승 역, 『근대 일본과 불교』, 그린비, 2009, 19쪽. 이것은 후대 학자의 견해로, 1930년대 일본의 인식과 동일하지 않다.

이처럼 불교가 일본이나 식민지 조선에서 다양하게 해석될 수 있었던 것은 불교가 가진 역사적 배경과 특성 때문이기도 했다. 총독부가 조선 불교의 성장을 지원했던 것도 다른 의도가 숨어있었다. 총독부는 정신문화와 사상을 선도하기 위해 불교를 중심으로 종교를 통제한다. 심전개발운동은 유교·신도·기독교·불교 등 공인 종교의 부흥을 표방하면서 실제로는 국가신도체제에 편입시켜 국체 관념의 내면화를 의도한 것이었다. 유사 종교에 대한 정리 탄압과 통제 강화를 처음으로 시사한 것도 1935년 2월이었다. 유사 종교는 정감록을 바탕으로 민족 의식을 선동하기 때문이다.[14]

특히 일본이 불교에 주목한 것은 대동아공영권을 추구하면서 일본 국내의 문화를 재편성하기 위한 불교의 역할을 기대했기 때문이다. 경성제대 교수인 아키바 다카시秋葉隆는 "기독교는 순수해 신앙으로서는 좋으나 다른 종교를 배척하는 점에서 편협하다"고 설명했다. 기실 기독교의 일본화가 어렵다는 말이다. 불교는 유연성이 더 있어서 여러 민간의 속신도 포함한다. '일본정신'을 중심으로 한 종교의 재편성에서 불교는 쉽게 포섭될 수 있었다. 일본 당국은 사람들이 종교를 믿는 마음처럼 대동아건설에 의문을 품지 않기를 바란다. 정책의 근본은 일본문화의 위대함을 마음으로 느끼는 데 있었던 것이다.[15]

일본은 불교에서 화엄사상과 일련종을 정치적으로 활용했다. 화엄 교학이 교토학파에 의해서 정치적인 의미로 해석되기 시작한 것은 니시다西田幾多郎 철학의 일즉다一卽多의 논리에서 찾을 수 있다. '일즉다 다

---

14 조경달, 『민중과 유토피아』, 역사비평사, 2009, 280~281쪽.
15 이원동 편역, 『식민 지배 담론과 '국민문학' 좌담회』, 역락, 2009, 92~97쪽 참조.

즉일'이란 만유 개개의 현상이 언뜻 모두 차별적인 존재처럼 보이지만, 본래 그것들은 서로 떨어져 있는 독립된 존재가 아니고 모두 절대이면서 만유와 서로 융합한다는 뜻이다. 니시다의 철학 논리에서 '다'는 국민, '일'은 천황이고 국가였다. 그는 자기모순적 동일성 즉 부정이 곧 긍정이요 '다'가 곧 '일'이라는 논리에 기초하여 국민은 천황으로 수렴되고 다수인 국민은 하나인 국가에 수렴된다는 철학적 해석을 통해 당시 일본국가와 천황의 존재를 인정하고 예찬하기에 이른다.[16]

화엄사상과 일련종의 공통점은 현실 긍정의 논리라는 점이다. 니치렌의 일련종은 다나카 치가쿠에 의해 재정립되었다. 다나카는 출가주의를 비판하고 재속불교운동을 지향한다. 그는 불교의 교단에 속하지 않는 일반 국민의 사상운동으로까지 전개하고자 했다. 일본 국가주의 불교의 주창자인 다나카는 선민의식에 바탕을 둔 일본관과 고대신화를 기반으로 한 신국神國 관념을 가지고 있었다. 일본은 신국이며 그 자손들은 신의 자손인 셈이다. 천황은 정치적인 통일을 행하는 전륜왕으로 간주되었다. 일련주의는 왕불명합론의 법화통일주의를 추종함으로써 불법을 세속국가에 편입시킨 한계를 보였다.[17]

일본에서 불교는 국가에 정치적으로 종속되면서 '일본정신'과 관련지어졌다. 고전은 흔히 일본정신의 원형으로 간주되는데, 일본의 불교 수용은 일본 고전과 문학의 자양분이 되었다. 다나카 히데미츠는『국민문학』좌담회에서 "일본 고전은 불교가 들어오기 전에는 아주 건전하고 소

---

16 윤기엽, 「대동아공영권의 형성과 교토학파의 화엄교학 원용」, 『근대 동아시아의 불교학』, 동국대 출판부, 2008, 217~219쪽.
17 원영상, 「일련주의의 불법호국론과 국체론」, 『근대 동아시아의 불교학』, 동국대 출판부, 2008, 226~236쪽.

박한 것이었다. 불교나 유교가 들어오고, 또한 사상이 변해 패도 정신이 들어와 일본문학의 자양분이 되었다. 하지만 이런 것은 인생을 대하는 어두운 방식"이라고 지적한다. 이때 명확히 규정하기는 어렵지만 불교는 '밝음, 건강함'과 대비된다. 이는 불교가 현생을 번뇌의 공간으로 바라보는 성격 때문일 것이다. 그는 일본문학의 "밑바탕에는 일본문학의 전통인 밝음과 건강함이 자연스럽게 흐르고 있"다고 한다. 따라서 그는 ""주류主流를 새로 만드는 것이 아니라 일본문학의 밑바닥에 흘러오고 있는 것을 부상시키는 것이 진짜이며,『보리와 병정』 같은 것은 고전이 될" 것이라고 주장하였다.[18] 이처럼 일본에서 불교 역시 일부 부정되기도 하고 재발견된 셈이다. 일본은 일본 고유의 정신과 문학을 유지하면서 불교를 동아시아를 통합하는 하나의 수단으로 이용했다.

2. 사찰의 의미와 불교의 문학적 전유

문학에 대한 불교의 영향은 절이란 공간이 지식인에게 미친 영향과 함께 한다. 지식인에게 절은 정양과 성찰의 공간이었다. 성철이나 장욱진, 노천명, 이광수, 나혜석 등 몸이 불편했던 이들이 절에서 쉬면서 병을 다스릴 수 있었다. 실제로 성철에 따르면, "당시 집안이 넉넉한 사람

---

18   이경훈 편역, 「국민문학 일 년을 말한다」(『국민문학』, 1942.11), 『한국 근대 일본어 평론·좌담회 선집』, 역락, 2009, 338쪽.

들에게는 건강이 좋지 않을 경우 절에 가서 요양하는 것이 중요한 치료 방법의 하나였다."[19] 이렇게 절에 있다 보면, 성철처럼 불교 잡지나 경전을 읽게 되고 출가를 하기도 했다. 또한 가세가 기울어 어머니를 따라다니던 허민처럼 절에 딸려있는 강원에서 불교 공부를 하기도 했다. 이것은 서정주와 김동리의 경우에서도 확인할 수 있다. 청년기의 서정주는 사회주의와 톨스토이주의를 통해 민중의 구제에 관심을 갖고 소소한 실천을 하고 있었다. 그러나 인간성을 발현하는 데 무엇인가 부족함을 느끼던 그는 불교를 접하면서 선사상에 심취하게 된다.[20] 이렇듯 불교는 이들이 세상을 바라볼 수 있는 눈이 될 수 있었다. 이에 비해 김동리는 불교를 통해 서구 문학과 다른 '조선적인 문학'을 도모했다. 전쟁과 '서구문화의 몰락'을 목도하고 예감한 그는 불교를 통해 기독교적인 구원과 다른 방식의 구원을 모색한다.

구원은 개인뿐만 아니라 민족의 문제를 포괄한다. "종교로서의 불교는 '시대'와 '(민족)집단'의 상대적 진리보다, 개인에게 인생의 궁극적 의미를 부여하는 탈시대적·탈집단적 절대 진리 쪽으로 기울어지게 되어 있"[21]다. 그러나 식민지 조선에서 살아가는 문인에게 인류구제란 말은 민족의 문제와 결부될 수밖에 없다.[22] 불교계에서도 주류는 아니지

---

19 불교전기문화연구소 편, 앞의 책, 27쪽.
20 서정주, 『미당 자서전』 2 , 민음사, 1994, 9~11쪽 참조. 서정주는 불경을 읽으면 영생의 구체상과 영생을 자각하기 위한 구체적 방법을 알게 된다고 말한다. 불교에서는 자각한 사람이란 운명에 굴종하는 것이 아니라 운명을 자가 운전할 수 있다. 또한 그는 민족 각개가 서로 실질적인 결합을 이루기 위해서는 보편의 사랑이 필요하다고 인식하고 불경을 숙독할 것을 권한다. 서정주, 『문학을 공부하는 젊은 친구들에게』, 민음사, 1993, 258~260쪽.
21 박노자, 「한국 근대 민족주의와 불교」, 『불교평론』, 한국불교신문사, 2006.
22 서정주는 정리하지 못하고 도달하지 못한 문제가 너무 많고 불교의 넓은 속에서 안온하

만 한용운은 반제국주의 운동에 나름 투신한 인물이다. 그가 문인과 다른 것은 그 대상을 조선민족에 한정하지 않고 전세계로 확대했으며 자유·인권적인 항일 민족주의를 추구했다는 점이다.[23]

이렇게 민족의 처지를 고민하던 문인들은 세상의 풍파에 휩쓸리다 절을 찾기도 했다. 지식인은 절이 있는 산의 초입에 들어서자마자 해방을 느꼈다.[24] 그들은 사찰에서 글쓰기를 하거나 쉬면서 심신을 다스렸다.[25] 그래서 절은 지식인간의 교류가 이루지는 공간이기도 했고[26] 일부 지식인은 강원의 선생이 되기도 했다. 절은 도피와 안식, 정신적 해방과 면학勉學의 공간이었던 셈이다.

게 있을 수도 없었다고 말한다. 서정주, 앞의 책, 12~13쪽 참조.

23 박노자, 앞의 글, 10쪽. 천상병은 신라 시대에 유입된 불교를 소승불교 계통으로 파악한다. 그 이후 한국불교는 소승불교의 전통을 유지하고 있었으나 한용운이 시에 '임'이라는 이름으로 대승불교적 발상을 잘 표현했다고 평한다. 한용운에 의해 소승불교적 전통과 중절되고 말았지만 그는 불교가 더 넓은 문학적인 것으로 전개할 수 있는 새로운 지평을 펼쳐보였다는 것이다. 천상병, 「불교사조와 한국문학」,(『자유공론』, 1959.3), 『천상병 평론』, 답게, 2007, 210~211쪽 참조.

24 어디로나 갈 수 있는 길은 선택의 자유를 보장해주고, 울창한 녹음은 영원한 혼과 활연한 기운을 준다. 그리고 찾아들어간 절 역시, 감화를 받을 수 있는 청정한 곳이었다. 노천명, 『나비』, 솔, 1997, 54쪽.

25 절은 정치의 문제를 고민한 문인들만의 안식처는 아니었다. 식민지조선은 근대화와 봉건적인 유습이 충돌하는 공간이기도 했다. 그것을 대표적으로 잘 보여준 인물이 나혜석이다. 기독교인이었던 그녀는 세상의 비난을 온몸으로 체험하면서, 자신에게는 불교가 다시없는 위안이라고 말한다. 1930년대 초반 이미 불교에 심취한 그녀는, 몸이 병들고 돈이 떨어져갈 때 김일엽을 찾아가 중이 되려한다. 그러나 그녀는 종교는 생활의 방편일 뿐이라며, 결국 스님이 되는 길을 포기하고 점점 쇠락해져간다. 정규웅, 『나혜석 평전』, 중앙M&B, 2003, 242쪽 참조.

26 이렇다 보니 절에서는 자연스럽게 문인간의 친분도 자연스럽게 이루어진다. 허민은 "해인사에서 머물렀던 김동리, 서정주, 노천명과 나혜석, 거창 출신 화가 정종여, 대중 가수 백년설 등과 교분"을 쌓을 수 있었다. 허민 박태일 편, 『허민전집』, 현대문학, 2009. 567쪽. 김동리 역시 '해인사에서 허민이나 이원구, 최인욱 같은 이들을 알게 되었다'고 회고하고 있다. 김동리, 『나를 찾아서』, 민음사, 1997, 137쪽.

경북 김천에서는 지난 십이일에 성주 지례 방면으로부터 긴급정보를 밧고 동일 오전 일곱시경에 당지 경찰서에서 응급 비상소집을 하야 경찰서장 이하 **경관 오십여 명이 각기 권총과 식량미를 준비하야** 가지고 자동차로 즉시 김천군 증상면 청암사 방면을 향하여 출발하엿다는데 가다가 경관 수십명은 지례에서 하차하야 성주와 지례 방면에서 **칙면습격을 개시하게** 되고 나머지 경관은 대덕면 관기리 방면으로 가서 청암사를 중심으로 하고 주위를 사방으로 **포위 수색하엿다는데** 사건을 일체 비밀에 붓침으로 상세는 아즉 알 수 업스니 일반은 <u>모모 방면으로부터 모사명을 가지고 조선내지에 잠입한 ○○단원이 침입한 것</u>이라고 매우 주목한다고 한다.[27]

그런데 절은 지식인의 독립운동을 위한 은신처로도 활용되었다. 식민지민으로서 독립 투쟁을 전개할 때 침투와 피난, 모의를 위한 공간이 필요했다. 절은 산속에 있고 식량조달을 따로 할 필요가 없었기 때문에 독립운동가가 은거하기에 적절했다. 이러한 여건에서 절은 국외에서 잠입하는 지식인의 국내 침투경로 중 하나였다. 지금까지 논의를 정리하면 식민지 시대 조선인에게 절은 신앙, 정양, 성찰, 직장, 교육, 도피와 해방의 공간이었다.

기독교적인 사유가 반영된 세계문학을 접해온 문인은 제1차 세계대전과 서구의 몰락이 운위된 이래 경제공황을 겪으면서 조선문학의 새로운 길을 모색한다. 문인이 조선의 오랜 전통이었던 불교를 인식하게

---

27 「무장경찰관 15명 사찰을 포위수색 권총과 식량까지 준비해 가지고 김천청암사에서 활동」, 『조선일보』, 1930.9.17; 한국불교근현대사연구회, 『新聞으로 본 韓國佛敎 近現代史』 下, 선우도장, 1995, 19쪽.

된 것이다. 그 자각은 절과 관련된 민중의 '발견'으로 이어져 무속이나 샤머니즘이 소설화되기도 한다. 이러한 자각의 바탕에는 이 시기 발전해가는 중앙불교전문학교의 영향과 함께 불교학의 성장이 있었다. 명진학원의 2대 교장이었던 이능화는 1918년 조선의 불교사를 집대성한 『조선불교통사』를 발간하고 1927년에는 최초로 무속에 관한 내용을 정리한 논문 『조선무속고』를 발표하였다. 이러한 노력들이 조선에서 불교가 차지하는 비중을 재인식하게 하는 바탕이 되었다.

불교는 1930년대 후반 유행한 '고전'과도 연결된다. 특히 불교의 불상은 당대 최고의 조각가인 김복진이 주목하던 소재이기도 했다. 김복진은 1935년경부터 작고할 때까지 5년여 시간 동안 불상예술을 탐닉했다. 그는 불상의 조형성과 불상을 조각했을 선조의 고귀한 수법과 품격에 탄복했다. 그 역시 많은 불상을 조각해 후대에 전해주었다.[28] 또한 1938년 최초로 '보화각'이라는 개인 박물관을 설립한 간송 전형필은 희귀한 불상을 수집하였고 그 불상은 국보로 전해 내려오고 있다.[29]

然이나 朝鮮文學의 장래는 엇더한 것인가. 그것은 민족주의적일 것이다. 혹 더 적실히 민족사회주의적일 것이다. 그것은 朝鮮人 고유의 인도주의 사상를 加한 더―그 민족성인 도피적 낙천주의나 절망적 애조 속에 佛敎식 달관의 미소를 석근 것이다. 밝는 날의 力과 光榮에 대한 동경과 도피적 절망적 달관 애조와 미소. 이것은 一見 인콘파디뿔 갓흐나 이것들을 합한 것이 실로 고금을 싸고

---

28 윤범모, 『김복진 연구―일제 강점하 조소예술과 문예운동』, 동국대 출판부, 2010, 195~198쪽.
29 이충렬, 『간송 전형필』, 김영사, 2010, 328쪽.

돈 朝鮮文學의 특징이다. 그것은 오래 동안의 역사—민족적 생활 과정의 영향인지 몰은다.[30]

문단에서는 이광수가 "조선사상 최초의 순교자가 불교의 이차돈이었다는 것을 『삼국유사』에서 보고 「이차돈의 사」를 쓴다."[31] 이광수는 조선인의 민족성과 고유사상을 불교와 관련지어 조선문학의 특징을 설명했다. 그는 조선의 문학에 "밝은 날의 힘과 광영에 대한 동경"과 "도피직 닉천주의나 절망적 애조 속에 불교식 달관의 미소가 섞"어 있다고 주장한다. 불교식 달관의 미소는 불교적인 관조를 의미한다.

불교의 영향으로 불교식 달관의 관조적인 문학 태도를 취한 작가는 이광수 외에도 김달진, 조지훈[32] 등을 들 수 있다. 김달진의 시는 형식적인 면에서는 무기교적이며 내용적으로는 사상이나 상상력이 드러나지 않는 선적 미의식을 띠고 있다. 고전문학의 선시 전통을 현대적으로 계승해 문학사적 연속성을 확보한다는 시사적 의의가 있었다. 그리고 김달진의 선적 미의식은 불교에서 비롯했다. 김달진은 1935년 승려 백용성을 모시고 함양 백운산 화과원에서 반농반선의 수도 생활을 하였고 1936년에는 중앙불교전문학교에 입학하여 1939년에 졸업했다. 김달진의 시는 자연에 대한 관조와 작은 대상을 통해 광대한 우주를 인식

---

30 이광수, 「조선의 문학」, 『삼천리』 5-3, 1933.3.1, 19쪽. **이돈화**는 "석가와 예수를 인류구제의 정열이 **열렬한 순교자**"로 바라본다. 「천도교, 불교, 기독교, 종교운동」, 『삼천리』 8-1, 1936.1.1, 187쪽.
31 「백만독자 가진 대예술가들」, 『삼천리』 9-1, 1937.1.1, 134쪽.
32 조연현은 1940년 혜화전문학교에 들어가 조지훈과 교류를 맺는다. 그는 1941년 학생사건으로 연루되어 중퇴한다. 그리고 1944년 절에서 도피 생활을 한다. 박종석, 『조연현 평전』, 역락, 2006, 226~227쪽.

하는 경향이 있다. 작은 대상은 자아를 의미하는 것으로 자아가 무욕의 경지에서 세계를 바라보는 것이다.[33] 그는 당시 선풍 진작운동의 영향을 받았다는 평가다. 불교적 우주관의 영향은 조지훈에게서도 발견된다. 그는 2년 동안 김달진과 같은 학교에서 수학했다. 작품에는 관조와 화엄의 우주관이 투영되어 있다. 생명과의 관계를 중시한 그의 시는 생명을 중시하는 화엄의 우주관에 영향을 받았다.[34]

이 글에서 다룬 김동리와 이광수는 불교의 어떤 점에 주목했는가. 이들은 공히 불교의 인과응보를 수용했다. 그러나 중요한 차이는 이광수가 '필연성'에 주목한 데 비해 김동리는 '우연성'에 관심이 있었다. 이것은 중요한 차이를 낳는다. 세계를 '필연적인 것'(직선적 진보 사관)으로 해석할 때 지식인은 선구자로서 계몽자의 위치에 서게 된다. 그러나 불교에는 불법이 쇠퇴하며 교만과 시비가 넘치는 '말법사상末法思想'이 있다. 이것은 서구의 직선적 발전사관에서 벗어난다. 김동리의 작품에는 말법의 시대를 정토로 이끄는 아미타불이 등장한다. 이때 구원자로서 선구자와 아미타불은 다른 의미를 갖는다. 그래서 이 글은 그 사유와 문학적 형상화의 차이를 두 작가가 중시한 '구원'이라는 화두를 통해 살펴봤다.

33 김옥성, 「김달진 시의 선적 미의식과 불교적 세계관」, 『한국언어문화』 28, 한국언어문화학회, 2005, 99~116쪽 참조.
34 이경수, 「조지훈 시의 불교적 상상력과 禪味의 세계」, 『우리어문연구』 33, 우리어문학회, 2009, 330~352쪽 참조.

참고문헌

제1부. 1930년대 초 사회주의자의 현실과 관동대진재(1923)

제1장. 북풍회원(北風會員) 정우홍과 관동대진재(關東大震災) – 정우홍의 「진재전후(震災前後)」 (1931.5.6~8.27)

1. 기본자료

『삼천리』, 『별건곤』, 『活泉』, 『동아일보』, 『조선일보』, 『혜성』, 『신천지』, 『한겨레』.

명인, 「震災前後」, 『동아일보』, 1931.5.6~1931.8.27.

고바야시 다키지, 황홍모·박진수 역, 「1928년 3월 15일」, 『고바야시 다키지 선집』1, 이론과실천, 2012.

김을한, 『實錄 東京留學生』, 탐구당, 1986.

이광수, 이경훈 외역, 『동포에 고함』, 철학과현실사, 1997.

이기영, 『두만강』 제3부 상, 사계절출판사, 1989.

石川武美, 『내가 사랑하는 생활』, 主婦之友社, 1941.

2. 논문 및 단행본

강덕상, 「1923년 관동대진재(大震災) 대학살의 진상」, 『역사비평』45, 역사문제연구소, 1998.

강덕상, 김동수·박수철 역, 『학살의 기억, 관동대지진』, 역사비평사, 2005.

강재언·김동훈, 하우봉·홍성덕 역, 『재일 한국·조선인 – 역사와 전망』, 소화, 2005.

김광열, 『한인의 일본이주사 연구 – 1910~1940년대』, 논형, 2000.

김성구, 「關東大震災에 있어서 조선인 학살 사건 – 당시 문인들의 잡지를 통해서」, 부산외대 석사논문, 2004.

김응교, 「15엔 50전, 광기와 기억 – 쓰보이 시게지의 장시(長詩) 「15엔 50전」(1948)에 부쳐」, 『민족문학사연구』27, 민족문학사학회, 2005.

김일환, 「관동 진재 시 조선인 학살 사건의 진상」, 『신천지』, 1946.9.

김흥식, 「관동대진재와 한국문학」, 『한국현대문학연구』29, 한국현대문학회, 2009.

다치바나 다카시, 박충석 역, 『일본공산당사』, 고려원, 1985.

마에다 아이, 유은경·이원희 역, 『근대 독자의 성립』, 이룸, 2003.

문봉선, 「청전 이상범의 생애와 작품세계」, 『황해문화』5-2, 새얼문화재단, 1997.

미요시 유키오, 정선태 역, 『일본문학의 근대와 반근대』, 소명출판, 2002.

서경식, 『역사의 증인 재일조선인』, 반비, 2012.

스칼라피노·이정식, 한홍구 역, 『한국 공산주의운동사』 1-식민지시대, 돌베개, 1986.

시라카와 유타카, 곽형덕 역, 『한국근대 知日작가와 그 문학연구』, 깊은샘, 2010.

야마다 쇼지, 정선태 역, 『가네코 후미코』, 산처럼, 2003.

야마다 쇼지, 이진희 역, 『관동대지진 조선인 학살에 대한 일본국가와 민중의 책임』, 논형, 2008.

엘리스 K. 팁튼, 이상우 외역, 「카페」, 『제국의 수도, 모더니티를 만나다』, 소명출판, 2012.

오스기 사카에, 김응교·윤영수 역, 『오스기 사카에 자서전』, 실천문학사, 2005.

오이시 스스무 외, 임희경 역, 『후세 다츠지(布施辰治)』, 지식여행, 2010.

이균영, 『신간회연구』, 역사비평사, 1993.

이행선, 「총력전기 베스트셀러 서적, 총후적 삶의 선전물 혹은 위로의 교양서-'위안'을 중심으로」, 『한국민족문화』 48, 부산대 한국민족문화연구소, 2013.

정미량, 『1920년대 재일조선유학생의 문화운동』, 지식산업사, 2012.

정병욱, 「신설리 패, 중국인 숙소에 불을 지르다-1931년 반중국인 폭동에 대한 재해석」, 『역사비평』 101, 역사문제연구소, 2012.

정우홍, 『강력주의·완전 변증법』, 월간원광사, 1998.

정종현, 『제국의 기억과 전유』, 어문학사, 2012.

정지용, 『정지용 전집』 산문, 민음사, 2003.

정진석 편, 『日帝시대 民族紙 押收기사모음』 I·II, LG상남언론재단, 1998.

정진석, 『극비 조선총독부의 언론검열과 탄압』, 커뮤니케이션북스, 2008.

조경숙, 「아쿠타가와 류노스케와 관동대지진」, 『일본학보』 77, 한국일본학회, 2008.

최영호 외, 『부관연락선과 부산』, 논형, 2007.

칼 맑스·프리드리히 엥겔스, 김태호 외역, 『칼 맑스/프리드리히 엥겔스 저작 선집』 2, 박종철출판사, 1992.

한만수, 「만주침공 이후의 검열과 민간신문의 문예면 증면, 1929~1936」, 『한국문학연구』 37, 동국대 한국문학연구소, 2009.

한승인, 『東京이 불탈 때』, 대성문화사, 1973.

한일민족문제학회 편, 『재일조선인 그들은 누구인가』, 삼인, 2003.

武村雅之, 『關東大震災を歩く』, 吉川弘文館, 2012.

副田義也, 『內務省の社会史』, 東京大学出版会, 2007.

井上寿一, 『戦前 昭和の社会』, 講談社, 2011.

筒井清忠, 『帝都復興の時代-関東大震災以後』, 中公選書, 2011.

Silverberg, Miriam, *Erotic Grotesque Nonsense : The Mass Culture of Japanese Modern Times*, University of California Press, 2009.

제2장. 식민지 조선의 형무소와 사회주의자의 감옥 ─ 정우홍, 하야마 요시키(葉山嘉樹), 고바야시 다키지(小林多喜二)

1. 기본자료

『뉴시스』, 『동아일보』, 『별건곤』, 『삼천리』, 『조선일보』, 『혜성』.

고바야시 다키지, 황봉모・박진수 역, 「1928년 3월 15일」(『戰旗』, 1928.11~12), 『고바야시 다키지 선집』I, 이론과실천, 2012.

_____, 「1928년 3월 15일의 경험」(『프롤레타리아문학』, 1932.3), 『고바야시 다키지 선집』I, 이론과실천, 2012.

고바야시 다키지, 이귀원・전혜선 역, 「獨房」(『중앙공론』, 1931.7), 『고바야시 다키지 선집』II, 이론과실천, 2014.

김남천, 「물」(『대중』, 1933.6), 『맥』, 문학과지성사, 2006.

김동인, 「笞刑」, 『김동인문학전집』7, 大衆書館, 1983.

라일, 「그와 監房」, 『동아일보』, 1929.10.22~11.16.

명인, 「震災前後」, 『동아일보』, 1931.5.6~1931.8.27.

정우홍, 『강력주의・완전 변증법』, 월간원광사, 1998.

하야마 요시키, 이진후 역, 「매춘부」(『문예전선』, 1925.11), 『일본 프롤레타리아문학 걸작선』, 보고사, 1999.

葉山嘉樹, 「牢獄の半日」, 『葉山嘉樹 短編小說選集』, 松本 : 郷土, 1997.

2. 논문 및 단행본

강덕상, 김동수・박수철 역, 『학살의 기억, 관동대지진』, 역사비평사, 2005.

강소영, 「요코미츠 리이치와 관동대지진이라는 역사적 기억」, 『일본연구』63, 韓國外國語大學校 外國學綜合硏究센터 日本硏究所, 2015.

강효숙, 「관동대진재 당시 피학살 조선인과 가해자에 대한 일고찰」, 강덕상 외, 『관동대지진과 조선인 학살』, 동북아역사재단, 2013.

권해주, 「가와바타 야스나리(川端康成)의 『허공에 떠도는 불빛』의 주제와 그 사생관」, 『일본문화 연구』1, 동아시아일본학회, 1999.

김계자・이민희 역, 『일본 프로문학지의 식민지 조선인 자료선집』, 문, 2012.

김소운, 『하늘 끝에 살아도』, 동화출판공사, 1968.

김홍식, 「관동대진재와 한국문학」, 『한국현대문학연구』29, 한국현대문학회, 2009.

나카니시 이노스케, 「불령선인」(『개조』, 1922.9), 이한정・미즈노 다쓰로 편역, 『일본작가들이 본 근대조선』, 소명출판, 2009.

다니자키 준이치로, 류순미 역, 『도쿄 생각』, 글항아리, 2016.

리영희・나영순, 김동현・민경원 사진, 『서대문 형무소』, 열화당, 2008.

성주현, 「식민지 조선에서 관동대지진의 기억과 전승」, 『東北亞歷史論叢』48, 동북아역사재단,

2015.

야마다 소지, 이진희 역, 『관동대지진 조선인 학살에 대한 일본 국가와 민중의 책임』, 논형, 2008.

이소가야 스에지, 김계일 역, 『우리 청춘의 조선』, 사계절출판사, 1988.

이은지, 「마명 정우홍 연구를 위한 시론」, 『민족문학사연구』 62, 민족문학사학회, 2016.

이지형, 「관동대지진과 시마자키 도손(島崎藤村)-『아들에게 보내는 편지』를 중심으로」, 『일본문화연구』 13, 동아시아일본학회, 2005.

이행선, 「북풍회원(北風會員)이 바라본 관동대진재(關東大震災)-정우홍의 「震災前後」를 중심으로」, 『민족문학사연구』 52, 민족문학사연구소, 2013.

조경숙, 「아쿠타가와 류노스케와 관동대지진」, 『일본학보』 77, 한국일본학회, 2008.

황호덕, 「재난과 이웃, 관동대지진에서 후쿠시마까지-식민지와 수용소, 김동환의 서사시 「국경의 밤」과 「승천하는 청춘」을 단서로」, 『일본비평』 7, 서울대 일본연구소, 2012.

中根 憲一, 『刑務所図書館』, 出版ニュース社, 2010.

水野直樹・文京洙, 『在日朝鮮人 歷史と現在』, 岩波書店, 2015.

重松一義, 『日本の監獄史』, 雄山閣出版, 1985.

惡麗之介 編, 『天變動く 大震災と作家たち』, 東京: インパクト出版會, 2011.

石井正己, 『文豪たちの關東大震災體驗記』, 小學館, 2013.

Nichigai Associates, 『(讀書案內,傳記編)日本の作家』, 日外アソシエーツ, 1993.

제2부. 모더니스트의 공간 인식과 현실

제1장. 1930년대 초중반 김기림의 공간과 전체시론의 형성-프로문학과 모더니즘의 관계를 중심으로

1. 기본자료

『민성』, 『삼천리』, 『조선일보』, 『조선중앙일보』, 『한국민족문화대백과』.

김기림, 『김기림 전집』, 심설당, 1988.

임화문학예술전집 편찬위원회 편, 『임화문학예술전집』 1~5, 소명출판, 2009.

이효석, 「北國點景」, 『삼천리』 3, 1929.11.

2. 논문 및 단행본

고봉준, 「모더니즘의 초극과 동양 인식-김기림의 30년대 중반 이후 비평을 중심으로」, 『한국시학연구』 13, 한국시학회, 2005.

권보드래, 「"행복"의 개념, "행복"의 감성-1900~10년대『대한매일신보』와『매일신보』를 중심으로」, 『감성연구』 1, 전남대 호남학연구원, 2010.

김영미, 『그들의 새마을운동』, 푸른역사, 2009.

김예리, 『이미지의 정치학과 모더니즘』, 소명출판, 2013.

김유중, 「김기림의 역사관, 문학관과 일본 근대 사상의 관련성 — '근대의 초극'론의 극복을 위한 사상적 모색 과정에 대한 검토」, 『한국현대문학연구』 26, 한국현대문학회, 2008.

김진희, 「김기림 문학론에 나타난 타자의 지형과 근대문학론의 역사성」, 『우리어문연구』 32, 우리 어문학회, 2008.

나탈리 제먼 데이비스, 양희영 역, 『마르탱 게르의 귀향』, 지식의풍경, 2000.

동선희, 『식민권력과 조선인 지역 유력자』, 선인, 2011.

박상천, 「김기림의 소설 연구」, 『동아시아문화연구』 8, 한양대 동아시아문화연구소, 1985.

신형기, 「주변부 모더니즘과 분열적 위치의 기억」, 『로컬리티 인문학』 2, 부산대 한국민족문화연 구소, 2009.

위르겐 오스터함멜, 박은영·이유재 역, 『식민주의』, 역사비평사, 2006.

이미순, 「김기림의 시론과 풍자」, 『한국현대문학연구』 21, 한국현대문학회, 2007.

이승하 외, 『한국현대시문학사』, 소명출판, 2005.

이행선, 「선거, 대의제도와 (비)국민의 체념 그리고 자살」, 『해방기 문학과 주권인민의 정치성』, 소명출판, 2018.

정명호, 「속물적 세계의 확장과 예술적 응전 — 김기림의 『태양의 풍속』」, 『새국어교육』 64, 한국국 어교육학회, 2002.

제임스 스콧, 김춘동 역, 『농민의 도덕경제』, 아카넷, 2004.

최시한, 「김기림의 희곡과 소설에 대하여」, 『배달말』 13, 배달학회, 1988.

프레드릭 제임슨, 「모더니즘과 제국주의」, 테리 이글턴 외, 『민족주의, 식민주의, 문학』, 인간사랑, 2011.

허수열, 『개발 없는 개발 — 일제하 조선경제 개발의 현상과 본질』, 은행나무, 2011.

현순영, 「구인회 연구」, 고려대 박사논문, 2010.

홍경표, 「지형적 변동과 모더니즘 정신 — 편석촌 김기림의 소설」, 『어문학』 62, 한국어문학회, 1998.

제2장. 책을 '학살'하는 사회 — 최명익의 「비 오는 길」(1936.4~5)

김남천, 「신진 소설가의 작품세계」, 『인문평론』, 1940.2.

김현정, 「최명익 소설에 나타난 소통의 모색 양상」, 『비평문학』 28, 한국비평문학회, 2008.

노신, 이욱연 편역, 『아침꽃을 저녁에 줍다』, 窓, 1991.

로제 샤르티에·굴리엘로 카발로 편, 이종삼 역, 『읽는다는 것의 역사』, 한국출판마케팅연구소, 2006.

롤랑 바르트, 김웅권 역, 『밝은 방』, 동문선, 2006.

모던일본사, 홍선영 외역, 『모던일본과 조선 1940』, 한일비교문화연구센터, 2009.

브루스 핑크, 맹정현 역, 『라캉과 정신의학』, 민음사, 2002.

빌헬름 라이히, 황선길 역, 『파시즘의 대중심리』, 그린비, 2006.

슬라보예 지젝, 김서영 역, 『시차적 관점』, 마티, 2009.

신형기, 「최명익과 쇄신의 꿈」, 『현대문학의 연구』 24, 한국문학연구학회, 2004.

_____, 「한 모더니스트의 행로―최명익의 소설세계」, 최명익, 『비 오는 길』, 문학과지성사, 2004.

안함광, 김재용 편, 『인간과 문학』, 박이정, 1998.

유진 런, 김병익 역, 『마르크시즘과 모더니즘』, 문학과지성사, 1986.

이상, 김윤식 편, 「산촌여정」, 『李霜 문학전집 隨筆』 3, 문학사상사, 1989.

이행선, 「1930년대 김동리와 이광수 문학에 나타난 '구원'과 불교의 문제 연구」, 성균관대 석사논 문, 2010.

자크 라캉, 민승기・이미선・권택영 역, 『욕망이론』, 문예출판사, 1994.

정인택, 이혜진 편역, 『정인택 작품집』, 현대문학, 2010.

정종현, 「한국 근대소설과 '평양'이라는 로컬리티」, 『사이間SAI』 4, 국제한국문학문화학회, 2008.

진정석, 「최명익 소설에 나타난 근대성의 경험 양상」, 『민족문학사 연구』 8, 1995.

최명익, 『비 오는 길』, 문학과지성사, 2004.

프로이트, 김인순 역, 『꿈의 해석』, 열린책들, 2003.

프로이트, 정장진 역, 「도스또예프스끼와 아버지 살해」, 『창조적인 작가와 몽상』, 열린책들, 1996.

제3장. 식민지기 허준 문학의 '추리소설적 성격' ― 「탁류」(1936.2), 「야한기」(1938.9.3~11.11)

강준만, 『특별한 나라 대한민국』, 인물과 사상사, 2011.

고봉준, 『모더니티의 이면』, 소명, 2007.

구재진, 「허준의 「잔등」에 나타난 두 개의 불빛과 허무주의」, 『한국문학의 탈식민과 디아스포라』, 푸른사상, 2011.

_____, 「許俊 小說에 나타난 友情의 政治學과 虛無主義의 向方―「續 習作室에서」를 중심으로」, 『어문연구』 159, 한국어문교육연구회, 2013.9.

권성우, 「허준 소설의 미학적 현대성 연구」, 『한국학보』 19-4, 일지사, 1993.

김민철, 『기로에 선 촌락―식민권력과 농촌사회』, 혜안, 2012.

김종욱, 「허준 소설의 자전적 성격에 관한 연구」, 『겨레어문학』 48, 겨레어문학회, 2012.

김창수, 『관료제와 시민사회』, 한국학술정보(주), 2009.

니콜라이 고골, 이기주 역, 『코・외투・광인일기・감찰관』, 펭귄클래식 코리아, 2010.

대중서사장르연구회, 『대중서사장르의 모든 것』 3-추리물, 이론과실천, 2011.

데틀레프 포이케르트, 김학이 역, 『나치시대의 일상사』, 개마고원, 2003.

레나타 살레츨, 김소운 외역, 「사랑과 성적 차이」, 슬라보예 지젝 외, 『성관계는 없다』, 도서출판b, 2005.

막스 베버, 전성우 역, 『직업으로서의 정치』, 나남, 2007.

마쓰모토 다케노리, 윤해동 역, 『조선농촌의 식민지 근대 경험』, 논형, 2011.

막스 피카르트, 최승자 역, 『침묵의 세계』, 까치, 2010.

미셸 푸코, 이정우 역, 『담론의 질서』, 새길, 2011.

백철, 「現文學이 가져야 할 主張과 理想」, 『동아일보』, 1938.12.18.

사에구사 도시카쓰, 심원섭 역, 「질서 일탈자와 의식 상실의 모티프」, 『한국문학 연구』, 베틀·북, 2000.

신형기, 「허준과 윤리의 문제-「잔등(殘燈)」을 중심으로」, 『상허학보』 17, 상허학회, 2006.

안톤 체호프, 김순진 역, 『체호프 단편선』, 일송북, 2008.

안함광, 「인상에 남은 신인작품」, (『조선일보』, 1936.12.11~16), 『인간과 문학』, 박이정, 1998.

에드거 앨런 포, 홍성영 역, 「도둑맞은 편지」, 『우울과 몽상』, 2002.

오사와 마사치, 송태욱 역, 『연애의 불가능성에 대하여』, 그린비, 2005.

우치다 타츠루, 이경덕 역, 『푸코, 바르트, 레비스트로스, 라캉 쉽게 읽기』, 갈라파고스, 2010.

이승윤, 「허준의 '습작실' 연작 연구」, 『한국문예비평연구』 32, 한국현대문예비평학회, 2010.

이은선, 「모더니즘소설의 체제 비판 양상 연구」, 이화여대 석사논문, 2008.

이행선, 「해방기 문학과 주권인민의 정치성」, 국민대 박사논문, 2014.

_____, 「1930년내 조중만 김기림의 공간과 진체시론의 형성 프로문학과 모더니즘의 관계를 중심으로」, 『동아시아문화연구』 59, 한양대 동아시아문화연구소, 2014.11.

지수걸, 「일제하의 지방통치 시스템과 군 단위 '관료-유지 지배체제'」, 『역사와 현실』 63, 한국역사연구회, 2007.

_____, 「지방유지의 '식민지적' 삶」, 『역사비평』 90, 역사문제연구소, 2010.

채호석, 「許浚論」, 『한국학보』, 1989.가을.

피에르 바야르, 백선희 역, 『셜록 홈즈가 틀렸다』, 여름언덕, 2010.

한나 아렌트, 김정한 역, 『폭력의 세기』, 이후, 1999.

한스 J. 노이바우어, 박동자·황승환 역, 『소문의 역사』, 세종서적, 2001.

H. 포터-애벗, 우찬제 외역, 『서사학 강의』, 문학과지성사, 2010.

허준, 서재길 편, 『허준 전집』, 현대문학, 2009.

제3부. 불교, 자아, 여성과 구원의 현실

제1장. 식민지배체제의 실정성에 긴박된 한용운의 '혁명'-「흑풍」(1935.4.9~1936.2.4)
1. 기본자료

염상섭, 「각 사 편집인의 비법 대공개-최근 학예란의 경향」, 『철필』, 1930.8.

한용운, 『한용운 전집』 5, 신구문화사, 1973.

_____, 『한용운 전집』 1·2·5, 불교문화연구원, 2006.

2. 논문 및 단행본

강미자, 「한용운의 신간회(新幹會)와 반종교운동(反宗敎運動)인식에 대한 일고찰」, 『한국불교학』 48, 한국불교학회, 2007.

고재석, 『한용운과 그의 시대』, 역락, 2010.

권오현, 「만해 한용운 소설 연구」, 『계명어문학』 11, 한국어문연구학회, 1998.2.

김광식, 『만해 한용운 연구』, 동국대 출판부, 2011.

_____, 『한국근대불교사연구』, 민족사, 1996.

김병길, 『역사소설, 자미(滋味)에 빠지다』, 삼인, 2011.

김상웅, 『만해 한용운 평전』, 시대의창, 2006.

김상진, 「헤겔 법철학의 기본 개념」, 『법학연구』 43, 한국법학회, 2011.

니시다 기타로, 서석연 역, 『善의 연구』, 범우사, 1990.

류승주, 「사회진화론의 수용과 '조선불교유신론' - 한용운의 불교적 사회진화론」, 『원불교사상과 종교문화』 41, 원광대 원불교사상연구원, 2009.

박재현, 『한국 근대 불교의 타자들』, 푸른역사, 2009.

소도진치·환산송행, 박원고 역, 『중국근현대사』, 지식산업사, 1991.

송현주, 「한용운의 불교, 종교담론에 나타난 근대사상의 수용과 재구성」, 『종교문화비평』 11, 2007.

송현호, 「만해의 소설과 탈식민주의」, 『국어국문학』 111, 국어국문학회, 1994.

아베 마사오, 변선환 편, 『선과 종교철학』, 대원정사, 1996.

안옥선, 『불교의 선악론』, 살림, 2006.

안재성, 『경성 트로이카』, 사회평론, 2004.

야나기 무네요시, 최재목·기정희 역, 『미의 법문』, 이학사, 2005.

야마무로 신이치, 윤대석 역, 『키메라 만주국의 초상』, 소명출판, 2009.

에드먼드 버크, 김혜련 역, 『숭고와 미의 근원을 찾아서』, 한길사, 2010.

이원동 편역, 『식민 지배 담론과 '국민문학' 좌담회』, 역락, 2009.

이평전, 「한용운 소설에 투영된 근대 사상 연구」, 『한국어문학연구』 52, 한국어문학연구학회, 2009.

이향순, 「한용운의 '박명'에 나타난 보살도의 이상과 비구니의 근대성」, 『한국불교학』 51, 한국불교학회, 2008.

이행선, 「1930년대 김동리와 이광수 문학에 나타난 '구원'과 불교의 문제 연구」, 성균관대 석사논문, 2011.

이혜령, 「감옥 혹은 부재의 시간들-식민지 조선에서 사회주의자를 재현한다는 것, 그 가능성의 조건」, 『대동문화연구』 64, 성균관대 대동문화연구원, 2008.

이혜숙, 「한용운 소설의 여성 인물과 주제의식」, 『돈암어문학』 23, 돈암어문학회, 2010.

인권환, 「한용운 소설의 문제점과 그 방향」, 『한용운 사상 연구』 2, 만해사상연구회, 1981.

지그문트 바우만, 이일수 역, 『액체근대』, 강, 2009.

천정환, 『끝나지 않는 신드롬』, 푸른역사, 2005.

채진홍, 「한용운의 「흑풍」 연구」, 『국어국문학』 138, 국어국문학회, 2004.

최원식·백영서 편, 『동아시아인의 '동양' 인식』, 문학과지성사, 1997.

프라센지트 두아라, 손승회·문명기 역, 『민족으로부터 역사를 구출하기-근대중국의 새로운 해석』, 삼인, 2004.

피히테, 황문수 역, 『독일 국민에게 고함』, 범우사, 1997.
한국역사연구회, 『우리는 지난 100년 동안 어떻게 살았을까』, 역사비평사, 1998.
한점돌, 「한용운 소설에 나타난 '사랑'의 양상과 그 의미」, 『국어교육』, 한국어교육학회, 1999.
川村湊, 「金史良と張赫宙－植民地人の精神構造」, 『近代日本と植民地』 6, 岩波書店, 1993.

제2장. '에고이스트'의 자기애와 '구원 불가능성' －김동리의 「솔거」(1937.8) 3부작

1. 기본자료

김동리, 「솔거」, 『조광』, 1937.8.
_____, 「완미설」(『문장』, 1939.11), 『김동리전집』 1－무녀도, 황토기, 민음사, 1995.
_____, 「玩味說」, 『문장』, 문장사, 1939.11.
_____, 「신세대의 정신－문단 「신생면」의 성격, 사명, 기타」, 『문장』 2-5, 1940.5.
_____, 「文學하는 것에 對한 私考－文學의 內容(思想性)的 基礎를 위하여」, 『백민』 12, 1948.3.
_____, 「後記」, 『黃土記』, 수선사, 1949.
_____, 『운명과 사귄다』, 철문출판사, 1984.
_____, 『꽃과 소녀와 달과』, 弟三企劃, 1994.
_____, 『나를 찾아서』, 민음사, 1997.
「專門大學 學生座談會」, 『인문평론』, 1940.5.

2. 논문 및 단행본

게오르크 루카치, 박정호·조만영 역, 『역사와 계급의식』, 거름, 2005.
김광기, 『뒤르켐&베버 사회는 무엇으로 사는가?』, 김영사, 2007.
김윤식, 『김동리와 그의 시대』, 민음사, 1995.
_____, 『미당의 어법과 김동리의 문법』, 서울대 출판부, 2002.
김일엽, 『未來世가 다하고 남도록』 下, 인물연구소, 1974.
김정숙, 『김동리 삶과 문학』, 집문당, 1996.
마르트 로베르, 김치수·이윤옥 역, 『기원의 소설, 소설의 기원』, 문학과지성사, 1999.
박노자, 『우리가 몰랐던 동아시아』, 한겨레출판, 2007.
방민화, 「김동리 연작소설의 불교적 접근－선을 통해서 본 운명 대응 방식 연구」, 『문학과 종교』
　　　 12-1, 한국문학과 종교학회, 2007.
서재원, 『김동리와 황순원 소설의 낭만성과 역사성』, 월인, 2005.
운허 용하, 『불교사전』, 佛泉, 2008.
이진우, 『김동리 소설 연구』, 푸른사상, 2002.
임영봉, 「김동리 소설의 구도적 성격－불교와의 관련성을 중심으로」, 『우리문학연구』 24, 우리문
　　　 학, 2008.
조연현, 「김동리론」, 『동리문학이 한국문학에 미친 영향』, 중앙대 문창과, 1979.

지젝 외, 정혁현 역, 『이웃』, 도서출판b, 2010.

허련화, 「김동리 불교소설 연구」, 『한국현대문학연구』 25, 한국현대문학회, 2008.

홍기돈, 『김동리 연구』, 소명출판, 2010.

제3장. 김동리, 구경적(究竟的) 생의 형식으로서의 구원과 '초월적 인륜성'의 발현

1. 기본자료

「街頭窮民을 救恤하자」, 『동아일보』, 1934.2.13.

김기림, 「환경은 무죄인가」(『비판』, 1931.6), 『김기림 전집』 5, 심설당, 1988.

김동리, 「산화」, 『김동리전집』 1 – 무녀도, 황토기, 민음사, 1997.

_____, 「먼산바라기」(「산제」, 『중앙』, 1936.9), 『김동리전집』 1 – 무녀도, 황토기, 민음사, 1997.

_____, 「무녀도」, 『김동리전집』 1 – 무녀도, 황토기, 민음사, 1995.

_____, 「다음 港口」, 『김동리전집』 1 – 무녀도, 황토기, 민음사, 1995.

_____, 「昏衢」(『인문평론』, 1940.2), 『김동리전집』 1 – 무녀도, 황토기, 민음사, 1995.

_____, 「나의 小說修業 – 「리알리즘」으로본 當代作家의 運命」, 『文章』 2-3, 문장사, 1940.3.

_____, 「신세대의 정신 – 문단 「신생면」의 성격, 사명, 기타」, 『문장』, 1940.5.

_____, 「文學하는 것에 對한 私考 – 文學의 內容(思想性)的 基礎를 위하여」, 『백민』, 1948.3.

_____, 「後記」, 『黃土記』, 수선사, 1949.

_____, 『명상의 늪가에서』, 행림출판사, 1980.

_____, 『운명과 사귄다』, 철문출판사, 1984.

_____, 『김동리전집』 8 – 나를 찾아서, 민음사, 1997.

_____, 「무속과 나의 문학」, 『월간문학』, 1978.8.

_____, 『꽃과 소녀와 달과』, 제삼기획, 1994.

안함광, 「불안·생의 사상·지성 – 사실이냐? 낭만이냐?」(『비판』, 1938.11), 『인간과 문학』, 박이정, 1998.

「日曜講話」, 『동아일보』, 1934.7.15.

최재서, 「빈곤과 문학」, 『文學과 知性』, 인문사, 1938.

2. 논문 및 단행본

G. 짐멜, 안준섭 외역, 『돈의 철학』, 한길사, 1983.

금인숙, 『신비주의』, 살림, 2006.

김동석, 이희환 편, 『김동석 비평 선집』, 현대문학, 2010.

김상웅, 『한용운 평전』, 시대의창, 2006.

김윤식, 『김동리와 그의 시대』, 민음사, 1995.

김철, 「김동리와 파시즘 – '황토기'를 중심으로」, 『현대문학의 연구』 12, 한국문학연구학회, 1999.

나리타 류이치, 한일비교문화세미나 역, 『'고향'이라는 이야기』, 동국대 출판부, 2007.

대니얼 데닛, 김한영・최종덕 역, 『주문을 깨다』, 동녘사이언스, 2010.

리하르트 반 뒬멘, 최윤영 역, 『개인의 발견』, 현실문화연구, 2005 참조.

마르셀 모스, 이상률 역, 『증여론』, 한길사, 2002.

막스 베버, 전성우 역, 『직업으로서의 정치』, 나남, 2007.

박노자, 「기돗발이 정말로 꼭 세야 하는가?」, 『월간 인물과 사상』 7, 인물과사상사(http://blog.ha
　　ni.co.kr/gategateparagate/)

브루스 핑크, 맹정현 역, 『라캉과 정신의학』, 민음사, 2002.

샤를 바라・샤이에 롱, 성귀수 역, 『조선기행』, 눈빛, 2001.

슬라보예 지젝, 김상환 역, 『탈이데올로기 시대의 이데올로기』, 철학과현실사, 2005.

신정숙, 「식민지 무속담론과 문학의 변증법―김동리의 무속소설 '무녀도', '허덜풀네', '달'을 중심
　　으로」, 『사이間SAI』 4, 국제한국문학문화학회, 2008.

아도르노, 최문규 역, 『한줌의 도덕』, 솔, 1995.

운허・용하, 『불교사전』, 불천, 2008.

유숙란, 「일제시대 농촌의 빈곤과 농촌 여성의 出稼」, 『아시아여성연구』 43-1, 숙명여대 아시아여
　　성연구소, 2004.

이찬수 외, 『우리에게 귀신은 무엇인가』, 도서출판 모시는사람들, 2010.

천진, 『지리산 스님들의 못말리는 수행이야기』, 불광출판사, 2009.

최석영, 『일제하 무속론과 식민지 권력』, 서경문화사, 1999,.

최준식, 『무교―권력에 밀린 한국인의 근본신앙』, 도서출판 모시는사람들, 2009.

테리 이글턴, 김지선 역, 『반대자의 초상』, 이매진, 2010.

프로이트, 이윤기 역, 『종교의 기원』, 열린 책들, 2003.

쿠키슈우 조우, 김성룡 역, 『우연이란 무엇인가』, 이회, 2000.

한수영, 「김동리와 조선적인 것」, 『사상과 성찰』, 소명출판, 2011.

해리 하르투니언, 윤영실・서정은 역, 『역사의 요동』, 휴머니스트, 2006.

헤겔, 김준수 역, 『인륜성의 체계』, 울력, 2007.

혜민, 『젊은 날의 깨달음 - 하버드에서의 출가 그후 10년』, 클리어마인드, 2010.

제4장. 이광수의 민족개량주의와 유토피아, 상층 의식의 투영―장편소설 『사랑』(1938.10)

1. 기본자료

김기진, 홍정선 편, 『김팔봉문학전집』 II, 문학과지성사, 1988

김남천, 「문예시감」(『조선중앙일보』, 1935.9.7), 김남천, 정호웅・손정수 역, 『김남천 전집』 I,
　　박이정, 2000.

김동인, 「文壇三十年史」, 『金東仁 文學全集』 12, 大衆書館, 1983.

이광수, 『사랑』, 문학과지성사, 2008.

이광수, 「육장기」, 『문장』, 1939.9.

長田新, 「시국논단－현대교육론」, 『인문평론』, 1940.4.
최재서, 노상래 역, 『전환기의 조선문학』, 영남대 출판부, 2006.

2. 논문 및 단행본

가메이 히데오, 신인섭 역, 『'소설'론』, 건국대 출판부, 2006.
김용옥, 『나는 불교를 이렇게 본다』, 통나무, 1997.
김윤식, 『이광수와 그의 시대』 2, 솔, 1999.
니시카와 나가오, 윤해동・방기헌 역, 『국민을 그만두는 방법』, 역사비평사, 2009.
박노자, 『우리가 몰랐던 동아시아』, 한겨레출판, 2007.
박치우, 윤대석・윤미란 편, 『박치우 전집』, 인하대 출판부, 2010.
방민호, 「이광수 장편소설 '사랑'에 나타난 종교 통합적 논리의 의미」, 『춘원연구학보』 2, 춘원연구
    학회, 2009.
수잔 벅-모스, 윤일성・김주영 역, 『꿈의 세계와 파국－대중 유토피아의 소멸』, 경성대 출판부,
    2008.
쓰보우치 쇼요(坪內逍遙), 정병호 역, 『小說神髓』, 고려대 출판부, 2007.
심원섭, 『일본 유학생 문인들의 대정・소화 체험』, 소명출판, 2009.
알렉상드르 마트롱, 김문수・김은주 역, 『스피노자 철학에서 개인과 공동체』, 그린비, 2008.
진중권, 『쉘위토크』, 시대의창, 2010.
최주한, 『제국 권력에의 야망과 반감 사이에서』, 소명출판, 2005.
카렌 암스트롱, 정준형 역, 『GOD 신을 위한 변론－우리가 잃어버린 종교의 참의미를 찾아서』,
    웅진 지식하우스, 2010.
칼 슈미트, 『정치적인 것의 개념－서론과 세 개의 계론을 수록한 1932년판』, 법문사, 1992.
하승우, 『희망의 사회 윤리 똘레랑스』, 책세상, 2003.
한하운, (재)인천문화재단 한하운 전집 편집위원회 편, 『한하운 전집』, 문학과지성사, 2010.

제4부. 전쟁과 전향, 위안

제1장. 식민지 말기 유진오의 문화 인식

1. 기본자료

「結婚青書」, 『신시대』, 1941.4.
「산문정신과 레알리즘」, 『조선일보』, 1938.1.1.(대담)
유진오, 「가을」, 『한국소설문학대계』 16, 동아출판사, 1995.
_____, 「가을」, 『문장』, 1939.5.
_____, 「구라파적교양의 특질과 현대조선문학」, 『인문평론』, 1939.11.
_____, 「기차 안」, 이경훈 편역, 『한국 근대 일본어 소설선』, 역락, 2007.

_____, 「문화담당자의 사명」(『조선일보』, 1937.6.12), 『구름 위의 만상』, 一潮閣, 1966.

_____, 「문화의 위기와 그 초극」, 『조선일보』, 1939.5.10~13.

_____, 「山中獨語」, 『인문평론』, 1939.10.

_____, 「新聞小說과 作家의 態度」, 『삼천리』 12, 1940.4.1.

_____, 『양호기』, 고대출판부, 1977.

_____, 「이효석과 나」, 『조광』, 1942.7.

_____, 「조선문학에 주어진 새 길」(『동아일보』, 1939년 신년호), 『구름 위의 만상』, 一潮閣, 1966.

_____, 「주제로 본 조선의 국민문학」(『조선』, 1942.10), 『한국 근대 일본어 평론·좌담회 선집』, 역락, 2009.

_____, 「전체주의법 이론의 윤곽」, 『조선일보』, 1939.2.25.

_____, 『젊은 날의 자화상』, 박영문고, 1976.

_____, 「창랑정기」, 『한국소설문학대계』 16, 동아출판사, 1995.

_____, 『華想譜』, 민중서관, 1959.

_____, 「화상보-작가의 말」, 『동아일보』, 1939.11.26.

_____, 「環境」, 『매일신보』 1942, 『구름 위의 만상』, 一潮閣, 1966.

이효석, 「봄-유진오 저」, 『인문평론』, 1941.4.

_____, 「斷想의 마을」, 『이효석 전집』 7, 창미사, 2003.

「조선문학의 전통과 고전」(좌담회), 『조선일보』, 1937.7.16~17.

「조선문화의 장래와 현재」(『경성일보』, 1938.11.29~12.8), 친일반민족행위진상규명위원회, 『친일반민족행위관계사료집』 XV, 선인, 2009.

2. 논문 및 단행본

가라타니 고진, 송태욱 역, 『현대 일본의 비평』, 소명출판, 2002.

김동인, 「文壇三十年史」, 『김동인 문학전집』 12, 大衆書館, 1983.

김형섭, 「兪鎭午 日本語 小說에 대한 한 考察」, 『일본어문학회』 29, 일본어문학, 2005.

마쓰모토 다케노리, 윤해동 역, 『조선농촌의 식민지 근대 경험』, 논형, 2011.

모던 일본사, 홍선역 외역, 『모던일본과 조선 1940』, 어문학사, 2009.

박헌호, 「현민 유진오 문학 연구」, 『반교어문학회』 5, 반교어문학회, 1994.

백철, 『문학자서전』 전·후, 박영사, 1975.

서인식, 「전체주의 역사관」(『조선일보』, 1939.2.21), 차승기·정종현 편, 『서인식 전집』 I, 역락, 2006.

손종엽, 「"화상보"론-日帝 末期 兪鎭午의 朝鮮主義와 敍事戰略」, 『어문연구』 148, 한국어문교육연구회, 2010.

에비하라 유타카, 「유진오, '김강사와 T 교수'론」, 고려대 석사논문, 2006.

윤대석, 「유진오 문학 연구」, 서울대 석사논문, 1996.

정종현, 『동양론과 식민지 조선문학』, 창비, 2011.

차승기, 「'사실의 세기', 우연성, 협력의 윤리」, 『민족문학사연구』 38, 민족문학사학회, 2008.

황경, 「유진오의 일제 말기 소설 연구」, 『우리어문연구』 31, 우리어문학회, 2008.5.

황병주, 「1950년대 엘리트 지식인의 민주주의 인식-조병옥과 유진오를 중심으로」, 『史學硏究』 89, 한국사학회, 2008.3.

張赫宙, 『朝鮮文學選集』, 赤塚書房, 昭和15.

제2장. '교양', 식민화된 제국국민 그 계층 질서의 척도-한설야의 「대륙」(1939.6.4~9.24)

「國民文化의 研究所設立」, 『동아일보』, 1936.6.4.

「문화인의 책무」, 『인문평론』, 1939.11.

「부인과 총력운동」, 『신시대』, 1941.4.

「愛國朝鮮號 命名式擧行」, 『동아일보』, 1932.5.16.

「兪鎭午 氏의 讀書淸談, 綠蔭의 季節과 讀書論」, 『삼천리』 13-7, 1941.7.1.

「全國學校에 學生隊組織」, 『동아일보』, 1939.6.25.

「朝鮮號 爆擊」, 『동아일보』, 1932.6.16.

가와이 에이지로 편, 양일모 역, 『학생과 교양』, 소화, 2008.

김남천, 「세태＝사실＝생활」(『동아일보』, 1939.12.22), 『김남천 전집』 I, 박이정, 2000.

김려실, 『만주영화협회와 조선영화』, 한국영상자료원, 2011.

김성경, 「인종적 타자의식의 그늘-친일문학론과 국가주의」, 『민족문학사연구』 24, 민족문학사학회, 2004.

김재용, 『협력과 저항』, 소명출판, 2004.

김재용 외편역, 「대륙」, 『식민주의와 비협력의 저항』, 역락, 2003.

마쓰오 다카요시, 오석철 역, 『다이쇼 데모크라시』, 소명출판, 2011.

미야카와 토루·아라카와 이쿠오 편, 이수정 역, 『일본근대철학사』, 생각의나무, 2001.

샤오홍(蕭紅), 이현정 역, 『생사의 장(生死場)』, 시공사, 2011.

서경석, 「만주국 기행문학 연구」, 『語文學』 86, 한국어문학회, 2004.12.

서경식, 『고통과 기억의 연대는 가능한가?』, 철수와영희, 2009.

서영인, 「만주서사와 반식민의 상상적 공동체-이기영, 한설야의 만주서사를 중심으로」, 『우리말글』 46, 우리말글학회, 2009.

小合茂(陸軍中佐), 「日米對立과 國民防空」, 『신시대』, 1941.4.

손유경, 「만주 개척 서사에 나타난 애도의 정치학」, 『현대소설연구』 42, 한국현대소설학회, 2009.

야마무로 신이치, 윤대석 역, 『키메라 만주국의 초상』, 소명출판, 2009.

와타나베 나오키, 「식민지 조선의 프롤레타리아 농민문학과 '만주'」, 『한국문학연구』 33, 동국대 한국문학연구소, 2007.

윤대석, 『식민지 국민문학론』, 역락, 2002.

이에나가 사부로 편, 연구공간 '수유＋너머' 일본근대사상팀 역, 『근대 일본 사상사』, 소명출판, 2006.

이경재, 『한설야와 이데올로기의 서사학』, 소명출판, 2010.

이기영, 「동경하는 여주인공」(『조광』, 1939.4), 『이기영선집』 13, 풀빛, 1992.

이무영, 「日本 파쇼化의 길로」, 『동아일보』, 1933.6.18.

이상호, 「防空壕 만드는 법」, 『신시대』, 1941.4.

이상천, 「새道德論」, 『학지광』, 1915.5.

이성환, 「鑛山과 新體制」, 『신시대』, 1941.1.

장성규, 「일제 말기 카프 작가들의 만주 형상화 양상」, 『한국현대문학연구』 21, 한국현대문학회,
　　　2007.

조르조 아감벤, 양창렬 역, 『장치란 무엇인가? 장치학을 위한 서론』, 난장, 2010.

최재서 외, 「교양론 특집」, 『인문평론』, 1939.

한설야, 「"마음의 鄕村"(106)」, 『동아일보』, 1939.11.3.

高田里惠子, 『文学部をめぐる病い―教養主義・ナチス・旧制高校』, ちくま文庫, 2006.

竹内 洋, 『教養主義の没落―変わりゆくエリート学生文化』 中央公論新社, 2003.

제3장. '법화경 행자' 이광수의 불교와 중생의 거리

1. 기본자료

김기림, 「현대와 宗敎」, 『조선일보』 1939.11.23.

김남천, 「춘원 이광수를 말함」(『조선중앙일보』, 1936.5.6), 정호웅・손정수 편, 『김남천 전집』
　　　I, 박이정, 2000.

김유정, 「病床迎春記」(『조선일보』, 1937.1.29~2.2), 전신재 편, 『김유정 전집』, 강, 2007.

「문학자의 자기비판」 좌담회, 『인민예술』, 1946.10.

염상섭, 「文人印象互記」(『開闢』, 1924.2), 『염상섭 전집』 12, 민음사, 1987.

「신질서와 문학」, 『인문평론』, 1940.6.

신금옥, 「名士와 學兵蹶起大會」, 『학병』, 1946.1.

「아교의 여학생 군사교련안」, 『삼천리』 14-1, 1942.1.

「여성과 독서좌담회」, 『여성』, 1939.11.

이광수, 「대구에서」, 『매일신보』 1916.9.22~23.

_____, 「中樞階級과 社會」(『개벽』, 1921.7), 『이광수전집』 17, 삼중당, 1962.

_____, 八字說을 기초로 한 조선인의 인생관」(『開闢』, 1921.8), 『이광수 전집』 17, 삼중당, 1962.

_____, 좋은이웃」(1934.4.21), 『이광수전집』 9, 우신사, 1979.

_____, 「봉아의 추억」, 『이광수전집』 6―無明, 돌배게 外, 삼중당, 1968.

_____, 「民族에 關한 몇 가지 생각」, 『삼천리』, 1935.10.

_____, 「萬영감의 죽음」(『改造』, 1936.8), 이광수, 김윤식 편역, 『이광수의 일어창작 및 산문선』,
　　　역락, 2007.

_____, 「大聖釋迦」(『삼천리』, 1939.4), 이광수, 『이광수 전집』 17, 삼중당, 1962.

_____, 「무명」, 『문장』, 문장사, 1939.2.

_____, 「鬻庄記」, 『문장』, 문장사, 1939.9.

_____, 「잘못된 구복술」(소화15.3.10), 『동포에 고함』, 철학과현실사, 1997.

_____, 「亂啼烏」, 『문장』, 1942.2.

_____, 「사랑의 길」(『돌배게』, 1948.3), 이광수, 『이광수 전집』 17, 삼중당, 1962.

이광수, 김윤식 편역, 『이광수의 일어창작 및 산문선』, 역락, 2007.

이광수, 이경훈 편역, 『춘원 이광수 친일문학전집』 II, 평민사, 1995.

香山光郎, 『同胞に寄す』, 東京 : 博文書館, 1941.

임화, 「동경문단과 조선문학」, (『인문평론』, 1940.6), 임화문학예술전집 편찬위원회 편, 『임화문
　　학예술전집』 5 - 평론 2, 소명출판, 2009.

「太平洋을 삼키는 이 氣勢를 보라」, 『新時代』, 1942.1.

2. 논문 및 단행본

강신주, 『철학 vs 철학』, 그린비, 2010.

권보드래, 『한국 근대소설의 기원』, 소명출판, 2000.

길윤형, 『나는 조선인 가미카제다』, 서해문집, 2012.

김동화, 『佛敎倫理學』, 文潮社, 1971.

김성연, 『영웅에서 위인으로 - 번역 위인전기 전집의 기원』, 소명출판, 2013.

김소운, 「逆旅記」, 『金素雲 隨筆選集』 5, 아성출판사, 1968.

김윤식, 『이광수와 그의 시대』 2, 솔, 1999.

류시현, 『최남선 연구』, 역사비평사, 2009.

민희식, 『법화경과 신약성서』, 블루리본, 2007.

박숙자, 『속물교양의 탄생』, 푸른역사, 2012.

박지향, 『윤치호의 협력일기』, 이숲, 2010.

안현정, 『근대의 시선, 조선미술전람회』, 이익사, 2012.

유진오, 『養虎記』, 고려대출판부, 1977.

이병주, 「'그'를 버린 女人 (108)」, 『매일경제』, 1988.7.29.

이진모, 「민주주의의 몰락과 독재국가의 출현 - 바이마르공화국 몰락과 히틀러 독재 다시 보기」,
　　『역사비평』 100, 역사문제연구소, 2012.

이혜경, 『맹자, 진정한 보수주의자의 길』, 그린비, 2008.

임화, 「이광수 씨의 소설 '무명'에 대하여」(『경성일보』, 1940.2.15~16), 임화문학예술전집 편찬
　　위원회 편, 『임화문학예술전집』 5 - 평론 2, 소명출판, 2009.

조지오웰, 이한중 역, 『나는 왜 쓰는가』, 한겨레출판, 2010.

지젝, 김상환 외역, 『탈이데올로기 시대의 이데올로기』, 철학과현실사, 2005.

프랜씨스 라페 외, 허남혁 역, 『굶주리는 세계 - 식량에 관한 열두 가지 신화』, 창비, 2009.

하타노 세츠코, 최주한 역, 『『무정』을 읽는다』, 소명출판, 2008.

황호덕, 「변비와 설사, 전향의 생정치」, 『상허학보』16, 상허학회, 2006.

후지이 다케시, 『파시즘과 제3세계주의 사이에서』, 역사비평사, 2012.

제4장. '총력전기' 베스트셀러 서적, 총후적 삶의 선전물 혹은 위로의 교양서 — '위안'을 중심으로

1. 기본자료

『경향신문』, 『동아일보』, 『매일경제』, 『민성』, 『삼천리』, 『신시대』, 『인민예술』, 『학병』

A. 히틀러, 이명성 역, 『나의 투쟁』, 홍신문화사, 2012.

이광수, 이경훈 외역, 『동포에 고함』, 철학과현실사, 1997.

石川武美, 『내가 사랑하는 생활』, 主婦之友社, 1941.

倉田百三, 『愛と認識との出發』(1937), 東京 : 岩波書店, 2008.

モーロア, 河盛好藏 譯, 『結婚・友情・幸福』, 東京 : 岩波書店, 1940.

_____, 內藤濯 譯, 『私の生活技術』, 東京 : 白水社, 1941.

2. 단행본 및 논문

길윤형, 『나는 조선인 가미카제다』, 서해문집, 2012.

김성연, 『영웅에서 위인으로 — 번역 위인전기 전집의 기원』, 소명출판, 2013.

김순전 외, 『제국의 식민지수신』, 제이앤씨, 2008.

김윤식, 『한일 학병세대의 빛과 어둠』, 소명출판, 2012.

김철우, 『日本戰犯者裁判記』, 朝鮮政經研究社, 1947.

니토베 이나조, 일본고전연구회 역, 『무사도』, 문, 2010.

류시현, 『최남선 연구』, 역사비평사, 2009.

마에다 아이, 유은경・이원희 역, 『근대 독자의 성립』, 이룸, 2003.

박숙자, 『속물교양의 탄생』, 푸른역사, 2012.

박지향, 『윤치호의 협력일기』, 이숲, 2010.

손유경, 「전시체제기 위안(慰安) 문화와 '삼천리' 반도의 일상」, 천정환 외, 『식민지 근대의 뜨거운 만화경』, 성균관대 출판부, 2010.

안현정, 『근대의 시선, 조선미술전람회』, 이익사, 2012.

오오누키 에미코, 이향철 역, 『사투라가 지다 젊음도 지다』, 모멘토, 2004.

이승철, 「후기자본주의에서의 권력 작동 방식과 일상적 저항전술에 관한 연구 — 기 드보르와 미셸 드 세르토를 중심으로」, 서울대 석사논문, 2006.

이진모, 「민주주의의 몰락과 독재국가의 출현 — 바이마르공화국 몰락과 히틀러 독재 다시 보기」, 『역사비평』 100, 역사문제연구소, 2012.

이행선, 「(비)국민의 체념과 자살 — 일제 말・해방공간 성명・선거와 도회의원을 중심으로」, 『순천향 인문과학논총』 31-2, 순천향대 인문과학연구소, 2012.

_____, 「북풍회원(北風會員)이 바라본 관동대진재(關東大震災) — 진재소설 「震災前後」」, 『민족

문학사연구』 52, 민족문학사연구소, 2013.8.

임화문학예술전집 편찬위원회 편, 『임화문학예술전집』 5－평론 2, 소명출판, 2009.

정지석·오영식 편, 『틀을 돌파하는 미술－정현웅 미술작품집』, 소명출판, 2012.

쿠레모토 아츠히코, 노상래 역, 「굴레」, 『신반도문학선집』 1, 제이앤씨, 2008.

천정환, 「일제 말기 독서문화와 근대적 대중독자의 재구성 (1)」, 『현대문학의 연구』 40, 한국문학
    연구학회, 2010.

푸코, 오생근 역, 『감시와 처벌』, 나남, 2003.

한하운, (재)인천문화재단 한하운전집편집위원회 편, 『한하운 전집』, 문학과지성사, 2010.

후지이 다케시, 『파시즘과 제3세계주의 사이에서』, 역사비평사, 2012.

竹内洋, 『教養主義の没落－変わりゆくエリート学生文化』, 中央公論新社, 2003.

吉見俊哉, 「メディア・イベント概念の諸相」, 『近代日本のメディア・イベント』, 津金澤聰廣 編, 同
    文舘, 1996.

津金澤聰廣 外, 『戦時期日本のメディア・イベント』, 世界思想社, 1998.

보론－불교와 식민지 시대 문학

1. 기본자료

『동아일보』, 『불교』, 『삼천리』, 『조선일보』, 『조선중앙일보』

2. 단행본 및 논문

김광식, 『한국근대불교사연구』, 민족사, 1996.

_____, 『근현대불교의 재조명』, 민족사, 2000.

김동리, 『나를 찾아서』, 민음사, 1997.

김상웅, 『만해 한용운 평전』, 시대의창, 2006.

김순석, 『백년 동안 한국불교에 어떤 일이 있었을까?』, 운주사, 2009.

김옥성, 「김달진 시의 선적 미의식과 불교적 세계관」, 『한국언어문화』 28, 한국언어문화학회,
    2005.

김일엽, 『未來世가 다하고 남도록』 上, 인물연구소, 1974.

김창규, 『안자산의 국문학연구』, 국학자료원, 2000.

김호귀, 『화두와 좌선』, 살림, 2008.

노천명, 『나비』, 솔, 1997.

류시현, 「일제하 최남선의 불교 인식과 '조선불교'의 연구」, 『역사문제연구』 14, 역사문제연구소,
    2005.

릭 핸슨·리처드 멘디우스, 장현갑·장주영 역, 『붓다 브레인』, 불광출판사, 2010.

박노자, 「한국 근대 민족주의와 불교」, 『불교평론』, 한국불교신문사, 2006.

박종석, 『조연현 평전』, 역락, 2006.

박치우, 윤대석·윤미란 편, 『사상과 현실』, 인하대 출판부, 2010.

브라이언 다이젠 빅토리아, 박광순 역, 『불교 파시즘』, 교양인, 2013.

샤를 바라·샤이에 롱, 성귀수 역, 『조선기행』, 눈빛, 2001.

서정주, 『미당 자서전』 2 , 민음사, 1994.

_____, 『문학을 공부하는 젊은 친구들에게』, 민음사, 1993.

서울대정치학과독립신문강독회, 『독립신문 다시 읽기』, 푸른역사, 2004.

성주현, 「1910년대 일본불교의 조선포교활동」, 『문명연지』 5, 한국문명학회, 2004.

손미령, 「한국불교유치원에 관한연구」, 이화여대 석사논문, 1991.

송재일, 「한국 근대 희곡의 '팔상(八相)' 수용 양상」, 『공연문화연구』 2, 한국공연문화학회, 2001.

스에키 후미히코, 이태승 역, 『근대 일본과 불교』, 그린비, 2009.

신은연, 「1930년대 불교희곡 연구─김소하 희곡을 중심으로」, 동국대 석사논문, 2007.

아마 도시마로, 정형 역, 『일본은 왜 종교가 없다고 말하는가』, 예문서원, 2000.

원영상, 「일련주의의 불법호국론과 국체론」, 『근대 동아시아의 불교학』, 동국대 출판부, 2008.

윤기엽, 「대동아공영권의 형성과 교토학파의 화엄교학 원용」, 『근대 동아시아의 불교학』, 동국대
　　　출판부, 2008.

윤범모, 『김복진 연구─일제 강점하 조소예술과 문예운동』, 동국대 출판부, 2010.

윤창화, 『근현대 한국불교 명저58선』, 민족사, 2010.

윤치호, 김상태 편역, 『윤치호 일기』, 역사비평사, 2001.

이경수, 「조지훈 시의 불교적 상상력과 禪味의 세계」, 『우리어문연구』 33, 우리어문학회, 2009.

이경훈 편역, 「국민문학 일 년을 말한다」(『국민문학』, 1942.11), 『한국 근대 일본어 평론·좌담회
　　　선집』, 역락, 2009.

이기운, 「근대기 한국 승가의 교육체제 변혁과 자주화운동」, 『근대 동아시아의 불교학』, 동국대
　　　출판부, 2008.

이동은, 「어린이 복지프로그램 활성화에 관한 연구─어린이법회를 중심으로」, 동국대 석사논문,
　　　2002.

이미향, 「曹學乳의 생애와 讚佛歌 연구」, 『보조사상』 26, 보조사상연구원, 2006.

이방원, 「일제하 미신에 대한 통제와 일상생활의 변화」, 『일제 시기 근대적 일상과 식민지 문화』,
　　　이화여대 출판부, 2008.

이봉춘, 「한국불교 지성의 연구활동과 근대불교학의 정립」, 『근대 동아시아의 불교학』, 2008.

이원동 편역, 『식민 지배 담론과 '국민문학' 좌담회』, 역락, 2009.

李殷相, 「西山의 文學」(1930.9.9), 『露山文學選』, 탐구당, 1964.

이충렬, 『간송 전형필』, 김영사, 2010.

임혜봉, 『친일불교론』 상·하, 민족사, 1993.

장석만, 「돌이켜보는 '망국의 종교'와 '문명의 종교'」, 『전통과 서구의 충돌』, 역사비평사, 2001.

정규웅, 『나혜석 평전』, 중앙M&B, 2003.

조경달, 『민중과 유토피아』, 역사비평사, 2009.

천상병, 「불교사조와 한국문학」(『자유공론』, 1959.3), 『천상병 평론』, 답게, 2007.

최남선, 『조선의 상식』, 두리미디어, 2007.

최석영, 『일제하 무속론과 식민지 권력』, 서경문화사, 1999.

친일반민족행위진상규명위원회, 『친일반민족행위관계사료집』 XV, 선인, 2009.

한국불교근현대사연구회, 『新聞으로 본 韓國佛敎 近現代史』 上·下, 선우도장, 1995.

한국역사연구회, 『우리는 지난 100년 동안 어떻게 살았을까』, 역사비평사, 1998.

허민, 박태일 편, 『허민전집』, 현대문학, 2009.